LEIF ENGER

Ein wahres Wunder

Roman

Aus dem Amerikanischen
von Regina Rawlinson

MANHATTAN

Die Originalausgabe erschien unter dem Titel
»Peace like a River«
2001 by Atlantic Monthly Press, New York

Umwelthinweis:
Dieses Buch und der Schutzumschlag
wurden auf chlorfrei gebleichtem Papier gedruckt.
Die Einschrumpffolie (zum Schutz vor Verschmutzung)
ist aus umweltschonender und recyclingfähiger PE-Folie.

Manhattan Bücher erscheinen im
Wilhelm Goldmann Verlag, München,
einem Unternehmen der Verlagsgruppe
Random House GmbH

1. Auflage

Satz: Uhl + Massopust, Aalen
Printed in Germany · GGP Media, Pößneck
ISBN 3-442-54539-0
www.manhattan-verlag.de

Für Robin

Lehm

Seit meinem ersten kläglichen Atemzug habe ich mir nichts so sehr gewünscht wie eine kräftige Lunge und genug Luft zum Atmen. Für einen amerikanischen Säugling des 20. Jahrhunderts eine Selbstverständlichkeit, sollte man meinen. Erinnern Sie sich daran, wie Sie selbst das erste Mal nach Luft schnappten. Es war wie ein Sturmwind, der Ihnen mühelos durch die Kehle brauste, während Sie noch in den Händen des Arztes zappelten! Was haben Sie gebrüllt! Keine andere Sorge im Kopf als die um das Frühstück, und das war bereits unterwegs.

Als ich meinen Eltern Helen und Jeremiah Land 1951 geboren wurde, streikte meine Lunge.

Mein Vater war nicht im Kreißsaal, er war nicht einmal im Gebäude; die Korridore des Wilson-Krankenhauses waren so kurz und stickig, dass Dad nach draußen gegangen war, um im feuchten Septemberwind auf und ab zu laufen. Er betete, und bei seiner fünften Runde um den Block spürte er auf einmal einen Luftzug. Er öffnete die Augen und stellte fest, dass er rannte, dass er über das Gras zum Eingang sprintete.

»Woher wusstest du es?« Ich liebte diese Geschichte und ließ sie mir immer wieder aufs Neue erzählen.

»Gott hat mir gesagt, dass du in Schwierigkeiten stecktest.«

»Hat er es laut gesagt? Hast du ihn gehört?«

»Das nicht. Aber er hat mir Beine gemacht, Reuben. Worum es ging, habe ich mir wohl erst unterwegs zusammengereimt.«

Ich war wenige Minuten zuvor geboren worden. Meine Mutter, die benommen in den durchgeschwitzten Kissen lag, begriff nicht, was Dr. Animas Nokes ihr zu sagen versuchte.

»Er atmet immer noch nicht, Mrs. Land.«

»Geben Sie ihn mir!«

Ich bin bis heute froh, dass Dr. Nokes ihrer Aufforderung nicht nachkam – wer weiß, wann meine Mutter etwas gemerkt hätte, so erschöpft wie sie war. Stattdessen legte er mich hin und rubbelte mich kräftig mit einem Handtuch ab. Er klopfte mir auf den Rücken; er drehte mich um und massierte meine Brust. Er blies mir Luft in Mund und Nase – mein Brustkorb hob sich, senkte sich mit einem keuchenden Pfeifen und kam nicht wieder hoch. Jahre später hat Dr. Nokes meinem Bruder Davy erzählt, dass meine Entbindung ihm noch immer die Nachtruhe raube. Er habe noch nie ein Kind mit einer derart verklebten Lunge gesehen.

Als Dad in den Raum gestürzt kam, saß Dr. Nokes neben dem Bett und hielt meiner Mutter die Hand. Sie weinte laut – dabei stelle ich sie mir komischerweise als alte Frau vor, obwohl ich sie nie als alte Frau erlebt habe – und der gute Nokes versuchte, sie zu trösten. Es sei nicht zu ändern, sagte er; man könne nichts tun, und vielleicht sei es so das Beste.

Derweil lag ich nackt und bloß am anderen Ende des Zimmers auf einem Metalltisch.

Dad hob mich behutsam hoch. Ich war blitzsauber nach der ganzen Rubbelei, aber grau und ausgekühlt. Ein kleiner Junge aus Lehm.

»Atme«, sagte Dad.

Ich lag in seinen Armen.

Dr. Nokes sagte: »Jeremiah, es sind schon zwölf Minuten.«

»Atme!« (Hier sehe ich Dad vor mir, die braunen Haare kurz und zerstrubbelt, wie er diesen Befehl ausspricht; so als ob er ganz selbstverständlich Gehorsam erwartet.)

Dr. Nokes ging zu ihm. »Jeremiah. Er hätte einen Hirnschaden. Seine Lunge kann keine Luft aufnehmen.«

Dad bückte sich, legte mich wieder auf den Tisch, zog seine Jacke aus und wickelte mich hinein – eine schwarze Leinenjacke mit gestepptem Innenfutter. Ich besitze sie heute noch. Mein Gesicht ließ er frei.

»Manchmal kommt es vor«, sagte Dr. Nokes, »dass ein Organ nicht funktionsfähig ist. Eine Herzkammer, die nicht richtig pumpt. Eine Leber, die das Blut vergiftet.« Dr. Nokes war ein freundlicher, vernünftiger Mann. »Eine Lunge, die sich nicht ausdehnen kann. In solchen Fällen«, sagte Dr. Nokes, »müssen wir darauf vertrauen, dass der Allmächtige weiß, was das Beste ist.« Da trat Dad auf ihn zu und versetzte ihm einen Schlag mit der rechten Hand, sodass der Arzt zu Boden ging und mit starren Pupillen auf der Seite lag. Während Mutter aufschrie, wandte Dad sich wieder mir zu, dem Lehmkind, das in eine Leinenjacke gehüllt war, und sagte mit normaler Stimme: »Reuben Land, im Namen des lebendigen Gottes befehle ich dir zu atmen.«

Ehrlich gesagt, fing ich erst ein Dutzend Jahre später damit an, mir über diese Geschichte wirklich Gedanken zu machen. Bis dahin kostete ich einfach nur aus, dass mein Leben einen so gefährlichen – und romantischen – Anfang genommen hatte. Für einen Siebenjährigen gibt es nichts Großartigeres und Dramatischeres, als seinen Freunden erzählen zu können, dass er schon einmal so gut wie tot gewesen ist. Dad war für mich natürlich ein Held, dem ich niemals etwas hätte nachtragen können; erst später kam ich auf die Idee, mich zu fragen, warum mir die Gunst des Atmens überhaupt gewährt worden war.

Die Antwort darauf, so will es mir heute scheinen, sind die Wunder.

Lassen Sie mich etwas über das Wort Wunder sagen. Es wird schon viel zu lange und viel zu oft benutzt, um Sachen oder Ereignisse zu beschreiben, die zwar erfreulich, aber vollkommen normal sind. Piepsende Küken zur Osterzeit, der Frühling, ein strahlender Sonnenaufgang nach einer wolkenverhangenen Woche – ein Wunder, sagen die Leute, als ob sie ihre Allgemeinbildung von Glückwunschkarten haben. Tut mir Leid, aber so geht das nicht. Natürlich haben solche Dinge unsere Beachtung verdient, aber wenn man sie als Wunder bezeichnet, raubt man dem Wort seine Kraft.

Echte Wunder machen den Menschen ernsthaft zu schaffen, so wie merkwürdige, plötzlich auftretende Schmerzen, für die es in der medizinischen Fachliteratur noch keine Erklärungen gibt. Es ist wahr: Sie widersprechen sämtlichen Regeln und Gesetzen, die uns guten Bürgern Halt geben. Dass Lazarus auf Befehl aus seinem Grab stieg – also, das nenne ich ein Wunder, und ich würde jede Wette eingehen, dass es die Leute, die damals dabeistanden, ziemlich aus der Fassung gebracht hat. Wenn ein Mensch stirbt, rückt die Erde ihn nun einmal nicht gern wieder heraus. Ein Wunder widersetzt sich dem Willen der Erde.

Meine Schwester Swede, die oft mehr sieht als andere, meinte dazu Folgendes: Die Menschen fürchten sich vor Wundern, weil sie fürchten, sich verändern zu müssen – obwohl sie sich genauso verändern, wenn sie sie ignorieren. Swede hat noch etwas gesagt, was in mir nachhallte wie der Klang einer Glocke: Es gibt keine Wunder ohne Zeugen. Ohne einen Menschen, der aufstehen und verkünden kann: Ich habe es gesehen. So ist es gewesen. Halten Sie davon, was Sie wollen.

Bei den Wundern meines Vaters war ich fast immer der einzige Zeuge. Natürlich blieben die seltsamen Dinge, die vor sich gingen, in unserer Stadt nicht unbemerkt, sodass sich um Dad diverse Geschichten rankten, aber die meisten Leute ignorierten die Wunder, genau wie sie auch Dad ignorierten.

Meiner Meinung nach wurde mir nach jenen zwölf Minuten ohne Luft das Leben geschenkt, damit ich Zeugnis ablegen kann, und als jemand, der viele Wunder mit angesehen hat, möchte ich gleich sagen, dass ein Wunder nichts Nettes oder Harmloses ist, sondern eher einem Schwerthieb gleicht.

Wenn Dad heute hier wäre, wenn er diese Erzählung beginnen könnte, würde er wohl wiederholen, was er am schlimmsten Abend unseres Lebens zu Swede und mir gesagt hat:

Kinder, die Welt und wir werden immer miteinander auf Kriegsfuß stehen.

Rückzug ist unmöglich.

Wappnet euch.

Sein losgelöster Schatten

Heute verstehe ich meine Rettung als das erste sichtbare Wunder, das mein Vater vollbrachte. Auch Dr. Nokes sprach von einem wundersamen Ereignis, allerdings erst nachdem er wieder zu sich gekommen war, sich das Gesicht gewaschen hatte und wieder wusste, wer er war.

Das zweite Wunder war wohl die Tatsache, dass der Arzt mit dem Hirnschaden Unrecht hatte. Ich freue mich, sagen zu können, dass es erst im zehnten Schuljahr zu kleineren Beeinträchtigungen kam, als wir in Mathe Festkörpergeometrie durchnahmen; aber da ich bis heute im Stande bin, ohne fremde Hilfe zu essen und halbwegs klare Sätze herauszubringen, kann ich mich ansonsten nicht beklagen.

Dads drittes Wunder ereignete sich kurz nach meinem elften Geburtstag, mitten in der Nacht, mitten in North Dakota. Es war zwar nicht eines seiner wichtigsten, aber doch eines seiner erstaunlichsten Wunder.

Es geschah auf dem Jagdausflug, auf dem ich meine erste Gans schoss, eine mittelgroße Schneegans. Wir waren zu Besuch bei August Shultz, vier Stunden Fahrt über die Great Plains in Richtung Westen, um in der Nähe der Farm, auf der Dad aufgewachsen war und nach der er sich insgeheim noch immer zurücksehnte, auf die Jagd zu gehen. Wir haben uns so über die Gans gefreut, dass wir eine Zeit lang alle wieder miteinander redeten. Das heißt, Dad und Davy redeten wieder miteinander – Swede und ich haben uns sowieso fast nie gestritten. Ich hatte noch keine eigene Meinung, und sie hatte immer Recht.

Ich erinnere mich noch an die Spannung, die auf der Fahrt

in der Luft lag. Sie war so stark, dass ich so schnell wie möglich einschlief. Ich hatte schon genügend Streitereien mit angesehen und angehört, um zu wissen, dass sie schneller vorübergingen, wenn man nichts davon mitbekam. Davy war damals sechzehn und in meinen Augen ein Mann. Er hatte einen Führerschein und eine vier Zoll lange Narbe am rechten Unterarm, die mich schwer beeindruckte. Außerdem hatte er genauso einen Dickschädel wie Dad. An jenem Abend saßen die beiden vorne in unserem Plymouth, ganz grün um die Nase vom Licht des Armaturenbretts, und schwiegen sich an.

Wir waren, wie so oft, erst ziemlich spät weggekommen, weil Dad nach einem Footballspiel noch die Schule abschließen musste. Swede und ich hockten gähnend auf dem Rücksitz, die Füße hatten wir auf den Schachteln mit Schrotpatronen abgestellt. Auf der Windschutzscheibe sammelte sich ein feiner Eisregen, sodass Dad immer wieder rechts ranfahren musste, damit Davy schnell aus dem Wagen springen und die Scheibe freikratzen konnte. Die Heizung des Plymouth taugte nichts: Swede und ich waren dick in graue Armeedecken eingepackt und hatten Strickmützen auf dem Kopf, kratzig wie Pferdehaar. Nach zwanzig Meilen schlüpfte Swede aus ihren Gummistiefeln und schmiegte ihre Füße an meine Hüfte. Sie waren eiskalt. Ich nahm sie auf den Schoß und rieb sie, während Davy eine Thermosflasche aufschraubte und Dad einen Becher Kaffee hinüberreichte, ohne ihn anzusehen.

Keiner von beiden sagte ein Wort. Unter uns rauschte die Straße vorbei. Es dauerte nur ein paar Minuten, dann waren Swedes Zehen warm, und sie atmete in gleichmäßigen Zügen. Ich ließ die Hände wie ein schützendes Zelt über ihren Füßen, lehnte den Kopf an die Rückenlehne und schlief ebenfalls ein.

Noch vor Sonnenaufgang lagen wir auf einem von Augusts Gerstenfeldern zwischen unseren Lockgänsen auf der Lauer. Dad und Swede stützten sich unter einer Lage abgemähter Halme auf die Ellenbogen und unterhielten sich flüsternd. Davy und ich lagen gegenüber, er mit seiner zerschrammten Winchester im Arm. Ich war natürlich noch zu jung zum Schießen, genau wie Swede, die meinte, wir dienten lediglich »zur Dekoration«. Seit diesem Ausflug sind viele Jahre vergangen, aber ich kann mich nicht erinnern, jemals einen kälteren Morgen unter freiem Himmel erlebt zu haben. Regen kann frostiger sein als Schnee. Wir lagen auf der nassen Erde, unter nassen Halmen, und der Wind, der uns über den Rücken streifte, roch nach Dezember. Als es am Himmel heller wurde, hörten wir östlich von uns, im Vogelschutzgebiet, Gänse schnattern. Die Lappen der Lockvögel plusterten sich flatternd auf. Ich gähnte einmal, ich gähnte zweimal, so kräftig, dass meine Ohren knackten.

Davy sagte: »Schlaf mir jetzt bloß nicht ein, alter Knabe.«

Er hatte gut reden: Ihm war ja auch nicht kalt. Obwohl er nur dünne gelbe Baumwollhandschuhe trug, machte es ihm nicht das Geringste aus, die eiskalte Winchester zu halten. Ich hatte die ledernen Fäustlinge an, die ihm zu klein geworden waren, und zwei Paar dünne Wollhandschuhe, aber trotzdem waren meine Finger steif und blutleer. Es schien immer kälter zu werden, je heller es wurde. Als Davy leise fragte: »Ich könnte mir vorstellen, hier draußen zu leben. Du auch, Rube?«, war ich zu verfroren, um ja zu sagen.

Minuten später wachte ich auf: Davy stupste mich in die Seite. Er hatte den Finger auf die Lippen gelegt und deutete mit einem Kopfnicken nach Osten. Eine einsame Schneegans flog auf uns zu, sie kämpfte gegen den Wind und stieß leise, fragende Rufe aus, die unseren Lockvögeln galten. Ich presste das Gesicht auf die Erde und bewegte mich so wenig wie möglich – Gänse sind schreckhafte Vögel. Das Geschrei der einzelnen Gans wurde lauter und zuversichtlicher, sie freute sich aufs Frühstück und wollte zur Landung ansetzen. Sie war vollkommen ahnungslos. Ich empfand gerade einen Anflug von Mitleid mit dem armen Vogel, als Davy meine Schulter packte und mich auf den Rücken drehte. Dann drückte er mir die Winchester in die Hand.

»Die gehört dir, Rube!«

Die Gans war genau über uns. Keine sechs Meter hoch! Ich riss mir den Handschuh herunter und legte an. Die Flinte war viel zu groß, aber ich balancierte sie aus und zerrte am Abzug. Nichts passierte, irgendetwas klemmte. Blitzschnell legte Davy den Sicherungsbügel um. Die Gans war jetzt knapp hinter uns, aber immer noch so nah, dass ich ihren Flügelschlag hören konnte. Ich drückte ab und schoss vorbei; der Rückstoß rammte meine Schulter in den Schlamm. Es klingelte hell und klar in meinen Ohren; derweil hatte die Gans endlich verstanden, was los war, und schwenkte nach links ab. Hastig lud ich durch und feuerte noch einmal. Ich schoss wieder daneben, sie drehte sich in den Wind und schwebte wie ein Drachen über das Feld. Mir stiegen die Tränen in die Augen – ich hatte zwei Schüsse leichtfertig vergeben und Davys Geschenk vergeudet. In blinder Verzweiflung schoss ich noch einmal. Obwohl die Gans eigentlich längst außer Schussweite hätte sein müssen, erzitterte sie plötzlich, wurde schlaff und ging etwa achtzig Schritt von uns entfernt im Sturzflug nieder. »Getroffen«, sagte Davy. »Guter Schuss. Du hast es richtig spannend gemacht. Jetzt geh und gib ihr den Rest.«

Aber als ich ihm die Flinte zurückgab, vor Erleichterung fast heulend, flitzte Swede in ihrer Cordjacke an uns vorbei und rief: »Die hol ich mir, die hol ich mir.« Davy sagte: »Gönn ihr doch den Spaß.« Also blieb ich stehen und sah ihr nach. Unter der Strickmütze wehte ihr blondes Haar hervor.

Die Gans schien sich wieder berappelt zu haben. Sie richtete sich auf und blickte sich um, den Kopf so keck hochgereckt, dass ich schon Angst hatte, sie würde wieder abheben. Als sie Swede kommen sah, drehte sie sich um und nahm Reißaus.

Diese Gans konnte vielleicht rennen!

Swede zog den Kopf zwischen die Schultern und gab Vollgas; der Lehm und die Spreu spritzten nur so von ihren Stiefelsohlen. Dad fing an zu lachen, riss sich die Mütze vom Kopf und schlug sich damit aufs Bein, während die Gans sich lang machte und durch die Gerste flüchtete. Als ihr am Ende des Feldes ein Stacheldrahtzaun den Weg versperrte, blieb sie stehen und drehte sich um.

Haben Sie schon einmal eine wütende Gans aus der Nähe gesehen? Das ist nicht mehr der Vogel, der gemächlich gen Süden fliegt oder gemütlich durch den Stadtpark watschelt. Eine ausgewachsene, aufgebrachte Gans kann sich so hoch aufrichten, dass sie einer Drittklässlerin Auge in Auge gegenübersteht, und genau das machte dieser Vogel nun mit Swede. Als Swede bis auf einen Schritt herangekommen war, blieb sie wie angewurzelt stehen. Sie hatte ein paar Mal zugesehen, wenn Dad einer Gans den Hals umdrehte, und wusste genau, was zu tun war, aber das waren immer schwer verletzte, jämmerliche Kreaturen gewesen, die fast dankbar schienen, es bald hinter sich zu haben. Diese Gans hingegen strotzte vor Kampfgeist. Später hat Swede mir erzählt, dass sie wie gelähmt war, als sie dort stand, die eine Hand ausgestreckt; die Gans hatte ein blindes, trübes Auge, dessen Anblick schon unheimlich genug war, aber Swede sagte, das gesunde Auge sei noch schlimmer gewesen. Als sie in dieses gesunde Auge blickte, sah sie, wie eine Entscheidung fiel.

»Sie hatte beschlossen, mich zu töten«, sagte sie.

Von dort aus, wo wir standen, konnten wir nur sehen, wie die Gans drohend die Flügel ausbreitete und mit dem Schnabel nach Swede hackte. Swede wirbelte herum, rutschte aus, fiel auf die Knie, kam wieder hoch und nahm die Beine in die Hand. Sie muss sich furchtbar erschrocken haben, als sie einen Blick über ihre Schulter warf und sah, dass die Gans wie ein geölter Blitz hinter ihr herkam, die Flügel ausgebreitet, mit dem schwarzen Schnabel direkt auf ihr Hinterteil zielend. Dad hielt sich den Bauch vor Lachen, er musste sich auf einen Jutesack setzen und wischte sich die Tränen aus den Augen. Swede führte die Gans genau zu uns, und als sie an uns vorbeisprintete, beugte Davy sich vor und packte den Vogel im Genick, drehte ihm mit einem schnellen Ruck den Hals um und gab ihn mir; seine Flügel zitterten noch. »Die gehört dir, Natty«, sagte er grinsend. Natty war mein Spitzname, nach dem unvergleichlichen Jäger Natty Bumppo aus den Romanen von James Fenimore Cooper. Es war eine schwere Gans. Mir war warm, obwohl ich die Fäustlinge ausgezogen hatte – ja, mir war sogar richtig heiß. Während ich meine Gans in der einen und Davys Winchester in der anderen Hand hielt, roch ich den Pulverdampf und den warmen Vogel, und mich überkam ein Gefühl, das völlig neu für mich war und mir ziemlich gut gefiel. Swede hingegen schmiegte sich weinend an Dad, der noch immer nicht aufhören konnte zu lachen.

Es dauerte lange, bis Swede über die Gans hinwegkam. Dafür, dass sie erst acht Jahre alt und ein Mädchen war, legte sie erstaunlich großen Wert auf Tapferkeit. Dass sie sich von einer gereizten Gans über ein ganzes Gerstenfeld hatte jagen lassen, ließ sie an ihrem Charakter zweifeln.

»Das ist wirklich ein ganz schöner Brocken«, sagte ich, als wir wieder auf Augusts Farm waren und uns daranmachten, meine Beute zu zerlegen. Hinter der Scheune gab es eine Handpumpe und einen provisorischen Ausweidetisch – eine alte Tür, die auf einer Viehtränke aufgebockt war.

Davy wetzte die Klinge seines Jagdmessers; es war ein echtes Schrade-Messer mit einem Knochengriff. Er fragte: »Soll ich es dir zeigen?«

»Ich habe sie geschossen, ich nehme sie auch aus.« Eigentlich hatte ich keine Lust, dem Vogel die Eingeweide herauszunehmen, aber ich war elf Jahre alt und ein Jäger – ein Mann, der gerade den ersten seiner stolzesten Augenblicke erlebt hatte.

Er gab mir das Messer, mit dem Griff voraus. »Denk daran, den Muskelmagen auszudrücken. Wir wollen schließlich keinen Sand in der Soße.«

Als er wegging, fiel mir auf, wie tief die Wolken hingen und wie dick sie sich auftürmten. Der Himmel hatte sich verdunkelt, obwohl es noch nicht einmal Mittag war. Ich weiß nicht, ob es daran lag oder an dem Gedanken, die Gans allein ausnehmen zu müssen, aber ich hätte es wesentlich lieber gesehen, wenn Davy bei mir geblieben wäre.

»Ich hebe dir das Herz auf«, rief ich ihm nach; er drehte sich um und lächelte, dann kletterte er eine mit Pappeln und Weidengestrüpp bewachsene Anhöhe hinauf und war verschwunden.

Kaum zu glauben, aber ich hatte einen Kloß im Hals. Zum Glück stand Swede neben mir und sagte: »Zuerst musst du ihr den Kopf abschneiden.«

»Das weiß ich selber.«

Sie stupste die Gans mit dem Finger an; gerupft sah sie pickelig und armselig aus.

»Und dann die Flügel«, sagte sie.

»Willst *du* sie ausnehmen?«

Swede ließ mich in Ruhe und verzog sich zum Wrack eines alten Getreidelasters, das hinter der Scheune langsam vor sich hinrostete. Sie kletterte auf den großen Kotflügel, der so rund war wie eine Pobacke, und setzte sich mit wehenden Haaren oben hin. Der Wind war schneidend, der trübe Himmel fleckig gelb. Man stelle sich ein gelbsüchtiges Kind mit dreckigen Backen vor – genauso sah der Himmel aus. Ich nahm Davys Messer, prüfte mit dem Daumen die Klinge und köpfte die Schneegans.

Swede, die mir zusah, fragte: »Kannst du mir noch einmal verzeihen, Rube?«

»Was denn?«

»Dass ich weggelaufen bin.«

»Vor der Gans? Aber Swede, das war doch nicht schlimm.« Ich warf den Kopf in einen Pappkarton, den wir in der Scheune gefunden hatten, und nahm die Flügel in Angriff. Sie gingen viel schwerer ab als der Kopf; ich musste sie regelrecht absäbeln.

»Los, jetzt verzeih mir schon.« Sie ließ nicht locker.

Ich nickte stumm. Die Flügel waren eine knorpelige Angelegenheit.

»Du musst es laut sagen.«

Sie war die energischste reuige Sünderin, die ich je gesehen habe. »Swede, ich verzeihe dir. Zufrieden?«

Sie verschränkte die Arme. »Danke, Reuben. Kann ich die Füße haben?«

Ich hackte sie jeweils mit einem einzigen Hieb ab und warf sie ihr zu. Swede fing sie auf und kletterte auf die Ladefläche des Lasters. Meine Hände waren eiskalt, und mir graute schon vor dem nächsten Schritt. Hätte ich doch nur Davy die Gans ausnehmen lassen. Ich zielte auf eine Stelle unterhalb des Brustbeins und stach zu.

»Swede«, sagte ich. Solange ich mit ihr redete, konnte sie nicht weggehen. »Was ist denn eigentlich mit Davy los?«

Sie antwortete nicht gleich, sondern hockte auf der Ladefläche und spielte mit den Gänsefüßen. Ihr Schweigen dauerte so lange, dass ich mich in das Gewirr von Därmen vertiefte und ganz vergaß, dass ich sie überhaupt etwas gefragt hatte.

Schließlich sagte sie: »Er ist wütend, wegen Dolly.«

»Aha.« Davys Freundin. »Und wieso?«

Sie sah mich an. »Du hast es doch gehört«, antwortete sie. »Gestern Abend, auf der Fahrt.«

Wie ich schon sagte, waren wir erst spät weggekommen. Weil sich unser Footballteam vorher noch eine deftige Niederlage abholen musste, konnten wir erst kurz vor elf losfahren.

»Ich habe geschlafen.«

»Du hast nur so getan, das habe ich genau gemerkt. Genau wie ich.«

Oben am Haus ging die Fliegendrahttür auf. »In fünf Minuten gibt es Pfannkuchen!«, rief Dad. Die Tür fiel wieder zu.

»Ich habe wirklich geschlafen. Ehrenwort, Swede.«

»Israel Finch und Tommy Basca haben Dolly im Umkleideraum der Mädchen aufgelauert.«

»Was – wieso denn das?« Zwei Jungen in der Mädchenumkleide? Ich wäre da nie im Leben reingegangen. Vielleicht hätte ich sogar darüber gelacht, wenn Swede nicht so ein düsteres Gesicht gemacht hätte.

»Sie haben sie verprügelt, Reuben. Während das Footballspiel lief. Dad hat sie erwischt.«

Erst jetzt verstand ich, worum es ging: Israel Finch. Tommy Basca. Ich wurde ganz klein in meiner Jacke. »Haben sie ihr wehgetan, Swede?«

»Ich glaube, es war nicht so schlimm. Dad hat gesagt, dass er gerade noch rechtzeitig gekommen ist.«

»Sag bloß, er hat sie verjagt? Hat er sich mit ihnen geprügelt?«

»Ich weiß nicht. Er wollte mit Davy nicht darüber reden.«

»Aber Dolly ist nichts passiert?«

»Ich glaube nicht.« Swede ließ die Gänsefüße elegant an der Kante der Ladefläche entlangtrippeln.

»Warum ist Davy dann wütend? War er nicht froh, dass Dad die Kerle erwischt hat?« Ich wollte ihre Namen nicht laut aussprechen.

»Keine Ahnung. Du kannst Davy ja selbst fragen.«

Da war ich mir nicht so sicher. Obwohl Davy und ich nur fünf Jahre auseinander sind, war es mir in letzter Zeit so vorgekommen, als ob diese fünf Jahre von besonderer Bedeutung wären. Manchmal hatte ich das Gefühl, er wäre eher Dads Bruder als meiner.

Als ich mit der Gans fertig war, spülte ich sie unter der Pumpe aus, bis das Wasser sauber aus der Brusthöhle gesprudelt kam, und ging dann mit Swede zum Haus. Unterwegs zeigte sie mir, wie sie einen Gänsefuß schließen und wieder öffnen konnte, wenn sie an einer Sehne zog. Sie ballte ihn zu einer strammen Gänsefaust und raunzte im besten Slang: »Du miese Ratte!« Für eine Achtjährige war ihre Aussprache ziemlich beeindruckend.

Am Nachmittag gingen wir noch einmal auf die Jagd; es war so kalt, dass sich die Gewehrläufe mit Eisblumen überzogen. Weil Davy zum Pfannkuchenessen nicht erschienen war, hatte Dad nur Swede und mir welche aufgetan, ohne über den leeren Platz am Tisch auch nur ein Wort zu verlieren. Nachdem er den Holzofen geschürt hatte, waren wir drei auf unsere Zimmer gegangen, um ein Nickerchen zu machen. So ist das mit der Gänsejagd – man steht früh auf, erlebt draußen in der Kälte ein aufregendes Abenteuer, kommt heim, isst etwas, wird langsam müde und kann sich dann plötzlich nicht mehr auf den Beinen halten. Ich zog mir die Decke über die Ohren und schlief wie ein Toter. Als ich aufwachte, saß Davy auf seinem Bett und putzte mit einem öligen Tuch seine Schrotflinte.

»Hallo, Natty«, sagte er, als er merkte, dass ich wach war.

»Hallo, Davy. Ziehen wir noch mal los?«

»Westlich von hier ist eine kleine Schar niedergegangen. Kanadagänse.« Er zog die Augenbrauen hoch. »Diesmal werden wir uns anpirschen.«

»Okay!« Ich warf die Decke zurück, reckte mich und versuchte, einen düsteren Traum abzuschütteln – irgendeine Art von Reptil war darin vorgekommen. Davy legte sich die Schrotflinte über die Knie und beugte sich vor. Er roch warm, nach Tabak.

»Sag mal, Rube, du hast doch sicher mitbekommen, dass wir gestern Abend über Dolly geredet haben.«

»Ich habe geschlafen. Aber Swede hat es gehört.«

»Nur einen Teil der Geschichte. Dad wollte euch nicht erschrecken, aber ich finde, ihr solltet Bescheid wissen. Finch und Basca haben Dad gedroht, und zwar ziemlich übel.« Ich sah ihn fragend an, und Davy fuhr fort: »Sie haben gesagt, dass sie seiner Familie etwas antun wollen.«

Es dauerte einen Augenblick, bis mir dämmerte, dass damit wir gemeint waren. In meinem Magen kribbelte es. Von Russland einmal abgesehen, hatten wir noch nie einen Feind gehabt. Ich ließ meinen Bruder nicht aus den Augen.

»Die haben bloß 'ne große Klappe«, sagte er. »Das sind Feiglinge, Waschlappen. Die trauen sich sowieso nichts, keine Bange. Du solltest bloß ein bisschen die Augen offen halten.« Er wirkte vollkommen gelassen, als ob uns so eine Lappalie nichts anhaben könnte. Einerseits beruhigte mich das, andererseits machte es mich aber auch gerade nervös. Allein die Art, wie er von Dolly gesprochen hatte. Eher beiläufig, als ob sie jemand anderer wäre. Eine Tante oder so. Er sagte: »Okay?«

»Okay.«

»Und wir sagen Swede nichts davon. Einverstanden, Natty?«

»Kein Wort. Wir wollen sie schließlich nicht erschrecken.«

»Gut.« Er bückte sich nach meinen Stiefeln und stellte sie mir auf den Schoß. »Und jetzt schnappen wir uns die Kanadagänse.«

Nur zur Erklärung: Eine Pirsch ist etwas völlig anderes als die Jagd mit Lockvögeln. Ich blieb wieder bei Davy, Swede blieb bei Dad; wir robbten eine kleine Anhöhe hinauf, hinter der ein paar Dutzend Gänse zwischen den Weizenstoppeln ästen. Diesmal wurde noch nicht einmal geflüstert; es war schon fast dunkel, und obwohl wir vermuteten, dass die Gänse ganz in der Nähe waren, konnten wir sie nicht hören und mussten uns auf gut Glück anpirschen. Wir waren mit großem Ernst bei der Sache, auch wenn Swede, die links neben mir über den Boden robbte, so tat, als ob sie ein Sioux-Krieger wäre, der sich an einen unvorsichtigen Cowboy heranschlich – ein Spiel, bei dem ich bis zu diesem Morgen, als Davy mir seine Flinte überlassen hatte, immer gern mitgemacht hatte. Jetzt war ich plötzlich zu alt dafür, und als sie mir heimlich einen Blick zuwarf, grinste ich und zwinkerte ihr zu, statt eine ausdruckslose Indianermiene beizubehalten. Sie funkelte mich wütend an und schob sich dann weiter voran.

Als wir oben waren, versteckten wir uns hinter einem Steinhaufen. Dad lugte daran vorbei. »Sie sind ziemlich weit weg«, flüsterte er. Jetzt konnten wir auch ihre heiseren Schreie hören. Sie klangen beunruhigt, und als Davy ebenfalls einen Blick riskierte, sagte er uns: »Sie wandern ab, guckt mal, wie sie watscheln.«

Wir konnten nichts dagegen machen; die Gänse waren außer Schussweite. Ich war über alle Maßen enttäuscht, weil ich gehofft, ja, erwartet hatte, dass die Kanadagänse ein leichtes Ziel abgeben würden. Und dass Davy mich noch einmal schießen lassen würde. (Seltsam – noch am Morgen hatte ich mich damit abgefunden, frühestens in zwei, drei Jahren auf eine lebende Gans schießen zu dürfen, und es hatte mir überhaupt nichts ausgemacht. Und nun war ich den Tränen nah, weil ich mein Glück nicht noch einmal versuchen konnte.) Plötzlich erscholl lautes Gänsegeschrei, die Vögel stiegen wie in Panik hoch und flogen nach Westen, in den Wind, weg von uns. Dad kniete sich hin und visierte sie an, aber er drückte nicht ab. Davy nahm noch nicht einmal die Flinte hoch.

Als die schrillen Stimmen der Kanadagänse in der Ferne verhallt waren, setzten wir uns hin und lehnten uns gegen die Steine.

»Tja«, sagte Dad.

Die Kälte drang durch unsere Kleidung und kroch uns in die Knochen. Griesgrämig und erschöpft saß ich da und schmollte, weil ich für nichts und wieder nichts so weit durch den Dreck gekrochen war. Dad wollte gerade aufstehen, als Davy sagte: »Warte.«

Er blickte nach Westen und beobachtete den grauen Himmel. »Runter«, befahl er, und Dad kniete sich langsam wieder zwischen die Steine.

Aus der Ferne hallte uns ein suchender Schrei entgegen.

»Eine Gans hat sich von der Gruppe getrennt«, sagte Davy leise. »Da.« Er zeigte mit dem Finger auf den Vogel, doch er war der Einzige, der etwas sah.

Wir gingen in Deckung. Eine halbe Minute später sahen wir die Gans kommen. Sie flog sehr hoch, und Dad entspannte sich wieder – ein Vogel in einer solchen Höhe ist mit einer Ladung Schrot fast nicht zu treffen. Swede seufzte.

»Unten bleiben«, zischte Davy.

Während die Gans einen weiten Bogen um das Feld beschrieb, schmiegte sich Davy an den Steinhaufen, als ob er für immer mit ihm verschmelzen wollte. Ich erinnere mich, wie tief er die Flinte ansetzte; ich erinnere mich an seinen verschatteten, geduldigen Blick – er sah aus, als ob er jeden Augenblick aus der

Deckung hervorbrechen würde, um zu Fuß eine Antilope zu verfolgen. Mir kam der merkwürdige Gedanke, dass Davy ganz allein jagte, dass Dad, Swede und ich gar nicht richtig da waren, dass wir für ihn nur so etwas wie Erinnerungen waren oder Geister, die sein Tun wohlwollend beobachteten.

Als die Gans das Feld einmal umkreist und nichts entdeckt hatte, was sie interessierte, gewann sie noch mehr an Höhe; sie war schließlich so hoch, als ob sie Mexiko in Erwägung zöge. Schließlich drehte sie nach Süden ab, und als sie über unserem Steinhaufen war, kniete Davy sich auf ein Bein und holte sie mit einem einzigen Schuss vom Himmel.

In dieser Nacht lagen Swede und ich unter einem solchen Berg von Steppdecken, dass wir kaum Luft bekamen. Es zog wie Hechtsuppe, und das ist noch untertrieben. Auch wenn man sich so dick einpackte, dass man vor Hitze fast umkam, hatte man in Augusts Farmhaus immer eine eiskalte Nase.

»Was meinst du, was Davy vorhat mit den Kerlen?«, flüsterte Swede mit einem Funkeln in den Augen. Obwohl ich versprochen hatte, sie wegen Finch und Basca nicht zu erschrecken, kam sie von selbst immer wieder auf die beiden zurück.

»Was soll er denn schon vorhaben? Das sind doch bloß Feiglinge, Waschlappen.« Eine unbefriedigende Antwort für eine Kämpfernatur wie Swede. Sie zappelte hin und her, verschob die Decken und ließ kalte Luft herein. Dann lauschten wir der Unterhaltung in der Küche: August und seine Frau Birdie schwelgten mit Dad in alten Geschichten. Davy war auch da, er trank Kaffee mit den Erwachsenen und sagte nicht viel.

»Ob er sie wohl verprügeln will?«

»Wozu denn? Dad hat sie sich doch schon vorgeknöpft. Im Umkleideraum.«

Swede erwiderte: »Davy meint, dass sie zu gut weggekommen sind. Merkst du das nicht? Deshalb ist er so sauer. Wenn Davy die beiden zu packen kriegt, würde ich nicht gern mit ihnen tauschen.«

Ich fand das ziemlich kühn von Swede, sie schien Davy einiges zuzutrauen. Natürlich würde ich nie gegen meinen Bruder wetten, aber diese beiden Burschen waren das härteste Kaliber, das damals in Roofing zu finden war. Finch und Basca als die übelsten Rabauken der Stadt zu bezeichnen greift zu kurz, wie Sie noch sehen werden.

»Warten wir erst mal ab«, sagte ich. »Okay?«

Wir kuschelten uns aneinander, gähnten und hörten zu, wie August Shultz von Doot erzählte, dem schnellen Quarterhorse, das er vor Urzeiten besessen hatte. Wir hatten schon oft von Doot gehört. Als Kinder waren Dad und August Nachbarn gewesen, nur wenige Meilen von hier entfernt. August holte Dad morgens immer von zu Hause ab, und wenn Dad vor der Scheune seinen Schecken Henry gesattelt hatte, machten sie sich auf den Weg zur Schule, wobei sie die letzte halbe Meile um die Wette ritten. Henry war ein Dutzend Jahre älter als Doot, aber Dad war von Natur aus ein Reiter, der aufs Ganze ging, wohingegen August das vorsichtige Naturell seiner deutschen Vorfahren geerbt hatte. An ruhigen Herbsttagen hing der Staub, den Dad mit Henry aufwirbelte, noch stundenlang über der Straße. Man muss es August hoch anrechnen, dass er Dad die ständigen Niederlagen nicht übel nahm. Zwar kostete ihn seine Vorsicht kurzfristig Ruhm und Ehre, dafür aber bewahrte sie ihn später wohl mehr als einmal davor, seine Farm zu verlieren. Wahrscheinlich verdankte er es ihr sogar, dass ihm mittlerweile drei Farmen gehörten, einschließlich derjenigen, die er uns jedes Jahr im Herbst für die Jagd überließ. Dads Familie, die Lands, hatten nicht nur am Ende der Großen Dürre ihre Farm verloren, sondern später auch nie wieder irgendwelches Land besessen – trotz unseres sprechenden Nachnamens. Wir waren nur noch Mieter, und mehr hatten wir als Familie eines Schulhausmeisters in einer Kleinstadt wie Roofing auch nicht zu erwarten.

Swede murmelte: »Ich schlafe schon, Reuben.«

»Dann ab in dein Zimmer.« Sie war zu mir ins Bett gekrochen, weil der Raum, den ich mir mit Davy teilte, näher bei der Küche lag, sodass wir die Erwachsenen besser belauschen konnten.

Sie stand auf, gab mir einen Kuss und blieb in ihrem Cowboy-Schlafanzug neben dem Bett stehen. »Du, Rube? Jetzt bist du fast so wie Davy. Schließlich hast du heute Morgen eine Gans geschossen.«

Sie wollte mir ein Kompliment machen, aber ich hatte inzwischen nachgedacht. Bis zu der Pirsch auf die Kanadas war ich fast selbst überzeugt davon gewesen, dass ich die Gans auf Grund meiner Schießkünste erlegt hatte – als ob ich nicht vorher zwei leichte Schüsse vergeben hätte, als ob es nicht nur ein Glückstreffer gewesen wäre. Aber dann hatte mich Davys Meisterschuss aus meinen Träumen gerissen. An diesem Abend sah ich Davy so vor mir, wie ich ihn immer in Erinnerung behalten werde; ich hatte ein Bild von meinem Bruder vor Augen, das ihm mehr entspricht als jedes andere. Es zeigt Davy vollkommen ruhig, auf einem Bein kniend, die Winchester an der Schulter, den Lauf fast senkrecht nach oben gerichtet. Sein Hut ist hinter ihm auf die Steine gefallen, sein kurzes blondes Haar ist so struppig wie das Fell eines Wolfs. Sein rechter Zeigefinger krümmt sich so fest um den Abzug, dass die Knöchel weiß hervortreten, sein Gesicht ist völlig ausdruckslos, bis auf den einen Gedanken, bis auf das Wissen, dass diese Gans ihm gehört.

Es war keine Zuversicht; ich weiß, wie Zuversicht aussieht. Es war Wissen.

Ich drückte Swedes Arm. »Aber sicher«, sagte ich. »Gute Nacht.«

Nach Mitternacht wachte ich aus einem Traum auf. Ich war durch einen seichten Fluss gewatet, der nach modrigen Pflanzen roch; meine nackten Füße versanken im Schlamm, das gegenüberliegende Ufer war im Nebel verborgen. Kein Laut, nur das Plätschern um meine Waden. Ein Lufthauch streifte mich, der Nebel wirbelte hoch, und ich sah das Ufer. Da lag ein totes, aufgeblähtes Pferd, der Schweif hing ins Wasser. Ich blieb mitten im Fluss stehen, bekam keine Luft mehr. Dann wachte ich keuchend auf. Hell fiel das Mondlicht durch das Fenster, und Davy lag schnarchend in seinem Bett, einen Arm quer über den Augen.

Ich hatte Angst, wieder einzuschlafen. Am anderen Ufer war noch etwas Schlimmeres gewesen als nur das tote Pferd, das wusste ich genau. Ich war gerade noch rechtzeitig aufgewacht! Als ich mich hinsetzte, stellte ich erleichtert fest, dass ich zur Toilette musste. Normalerweise wäre es mir unheimlich gewesen, im Dunkeln nach draußen auf das Plumpsklo zu gehen, aber diesmal war mir der Gedanke regelrecht angenehm. Im Freien würde ich vielleicht den Albtraum abschütteln können. Ich schlüpfte aus dem Bett, zog meine Hose an und nahm die Stiefel mit in die Küche. Auf dem Tisch brannte eine Petroleumlampe. Ich nahm meine Jacke vom Haken und ging nach draußen.

Das Plumpsklo stand etwas unterhalb der Scheune, neben einem windschiefen Maisspeicher. Angesichts des großen, hellen Mondes ging es mir gleich besser, und ich überlegte schon, ob ich nicht wieder ins Haus gehen und mich bis zum nächsten Morgen zusammenreißen sollte. Aber wie es eben so ist: Kalte Luft und eine volle Blase vertragen sich nicht. Auf einmal hatte ich es eilig. Ich zog die Schultern hoch und ging weiter, begleitet von meinem Schatten, der im Mondschein neben mir über das Gras hüpfte.

Als ich kurz vor der Scheune war, hörte ich Schritte.

Sie hatten nichts Verstohlenes an sich – nur Ledersohlen auf Holz, ein Mann, der über Holzplanken geht. Trotzdem standen mir die Haare zu Berge, schließlich war es mitten in der Nacht. Bis mir einfiel, dass das Dad sein musste, der auf der Ladefläche des alten Getreidelasters hinter der Scheune auf und ab wanderte.

Plötzlich hörten die Schritte auf – ich bekam eine Gänsehaut –, dann setzten sie wieder ein.

Inzwischen wusste ich genau, dass es Dad war. Man erkennt

den Gang des eigenen Vaters einfach am Rhythmus. Trotzdem, es war tiefste Nacht, der Traum wirkte noch nach, und das Mondlicht gaukelte mir alle möglichen Trugbilder vor. Ich schlich auf Zehenspitzen weiter, drückte mich in den Schatten der Scheune und lugte vorsichtig um die Ecke.

Tatsächlich, es war Dad, der auf der Ladefläche auf und ab ging. Nichts Ungewöhnliches für Dad, er betet gern im Gehen.

Habe ich schon erwähnt, dass die Ladefläche ungefähr einen Meter über der Erde war? Das darf ich nämlich nicht vergessen, weil es jetzt wichtig wird.

Dad hatte die Hände auf die Augen gepresst; er hätte mich auch dann nicht bemerkt, wenn ich plötzlich mit den Armen gerudert hätte und losgeflogen wäre. Er bewegte die Lippen. Er tröstete Swede und mich oft mit dem Spruch *Euer Herz erschrecke sich nicht und fürchte sich nicht* aus dem Johannesevangelium, und mir war klar, dass er in diesem Augenblick selbst Trost gebraucht hätte. Ich wusste nicht, was ich tun sollte, hatte irgendwie das Gefühl, dass Dads Unruhe etwas mit Finch und Basca zu tun hatte, oder mit Davy, für den die Sache offenbar längst noch nicht erledigt war. Ich wurde wütend auf meinen Bruder, der gemütlich im Bett lag und schnarchte. Penner.

Während ich noch dastand und ihn beobachtete, wanderte Dad geradewegs über den Rand der Ladefläche hinaus.

Ich sah es kommen – die Hände auf den Augen, der gleichmäßig zügige Schritt. Ich wollte zu ihm laufen und ihn warnen, aber irgendetwas hielt mich zurück. Mit steifen Knien und stockendem Herzen stand ich da, als Dad über den Rand hinaustrat.

Und nicht hinunterfiel.

Er ging einfach weiter – Gott ist mein Zeuge. Er ging durch die Luft, unaufhörlich betend, zwischen den Sohlen seiner Stiefel und den Disteln nichts als ein Meter Leere. Im Mondschein fiel sein seltsam losgelöster Schatten auf die Erde; in der Scheune gurrte eine verschlafene Taube; Dads Stiefel berührten die Spitzen der hohen Grashalme, die zwischen den Disteln wuchsen, und sie neigten sich, als ob der Wind über sie hinwegstrich. Das werde ich niemals vergessen. Auch nicht, wie wohlig schwummerig mir dabei wurde, als ob jemand warmen Rauch durch mich hindurchgeblasen hätte. Dad ging vielleicht dreißig Schritt, blieb stehen und kam wieder zurück. Er hielt sich immer noch die Augen zu. Ich weiß nicht, ob er je erfahren hat, welchen Auftrieb ihm sein Glauben in jener Nacht verlieh. Es war plötzlich still geworden, seine Füße wanderten geräuschlos über das Nichts, ich hörte seine Gebete – und stellte zu meiner Überraschung fest, dass seine Bitten gar nicht Davy, sondern mir galten. Dann landete seine Stiefelsohle wieder auf der Ladefläche, und er ging wie ein ganz normaler Mensch weiter, wieder im Einklang mit der Realität und den Naturgesetzen.

Ausgerechnet in diesem Augenblick fiel mir wieder ein, warum ich überhaupt nach draußen gegangen war. Sehnsüchtig sah ich zum Plumpsklo hinüber. Wenn ich da hinwollte, musste ich mit verknoteten Beinen direkt an Dad vorbei – der auf der Hand des Allmächtigen wandelte! Ich wusste, was Ketzerei war; Swede hatte mir oft genug gruselige Geschichten darüber vorgelesen. Vorsicht ist besser als Nachsicht. Auf der anderen Seite des Hofs war ein Weidendickicht, und in der gebotenen Eile begab ich mich dorthin.

Denn meine Kuchen sind wahrlich prachtvoll

Als wir heimkamen, war unsere Haustür schwarz geteert. Von oben bis unten. Es war spät, der Himmel war bewölkt, und wir bemerkten erst gar nicht, dass etwas nicht stimmte. Ich für mein Teil hatte genug mit dem Atmen zu tun. Während der Fahrt hatte ich gespürt, wie sich die Luft veränderte, wie sie trockener und wärmer wurde, und voll war von winzig kleinen, unsichtbaren Teilchen, die mir auf die Lunge schlugen. Als wir zu Hause ankamen, schaffte ich es gerade noch mit Müh und Not, den Sack mit den beiden in Zeitungspapier eingeschlagenen Gänsen die Treppe hinaufzuschleppen. Dad war direkt hinter mir, er hatte Swede auf dem Arm, die tief und fest schlief und, nebenbei bemerkt, ziemlich unvorteilhaft schnarchte, der Beweis, dass sie sich nicht nur schlafend stellte. Dann sagte Davy, der den Haustürschlüssel hatte: »Was ist denn das da für ein Zeug an der Tür?«

Es war fast ein ganzer Kanister Dachteer, mit einem Spachtel dick auf unsere stabile Tür geschmiert. Spachtel und Kanister würden wir am nächsten Morgen in den Wacholderbüschen neben dem Haus finden; zunächst einmal war es so, dass Davy schweigend herumstand und Dad handelte. Er trug Swede über die geschändete Schwelle und legte sie angezogen ins Bett. Als er bemerkte, wie flach ich atmete, musste ich mich in seinen Sessel setzen und durfte mich nicht mehr bewegen, bis er sich um mich kümmern konnte.

Hier möchte ich eine kurze Anmerkung über das Atmen einschieben. Wer an das Luftholen noch nie einen Gedanken zu verschwenden brauchte, wen es nie körperliche Anstrengungen gekostet hat, wer sich noch nie in endlosen dunklen Nachtstunden im Bett hin und her gewälzt hat, aus Angst, nie wieder zu atmen, wenn er vom Schlaf überwältigt wird, den kann ich nur um Nachsicht bitten. Denken Sie an einen Blasebalg, mit dem man ein Feuer anfacht. Ist es nicht toll, wie er die Luft bewegt? Und jetzt stellen Sie sich ein bösartiges Samenkorn vor, das der Wind angeweht hat, das beim Pumpen in den Blasebalg gerät und sich darin festsetzt. Langsam – ganz langsam! – beginnt etwas zu wachsen. Anfangs bemerkt man es gar nicht, man muss nur etwas fester pumpen, um eine Flamme zu bekommen. Aber mit der Zeit sieht man, dass sich der Blasebalg nicht mehr ganz schließt – er atmet flacher. Und tief in seinem Inneren wird das Gewächs immer größer. Man schließt die Augen und konzentriert sich, man hofft, dass es von selbst wieder vorbeigeht. Einatmen. Ausatmen. Man denkt an die Arktis mit ihrer sauberen Schneelandschaft, in der keine Pollen lauern. Man stellt sich einen großen weißen Bären vor, der unter einem kalten blauen Himmel über das Packeis trottet, schon seit Tagen – einatmen, ausatmen –, seine Lunge ein zufrieden schnaufender Blasebalg. Mühelos legt er die größten Entfernungen zurück. Man denkt: *Ich bin der Bär.* Das wirkt eine Zeit lang, oder man glaubt es zumindest. Der Schnee knirscht, die Nüstern dampfen, man trottet, man atmet. Aber schon bald hilft es nichts mehr. Man kann machen, was man will, der Blasebalg ist zugewuchert. Man kann nur noch japsen; die Puste würde nicht einmal reichen, um die Kerze auf dem Geburtstagskuchen eines Babys auszublasen. Die Luft ringsum wird stickig und klebrig, man quält seine verstopfte, verklebte Lunge, ist in eiskalten Schweiß gebadet und weiß, wie unendlich weit es noch bis zum Morgen ist, im Haus herrscht Stille, nur das gleichmäßige Atmen der Familie, und wenn man aus schierer Erschöpfung einschläft, wird das Gewächs siegen, und wenn die Sonne aufgeht, sitzt man in verklärter Gestalt vor Gottes Thron und singt Choräle.

Ohne Übertreibung.

Mit meinem verklebten Blasebalg saß ich in Dads Sessel,

während er im Küchenofen Feuer machte, einen Topf Wasser aufsetzte und etwas Salz und Backpulver hineinschüttete. Dann verschwand er im Keller und kam mit einem Einmachglas wieder zurück.

»Petroleum«, erklärte er. »Vielleicht geht der Teer damit ab.« Er zwinkerte mir so unbekümmert zu, dass ich mich wieder an das Gefühl der Geborgenheit erinnerte, das mich erfüllt hatte, als er über den Rand der Ladefläche hinausgetreten war. Es war ein Trost, aber das Atmen machte es mir auch nicht leichter. Und zum ersten Mal drängte sich mir der Gedanke auf, dass es für diesen Mann, meinen Vater, der von Gott geliebt wurde, der Wunder bewirkte – schließlich konnte er durch die Luft gehen –, ein Kinderspiel sein müsste, meine kranke Lunge zu heilen. Ein Klacks.

Als das Wasser kochte, stellte Dad den Topf auf das Hackbrett und das Hackbrett auf meinen Schoß. Er breitete eine Decke über mich, formte eine Art Dampfzelt. Darunter wurde es sofort so heiß, dass die Vorstellung von mir Besitz ergriff, mein Gesicht würde dunkel und ginge auf wie ein Hefebrot; aber der Druck auf meine Brust ließ nach.

»Alles klar?«, fragte er.

Ich nickte unter der Decke. Er öffnete die Tür, und die Kälte kam herein. Ich hörte, wie er das Glas mit dem Petroleum aufschraubte, ein paar Lumpen zerriss und an dem Teer herumrieb. Die Tür war dunkelgrün gestrichen gewesen, ein wunderschönes Jägergrün, wie Dad es nannte, der einzige Schmuck eines Holzhauses, das ansonsten genauso weiß und unscheinbar war wie alle anderen bei uns im Mittleren Westen. Im Dezember verlieh die grüne Tür unserem Haus eine weihnachtliche Note und entschädigte uns für das Fehlen bunter Lämpchen. Mir tat vor allem Swede Leid, die in unserer Familie für die Verbreitung von Weihnachtsstimmung zuständig war. Im vergangenen Jahr hatte sie gelernt, wie man Zuckerplätzchen backt, und uns von Thanksgiving an ungefähr dreimal in der Woche damit beglückt. Wir gaben uns die größte Mühe, sie zu essen, was nicht immer ganz einfach war. Denn Swede war ziemlich unorthodox, was die Verzierungen anging, und hatte zum Beispiel einmal tiefgefrorene Erbsen statt Rosinen genommen – wegen der Farbe – und Santa Claus einen Rauschebart aus harten Maccaroni gebastelt. Ich erinnere mich noch, dass sie Davy nicht aus den Augen ließ, als er ein Plätzchen von der letzten Sorte knabberte, und wie überzeugend Davy ihr Freude und Genuss vorspielte. Nachdem er Santa verspeist hatte, krönte er diese Leistung mit einem herzhaften Rülpser, der sogar mich überzeugte, dass es ihm geschmeckt hatte.

Dad sagte: »Also, die Schwelle ist wieder einigermaßen sauber, aber ich glaube, die Tür ist hin.«

Unter der Decke zuckte ich mit den Schultern.

Dad fuhr fort: »Ich erzähle dir wohl besser, wem wir diese Bescherung zu verdanken haben.«

Aber ich wollte nichts mehr von Israel Finch und Tommy Basca hören. Vorher hatte es mich noch interessiert, aber da waren wir auch nicht zu Hause gewesen, sondern vier Stunden Autofahrt entfernt, was das Problem zwar nicht weniger bedrückend, aber unwirklicher machte. Jetzt waren wir in ein geschändetes Haus zurückgekehrt. Als Dad das Verandalicht eingeschaltet und ich die Tür gesehen hatte, war mir richtig flau geworden – speiübel, um genau zu sein. Ich hatte neben Davy gestanden und gefühlt, dass etwas Unheimliches mit ihm vorging, und in dem Moment wusste ich, dass unser Leben nie wieder ganz so sein würde wie früher. Das war genauso unumstößlich wie die Tatsache, dass unsere lustig grüne Tür jetzt schwarz war.

»Ich weiß Bescheid über die Sache mit Dolly und diesen Kerlen«, sagte ich zu Dad.

Er reagierte nicht gleich auf meine Eröffnung; immerhin hatte er nicht gewollt, dass Swede und ich davon erfuhren. In dem Moment war ich froh, die Decke über dem Kopf zu haben. Schließlich hörte ich ein leises Lachen.

»Dann hast du jetzt die Gelegenheit, etwas über das Prinzip der Eskalation zu lernen«, sagte er.

Ich kannte das Wort. Die Lehrer benutzten es, wenn man sie nach den Atombunkern in der Schule fragte. »Wie im Krieg?«

»Ja, ganz genau wie im Krieg.« Er zog sich einen Küchenstuhl heran. »Was macht der Dampf? Wirkt er schon?«

Ich nickte.

»Gut. Also dann. Nehmen wir einmal an, es gibt Krieg. Die eine Nation will etwas, was der anderen gehört, Land zum Beispiel, oder Goldminen.«

»Oder die schöne Helena«, warf ich ein. Swede hatte mir alles über sie erzählt und über die tausend Schiffe. Kaum zu glauben.

»Oder auch die schöne Helena, genau. Ausgezeichnete Auffassungsgabe, Reuben. Also dann. Die zweite Nation hat nicht die Absicht, sich von ihrem Schatz zu trennen, also beschließt der Aggressor, ihn sich mit Gewalt zu nehmen.«

»Okay.«

»Gut. Nehmen wir mal an, die angegriffene Nation ist die Schwächere, aber sie hat gute, starke Alliierte.«

»Freunde?«

»Ja, Freunde. Also, nach dem ersten Zusammenstoß greifen die Alliierten der angegriffenen Nation ein und kommen ihr zur Hilfe …«

Und so weiter, und so fort. Um ein Uhr morgens, nach Teer und Petroleum riechend, erklärte Dad mir die Auseinandersetzung im Umkleideraum in den Begriffen der Kriegsethik. Es war interessant, aber solche Interpretationen haben die Tendenz, die Schreie derer zu ersticken, die wirklich dabei waren, nämlich Israel Finch und Tommy Basca.

Denn geschrien haben sie. Und wie.

Was jetzt kommt, habe ich später von Davy erfahren, nachdem er die Einzelheiten aus Dolly herausgeholt hatte. Dolly, eine eifrige Klarinettistin, deren guter Wille ihr Talent bei weitem überstieg, hatte mit der Schulkapelle das Footballspiel begleitet. Nach der Halbzeitpause war sie mit ein paar anderen ins Schulgebäude gelaufen, um die Instrumente im Musikzimmer wegzuschließen. Dolly wollte mit ihren Freunden noch auf die

Bowlingbahn, da sich unsere Mannschaft mal wieder in Grund und Boden spielen ließ – die Plainsmen haben noch nie für eine spannende Partie gesorgt. Als sie gerade losziehen wollten, fiel Dolly ein, dass sie ein Paar Schuhe im Umkleideraum vergessen hatte. Sie würde die Schuhe am Wochenende brauchen, also sagte sie den anderen, sie sollten schon einmal vorgehen, sie würde sie dann einholen.

Ungefähr zur gleichen Zeit war Dad im Umkleideraum der Jungen, den die Plainsmen gerade wieder verlassen hatten. Das Spiel stand 21:3 für die Gegner, und in der Halbzeitpause hatten die Jungs Saures gekriegt. Weil Trainer Heintz Niederlagen persönlich nahm, ließ er sie auch seine Spieler persönlich büßen – vor allem seinen Sohn Robert, eine blasse Künstlernatur, die mit Schulterpolstern eine groteske Figur abgab. Unglücklicherweise hatte Robert in den letzten Sekunden der ersten Halbzeit einen Pass in der Endzone versiebt. Wenn er jemals in seinem Leben auf Milde gehofft hatte, dann bestimmt während des schweren Gangs in die Kabine; aber das konnte er vergessen. Dad erzählte später, dass er Trainer Heintz' wüste Beschimpfungen bis in die Cafeteria hatte hören können. Als er einige Minuten später mit seinem breiten Hausmeisterbesen in den Umkleideraum kam, waren die Spieler schon wieder auf dem Platz. Vor Roberts Spind lag eine Pfütze Erbrochenes.

Dad schüttete gerade einen Eimer Sägmehl auf die Stelle, als er hinter der dünnen Wand auf einmal derbes Gelächter hörte – im Umkleideraum der Mädchen. Inzwischen hätte eigentlich kein Mensch mehr im Gebäude sein dürfen, schon gar nicht im Umkleideraum der Mädchen und schon überhaupt gar nicht, wenn er überhaupt kein Mädchen war.

Als Dad das Lachen noch einmal hörte, diesmal begleitet von einem erschreckten Aufschrei, nahm er seinen langen Besen und schraubte den Hartholzstiel ab.

Dolly kniete vor ihrem Spind, als ächzend die Tür des Umkleideraums aufging. Sie dachte, es sei vielleicht ihre Freundin Christine, die auch mit zur Bowlingbahn gehen wollte. Christine war ihre Vertraute, und mit ihr konnte sie wohl am besten über ihre Schwärmerei für Davy sprechen. Doch dann ging das Licht aus, und als sie nervös fragte, wer da sei, bekam sie keine Antwort. Stattdessen sah sie, wie neben ihr an der Wand der zuckende Strahl einer Taschenlampe aufflammte.

Eines muss man Dolly lassen: Sie war von Natur aus keine Heulsuse. Sie schnappte sich den härtesten Gegenstand, der ihr im Dunkeln in die Finger kam: das Vorhängeschloss ihres Spinds. Eine Kleinigkeit! Ein Kinderspiel!, müssen sich die beiden Jungen gedacht haben, als sie Dolly da kauern sahen, das süße Kinn entschlossen vorgereckt. Man stelle sich die wahnsinnige Freude in ihren Herzen vor! Israel lachte gerade auf, als Dolly hochschoss, ausholte und mit dem Vorhängeschloss nach der Taschenlampe warf. Gott sei's gedankt. Sie traf Israel Finch links neben dem Adamsapfel, sodass er die Lampe fallen ließ und sich an den Hals fasste. Einen Augenblick lang hatte Dolly die Hoffnung, fliehen zu können – »Ich blute«, schrie Israel. »Ich blute, Tommy!« –, aber leider hatte das Schloss nur einige Gefäße angeritzt und die Halsschlagader verfehlt. Als sie an Israel vorbeischlüpfen wollte, lief sie Tommy Basca, der sich nicht mit einer Taschenlampe verraten hatte, genau in die Arme. Schnaubend hielt er sie fest.

Israel Finch rappelte sich hoch und leuchtete Dolly an. Dann befahl er Tommy, ihre Arme festzuhalten, und Tommy brüllte vor Lachen, als ob er in seinem beschränkten Leben noch nie etwas Witzigeres gehört hätte. Als Israel feststellte, dass seine Verletzung nicht tödlich war, verpasste er Dolly einen Schlag auf den Mund und sagte, das solle sie ihm büßen. Er streckte seine stinkenden Pranken nach ihr aus und riss ihr den Pullover auf. An der Stelle hätte Dolly den Kampf eigentlich aufgegeben, wie sie später erzählte, doch da sah sie Dad hinter Israels Schulter auftauchen. Dabei hätte er eigentlich gar nicht zu sehen sein dürfen: Das einzige Licht im Raum kam von der Taschenlampe, und die war auf Dolly gerichtet. Sie sagte, Dads Gesicht habe aus sich heraus geleuchtet, hell und heiter, wie das Gesicht eines

Engels. Wie der Mond sei es hinter Israel Finch aufgestiegen, nur schneller, und als Tommy Basca es sah, bekam er einen solchen Schreck, dass er sie losließ und sie auf den Hintern plumpste. Sie sagte, Dad sei eine ebenso leuchtende wie lautlose Erscheinung gewesen, nur ein seltsames Pfeifen habe sie gehört, aber das kam nicht von ihm, sondern von dem Besenstiel, der sich ein Ziel suchte – und fand. Das Seltsamste daran war, wie Dolly sagte, dass die Jungen nicht einmal mehr weglaufen konnten – Tommy ging kreischend in die Knie, noch bevor ihn der erste Schlag traf, Israel warf sich auf den Boden und stöhnte, als ob der Teufel in seinen Eingeweiden wüten würde. Es war, als ob die beiden plötzlich den Verstand verloren hätten, erzählte Dolly, obwohl ihre eigene Reaktion auch nicht viel vernünftiger ausfiel – sie konnte plötzlich nicht mehr aufhören zu lachen. Dads Gesicht leuchtete immer noch, obwohl inzwischen auch die Taschenlampe ausgegangen war; er lächelte (sagte Dolly), wenn auch mit einem furchtbar melancholischen Ausdruck in den Augen, während er den Besenstiel im Sekundentakt auf Finch und Basca niedersausen ließ, die unverständliches Zeug brabbelten. Dolly sagte, das Lachen sei einfach durch sie hindurchgeströmt, und sie habe nicht nur aus Erleichterung gelacht, wie man vielleicht meinen sollte, sondern auch aus einer übermütigen, heiligen Freude heraus, die sie nie zuvor empfunden habe, nicht einmal als Cheerleader.

Schade, dass ich nicht dabei gewesen bin. Noch besser wäre es natürlich gewesen, wenn Davy es mit ansehen hätte können. Davy vertrat nämlich die Ansicht, dass die beiden Jungen mit einer viel zu milden Strafe davongekommen waren. Möglicherweise hatte er sogar Recht damit, aber so, wie er sich darüber ärgerte, dass Dad die beiden nicht einfach umgebracht hatte, wäre es mir lieber gewesen, er hätte miterleben können, welche fürchterlichen Prügel sie hatten einstecken müssen. Auch wenn Dad ihnen vielleicht keine »Gottesfurcht« eingebläut hatte, wie Dolly es hoffte, so hatte er ihnen doch auf jeden Fall eine gesunde Furcht vor Jeremiah Land beigebracht.

Dad brachte Dolly nach Hause, redete kurz mit ihrem Vater und fuhr dann wieder zurück, um die Schule abzuschließen. Das Footballspiel war zu Ende – 56:6. Als Dad fertig war und im Mantel nach draußen kam, wurde er von Israel erwartet, der sich seltsam krumm und schief vor ihm aufbaute. Näselnd sagte er: »Ich wollte Ihnen noch was sagen, Hausmeister.«

Dad hat Davy später Israels Gesicht beschrieben, geschwollen und verfärbt wie ein dicker Kürbis.

»Tommy und ich behalten von jetzt an Ihre Familie im Auge«, sagte Israel Finch. »Und zwar die ganze Familie. Kapiert?«

»Eskalation«, sagte Dad.

Das Wasser hatte sich unter dem Dampfzelt abgekühlt. »Und wie sollen wir zurückschlagen?«, fragte ich. Schließlich waren jetzt wir wieder am Zug. Ich konnte mir zwar nicht vorstellen, dass sich Dad wegen einer verschandelten Tür an Finch und Basca rächen würde, doch das Wort Eskalation hatte etwas Unabwendbares an sich, als würde es einen immer höher und weiter forttragen, ohne Rücksicht auf die eigenen Wünsche oder den gesunden Menschenverstand.

Aber Dad lachte nur leise und zog die Decke weg. »Gar nicht. Überhaupt nicht! Diese Burschen haben einfach noch nicht erkannt, dass wir schon längst gewonnen haben. Der Sieg ist unser.«

Ich sah blinzelnd zu ihm auf. Er sagte sanft: »Du hast das auch noch nicht erkannt, hm?«

»Nein, Sir.«

Da hob er mich hoch, trug mich in mein Zimmer und legte mich aufs Bett, ganz so, als ob ich in den letzten beiden Tagen nicht ein ganzes Stück erwachsener geworden wäre.

Gut anderthalb Tage lang schaffte ich es, mir über diese Eskalationsgeschichte Sorgen zu machen, doch dann gewann die Routine wieder die Oberhand. Wenn Swede und ich morgens um sechs Uhr mit verquollenen Augen aufstanden, war Davy längst unterwegs und sah nach seinen Bisamrattenfallen. Dad saß schon am Tisch, wenn wir in die Küche kamen, die King-James-Bibel aufgeschlagen vor sich, den köstlich duftenden Kaffee auf dem Ofen. Wir kochten Haferbrei und richteten Schüsselchen mit den verschiedenen Zutaten her – weißer Zucker, Korinthen, Kokosflocken. Während der Brei blubberte und dampfte, lehnte Dad sich zurück, schloss in ein und demselben Moment die Augen und die Bibel und verharrte eine Zeit lang in dieser Haltung. Dann sprang er auf, lobte uns als begnadete Köche und tunkte einen Löffel in den Brei. Man hätte meinen können, der Topf enthielte eine phantastische Köstlichkeit – zum Beispiel Muscheln.

Anschließend mussten wir in die Schule, wo ich in Geographie und Grammatik gegen den Strom schwamm und Swede versuchte, sich bei ihrer Lehrerin mit heroischen Versen einzuschmeicheln, weil sie nichts für komplizierte Rechenaufgaben übrig hatte. Miss Nelson fiel nichts mehr dazu ein, wenn ihr Swede – nicht einmal neun Jahre alt, Grübchen und Blondhaar – ein Gedicht wie »Sunny Sundown rettet die Lohnkasse« abgab.

Die Männer aus der Redtail-Mine hassten ihren Boss.
Sie drängten sich vor seiner Tür und rüttelten am Schloss.
Der eine schrie: »Wir häng'n ihn auf, er zahlt uns keinen Lohn.
Der Dreckskerl frisst sich voll den Wanst, und wir? Wir hungern schon.«
Dem fetten Mann im Lohnbüro, dem schlotterten die Glieder,
Und über seine Kinne strömten dicke Tränen nieder.
Die Kutsche, die das Lohngeld bringt, kam dreimal schon nicht an.
Valdez hat sie beraubt, der Schuft, den keiner stoppen kann.

Swede hatte ihr Herz schon in jungen Jahren an den Wilden Westen verloren, woran Dad seine große Freude hatte. Er versorgte sie mit zerfledderten Zane-Grey-Taschenbüchern, die aus der Schulbibliothek ausgemustert worden waren, *Wilderness Trek*, *Robbers Roost* und natürlich *Riders of the Purple Sage*. Swede verschlang sie wie Schokoriegel. Und hatte sich ihre Sprache erstaunlich gut zu Eigen gemacht.

Nun trat der Mob die Türe ein, nun fanden sie ein Seil,
Nun lag der Boss auf seinen Knien, sucht' im Gebet sein Heil.
»Ach lieber Gott, ich bin nicht schuld, auch wenn mir keiner glaubt.
Die Schuld hat dieses Schwein Valdez, der mir den Lohn geraubt.
O Gott, ich fleh dich an, lass mich an ihrem Strick nicht schwingen.
Schick mir den Retter in der Not, der Valdez kann bezwingen.«

Ich war begeistert. Es geht doch nichts über ein starkes Metrum, um einem Gedicht Manieren beizubringen. Der freie Rhythmus ist noch nicht erfunden, der eine Stimmung wie diese einfangen könnte:

Ein Schweigen senkte sich herab, und jedem wurde bang,
Und jeder hielt den Atem an, als plötzlich Hufschlag klang.
Sie sahen einen Mustang nah'n, den Reiter stillestehn.
Sah'n ihn sie mustern, Mann für Mann, als könnt ihr Herz er sehn.
Des Reiters Kleider waren schwarz, sein Pferd so falb wie Rauch,
Sein Auge blau, der Blick so kalt wie eines Gletschers Hauch.
»Wer den da aufknüpft«, rief er laut, »den häng ich selber hin!
Ich halte nichts von Lynchjustiz, so wahr ich Sundown bin.«

Und dann geht es erst richtig los: Natürlich übernimmt Sundown den Auftrag, die Lohngelder wiederzubeschaffen, wird aber von Valdez, der viel schlauer ist, als alle denken, aus dem Hinterhalt überfallen. Dann beginnt die Verfolgungsjagd, die in ein Land führt, wo die Sonne glühend heiß vom Himmel brennt und der Boden trocken wie Zunder ist, ein Land voller »Schlangen, Schluchten, Totenschädel«. Ich habe viele alte Gedichte von Swede aufbewahrt. Dieses hier trägt auf der Rückseite einen Vermerk von Miss Nelson, in ihrer ruhigen, femininen Handschrift: Ausgezeichnet! Wenn du Mr. Sundown das nächste Mal begegnest, richte ihm doch bitte aus, dass du eine Lehrerin kennst, die sich gern einmal mit ihm treffen würde.

Ja, ja – wenn sich erst die Routine einschleicht, geht die Vorsicht schnell verloren. Schon Mittwochabend fingen wir an, leichtsinnig zu werden.

Natürlich war es unser Kirchenabend. Wir gingen zu den Methodisten, auch wenn wir keine Gemeindemitglieder waren. Im vergangenen Jahr waren wir von den Roofinger Lutheranern übergewechselt, eine Entscheidung, die ich immer noch nicht so ganz verstanden hatte. Der neue Geistliche predigte nicht halb so mitreißend wie sein Kollege. Darüber hinaus war Pastor Reach schmächtig, hinkte und hatte einen Sprachfehler, der einige seiner Konsonanten beeinträchtigte. Swede und ich waren bis dahin an redegewaltige Predigten gewöhnt gewesen, unser früherer Pastor konnte einem ins Gewissen reden wie kein anderer. Außerdem schien er, wie Dad sagte, eine ganz besondere Ausgabe der Heiligen Schrift zu besitzen, denn sie enthielt Stellen, die in unserer King James nicht vorkamen – Stellen über das Kartenspielen zum Beispiel, über Rock and Roll und die Russen. Unser früherer Pastor hatte so viel Energie, dass ihm die Seelsorge nicht ausreichte; er schrieb regelmäßig Leitartikel für die Zeitung in der Bezirkshauptstadt Montrose, in denen er die Leser aufstachelte und die ihn zum Star machten. Pastor Reach hatte keine solchen Ambitionen. Er hatte eine Frau, Eunice, die Klavier spielte und die ich einmal dabei belauschte, wie sie darum betete, dass der »Feigenbaum Blüten tragen möge«. Er hatte eine einfache Bibel, genau wie unsere, und hielt sich in seinen Predigten daran. Im traurigen Bewusstsein seiner eigenen sündigen Natur war Pastor Reach ein großer Verfechter der Vergebung; sie lag ihm sehr am Herzen. Aber spannend war das nicht.

Trotzdem freute ich mich an diesem Mittwochabend besonders auf die Kirche. Aus zwei Gründen: Zum einen hatte ein Erweckungskreuzzug in Montrose Station gemacht, und Pastor Reach war es gelungen, den angesehenen Reverend Johnny Latt zu bewegen, bei uns zu predigen. Zum anderen hoffte ich, dass die reizende schwarzhaarige Bethany Orchard am Gottesdienst teilnehmen würde.

Manchmal frage ich mich noch heute, was wohl passiert wäre, wenn Dad und ich an jenem Abend zu Hause geblieben wären oder wenn wir Davy und Swede in die Kirche mitgenommen hätten. Die Eskalation eines Krieges ist eine rätselhafte Sache, nicht einmal gute Menschen und Propheten können sie vorhersehen. Und Swede kam nun mal nicht mit – soweit ich mich erinnere, war es das einzige Mal, dass ich ohne sie in dic Kirche ging. Mir war es ganz recht, weil ich zu gern ein paar Worte mit Bethany wechseln wollte, ohne meine Schwester als Zuhörerin dabeizuhaben. Swedes Abwesenheit kam mir also ausgesprochen gelegen.

So bereitet man durch Achtlosigkeit dem Schicksal den Weg.

Im Auto sagte Dad: »Du hast sicher schon einiges über Reverend Johnny gehört.«

»Jeff Swanson hat gesagt, er ist ein Halleluja-Billy«, antwortete ich mutig. Eigentlich war Halleluja-Billy nur der Anfang gewesen; erst danach war Jeff richtig in Fahrt gekommen.

Dad überlegte einen Augenblick. »Ein Halleluja hat noch keinem geschadet, Reuben.«

»Passiert was, wenn er predigt?« Ich hatte nämlich noch mehr über Reverend Johnny gehört: dass die Menschen auf ein Wort von ihm in Ohnmacht fielen und sich zuckend auf dem Boden wälzten, während andere in fremden, babyartigen Sprachen redeten und einem die Prophezeiungen nur so um die Ohren flogen. Wenn man den richtigen Abend erwischte, standen angeblich auch halb tote Krüppel aus ihren Rollstühlen auf und torkelten auf ihn zu, um sich zu bedanken.

»Das hoffe ich, Rube«, sagte Dad. Wir hielten vor der Kirche an, die schon jetzt überfüllt zu sein schien. Als ich aussteigen wollte, legte Dad mir die Hand aufs Knie. »Reuben. Weißt du, warum ich Swede bei Davy gelassen habe?«

»Nein, Sir.«

»Weil ich glaube, dass Swede für eine solche Veranstaltung vielleicht doch noch zu jung ist. Ich bin mir nicht einmal sicher, ob du schon reif genug dafür bist.«

»Bin ich«, sagte ich etwas abrupt. Ich war ihm zwar dankbar, dass er sich Sorgen um mich machte, aber trotzdem nicht ganz bei der Sache, denn soeben hatte ich Bethany Orchard in die Kirche gehen sehen. Bevor die Tür hinter ihr zufiel, hatte sie noch einmal zurückgeschaut und mich angelächelt. Dad sagte: »Meine Güte, ist die aber niedlich.« Ich bekam heiße Ohren, und wir gingen ebenfalls hinein.

Also dann: Ich werde mich nicht allzu lange bei Reverend Johnny aufhalten, weil das, was in der Kirche geschah, nicht halb so wichtig ist wie das, was zu Hause passierte. Trotzdem, man stelle sich vor, man kommt in eine Kirche, und das Erste, was man sieht, ist der Geistliche, der sich mit einer Trompete in der Hand von seinem Platz erhebt. Genau das tat nämlich Reverend Johnny. Unsere sanften Roofinger Methodisten waren Musikinstrumente nicht gewöhnt, außer Orgeln und Klavieren, aber für diese Trompete erwärmten sie sich sofort. Und der Reverend spielte persönlich – damit meine ich zum einen laut, zum anderen aber auch meisterlich, was er seinem guten Gehör und seinem mächtigen Brustkasten verdankte. Er war ein großer, schwerer Mann, und obwohl er die siebzig wahrscheinlich längst überschritten hatte, war sein Haar noch immer dicht und dunkel. Er hielt sich sehr aufrecht und hatte so breite Schultern, dass er sich auch um Mitternacht in die finsterste Gasse hätte wagen können. Begleitet wurde er von seinem jüngeren Bruder, der Saxophon spielte, von seiner Frau, einer Organistin mit einer zarten Stimme und einem lieben, wehmütigen Zug um die Augen, und von seinem dicken, schwächlichen Sohn, der ausgerechnet Querflöte spielte und dem man auf den ersten Blick ansah, dass er die Latt'schen Kreuzzüge nach dem Tod seines Vaters nicht mehr allzu lange weiterführen würde.

Die Musik allein dauerte so lange wie sonst ein normaler Mittwochabendgottesdienst – schöne Musik, wie ich bis heute finde, melodisch und zum Ruhme Gottes gespielt, aber trotz allem: ungewöhnlich laut. Nach einer halben Stunde dröhnte mir der Schädel. Als ich den Kopf zur Seite drehte, fiel mein Blick durch die aufsteigenden Hitzeschwaden auf Bethany, die so kühl aussah wie ein Morgen im Mai. Ihr Anblick tat meiner Seele so gut, dass ich alle paar Minuten zu ihr hinübersehen musste. Und weiter ging es, mit »He Leadeth Me« und »The Old Rugged Cross« und mit – Schreck lass nach – »When the Saints go Marching in«, worüber Dad leise lachte, was ich aber eher fühlte als hörte. Es folgte eine Trompetenversion von »Shall We Gather at the River?«, die ebenso schön wie bestialisch laut war – ich war mir nicht sicher, aus welchem der beiden Gründe mir plötzlich zum Heulen zu Mute war. Als ich wieder einmal zur Seite linste, fing Bethany meinen Blick auf. »Vorwärts, Christi Streiter.« Nachdem fast eine Stunde vergangen war, schloss ich die Augen. Im Geiste sah ich mich selbst von der Seite, wie mir ein Faden Blut aus dem Ohr lief.

Dieses Bild war schon schlimm genug, aber als ich dann auch noch feststellen musste, dass Bethany nicht mehr da war, stand ich auf und schlich hinaus. Ich spürte Dads Blick im Rücken und drehte mich fragend um. Reverend Johnny trug gerade eine kühne Fassung von »Amazing Grace« vor, hoch aufgerichtet, nicht nach hinten gelehnt wie ein Jazztrompeter, sondern so gerade und standhaft wie eine römische Säule. Die Töne quollen nur so aus ihm hervor, und nichts deutete darauf hin, dass sie jemals wieder aufhören wollten; der Reverend hatte Backen, um die ihn jeder Jazzmusiker auf der Welt beneidet hätte. Ich stieß die Schwingtür auf, den Blick noch immer nach hinten gerichtet, und zum Glück ließ Dad sich erweichen, denn er zwinkerte mir zu, ich solle ruhig hinausgehen und mir eine Pause gönnen. Er schien Verständnis dafür zu haben, dass diese Trompete, aus nächster Nähe genossen, das Ohr eines gewöhnlichen Sterblichen überforderte.

Ich fand Bethany unten in der Küche, wo sie eine Orange schälte, die sie im Kühlschrank gefunden hatte. Als ich zur Tür hereinsah, fragte sie: »Reuben, hast du Hunger?«

»Immer.«

»Dann komm, wir teilen sie uns.«

Bethany Orchard war zwölf – in der Schule nur eine Klasse über mir, aber bei dem universellen kindlichen Wettlauf, dessen Ziel die Reife ist, verfügte sie über einen riesigen Vorsprung.

Als sie mich im Keller der Roofinger Methodistenkirche mit Orangenspalten fütterte, schlug diese Erkenntnis wie ein Blitz bei mir ein. (Für das Füttern konnte ich nichts; ich hatte ihr die Orange abnehmen wollen, aber sie sagte: »Nein, lass mich. Da, bitte schön.«) Während sie die Frucht langsam zerlegte, brummte es in meinem Hinterkopf wie in einem ganzen Heuschreckenschwarm. Anfangs hatte ich mich noch darüber gefreut, dass ich mittlerweile ein wenig größer war als Bethany, aber als ihre Finger mit den Orangenspalten auf mich zukamen, war der alte Abstand zwischen uns wieder da. Ihre Finger waren lang, geschickt, ausdrucksstark: die Finger einer Frau, leicht gerötet vom gründlichen Schrubben. Ihre Finger waren das Erwachsenste an ihr – und ich hatte keine Ahnung, was ich mit dieser Information anfangen sollte. Hatte von nichts mehr eine Ahnung. Die Heuschrecken kamen immer näher. Die Orangenstücke, die sie mir in den Mund steckte, waren so reif, dass ich sie kaum zu kauen brauchte. Über uns war die Musik in einen langsameren Rhythmus übergegangen. Als wir die Orange aufgegessen hatten, wagte ich es, Bethany anzusehen. Nüchtern und sachlich sammelte sie die Schalen ein und warf sie in den Abfalleimer. Das Gefühl der Verlegenheit schien ihr fremd zu sein. Ich hatte Angst, dass sie wieder nach oben gehen würde, und sagte schnell: »Manchmal darf ich bei uns zu Hause kochen.«

Sie sah mich an, und augenblicklich fühlte ich mich wie eines der Dschungeltiere aus einem Roman von Kipling, das dem Blick des Menschen nicht standhalten kann. Ich begann, in der Küche herumzustöbern, öffnete die Schränke und tat so, als ob ich etwas Bestimmtes suchte. Im Kühlschrank fand ich schließlich eine Schachtel Pfannkuchen-Fertigmischung und ein Pfund Butter.

Bethany sagte: »Ich glaube, auf dem Regal überm Herd steht eine Flasche Sirup.«

Leider muss ich an dieser Stelle zugeben, dass wir Reverend Johnnys Predigt verpassten. Ich bekam zwar genau mit, dass die Musik aufhörte und die Predigt begann, aber Bethany und ich waren zu dem Zeitpunkt schon längst mit Rührbesen, Schüssel und leicht dubiosen Eiern zu Gange, und die Freude, mit diesem Mädchen allein zu sein, war stärker als das Unbehagen darüber, Dad zu enttäuschen, der mich sicher längst wieder zurückerwartete.

Was uns schließlich wieder nach oben führte, war ein unüberhörbarer Zwischenfall – ein schweres Poltern, als ob Reverend Johnny von einer Herzattacke niedergestreckt worden wäre. Eine Lampe wackelte. Wir erstarrten und hörten die Stimme des Reverend, rau und stoßweise. Wieder polterte es, wieder schwang die Lampe hin und her. Jemand schrie »Hallelujah«, und dann war es, als ob sich über uns Armageddon aufgetan hätte, so laut wurde das Poltern und Rumpeln, das die Kirche erschütterte. Stellen Sie sich ein Unwetter vor, bei dem es Arme und Beine hagelt – was meinen Sie, wie schnell wir oben waren! Wir schossen die Treppe hinauf und kamen mit quietschenden Schuhsohlen vor der Schwingtür zum Stehen. Im Altarraum sagte eine drängende Stimme so etwas Ähnliches wie: »Bahm, toballah, sakumba-reffej!« Sofort erhob sich eine andere Stimme, die dolmetschte: »Ich bin heute Abend unter euch, meine Kinder«, gefolgt von einer Salve Amen und Hallelujahs. Als wir die Tür einen Spalt breit öffneten, sahen wir, wie Reverend Johnny die Hand ausstreckte und einen Mann an der Stirn berührte. Es war Mr. Layton, der seit Jahr und Tag hinter der Theke seines Lebensmittelladens stand, ein eingefleischter Geizhals und geborener Griesgram. Der Reverend hatte die Augen geschlossen, seine Finger lagen auf Mr. Laytons heller Kopfhaut. Mr. Layton sackte wortlos nach hinten und plumpste zu Boden, geradewegs zwischen den ausgestreckten Armen des jüngeren Latt-Bruders hindurch, der sich unauffällig hinter ihn gestellt hatte, um ihn aufzufangen. Der Aufprall hatte keine sichtbare Wirkung auf Mr. Layton. Friedlich lag er in dem mit umgekippten Methodisten übersäten Raum. Reverend Johnny öffnete die Augen und blickte sich nach dem nächsten Kandidaten um.

Ich merkte, dass Bethany meinen Arm drückte, und blickte zu ihr hin. Sie hatte einen verschlossenen, ängstlichen Gesichtsausdruck. Flüsternd fragte sie, ob es den niedergestreckten Menschen wohl gut gehe. Tatsächlich ließ der Anblick einem die Haare zu Berge stehen. »Die haben nichts«, sagte ich und blickte mich suchend nach Dad um, der mit Sicherheit wissen würde, was da vor sich ging.

Therianus-dequayas-remorey-gangannas, rief ein Mann und hängte noch den einen oder anderen Absatz an. Ich will mich nicht darüber lustig machen; diese fremde Sprache klang kompliziert und melodisch, eine Ausdrucksform jenseits allen menschlichen Nutzens. Eine erwartungsvolle Stille machte sich breit. Reverend Johnny ließ den Blick durch den Raum wandern. Plötzlich bemerkte ich, dass der Duft der Pfannkuchen, die Bethany und ich gebacken hatten, nach oben gestiegen war. Es war ein phantastischer Geruch. Mir kam der Gedanke, dass wir vielleicht Scherereien bekommen würden, weil wir während des Gottesdienstes die Küche benutzt hatten.

Da sprach Reverend Johnny: »Kann jemand die Botschaft deuten? Ist jemand unter uns, der das Wort Gottes hört?«

Alles schwieg.

Johnny Latt ließ nicht locker. »Jemand ringt mit seiner Gehorsamspflicht! Sprich, denn keine Prophezeiung soll unverkündet bleiben. Joe, bist du es?«

Und Joe, ein stiernackiger Patriarch, dem das Hemd nass auf dem Rücken klebte und der so aussah, als ob er innig mit dem Allmächtigen kommunizierte, stand ohne zu zögern auf und gab sein Bestes: »Oh meine Söhne und Töchter, wie groß ist meine Liebe zu euch! Es soll euch an nichts mangeln! Wahrlich, ich umgebe euch mit köstlichen Düften, mit himmlischen Düften! Freudig bereite ich euch einen Platz an meiner Tafel, denn meine Kuchen sind wahrhaft köstlich! Oh, golden ist mein Sirup. Lasset die Hungrigen aller Länder zu mir kommen …«

Jammerschade, dass Swede nicht dabei war. Sie hätte sich über diese Prophezeiung kaputtgelacht und mir bestimmt einen treffenden Kommentar ins Ohr geflüstert. Aber ich habe eine etwas längere Leitung als Swede, und außerdem krallten Bethanys Finger sich so fest in meinen Arm, dass ihre Knöchel weiß hervortraten. »Ach, Reuben«, flüsterte sie. »Dein Dad ist auch weggetreten!«

Er lag ausgestreckt auf dem Rücken, gleich neben der Kanzel, als ob er als Erster niedergestreckt worden wäre. Im ersten Augenblick kam ich mir unendlich einsam vor; man hatte mich im Stich gelassen. Obwohl ich fast jeden Menschen in der Kirche kannte, verlor ich beim Anblick meines Dads, der bewusstlos dalag, den Boden unter den Füßen. Ich stieß die Tür auf und ging auf ihn zu. Leider ließ es sich nicht vermeiden, dass ich dabei auf die eine oder andere unbeteiligte Hand trat; es war, als entfernte man sich vom Wrack eines abgestürzten Flugzeugs. Dad schien allerdings ganz bequem zu liegen, die Arme über dem Kopf, die Füße nach innen gedreht. Bei manchen anderen zuckten die Augen hinter den Lidern, nicht so bei Dad. Er sah aus wie an einem Samstagmorgen, wenn er ausnahmsweise einmal ausschlafen konnte, nachdem es am Abend zuvor in der Schule spät geworden war: dankbar, ein wenig verwundert und gänzlich in Tiefschlaf versunken. Ich kniete mich neben ihn.

Aber wie weckt man einen Mann, den die Liebe k.o. geschlagen hat? Denn genau das war passiert, wie er mir später erzählt hat: die elektrisierende, unverdiente Liebe des großen Schöpfers war, schnell wie das Licht, durch Reverend Johnnys Arme geschossen und knisternd aus seinen Fingerspitzen auf Dad übergesprungen. Ich sah in sein Gesicht – da waren Falten, die ich noch nie bemerkt hatte, da war ein loser Hautlappen an seinem Hals. Gerade als ich mir sagte, dass er es eigentlich verdiente, für immer und ewig so daliegen zu können, wurde ich plötzlich von einem Schlag an der Schulter getroffen und von fremden Händen durchgerüttelt. Vor meinen Augen blitzte es, meine Ohren verschlossen und öffneten sich wieder, und erst als ich auf einmal freier atmen konnte, merkte ich, wie verzweifelt ich bis dahin um Luft gerungen hatte. Beklommen drehte ich mich um, um zu sehen, wer mich gepackt hatte. Niemand. Es war überhaupt kein Mensch in meiner Nähe, bis auf Reverend Johnny, der sich inzwischen mit seinem jüngeren Bruder unterhielt und mich nicht einmal ansah.

Aber seine rechte Hand berührte leicht meine Schulter.

Ich kann ihn bis heute spüren – den gleißenden Blitz, der durch mein Inneres fuhr. Es war kein schönes Gefühl, nicht so, wie ich mir die Berührung durch den Herrgott vorgestellt hätte, aber ein schlechtes Gefühl war es auch nicht. Es war ein Gefühl von Macht, sonst nichts. Es war die ungeschützte Wahrheit.

Wenn die Wahrheit erst einen Funken entzündet hat, schrieb Swede Jahre später, *ist der Glaube nur noch ein Kinderspiel.*

Hätte ich ihr Talent, den Kern einer Sache so genau zu treffen, fände ich es reizvoll, mich hier mit diesem Thema noch ein wenig auseinander zu setzen – mit der Wahrheit und ihren seltsamen Wegen. Aber ein Zeuge muss sich auf seine Stärken besinnen, und meine Begabung liegt nun einmal darin, so Leid mir das tut, die Geschichte voranzutreiben. Ich mache also weiter an der Stelle, wo mein Vater aufwacht. Er setzt sich gerade hin, macht die Augen weit auf, sieht mich bekümmert an und sagt: »Sohn. Wir müssen gehen.«

Denn er weiß, was wir getan haben: Wir sind zu lange in der Kirche geblieben.

Brechen wir also auf. Begeben wir uns mit unziemlicher Hast zum Plymouth – eilen wir von dannen, wie ein Zeuge aus einem vergangenen Zeitalter vielleicht sagen würde. Denn zu Hause hat uns der grausame, eskalierende Krieg einen Besuch abgestattet. Und es ist Swede, meine geliebte Schwester, die ihm die Tür geöffnet hat.

Wie verhärtet das Herz

Ein dunkler Canyon, tief und kalt, dort hatt' er sich
verkrochen,
Der Felsgrund tausend Jahre alt, bestreut mit blanken
Knochen.
Drin roch's nach Rauch und Blasphemie, nach Sünde, Not
und Mord,
Es wagte keiner sich hinein, läg er nicht selbst schon dort.
Hinab die stumme Felswand ritt ein einz'lner Reitersmann,
Ein Reiter, müde und gebeugt, der doch als Rächer kam.
Und wie nun Sturm am Himmel braust und finstre Wolken
droh'n,
Da zückt der Reiter seinen Colt – doch Valdez wartet schon.

Swede war allein im Haus. Dad und ich waren, wie gesagt, in der Kirche, und Davy bastelte auf dem Dachboden der Garage an einer Überraschung – bis zu Swedes neuntem Geburtstag waren es nur noch zwei Tage.

Wer erwartet auch, dass jemand, der an so einem herrlichen Oktoberabend in aller Öffentlichkeit zum Haus marschiert kommt, Böses im Schilde führt? Wer kann den Hass nachvollziehen, der diese verlorene Seele antrieb? Wer fasst es, dass dieser Mensch tatsächlich die Kühnheit besaß, an die Tür zu klopfen?

Aber Dad hatte es treffend ausgedrückt: Sie wussten nicht, dass sie bereits verloren hatten. Israel Finch wusste es nicht, als er Swede zur Tür kommen hörte; Davy wusste es nicht, als er über der Garage an einer Überraschung aus gegerbtem Leder arbeitete und den Staub vieler Jahre herunterwusch. Und

Swede wusste es mit Sicherheit auch nicht, als sie, mit Israels Hand auf dem Mund, durch den Vorgarten stolperte, auf einen qualmenden Chevy zu, an dessen Lenkrad Tommy Basca saß. O nein, Swede wusste es wirklich nicht. Swede wusste nur, dass sie noch vor wenigen Sekunden Reime über den Banditenkönig Valdez geschrieben hatte, »den Mann, der die Gefahr nicht scheute, den Räuber mit der fetten Beute« – und dass sie allmählich Gefallen an ihrem Bösewicht fand, wie es seit Milton noch jedem Schriftsteller ergangen ist. Doch damit war es nun auf einen Schlag aus und vorbei. Sie hatte den bitteren Geschmack von Israel Finchs Hand im Mund und den Geruch seiner ungewaschenen Klamotten in der Nase. Dazu die Angst vor der unbekannten Gefahr – alles Faktoren, die den Glanz des Banditenlebens beträchtlich trübten.

So verwandelt sich ein romantisches Bergversteck, »eine trutz'ge Felsenburg«, in ein stinkendes Höllenloch, »bestreut mit blanken Knochen«.

Keine Sympathie mehr für Valdez. Nein.

Blut fließt aus Sundowns Wunden, ihm sinkt die Zügelhand,
Mit immer trüb'rem Auge sieht er die Felsenwand.
Er hat den Mann noch unterschätzt, auf dessen Spur er reitet.
Voll Abscheu sieht er Gräuel um Gräuel vor seinen Blick gebreitet.
Hier eine Kutsche, umgestürzt, der Kutscher liegt im Blut,
Dort, wo einst Hof und Frau und Kind, schwelt nur noch rote Glut.
Mit schwiel'ger Hand hat er gegraben Gräber ohne Zahl.
Nun fleht zu Gott er um die Kraft für noch ein letztes Mal.

Israel zwang sie, in den Chevy einzusteigen. Sie musste sich auf seinen Schoß setzen. Tommy fuhr los, stumm wie jeder gute Chauffeur, und als sie ein paar Straßen weiter waren, nahm Israel Swede die Hand vom Mund und sagte: »Siehst du jetzt, wie leicht es war?«

Auf eine detaillierte Schilderung der folgenden zwanzig Minuten werde ich verzichten. Swede hat das Intermezzo später als »mies und lausig« beschrieben, und auch wenn einem ihr Erlebnis heutzutage, wo Entführungen, Gewalt und Leichen im Straßengraben an der Tagesordnung sind, fast harmlos erscheinen mag, tut es mir noch immer weh, nur daran zu denken. Es nagt bis heute an mir.

Eine Neunjährige sollte nicht von einem Menschen, der sie hasst, aus ihrem Haus verschleppt werden.

Sie sollte nicht gezwungen sein, die Sprache der Aussätzigen zu hören.

Sie sollte nicht auf dem Schoß von Perversen sitzen müssen.

Eine Neunjährige sollte sich nicht anhören müssen: »Wir bringen dich jetzt nach Hause, aber wir kommen wieder. Wir warten vor deinem Fenster …«

Doch weil Geschichten für alle da sind, noch ein Wort an die Geisteskranken:

Seien Sie vorsichtig, wen Sie mit Ihrem Hass verfolgen.

Die Kleinen und Verletzlichen stehen unter einem Schutz, der so stark ist, dass Sie, wenn Sie ihn nur sehen könnten, vor Angst zerfließen würden.

Hüten Sie sich vor denen, die unter dem Schatten seiner Flügel beschirmt sind.

Das Erste, was Davy von Swedes Entführung mitbekam, war ihre Rückkehr; als er in der Garage fertig war, wischte er sich mit einem Lappen die Hände ab und ging ins Haus, um Kaffee zu kochen. Er kam im gleichen Augenblick durch die Hintertür herein, als Swede mit hängenden Schultern und fest umklammerten Ellbogen durch die Vordertür ins Haus stürmte. Sie weinte nicht. Ihr Gesicht war bleich. Als Davy sie so sah, hob er sie hoch und roch den Ölqualm des davonrasenden Chevrolet.

An diesem Abend belauschte ich mal wieder die Erwachsenen: Dad und Davy und Ted Pullet, den Polizisten der Stadt. Zusammen saßen sie in der Küche und tranken Kaffee. Swede schlief. Sie tat nicht nur so, und das machte mir irgendwie Angst, das und die Art, wie Pullet sich benahm. Er redete so vernünftig auf Dad ein, dass ich den Verdacht hatte, er wäre nicht einmal auf unserer Seite.

»Morgen früh rede ich mit den Jungs, Jeremiah. Ich bin kurz bei ihnen vorbeigefahren, nachdem du angerufen hattest. Sie sind nicht zu Hause, alle beide nicht.«

Sehen Sie, was ich meine? Die Jungs. Alle beide. Ich verstand nicht, wie Pullet das alles so leicht nehmen konnte. Ich schlüpfte aus dem Bett und lugte in die Küche.

Dad sagte: »Reden allein wird wohl nicht genügen, Ted. Du kennst doch Finch.«

»Du hast selbst gesagt, dass sie deinem Mädchen nichts getan haben.«

Davy hatte Pullet gar nicht erst verständigen wollen. Es war Finch und Bascas dritte Attacke gewesen, und damit war für ihn das Maß voll. Er hatte schon die Jacke angezogen und die Autoschlüssel in der Hand, als Dad ihn zurückpfiff und die Polizei anrief.

Abwartend sagte Davy: »Wie oft darf ein Hund zubeißen, bevor man ihn einschläfert?«

Und mit seiner kleinmütigen Logik antwortete Pullet: »Du hast ihnen letztens im Umkleideraum einen Heidenschrecken eingejagt, Jeremiah. Dafür wollen sie sich bloß ein bisschen revanchieren. Bascas Tante hat sogar verlangt, dass wir dich verhaften.« Pullet lächelte, aber seine Finger, die auf dem Rand der Kaffeetasse lagen, zitterten.

Da stand Davy auf, stellte seine Tasse auf den Tisch und verließ das Haus.

Pullet sah ihm nach. »Jeremiah«, sagte er. »Du müsstest doch eigentlich am besten wissen, dass junge Burschen auch mal über die Stränge schlagen.«

»Sie haben sie aus dem Haus gezerrt, Ted. Aus ihrem eigenen Haus. Sie haben sie bedroht, sie angefasst.« Eine Pause, dann: »Du kennst doch Finch.«

Er spielte damit auf Israel Finchs Abgang von der Schule im vergangenen Jahr an. Eines Tages war er mitten in der Matheförderstunde aufgestanden und wollte nach Hause. Der Lehrer, ein junger Mann, der sich über seine Rolle als Autoritätsperson nicht ganz im Klaren war, stellte sich vor die Tür und versperrte ihm den Weg. Israel packte den Lehrer bei den Haaren und drückte ihn nieder. Wortlos ging der Lehrer in die Knie, schloss die Augen. Israel Finch ließ seine Haare los, nahm einen Schritt Anlauf und trat ihm so heftig in den Bauch, dass dem Mann die Luft wegblieb und etwas in ihm zerbrach. Die Klasse war wie gelähmt; der Lehrer sackte zusammen; als sein Kopf mit einem dumpfen Knall auf dem Boden aufschlug, fingen drei Mädchen gleichzeitig an zu weinen. Israel verließ Roofing und verbrachte einige Zeit in einer Erziehungsanstalt, die ihrem Namen nicht gerecht wurde. Als er wieder zurückkam, hatte Tommy Basca die Schule ebenfalls verlassen; seine Chancen dort standen auch nicht besonders gut.

»Ich rede morgen früh mit ihnen«, sagte Pullet – und jetzt hörte ich deutlich die Angst heraus, die in seiner Stimme mitschwang.

Er würde uns nicht helfen.

Meine Vermutung bestätigte sich schon am nächsten Tag. Nach seinen Gesprächen mit Finch und Basca kam er wieder bei uns vorbei, um Dad zu versichern, dass es für die Jungs bloß ein Spiel gewesen war, dass sie nur Spaß gemacht und sich nichts Böses dabei gedacht hätten. Ich erinnere mich noch an Davys verächtlichen Blick und den verbissenen Zug um seinen Mund, während er sich diesen Unsinn anhörte. Ich weiß auch noch, wie ich hoffte, dass Ted Pullet seinen Gesichtsausdruck nicht bemerken würde, weil er sonst beleidigt gewesen wäre. Heute ist mir klar, dass der arme Ted genau Bescheid wusste, dass er es gespürt haben muss. Und dass er es nur nicht sehen *wollte*.

Swede verlor mir gegenüber kein einziges Wort über Basca und Finch. Sie ging schon am nächsten Tag wieder in die

Schule, und als sie nach Hause kam, kramte sie entschlossen ihre Puppe mit den Schlafaugen hervor, die das Tageslicht schon seit Monaten nicht mehr erblickt hatte. Sie trug sie mit sich herum, zog sie ungeduldig aus und wieder an, bürstete ihr das struppige Haar. Aber die ganze Zeit machte die Puppe ein trauriges, unbemuttertes Gesicht dazu, als ob sie wusste, dass ihr nicht mehr viel Zeit blieb. Einmal wiegte Swede sie in ihren Armen, und da rutschte die Bluse meiner Schwester hoch, und ich sah zwei schwarze Daumenabdrücke auf ihrem Bauch. Als ich dann am selben Abend in ihr Zimmer ging, kritzelte sie hektisch vor sich hin. Von der Puppe war keine Spur mehr zu sehen.

»Ich dichte nur ein bisschen«, sagte Swede, aber ich wusste, dass mehr dahinter steckte.

Sie war dabei, Valdez umzulegen.

Am nächsten Morgen wurde sie neun, und allen Ängsten und Gefahren zum Trotz feierten wir ihren Geburtstag so ausgelassen wie immer. Als wir uns in aller Frühe in ihr Zimmer schlichen, war sie schon wach, stellte sich aber aus einer alten Tradition heraus schlafend. In dem grauen Licht sah ich, dass ein angestrengtes Lächeln auf ihren Lippen lag und ihre Augen unruhig zuckten. Dann sang Dad leise »Happy Birthday«, und sie setzte sich auf und rieb sich die Augen, wie ein Kind aus einem Märchenbuch. Ein Anblick für die Götter. Ich kann gar nicht sagen, wie erleichtert ich war, sie so froh zu sehen.

Mein Geschenk wollte sie als Erstes sehen, wahrscheinlich, weil es das Kleinste war. Zu mehr als einem Taschenbuchwestern von einem gewissen Frank O'Rourke hatte es nicht gereicht. Dass das Buch gebraucht war, störte keinen von uns; ich hatte es Mr. Haplin abgekauft, einem Junggesellen und Bücherwurm, der eine Straße weiter wohnte. Er hatte so getan, als ob er um den Preis feilschen wollte, und es mir schließlich für einen Indianerkopf-Penny überlassen.

»Leider ist es kein Zane Grey«, sagte ich. Mr. Haplin war kein Spielverderber, aber ein Zane-Grey-Sammler, und seine Zane Greys kamen ihm nicht aus dem Haus.

»Macht doch nichts«, antwortete Swede und strich den Einband glatt. Das Buch hieß *The Big Fifty*.

»Es handelt von einem Büffeljäger.« Ich hatte es schon durchgeblättert.

»Klasse«, sagte sie und dann: »Daddy!« Er hatte ihr ein Paket aufs Bett gelegt, dessen Verpackung sich schon von selbst löste. Es enthielt eine große, ehrwürdig aussehende Schreibmaschine, so schwarz wie ein Kanonenofen, mit runden, glänzenden Tasten.

»Daddy!«, sagte Swede noch einmal mit ungläubigem Staunen.

Lächelnd reichte er ihr ein zweites Paket, einen mit einer Schleife verzierten Stapel Schreibmaschinenpapier. »Jetzt kannst du deine Cowboys endlich tippen.«

Sie strich über die Tasten, ließ den Wagen hin und zurück gleiten, kniff in das sich schlängelnde Farbband und winkte uns mit tintenschwarzen Fingern. Ich habe Swede nie glücklicher erlebt als in diesem Augenblick, da dieses Monstrum von einer Maschine in ihrer Bettdecke versank; es war, als ob sich ihre Zukunft wie ein verheißungsvoll blaues Himmelszelt über ihr spannte. Aber ihre Tintenfinger erinnerten mich an die blauen Flecken, die ich unter ihrer Bluse gesehen hatte, und ich fragte mich, ob sie ihr wohl sehr wehtaten und ob sie oft daran denken musste.

»Vielen, vielen Dank«, sagte sie. Man kann es nur jedem Menschen wünschen, dass ihm eines Tages auch ein solcher Blick vergönnt ist wie der, mit dem sie in diesem Augenblick Dad ansah.

Nun kam Davys großer Auftritt. Bis dahin hatte er nur schweigend dabeigestanden und in sich hineingegrinst. Er ging hinaus, und als er wieder hereinkam, hatte er einen duftenden, glänzenden texanischen Cowboysattel auf der Schulter. »Eines Tages wirst du ihn brauchen.« Er legte ihn neben das Bett.

Swede wollte etwas sagen, brachte aber kein Wort heraus. Obwohl sie alles liebte, was mit dem Wilden Westen zu tun hatte, war ihr wohl bis dahin noch nie der Gedanke gekommen, dass Dinge wie Pferde und Sättel überhaupt real sein konnten. Für Swede waren sie immer nur Gegenstände ihrer Phantasie, Objekte ihrer Dichtung gewesen, wenn auch von der allerbesten Sorte. Feuriger Rotschimmel und tänzelnder Brauner – und mit ihnen ein texanischer Cowboysattel – das waren für Swede Begriffe, die ein Eigenleben führten, die wieherten und schnaubten und munter trabten. Und zu Recht: Was bliebe denn von Sunny Sundown übrig, wenn man ihn solcher Redewendungen beraubte? Er wäre nur noch ein Mann, der einen Spaziergang macht.

Nachdem Swede erst Mr. Grey ins Lasso gegangen war, zog der Wilde Westen sie nun immer tiefer in seinen Bann. Sattel und Zaumzeug haben eine ganz eigene Magie – wie jeder weiß, der schon einmal auf einer Pferdeauktion gewesen ist –, und dem Reiz eines polierten Sattels, der wie aus dem Nichts auftaucht, würde sich nur ein Trottel widersetzen können. Swedes Sattel war ein Texaner mit zwei Gurten aus rotem Mohair, mexikanisch punziertem Sitz und Sattelblättern und einem abgewetzten Horn. Dass er deutliche Abnutzungserscheinungen hatte, half unserer Phantasie erst so richtig auf die Sprünge, vor allem auch deshalb, weil er auf eine ziemlich abenteuerliche Weise den Weg zu uns gefunden hatte. Davy hatte ihn von einem Farmer, der ihn einem Wanderarbeiter abgekauft hatte; dieser hatte wiederum sein Pferd einige Zeit zuvor auf einem Feldweg nördlich von Austin gegen einen kurzatmigen Dodge eingetauscht. Dabei hatte der Mann sich zwar von seinem treuen Tier getrennt, den Sattel aber aus Sentimentalität behalten. Tage später, unter der nördlichen Sonne, wurde ihm klar, dass ihm der Anblick des Sattels nur das Herz schwer machte, und er verkaufte ihn billig an den Farmer, der zwar kein Spanisch verstand, aber wusste, wie mühsam man an mancher Last zu tragen hatte und wie wichtig es war, sich von ihr zu befreien.

Das alles erzählte uns Davy, nachdem Swede sich in den Sattel geschwungen hatte. Davy hatte so viel Arbeit hineingesteckt, dass er fast wie neu war – er verströmte den frischen, angenehmen Geruch von Sattelseife. Nur einen einzigen Makel hatte er: Hinten, am Sattelkranz, war das Leder eingerissen. Davy musste frustriert zugeben, dass der Riss sicher schon Jahre alt war und er ihn nicht reparieren konnte. »Aber beim Reiten stört das nicht«, sagte er.

»Da hast du Recht«, lautete Swedes pragmatische Antwort, als ob draußen im Vorgarten ein Pony auf sie wartete.

Dieser Tag war der Inbegriff von Schwelgerei. Obwohl es sicher manchmal weiser ist, seinen Gefühlen nicht völlig freien Lauf zu lassen, schien Swede in ihrer Freude die jüngsten Vorkommnisse vergessen zu haben, und wir gaben unser Bestes, damit es möglichst so blieb. Waffeln zum Frühstück. Kaffee aus der Untertasse geschlürft, nachdem man zuerst Zuckerwürfel in ihn getunkt hat. In meiner Erinnerung war es ein typischer Oktobertag, wolkenlos, mit Ahorngeschmack, die Luft golden und so klar, dass sie vibrierte. Nach dem Mittagessen (Käsetoast) zauberte Dad etwas aus dem Kleiderschrank hervor, etwas Knallrotes, Zerknittertes, Hüllenartiges, das er mit großer Vorsicht auseinander faltete. Als er sagte, dass es ein Ballon sei, war ich verwirrt, weil ich an einen Luftballon aus Gummi dachte. Dieser Ballon war aus Seidenpapier und mindestens drei Meter hoch. Die Öffnung war mit einem Drahtring eingefasst. Wir gingen in den Garten. Swede und ich hielten die Hülle auf, während Dad in einer Kaffeedose eine Mischung aus Benzin und Heizöl zum Brennen brachte. Der Ballon wurde in Minutenschnelle dick und fett und versuchte, sich aus unserem Griff zu befreien. Als der Auftrieb so stark geworden war, dass der Ballon eine große Katze hätte hochheben können, legte Dad eine Radkappe auf die Dose, um das Feuer zu ersticken, und wir ließen los. Der Ballon gewann schnell an Höhe – ein leichter Wind kam von Osten und erwischte ihn, der Ballon neigte sich ein wenig zur Seite, richtete sich wieder auf und stieg weiter, immer höher hinauf. Als er nur noch wie ein dunkler Käfer auf einer hellblauen Wand aussah, stupste Dad das Geburtstagskind mit dem Ellenbogen an. »Ach, Swede«, seufzte er. »Neun Jahre alt.«

Vor dem Haus hupte ein Auto. Davy ging nachsehen, und als er wieder zurückkam, zog er eine Miene wie bei Sodbrennen. Er sagte: »Dad, es ist Lurvy.«

Swede machte ein trauriges Gesicht. Aber sie sagte kein Wort, was man ihr hoch anrechnen muss.

»Tja dann«, sagte Dad. Er ließ zwar ein wenig die Schultern hängen, aber ansonsten merkte man ihm nicht das Geringste an. Als es noch einmal hupte, ging Dad vor das Haus. Wir hörten ihn einmal laut lachen, und dann lud er Tin Lurvy auf einen Kaffee ein.

Stellen Sie sich einen dicken Mann vor, den Anzug voller Schweißflecken, extreme X-Beine. Stellen Sie sich die Stimme eines viel gehänselten und dennoch zuversichtlichen Kindes vor. Wenn Johann Calvin Recht hat, musste das Schicksal Tin Lurvy, diesen rotgesichtigen, erfolglosen Handelsvertreter mit einem tragischen Hang zur Geselligkeit, mächtig auf dem Kieker haben. Wäre er nur aufdringlich gewesen, hätte es weiter nichts ausgemacht; mit den Vertretern von Fuller Brush hielt Dad sich nie lange auf. Aber Lurvy drängte einem seine Ware nicht auf, im Gegenteil, er erwähnte nicht einmal, was er zu verkaufen hatte, wenn man ihn nicht selbst danach fragte. Was vermutlich kaum jemand tat. Die Ware schien Lurvy nicht sehr wichtig zu sein, höchstens einmal als Gesprächsthema – und dann auch nur als Thema für *Streit*gespräche, um genau zu sein, denn Lurvy war die meiste Zeit leicht angetrunken. Es gab wohl keine amerikanische Landstraße, an der er nicht schon erfolglos versucht hatte, Staubsauger, Töpfe, dubiose Arzneien, Süßigkeiten, Manschettenknöpfe oder Haarteile zu verkaufen. (Das alles wusste ich damals noch nicht, aber ich sollte es schon bald, elegant formuliert, in seinem Nachruf zu lesen bekommen.) Obwohl er sicher nur ein- bis zweimal im Jahr nach Roofing kam, hatte er es bei uns Kindern, die wir wie Pech und Schwefel zusammenhielten, zur bösen Witzfigur gebracht. Einmal, an Heiligabend (das Geschirr war gespült, das Lukas-Evangelium vorgelesen, und die Bescherung stand unmittelbar bevor), sah

Davy aus dem Fenster und stöhnte: »O nein – da kommt Tin Lurvy!« Er wollte uns nur hochnehmen, aber mir fuhr der Schreck in sämtliche Glieder. Und was noch schlimmer war, Davys Bemerkung war prophetisch; Lurvy war schon unterwegs, auch wenn er es bis dahin noch nicht weiter als bis nach Michigan geschafft hatte. Es wurde Silvester (zehn Uhr abends, das Popcorn knatterte im Topf, Swede und ich freuten uns schon wie jedes Jahr darauf, einmal bis Mitternacht aufbleiben zu dürfen), und da kam Lurvy dann tatsächlich vorgefahren. Auf dem Ofen standen vier glänzende Liebesäpfel, für jeden von uns einen, die wir um Punkt zwölf essen wollten. Lurvy aß Dads.

Wann immer Tin auftauchte, nahm unser Tag eine unerwartete Wendung. Da hatten wir uns alle Mühe gegeben, Swede vor ihren Ängsten zu retten, und nun hatten wir nur noch den einen Gedanken im Kopf, uns selbst zu retten. Wenn es überhaupt funktionieren sollte, musste es schnell gehen, sonst war es unwiderruflich zu spät, aus und vorbei. Sonst blieb einem nichts anderes übrig, als der Gastfreundschaft Tribut zu zollen, was in Lurvys Fall bedeutete, sich sinnlose Geschichten über Leute anzuhören, die man nicht kannte und die fast alle Demokraten waren. Demokraten aus Illinois, Demokraten aus Delaware, Demokraten aus Ohio: Lurvy bewunderte sie alle. »Die Demokratische Partei ist die einzige Familie, die ich habe«, war einer von Lurvys Lieblingssprüchen – und er kam der Wahrheit weitaus näher, als wir ahnen konnten.

Während Dad also Kaffee kochte und nach Plätzchen suchte, rief Swede Davy und mich hinter dem Haus zu sich. »Es ist mein Geburtstag«, sagte sie. »Und ich habe Mr. Lurvy nicht eingeladen!«

In Dads Gegenwart hätte sie nie so offensichtlich geschmollt. Zum einen hätte er ein solches Betragen nicht toleriert, und zum anderen hatte der dicke Vertreter irgendetwas an sich, was den Samariter in ihm weckte. Das wussten wir alle, auch Lurvy, doch der war der Einzige, der davon profitierte.

»Vielleicht fährt er wieder, wenn Dad ihm etwas abkauft«, sagte ich hoffnungsvoll.

Swede war misstrauisch. »Was hat er denn anzubieten?«

»Enzyklopädien«, antwortete Davy. »Er verkauft die *World Book* Enzyklopädie. Die kostet ein paar hundert Dollar.«

Wir hörten, wie Dad im Haus den Tisch deckte und die Schränke öffnete. Und schon setzte Lurvys Monolog ein. Der Mann hatte ein Gemüt wie ein Fleischerhund. Für uns klang es, als wäre die letzte Hoffnung mit einem Plumps in den Dreck gefallen.

Swede sagte: »Ich gehe schnell rein und helfe Dad, die Plätzchen zu finden.« Das arme, pflichtgeplagte Kind. Sie war den Tränen nah.

»Nein, wir verziehen uns lieber ins Wäldchen«, sagte Davy. »Er findet die Plätzchen schon, Swede. Er weiß doch, wo sie sind.« Das »Wäldchen« war ein etwa vier Hektar großes Waldstück am Rande von Roofing, wo arme Seelen Trost fanden.

»Nein, das weiß er eben nicht«, antwortete Swede bitter. »Er weiß es nicht.«

»Aber wozu brauchen sie denn überhaupt Plätzchen?«, fragte Davy und musste grinsen. »Sollen sie doch Kuchen essen.« Swede fing an zu kichern; da steckte wohl ein Witz dahinter, den ich nicht verstand. Aber dann schüttelte sie den Kopf und antwortete weise: »Darum geht es mir ja gerade, den Kuchen zu retten.« Schließlich war es ihr Geburtstag, und sie hatte sich ihren Kuchen selbst gebacken. Mit höchster Theatralik fügte sie hinzu: »Wenn ich in zwei Minuten nicht zurück bin, könnt ihr ohne mich gehen.«

Natürlich kam sie nicht zurück, nicht nach zwei Minuten, nicht nach fünf und auch nicht nach zehn. Schließlich sagte Davy: »Los, Rube, wir verschwinden.« Und als ich noch einmal durch das Küchenfenster spähte, sah ich die arme Swede am Tisch sitzen, ein großes Glas Milch und eine Untertasse mit einem einsamen, unbeachteten Keks vor sich, ihr Blick der eines weidwunden Rehs. Dad hörte Lurvy nicht nur geduldig, sondern geradezu nachsichtig zu: Habe ich Ihnen schon erzählt, dass ich mir einen Wohnwagen bestellt habe? Einen Airstream, sechseinhalb Meter lang. Er hat ein Badezimmer mit fließendem Wasser. Und sogar ein Klo! Ha-ha!

Es tat uns Leid, dass wir Swede zurücklassen mussten, aber schließlich hatte sie sich freiwillig zu diesem Einsatz gemeldet. Wir trotteten die asphaltierte Landstraße hinunter, die Sonne schien noch, es roch nach gemähtem Weizen und der aufgeheizten Erde. Ab und zu stapften wir durch das hohe, abgestorbene Gras im Straßengraben und scheuchten Hasen auf. Davy hatte heimlich seinen kleinen Karabiner aus der Garage geholt, aber wir jagten nicht richtig. Er schoss auf keinen einzigen Hasen, sondern legte nur auf sie an und folgte ihnen mit dem Gewehrlauf, während sie Haken schlagend davonsprangen.

Das Wäldchen war eines der schönsten Fleckchen Erde, die Gott erschaffen hat. Dort wuchsen hauptsächlich Eichen, breite, knorrige Riesen, deren Blätter im Herbst dunkelbraun wurden und wie Käferrücken glänzten. Wenn die Blätter schließlich vertrocknet abfielen, waren sie so hart, dass man sie durch die Schuhsohlen spürte. Damals gehörte das Land einem gewissen Draper, einem zufriedenen alten Kauz, der dort einige Jersey-Kühe frei weiden ließ, damit das Gras nicht zu hoch wurde. In dem Wäldchen hatten wir schon Dachse, Nerze und Füchse gesehen – und einen etwas zu optimistischen Angler, der lächelnd auf einem Baumstamm lag. Dazu kamen natürlich noch graue Eichhörnchen und Waldmurmeltiere in rauen Mengen. Im Frühling und im Herbst gab es dort außerdem Dutzende von Krähen, kampflustige Gesellen mit glänzenden Augen, die schreiend auf den hohen Ästen wippten, bis sie das Gleichgewicht verloren und dann lässig mit den Flügeln schlugen.

Plötzlich fragte Davy: »Hast du Swedes blaue Flecken gesehen?«

Ich nickte. »Erzählt hat sie mir nichts davon. Ich hab sie nur zufällig gesehen.«

»Meinst du, Dad weiß darüber Bescheid?«

Das glaubte ich eigentlich nicht. »Kann sein.«

Wir hielten auf die dichteste Stelle im Wäldchen zu; je welker Eichenblätter sind, desto lauter rascheln sie. Beim Einatmen machte mir meine Lunge ein bisschen zu schaffen, und Davy hatte ein ziemlich strammes Tempo angeschlagen.

»Ob Dad vielleicht Angst hat?«

Ich blieb stehen – es ging nicht anders – und kauerte mich hin, um besser Luft zu bekommen. »Angst? Wovor?« Ich gebe zu, dass ich mit meinen Gedanken woanders war. Wenn mir der Atem wegbleibt, geht das manchmal so schnell, wie wenn Rauch in einen Wandschrank quillt.

»Vor Finch und Basca. Alles in Ordnung, Rube?«

Ich nickte, schloss die Augen, atmete so tief wie möglich ein und ganz langsam wieder aus. »Dad hat keine Angst vor denen. Er hat sie doch im Umkleideraum verprügelt.«

Davy schwieg. Möglicherweise war er deshalb so gereizt: weil er dachte, dass Dad Angst hatte. Und ihm das wiederum vielleicht selbst Angst machte – oder er es bloß für Schwäche hielt. Schließlich sagte er: »Und du, hast du Angst, Rube?«

»Ach was.«

Er sah mir eine Zeit lang beim Atmen zu. »Glaubst du, dass Gott auf uns aufpasst?«

»Doch, klar«, antwortete ich.

»Und *willst* du, dass er auf uns aufpasst?«

Ich nickte. Was für eine komische Frage.

An dem Tag hatten wir im Wäldchen eine seltsame Begegnung – wir stießen auf einen Landstreicher, der, zusammengerollt wie ein Hund, neben einem erloschenen Feuer lag. Entdeckt hatten wir ihn nur, weil er schnarchte, als ob er einen ganzen Wald absägen wollte. Wir pirschten durchs Unterholz, bis wir uns plötzlich zwei glänzenden, schwarzen Dingern gegenübersahen, die übereinander lagen. Es waren die Sohlen von zwei Schuhen, die in zerlumpte Socken übergingen, die ihrerseits wieder in die graue Hose eines ausrangierten Straßenanzugs mündeten. Dann traten wir auf die kleine Lichtung hinaus, die von abgestorbenem Gestrüpp umgeben war, und blickten auf einen kleinen, rothaarigen, rotbärtigen Mann hinunter, der unglaublich fest schlief, mit dem Rücken an einen Beutel gelehnt. Ich konnte kein einziges graues Haar an ihm entdecken – ich schätze, er war höchstens Mitte dreißig –, aber seine Beine waren so dünn, dass die Socken Falten schlugen, und sein Gesicht sah aus, als ob sich der Dreck von Jahrzehnten darin eingegraben hätte. Ich erinnere mich noch an den Geruch nach kalter Asche und vergammeltem Fleisch, und an einen anderen, der neu für mich war – einen traurigen, abgestandenen Mief. Es roch wie in einem Zimmer, dessen Tür seit Jahren nicht mehr geöffnet worden war.

Etwas erstaunt über ein solches Schlafbedürfnis störten wir den Landstreicher nicht weiter und zogen uns schweigend zurück. Auf dem Heimweg bewegten wir uns etwas leiser durch das Wäldchen. Wir haben den Mann nie wieder gesehen. Ich weiß nicht einmal genau, warum ich ihn hier erwähne – es ist ja schließlich nicht so, als ob er später plötzlich wieder auftauchen würde, um einen Hinweis, eine Moral oder eine andere für den Verlauf der Erzählung wichtige Stelle zu liefern. (Obwohl es wirklich verlockend wäre, ihm die Rolle eines Unglücksboten zu übertragen – er würde sich gut dafür eignen, so verkommen und vertrocknet, wie er neben seiner kalten Glut lag. Aber ich glaube kaum, dass er ein Unglücksbote war. Ein Landstreicher kann manchmal nämlich auch nichts weiter als ein Landstreicher sein; er kann in jedem Wald ein Feuerchen machen, auch in unserem Lieblingswald. Es war nur ein seltsamer Augenblick, sonst nichts.)

Aber als wir unter den Bäumen hervorkamen, als der Wind uns rücksichtslos erfasste und der Himmel um vier Uhr nachmittags schon so dunkel war, dass man den Winter ahnen konnte, hätte ich da nicht etwas merken müssen? Während wir auf unser Haus zugingen, auf die erleuchteten Fenster, hätte ich da nicht spüren müssen, dass die Familie Land aus der Bahn geraten und vom Kurs abgekommen war?

An diesem Abend kochte Dad uns einen Chowder, Swedes Lieblingsessen, einen Eintopf aus roten Kartoffeln mit Hecht. Mit Essig und Pfeffer gewürzt, war der Chowder für uns der König der Eintöpfe – so gut, dass man nicht einmal Brot hineinbröseln wollte. Als ich in die Küche kam und mein Blick auf unseren Gast fiel, ließ ich den Kopf hängen. Dad stand neben dem Herd und rührte nickend im Topf, während Lurvy redete und redete. Angeregt vom Aroma des sahnigen Hechts und der roten Kartoffeln beschrieb er das beste Essen, das er jemals auf seinen Reisen zu sich genommen hatte, eine Schüssel Fisherman's Stew, die er in Seattle in einem Restaurant namens Iver's Acres of Clams bekommen hatte. Ja, dieser Iver kannte sich aus mit Weichtieren. Er war ein tüchtiger Biologe und ein ausgefuchster Feinschmecker, und er wusste, wo es die besten Muscheln gab – jeden Tag ging er selbst an den Strand, um sie zu sammeln. Und so weiter, und so fort. Die Lage war aussichtslos; ganz egal, wie köstlich Dads Chowder auch ausfiel, er würde es nie mit Ivers einzigartigen Muschelgerichten aufnehmen können. Unser König der Eintöpfe würde zum Bettelmann degradiert werden. Ich sah es kommen und Davy vielleicht auch, denn er fragte, ziemlich direkt, wie ich fand: »Und wohin soll es als Nächstes gehen, Mr. Lurvy? Haben Sie noch weit zu fahren?«

Aber Lurvy lächelte nur. »Ich habe keine feste Route, mein Sohn. Aber nett, dass du fragst. Interessierst du dich fürs Reisen? Dann will ich dir mal was über ein kleines Fischrestaurant erzählen, das ich in den Cascade Mountains entdeckt habe.«

Mit Schrecken hatte ich inzwischen einen Blick in den Topf geworfen: Dad hatte nur die übliche Menge gekocht. Wenn Lurvy zum Essen bleiben sollte, hätte er sie verdreifachen müssen – das wusste sogar ich. Diese Portion würde Lurvy ganz allein vertilgen! Ohne mit der Wimper zu zucken! Ich sah es schon vor mir, wie wir uns alle an den Tisch setzten, wie Lurvy unsere berühmte Suppe löffelte und wir anderen uns mit Butterbroten begnügen mussten. Ich stellte mir vor, wie Lurvy genüsslich schmatzte und nur hin und wieder eine Pause einlegte, um die Suppe schlecht zu machen; ich sah den letzten Löffel verschwinden; ich hörte sein triumphierendes Rülpsen.

»Hast du etwas?«, fragte Dad. Wahrscheinlich sah ich ziemlich verstört aus.

»Mehr Suppe gibt es nicht?«

Lächelnd antwortete Dad: »Wieso?« Und für einen Augenblick konnte ich verstehen, dass Davy sich immer über ihn aufregte. Manchmal schien es tatsächlich so, als habe Dad keine Ahnung von dem, was in der Welt wirklich vor sich ging.

Lurvy sagte: »Wascht euch lieber die Hände, Kinder. Keine schmutzigen Finger bei Tisch.« Dann griff er, ohne aufzustehen und sich selbst die Hände gewaschen zu haben, nach den Servietten, die Dad auf den Tisch gelegt hatte, und stopfte sich zwei davon in sein Hemd.

Die Suppe war unübertrefflich. Offenbar hätte selbst der berühmte Iver persönlich nichts Köstlicheres zaubern können, denn Lurvy verlor kein Wort über Muscheln, über Seattle oder über sonst etwas, was ihn von diesem Genuss hätte ablenken können. Stumm wie eine Eule aß er den Teller leer, sprachlos angesichts der Vorzüglichkeit unseres Chowders. Als wir Kinder das sahen, löffelten wir umso schneller, zu ungünstig fiel der Vergleich zwischen Lurvys Appetit und den bescheidenen Ausmaßen des Suppentopfes aus.

»Nachschlag, Tin?«, fragte Dad, und Lurvy hielt ihm den Teller hin.

Bei der zweiten Portion war es mit der Stille vorbei. Lurvy fühlte sich wohl an unserem Tisch und machte es sich richtig gemütlich, wie ein Mann, der aus dem Krieg heimgekehrt ist. Während er die Suppe aß, sah er uns vier der Reihe nach an. »Ich habe letzten Monat den Blinddarm rausbekommen; sie haben ihn mir gezeigt, als ich wieder bei mir war, er war knallgelb und sechs Zoll lang. Ein normaler Blinddarm hat nur dreieinhalb Zoll. Wusstet ihr das?«

Nein, bis dahin hatte es keiner von uns gewusst; wenn wir eine *World Book* Enzyklopädie besessen hätten, wäre das vielleicht anders gewesen. Nun begann eine Lehrstunde über Blinddärme, ihre Erkrankungen und ihre Entfernung, mit besonderer Beachtung des Lurvyschen Blinddarms, die zumindest ich mir lieber erst nach dem Essen angehört hätte. Zwischen einem Löffel und dem nächsten erzählte Lurvy uns, dass der Blinddarm wie ein Wurm geformt ist und wie ein Blutegel am Dickdarm hängt; dass er ohne jede Vorwarnung krank werden und einen vollkommen glücklichen Menschen in das Reich der Schmerzen befördern kann. Er erzählte uns, dass auch sein Blinddarm (ein Organ, dessen Sinn und Zweck die Ärzte bis heute vor ein Rätsel stelle) plötzlich ausgedient und ihn fast umgebracht habe. Es geschah in Pennsylvania; er saß gerade in einem Lokal und unterhielt sich mit einem Lieferanten für deutsches Starkbier, zufälligerweise ein guter Demokrat, als ihm mit einem Mal schwummerig wurde und er aufstand, um den Kopf wieder freizubekommen. Im nächsten Moment lag er platt auf dem Rücken und wusste von nichts mehr, nur noch von einer wachsenden Übelkeit, einem schrecklichen Stöhnen wie von einer kranken Katze und davon, dass der Bierlieferant über ihm kniete, ihm die Nase zukniff und ihn heftig küsste. (»Haben Sie ihn auch geküsst?«, fragte Swede entsetzt; Lurvy hielt den Teller hoch, Dad füllte Suppe nach.) Als Lurvy wieder zu sich kam, war er noch leicht benebelt gewesen. Er konnte nur annehmen, dass der Bierlieferant den Verstand verloren hatte und dass der lange und seltsam pneumatische Kuss der Grund für seine Übelkeit war. Was hättet ihr getan?, fragte Lurvy uns. Wärt ihr etwa nicht aufgesprungen und hättet versucht wegzulaufen? Und wäre es dann etwa eure Schuld gewesen, wenn ihr dem Bierlieferanten dabei mit der Stirn die Nase gebrochen und ihn k.o. geschlagen hättet, dass er dalag wie eine kalte Makrele? Er erzählte, dass der Krankenwagen, der schließlich eintraf, nicht nur einen Blinddarmpatienten mitnehmen musste, sondern auch einen selig schlummernden Bierlieferanten mit einer zermanschten Nase. (»Möchte noch jemand Eintopf?«, fragte Dad. »Ich«, sagte Lurvy.) Die Operation war ziemlich gut verlaufen, wenn man einmal davon absah, dass die Narkose für einen Mann von Lurvys Körperbau nicht ausreichte und er die ganze Zeit halb bei Bewusstsein war und den Chirurgen fragte, was das nun wieder für ein Instrument sei und ob er sich auch die Hände gewaschen habe. Einmal glaubte er, er sei wieder acht Jahre alt und bekäme gerade die Mandeln entfernt.

Während dieser Schilderung aß Lurvy mindestens fünf Teller Suppe. Es mögen auch sechs gewesen sein; wenn man im Banne eines Epos steht, verwischen sich manche Erinnerungen. Ich selbst aß nur einen einzigen Teller – ich hatte mir gerade den letzten Löffel in den Mund geschoben, als Lurvy erst richtig in Fahrt kam und seinen kranken Blinddarm beschrieb, der gelb und faulig wie ein Eiterwurm in der Schale des Arztes lag. Damit war das Abendessen für mich auf einen Schlag beendet. Swede allerdings ließ sich nicht beeindrucken, ich glaube, sie aß drei Teller, wahrscheinlich aus Prinzip, weil es schließlich ihr Geburtstag war. Später, nach dem Kuchen, als Lurvy endlich gegangen war, gab Dad zu, dass er trotz der gruseligen Geschichte zwei Teller gehabt hatte. Er konnte über die Vorzüglichkeit seines Eintopfs selbst nur staunen und fragte Swede: »Was habe ich bloß alles hineingetan? Haben wir irgendetwas anders gemacht als sonst? Meine Güte!«

So viele Portionen aus einem Suppentopf, der nur für uns vier hätte reichen dürfen – und für keinen anderen mehr. Aus einem kleinen Suppentopf. War ich der Einzige, der bemerkte, wie viele Teller Dad herausgeschöpft hatte, ohne dass der Topf leer wurde, so als ob er aus einer Quelle gespeist würde, die die Kelle immer wieder aufs Neue mit Chowder füllte? Als ich nach dem Essen den Abwasch machte, fiel mir auf, wie schwer unser treuer Topf noch war, und als ich den Deckel abnahm, sah ich, dass er noch gut bis zur Hälfte mit dem König der Eintöpfe gefüllt war.

Halten Sie davon, was Sie wollen.

Aber weiter. Ich erinnere mich daran, dass ein kalter Regenguss vom Dach hinablief, während Lurvys Rücklichter in der Dunkelheit verschwanden. Ich weiß auch noch, dass Swede den Kopf an meine Schulter lehnte und sagte: »Glaubst du, dass wir Schnee bekommen, Reuben? Ich hoffe so, dass es bald schneit!« Ich erinnere mich, dass Dad sich langsam durch das Haus schleppte, weil er fast sofort, nachdem Lurvy gegangen war, fürchterliche Kopfschmerzen bekommen hatte. Als er gebückt herumschlurfte, um die Lampen auszuschalten, weil er das helle Licht nicht vertragen konnte, stolperte er über den Sattel, den Swede ins Wohnzimmer geschleift hatte. Sie lief schnell zu ihm, und er sagte: »Nichts passiert – nichts passiert.« Er hob den Sattel auf, brachte ihn in ihr Zimmer und legte ihn neben das Bett. Aber an den Mund- und Augenwinkeln sah man ihm seine Schmerzen an.

Swede und ich gingen früh ins Bett. Davy hingegen warf sich eine Jacke über und verließ das nun dunkle Haus, in dem ihn nichts mehr hielt. Ich lag noch lange wach und spürte meinen Atemzügen nach. Es bedrückte mich, dass Dad gestolpert war, dass seine Schmerzen ihn blind gemacht hatten. Und ich dachte noch einmal über Swedes blaue Flecken nach, über die Angst, die sie ausgestanden hatte. Irgendwann kletterte ich aus dem Bett und ging zum Fenster. Die Glut von Davys Zigarette leuchtete orange im Regen. Ich schlich durch die Diele zu Swedes Zimmer und flüsterte: »Bist du noch wach?« Aber die Nacht hielt sie bereits fest umfangen, ihr Mund stand offen, und wenn sie atmete, klang es, als ob sie Schnupfen hätte. Ich freute mich, als ich sah, dass *The Big Fifty* offen neben ihrem Bett lag – sie war ziemlich weit gekommen, bevor die Aufregungen dieses anstrengenden Tages ihren Tribut gefordert hatten. Unter dem Fenster, auf dessen Scheibe die Regentropfen schillerten, ruhte der Sattel im perlfarbenen Licht. Es zog mich zu ihm hin. Ich kniete mich daneben und strich über das Leder: der weiche Glanz vieler Meilen, der milde, gesunde Geruch nach Pferd und

Seife. Sattel und Zaumzeug haben eben wirklich ihre ganz eigene Magie, und es ist nicht übertrieben, wenn ich sage, dass der Sattel fast zu atmen und zu seufzen schien. Vielleicht träumte auch er vom Wilden Westen, genau wie Swede es sicher gerade tat. Ich fuhr mit der Hand am Horn hinunter, über den glatten Sitz hinweg und den sanft gebogenen Sattelkranz wieder hinauf. Da bemerkte ich, dass der Riss im Leder, den Davy nicht hatte reparieren können, verschwunden war. Ich tastete die Stelle mit beiden Händen ab, obwohl ich in dem sanften Licht auch so erkennen konnte, dass der Riss sich geschlossen hatte. Dass die Wunde einfach verheilt war. Ich fühlte eine angenehme Wärme in mir aufsteigen, als ob mir jemand hinter meinem Rücken zulächelte. Während ich in Swedes kühlem Zimmer auf dem Boden kauerte, fiel mir wieder ein, dass Dad den Sattel, nachdem er darüber gestolpert war, mit seinen geduldigen Händen aufgehoben und hierher getragen hatte. Ich berührte den Sattelkranz: nur glattes Leder, nicht einmal eine Naht war zu spüren.

Halten Sie davon, was Sie wollen.

Nach Mitternacht ging der Regen irgendwann in Schnee über. Ich merkte es an den Geräuschen, die vom Fenster kamen. Sie klangen irgendwie feuchter und nicht mehr so laut. Zuerst dachte ich, das wäre es gewesen, was mich geweckt hatte.

Dann drehte sich ein Türgriff – der Griff der Hintertür, die von der Küche nach draußen führte, ich erkannte das leise Quietschen. Mein sehnlichster Wunsch war, dass es Davy wäre, der leise wieder ins Haus kam, der nach Rauch roch und sich das Wasser von der Jacke schüttelte; aber Davy war längst wieder zurück; er lag keine zwei Meter von mir entfernt und schlief, zufrieden schnaufend. Es war auch nicht Dad, denn ihn konnte ich ebenfalls hören. Er wälzte sich, von seinen Kopfschmerzen gequält, unruhig im Schlaf hin und her.

Ich hörte das Ächzen der Küchentür, das Knarzen der Dielenbretter neben dem Besenschrank. Letzte leise Zweifel, dass ein Eindringling im Haus war, verschwanden, als ein feuchter Luftzug ins Zimmer wehte und mir über Ohren und Stirn strich.

Davy schmatzte, schluckte und schlief weiter. Meine Lunge zog sich zusammen, der ganze Körper tat mir weh. Ich wäre zu gern hinübergeschlichen, um Davy zu wecken, aber meine Muskeln hatten sich völlig verkrampft. Nun hörte ich zum ersten Mal Schritte. Sie kamen durch das Wohnzimmer. Eine Schulter stieß gegen den Kaminsims. Schneeflocken stöberten gegen mein Fenster, und ich fand mich damit ab, dass ich zu lange gewartet hatte. Es war zu spät, Davy zu wecken. Was geschehen würde, würde geschehen.

Die Schritte kamen näher und blieben vor unserer Tür stehen. Es war kaum mehr als eine Ahnung, dass sich eine Hand auf den Griff legte.

Dann hörte ich Davy: »Mach das Licht an«, so leise, als ob er im Schlaf redete. Aber er schlief nicht. Er sprach zu der körperlosen Erscheinung, die in der Tür stand. »Los, Licht an!«, befahl er. Von einer Sekunde auf die andere wurde es so hell, dass wir die Augen zusammenkneifen mussten – ich unter meiner Steppdecke, Israel Finch im Türrahmen, einen Baseballschläger in der einen Hand, die andere noch auf dem Lichtschalter, und der arme, dumme Tommy Basca, der blinzelnd hinter ihm stand. Davy saß aufrecht im Bett, er trug ein T-Shirt, seine Haare waren zerstrubbelt. Damals erschien es mir fast wie ein Wunder, dass er die kleine Winchester in der Hand hatte, die er am Nachmittag mit ins Wäldchen genommen hatte. Er hielt sie ausgesprochen lässig, die Ellenbogen auf die Knie gestützt, die Wange am Schaft, als ob er im nächsten Augenblick Blechbüchsen vom Zaun ballern wollte.

An dieser Stelle muss fairerweise gesagt werden, dass Israel keine Chance hatte – was nicht heißen soll, dass er eine verdient gehabt hätte. Er stand mit seiner lächerlichen Keule in der Tür wie ein Neandertaler, der mit grimmigem Gesicht auf das Aussterben wartete. Wie verwirrt er aussah. Wie rot sein Gesicht war, und wie er schwitzte! Dann hob dieser Idiot den Schläger, und Davy drückte ab, und Israel taumelte nach hinten und prallte gegen Tommy Basca, und Davy lud nach und feuerte noch einmal.

Waren Sie schon einmal dabei, als jemand in einem Haus ein Gewehr abgefeuert hat? In einem kleinen Zimmer? Dann können Sie sich vielleicht vorstellen, dass es bei uns mit einem Mal höchst lebendig wurde – auch wenn für Israel Finch das Gegenteil galt. (Soweit ich es mitbekam, gab er keine letzten Worte von sich; die Kugel hatte ihm einen lackschwarzen Tropfen mitten zwischen die Augenbrauen gemalt, was Swede viele Jahre später so beschreiben sollte, dass er dalag wie eine indische Jungfrau.) Als Swede aus ihrem Zimmer gestürzt kam, lag Finch in der Diele auf dem Rücken, den Punkt auf der Stirn, aber ohne Austrittswunde am Hinterkopf (ein überzeugendes Argument für ein kleines Kaliber, wie Dr. Nokes unverblümt anmerkte). Swede erblickte nicht nur Finch, sondern auch Tommy Basca, der sich auf dem Bauch wälzte und mit zitternden Fingern zur Tür zeigte, und Davy, der von hinten an ihn herantrat. Und sie wird wohl auch mich gesehen haben. Ich kauerte da und sah zu, wie es mit dem Leben, das wir bis dahin geführt hatten, zu Ende ging. Ich erinnere mich daran, wie Swede nach Luft schnappte, wie sie aufkeuchte, als Dad sie mit sich ins Badezimmer zog und von innen die Tür zuschlug. Ich sah Tommy Basca an, der ebenfalls getroffen war, wenn auch nicht so sauber wie Finch. Tommy kratzte mit den Fingern auf dem Fußboden herum, heulte etwas Unverständliches und verdrehte die Augen. In seiner Stimme lag Todesangst, und ich wusste, dass er sah, wie alle Teufel auf ihn warteten und ihre langen Messer wetzten, dass er schon ihr Geschrei hörte und dass der Schwefelgeruch, der plötzlich im Raum stand, einem düsteren Rachen entströmte, der nach seiner Seele lechzte. Davy, der über ihm stand, lud ein drittes Mal durch.

Ich hätte wegsehen müssen, aber ich konnte es nicht.

Er richtete den Lauf auf Tommy Bascas Nacken. Einen Moment lang kam mir mein Bruder sehr klein vor – wie ein Fremder, den man an einem klaren Tag in der Ferne sieht. Seine Hände zitterten nicht. Er drückte ab. Tommy erschlaffte. Im Haus wurde es still, nur Swede weinte hinter der Badezimmertür. Der Schwefelgeruch hing noch einen Augenblick in der Luft, dann verzog er sich, und Davy richtete sich auf. Er sah niemanden an, weder mich noch Dad, der mit rot zerkratzten Armen aus dem Badezimmer kam. Davy wischte sich über das Gesicht und sagte: »Tja…« Dann schritt er über Tommy hinweg und verließ das Zimmer.

Und wann wurde ihm wirklich klar, was er getan hatte? Das haben wir uns oft gefragt, Swede und ich; wann erkannte Davy Land, dass das Exil ein Land ist, dessen Grenzen sich endlos ausdehnen, das man nur schwer verlassen, aber auch nur schwer ertragen kann, ganz gleich, wie breit die eigenen Schultern, ganz gleich, wie verhärtet das Herz?

Im Angesicht der Ewigkeit

Niemand wäre ärgerlicher als Davy, wenn ich versuchen wollte, den Zwischenfall in einem versöhnlichen Licht zu schildern. Zwei Jungen lagen tot in unserem Haus; daran gab es nichts zu beschönigen. Ich erinnere mich, dass Davy auf der Kellertreppe saß, unter einer gelben Glühbirne, eine Jacke über das T-Shirt geworfen, das Gesicht glänzend vom Regen. Er sagte nichts, und er hatte einen abwesenden, betäubten Blick in den Augen, der mir Angst machte. Zusammen warteten wir auf Ted Pullet. Dad, ins Gebet vertieft, hatte einen Arm um Swede gelegt und hielt mit der anderen Hand Davys Schulter umklammert. Ich erinnere mich an das Gefühl, in zwei Teile zu zerbrechen, kleiner zu werden. Ich plapperte auf Davy ein, dass alles wieder gut werden würde, dass er es nicht mit Absicht getan hatte.

Da tauchte er aus seiner Versunkenheit auf und packte mein Handgelenk. »Sag nicht, dass alles wieder gut wird, Rube. Sag das nicht. Ich wollte es tun. Ich wollte es. Hörst du?« Ich konnte nur heftig nicken. Während er sprach, waren Autos vorgefahren, Türen schlugen, wir hörten Stimmen und sahen, wie das Blaulicht von den Fensterscheiben zurückgeworfen wurde.

Davy sagte: »Also dann.«

Er reagierte immer gereizt, wenn in unserer Familie wieder mal jemand darauf beharrte, dass schon alles gut werden würde.

Eine wahre Geschichte: Als Dad gerade achtundzwanzig geworden war, wurde er von einem Frühlingstornado erfasst, zusammen mit den größten Teil des Daches über ihm und einigen losen Dielenbrettern, die er gerade verlegen wollte.

Damals war er schon mit meiner Mutter verheiratet und studierte im Rahmen eines Förderprogramms für Kriegsveteranen an einer kleinen Universität in Iowa. In seinem Studium und in seiner Liebe zu Büchern ging Dad völlig auf – er war einer jener zielstrebigen Autodidakten, die in der amerikanischen Legendenbildung so beliebt sind, ein Leser mit dem Enthusiasmus eines Abraham Lincoln, der zehn Meilen zu Fuß ging, um sich einen Band mit Gedichten von John Donne oder einen Roman von Herman Melville auszuleihen, oder auch, da wir ja ganz bei der Wahrheit bleiben wollen, einen Western von Owen Wister. Weil er gern lernte und ein außergewöhnlich mitfühlender Mensch war, neigte er naturgemäß zum Studium der Medizin, und ich kann mir sehr gut vorstellen, dass meine Mutter sich Hals über Kopf in diesen großzügigen, gut aussehenden und nach Höherem strebenden jungen Mann verliebte. (Bis heute fällt es mir nicht schwer, mir unser Leben so auszumalen, wie es wohl verlaufen wäre, wenn Dad nicht vom eingeschlagenen Kurs abgekommen wäre: ein schlichtes Farmhaus mit einer breiten, sauber gefegten Veranda, inmitten idyllischer Wiesen gelegen, auf denen Angus-Rinder weideten – denn schließlich braucht ein Arzt ja auch Erholung – dazu ein paar gute Cowboypferde in einer weißen Koppel. Mom kommt zur Hintertür heraus, klopft sich das Mehl von der Schürze und ruft uns Kinder zum Abendessen. Sie sieht glücklich und zufrieden aus. Ist es nicht erstaunlich, wie dicht solche Bilder unter der Oberfläche schlummern?)

Nach allem, was ich darüber gehört habe, war es eine schöne Zeit. Davy war ein Jahr alt und trottete unternehmungslustig durch die ärmliche, aber fröhliche Studentenwohnung; Mutter fütterte ihn heraus und wurde selbst immer dünner, weil sie ihm ständig hinterherlaufen musste, und zum Einschlafen las sie ihm Robert Louis Stevenson vor. Derweil studierte Dad in der naturwissenschaftlichen Abteilung den Knochenbau eines Skeletts namens Yorick, das einem skorbutkranken Kerlchen gehört und die Farbe dünnen Tees angenommen hatte. Ein Professor erzählte Dad, dass Yorick seinen Körper nicht freiwillig der Wissenschaft vermacht hatte, sondern dass es sich bei ihm um einen Unglücksraben aus Kalkutta handelte, den man aus dem Ganges gefischt, gekocht und entbeint hatte und der über verschlungene Schwarzmarktwege in den Mittleren Westen gelangt war. Das gab einem zu denken.

Wenn Dad nicht studierte, arbeitete er. Zwanzig Stunden in der Woche fegte, pinselte und werkelte er in der Sporthalle herum, ohne zu ahnen, dass er bei dieser Tätigkeit genau die Fachkenntnisse erwarb, die er in seinem späterem Leben brauchen würde. Es war die Sporthalle, das Dewey Building, das an einem brütend heißen Abend um kurz nach elf von dem Tornado getroffen wurde. Diese Geschichte ist übrigens die einzige, die Dad uns jemals im Flüsterton erzählt hat: wie der Tornado aus dem Süden heraufzog, geboren aus einer gelben Wolke. Wie er am Stadtrand die Erde berührte, eine blasse Nabelschnur, um sich fast scheu den College Drive hinaufzuwinden, wobei er nicht viel mehr als etwas Staub mitnahm. Das Erste, was den Anwohnern am nächsten Morgen auffiel, war, dass ihre Straße so sauber gefegt war wie nie zuvor und dass die Grashalme auf dem Grünstreifen wie gekämmt aussahen und alle in dieselbe Richtung zeigten, als ob sie einen vorbeiziehenden Würdenträger hatten grüßen wollen.

Dad hatte bis in die Nacht hinein gearbeitet. Er wollte in der Basketballhalle eine schadhafte Stelle im Fußboden ausbessern, die im zurückliegenden Winter von einer herunterfallenden Lampe verursacht worden war. Diese Lampe war während eines Heimspiels einfach auf den Boden gekracht. Zum Glück war niemand verletzt worden, und die Zuschauer hatten den Absturz und das Zerschellen der Lampe gebannt verfolgt. Das Dewey Building war das einzige Gebäude auf dem Campus, das nicht aus Backstein errichtet war, und als der Tornado darauf zusteuerte, hatte er sich zum ausgewachsenen Wirbelsturm entwickelt, keine Nabelschnur mehr, sondern eine starke, schlanke Dame, die mit wiegenden Hüften über das Universitätsgelände schritt, vorbei an den Naturwissenschaften, vorbei an der Anglistik, um mit einem bewusst anmutigen Hüpfer über das Hauptgebäude und die Bibliothek hinwegzusetzen und auf dem niedrigen Dach der Sporthalle niederzugehen, in der Dad ganz allein bei der Arbeit war. Er hat erzählt, dass es sich nicht, wie der Volksmund sagt, nach einem herandonnernden Zug angehört habe, sondern, als ob sich ein ganzer Berg in Bewegung gesetzt hätte und seitwärts über die Erde gerutscht käme. Als er den Kopf hob, sah er über sich diverse Dachschindeln und die Scherben eines gläsernen Oberlichts langsam kreiselnd durch die Luft schweben; er sah fliegende Lampen, die noch brannten, obwohl sie aus ihren Halterungen gerissen worden waren, mit intakten Glühfäden, zum Leuchten gebracht durch irgendein sturmbedingtes physikalisches Phänomen, und als er zur Treppe des Schutzkellers rannte – keine fünfzehn Meter entfernt! –, hörte er, wie sich das Dach im Ganzen hob, und fühlte, wie auch er selbst nach oben stieg, immer höher hinauf, der Schwerkraft, der Erde und jeder irdischen Hilfe entzogen.

Inzwischen war meine Mutter in ihrer Mansarde durch den pfeifenden Wind geweckt worden und aus dem Bett gesprungen, genau in dem Moment, als der sich drehende Trichter hoch aufragend an ihr vorbeizog, durch die Straßenlaternen von unten angestrahlt. Sandige Böen kratzten über die Scheiben. Auch wenn sich später einiges an Groll gegen sie in mir anstaute, kann das meine Bewunderung für das, was sie als Nächstes tat, nicht schmälern. Sie lief im Nachthemd in Davys Zimmer, griff nach einer zusammengefalteten Steppdecke und drückte sie gegen das Fenster. So harrte sie aus, während das Pfeifen zu einem mehrstimmigen Wiehern anschwoll; so harrte sie aus, während alle Lichter verloschen und im ganzen Haus die Scheiben zersprangen und das Getöse so laut wurde, dass man keinen Gedanken mehr fassen konnte.

Wenn Dad uns die Geschichte erzählte, war dies immer der Augenblick des Triumphes, der Wendepunkt der Schlacht. Mutter stemmt sich gegen das Fenster, sie steht zwischen dem Tornado und Klein Davy, und auf dem Höhepunkt des Sturms, als sie das Gefühl hat, eine Schlacht in einem alles verschlingenden Krieg zu kämpfen, lässt der Gegendruck auf die Scheibe kaum spürbar nach. In diesem Moment wird Davy wach, er schmatzt mit den Lippen und wälzt sich auf den Bauch. Die Scheibe beruhigt sich unter ihren Händen, und als Davy wieder einschläft, ist der Krieg weitergezogen, nach Norden.

(Aber war damit das Schlimmste überstanden? Man darf nicht vergessen, dass Dad genau in diesem Augenblick nach oben schwebt, mit dem Hammer in der Hand, im Angesicht der Ewigkeit; Mom wollen derweil Tränen der Erleichterung in die Augen steigen. Nein, ihr zumindest steht das Schlimmste erst noch bevor.)

Als der Sturm abgezogen war – so hat Dad es uns erzählt –, lief sie als Erstes hinaus in die Diele, zum Gemeinschaftstelefon für den obersten Stock. Sie wollte im Dewey Building anrufen, um sich nach Dad zu erkundigen. Dass die Leitung tot war, überraschte sie nicht, seltsam war etwas anderes: Der Hörer war heiß. Nicht warm, als ob ihn eben jemand in der Hand gehalten hätte, sondern heiß, wie elektrisch aufgeladen. Mutter hatte ihn schon am Ohr, als sie merkte, dass sie sich die Hand verbrannt hatte. Später sagte sie, dass ihr dieses glühend heiße Telefon mehr Angst gemacht habe als der Sturm. Es widersprach den Naturgesetzen. Es verhieß nichts Gutes. Sie ließ den Hörer fallen, tastete sich in die Wohnung zurück, hob Davy aus seinem Bettchen und nahm ihn auf den Arm. Ich stelle mir vor, wie sie an dem Fenster steht, gegen das sie sich gerade noch gestemmt hat, und auf den Campus hinausblickt, obwohl sie die Sporthalle nicht erkennen kann, weil es noch immer stockdunkel ist und das Hauptgebäude ohnehin den Blick versperrt.

Binnen einer Stunde klopfte es an der Tür. In ihren Morgenrock gehüllt, machte Mutter im Dunkeln auf. Vor ihr stand eine kleine Abordnung von Männern, deren Gesichter im Schein ihrer Laternen die Farbe von brennendem Papier hatten. Der vorderste Mann sagte: »Mrs. Land, das Dewey Building ist zerstört.«

Nun erst war das Schlimmste eingetroffen. Sie hörte sich an, wie die Männer ihr das ganze Ausmaß der Verwüstung beschrieben: das klaffende Loch, wo einst das Dach gewesen war, die geborstenen Paneele, die ineinander verhedderten elektrischen Leitungen und die zersplitterten Bretter – eine lange Trümmerspur, die nach Norden führte. Sie hatten sich mit Laternen bewaffnet und im Schutt nach Mr. Land gesucht, aber keine Spur von ihm gefunden. Die Suche war noch im Gange. Nach diesem Bericht hätten sie eigentlich darauf verzichten können, meiner Mutter zu sagen, dass sie sich auf alles gefasst machen sollte, aber sie waren unbeholfen und wussten nicht, was sie sonst tun sollten. Und gibt es überhaupt einen richtigen Weg, eine solche Nachricht zu überbringen?

Über die seelische Verfassung meiner Mutter in den kommenden Stunden kann ich nur Vermutungen anstellen. Ein einziges Mal in meinem Leben habe ich einen Kummer kennen gelernt, der so stark war, dass ich regelrecht hören konnte, wie er in mir rumorte und von innen an mir fraß. Es war ein langsamer, ziehender Schmerz, als würde man einen Fluss mit Leinen und Haken nach einem Vermissten absuchen. Meiner Mutter muss es wohl ähnlich zu Mute gewesen sein. Vielleicht wachte Davy auf und lenkte sie ab. Vielleicht war sie wie betäubt, vielleicht hatte sie auch die innere Kraft, sich zu überlegen, wie sie sich von nun an in einer Welt zurechtfinden sollte, die ihr noch am frühen Abend so wohl gesonnen gewesen war. Was ich aus Dads Erzählungen mit Sicherheit weiß, ist Folgendes: Am nächsten Vormittag, es war schon spät, saß sie am Küchentisch. Sie hatte sich angezogen, Davy gefüttert und ihn auf seine mit kleinen Zügeln versehene Fußbank gesetzt, damit er reiten konnte. Plötzlich klingelte in der Diele das Telefon, das inzwischen wieder funktionierte. Sie blieb eine ganze Weile sitzen, weil sie hoffte, dass jemand anderer das Gespräch annehmen würde, aber die Etage war wie ausgestorben. Alle waren zum

Unterricht oder zu Arbeit gegangen oder wanderten ungläubig staunend um das Trümmerfeld herum, das einmal das Dewey Building gewesen war. Irgendwann stand sie dann doch auf und ging zum Telefon. Eine Frau fragte nach Mrs. Jeremiah Land.

»Am Apparat«, sagte meine Mutter.

»Hat Ihr Auto den Sturm überlebt, Mrs. Land?«, fragte die Frau.

Meine Mutter fuhr sie scharf an: »Was soll denn diese dämliche Frage!?« Man muss Nachsicht mit ihr haben, sie hatte schließlich eine furchtbar lange Nacht hinter sich.

»Mrs. Land«, sagte die Frau. »Mein Name ist Marianne Evans. Unsere Farm liegt vier Meilen nördlich der Stadt. Ich habe hier einen Mann auf der Veranda sitzen, der gerade eine Tasse Kaffee trinkt. Er sagt, er ist *Ihr* Mann.«

Jeder von uns hat seine eigene Art, mit geschichtlichen Ereignissen umzugehen. Für Swede gehen sie nahtlos ineinander über, verschmelzen zu einer einzigen bedeutungsvollen Erzählung; sie hatte – und hat bis heute – eine homerische Begabung für Sinnzusammenhänge. So fragt sie in einem ihrer letzten Briefe: Ist es Hybris zu glauben, dass jeder Mensch ein gelebtes Epos ist? (Das mag schon sein, aber ich nehme nicht an, dass sie ausgerechnet von mir eine Antwort erwartet). Und was Dad angeht, so würde er sagen, dass der Tornado seine Taufe war, die am Beginn eines neuen Lebens und eines neuen Lebensziels stand – was von vielen Leuten, einschließlich meiner Mutter, als der Beginn eines Lebens ohne Ziele interpretiert wurde. Nachdem er das Semester noch zu Ende gebracht hatte, verließ er mit seiner Familie den Campus und suchte sich eine Stelle als Klempnergehilfe. Das war also nun der enttäuschende Ausgang der im Flüsterton erzählten Tornadogeschichte: Dads Reaktion darauf, dass er inmitten umherwirbelnder Trümmer vier Meilen weit durch den Himmel getragen worden war, dass der Zorn Gottes ihn verschlungen hatte und er sich darin nicht nur geborgen gefühlt hatte, sondern auch unverletzt geblieben war, dass er am späten Morgen in einem brachliegenden Feld von einem Retriever geweckt wurde, der ihm mit der Zunge wie mit einem Waschlappen durchs Gesicht fuhr, bestand darin, seinen verheißungsvollen Lebensweg zu verlassen und die Hände freudig in die Kloake zu tauchen. Als Erklärung kann ich nur das wiederholen, was er selbst oft zu uns gesagt hat, wenn die Geschichte zu Ende war und er unsere Decken feststopfte: »Ihr glaubt gar nicht, wie behutsam ich da oben behandelt wurde, Kinder.«

Davy hatte seine Probleme mit Dads Geschichte, und wenn Dad ihn nicht hören konnte, sprach er seine Zweifel auch offen aus. Man könne nicht von einem Tornado mitgerissen werden, ohne einen Kratzer abzubekommen. Das sei widersinnig. Da stimme etwas nicht.

Swede ging zum Angriff über. »Soll das heißen, dass Dad ein Lügner ist?«

»Natürlich nicht. Ich weiß ja, dass es passiert ist. Aber es hätte nicht passieren dürfen, verstehst du das nicht?«

»Nein«, antwortete Swede.

Mir war klar, worauf er hinauswollte, auch wenn es einige Zeit dauerte, bis ich es vollständig begriff. Davy wollte für sein Leben ganz allein verantwortlich sein; der Gedanke an einen fürsorglichen, väterlichen Gott ärgerte ihn. Erst Jahre später verstand ich richtig, was er meinte, aber ich habe mir seine Ansicht nie zu Eigen gemacht, denn ich war schwach, und das wusste ich. Ich besaß weder die Kraft noch die Instinkte meiner Vorfahren, die als Einwanderer ins Land gekommen waren. Die Schwachen müssen auf die Gnade vertrauen – ohne sie hätte ich schließlich keine fünfzehn Minuten überlebt. Das Schicksal, der Lauf der Geschichte, hatte mir einfach ein anderes Rüstzeug mitgegeben als Davy. Um das zu begreifen, brauchte man sich bloß seine Hände anzusehen: Es waren harte, flinke Männerhände – so schnell wie ein Augenzwinkern. Sie bewegten sich, als ob sie einem längst bekannten Zweck dienten. Der Lauf der Geschichte, ja die Geschichte selbst, war so mit Davy verwachsen, dass er nicht sehen konnte, dass er ihr gehörte.

Und Mom? Ich kann nur vermuten, dass sie sich nach dem Telefonanruf erst einmal hinsetzte und weinte, wie es wohl jede andere liebende Ehefrau an ihrer Stelle auch getan hätte. Wie sie gejubelt haben muss! Wahrscheinlich raste sie wie eine Verrückte zur Evans-Farm. Das Wiedersehen muss von einem solchen Freudentaumel begleitet gewesen sein, dass Marianne Evans ihren Nachbarn davon erzählte und sich noch lange Jahre später, wenn ihr Mann an einem verregneten Abend in der Scheune arbeitete, gerührt daran erinnerte. Marianne konnte froh sein, dass sie nicht miterleben musste, welche Veränderungen der Tornado nach sich zog. Das Erstaunen, mit dem meine Mutter reagierte, als Dad das Studium aufgab und seine glänzenden Zukunftsaussichten begrub, blieb der Farmersfrau ebenso erspart wie Moms Versuche, das Beste aus der Situation zu machen. Eigentlich hielt Mutter noch ziemlich lange die Stellung – lange genug jedenfalls, um Swede und mir das Leben zu schenken –, aber sie hatte wohl das Gefühl, dass Dad ihre gemeinsamen Pläne verraten hatte. Eines Tages war sie verschwunden, ohne jede Erklärung, ohne jemals wieder ein Lebenszeichen von sich zu geben. Später hörten wir, dass sie in Chicago einen Arzt geheiratet hatte, einen älteren Herrn, dessen erste Frau gestorben war. Es hieß, dass sie regelmäßig die Oper und das Theater besuchten und auch sonst rege am gesellschaftlichen Leben teilnahmen. Von Mutter selbst allerdings erfuhren wir das nicht; sie schickte uns weder Briefe noch rief sie jemals an. Auch den Mann, um dessentwillen sie uns fallen ließ, haben wir nie kennen gelernt.

Sie legten Davy Handschellen an und brachten ihn nach Montrose ins Gefängnis; wir anderen sollten in einem Motel übernachten. Langsam fuhren wir durch den Regen davon. Ein Krankenwagen parkte rückwärts auf dem Rasen, ein Deputy stand gebückt auf der Veranda und rauchte, in den Fenstern flammten die Blitzlichter der Kameras auf.

Über uns war ein Wirbelsturm hereingebrochen, nicht weniger heftig als Dads Tornado.

Als wir Davy am nächsten Tag besuchten, versuchte Swede, nach ihm zu treten. Sie weinte, und als er die Hand ausstreckte, um sie zu trösten, zielte sie wütend nach seinem Bein, nur um sich an den Gitterstäben das Schienbein anzustoßen.

»Du liebes bisschen. Da habe ich ja direkt Glück, dass ich eingesperrt bin«, sagte Davy, während Swede auf einem Bein herumhüpfte und die Zähne zusammenbiss. Es war ein bitterer Scherz, aber Dad freute sich trotzdem darüber. Davys Blick war längst nicht mehr so benommen wie in der vergangenen Nacht. Seine Zelle war klein, das Licht gelblich braun, und an der Wand klebten totgeschlagene Fliegen. Aber ihm waren weder über Nacht Reißzähne gewachsen, noch hatte er sich in ein Untier verwandelt. Als Swedes Wut verraucht war und sie Davy durch das Gitter umarmt hatte, sagte Dad, wir sollten uns verabschieden und draußen im Gang auf ihn warten.

Das war das Schwierigste an unserem Besuch – durch diese Tür zu gehen. Sie war so dick und schloss so dicht, dass wir nicht einmal lauschen konnten, nicht einmal mit Hilfe eines Pappbechers vom Wasserspender, den Swede organisiert hatte.

Dad war schweigsam, als er herauskam. Wir gingen zum Wagen; der Wind blies uns den Gefängnismief aus den Kleidern.

»Es scheint ihm ganz gut zu gehen, meinst du nicht?«, fragte ich.

»Doch«, antwortete Dad.

Die Heimfahrt kam mir sehr lang vor. Zu Hause durchstöberten Swede und ich erst einmal die Schränke nach etwas Essbarem. Normalerweise hätte Dad uns irgendetwas gebrutzelt oder wenigstens gefragt, ob wir nicht etwas kochen wollten, aber diesmal setzte er sich nur auf einen Küchenstuhl, lehnte sich zurück und schloss die Augen.

Eigentlich hatte ich das Essen im Sinn, als ich fragte: »Sollen wir irgendetwas machen, Dad?«

»Durchhalten«, sagte er.

Die Antwort hätte treffender nicht ausfallen können, auch wenn sie uns nicht behagte. Denn was soll man sonst tun, wenn um einen herum die ganze Welt einstürzt? Wenn sich alle Perspektiven verschieben? In der ersten Woche standen Swede und ich wie gewöhnlich auf und kochten Dad seinen Haferbrei, aber er konnte ihn nicht essen. Genauso gut hätte man von ihm verlangen können, fröhlich winkend für den Kongress zu kandidieren.

Plötzlich bekamen wir Anrufe und Besuche von Leuten, die wir nicht kannten. Von Reportern zum Beispiel, als da wären ein schüchternes Kerlchen vom Montroser Wochenblatt, ein Journalist mit einem traurigen Zug um den Mund vom *Star* in Minneapolis, zwei verschiedene Radioreporter, die mit schiefen Schultern schwere Tonbandgeräte durch die Gegend schleppten, und den ersten Fernsehkorrespondenten, der in unserer Gegend je gesichtet worden war, was wiederum dem *Observer* aus Montrose einen eigenen Artikel mit Foto wert war. Nach den ersten Berichten meldeten sich außerdem einige tollkühne Rechtsanwälte und ein ganzer Haufen junger Frauen, die Davys Verbrecherfoto in der Zeitung gesehen hatten und ihn für missverstanden hielten.

Gleichzeitig machten sich viele Leute, die wir kannten und deren aufmunternde Worte Dad sicher gut getan hätten, rar. Ein paar Beispiele gefällig? Gut, nehmen wir den Tankwart Harold Barkus, der immer alle anfallenden Reparaturen an unserem altersschwachen Plymouth erledigte und der eines Abends betrunken zu Dad gekommen war, um sich bei ihm auszuheulen, weil ihn seine Frau verlassen hatte, der uns einen Liter Tränen in das Sofa heulte, auf dem wir ihn übernachten ließen, und der am nächsten Morgen nüchtern, mit neuem Lebensmut erfüllt und einem warmen Frühstück im Magen wieder abgezogen war. Harold Barkus bediente uns nun nicht mehr selbst, sondern schickte uns seinen schlaksigen Jungen nach draußen, wenn wir tanken wollten. Harold Barkus blieb hinter seiner Panzerglasscheibe sitzen und würdigte uns keines Blickes.

Oder nehmen wir den Schuldirektor Leroy Biersten, der Dad

eingestellt hatte. Todtraurig hatte er an unserem Tisch gesessen, nachdem seine Tochter von einem Soldaten geschwängert und sitzen gelassen worden war. Meinen Sie, Leroy hätte auch nur ein einziges Wort des Trostes für Dad übrig gehabt?

Vielleicht war es Angst oder auch Verlegenheit. Ich weiß es nicht. Vielleicht versetzten sich diese Leute in Dads Lage und dachten, dass sie an seiner Stelle lieber ihre Ruhe haben würden, wenn ihr eigener Sohn zwei Jugendliche erschossen hätte und nun tagein, tagaus in der Arrestzelle sitzen müsste.

Möglicherweise – wäre das denkbar? – fanden sie auch, dass Dad etwas Kummer verdient hatte. Dass er einfach zu gut war, um wahr zu sein. Vielleicht war es eine Erleichterung für ihre ängstlichen Seelen, dass auch Jeremiah Land seinen Teil abbekam.

Ich denke dabei an Oscar Larson, der Dad oft zum Angeln mitnahm, weil sich die Fische regelrecht um das Boot zu versammeln schienen, wenn Dad mit von der Partie war. Und an den Metzger Gary Sweet, dessen Gefrierkammer Dad im vergangenen Juli repariert hatte, als es so heiß war, dass sonst unzählige Rinderhälften vergammelt wären. Ich denke an den Gelegenheitsarbeiter Ron Simonson, für den Dad immer etwas zu tun fand – die Klingen des Rasenmähers schleifen, das Dach der Garage decken, Aufgaben, die Dad auch gern selbst erledigt hätte, wenn Ron nicht auf einen Job angewiesen gewesen wäre. Ich kann mir nicht helfen, aber ich muss dabei an Hiob aus dem Alten Testament denken und an seine Freunde, die zu ihm kamen, als er in der Asche saß, mit Geschwüren geschlagen und den Verlust seiner Kinder betrauernd, und die zu ihm sagten: Womit hast du dir das verdient?

Jemandem etwas nachzutragen zeugt von einem schlechten Charakter, und deshalb habe ich es fest vor, diesen treulosen Gesellen zu verzeihen; egal ob ich es ihnen noch ins Gesicht sagen kann oder mich mit ihren Geistern zufrieden geben muss, eines Tages werde ich zu ihnen sagen: Schon gut. Ich verstehe. Ich hätte vielleicht das Gleiche getan.

Aber noch ist die Zeit nicht reif dafür. Erst will ich Zeugnis ablegen.

Zwei Männer gab es, die uns nicht im Stich ließen – nein, es waren drei: der Methodistenpfarrer James Reach, Dr. Animas Nokes und Mr. Layton, Gerard Layton, der Ladenbesitzer, in den durch Reverend Johnny Latt der Heilige Geist gefahren war. Reach, Layton und Nokes: diese drei.

Seltsamerweise war es Dad, der am meisten litt und um den sich die wenigen Getreuen scharten. Davy dagegen, der gezielt und geschossen, gezielt und geschossen, gezielt und geschossen hatte, Davy, der auf seine Verhandlung wartete, war im Großen und Ganzen der Gleiche geblieben, der Bruder, an dem ich so hing. Nur ein bisschen dünner, weil er im Gefängnis nicht viel aß. Ich erinnere mich, dass er einmal in seiner Zelle aufstand und mich durch die Gitterstäbe umarmte. Als ich ihm ebenfalls die Arme um die schmale Taille legte, sah ich, wie dunkel er unter dem Kinn war, die Haut so rau und schlaff wie die eines wesentlich älteren Mannes. Er grinste und verbot mir zu weinen. »Hör mal, Natty.« Er drückte meine Schultern. »Esst mir bloß die Gänse noch nicht auf. Lasst sie in der Tiefkühltruhe, bis ich wieder draußen bin. Es dauert nicht mehr lange.« An dieser Stelle klimperte der Wärter, der in der Nähe stand, leise mit den Schlüsseln, als ob er sich insgeheim über Davy lustig machte. Aber ich sah etwas, was der Wärter nicht sehen konnte: Ich sah ein Leuchten in den Augen meines Bruders, ich sah Zuversicht, Gottvertrauen, Wissen, und da war mir klar, wem ich glauben konnte.

Davy bekam zwar nicht viel *persönliche* Unterstützung – sogar Dolly hielt sich zurück und besuchte ihn nicht gleich –, aber dafür wurde sie ihm auf dem Postwege reichlich zuteil. Vor allem in den ersten Tagen, als die Zeitungen noch auf seiner Seite waren. Das galt allerdings nicht für den *Observer* aus Montrose, der aus Rücksicht auf die Familien Finch und Basca mit übertriebener und schon fast lächerlicher Zurückhaltung über den Fall berichtete. Dafür fielen die ersten Schlagzeilen der großen Tageszeitung aus Minneapolis so gut aus, dass man sie in ein Sammelalbum hätte kleben können. JUGENDLICHER VERTEIDIGT HEIM UND FAMILIE. SECHZEHNJÄHRIGER OHNE KAUTION FESTGESETZT – NOTWEHRSCHÜTZE DAVY LAND IM GEFÄNGNIS. DAVYS SCHWESTER: »ER HAT MIR DAS LEBEN GERETTET.« (Das Zitat von Swede war ein Triumph für den ernsten Burschen vom *Star*, der vor unserem Haus so lange auf der Lauer gelegen hatte, bis Dad in den Garten gegangen war, um Laub zu rechen. Sofort war der Reporter in Clark-Kent-Manier zur nächsten Telefonzelle gesprintet und hatte bei uns angerufen. Er hatte es einzig und allein seinem guten Benehmen zu verdanken, dass es ihm gelang, ein, zwei Sätze aus Swede herauszuholen, bevor Dad, der ihre Stimme durch das Fliegengitter hörte, zu Recht misstrauisch wurde und ins Haus zurücklief.)

Diese Berichte erregten erstaunlich viele Gemüter. Wie unter einem Zwang setzten sich die Leute hin und schrieben Briefe, als ob Davy all das verkörperte, was sie längst verloren geglaubt hatten und wonach sie sich zurücksehnten.

Lieber Davy Land,
wir leben in einer gottlosen Zeit, die von einer verderbten Jugend und von »Milde« gegenüber Verbrechern geprägt ist. Da tut es gut zu sehen, dass ein junger Mann das Herz hat, Heim und Herd zu verteidigen. Dass du diesen Brief im Gefängnis lesen musst, wundert mich nicht, im Gegenteil. Es ist abermals ein trauriger Beweis dafür, wie wir diejenigen behandeln, die es wagen, das Richtige zu tun. Falls dir Zweifel kommen sollten, will ich dich beruhigen. Die Kerle, die in euer Haus eingebrochen sind, waren lichtscheues Gesindel, sie wollten euch verletzen und töten, und sie haben nur das geerntet, was sie selbst säen wollten. Deine Tapferkeit macht uns allen neuen Mut.
Mit freundlichen Grüßen

Lieber Davy,
ich bin eine (junge) Witwe. Zwei Monate nach dem Tod meines lieben Mannes ist ein böser Junge aus der Nachbarschaft in unser Haus eingebrochen. Ich habe mich oft gefragt, was wohl mein Mann getan hätte, wenn er das noch hätte miterleben müssen, und nun weiß ich es. Er war ein starker Mann. Er hatte fast die gleichen Augen wie du. Das ist mir gleich aufgefallen, als ich dein Bild in der Zeitung sah. Es tut mir sehr Leid, dass sie dich eingesperrt haben, aber ich bete jeden Tag für dich. Musst du vor Gericht? Ich lege ein neueres Foto von mir bei.
Herzlichst

In den ersten beiden Wochen trafen so viele Briefe ein, dass Deputy Walt Stockard, der die große Leistung vollbracht hatte, noch vor seinem siebenundzwanzigsten Geburtstag vier widerspenstige Töchter zu zeugen, einen Schuhkarton mitbrachte, um sie darin aufzubewahren. Die Kiste war über und über mit rosa Schleifchen und Brokatbändern verziert und sah aus, als ob sie Valentinskarten enthalten müsste. Jeden Morgen füllte Stockard den Karton mit einem neuen Vorrat an Post auf, und wenn er Langeweile hatte, machte er es sich vor Davys Zelle gemütlich, fischte irgendeinen Brief aus dem Karton und las ihn laut vor: »Hier ist einer von einer Maggie aus St. Paul.

›Lieber Davy,
ich gehe in die neunte Klasse der Washington School. Wir haben gerade angefangen, William Shakespeare zu lesen, und unser Lehrer Mr. Willis will unbedingt *Julius Cäsar* mit uns durchnehmen, obwohl er ganz genau weiß, wie sehnlich wir uns *Romeo und Julia* wünschen. Ich hoffe, du schreibst mir zurück, ich hätte so gern einen Brieffreund, vielleicht könnten wir unsere Gedanken austauschen, ich bin erst vierzehn, aber alle sagen, dass ich für mein Alter sehr erwachsen bin.‹

Weißt du was, Davy? Der Brief ist parfümiert.«

Aber für Dad war das alles kein Trost. Eines Abends wurden wir beim Essen rüde vom Telefon gestört. Man teilte uns mit, dass man Davy wegen Totschlags in zwei Fällen unter Anklage stellen werde. Dass er sich nicht wegen zweifachen Mordes verantworten müsse, habe er nur seinem Alter zu verdanken und der Tatsache, dass die Opfer offenbar in unser Haus eingedrungen waren, um groben Unfug zu treiben. »Unfug?«, sagte Swede. »Unfug?«

Ich wusste genau, was sie meinte. Bei Dad hieß es Unfug, wenn wir mit einer Mütze voller Knallfrösche ins Wäldchen gingen, um Kuhfladen in die Luft zu sprengen. Aber wir mussten uns damit abfinden, dass juristisches Kauderwelsch bei uns von nun an zur Tagesordnung gehörte. Einmal belauschten Swede und ich ein Gespräch zwischen einem bärtigen Mann in einem hellbraunen Schlabberanzug und Dad, der ihm müde eine Tasse Kaffee nach der anderen einschenkte. Die beiden unterhielten sich leise über Dinge wie Auswahl der Geschworenen, Unschuldsvermutung und Verlegung des Verhandlungsortes, über dieses Plädoyer und jenes Plädoyer, über Kautionsermäßigungen und die Voreingenommenheit der Justiz gegenüber jugendlichen Gewalttätern. Was mich an dem bärtigen Mann besonders beeindruckte, war nicht so sehr seine Sprache, sondern sein Gesichtsausdruck – weise, reserviert und, angesichts der Sachlage, nicht gerade zuversichtlich. »Richter Raster hat letzten Sommer seine Frau verloren«, sagte er zu Dad. »Das hat ihn nicht eben nachsichtiger gemacht.« Er sprach den Namen so ernst aus, dass ich ein düsteres Bild von Richter Raster vor mir sah: ein fieser Koloss von einem Mann, in eine wallende schwarze Robe gehüllt, das Gesicht so kalt wie das eines Haifischs – und hinter seinem Rücken ließ er schon tückisch die Schlinge baumeln.

Am nächsten Tag erzählte uns Dad, wer der Mann mit dem Bart war. Er hieß Thomas DeCuellar und war Davys Pflichtverteidiger. Wir wussten, dass er ein guter Mann war, weil er auf unserer Seite stand und zwanzig Jahre Prozesserfahrung hatte – und weil er uns ein großes Glas Dillgurken mitgebracht hatte, von seiner Frau selbst eingelegt. Zwischen den Gurken schimmerten bläuliche Knoblauchzehen, und irgendwo in dem Glas war auch noch eine grüne Chilischote versteckt, wie DeCuellar uns verriet.

Die Tage kamen, die Tage gingen. Davy saß im Gefängnis; die Reporter verließen die Stadt und schwärmten zu neuen Tragödien aus; die Flut der merkwürdigen Briefe versiegte. Eines Morgens kam Swede nicht aus ihrem Zimmer, und als ich nach ihr sehen wollte, konnte ich nicht hinein, weil sie einen Stuhl unter die Türklinke geklemmt hatte. »Ich arbeite«, sagte sie gepresst. »Stör mich nicht.«

Sie klang so wild entschlossen, dass ich mir richtig Sorgen machte. »Woran arbeitest du denn?«

»Das geht dich nichts an.«

Natürlich schrieb sie; ich hörte, wie die Walze der Schreibmaschine ratschte, als sie ein neues Blatt Papier einspannte. Seltsamerweise machte mich ihr Eifer nervös. Swede sollte Swede sein, fröhlich und lustig; sie sollte mir gehören, wie sonst auch. Wir waren immer ein unzertrennliches Gespann gewesen. Sie war klug genug für zwei und hatte mir ihre Geheimnisse noch nie vorenthalten.

»Ist es Sunny Sundown?«, fragte ich. Ich konnte nicht anders, auch wenn ich mich dabei wie ein eifersüchtiger Blödmann anhörte. Aber es war einfach nicht auszuhalten, mit welcher Leidenschaft sie in die Tasten hämmerte.

Als sie nicht antwortete, verzog ich mich schmollend in die Küche, um einsam und allein meine Corn-Flakes zu löffeln. Dad, der sich nach der Schießerei Urlaub genommen hatte, ging inzwischen wieder zur Arbeit, und von Rechts wegen hätten wir eigentlich auch längst wieder in der Schule sein müssen; aber obwohl Dad großen Wert auf unsere Ausbildung legte, hielt er nichts von dem hehren Ziel, die Fehltage möglichst auf null zu reduzieren (ein Ziel, das, wie er sagte, den Kindern von »phantasielosen Erwachsenen« aufgezwungen worden war). Bevor er selbst wieder zu arbeiten anfing, hatte er sich mit Swede und mir zusammengesetzt und uns gefragt, ob wir uns dem Unterricht und dem Umgang mit den anderen Kindern schon gewachsen fühlten oder ob wir lieber noch eine Woche zu Hause bleiben wollten.

Was wir geantwortet haben, versteht sich von selbst. Wir waren schließlich keine Idioten!

Außerdem vermute ich, dass Dad uns noch nicht wieder in der Schule haben wollte, weil er dort nämlich ziemliche Stürme mit Blitz und Donnerwetter über sich ergehen lassen musste. Aber davon ahnten wir nichts. Sein Vorgesetzter, Superintendent Holden, Vorname Chester, ein Mann mit einem Pickelgesicht, das einer vulkanischen Kraterlandschaft ähnelte, hatte beschlossen, »dem Hausmeister zu zeigen, was eine Harke ist« (ein wortgetreues Zitat, das mir später von der Tochter eines Verwaltungsratsmitglieds zugetragen wurde, deren Familie den grässlichen Chester zu einem kleinen Imbiss und einer Portion Klatsch und Tratsch zu sich nach Hause eingeladen hatte). Was genau er damit meinte, kann ich an einem kleinen Beispiel illustrieren. Vielleicht erinnern Sie sich noch daran, dass der Regen in der Nacht, als Finch und Basca in unser Haus eindrangen, in Schnee übergegangen war. Also, es schneite, und zwar nicht zu knapp. Am nächsten Morgen fing es dann wieder an zu regnen und regnete sich ein paar Tage richtig ein. Durch die Rinnsteine von Roofing wälzte sich eine braune Brühe, das Wasser lief vom Bahnübergang in die Vorgärten der Anwohner, die Ahornbäume und Ulmen wurden immer dürrer und schwärzer, und ihre Äste hingen kraftlos herab. Hätte man die Stadt vernünftiger gebaut, wären zum Beispiel die Überlaufkanäle aufnahmefähiger gewesen oder die Schule auf einer Anhöhe errichtet worden, wäre das alles nicht weiter tragisch gewesen. Aber so… Zwei Tage bevor Dad wieder anfing zu arbeiten, war die Kapazität der Kanalisation erschöpft. Die Rohre waren voll! Die

Schule in ihrer Senke veranschaulichte aufs Trefflichste die dem Wasser innewohnenden Eigenschaften, vor allem diejenige, dass es sich seinen Weg selber sucht. Wie viele Einzelheiten wollen Sie hören? Wie viele können Sie ertragen? Ich will es weitgehend dabei belassen, Ihnen zu schildern, was Dad am Montagmorgen erwartete, als er in die Schule kam. Im Keller stand das Übel knietief, ein weicher, schleimiger Morast, in dem irgendwelche undefinierbaren Dinge schwammen; der Heizkessel war abgesoffen, und es stank so erbärmlich, dass alle Fluchtinstinkte wach wurden.

Superintendent Holden ließ den Unterricht natürlich ausfallen.

Aber meinen Sie vielleicht, er hätte einen Klempner gerufen? An den ersten beiden Tagen kam Dad überhaupt nicht mehr nach Hause. Als er anrief, um mich zu bitten, ihm ein Sandwich und ein sauberes Hemd zu bringen, hörte ich ihm an, dass er wieder Kopfschmerzen hatte, wie schon die ganze vergangene Woche. In der Schule kam Dad uns oben auf der Kellertreppe entgegen. Seine Hände waren sauber, aber seine Sachen! Er zog uns schnell zur Seite, aber wir hatten schon gesehen, wogegen er zu kämpfen hatte. Wussten Sie, dass die Luft einen Geschmack haben kann?

»Wo ist Mr. Ringman?«, fragte Swede misstrauisch. Ron Ringman war »zweiter Hausmeister«, was bedeutete, dass er nicht so viele Schlüssel hatte wie Dad.

»Nicht mehr da.«

»Kannst du nicht mitkommen?«, fragte ich. »Mr. Ringman durfte doch auch nach Hause.«

»Mr. Ringman hat gekündigt.« Sein Gesichtsausdruck war schwer zu deuten. Dann sagte er hastig: »Nicht doch, Swede. Bitte nicht.« Sie hatte nämlich angefangen zu weinen und wollte sich an ihn klammern. Er sah mich bestürzt an. Habe ich den Zustand seiner Sachen schon erwähnt? Also schob ich mich dazwischen, und Swede legte ihren Kopf an meine Brust und weinte, während ich sie verlegen festhielt und Dad ihr über das

Haar strich und ihr Gesicht in seine sauberen Hände nahm, als ob er sie segnen und vor allem kommenden Ärger schützen wollte.

An dieser Stelle möchte ich anmerken, dass die Roofinger Grundschule einen Wartungsvertrag mit einem Heizkesselmonteur in Montrose hatte, um für genau solche Katastrophen gerüstet zu sein. Der Monteur, Jack Benedict, hatte immer einen großen, halbzahmen Waschbären namens Roach dabei, der den Leuten seine Leine um die Beine wickelte und zubiss, wenn sie versuchten, sich zu befreien. Jack Benedict hatte in der Roofinger Grundschule schon manch schlüpfrigen Einsatz zu überstehen gehabt, darunter auch den Zwischenfall mit Roger Capps, der später zur Armee ging und aus einem Hubschrauber zu Tode stürzte. Er hatte seiner Lehrerin während eines Probealarms die Perücke vom Kopf gerissen, war damit Haken schlagend durch die brechend volle Eingangshalle geflitzt und hatte sich in die Jungentoilette geflüchtet, aus der sogleich das unvermeidliche Rauschen der Klospülung zu hören war. Worauf ich mit dieser Anekdote hinauswill: Die Schule hatte keinerlei Bedenken, Jack Benedict zu rufen, bis Superintendent Holden beschloss, Dad zu zeigen, was eine Harke ist.

Ich fand, dass sich Mr. Ringman richtig entschieden hatte. Dad dagegen machte sich einfach an die Arbeit, er schmiss eine breitmäulige Pumpe an, die den undefinierbaren Schleim widerlich schmatzend ansaugte und durch ein Fenster in einen Lastwagen spuckte. Er nahm den Heizkessel auseinander und reinigte ihn Stück um Stück; er wischte und desinfizierte, bis ihm von den scharfen Mitteln die Finger und die Lunge brannten. Anscheinend fasste es Superintendent Holden als Provokation auf, dass er dies alles klaglos erduldete, denn kurz nachdem Dad endlich fertig geworden war, stattete er uns einen Besuch ab. Es war acht Uhr abends: Dad lag in der Badewanne, ein zusammengerolltes Handtuch im Nacken. Holden kam polternd die Verandatreppe herauf und hämmerte an die Tür.

Ich machte auf, blieb aber auf der Schwelle stehen. Wenn er

hereinwollte, würde er mich schon mit Gewalt beiseite schieben müssen.

»'n Abend, Mr. Holden.« Obwohl ich den Mann nicht ausstehen konnte und ihn schon bald regelrecht hassen würde, tat mir sein Gesicht Leid. Haben Sie schon einmal einen so genannten Tomatenpudding gegessen? Ich sage nur: sehr weich, feuerrot und klumpig.

Er fragte: »Ist dein Dad da?«

»Er badet.« Ich rührte mich nicht von der Stelle. Als Swede Holden auf der Treppe gesehen hatte, war sie unverzüglich in ihr Zimmer gerannt; jetzt hörte ich sie rufen: »Haben wir ein Stinktier im Garten? Igitt.«

»Dann richte ihm etwas aus.« Holden war wütend, aber er dachte, ich würde es nicht merken. Er war einer von den Menschen, die glauben, alle Kinder wären stumpfsinnig. »Er hat bestimmt vergessen, dass morgen Elternabend ist. Er hat sich so lange mit seiner Sauerei im Keller aufgehalten, dass er jetzt schon seit zwei Tagen die Klassenzimmer nicht mehr gefegt hat. Er soll das morgen vor Unterrichtsbeginn erledigen. Sag ihm, dass er früher anfangen muss.«

»Gute Nacht, Mr. Holden«, erwiderte ich. Swede rief aus ihrem Zimmer: »Der Gestank wird ja immer schlimmer! Pfui Teufel!« Aber Holden kapierte es nicht. In seinem Blick lag nichts als Gehässigkeit.

Also blieben Swede und ich noch eine Woche zu Hause. Der Anwalt, Thomas DeCuellar, kam einige Male vorbei. Er erzählte uns nicht viel über die Stunden, die er mit Davy verbrachte, obwohl er später einmal sagte, er habe niemals einen Menschen vertreten, dem seine eigene Verteidigung so gleichgültig zu sein schien. Davy schilderte ihm zwar geduldig, was passiert war, blockte aber sofort ab, wenn er das Gefühl hatte, in ein allzu günstiges Licht gerückt zu werden. Für Mr. DeCuellar handelte es sich um einen eindeutigen Fall von Notwehr, und er rechnete sich für den Prozess gute Chancen aus. Davy sei zur Gewaltanwendung gezwungen gewesen, eine Formulierung, die seinem Mandanten überhaupt nicht gefiel. Er sei zu gar nichts gezwungen gewesen, entgegnete er Mr. DeCuellar; wenn er die Kerle nicht hätte erschießen wollen, hätte er sie am Leben gelassen. Alles andere würde bedeuten, dass er, Davy, nicht Herr seiner selbst gewesen sei. Mr. DeCuellar deutete an, dass jeder Mensch gelegentlich unter Zwang stehe, dass niemand immer sein eigener Herr sei. Warum sonst konnte Davy seine Zelle nicht einfach verlassen und als freier Mann seiner Wege gehen? Aber Davy konnte stur sein; er antwortete lediglich: Was nicht ist, kann ja noch werden. Auch gelang es Mr. DeCuellar nicht, bei Davy die nötige, dramatisch zur Schau gestellte Reue wachzurufen. Zwar gab Davy zu, dass es ihm Leid tut, vor allem wegen Tommy, aber er sehe nicht ein, was das mit seiner Verteidigung zu tun haben solle. Mr. DeCuellar erklärte, dass das Gericht bei reuigen Straftätern gelegentlich Milde walten lasse, worauf Davy entgegnete, wenn mit Reue eine aus einer unrechten Tat erwachsene seelische Bußfertigkeit gemeint sei, hätte sie sich bei ihm noch nicht eingestellt. Der arme Mr. DeCuellar! Und dann wurde auch noch sein Antrag abgelehnt, das Jugendstrafrecht zu Grunde zu legen, – diese Entscheidung brachte uns übrigens wieder einige Anrufe von Reportern ein, die sich eine Reaktion von seiner Familie erhofften. Ich für mein Teil fand die Vorstellung, dass Davy ein Jugendlicher sein sollte, absonderlich. Er war zwar erst sechzehn, aber er war erwachsen, und das schon lange.

Swede verließ ihr Zimmer mittlerweile fast gar nicht mehr. Sie tippte und tippte und hämmerte zwischendurch immer mal wieder frustriert mit der Hand gegen die Wand. Das ging manchmal stundenlang so. Es war zum Verrücktwerden. Als ich eines Nachmittags nach draußen ging, um ein bisschen Basketball zu spielen, entdeckte ich zu meiner Überraschung Dr. Animas Nokes, der vor Swedes Fenster stand und lauschte. Er hatte einen Sack in der Hand, der, wie ich mir inzwischen denken konnte, bestimmt ein Zwiebelbrot von Mrs. Nokes enthielt und mit ein bisschen Glück vielleicht auch noch einen Kuchen. Er bedeutete mir, leise zu sein, und ich stellte mich neben ihn. Durch Swedes heruntergelassenes Rollo drangen seltsame Geräusche nach draußen. Schreibmaschinengeklapper natürlich, aber auch so eine Art verzweifelter Singsang, Swedes Stimme, fern und wild, auf der Suche nach dem Metrum. Dr. Nokes sah mich fragend an.

»Sie kriegt das blöde Gedicht nicht hin«, sagte ich. Ich war ziemlich sauer. Da brauchten wir ausnahmsweise mal nicht in die Schule zu gehen und konnten trotzdem nichts zusammen unternehmen.

»Ach so«, sagte Dr. Nokes, als ob sich für ihn ein dichter Nebel gelichtet hätte. »Reuben, du siehst mir aus wie ein Junge, der etwas von Pekannusskuchen versteht.«

Am selben Abend – das weiß ich genau, weil mir der Kuchen noch schwer im Magen lag – kam Swede mich besuchen. Sie schleppte ihren Schlafsack hinter sich her, ein billiges Ding mit einem Kunststoffbezug, den ich vom Dielenschrank bis zu meiner Tür den Flur entlang rascheln hörte. In einer Wolke von Plastik- und Schimmelgeruch zog sie ihn hinter sich ins Zimmer und breitete ihn auf Davys Bett aus. Dann schlüpfte sie hinein und klopfte sich Davys Kopfkissen zurecht, bis sie es schön bequem hatte und sich sicher sein konnte, dass ich auch wirklich wach war. Ich flüsterte: »Hallo, Swede!« Sie durfte ruhig hören, wie sehr ich mich freute. Schließlich hatte sie sich so lange in ihrem Zimmer verkrochen, dass ich schon ins Grübeln gekommen war, ob ich ihr vielleicht irgendetwas getan hatte.

»Reuben, kann ich bei dir schlafen?«

»Klar.« Der Mond schien nicht sehr hell. Was ich von ihr erkennen konnte, sah aus wie ein weißes Kätzchen, das auf dem Kopfkissen kauerte.

»Von jetzt an immer?«, fragte sie.

»Bis Davy wiederkommt.«

Das weiße Kätzchen sprang hoch und schien in der Luft zu

schweben – Swede hatte sich hingesetzt. »Glaubst du wirklich, dass er wiederkommt?«

Das war eine der schlimmsten Fragen, die man mir je gestellt hatte. Plötzlich hatte ich einen Kloß im Hals. Ich hielt ganz still, versuchte mich zu beherrschen.

»Reuben?«

Aber in diesem Augenblick konnte ich einfach nicht über Davy reden, und außerdem machte es mich wütend, dass ich fast geweint hätte. Also entschloss ich mich dazu, Swede blöde anzumachen, und empfand das als ziemliche Erleichterung. »Wieso hockst du eigentlich dauernd allein auf deinem Zimmer rum? Hier wohnen schließlich auch noch andere Leute.«

Sie schwieg so lange, dass es mir schon Leid tat, sie angeraunzt zu haben, aber dann antwortete sie doch: »Wenn du willst, erzähle ich es dir, du alter Miesepeter.«

Ich hatte meine Schwester wirklich sehr vermisst.

Swede hatte ein Problem – ein Problem, mit dem ich damals, ehrlich gesagt, nicht allzu viel anfangen konnte. Sie schaffte es nicht, Valdez zur Strecke zu bringen. Genauer gesagt, Sunny Sundown schaffte es nicht, ihn zur Strecke zu bringen. Ich will versuchen, es Ihnen zu erklären. Sie werden sich vielleicht daran erinnern, dass die Abenteuer des tapferen Sunny unter keinem guten Stern mehr gestanden hatten, nachdem Swede von Finch und Basca entführt worden war. Wissen Sie noch, wie er Valdez verfolgte, der eine Spur des Grauens hinter sich herzog?

Hier eine Kutsche, umgestürzt, der Kutscher liegt im Blut.
Dort, wo einst Hof und Weib und Kind, schwelt nur noch rote Glut.

Erst als Swede mir diese Zeilen vorlas, dämmerte mir, wie sehr sie sich gefürchtet haben musste. Bis dahin hatte ich mir Valdez wie einen Banditen aus der Zorro-Serie vorgestellt: ein Schurke auf einem alten Klepper, mit einem fiesen Grinsen und schmalen Augenbrauen, ein Bösewicht, dem es sogar zuzutrauen war, dass er sich seinen Schnurrbart mit Ohrenschmalz wichste. In dieser Rolle hatte er mir fast gefallen – listig und heimtückisch, aber kein ernst zu nehmender Gegner für einen Helden, der sein Geld wert war. Doch nun hatte Valdez seine Ketten gesprengt. Er war gewachsen, war zum Monstrum geworden. Womöglich hatte Swede doch einen bleibenden Schaden davongetragen, würde nicht nur wochen-, sondern noch jahrelang unter ihrem Erlebnis leiden. Ich stellte sie mir als Fünfundzwanzigjährige vor: schlohweißes Haar, abgemagert, mit eitrigen Geschwüren übersät. Zum Fürchten. Außerdem machte es mir zu schaffen, dass das Gedicht nun wahrscheinlich das falsche Ende haben würde. Es musste etwas geschehen und zwar bald: Das Schwein Valdez musste sterben, musste von Sunny Sundown zur Strecke gebracht werden. Ehrenhaft und unabwendbar. Mit einem einzigen Schuss. Der Bösewicht musste hintenüberfallen und platt auf der ausgedörrten Erde liegen bleiben, die blicklosen Augen starr in die Mittagssonne gewandt, damit wir wussten, dass er wirklich tot war und es nicht nur vortäuschte.

Ich fragte: »Wie meinst du das, du kannst ihn nicht sterben lassen?«

»Es geht nicht. Ich habe es versucht, aber es geht nicht. Was soll ich bloß machen, Reuben?«

In ihrer Stimme schwang leise Panik mit. Hoffentlich war sie nicht übergeschnappt. Vorsichtig fragte ich: »Fällt dir vielleicht einfach kein Reim auf tot ein?«

Sie antwortete nicht.

»Ich helfe dir, Swede. Warte mal. Wie wäre es mit rot? So etwas wie: Sein Blut floss rot, dann war er tot. Oder Kot – Nun war er tot und lag im Kot. Oder Lot? Lot wäre klasse. Nun war er tot, und alles war wieder im Lot.«

»Reuben, das meine ich nicht.« Wie kleinlaut sie mich unterbrach, wahrscheinlich imponierte ihr meine dichterische Ader. »Es geht nicht darum, dass mir nichts einfällt. Ich habe schon zehn verschiedene Versionen geschrieben. Mehr als zehn.«

Wenn sie es schreiben konnte, wo lag dann das Problem? Ich

wusste nicht mehr weiter. Swede, die mein Schweigen als Zweifel missverstand, rezitierte:

»Und ehe noch die Schüsse von der Felswand widerhallen,
Da sieht man Valdez straucheln – sieht ihn taumeln – sieht ihn fallen.«

»Ja!«, rief ich. »Ja! Das ist es!«

»Danach lehnt Sundown sich zurück und steckt sich eine an,
Das Grab war tief, der Boden hart – die Arbeit ist getan.«

»Swede, das ist toll! Er hat ihn sogar begraben! Aber was ist denn jetzt schon wieder los?« Sie warf sich in die Kissen. Offenbar hatte mein Lob sie umgehauen.

»Nur weil ich es schreibe, heißt das noch lange nicht, dass es auch wirklich passiert ist.«

Das musste ich mir erst einmal gründlich durch den Kopf gehen lassen. Mir war klar, dass *sie* selbst schon wusste, was sie damit sagen wollte. Hoffentlich traute sie mir zu, es ebenfalls zu verstehen.

Sie sagte: »Es kommt nicht darauf an, ob es sich gut anhört. Ich kriege es einfach nicht hin, dass er wirklich tot ist.«

Sehen Sie? Ich versuchte sie zu beruhigen: »Es ist doch bloß ein Gedicht, Swede. Komm, erzähl mir einen anderen Schluss.«

Sie seufzte laut.

»Durch Schüsse ward Gerechtigkeit, zu scheiden bös von gut,
Und Sundowns Blick schweift über'n Sand, getränkt von Valdez' Blut.«

»Und was hast du daran auszusetzen?«, fragte ich – obwohl mir selbst dieses Ende auch nicht besonders gefiel. Das andere war viel besser gewesen. Einfach klasse, wie Sundown sich die Zigarette anzündete, nachdem er Valdez verbuddelt hatte.

»Es funktioniert nicht«, verkündete sie.

Wer nicht will, der hat schon – mehr kann man dazu nicht sagen. Was sollte ich denn machen, wenn sie sich partout nicht aufmuntern lassen wollte? Wenn nicht das Fieber der Eifersucht in meinen Adern gekocht hätte, hätte ich jetzt sicher den Mund gehalten und mich auf die andere Seite gedreht, um zu schlafen. Swede redete in einer Sprache, deren Worte ich kannte – deren Bedeutung mir aber verborgen blieb. Das verletzte meinen Stolz. Also schlug ich einen ruppigen Ton an, so ähnlich wie Davy: »Hör mal, Swede, wer hat denn in deiner Geschichte eigentlich das Sagen?«

Sie antwortete nicht. Und das war richtig so. Es war ja auch eine wirklich blödsinnige Frage.

Sorgen

Zehn Tage vor dem Beginn von Davys Verhandlung erschien der folgende Artikel im *Minneapolis Star*:

DIE GESCHICHTE EINES OPFERS

Seine Tante nannte ihn Bubby, weil er als Kind kein größeres Glück kannte, als hinter ihrem Haus auf der Treppe zu sitzen und Seifenblasen zu machen, die in die Luft stiegen und über die Gärten und Höfe der amerikanischen Kleinstadt davonflogen.

»Ich war wie eine zweite Mutter für ihn«, erzählte Margery Basca. »Tommy hat bei mir gewohnt, wenn seine Eltern Probleme hatten. Er war kein schwieriges Kind. Im Gegenteil – er war ein richtiger Schatz.«

Im vergangenen Monat, an einem Abend, der den ersten bitteren Schnee des Herbstes brachte, wurde Bubby – Thomas Basca, siebzehn – in seiner Heimatstadt erschossen. Seine Eltern, Stanley und Karen Basca, sehen sich außer Stande, mit der Presse über den Verlust ihres einzigen Kindes zu sprechen. Doch seine Lieblingstante hat sich bereit erklärt, dem *Star* ihre Geschichte zu erzählen.

Mit dem Rest des *Star*-Artikels möchte ich Sie lieber verschonen. Es genügt, wenn ich erwähne, dass Swede sich bis auf den heutigen Tag darüber aufregen kann. (»Wie fürchterlich abgedroschen das klingt«, stellte sie erst kürzlich wieder fest, als wir an meinem Küchentisch saßen und halb zerfallene Zeitungsausschnitte durchsahen. »Rührselig. Idiotisch.« Was journalistische Qualitätsansprüche anging, war und blieb Swede unversöhnlich.) Aber der Artikel funktionierte, das lässt sich nicht bestreiten. Wenn man bedenkt, wie die Familien Finch und Basca die Presse anfangs mieden, wie sie die dreistesten Reporter hinter vorgelegter Kette beschimpften, kommt einem der Zeitpunkt für ihre Kehrtwendung fast schicksalhaft vor – etwas, das, im Nachhinein betrachtet, für historische Ereignisse eigentlich fast immer gilt. Als Margery Basca beschloss, mit den Zeitungsleuten zu reden (»als sie endlich nüchtern war und den Saustall bei sich zu Hause ausgemistet hatte«, wie Swede es formulierte), hatten die Reporter ihr Pulver über Davy Lands Heldentat fast verschossen und stürzten sich geradezu freudig auf die Gelegenheit, ihn vom Sockel zu stoßen. Die Presseagentur AP verkündete das Bubby-Rührstück der gesamten Christenheit, und ich versichere Ihnen, dass es auf fruchtbaren Boden fiel. Ob die arme Margery um die Macht der Tragödie wusste? Ob sie damit gerechnet hatte, dass ihr Postfach plötzlich von warmherzigen, mitfühlenden Briefen überquoll? (»Ob sie«, wie Swede stichelte, »die Briefe überhaupt lesen konnte?«) Ungeachtet des Ressentiments meiner Schwester enthielt Margerys traurige Geschichte ein Körnchen Wahrheit, dem zumindest ich mich nicht verschließen konnte. Tommy Basca war ein Idiot, aber er war nicht durch und durch böse, und wen man ihn allein sah, konnte man ihn sich durchaus als den lieben Bubby vorstellen. Er hängte sich an Israel Finch, weil Israel Finch einen Bewunderer brauchte und niemanden sonst fand, der schwachsinnig genug gewesen wäre, diese Rolle zu übernehmen. Vermutlich könnte man sogar Swede dieses Eingeständnis abringen, aber trotz allem darf man nicht vergessen, dass Tommy an dem Abend, als sie ihr traumatisches Erlebnis in dem Chevy hatte, Israels Komplize war. Er grinste, während sie litt. Immerhin gibt Swede ihren wunden Punkt ehrlich zu.

Jedenfalls brachte der *Star*-Artikel bei allem Kitsch die ganze Angelegenheit noch einmal in Bewegung. Nachdem Stan und

Karen beobachtet hatten, wie die Öffentlichkeit auf Tommys trauernde Hinterbliebene reagierte, rauften sie sich lange genug zusammen, um gramgebeugt für einen AP-Fotografen zu posieren. (Diese Aufnahme besitze ich übrigens heute noch, eine preiswürdige Darstellung des unterprivilegierten Amerika. Die Augen ohne jede Hoffnung, der Blick so leer wie ein Feld zur Zeit der Großen Dürre, dessen Krume der Wind davongetragen hat. Wie die alten Fotos von den toten Banditen des Wilden Westens, die mit finsteren Gesichtern in ihren Särgen zur Schau gestellt wurden.)

Ich habe einige Briefe vor mir liegen, die Davy in den letzten Tagen vor seinem Prozess bekam. Diese Post wird Walt Stockard ihm wohl nicht vorgelesen haben.

Lieber Metzger,
ich schreibe dir, damit du weißt, was ich von einem Kerl halte, der andere Leute einfach abknallt. Der junge Basca hat nie eine Waffe besessen. Und warum nicht? Weil er niemanden töten wollte. Im Gegensatz zu manchen anderen, die auf alles schießen, was sich bewegt, nur weil ihnen das Niedermetzeln Spaß macht. Du bist einer von diesen üblen Gesellen, die einem harmlosen Bürschchen auf dem Schulweg auflauern und ihn verprügeln, nur um ihm Angst zu machen. Pass mal auf, du Metzger. In der Bibel steht, dass die Sanftmütigen das Erdreich besitzen werden. Wenn dieser Tag gekommen ist, werden die harmlosen Bürschchen sich mutig erheben und sich zusammentun, und dann werden sie die Metzger jagen und sie von hohen Felsen stürzen und in die Flüsse treiben, bis die Erde von ihnen gesäubert ist. Fürs Erste kann ich nur hoffen, dass dein Prozess ein großer Erfolg wird und dass dich der Richter auf den elektrischen Stuhl schickt, du Metzger, oder wie man heute mit deinesgleichen verfährt. Dass sie dich am Halse aufhängen, bis dass du tot bist.
Mit den allerbesten Grüßen

Ein typisches Beispiel für diese zweite Flutwelle von Briefen, die Davy nun entgegenschwappte. Die Menschen lieben Underdogs nun einmal, vor allem, wenn sie tot sind, und der arme Tommy gab den idealen Underdog ab, so schlicht und vertrauensselig, wie er war. Plötzlich machten die Medien meinen Bruder zu einem Monster. Niederträchtig und engherzig. Man hätte meinen können, der arme Bubby wäre noch in kurzen Hosen herumgelaufen, als er in unser Haus eindrang. (Obwohl ich zugeben muss, dass der zitierte Brief durchaus Pfiff hatte. Nachdem dem Schreiber das »harmlose Bürschchen« eingefallen war, war er immer besser in Fahrt gekommen. Oder auch »mutig erheben«, das hätte fast von Swede stammen können. Außerdem ist es schwierig, gegen die Sanftmütigen Partei zu ergreifen, wenn sie den Spieß endlich einmal umgedreht haben. Ich will dem Schreiber keine Vorwürfe machen, auch wenn seine Bemerkung, dass Tommy keine Waffe besaß, verrät, wie sehr er sich von Tante Margerys Geschichte beeinflussen ließ. Woher sollte er auch wissen, wie einseitig sie war?)

Sogar Davys Mitgefangener Mighty Stinson freute sich über den plötzlichen Meinungsumschwung, er hob den Kopf und sagte: »Was für ein toller Hecht, der große, berühmte Davy Land.« Mighty, der keine Post bekam, bewohnte die übernächste Zelle. Er war Koch in einem Imbiss, ein konfuser Zwanzigjähriger, der das liegen gelassene Scheckheft einer Kundin eingesteckt hatte. Die Frau bemerkte ihren Fehler und kam schon wenige Minuten später wieder zurück, um das Heft zu holen, aber da war Mighty bereits auf dem Weg zur First National Bank, wo er sich einen Scheck über fünfunddreißig Dollar in bar ausstellte. Dass die First National die Hausbank der Scheckheftbesitzerin war und dass alle drei Kassierer den Koch vom Sehen kannten, störte Mighty kaum oder gar nicht. »Wenn du so ein toller Hecht bist, warum brichst du dann nicht aus? Und wenn du schon mal dabei bist, kannst du mich auch gleich rausholen«, sagte er.

Thomas DeCuellar machte diese ganze Entwicklung allerdings Sorgen. Die Verhandlung, die am Mittwoch in Montrose beginnen sollte, war inzwischen das beliebteste Gesprächsthema in unserer kleinen Welt. Am Sonntagabend ließ sich Mr. DeCuellar müde an unseren Küchentisch nieder und berichtete uns, wie die Dinge standen.

»Die Leute sympathisieren mit den toten Jungen.« Er machte sich ein Käsesandwich. »Sind vielleicht noch welche von den Dillgurken übrig?«

»Alle aufgegessen. Unseren Dank an Mrs. DeCuellar«, antwortete Dad. »Ich verstehe nicht, warum das eine Rolle spielt. Die Geschworenen müssen doch sowieso unparteiisch sein.«

Mr. DeCuellar sah Dad nachdenklich an. »Das sind sie auch. Sie werden ihr Bestes geben. Jeremiah, haben Sie diese Woche keine Zeitung gelesen?«

Dad ließ sich mit seiner Antwort sehr viel Zeit. Mr. DeCuellar biss in sein Käsebrot. Swede und ich schwiegen. Es schien, als ob die Erwachsenen gar nicht wüssten, dass wir im Zimmer waren – einerseits aufregend, als ob wir sie irgendwie ausgetrickst hätten, andererseits aber auch traurig, weil es nichts wert war.

»Doch, das habe ich«, sagte Dad schließlich.

»Die Geschworenen haben die Berichterstattung in der Presse gewiss ebenfalls verfolgt. Natürlich werden sie abgeschottet, sobald die Verhandlung begonnen hat. Aber bis dahin sind sie freie Menschen. Sie können tun und lassen, was ihnen beliebt.« Mr. DeCuellar drückte sich zwar wie ein Anwalt aus, fand aber nichts dabei, mit vollem Mund zu sprechen. Unerwartet wandte er sich an uns Kinder. »Wisst ihr was, Companeros?« Er nannte uns so, um Swede eine Freude zu machen. »Die Lage könnte weitaus schlimmer sein. Habt ihr schon einmal gehört, wie im mittelalterlichen England Gericht gehalten wurde?«

Swede schüttelte den Kopf. Ihr gefiel fast alles an Mr. DeCuellar: seine kaffeeschwarzen Augen, die bei schwachem Licht nur aus Pupillen zu bestehen schienen, die schöne kleine Meerschaumpfeife, die er jetzt aus seiner ausgebeulten Jackentasche hervorkramte, und die Art, wie er mit uns redete – typisch, wie Dad uns erklärte, für einen Mann, der sich seit Jahrzehnten vergeblich eigene Kinder wünschte.

»Erinnert ihr euch an die Schlacht bei Hastings?«, fragte er.

»1066«, antwortete Swede. »König Harold wurde von einem Pfeil getroffen – genau ins Auge!«

»Richtig«, strahlte Mr. DeCuellar. »Also, vor dieser Schlacht wurde England von den Angelsachsen regiert. Die Angelsachsen haben die Geschworenengerichte erfunden; aber manchmal klärten sie die Schuldfrage auch mit einem *Gottesurteil.*« Bei dem letzten Wort sank seine Stimme zu einem unheimlichen Flüsterton herab, während er seine Pfeife mit süß duftendem Tabak stopfte.

Swede zog die Schultern hoch. »Das hört sich schlimm an.«

»Ja, das war es auch. Nehmen wir einmal an, ein Mann beschuldigte seinen armen Nachbarn vor dem Richter: ›Er hat mein Getreide gestohlen.‹ Dann wurde der Beschuldigte sofort in Fesseln gelegt, und der Richter befahl: ›Schürt das Feuer.‹ Wenn niemand zu Gunsten des armen Mannes aussagte, drückte man ihm ein rot glühendes Eisen in die offene Hand! Oder man steckte seine Hand in kochendes Wasser – *zzzzzzisch*!«

»Wenn er aber unschuldig war?!«, protestierte Swede. Mr. DeCuellar spannte sein Publikum gern auf die Folter; er liebte es, solche historischen Begebenheiten zu erzählen.

»Wenn er unschuldig war, bestand er das Gottesurteil. Dann blieb er unverletzt.« Er zündete ein Streichholz an und sog an der Pfeife. Der Tabak glühte auf und begann zu brennen. Heiter fuhr er fort: »Das glaubten die Menschen damals.«

»Dann hat nie jemand dieses Urteil bestanden«, sagte Swede düster.

Und Mr. DeCuellar antwortete: »Es wird berichtet, dass manche durchkamen. Einige Männer, die des Mordes und des Diebstahls bezichtigt wurden, sollen das Gottesurteil unverletzt überstanden haben.« Er sah Dad an. »Aber gewiss nicht viele. Ja, Jeremiah?«

Dad sagte: »Vielleicht könnten Sie uns erzählen, Tom, was wir in der Verhandlung zu erwarten haben – wie alles abläuft.«

»Ja, natürlich. Es ist recht simpel.« Mr. DeCuellar gab uns einen knappen, klaren Abriss über die Vorgehensweise der Justiz; er erklärte uns, dass die Staatsanwaltschaft mit Sicherheit versuchen würde, unseren Bruder schlecht zu machen und als brutalen Verbrecher hinzustellen. Als wollte er aufkommende Zweifel im Keim ersticken, schilderte er zuletzt noch einmal, wie tapfer Davy seine Familie verteidigt hatte. Das sei, wie jeder sehen könne, eine wirkliche Heldentat gewesen. Als sich Mr. DeCuellar verabschiedete, stand Swede ebenfalls auf, legte den Arm um ihn und drückte ihn fest.

Bevor Mr. DeCuellar ging, gab er Dad für die kommenden Tage noch zwei Ratschläge mit auf den Weg. Erstens sollte er bei der Arbeit eine heitere Gelassenheit an den Tag legen und zweitens keine Fragen beantworten, vor allem nicht von Reportern. Wir wollten nicht in die Zeitung kommen. Schließlich hätte die Presse, wie er sagte, das grundsätzliche Problem mit dem angelsächsischen Rechtssystem bis heute noch nicht richtig erkannt.

Gewiss, ein guter Rat ist der Freund des weisen Mannes, aber manchmal fliegt er so schnell vorbei, dass man ihm nur noch hinterherwinken kann. Wo wir gerade beim Thema Gottesurteile waren: Am nächsten Tag wurde Dad vor den Augen der halben Schule von seinem Boss Mr. Holden gefeuert. Ehrlich gesagt, fällt es mir sehr schwer, darüber zu berichten. Wer will schon eine durch und durch deprimierende Geschichte hören? Aber sie enthält ein, zwei Einzelheiten, die ich nicht auslassen möchte; außerdem hing Dad ja schließlich nicht mit seinem ganzen Herzen an der Hausmeisterei. Sie brauchen sich um sein Selbstwertgefühl also keine Sorgen zu machen. Aber wenn Sie wollen, können Sie für Mr. Holden gern eine Kerze stiften.

Es geschah in der Cafeteria der Roofinger Grundschule. Dort hatten sich mehrere Klassen, darunter auch meine, zur Frühstückspause versammelt. Weil es kurz vor Thanksgiving war, trugen wir alle Pilgerhüte aus steifem schwarzen Papier auf dem Kopf. Mrs. Bushka aus der Bäckerei hatte der Schule einige Lebkuchen-Truthähne geschenkt. Sie waren mit orangefarbenem und gelbem Zuckerguss verziert – das reinste Gedicht, vor allem wenn man bedenkt, was wir in der Cafeteria sonst vorgesetzt bekamen. Während wir an unseren Tischen saßen und die Deckel von den Milchflaschen knibbelten, hörten wir, wie die stets gehetzten Köchinnen in der Küche herumklapperten, raunende Großmütter, die das tägliche Trauerspiel vorbereiteten. Ich weiß noch, dass uns Peter Emerson für das Mittagessen Falschen Hasen prophezeite. Peter, der mit seinem Pilgerhut ungewöhnlich feierlich aussah, ließ uns an seiner Logik teilhaben: »Jeden Donnerstag fährt der Lieferwagen von der Metzgerei zur Müllkippe. Und jeden Freitag stinkt es hier wie auf der Kippe.«

Trotzdem herrschte eine fröhliche Stimmung in der Cafeteria, zumindest bis Mr. Holden erschien und ein paar düstere Bemerkungen über Thanksgiving von sich gab, irgendetwas über Entbehrung und Tod. Mr. Holden hatte sich mit Sicherheit den richtigen Beruf ausgesucht; er strahlte nichts als Verdruss und Unwillen aus, und wenn man kleiner war als einen Meter fünfzig, fühlte man sich regelrecht bedroht. Immer hatte man den Eindruck, dass in seinem armen Gesicht irgendwelche Parasiten brüteten, die jeden Moment ausschlüpfen konnten. Nichts brachte eine ausgelassene Kinderschar schlagartiger zum Verstummen als Mr. Holdens unangekündigtes Erscheinen – er war der geborene Aufseher. Als er an diesem Morgen in die Cafeteria marschiert kam, trug er ein zu allem entschlossenes Grinsen vor sich her, und wir erstarrten. Jungen und Mädchen wittern Unheil sofort, genau wie Hunde. Uns schwante nichts Gutes. Ich vermute fast, dass er sich vorgenommen hatte, besondere Schülernähe zu demonstrieren, und als er plötzlich einen Pilgerhut hinter seinem Rücken hervorzog und ihn sich auf den Kopf stülpte, hätten wir wohl am liebsten alle die Flucht ergriffen. Einmal habe ich geträumt, dass der Teufel in mein Zimmer kam, den Kleiderschrank aufmachte und meine Sachen anprobierte.

Ähnlich albtraumartig war Mr. Holdens Anblick. Er stand da, den Mund zu einem Grinsen verzerrt, einen gequälten Blick in den Augen, den Pilgerhut auf dem Kopf. Bis dahin hatte ich unsere selbst gebastelten Hüte ziemlich toll gefunden, aber jetzt kamen sie mir plötzlich so scheußlich vor, dass ich meinen sofort abnahm.

Dann hielt Mr. Holden eine kleine Ansprache. Was er gesagt hat, weiß ich nicht mehr, aber das ist auch egal. Sicher bildete er sich ein, dass wir gebannt an seinen Lippen hingen und dass er Miss Karlen und den anderen Lehrern eine Lektion erteilte, wie man Schüler so richtig begeistert. Mich allerdings faszinierte etwas anderes, was mir erst während seiner Rede aufgefallen war. Ich hatte Mr. Holdens seltsamen Auftritt so gespannt verfolgt, dass mir die ordentlichen gemalten Buchstaben unter der abgeplatteten Spitze seines Hutes bis dahin gar nicht aufgefallen waren. Sehr kleine Großbuchstaben in weißer Kreide, leicht zu übersehen, aber trotzdem gut lesbar: FEUER FREI! In bester Schönschrift so akkurat geschrieben, dass es selbst Miss Karlen nicht besser hinbekommen hätte.

Ich konnte mir das Lachen kaum verkneifen. Es gärte in mir, es wollte heraus, wie verdorbenes Fleisch. Verzweifelt kämpfte ich dagegen an und versuchte, an etwas anderes zu denken. Das konnte natürlich nur gelingen, wenn ich nicht mehr auf Mr. Holdens Hut starrte. Nicht mehr an diese Worte dachte. Aber sie hörten nicht auf, nach mir zu rufen, es war wie ein Befehl, eine gezischelte Aufforderung: Feuer frei, riefen sie. Ich litt Folterqualen. Ein Kichern stieg in mir hoch, es kroch die Speiseröhre herauf, ich schluckte es hinunter. Tränen traten mir in die Augen. Und was das Schlimmste war, ich schien auch noch von allen Schülern der Einzige zu sein, der die Schrift bemerkt hatte. Entweder das, oder die anderen Kinder verfügten über eine eiserne Selbstbeherrschung, ein schrecklicher Gedanke. Ich schaute mich um: weit und breit nur glasige Blicke. Außer mir hatte es tatsächlich keiner gesehen! Ich fühlte mich so einsam wie niemals zuvor. Mr. Holden redete immer noch. Ich biss mir in die Backe; das Lachen blieb unten, aber ich fühlte es noch, es sammelte sich in meinem Magen, wurde stärker und machte mich immer nervöser. Ich riskierte einen Blick auf Mr. Holden. FEUER FREI! Nicht zu übersehen! Ich schluckte ungefähr ein Dutzend Mal. Dann beugte sich Peter Emerson herüber. »Peng«, flüsterte er mir ins Ohr. Das war es dann. Meine Niederlage war besiegelt. Ich presste mir die Hände auf den Mund, doch das Lachen bahnte sich einen Weg – huhu, haha, hähä – ein kräftiges Wiehern, das die entsetzten Blicke der anderen Pilgerväter und -mütter auf mich zog und mir eine gesalzene Strafe von Mr. Holden einbringen würde. Ich lachte so heftig, dass es mir schwarz vor Augen wurde. Legte die Stirn auf den Tisch und schluchzte. Ob noch jemand anderes mitlachte? Das kann ich nicht sagen. Ich weiß nur noch, wie verlassen ich mich fühlte, als die Welle verebbte, und dass, als ich den tränenverschleierten Blick hob, sich Mr. Holden wütend vor mir aufgebaut hatte, der leibhaftige Tod, mit einem Hut auf dem Kopf, auf dem FEUER FREI stand. Da hatte ich nur noch den Wunsch, dass jemand das Feuer auf *mich* eröffnen würde. Dann hätte ich es wenigstens hinter mir gehabt.

Mir fällt gerade auf, dass ich keine Ahnung habe, was aus Superintendent Holden geworden ist. Ob er noch lebt, ein trauriger alter Mann in einer ausgebeulten Hose mit Hosenträgern, der sich zum Abendessen eine Konservendose aufmacht und Angst vor seinem eigenen Spiegelbild hat? Oder ist ihm sein Schicksal gnädig gewesen und hat ihn schon längst von seinen Qualen erlöst? In Swedes Augen wäre das nur gerecht gewesen.

Ich kam jedenfalls noch einmal mit heiler Haut davon, was allerdings nicht heißen soll, dass er mir nicht an den Kragen wollte. Er scheiterte nur an seinem eigenen Übereifer, ging so ungestüm auf mich los, dass er mit dem Bein an die Tischkante stieß. An dieser Stelle möchte ich daran erinnern, wie krumm und schief die Milchflaschen damals waren. Man brauchte sie bloß anzusehen, schon fingen sie an zu taumeln und kippten um. Als Mr. Holden mit seinem fleischigen Oberschenkel gegen die Kante prallte, sprangen sechs Flaschen wie auf Befehl vom Tisch und zerschellten vor unseren Füßen. Mr. Holden, der gerade den Aufseher hatte herauskehren wollen, blieb wie angewurzelt stehen. In der Cafeteria wurde es mucksmäuschenstill, nur aus einer weiteren umgefallenen Flasche tropfte es stetig und leise auf den Fußboden – ein einsames Badezimmergeräusch. Peter Emerson, der neben mir saß und das Gefühl hatte, zu kurz gekommen zu sein, weil seine Flasche knapp vor der Tischkante zum Stehen gekommen war, half ihr mit dem Ellenbogen unauffällig nach. Sie kippte um, fiel vom Tisch und zersprang. »Autsch«, sagte Peter laut. Ich habe nie ein glücklicheres Kind gesehen.

Ausgerechnet in diesem Augenblick musste Dad auftauchen. Mir wurde Angst um ihn, denn über der Cafeteria schien ein Fluch zu liegen. Und ich gebe gern zu, dass ich in diesem Augenblick auch Angst um mich selbst hatte. Damals hatte ich einen dummen Stolz im Leib, was dazu führte, dass ich es kaum ertragen konnte, Dad in seinem Overall zu sehen. Es war irgendwie nicht fair. In jedem Raum, den er betrat, war er mit Abstand der klügste, warmherzigste und tüchtigste Mensch, und ich wusste, dass Gott ihn liebte, dass alles gedieh, was er anfasste – und manchmal noch dazu auf eine überwältigende, unerklärliche Art und Weise. Ihn in seiner Hausmeisterkluft zu sehen kam mir deshalb wie das Ergebnis einer seltsam verqueren Rechnung vor. Wie konnte es sein, dass jemand wie er einen Mr. Holden zum Vorgesetzten hatte, den Swede wegen seiner Pickel nur Streuselkuchen-Chester nannte, einen Mann, der Dad wie einen Leibeigenen behandelte und ihm zeigen wollte, was eine Harke ist?

Und noch etwas störte mich: Jedes Mal, wenn Dad in einen Raum kam, um den Boden zu fegen, wurde ich von irgendeinem blöden Kind fies angegrinst. *»Hausmeisterbubi, Wischmopp-Jockey. Na, hast du in letzter Zeit mal wieder eine schöne Ladung Kotze aufgewischt?«* Ich möchte gewiss niemanden enttäuschen, aber ich habe allen Ernstes Stunden damit zugebracht, mir für diese Kinder die schlimmsten Demütigungen auszumalen – ausnahmslos große, starke Jungen mit erstklassigen Superlungen. Und es waren nicht etwa bittere Stunden, die ich damit verbrachte, im Gegenteil, sie vergingen wie in einem schönen Traum, in dem jedes Mal auch Bethany Orchard vorkam, zufälligerweise immer genau dann, wenn die fiesen Kinder vor mir zu Kreuze krochen. Es ist wahr. Kein Groll wurde je besser gehegt und gepflegt.

Als Dad an jenem Tag die Cafeteria betrat, war er gut gelaunt wie immer; er ließ den Blick über den Scherbenhaufen wandern und zwinkerte Peter und mir zu. Er konnte seine Belustigung kaum verbergen, war er doch genau in dem Augenblick hereingekommen, als Chester den denkwürdigen Zusammenstoß mit der Tischkante hatte. Er brauchte vielleicht zwanzig Sekunden, um den Schaden zu begutachten, den Besenschrank aufzuschließen und sich mit Mopp und Eimer an die Arbeit zu machen – und diese Zeit genügte Mr. Holden, um zu erkennen, dass sich ihm hier die Gelegenheit bot, ein Exempel zu statuieren, den Aufseher zu spielen und Dad zu zeigen, was eine Harke ist. Als mein Vater sich hinkniete, um die Glasscherben aufzusammeln, stellte Holden sich so dicht neben ihn, dass Dad um seine Beine herumgreifen musste. Wie ein Sklave sah er aus, während er sich nach den kaputten Flaschen bückte. Holden stemmte derweil grimmig die Arme in die Hüften, wie der Sklaventreiber Simon Legree aus *Onkel Toms Hütte*. Ich konnte es kaum mit ansehen. Hinter mir hielt Miss Karlen die Klasse zur Eile an; wir sollten endlich die Lebkuchen aufessen, aber die Kinder saßen da wie verhext, etwas Schreckliches lag in der Luft. Ich sah Mr. Holden an, der seinen Hut abgenommen hatte, und er fing meinen Blick auf und fasste mich scharf ins Auge. Ich hatte ihm etwas Unverzeihliches angetan. Zu seinen Füßen arbeitete Dad geduldig weiter. Als er die Scherben auf einem Tablett gesammelt hatte, stand er auf, griff zum Mopp und wischte feucht auf, bis die Stelle wie ein Kontinent der Sauberkeit und des Glanzes erstrahlte.

Mr. Holden sagte: »Land, ich muss mit Ihnen reden.«

Verwundert sah Dad seinen Vorgesetzten an. Diesen Ton kannte er noch nicht.

»Es hat Klagen gegeben«, fuhr der Superintendent fort.

Miss Karlen sagte leise: »Kinder, wir müssen jetzt gehen…« Und was machte Holden? Ohne Dad aus den Augen zu lassen, hob er die Hand und brachte alle zum Schweigen. Niemand durfte den Raum verlassen.

»Ja?«, sagte Dad.

»Letzte Woche, als Sie Ihre kleine Sauerei im Keller beseitigt haben, wurde mir von zwei Leuten berichtet, Sie seien da unten herumgetorkelt und hätten Selbstgespräche geführt. Das habe ich aus zwei verschiedenen Quellen.«

Dad schwieg. Ich verstand nicht, worauf Holden hinauswollte. »Es war nicht das erste Mal. Ich habe es selbst mit eigenen Augen gesehen. Ich kam in den Heizungskeller, und Sie führten Selbstgespräche.« Er hatte einen sanfteren Ton angeschlagen, als ob er einem verstörten Kind gut zureden müsste. Am liebsten hätte ich ihn umgebracht, das können Sie mir glauben! Ich wollte Holden unter der Erde sehen, in einem Grab, das von niemandem gepflegt wurde! »Jeremiah«, sagte er mit einem leisen Tadel in der Stimme. »Ich weiß, dass Sie vor einigen Wochen die Besinnung verloren haben. In aller Öffentlichkeit«, sagte Holden. »In der Kirche«, fügte er tieftraurig hinzu, als ob er untröstlich wäre, dass sein Untergebener seine Würde verloren hatte. »Meinen Sie nicht, es wird allmählich Zeit, dass Sie Ihr Problem in den Griff bekommen?«, fragte er.

Ich stand wie unter Schock, weil ich plötzlich drei Dinge auf einmal begriff: erstens, dass Superintendent Holden meinen Vater beschuldigte, ein Trinker zu sein, ein derart hanebüchener Vorwurf, dass Gott eigentlich gar nichts anderes übrig blieb, als ihn vor unser aller Augen niederzustrecken. Ich begriff zweitens, dass sich der sensationelle Gottesdienst von Johnny Latt herumgesprochen hatte und dass die Menschen an Informationen aus zweiter Hand ihre eigenen, schäbigen Maßstäbe anlegen. Und drittens begriff ich, dass Dad sich vor der versammelten Schule nicht rechtfertigen würde. Das tat mir in der Seele weh. Und ich bin mir sicher, dass Holden es ebenfalls wusste.

Miss Karlen begann, die Kinder zum Gehen aufzufordern, obwohl der Superintendent mit der Statuierung seines Exempels noch nicht fertig war. Ihr schmales Gesicht war dunkelrot vor Empörung, eine Tatsache, die ihr meine ewige Gefolgstreue eintrug. Während wir klappernd unsere Tabletts aufstapelten, verlangte Holden eine Erklärung von Dad; Dad beugte sich zu ihm hinüber und antwortete mit gedämpfter Stimme. Im nächsten Augenblick bekam Mr. Holden einen Anfall und war nicht wiederzuerkennen. Sein Hals verschwand fast völlig zwischen seinen Schultern, seine Hände krallten sich zusammen und verkrochen sich in seine Ärmel, er stampfte wie ein Verrückter mit dem Fuß auf. Er hatte sich in Mr. Hyde verwandelt! Dann brüllte er noch ein paar Worte, und Dad war ein Exhausmeister.

Es gibt bestimmt nicht viele Jungen, die aus nächster Nähe miterleben müssen, wie ihr Vater seine Stelle verliert, und ich möchte auch gar nicht lange darauf herumreiten, aber diese Erfahrung war so grausam, dass ich mich bis heute nicht davon erholt habe. Als ich sah, was passiert war, löste ich mich aus dem Pulk meiner Klassenkameraden und lief zu Dad hinüber, der fassungslos vor Holden stand. Selbst wenn ich etwas hätte sagen wollen, wäre ich nicht dazu gekommen, denn als ich fast bei ihm war, hob Dad die Hand, eine Bewegung, so flüchtig wie ein Flügelschlag, tätschelte Holdens Gesicht und zog sie wieder weg. So einen merkwürdigen kleinen Klaps haben Sie noch nie gesehen. Holden wich einen Schritt zurück und riss erschrocken die Schultern hoch, aber Dad drehte sich einfach um und ging. Der Superintendent starrte ihm ungläubig hinterher und strich sich mit den Fingern über Kinn, Wangen und Stirn. Da sah ich, dass sich sein schwärendes Streuselkuchengesicht verändert hatte. Holden hatte auf einmal eine gesunde braune Gesichtsfarbe und eine frische Röte lag auf seinen Wangenknochen, die nun klar hervortraten; der ständige Tränenfilm auf seinen

Augen war verschwunden und auf seiner Stirn lag ein friedliches Leuchten.

Es gibt bestimmt Leichteres, als Zeuge eines göttlichen Wunders zu sein. Halten Sie davon, was Sie wollen. Mr. Holden wusste jedenfalls nicht, was er davon halten sollte; er machte eine entsetzte Miene, schlug die Hände vor das Gesicht und schlich wie ein geprügelter Hund davon.

Aber ich wusste, was geschehen war. Ich wusste ganz genau, was ich davon halten sollte, und es machte mich so wütend, dass ich fast aus der Haut gefahren wäre.

Wie kam Dad dazu, diesen Mann zu heilen?

Was für ein Recht hatte Holden, die Wege des großen, allmächtigen Gottes zu kreuzen?

Es war so ungerecht, dass es mir den Atem verschlug. Das können Sie ruhig wörtlich verstehen. Ich hatte das Gefühl, als ob sich eine große Hand auf meine Lunge legte. Miss Karlen brachte mich in das Behandlungszimmer der Schulschwester Mrs. Buelah, die ihre elektrische Teemaschine einstöpselte und mir mit Hilfe einer hellbraunen Leinendecke ein Dampfzelt herrichtete.

Nachdem Dad im Heizungskeller die Schublade mit seinen Habseligkeiten ausgeräumt hatte, wollte er mich nach Hause bringen. Aber ich wollte nicht mit. Ich blieb auf Mrs. Buelahs Couch sitzen. Dad hob den Zipfel der Decke an und lugte darunter.

»Sieht ganz so aus, als ob ich jetzt Urlaub habe«, sagte er.

Ich nickte.

»Es tut mir Leid, dass du das mit ansehen musstest.«

Er meinte seine Entlassung, nicht die Sache mit Holdens Gesicht.

»Sollen wir nach Hause gehen?«

Aber ich schüttelte den Kopf. Ich konnte einfach nicht mitgehen. Ich konnte ihm auch nicht sagen, dass mir nicht seine öffentliche Erniedrigung den Atem geraubt und die Zunge gelähmt hatte, sondern ein Gedanke, der so niederträchtig war, dass ich ihn nicht aussprechen wollte. Es war der Gedanke, dass Streuselkuchen-Chester, der gemeinste Mann, den ich kannte, der auf seine Art noch schlimmer war als Israel Finch, nun aus einem nagelneuen Gesicht heraus in die Welt blicken konnte und noch nicht einmal dankbar dafür war, während ich, der Sohn meines Vaters, ruhig und tapfer im Dampf sitzen musste, um überhaupt am Leben zu bleiben.

Tief in der Nacht, wenn das Feuer verglimmt

Früh am Mittwochmorgen, der Himmel leuchtete rot in der Dämmerung, fuhren wir nach Montrose, zu Davys Verhandlung. Zwar mussten wir uns erst um neun Uhr im Gericht einfinden, aber die DeCuellars hatten es sich nicht nehmen lassen, uns für halb acht zum Frühstück einzuladen. Mrs. DeCuellar war eine echte Überraschung. Steif und spröde stand sie in der Tür, doch sobald sie einen im Haus hatte, verwandelte sie sich in das Idealbild einer Nachbarin, von der man als Kind nur träumen kann. Sie war klein, mollig und klug. In einem Alter, in dem die meisten Frauen ihr Haar hochstecken, ließ sie ihres offen, der Schönheit zuliebe. Und sie hatte wirklich schönes Haar, schwarz und glänzend, wie ein Mantel aus Büffelfell. Sie trug Türkisohrringe und ein frisches, herbes Parfüm; als sie Swede aus der Jacke half, kniete sie sich neben sie, legte ihre Wange einen Augenblick lang an Swedes, stand wieder auf und sagte: »Das Frühstück ist fertig, ihr Lieben.« Und schon marschierten wir in die Küche. Marschieren ist da durchaus der richtige Begriff. Mrs. DeCuellar hatte etwas an sich, was an eine große Trommel erinnerte.

Und das Frühstück? Was soll man noch sagen zu Rühreiern in Butter, die so locker waren, dass sie bebten, wenn man sie mit der Gabel berührte? Zu köstlich dampfenden Buttermilchplätzchen? Zu orange leuchtendem Lachsschaum auf blauen Untertellern? Was noch sagen zu einem frisch gebackenen Pfirsichkuchen, der nicht schon am Vorabend, sondern erst am selben Morgen dem Backofen entnommen wurde? *Zum Frühstück!* Und während wir uns über diese Köstlichkeiten hermachten, strahlte Mrs. DeCuellar neben ihrem Mann, der selbst vor Stolz leuchtete, wie eine kleine Sonne auf Swede und mich herunter. Das alles kam mir, ehrlich gesagt, wie ein Irrtum vor: Noch nie hatte mich irgendjemand so schnell ins Herz geschlossen.

Gestärkt und gegen die Übel des Tages gewappnet, trafen wir im Gerichtshaus ein. Eigentlich wollten wir Davy noch besuchen, bevor es anfing, aber das war nicht möglich. Wir sollten uns im Gang auf die Bank setzen und warten, bis die Geschworenen Platz genommen und ihre Instruktionen bekommen hatten. (»Was denn für Instruktionen?«, wollte Swede wissen. »›Hören Sie bitte gut zu‹?«)

Überhaupt besteht eine Verhandlung hauptsächlich aus Warten. Als wir es auf der Bank nicht mehr aushielten, wanderten wir durch die große Halle. Wir warteten den ganzen Vormittag. Als es allmählich voller wurde und auch noch einige Zeitungsreporter auftauchten, die wir kannten, kam ein Gerichtsdiener und fragte uns, ob wir vielleicht lieber in einem Nebenraum Platz nehmen wollten. Wir akzeptierten das Angebot gern. Auf der anderen Bank wartete ein alter Mann mit gelben Augen und Bartstoppeln; der Reporter, der neben ihm saß, sprach ihn mit Mr. Finch an. Der alte Mann antwortete nicht; seine Hände zitterten; er hatte typische Säuferfinger. Stan und Karen Basca drückten sich unbehaglich am Wasserspender herum und unterhielten sich; Stans Schwester Margery, die berühmte Tante, kam gerade am Ende der Halle in Sicht. Wir folgten dem Angestellten in ein spärlich möbliertes Büro mit einem langen Tisch, der mit Brandflecken übersät war. Einige Minuten später kam Mr. DeCuellar herein, um uns zu sagen, dass es noch ein wenig länger dauern würde – der Staatsanwalt, von dem ich heute nur noch den Vornamen, Elvis, weiß, habe an der Einstellung eines Geschworenen etwas auszusetzen.

»Müssen wir noch sehr lange warten?«, fragte Swede – ganz ohne zu quengeln, so sehr mochte sie Mr. DeCuellar.

Er warf ihr einen Blick zu, holte seine Meerschaumpfeife heraus und machte es sich auf einem Klappstuhl bequem. Während er die Pfeife anzündete, fragte er: »Wer ist denn in eurer Familie eigentlich der Champion im Schiffeversenken, Swede?«

Als Swede ihn nur verständnislos ansah, zog Mr. DeCuellar ein Notizbuch aus der Tasche. »Jetzt bist du schon so ein großes Mädchen und weißt nicht, wie Schiffeversenken gespielt wird? Kaum zu glauben. Pass auf.« So sehe ich den guten Anwalt bis heute vor mir: wie er lässig auf dem Klappstuhl sitzt, das Notizbuch auf dem Schoß, Swede dicht neben ihm, wie er die Regeln erklärt und Strategien entwirft, und wie seine braune Anzughose um seine Knöchel Falten schlägt.

Bis zum Mittag spielten wir Schiffeversenken, Swede und ich, und als ich gerade einen Plan ausgetüftelt hatte, um ihre gesamte Flotte aufzuspüren und zu zerstören, ging die Tür auf und Mr. DeCuellar kam zurück. Die Verhandlung konnte beginnen.

Der Gerichtssaal sah aus wie jeder andere Gerichtssaal, die Wände dunkel vertäfelt, die Geschworenenbank erhöht und mit einem Messinggeländer eingefasst. Nachdem wir uns alle erhoben und wieder gesetzt hatten, thronte Richter Raster, den ich mir als räuberische Tiefseebestie vorgestellt hatte, hinter seinem hohen Richtertisch. In natura hatte er gewelltes weißes Haar, das für mich immer ein Ausdruck der Milde gewesen war, das Haar einer gutmütigen Tante, bei der immer eine Dose mit Pfefferminzbonbons für die Kinder herumsteht. Dieser hoffnungsvolle erste Eindruck wurde allerdings von den Augen des Richters zunichte gemacht, die hinter einer Halbbrille hervorblitzten. Auf den ersten Blick wirkte Raster erstaunlicherweise wie ein Mann, der sich an kleine Eitelkeiten klammert. Er kam mir eingebildet vor, was man bei einem Richter eigentlich nicht sehen möchte.

Davy saß ganz vorn, neben Mr. DeCuellar. Zu meiner Überraschung gab er eine fast mickrige und alles andere als verwegene Figur ab. Man neigt nämlich dazu, solche Ereignisse vorher in Gedanken durchzuspielen, und irgendwie hatte ich mir den Auftritt des viel diskutierten, schweigsamen und berüchtigten Davy Land im überfüllten Gerichtssaal anders vorgestellt, begleitet von einer ehrfürchtigen Stille, die vielleicht nur durch den einen oder anderen gedämpften Laut unterbrochen wurde, mit dem wieder einmal eine junge Frau bei seinem Anblick in Ohnmacht fiel.

Im wirklichen Leben schien ihn kein Mensch auch nur anzusehen. Er trug eine Khakihose und ein Baumwollhemd, sein Gesicht war stoppelig, und er hatte mindestens ein paar Pfund abgenommen. Am liebsten wäre ich nach vorn gelaufen und hätte ihn dazu gebracht, mir in die Augen zu sehen.

Nachdem die Formalitäten erledigt waren, stand Elvis, der Staatsanwalt, auf, und es konnte losgehen. Er räusperte sich und hielt eine eloquente kleine Predigt über die Gewalt, fünf Minuten, in denen sich Davy von einem Bruder in einen eiskalten Doppelmörder verwandelte, der nicht nur sein Verbrechen vorausgeplant, sondern auch noch die Reaktion einer nach Heldentaten lechzenden Öffentlichkeit mit einkalkuliert hatte. So selbstsicher machte sich Elvis daran, meinem Bruder die Ehre zu nehmen, dass mir im wahrsten Sinne des Wortes die Spucke wegblieb. Israel Finch mauserte sich zu einem bedauernswerten Jungen mit viel versprechender Zukunft, der trotz seiner kaputten Familie und seiner Vorstrafen einen gesunden Geschäftssinn und ein Talent als Kfz-Mechaniker an den Tag gelegt hatte. Und Tommy Basca – Elvis' As –, Tommy war nur ein maunzendes kleines Kätzchen, mutterseelenallein gelassen in Kälte, Regen und Dunkelheit. Ich musste immer wieder ungläubig zu Swede hinübersehen, die ein kreuzunglückliches, böses Gesicht machte.

Dann erhob sich Mr. DeCuellar und hielt seine Gegenrede. Was genau er gesagt hat, weiß ich nicht mehr, ich kann mich nur noch erinnern, wie mir dabei zu Mute war. Kennen Sie die Geschichte, wie der große Anwalt Daniel Webster mit dem Teufel um die Seele des Farmers Jabez Stone streitet? So lange Webster rein logisch argumentiert, behält der Teufel die Oberhand. Einen unterschriebenen Vertrag kann man nicht anfechten, und Jabez, dieser Dummkopf, hat nun einmal unterschrieben. Doch dann sieht Webster das siegessichere Gesicht des Teufels und die siegessicheren Gesichter der Geschworenen aus der Hölle, die sich schon gierig die Lippen lecken. Da kommt er zu sich und beginnt davon zu sprechen, was einen Menschen zum Menschen macht, und von der Seele und ihrem Schöpfer, von dem alle Freiheit kommt. Angesichts dieser höheren Logik vergeht selbst dem Teufel das Lachen. Ich hatte das Gefühl, dass auch Elvis, der Richter und die Geschworenen ein Einsehen haben würden, wenn Mr. DeCuellar mit seinem weisen, schlichten Vortrag fertig sein würde.

Aber sie zeigten sich nicht im Mindesten beeindruckt.

Und nicht nur das; danach wurde es erst richtig schlimm.

Zum Beispiel, als Elvis Stanley Basca in den Zeugenstand rief. Bis dahin hatte ich geglaubt, alle Fakten genauestens zu kennen – schließlich war ich ein Augenzeuge –, aber Stanley hatte einen Trumpf im Ärmel, den er nun dem Gericht präsentierte.

»Davy war an diesem Abend bei den Finchs. Es hat fürchterlich geschüttet. Das muss ungefähr um neun Uhr gewesen sein«, sagte Stanley.

Elvis: »Haben Sie ihn selbst gesehen?«

Stanley: »Ja, Sir. Es war Davy Land. Ich habe Tommy gesucht, und bei den Finchs konnte man ihn meistens finden.«

Elvis: »Sie waren die besten Freunde, Ihr Tommy und Israel Finch.«

Stanley nickte. Swede meinte später, er hätte es nicht laut zugeben wollen.

Elvis: »Und was hat Davy bei den Finchs gemacht?«

Stanley: »Also, er hatte etwas in der Hand. Ein Montiereisen, würde ich sagen, oder eine Brechstange. Schwer zu sagen, bei dem Regen. Jedenfalls hat er an dem Auto vom jungen Finch alle Scheiben eingeschlagen.«

Elvis: »Sie sagen aus, dass Davy Land am Haus der Finchs war. Mit einem Montiereisen ...«

Stanley: »... oder einer Brechstange.«

Elvis: »... und dass er die Scheiben von Israels Auto zerschlagen hat, des Autos, das Israels ganzer Stolz war.«

Stanley: »Ja, Sir. Und die Rücklichter – die hat er auch zerdeppert.«

Keine Angst, ich werde Sie nicht mit einer wortgetreuen Wiedergabe der gesamten Aussage langweilen, aber wie ich schon sagte, es gab ein paar echte Tiefpunkte. Unter den Zuhörern machte sich Unruhe breit – eine überraschende Enthüllung! Genau deshalb waren sie schließlich gekommen. Bei mir allerdings mündete die Überraschung schnell in die unschöne Erkenntnis, dass die Aussage tatsächlich der Wahrheit entsprach. Swede und ich waren früh ins Bett gegangen, genau wie Dad, weil er Kopfschmerzen hatte. Davy hingegen war in den eisigen Regen hinausgegangen. Und später, als ich glaubte, dass er schlief? Als ich die Schritte hörte? Hatte ich nicht selbst gestaunt, als das Licht anging und er mit der Winchester in der Hand dasaß, als ob er sie mit ins Bett genommen hätte?

Also hatte er sie tatsächlich mit ins Bett genommen. Das wurde mir jetzt schlagartig klar. Er wusste, dass Finch und Basca kommen würden. Er hatte ihnen gewissermaßen eine Einladung geschickt.

Davys Gesicht war ausdruckslos, aber in Dads Miene konnte ich lesen wie in einem offenen Buch. Es stand kein Schock darin, sondern Trauer und Ernst. Offenbar hatte er schon darüber Bescheid gewusst. Ich sah Mr. DeCuellar an – er wusste es auch. Etwas in mir begann auseinander zu fallen. Etwas geriet ins Wanken, und ich wusste, dass mein Bruder in diesem Gerichtssaal keine Chance hatte. Stein um Stein wurde unser Verteidigungswall eingerissen. Margery Basca sagte mit Tränen in den Augen aus, dass der arme Bubby zweimal die Woche für sie eingekauft habe, Brot und Milch und hin und wieder ein Dutzend Eier, ohne zu murren und so gut er es eben konnte. Der gelbäugige Mr. Finch – Israels Großvater, wie sich herausstellte – erzählte leise und am ganzen Leib zitternd, dass kein junger Mann in ganz Roofing so gehasst und verleumdet worden sei wie Israel – »es fiel ihm nicht leicht, Freunde zu finden«, und so weiter. Da ihm seine Stimme schon nach wenigen Augenblicken den Dienst versagte, übernahm Elvis die Deutung seiner tief empfundenen, aber weitgehend unverständlichen Gefühlsäußerung, dann überließ er den alten Mann wieder dem Kampf gegen seinen Tatterich. Davys ehemalige Freundin Dolly wurde vereidigt; sie warf ihm tragische Blicke zu und schilderte den Zwischenfall im Umkleideraum. Man merkte ihr an, dass es ihr schwer fiel, denn sie wusste genau, für welche Zwecke Elvis sie benutzen würde – er wollte den Geschworenen vor Augen führen, wie groß der Hass zwischen Israel Finch und Davy gewesen war. (Allerdings hätte es nicht geschadet, wenn sie sich über Dads Eingreifen etwas zurückhaltender geäußert hätte. Was sollte das Gericht von Dad als leuchtender Erscheinung halten? Als ich zu den Geschworenen hinüberspähte, musterten sie ihn, als ob er jeden Augenblick losstrahlen würde, als ob sie einen verräterischen Augenausdruck oder einen anderen Beweis für seine übernatürlichen Kräfte erwarteten.)

Derweil musste ich gegen einen ausgewachsenen Schmetterlingsschwarm im Bauch ankämpfen. Mr. DeCuellar hatte mich darauf vorbereitet, dass ich, als der einzige Augenzeuge der Schießerei, um eine Aussage nicht herumkommen würde. Doch er hatte mir nicht gesagt, dass mich die Staatsanwaltschaft erst ganz zum Schluss aufrufen wollte, in der Hoffnung, dass ich mit meiner Aussage Davys Schicksal endgültig besiegeln würde. Swede hatte sich das natürlich schon vorher zusammengereimt und mich damit prompt in Angst und Schrecken versetzt. Aus Feigheit bat ich sie, mir zu helfen, die Ereignisse so umzuformulieren, dass Davy möglichst gut dabei wegkam, aber Mr. DeCuellar beruhigte mich und sagte, ich solle offen und ehrlich sein, allerdings ohne ins Detail zu gehen. »Beantworte einfach die Fragen«, sagte er. »Kurze, aussagekräftige Sätze. Keine große Prosa.« Darüber hätte er sich nun wirklich keine Gedanken zu machen brauchen. Für wen hielt er mich? Für Swede? Aber im Grunde hatte ich sowieso keine Wahl, und Mr. DeCuellar versprach mir, meine Fehler im Kreuzverhör wieder auszubügeln. Einen Tag bevor ich in den Zeugenstand musste, begann mein

Magen zu revoltieren, und ich hegte schon die Hoffnung, dass sich vielleicht eine Grippe ankündigte. Gewiss würde man auf einen Zeugen verzichten, der sein Essen nicht bei sich behalten konnte. Ich bemühte mich nach Kräften. Mir war wieder eingefallen, was Peter Emerson einmal erzählt hatte: Wenn er lange genug ans Reihern dachte – oder noch besser, an seinen reihernden Bruder –, drehte sich ihm über kurz oder lang der Magen um. Ich schloss die Augen und konzentrierte mich. Als wir in der Schule einmal aus dem zweiten Stock zum Mittagessen nach unten gegangen waren, hatte sich Valentino Vail ohne Vorwarnung über das Geländer gebeugt und sich in einem orangefarbenen Sturzbach in den Treppenschacht erbrochen. Valentinos Frühstück fiel und fiel, zwei Stockwerke tief, und streifte im Vorbeistürzen eine ganze Anzahl von Leben, bis es mit einem Geräusch auf dem gefliesten Kellerboden aufklatschte, wie es die Zoowärter sicher öfter in Nähe der Elefanten zu hören bekommen. Ich war direkt hinter Valentino gewesen und hatte alles ganz genau mit angesehen. Es war eine reife Leistung, über die noch tagelang geredet wurde. Aber obwohl ich mir dieses Ereignis so bildhaft wie möglich vorstellte, schaffte ich es nicht, mich zu übergeben. Und ich beneidete Peter um seine mentale Stärke.

»Wir werden verlieren, Reuben«, sagte Swede am Abend zu mir.

In Schlafsäcke gewickelt, lagen wir in Mr. DeCuellars Arbeitszimmer auf dem Fußboden. Nach dem schweren Tag, den wir hinter uns hatten, empfand ich die kleine Bibliothek als einen Ort des Trostes in der finsteren, stürmischen Nacht. Wie sollte jemand, der so viele Bücher gelesen hatte, vor Gericht verlieren können? Aber dann fiel mir Stanley Basca wieder ein, und ich musste daran denken, wie selbstgerecht Elvis die Geschworenen während dessen Aussage angesehen hatte. Ich musste Swede Recht geben, wenn auch nur im Stillen.

Sie fuhr fort: »Wir müssen ihn da rausholen.«

Damit hätte ich rechnen müssen. »O nein, Swede. Bitte nicht.«

Sie setzte sich im Schlafsack auf. »Wir könnten es – wir könnten ihn befreien. Wirklich. Heute Nacht!« Sie hatte meine Schulter gepackt. »Das ist mein voller Ernst.«

»Ich weiß.«

Sie stand auf und stapfte im Zimmer umher. »Sie werden ihn verurteilen, Reuben. Du siehst es doch auch kommen, genau wie ich. Willst du, dass Davy ins Gefängnis muss?«

Das Fenster klapperte im Wind. »Wir können doch noch nicht mal Auto fahren, Swede«, gab ich zu bedenken, stieß aber auf taube Ohren. Sie wanderte in dem dunklen Zimmer auf und ab und heckte raffinierte Pläne aus.

»Wir warten, bis alle schlafen – wir nehmen ein paar Plätzchen von Mrs. DeCuellar mit – die schenken wir dem Wärter und sagen ihm, dass wir unbedingt mit Davy sprechen müssen – und wenn er sich zu mir umdreht, schnappst du dir seine Kanone.« Und so weiter und so fort. In diesen Minuten fühlte ich mich ausnahmsweise einmal älter als Swede. Das musste ich ausnutzen, und ich riet ihr, erst einmal erwachsen zu werden. Sie schwieg und fing an, sich die Bücherregale anzusehen. Mr. DeCuellar hatte in der Ecke eine Leselampe brennen lassen, damit wir ein Nachtlicht hatten – wenn er selbst Kinder gehabt hätte, wäre er klüger gewesen. Es war hell genug, um vom Fußboden aus die Namen auf den Buchrücken lesen zu können. C. S. Lewis, Graham Greene, Charles Dickens – jede Menge Dickens. Swede entschied sich schließlich für einen Gedichtband von Robert Louis Stevenson und schlüpfte wieder in den Schlafsack.

»Liest du mir etwas vor, Swede?« An Stevenson reicht so leicht kein anderer Schriftsteller heran. In seiner Lyrik vereinen sich Gefahr und Frieden, sie deckt eine breite Palette ab. Swede, die neben mir lag, las mir vor, »Das Land Nod«, »Mein Boot und ich«, »Nord-West-Passage« und »Der Lampenanzünder« mit seinem wehmütigen Erzähler:

»Und wenn ich einmal groß bin und selbst entscheiden kann,
dann komm' ich mit, O Leerie, und zünd' die Lampen an!«

Bei diesem Gedicht wird mir heute noch ganz warm ums Herz, so sehr liebe ich es.

Dann schwieg Swede eine Zeit lang, nicht lange – ich war noch nicht eingeschlafen, aber ich stand schon auf der Schwelle, hinter der sich ein Traum auftat.

»Hör dir das mal an, Reuben.«

Ich machte die Augen wieder auf. Sie lag auf einen Ellenbogen gestützt. Ich hatte den Schlaf schon in den Armen und Beinen, aber Swede sah hellwach und ängstlich aus. Sie las:

»Wenn der Mond ist erloschen, die Sterne blass,
Und der Wind weht heftig und schwer,
Die lange Nacht, in Dunkel und Nass,
Ein Reiter reit' hin und her.«

Ich bekam eine Gänsehaut. Draußen polterte der Wind; die Leselampe flackerte, aber sie ging nicht aus. Swede flüsterte:

»Tief in der Nacht, wenn das Feuer verglimmt.
Man immer noch den Galopp vernimmt.«

Ich sagte: »Lass uns schlafen, Swede«, obwohl ich selbst nicht mehr hätte einschlafen können, jetzt nicht mehr. In diesen Zeilen, in ihrer Stimme lag eine düstere Vorahnung, die mich frösteln machte.

»Wann immer die Bäume ächzen im Wind
Und die Schiffe ein Spielball der Wogen,
Da reitet ein Reiter vorbei geschwind,
Im Galopp, da kommt er geflogen.
Vorbei im Galopp er reitet im Nu
Und kehrt im Galopp zurück immerzu.«

Wäre ich nicht schon elf Jahre alt gewesen, hätte ich mich ganz tief in den Schlafsack gewühlt und ihn mir über den Kopf gezogen. Vielleicht finden Sie das Gedicht gar nicht so unheimlich? Glauben Sie mir, in jener Nacht war es unheimlich. Und wie.

Aber weil Swede mich beobachtete, ließ ich mir nichts anmerken. Ich gähnte nur übertrieben laut und fragte sie, ob das Gedicht schon zu Ende sei.

»Das ist ein Zeichen«, erwiderte sie.

Wodurch die unbestimmte Angst, die ich empfand, natürlich erst richtig greifbar wurde. *Das ist ein Zeichen*, so etwas kann man an einem solchen Abend nicht einfach aussprechen, ja, man will es noch nicht einmal hören oder auch nur denken, damit es sich nicht womöglich erfüllt.

»Was hat es zu bedeuten?«, fragte ich.

»Das weiß ich nicht.« Sie klappte das Buch zu, knipste das Licht aus und sagte nach einer Weile: »Ich glaube, es bedeutet, dass wir ihn rausholen sollen.«

Am nächsten Nachmittag wurde ich in den Zeugenstand gerufen. Ich kam mir da oben vor wie ein Papagei: neue Hose, grüner Wollpullover, der am Hals kratzte, die Haare mit Pomade an den Kopf geklatscht. Dad lächelte mich an, Dr. Nokes zwinkerte mir zu, Swede beugte sich vor und nervte Mr. DeCuellar in den letzten Augenblicken vor meiner Vereidigung. Ich legte die Hand auf die Bibel; als es vorbei war, sah ich Davy an, der mir direkt gegenüber saß. Er schnitt Grimassen, um mich zum Lachen zu bringen, genau wie sonst immer in der Kirche.

Also gut, seien Sie gewarnt. Ich muss hier als Zeuge gegen mich selbst aussagen, aber weil ich auch nur ein Mensch bin, randvoll mit Überheblichkeit, werde ich vielleicht versuchen, Ausflüchte zu finden. Falls dem so sein sollte, hören Sie nicht auf mich. Das geht wieder vorbei.

Elvis, der heute eine Fliege trug, trat zu mir. Er stellte mir ein paar freundliche Fragen über die Schule, über Freunde, Feinde und Hobbys. Das irritierte mich, obwohl ich genau wusste, was er vorhatte – er wollte mich einlullen, weich kochen. Und indem er sich mit Davys kleinem Bruder anfreundete, konnte er außerdem den Geschworenen beweisen, was für ein rücksichtsvoller, vorurteilsfreier Mensch er war. »Gönnerhaft«, so hat Swede sein Auftreten hinterher beschrieben, aber da hatte ich mich schon dermaßen blamiert, dass ich niemanden mehr fragen wollte, was genau das bedeutete. Ich war kurz angebunden, sah ihm in die Augen und antwortete ohne Umschweife. Und als er mit seinen Kennenlernfragen fertig war, hatte ich ihm und dem Gericht den Eindruck vermittelt, dass er mich mit seinem Lächeln und seinen Späßchen nicht einwickeln konnte, dass er einen Elfjährigen vor sich hatte, der sich niemals gegen seinen Bruder stellen würde. Ehrenwort, am Anfang habe ich ihn wirklich auf Granit beißen lassen.

Aber nach und nach – autsch, das tut weh! – veränderte sich etwas in mir. Kaum zu glauben, aber ich wurde immer selbstsicherer. Wie ein falscher Freund schlich sich dieses Gefühl bei mir ein. Elvis schien immer pessimistischer zu werden, während er vor mir auf und ab schritt. Offensichtlich hatte er damit gerechnet, dass ich mittlerweile längst Wachs in seinen Händen sein würde. Und wie erwachsen meine Stimme klang, wenn ich »Nein, Sir, das stimmt nicht« sagte oder: »Sir, er ist mein Bruder; das müsste ich wissen.« Ich deckte ihn regelrecht ein mit meinen »Sirs«, ich schleuderte sie ihm mit einer Verachtung entgegen, die ihm nicht entgehen konnte. Und während mir diese Sätze über die Lippen kamen, dachte ich: *Nicht übel.* Gott lässt uns alle Freiheiten, auch die, uns aus lauter Hochmut selbst einen Strick zu drehen. Als Elvis mich fragte, ob ich seit der »Nacht des Tatgeschehens« manchmal schlecht geträumt habe, antwortete ich, von oben herab wie ein verurteilter Legionär, »Ganz und gar nicht, Sir.« Natürlich ist Hochmut eine seltsame Zierde für einen Jungen in meinem Alter – aber ach, diese Wand von Zuschauern, die alle nur mich sehen wollten. All die Gesichter von Freunden und ehemaligen Freunden, von interessierten Fremden, von Zeitungsreportern. Sie waren meine Sonne, mein

Wasser. Ich hoffte sogar, dass Bethany Orchard dabei war, und ich suchte den Gerichtssaal so gründlich nach ihr ab, dass ich erst wieder zu mir kam, als Elvis mich ansprach. Irgendwann sah ich Mr. DeCuellar an, der ein besorgtes Gesicht machte. Und da fragte ich mich tatsächlich, was mit ihm los war – ein deutliches Anzeichen dafür, wie schlimm es um mich stand.

Dann sagte Elvis, der sich von dem Zwischenfall im Umkleideraum aus immer weiter vorgetastet hatte: »Reuben, an dem Abend, als die beiden Jungen vorbeikamen und deine Schwester zu einer Spritztour mitgenommen haben …« – Spritztour, wie sich das anhört! – »Was geschah an jenem Abend? Bevor der Sheriff kam? Erinnerst du dich noch?«

Als ob ich es je hätte vergessen können. So schnell würde die Gänsehaut, die Israel Finchs Untat hervorgerufen hatte, nicht wieder vergehen. Einen Augenblick lang überlagerte die Erinnerung meine kleine Inszenierung, und ich sagte: »Also, Swede war ganz bleich. Und sie sah richtig klein aus.«

»Klein?«

»Ja, Sir. Normalerweise ist sie so groß wie ich.« Diese Aussage enthüllte wohl mehr von meinem wahren Wesen als jede andere, die ich je von mir gegeben hatte. Mit wohlwollendem Gemurmel machte sich im Zuschauerraum Sympathie für den jungen Burschen im Zeugenstand bemerkbar. Sogleich kam ich mir zurechtgestutzt vor, vom angehenden Helden zum arglosen Unschuldslamm herabgewürdigt. Elvis drehte sich zu den Zuhörern um und kostete seinen Triumph weidlich aus, was mich, wie ich zu meiner Schande gestehen muss, erst richtig anstachelte. Nachdem ich auf einen Schlag einiges an Terrain verloren hatte, wäre es das Klügste gewesen, mich einfach zu verschanzen und meine neue Position zu verteidigen. Aber leider waren mir die vergangenen fünfzehn Minuten zu Kopf gestiegen.

Als Elvis sich wieder zu mir umdrehte, lächelte er. »Reuben, war Davy an jenem Abend wütend?«

Er dachte, ich würde die Antwort deshalb hinauszögern, weil mir die Frage unangenehm war. Dabei suchte ich nur nach dem richtigen Ton – dem eines Legionärs. Natürlich wollte ich immer noch nach besten Kräften für Davy kämpfen, ich hatte ihn nicht vergessen, aber das hieß noch lange nicht, dass ich dabei nicht auch souverän klingen konnte. Wie ein richtig toller Hecht, hätte Mighty Stinson gesagt.

Elvis half mir auf die Sprünge: »Ich meine nur, es war schließlich seine kleine Schwester – also, ich an seiner Stelle wäre bestimmt wütend gewesen.«

Ich wählte eine möglichst tiefe Stimmlage und antwortete: »Nein, Sir. Davy war vollkommen ruhig.« (Und er war tatsächlich ruhig gewesen. Nicht kreidebleich vor Angst wie Swede und ich, sondern so beherrscht und gelassen, dass es einem Angst und Bange werden konnte.) Meine Stimme kippte nach oben weg; bei dem Wort ruhig klang sie so hoch wie immer, wenn nicht sogar noch eine Spur höher. Im Saal wurde gekichert. Wieder hatte ich mich vor meinem Publikum blamiert.

Elvis hakte vorsichtig nach: »Sag mal, Reuben, hast du uns nicht gerade erzählt, wie gut euer Bruder auf euch aufpasst? Dass er euch beschützt?«

Ich nickte.

»Und nun willst du behaupten, er hätte kein Wort gesagt, nachdem Tommy und Israel eure Schwester wieder zu Hause abgeliefert hatten? Sie ist völlig verstört, und Davy sitzt bloß da und schweigt?«

So ausgedrückt, klang es allerdings nicht sehr wahrscheinlich. Ich überlegte, im Saal herrschte gespannte Erwartung. Hatte Davy nicht doch etwas gesagt? Kurz bevor Ted Pullet vorgefahren war? Ich blickte zu meinem Bruder hinüber und versuchte, mich zu erinnern.

Davy sah mich ebenfalls an, aber sein Blick war anders als sonst – irgendwie offener, gelöster, frei von Elvis, frei von den Geschworenen und dem Richter. Er lächelte mir zu wie von einem anderen Planeten. Ich dachte daran, wie er mit den Autoschlüsseln gespielt und sie nach einem inneren Kampf wortlos an Dad ausgehändigt hatte. Und da fiel es mir wieder ein.

»Aber natürlich, Sir«, sagte ich zu Elvis. »Er hat Dad eine Frage gestellt: Wie oft darf ein Hund beißen, bevor man ihn einschläfert?«

Es gab weder einen Tumult im Gerichtssaal, noch hielten die Geschworenen ob dieser verblüffenden Wende die Luft an; nur Elvis zog kaum merklich die Augenbrauen hoch. »Reuben«, sagte er leise, mit einem frohlockenden Unterton, der mir das Blut wie Gelee in den Adern erstarren ließ. »Du hast uns etwas verschwiegen.«

An diesem Abend sagte ich ja zu dem Vorschlag, Davy aus dem Gefängnis zu befreien. Swede hatte nichts anderes erwartet. Für meine Entscheidung sprach die Tatsache, dass ich meinen Bruder so gut wie sicher zu einer Gefängnisstrafe und damit zum Tode verurteilt hatte, denn im Gefängnis würde er zu Grunde gehen – zumindest der Davy, den wir kannten. Während sich die Erwachsenen leise in der Küche berieten, lagen wir wach, und Swede tüftelte an unseren Plänen herum – verzweifelte, dilettantische, hoffnungslose Pläne. Ich war nicht im Stande, irgendetwas dazu beizutragen. Swede hingegen hatte ich noch nie so aufgeregt erlebt, sie sprühte geradezu vor Einfällen. Sie war wie ein Pferd, das endlich Auslauf bekommen hat.

Ich hatte nur einen Vorschlag und zwar, dass eine Schusswaffe für die zu erledigende Aufgabe besser geeignet wäre als ein Messer. Sie schüttelte bedauernd den Kopf. »Sie haben keine Knarren. Ich habe überall nachgesehen. Der arme Mr. DeCuellar«, fügte sie hinzu. »Eines Tages werde ich ihm eine schenken.«

Ja, der arme Mr. DeCuellar. Es wäre mir lieb gewesen, wenn ich ihm nach meinem katastrophalen Auftritt nicht in die Augen hätte sehen müssen. In seinem Blick lagen so viel Trauer und Enttäuschung, als ob ich ihn vor aller Augen geschlagen hätte. Als ich mich entschuldigen wollte, brach ich in Tränen aus. Er vergab mir, so still und rückhaltlos, dass es mir nur noch mehr zu Herzen ging.

Warum musste ich Elvis auch dieses Zitat von Davy auf

einem silbernen Tablett darreichen, den Satz über das Einschläfern von Hunden? Nachdem ich mich erst daran erinnert hatte, blieb mir im Grunde nichts anderes übrig; Elvis hatte mir eine Frage gestellt, und ich stand unter Eid, musste die Wahrheit sagen. Gegen die Wahrheit kann man nichts machen – genauso wenig wie etwa gegen ein hässliches Gesicht oder ein armes Elternhaus. Aber ich bedauere die Art, *wie* ich die Wahrheit gesagt habe: wie ein ausgemachter Obertrottel, der sich beweisen will. Ich strotzte vor Aggressivität, eine Charaktereigenschaft, die seit jeher von Idioten gepflegt wird. Es schüttelt mich, aber ich muss gestehen, dass ich in dem Moment zu einer Art Israel Finch mutiert war. Wie nicht anders zu erwarten, zog meine Aggressivität das Chaos nach sich. Denn dieser Satz über das Hundeeinschläfern brachte Elvis dazu, tiefer zu graben und noch andere Fakten aus mir herauszuholen, die auf Heimtücke hindeuteten: dass Davy schon die Jacke angezogen hatte, um einen Rachefeldzug zu starten, und dass Dad ihn aufhalten musste; dass Davy sich schon vorher über Dad aufgeregt hatte, weil die Prügel im Umkleideraum für seinen Geschmack viel zu glimpflich ausgefallen waren; dass Davy, als er nach der Schießerei auf seine Festnahme wartete, mein Handgelenk gepackt und gesagt hatte: *Ich wollte es tun.* Verzweifelt hörte ich mich auf Elvis' Fragen antworten, eine Antwort vernichtender als die andere, sobald sie ausgesprochen war. Jetzt übte ich mich in Bescheidenheit, aber es spielte keine Rolle mehr. Elvis holte die Fakten aus mir heraus, breitete sie vor aller Augen aus und präsentierte sie dem Gericht wie ein Sortiment blutiger Taschentücher.

Ich sah, was passierte, aber ich konnte es nicht verhindern. Ich war zu spät bescheiden geworden. Lassen Sie sich das eine Lehre sein.

Wir taten, als ob wir müde wären, und krochen aufgeregt in unsere Schlafsäcke. Während Dad bei uns saß und um Vergebung, Freude und eine friedliche Nacht betete, presste Swede heimlich den Kasten mit Steakmessern an sich, den sie aus der Küche der DeCuellars gestohlen hatte. Wir schlossen die Augen und murmelten verschlafen gute Nacht. Sobald Dad das Zimmer verlassen hatte, sprang Swede auf und zog sich ihre Jeans über die Schlafanzughose. Sie band sich einen Gürtel um und steckte zwei Messer hinein, eines links, eines rechts. Feierlich überreichte sie dann mir den Kasten. Ich suchte mir ebenfalls zwei Messer aus und schob sie grimmig in den Gürtel. Swede verschränkte die Arme; sie hätte mit Sir Francis Drake auf Kaperfahrt gehen können: »Wir setzen eine noble Tradition fort, Reuben.« Ich knöpfte mein Flanellhemd zu. Als ich es in die Hose stopfte, holte ich mir drei blutige Fingerknöchel.

Wir hätten uns sofort aus dem Haus geschlichen, wenn die Erwachsenen nicht auf die Idee gekommen wären, im Wohnzimmer noch eine Tasse Kaffee zu trinken. Damit hatten wir nicht rechnen können. Höchstwahrscheinlich war es göttliche Vorsehung, denn um aus dem Haus zu kommen, hätten wir an den Erwachsenen vorbeispazieren müssen. Wir saßen in der Falle und zermarterten uns das Gehirn.

»Wir klettern durchs Fenster«, sagte Swede. Aber ausgerechnet an diesem Abend hatte Mr. DeCuellar, tüchtig wie er war, zum Schutz vor der Winterkälte die Doppelfenster eingesetzt, und so war uns auch dieser Weg versperrt. Enttäuscht setzten wir uns erst einmal wieder hin. Wobei ich nicht verschweigen will, dass meine Enttäuschung nur gespielt war.

»Dann müssen wir eben warten«, sagte ich. Mir war es eigentlich ganz recht so; draußen neigten sich die Baumwipfel im Wind, und die Fensterscheibe war so kalt, dass sie sich nass anfühlte.

Aber Swede war zu allem entschlossen. »Dann also, wenn sie schlafen.«

Das hatte ich mit warten natürlich nicht gemeint. Ich meinte es rhetorisch, so wie in »warten bis zum nächsten Jahr« oder auch »abwarten und Tee trinken«. »Sie gehen bestimmt erst ganz spät ins Bett«, sagte ich und betete: Bitte, lieber Gott, lass sie noch lange aufbleiben.

Und was soll ich sagen? Sie blieben noch lange auf. Nach einer Weile legten wir uns auf die Schlafsäcke, um es beim Warten etwas bequemer zu haben; der Wind wirbelte draußen alles Mögliche umher, und ein feiner, eiskalter Regen wurde gegen die Scheibe geweht. Ich träumte, dass ein kleines braunes Ferkel neben mir saß, kühl und reserviert, und als ich mich umdrehte, biss es mich in die Hüfte. Natürlich war das eins von den Steakmessern gewesen. Ich setzte mich hin und fühlte nach, ob ich blutete. Das ganze Haus schlief – auch Swede. Sie schimpfte leise im Traum, als ich ihr vorsichtig die Messer aus dem Gürtel nahm, aber sie wachte nicht auf.

Das Nächste, woran ich mich erinnere, ist, dass Dad zwischen unseren Schlafsäcken kniete und uns weckte, obwohl die Sonne noch nicht aufgegangen war. In der Küche sang Mrs. DeCuellar, untermalt von lebhaftem Topfgeklapper und dem Geblubber der Kaffeemaschine, und Dad klang so aufgeregt, dass ich im ersten Augenblick dachte, wir wären auf dem Weg nach Westen, das Auto voll gepackt, dem fernen Geschrei der Gänse und dem Abenteuer Kälte entgegen.

Noch halb im Schlaf hörte ich Dad etwas sagen; unsicher drang seine Stimme an mein Ohr, wie ein Mann, der sich vorsichtig in ein dunkles Zimmer tastet: »Vor einer Stunde war der Sheriff da … Wacht auf, Kinder … Der Sheriff war da … Kinder, hört ihr mich? Davy ist ausgebrochen.«

Ein Junge auf einem Pferd

Das Tollste daran war – vor allem für Swede –, dass Davy zu Pferd entkommen war. Aber das erfuhren wir erst einige Tage später, genau wie der verstörte Sheriff, Charlie Pym, der in den frühen Morgenstunden an die Haustür gehämmert hatte. Beim Frühstück erzählte uns Mr. DeCuellar, dass er erst seinen karierten Morgenrock übergeworfen und zwischen den Vorhängen hindurchgespäht habe, bevor er ihm aufmachte. »Wisst ihr, was für Leute um vier Uhr morgens rumlaufen? Milchbauern. Zeitungsjungen. Und Wahnsinnige.« (Mr. DeCuellar war an jenem Morgen nicht er selbst, will sagen, er hatte schlechte Laune. Für Swede und mich war das ein Rätsel, denn uns klang die Nachricht wie Musik in den Ohren.)

Sheriff Pym wollte unbedingt ins Haus kommen. Es war eine nasse, eiskalte Nacht, und Pym hatte triefend auf dem Läufer gestanden und Mr. DeCuellar »wie einen Schwerverbrecher« angesehen. (Der Gedanke war so absurd, dass Swede losprustete.) Der Sheriff erkundigte sich, ob Mr. DeCuellar gut geschlafen habe.

»Bis jetzt schon«, antwortete Mr. DeCuellar.

»Keine Besucher?«, fragte der Sheriff.

Mr. DeCuellar warf einen Blick auf die Tür und einen Blick auf den pitschnassen Pym. Er sagte: »Sie glauben doch wohl nicht im Ernst, dass er hier ist.«

An diesem Morgen teilte man uns lediglich mit, dass Davy geflohen war – und zwar vor etwa sieben Stunden. Einzelheiten erfuhren wir keine, nur, dass er einen Polizeirevolver mitgenommen hatte und dass ein Suchtrupp zusammengestellt worden war. Zwölf Männer in sechs Autos durchkämmten zurzeit den Bezirk.

»Bis heute Mittag haben wir ihn wieder«, sagte der Sheriff und sah Dad an, der, nur mit seiner langen Unterhose bekleidet, im trüben Licht vor ihm stand. »Wir werden versuchen, Ihren Jungen heil zurückzubringen.«

Je weiter der Morgen voranschritt, desto mehr zeigte sich Swede davon überzeugt, dass auch zwölfhundert Männer Davy nicht wieder einfangen würden. Sollten sie es ruhig versuchen.

Dad tadelte sie: »Swede, wenn du nichts Vernünftiges zu sagen hast, halte bitte den Mund.«

Das waren die unfreundlichsten Worte, die ich je von ihm gehört hatte. Er nippte an seinem Kaffee, das Gesicht ganz fremd vor Angst. Ich hätte zu gern verstanden, was in ihm vorging. Aber ich war elf Jahre alt, und mein Bruder war der Hölle entkommen, in die ich ihn mit meiner Überheblichkeit befördert hatte. (Dass auch dieser Gedanke nur meiner Eitelkeit entsprang, hat Swede mir inzwischen klar gemacht, doch damals war ich felsenfest von meiner Schuld überzeugt.) Wieso konnte mein Vater sich nicht darüber freuen? Konnte man denn mehr verlangen?

Für Dad müssen die nächsten Tage eine einzige Qual gewesen sein – hin und her gerissen zwischen der Angst, dass man Davy wieder einfing, und der Sorge, dass noch Schlimmeres passieren würde. Die Staatspolizei war unterrichtet worden, der Suchtrupp wurde von Tag zu Tag größer. Nachdem im Radio über die Flucht berichtet worden war, meldeten sich fünfzig bewaffnete Männer im Gerichtshaus. Ein solches Sammelsurium an Büchsen, Flinten und schrottreifen Schießeisen aus dem Zweiten Weltkrieg hatte die Welt noch nicht gesehen – zumindest, wenn man Deputy Walt Stockard glauben will, dessen unverhohlene Freude über die Flucht Sheriff Pym nicht gefallen haben dürfte. Obwohl das Wort *Suchtrupp* altmodisch klingt, hatte es damals durchaus seine Berechtigung. Man vermutete nämlich, dass Davy zu Fuß unterwegs war. Da im Montrose

County kein Fahrzeug als gestohlen gemeldet worden war – weder Auto noch Traktor noch Fahrrad –, ging man davon aus, dass er sich noch in der Nähe aufhielt und irgendwo bibbernd in einem Versteck hockte.

»Es sei denn, er hat es bis zum Highway geschafft und ein Auto angehalten«, schlug Dad vor. Er hätte Walt gern überredet, den Suchtrupp zurückzurufen, aber das stand sowieso nicht in der Macht des Hilfssheriffs. Es war Davys zweiter Tag in Freiheit, Walt hatte dienstfrei und war auf einen Kaffee zu den DeCuellars gekommen; sicher hielt der Sheriff es für angeraten, Davys Familie im Auge zu behalten. »Er könnte inzwischen schon in Kansas City sein«, sagte Dad.

»Möglich«, gab Walt zu. »Aber Pym glaubt das nicht. Es hat doch wie aus Kübeln geschüttet. Nicht sehr wahrscheinlich, dass irgendjemand mitten in der Nacht und im strömenden Regen anhält, um einen klitschnassen Jungen mitzunehmen. Außerdem kennt man sein Gesicht inzwischen im ganzen County. Meinen Sie, da hätte er es riskiert, zu trampen?«

Das war ein gutes Argument, vor allem auch, weil Davys Foto noch am selben Nachmittag auf der Titelseite des *Minneapolis Star* prangte – ein Schnappschuss von ihm, entspannt lachend, die Hände hinter dem Kopf verschränkt. Ich weiß bis heute nicht, woher die Zeitungsleute das Bild hatten, aber es war dasselbe wie in den allerersten Artikeln, in denen sie ihn noch wegen seiner Tapferkeit gerühmt hatten. Später war es durch ein Verbrecherfoto ersetzt worden, auf dem er so aussah, als ob er sich tagelang nicht rasiert hatte, und auf dem er ein hoffnungsloses, verstocktes Gesicht machte. Jetzt hatten sie die schmeichelhafte Aufnahme wieder ausgegraben. Die Schlagzeile lautete:

KÜHNER OUTLAW – »DAVY« LAND AUSGEBROCHEN, SUCHE ERFOLGLOS.
SEIN MITGEFANGENER: »ER HAT SICH EINFACH IN LUFT AUFGELÖST.«

»Du lieber Himmel«, sagte Dad. Dadurch, dass Davy sich »einfach in Luft aufgelöst« hatte, war offensichtlich die Anziehungskraft wieder da, die sich nach der Bubby-Geschichte so schnell verflüchtigt hatte. Er hatte sich in den »kühnen Outlaw« zurückverwandelt, und obwohl mir dieser Umschwung gefiel, war mir inzwischen auch klar geworden, wie wankelmütig die öffentliche Meinung sein konnte. Von Mighty Stinsons Wankelmut ganz zu schweigen. Wenn man den ausführlichen Zitaten der Reporter glauben durfte, steigerte sich Mighty regelrecht in eine Legende hinein:

> »Und als ich wieder hinsah, war er verschwunden. Ich habe keinen Ton gehört. Als ob er ein Geist wäre.«

Oder auch:

> »Soll ich Ihnen mal was sagen? Ich wusste sofort, dass er abhauen würde. Das wusste ich schon in dem Moment, als er reingebracht wurde.«

Dabei hatte Mighty, wie Walt uns erzählte, wie ein Toter geschlafen, als Davy seinen Fluchtplan in die Tat umsetzte. Aber wann würde schon wieder jemals ein Mensch auf irgendetwas hören, was Mighty von sich gab – oder es sogar abdrucken? Das war seine Chance gewesen.

In Wirklichkeit war Folgendes passiert – wir erfuhren es von Walt, dessen Kollege Stube Range in der Nacht Dienst gehabt hatte: Kurz vor elf saß Stube an seinem Schreibtisch und las einen Krimi. Spätere Nachforschungen haben ergeben, dass es sich um einen Mike-Hammer-Krimi handelte. Stube las das Buch, obwohl Sheriff Pym den Autor, Mickey Spillane, nicht leiden konnte. (Weitere Nachforschungen: Der Sheriff hatte Spillane in grauer Vorzeit an Bord einer Turbopropmaschine kennen gelernt, und Spillane hatte eine witzige Bemerkung über Charlie Pyms spärlichen Bartwuchs gemacht.) Plötzlich wurde

Stube durch einen höflichen Ruf von Davy aus der Lektüre gerissen. Die Toilettenspülung in seiner Zelle funktioniere nicht, sagte Davy.

Dann ziehst du eben nicht ab, antwortete Stube.

Es muss aber sein, antwortete Davy. Tut mir Leid, aber es muss sein. Davy rüttelte laut am Hebel der Spülung. Keine Reaktion.

Offenbar kam es zu einem längeren Hin und Her, von dem Mighty Stinson, der im Tiefschlaf lag und schnarchte, weil ihm bei dem feuchten Wetter die Nase zugeschwollen war, nichts mitbekam. Es endete damit, dass Stube Range sein Buch schließlich doch noch weglegte, wahrscheinlich mit einem gutwilligen Knurren. Er sperrte Davys Zelle auf, schloss sie hinter sich wieder zu und warf einen Blick in die Toilette.

Spannender wird es nicht mehr. Als Stube wieder zu sich kam, lehnte er mit dem Rücken an Davys Zellenwand. Ihm brummte der Schädel, und sein Gedächtnis ließ zu wünschen übrig. Die Toilette war übrigens tadellos in Ordnung, wovon er sich selbst überzeugen konnte, bevor um Punkt zwölf seine Ablösung erschien und ihn aus der Zelle befreite.

Swede wies zu Recht darauf hin, dass ein Mann, der Mickey Spillane las, es eigentlich besser hätte wissen müssen, aber Stube Range hatte, wie man so schön sagt, ein gutes Herz. Er war an einem Scheideweg seines Lebens angekommen, an dem er schließlich sogar den Polizeidienst quittierte und Hausmeister wurde. An der Grundschule in Roofing war gerade eine Stelle frei geworden.

Nach Davys Flucht blieben wir noch drei Tage bei den DeCuellars. Walt kam jeden Morgen vorbei, um sich scherzhaft zu erkundigen, ob wir Davy in letzter Zeit gesehen hätten, und um uns das Neueste über die erfolglose Fahndung zu berichten. Der Suchtrupp hatte die Gegend kreuz und quer durchkämmt und Farmer, Lieferanten und andere befragt, ob sie vielleicht einen klatschnassen Jungen bemerkt hätten, der sich hastig um die nächste Ecke drückte, aber niemand hatte etwas gesehen. Mutlosigkeit machte sich breit. Die Mitglieder des Suchtrupps begannen zu desertieren, redeten sich mit ihren Frauen und Kindern oder sogar mit beruflichen Verpflichtungen heraus. Wer wollte es ihnen verdenken? Die Spur war nicht nur kalt, nein, eigentlich hatte es nie eine richtige Spur gegeben. Bis es endlich gelang, in einem Nachbarbezirk einen Bluthund auszuleihen, hatte der Regen Davys Fährte ausgelöscht. Trotzdem probierten sie ihr Glück mit dem Hund, doch das arme, viel zu ungeduldig herbeigesehnte Tier roch nur sich selbst.

Inzwischen, so erzählte Walt, verlor Sheriff Pym allmählich sein sonniges Gemüt. Ob zu Recht oder zu Unrecht, Davy war berühmter gewesen als jeder andere Desperado, der je im Montroser County-Gefängnis eingesessen hatte, und durch die Flucht war sein Bekanntheitsgrad noch gestiegen. Pym, so warnte uns Walt, hatte das Gefühl, von den Leuten ausgelacht zu werden, irgendjemand hatte ihn am Telefon laut fluchen hören. Ein Leitartikler aus Minneapolis hatte mit dem Ausdruck »unfähige Provinzdeppen« für zusätzlichen Zündstoff gesorgt.

»Wenn es um die Meinung der Leute geht, hat er eine sehr dünne Haut«, berichtete Walt. Die Flugzeug-Geschichte mit Mickey Spillane klingt also durchaus glaubwürdig.

Am dritten Tag war Sheriff Pym mit den Nerven am Ende. Walt erzählte, dass er eine Haus-zu-Haus-Durchsuchung in Betracht zog. »Das macht mir Angst, Mr. Land. Wissen Sie, wie lange es dauern würde, jedes Zimmer und jede Kammer in Montrose zu durchsuchen?«

Mr. DeCuellar sagte: »Der Sheriff hat sich einen Scherz erlaubt. So etwas wäre verfassungswidrig. Kaffee?«

Der Deputy nahm dankend an. »Ich mache mir Sorgen um Charlie«, sagte er. »Er ist überzeugt davon, dass irgendjemand Davy bei sich im Keller versteckt. Eine junge Dame, meint er. Er reitet dauernd darauf herum, es macht ihm schwer zu schaffen.« Walt Stockard sah müde aus. »Der Junge ist doch so beliebt.«

»Ja«, sagte Mr. DeCuellar. »Das ist er.« Er war etwas brüsk an diesem Morgen; manchmal schien er Davy die Flucht richtig übel zu nehmen, oder vielleicht konnte er auch einfach keine Gäste mehr ertragen. Unser Besuch dauerte schließlich schon ziemlich lange.

Walt klagte: »Meine Töchter behandeln mich, als ob ich auf der falschen Seite stehe.«

»Das gibt sich«, beruhigte ihn Mr. DeCuellar.

Walt rieb sich die Nase. Er war wirklich ein netter Mensch. Man hatte das Gefühl, dass er so gut wie alles vergessen und verzeihen konnte. Er sagte: »Rube, gibst du mir mal einen Bismarckhering rüber?«

Am Nachmittag kam zur allgemeinen Erleichterung ein Farmer namens Nelson Svedvig in die Stadt, um den Diebstahl eines Pferdes zu melden. Eine Araber-Stute war von seiner Südweide verschwunden, keine zwei Meilen von Montrose entfernt.

»Seit wann ist sie weg?«, fragte Sheriff Pym. Walt stand daneben und hörte alles mit, deshalb weiß ich, was gesprochen wurde.

»Kann ich nicht genau sagen«, gestand Nelson Svedvig. »Ende letzter Woche habe ich eine Ladung Heu hingefahren, da war sie noch da.« Als er merkte, wie der Sheriff ihn ansah, fügte er verteidigend hinzu: »Um diese Jahreszeit kann man die Pferde mehr oder weniger sich selbst überlassen.«

»Sind deine Zäune in Schuss? Vielleicht ist sie nur weggelaufen.«

Nelson antwortete: »Sie hat im Frühjahr gefohlt. Und das Fohlen ist noch da.« Würdevoll ergänzte er: »Du kennst doch meine Zäune, Charlie.«

Am Abend zahlte der Sheriff den kümmerlichen Rest des Suchtrupps aus, und wir verabschiedeten uns von den DeCuellars. Es tat gut, wieder nach Hause zu fahren.

Am ersten Abend in Roofing machte Swede es sich im Bett bequem, baute die Schreibmaschine vor sich auf und stopfte sie mit der Steppdecke fest. Ich hatte schon Angst, sie würde wieder anfangen herumzujammern und gegen die Wand zu schlagen, aber stattdessen tippte sie gleichmäßig vor sich hin, bis ich in meinem Zimmer auf der anderen Seite der Diele eingeschlafen war. Am nächsten Morgen lagen die folgenden Zeilen neben meinem Bett:

Der Mond war schwarz wie ein fauler Zahn,
Der Himmel so schwarz wie verkohlt,
Und zwei in der Zelle, in nachtschwarzer Hölle,
Die warteten, dass man sie holt.

Und einer hieß Rennie, und einer hieß Burt,
Die raubten landab und landauf,
Und des Galgens Strang, an dem keiner je schwang,
Der bekommt bald Arbeit zuhauf, Jungs,
Der bekommt bald Arbeit zuhauf.

Drei Schlingen schwingen im seufzenden Wind,
Doch für wen ist die dritte Schlinge bestimmt?

Als Swede hereinkam, war ich noch in das Gedicht vertieft, und sie hockte sich auf die Bettkante wie eine zufriedene Katze. Dass ich so gespannt bei der Sache war, tat ihrem Selbstbewusstsein gut. Ich fragte: »Ist sie für Sunny?« Aber sie zuckte bloß mit den Schultern – sie wusste, dass sie mich neugierig gemacht hatte.

Er lag eines Abends im Bette noch wach,
Im Arm die Liebste sein,
Als die Reddicks verstohlen, auf lautlosen Sohlen,
Sich schlichen zur Türe herein.

War Sundown auf Reisen, dann folgten die Reddicks
Seiner Braut durch die Stadt mit Gejohle,
Sie bedrängten sie heftig, mit Worten so deftig,
Dass ich sie lieber nicht wiederhole – o nein,
Dass ich sie hier lieber nicht wiederhole.

Hat da denn ein Mann eine andere Wahl,
ganz gleich, was Recht und Gesetz ihm befahl?

Ich war begeistert, hatte fast das Gefühl, das Gedicht schon zu kennen. »Swede«, sagte ich. »Das ist wahnsinnig gut!«

»Ach was«, antwortete sie.

Zu nächtlicher Stunde, da drangen sie ein,
Im Kopf einen Plan, brutal und gemein;
Denn es gab eine Kunde, die machte die Runde,
die Lady schlief heute allein.

Und als er sie hörte, da stand Sunny auf,
Wie ein Geist, so leise und stumm,
Sie nahten sich frech, doch das war ihr Pech,
Denn Sundown legte sie um – peng,
Er legte die Reddicks glatt um.

Und so kommt's, dass ein Mann, der sein Weib hat beschützt,
Mit Rennie und Burt hinter Gittern nun sitzt.

»Ist das alles?« Ich konnte es nicht glauben, der Text war zu Ende! »Er stirbt? Sie hängen ihn auf, mit diesen zwei Gangstern?«

»Was glaubst du eigentlich, wie schnell ich dichten kann?«

»Dann ist es noch gar nicht fertig?«

»Reuben!«

»Schon gut, schon gut!« Das Schicksal unseres alten Freundes Sundown ging mir eben wirklich nahe. Natürlich freute ich mich, dass bei Swede der dichterische Funke wieder übergesprungen war, aber es war einfach unerträglich, mit einer halben Geschichte abgespeist zu werden. Vorsichtig fragte ich: »Und was ist mit Valdez?«

Sie sah mich nicht an. »Was soll mit ihm sein?«

»Was ist aus ihm geworden? Und wer sind eigentlich Rennie und Burt?«

Jetzt musterte sie mich fragend. Womöglich glaubte sie, dass mir das Gedicht nicht gefiel.

»Swede, das Gedicht ist toll. Das weißt du selbst. Es war bloß eine Frage.«

Plötzlich hatte sie Tränen in den Augen – von einer Sekunde auf die andere!

»Das Gedicht ist einsame Spitze, Swede!« Es war zum Verzweifeln.

Sie sagte: »Sunny konnte Valdez nicht besiegen, Reuben. Ich konnte es nicht schreiben.«

Ich weiß selbst nicht, warum ich mich auf einmal so mies fühlte. Ich hatte einen Kloß im Hals, als ob ich gerade einen kitschigen Nachruf auf mich selbst gelesen hätte.

»Dann ist er ungeschoren davongekommen?«

Sie antwortete nicht. Ihr Schweigen machte mir Angst, ließ mich fürchten, dass Valdez gar keine Erfindung war. Dass er real war und über festen Boden auf uns zukam. Eine lächerliche Idee, nicht wahr? Aber sie loderte in mir auf, so unheimlich hell, dass ich in meinem Herzen eine Mauer davor errichtete.

Die Wochen rollten dahin wie schlecht ausgewuchtete Räder. Swede war meistens in Hochstimmung: Sie selbst hätte Davys Flucht nicht spektakulärer inszenieren können. Eines Tages berichtete uns Walt Stockard, dass die Svedvig-Stute wieder nach Hause getrottet war, nach Hafer wiehernd, aber ansonsten wohlbehalten. Es wurde spekuliert, dass Davy querfeldein bis zum Highway geritten war und dort ein Auto angehalten hatte. Außerdem war es für Swede eine Genugtuung, dass die Zeitungen nach

Davys Flucht wieder auf ihre ursprüngliche Haltung umgeschwenkt waren, und zwar derart drastisch, dass ein Fremder, der zum ersten Mal einen Davy-Land-Artikel las, glauben musste, dass die Welt froh sein konnte, von Typen wie Finch und Basca befreit worden zu sein, und dass man dem jungen Land dankbar sein und ihn in Frieden ziehen lassen sollte. Ein Kolumnist, Aaron W. Groap von der *St. Paul Pioneer Press*, war besonders anfällig für eine ausgesprochen romantische Sichtweise der Dinge. Ich habe einiger seiner Beiträge aufbewahrt – hier ein Ausschnitt:

REITE, DAVY, REITE

Ich trauere der guten alten Zeit nicht hinterher, liebe Leute. Ich lebe gern im 20. Jahrhundert. Ich bin froh um jeden Lincoln Continental und um jede Turboprop, die es mir ermöglichen, das bitterkalte St. Paul zu verlassen, ich freue mich auf die Sechs-Uhr-Nachrichten mit Huntley und Brinkley im Fernsehen, und an einem Sommerabend gönne ich mir gern ein Baseballspiel im Stadion. Ich bin ein moderner Mensch, Freunde, und ich bin es gern. Wieso bin ich dann neidisch auf Davy Land?

Er ist schließlich nur ein Junge, der sich das längst vergangene Rechtsgefühl der Pioniertage zu Eigen gemacht hat. Ein Junge, der zu weit gegangen und – verdientermaßen – im Gefängnis gelandet ist. Ein Junge, der sich über die Grundregeln unseres zivilisierten Lebens hinweggesetzt hat. Er gehört hinter Gitter – oder etwa nicht?

Wie kommt es also, dass ich, wenn ich morgens die Redaktion betrete, als Erstes die AP-Meldungen überprüfe, um zu sehen, ob Davy Land gefasst worden ist? Und dass ich leise in mich hineinlache, wenn es sich zeigt, dass er immer noch frei herumläuft?

Er ist doch nur ein Junge auf einem Pferd. Nur ein zäher, hartnäckiger Bursche, der noch nicht gemerkt hat, dass es kein Entkommen gibt. Diese Ahnungslosigkeit! Schließlich kennt jeder Bürger sein Gesicht. Sein Foto hängt am Armaturenbrett jedes Kleinstadtpolizisten und Provinzblattschreibers. Apropos – Chet Huntley und David Brinkley: Haben Sie gestern Abend deren Nachrichtensendung gesehen? Dann wissen Sie, dass sie Davy Land ebenfalls kennen.

Ein Junge auf einem Pferd kann dem Gesetz nicht davonreiten. Nicht im Jahre 1962. Das sagt unsere Polizei, und vielleicht hat die Polizei Recht. Amerika ist schließlich ein erwachsenes Land. Es ist lange her, dass wir unsere Outlaws liebten. Vielleicht ist in einer Welt der Fernsehapparate, Hubschrauber und des Rock and Roll kein Platz mehr für die Lieder, die wir als Kinder kannten, über Jesse James und Billy the Kid und den Dirty Little Coward who Shot Mr. Howard. Vielleicht ist es gut so.

Heute ist der fünfte Dezember. Vor zwölf Tagen ist Davy Land aus dem Gefängnis geflohen. Heute Morgen habe ich den Nachrichtenticker überprüft: Er befindet sich immer noch auf freiem Fuß.

Entschuldigen Sie, wenn ich leise in mich hineinlache.

Man darf Aaron Groap natürlich nicht überschätzen; bis auf die wenigen wirklich guten Kolumnisten bedienten sich auch alle seine Kollegen solcher billiger rhetorischer Tricks. Aber auf jeden Fall war das alles um Längen besser als der Bubby-Artikel, wie Swede so treffend bemerkte.

Für Dad war das allerdings kein Trost. Offenbar glaubte er, seinen Sohn für immer verloren zu haben, und das öffentliche Melodrama machte es nur noch schlimmer für ihn. Er ging nicht mehr ans Telefon; er wurde ruhelos und deprimiert. Oft wachte ich nachts von Papierrascheln auf, und dann wusste ich, dass er mit der abgegriffenen King-James-Bibel in der Küche saß – was hat er dieses Buch strapaziert, er hielt sich daran fest wie an einer Rettungsleine. Einmal stand ich leise auf, weil ich keine Luft bekam, und da saß er am Tisch, tief über die Heilige

Schrift gebeugt, den Rücken krumm wie ein Wiesel; als ich ihm auf den Arm tippte, fuhr er hoch. Einen Augenblick lang blieb ihm der Atem weg, ganz so, als ob ihm das Aufrichten Schmerzen bereitete. Ich sagte ihm, dass meine Lunge wieder einmal verklebt war.

»Ist gut, Reuben.« Aber er blieb sitzen, stand nicht auf, um Wasser aufzusetzen.

»Was liest du?«

»Den einundneunzigsten Psalm.«

»Hilft es?«

Er ging zur Spüle und hielt den Topf unter den Wasserhahn. Da er mir keine Antwort gab, dachte ich schon, er hätte mich nicht gehört. Ich wiederholte die Frage.

Dad zündete das Gas an. Es muss wohl etwas unter dem Topf geklebt haben, denn schwarzer Rauch kräuselte darunter hervor und es roch verbrannt. Als das Wasser kochte, schüttete er Backpulver hinein. Es wallte auf und beruhigte sich wieder. Ich sagte: »Wenn du möchtest, kannst du mir einen Psalm vorlesen, Dad.«

Aber er antwortete: »Heute Abend nicht, Reuben. Ich habe fürchterliche Kopfschmerzen.«

Anfang Dezember fegte ein Blizzard über uns hinweg; er kam aus der Prärie und bescherte uns gut einen halben Meter Schnee. Es war der erste in einer Reihe von Schneestürmen, die von da an fast im Wochentakt hereinbrachen, manche davon sogar von Blitzen begleitet, ein verblüffendes Phänomen. Dr. Nokes, der während der Weltwirtschaftskrise Medizin studiert hatte, sagte, er könne sich nur an ein einziges Mal erinnern, dass Blitz und Schnee zusammen aufgetreten waren, und zwar während einer seiner Prüfungswochen; der Schnee sei nicht in Flocken vom Himmel gefallen, sondern hätte eher die Form und die Größe von Maiskörnern gehabt; er sagte, darauf sei ein Frühling gefolgt, der weder Regen noch die Hoffnung auf Regen mit sich gebracht habe, so ausgetrocknet seien die meisten Seelen im Mittleren Westen gewesen.

Ich war beeindruckt, wie viel ihm zu einem Schneesturm mit Blitzen einfiel, aber Dr. Nokes lachte und sagte, eines Tages würde ich mich ebenfalls bis ins kleinste Detail an irgendwelche harten Winter erinnern können, und zwar so genau, dass niemand es würde hören wollen. Vermutlich hatte er Recht und der Winter '62 interessiert Sie nicht die Bohne, aber es war trotzdem eine abenteuerliche Zeit. Die Schneewehen stiegen immer höher, über das Küchenfenster hinaus, bis ans Dach. Nachmittags zogen Swede und ich uns mehrere Hosen übereinander an und kletterten von der höchsten Schneewehe auf das Dach des Anbaus hinauf bis zum First. Dann rutschten wir auf der anderen Seite wieder hinunter und landeten mit einem Plumps im Vorgarten. Die ganze Zeit über haben wir Davy sehr vermisst. Bei diesem Schnee hätte er alle möglichen Verstecke für uns gebaut – unser Hof wäre von Tunneln und Höhlen durchzogen gewesen, in denen Kerzen brannten, und wir hätten uns ausgedehnte, wilde Schneeballschlachten geliefert. Ich erinnere mich noch an einen Traum aus jenem Winter: Davy war wieder zu Hause und kletterte mit uns auf den Anbau, und seine Sprünge vom Dach waren phantastisch hoch. Und in dem Traum lag der Handelsreisende Tin Lurvy rücklings im Schnee, sah Davy voller Bewunderung zu und sagte: *Mannomann, seht euch das an – du liebes bisschen, was für Sprünge!* Ich erinnere mich vor allem deshalb noch so besonders gut an diesen Traum, weil ich lachend davon aufwachte, dass Lurvy sagte: *Lasst mich auch mal! Heh, Kinder, darf ich auch mal?*

Wir mussten übrigens nicht mehr in die Schule. Das hatten wir ziemlich geschickt gedeichselt. Dad hatte nicht die Kraft, uns gegen unseren Willen wieder hinzuschicken, und das wussten wir. Wir nutzten seine depressive Stimmung aus und machten uns nützlich – wuschen die Wäsche, schrubbten die Böden, fegten Spinnweben von der Decke, kochten Suppe. (Beim Suppekochen kann man nicht viel falsch machen, es sei denn, man vergisst das Salz. Außerdem war Dad nicht wählerisch.) Als er uns eines Tages halbherzig vorschlug, nach den Weihnachtsferien wieder zur Schule zu gehen, wehrte Swede diesen Vorstoß mit einer äußerst kühnen Strategie ab. Sie nahm Dad mit in ihr Zimmer und zeigte ihm einen Stapel Geschichts-, Geographie- und Mathebücher, der fast einen halben Meter hoch war. »Aus der Bibliothek«, sagte sie und setzte als i-Tüpfelchen noch oben drauf: »Ich möchte schließlich nicht den Anschluss verlieren.«

»Soso«, sagte Dad und sah mich über ihren Kopf hinweg an – ich sollte wissen, dass er sie durchschaut hatte. Aber obwohl die Schulbücher nur Requisiten waren, ließ er uns auch weiterhin zu Hause bleiben. Das soll nicht heißen, dass wir nichts gelesen hätten; als Swede in der Bücherei war, hatte sie auch sämtliche Frank O'Rourkes, die im Regal standen, ausgeliehen. *The Big Fifty* hatte sie schon längst ausgelesen. Ihrer Meinung nach schrieb O'Rourke wesentlich bessere Western als Zane Grey.

»Wegen seiner Frauen. Die reden nicht dauernd, und wenn sie reiten, reiten sie wie Männer.«

Das war zwar eine interessante Beobachtung, aber ich sah nicht ein, wieso die Geschichten deshalb besser sein sollten. Ich hatte es als Leser ohnehin eher mit den Piraten; und in der *Schatzinsel* kommen überhaupt keine Frauen vor, bis auf Long Johns treue Negerin, die man nie richtig zu Gesicht bekommt.

»Aber das ist das Wichtigste überhaupt«, fügte Swede hinzu. Sie ist heute übrigens Professorin, habe ich das schon erwähnt? »Alle Western sind nämlich Liebesgeschichten. Bei Zane Grey fängt der Held am Anfang immer erst etwas mit der falschen Frau an; gewöhnlich stehen ihre Augen zu dicht zusammen, und sie macht nichts als Ärger, genau wie ein bockiges Pferd.«

»Die falsche Frau ist wie ein Pferd?«

»Meistens ein Rotschimmel. Ein störrischer Rotschimmel. Der Held hat schon jede Menge Pferde besessen, und diese Frau erinnert ihn an einen Rotschimmel.«

Aha, Western waren also Liebesgeschichten. Obwohl ich selbst mehr als einen gelesen hatte, war mir diese Gleichung neu. Und sie gefiel mir nicht.

»Swede«, sagte ich, »Sunnys Frau – sie war aber die Richtige, oder? Wie eine von O'Rourkes Heldinnen?«

Die Frage empörte sie. Sunny Sundown sei schließlich kein Vollidiot; er habe Meilen um Meilen auf dem Pferderücken zurückgelegt; er hätte niemals einen Rotschimmel geheiratet. Ich freute mich, das zu hören. Nach allem, was ich bis jetzt gelesen hatte, hatte Sunny auch so schon genug Probleme am Hals:

Die halbe Nacht hat im Kampf er verbracht,
Mit der Furcht, dem alten Drachen,
Und dann träumt er voll Glück sich nach Hause zurück –
Umso herber danach das Erwachen.
Er steht auf und grüßt Burt, der schon längst nichts mehr hört,
Zerlöchert vor Angst wie ein Sieb,
Während Rennie im Gebet lauthals wimmert und fleht:
»Hab Erbarmen mit einem Dieb, o Herr,
Mit 'nem kleinen, elenden Dieb.«

Drei Schlingen, die schwingen zu des Priesters Gesang.
Drei Männer, die harren, und zweien ist bang.

Swede wollte es natürlich spannend machen, aber sogar mir mit meinen elf Jahren war klar, was als Nächstes passieren musste: Eine Frau würde auf der Bildfläche erscheinen. Man muss nicht allzu viele Western verschlungen haben, um das zu wissen. Eine junge, glutäugige Schönheit, die von der Tapferkeit des zum Tode verurteilten Helden beeindruckt war.

Da plötzlich im Trab sprengt die Gasse herab
Eine Reit'rin so flink und so leicht.
So tiefschwarz ihr Haar wie ihr Rappe war,
Und die Menge zurück vor ihr weicht.

»Ist das Sunnys Frau?«, fragte ich.

»Nein, einfach nur irgendeine Frau.« Sie überlegte. »Die Idee ist gar nicht schlecht. Aber es ist eine andere.« Das machte mir Sorgen, denn ich sah sofort, dass die Schöne auf dem Rappen versuchen würde, Sunny zu befreien, und dass sie schwer in ihn verliebt war. Dabei war er ein verheirateter Mann! Das gab Ärger.

»Warum änderst du es nicht?«, schlug ich vor. »Du könntest doch aus dem Mädchen seine Frau machen – und dann reiten sie zusammen fort.«

»Aber sie war nicht seine Frau«, fuhr Swede mich an. Die Vergangenheitsform, haben Sie es gemerkt? Auf die Geschichte haben wir keinen Einfluss, nicht einmal, wenn sie fiktiv ist.

Nachdem es dem Mädchen tatsächlich gelungen war, Sunny zu retten, wurde es nur noch schlimmer. Denn was macht er, obwohl er in Eile ist?

Er trotzt der Gefahr und streicht ihr übers Haar.
Und er küsst sie ein- und zweimal, Jungs,
Ja, er küsst seine Rett'rin zweimal.

Ich wollte nicht mit Swede streiten, aber das ging mir nun wirklich zu weit. »Jetzt küsst er sie auch noch«, beschwerte ich mich. »Es wäre was anderes, wenn sie seine Frau wäre.«

»Reuben«, sagte Swede. Sie musste sich richtig zusammennehmen. »Stell dir vor, du sollst gehängt werden. Du hast die Schlinge schon um den Hals! Da taucht wie aus heiterem Himmel dieses wunderschöne Mädchen auf und rettet dich. Sag bloß, du würdest sie nicht küssen?«

»Doch, aber …«

»Okay, Reuben. Dann sagen wir eben, sie ist für Sunny nicht mehr als eine richtig tolle Schwester. So eine wie ich.«

Ich nickte, aber in Wahrheit machte mir die Stelle noch lange zu schaffen. »So tiefschwarz ihr Haar wie ihr Rappe war« – so ein Quatsch; auch ohne die Küsserei wäre es schwer genug gewesen, in dem Mädchen nur so etwas wie eine Schwester zu sehen.

Lurvy sei Dank

Weihnachten 1962 drohte eher kärglich auszufallen.

Man darf nicht vergessen, dass die Kinder meiner Generation mit Geschichten von den Entbehrungen ihrer Eltern aufgewachsen sind – Geschichten von einem Weihnachten ohne Christbaum, von kalten Herden, von schlaffen alten Strümpfen am Kamin, die nichts weiter enthielten als einen einzigen blank polierten Apfel. Zwischen dem Jahr 1962 und der Weltwirtschaftskrise lagen nicht einmal dreißig Jahre – gewiss eine gewaltige Zeitspanne für die Bewohner einer fortschrittlichen Stadt wie Minneapolis, aber nicht ganz so groß, wenn man in Roofing wohnte, am Rand der Prärie.

Swede und ich waren überzeugt, dass uns nun auch ein solches Weihnachten blühte. Dad hatte nämlich keine feste Stelle mehr gefunden – er reparierte den Heizkessel der lutherischen Kirche, besserte im Keller Möbel aus, und als es in der Stadt zu einer Serie von Kaminbränden kam, borgte er sich einen Besen und kehrte Schornsteine, bis er sich eine Erkältung holte. »Ich arbeite weiter«, sagte er zu Swede und schlürfte die heiße Zitrone, die sie ihm gemacht hatte; aber nach einem weiteren Tag auf dem Dach schlug ihm die Erkältung auf die Bronchien, bis er genauso schlimm keuchte wie ich. Ich vermute, dass er fast froh darüber war. Wir waren es auf jeden Fall – die Kaminkehrerei war eine üble Schinderei, der Wind riss und zerrte an Dads Jacke, während er in seinen Hausmeisterstiefeln auf den vereisten Schindeln herumturnte.

Aber mit einem arbeitslosen Vater drohte Swede und mir genau die Art von Weihnachten, von der wir schon so oft gehört hatten – oder auch gelesen, in Büchern, die Titel hatten wie *Tage der Verzweiflung*. Wir malten uns aus, wie wir am Weihnachtstag aufwachen und in der Küche nur eine Schüssel Haferbrei vorfinden würden, nicht einmal mit einem Teelöffel Zucker verziert. (»Porridge«, sagte Swede. »Schleim. Grütze.«) Wir fragten uns, was für ein Gesicht wir wohl machen würden und wie dankbar wir uns stellen konnten, wenn unser Geschenk womöglich nur aus einer einzigen Navelorange bestand. Die Kinder aus den Büchern freuten sich immer wie die Schneekönige über eine Weihnachtsorange – dass sie arm waren, merkten sie erst später. Mein größter Wunsch in jenem Jahr war eine Spartacus-Figur. Erinnern Sie sich noch an Spartacus? Ich habe den Film nie gesehen. Er muss wohl 1960 in die Kinos gekommen sein, aber '62 schwärmten manche Kinder in der Schule immer noch von den blutigen Gladiatorenkämpfen, die darin vorkamen. Und in der Stadt konnte man die Spartacus-Figur kaufen. Es handelte sich um einen unverwüstlichen Kerl mit einem Dachsgesicht, der ein Schwert in der Hand hielt. Und damit auch noch für eine gute Sache kämpfte, gegen die Sklaverei, genau wie Abraham Lincoln. Aber für einen Jungen war das Allerbeste an der Figur die dazugehörige abgehackte Plastikhand, die vermutlich Spartacus' letztem Gegner gehört hatte. Man konnte ihm die Hand vor die Füße legen, sie auf sein Schwert spießen oder rot anmalen und seine kleine Schwester damit erschrecken.

Swede hatte einen noch ausgefalleneren Wunsch. »Eine Reise«, sagte sie, »nach Westen. Ich möchte nach Westen reiten und Davy suchen.« Sie war der festen Überzeugung, dass er sich dort versteckt hielt, gemütlich auf einer Decke unter einem Felsvorsprung hockend und Büffelfleisch essend – irgendwo im vergangenen Jahrhundert. Wie toll es wäre, ihn zu finden! Was für schöne Weihnachten wir dann hätten!

Im Vergleich dazu kam uns eine Navelorange etwas mickrig vor.

Zehn Tage vor Weihnachten kam Dr. Nokes zu Besuch. Während wir Tee tranken – der letzte Kaffee war längst verbraucht –, erschrak er über Dads Husten, der immer schlimmer wurde. Er stellte seine Tasse weg und holte ein Stethoskop aus dem Auto.

»Jeremiah«, fragte er argwöhnisch, »wie lange hustest du schon so?«

»Ich glaube, es wird schon wieder besser«, antwortete Dad.

»Hast du viel Auswurf?«, beharrte Dr. Nokes.

Dad räusperte sich und sagte, er habe nicht drauf geachtet. Dann hieß es: »Swede, Reuben, habt ihr eure Hausaufgaben fertig?« Natürlich mussten wir gar keine Hausaufgaben machen, aber wir gingen trotzdem auf mein Zimmer. Ich weiß noch, dass mir plötzlich ein seltsamer Geruch auffiel – die Luft war stickig und verbraucht. Warum hatte ich es vorher nicht gerochen? Luft kann nämlich auch verderben und faulig werden, wie ein liegen gebliebener Pfirsich. Ich kann nur dazu raten, immer schön alle Fenster aufzureißen.

Auf dem Weg in mein Zimmer hörten wir, wie Dr. Nokes mit ernster Stimme fragte: »Welche Farbe?«

Später habe ich von Dr. Nokes erfahren, dass seine größte Sorge gar nicht Dads Lungenentzündung galt. Antibiotika und Dads gute Kondition würden schon das ihrige tun. Der Arzt hatte Angst, dass ich mich anstecken würde. Bei meiner Lunge fehlte ohnehin nicht mehr viel, dass sie sich in Torfmoos verwandelte. Bevor Dr. Nokes an jenem Abend ging, nahm er mich beiseite, um unter vier Augen mit mir zu sprechen.

»Reuben«, sagte er, »ich habe da so ein Gefühl, was deine Schwester angeht. Ich glaube nämlich, dass sie das Zeug hat, Ärztin zu werden. Also, pass auf: Du überlässt ihr in nächster Zeit einfach die Krankenpflege. Was meinst du?«

Ich weiß, ich weiß: In meinem Alter hätte ich auf diesen Trick eigentlich nicht mehr hereinfallen dürfen.

»Ich habe ihr gesagt, was zu tun ist. Wenn ich euch die Medizin gebracht habe, gibt Swede sie eurem Vater. Du hältst dich bitte aus dem Krankenzimmer fern. Swede soll ihm auch das

Essen bringen.« Er merkte, dass ich keine Ahnung hatte, worauf er hinauswollte. Also blickte er sich vorsichtig um und sagte: »Es ist der Umgang mit den Patienten. Darin braucht sie noch Übung. Sie ist ein bisschen zu grob.«

»Okay, aber was soll *ich* solange machen?« Dad musste zwei Wochen im Bett bleiben. »Und was ist mit Weihnachten?«

»Ich habe heute zufällig mit Mr. Layton gesprochen. Er hat ein schlimmes Kreuz, wusstest du das?«

Was hatte das denn mit unserer Familie zu tun? Ich machte ein verständnisloses Gesicht. Dr. Nokes fuhr fort: »Bestimmte Arbeiten kann er einfach nicht mehr machen. Du kennst doch bestimmt den hässlichen alten Maisspeicher hinter seinem Haus.«

Ich begriff nicht, was das mit Dad zu tun hatte, und sagte das Dr. Nokes auch. Er erklärte es mir: »Mr. Layton würde einen Jungen dafür bezahlen, dass er ihm den Maisspeicher abreißt – einen Jungen mit einem starken Kreuz, Reuben.«

Ein starkes Kreuz? Meinte er etwa mich? Auch wenn ich gewusst hätte, dass der Arzt mich nur aus dem Haus und an der frischen Luft haben wollte, wäre es mir egal gewesen. Mit diesem Satz hatte er mir die größte Freude meines Lebens gemacht.

Gerard Laytons Maisspeicher war eine Antiquität. Hoch wie ein Güterwagen, aus Brettern zusammengezimmert, die in großzügigen Abständen an Eichenpfosten genagelt waren, wirkte er wie ein windschiefer Bote aus einer anderen Zeit. Ich stand mit der Brechstange davor und wusste nicht, wo ich anfangen sollte.

Den Schnee habe ich ja schon erwähnt. Es war der 16. Dezember – der Geburtstag des großen Kapellmeisters Ludwig van Beethoven, wie Swede mich wissen ließ –, und wir hatten bereits drei oder vier besonders denkwürdige Blizzards hinter uns. Der Winter war wie ein Zug, der langsam nach Norden gekrochen kam. Ich ging einmal ganz um den Maisspeicher herum und versank bei jedem Schritt bis zur Hüfte im Schnee. Die Jahreszeit erschien mir zwar etwas seltsam für diese Art von Arbeit, aber, wie jeder wusste, war Mr. Layton nun einmal ein sonderbarer Mensch. Eigentlich hatte ich den Eindruck, dass der Speicher von selbst auseinander fallen würde, wenn ich nur zehn Minuten wartete, aber als ich ihm dann die Brechstange zwischen die Rippen schob und mich dagegenstemmte, tat sich gar nichts. Das Ding bemerkte mich nicht einmal. Ich stemmte und stemmte. Obwohl ich Davys Fausthandschuhe mit dem wollenen Innenfutter anhatte, waren meine Hände so kalt, als ob ich die Eisenstange in den nackten Fingern hielte. Nach einer letzten gewaltigen Anstrengung löste sich quietschend ein Nagel und ich purzelte rücklings in den Schnee.

Swede bemutterte mich nach Kräften, als ich zum Mittagessen nach Hause kam. »Du bist ja ganz durchgefroren! Schnell, zieh dir ein Paar warme Socken an. Die nassen hänge ich auf die Heizung. Beeil dich, Reuben, die Suppe ist fertig!«

Sie setzte mich an den Tisch und stellte mir einen Teller hin, in dem etwas Weißes schwappte – nicht unbedingt das, was man sich unter einer Suppe vorstellt, obwohl Klöße darin schwammen. »Das ist Villing!«, verkündete sie.

Ich wusste, was es war. Es war heiße Milch mit ein paar Krümeln Zucker, Butter und einer Prise Zimt.

»Dad hat mir erklärt, wie man es kocht. Ich habe es immer gern gemocht«, sagte Swede. Ich wollte mich nicht anstellen, aber ich war schließlich den ganzen Morgen draußen gewesen und hatte Männerarbeit geleistet. Villing war Krankenkost.

»Stimmt etwas nicht?«, fragte Swede.

»Haben wir noch Käse?«

Sie schüttelte den Kopf. Hinten in seinem Zimmer hustete Dad Schleim hoch, ein entmutigendes Geräusch. Ich sah auf meinen Teller. Wenn man die Klöße rausfischte, konnte man die Flüssigkeit über eine Scheibe Toast gießen. Dann hatte man Milchtoast. Noch mehr Krankenkost.

»Na dann, guten Appetit.« Ich fühlte mich betrogen, und da

war es mir ganz egal, wenn ich mürrisch klang. Da hatte man den ganzen Vormittag bis zum Bauch im Schnee gestanden, mit der Kraft seiner Muskeln und einer Brechstange den Kampf gegen ein massives Bauwerk wie Mr. Laytons Maisspeicher aufgenommen, war pitschnass und ausgehungert nach Hause gekommen, und jetzt bekam man einen Teller heiße Milch vorgesetzt …

»Dad geht es schlechter«, sagte Swede plötzlich.

»Wieso?«

»Er schlägt sich auf die Brust – hörst du das Klopfen? Das geht schon den ganzen Morgen so.«

Es war seltsam. Als sie es aussprach, fingen meine Finger an zu zittern.

»Es ist seine Lunge, sie setzt sich zu – so wie bei dir, Reuben. Er versucht, den Schleim loszuklopfen.«

»Bin gleich wieder da«, sagte ich.

»Warte, Reuben, du sollst doch nicht da reingehen«, rief Swede, aber das Klopfen zog mich magisch an. Niemand wusste besser als ich, was es bedeutete, sich so eingeschnürt zu fühlen. Wie oft hatte ich schon auf meine Brust eingeschlagen – wie auf eine Schlange, damit sie endlich loslässt.

Als ich die Tür öffnete, hörte das Klopfen auf. Dad saß in seinem Flanellhemd im Bett, hatte Decken auf dem Schoß liegen und darauf einen Aluminiumtopf. Er machte ein verdrießliches Gesicht. »Ich höre mich an wie ein Dreschkommando. Äck.«

»Kriegst du keine Luft?«

»Reuben«, sagte er. »Geht es dir nachts genauso wie mir jetzt?«

Sein Atem ging so flach wie eine Brise am Strand, die den Sand kräuselt.

»Ja, Sir.«

Er nickte. Obwohl er erschöpft war, schien er mich genauer zu betrachten als sonst. »Was würdest du davon halten, wenn wir aus Roofing wegziehen, Reuben? Dr. Nokes hat mir gesagt,« – er hielt inne, um zu atmen, – »dass ein trockenes Klima hilft, wenn man es auf der Brust hat.« Er atmete noch einmal. »New

Mexico. Er sagt, da kriegt man die Lunge wieder frei.« Er klopfte sich wieder auf die Brust.

»New Mexico?«

»Hochwüste«, sagte er. Das Wort hatte einen herrlichen Klang, sogar in diesem stickigen, klammen Krankenzimmer. Hochwüste. Für mich hörte es sich nach wunderbaren, endlosen Weiten an, nach Beifuß und Moskitogras und nach einer Luft, die so klar war, dass man eine Antilope auf mehrere Meilen Entfernung über eine Bodenwelle kommen sah. Allein der Gedanke daran tat mir gut: Wer sollte in einer solchen Landschaft nicht atmen können?

Da sagte Swede, die nach mir ins Zimmer gekommen war: »Und was ist, wenn wir wegziehen und Davy kommt zurück, und es ist keiner mehr da?«

Dad antwortete: »Wir müssen es ja nicht sofort entscheiden.«

»Das wäre so, als hätten wir jede Hoffnung auf seine Rückkehr aufgegeben«, sagte Swede. Ich weiß, es hätte gut gepasst, wenn sie nach diesem Satz ohnmächtig niedergesunken wäre, aber so war sie nun einmal nicht. Inzwischen dürfte das wohl niemanden mehr überraschen.

»Er würde uns finden«, widersprach ich. Ich war aufgeregt – ich hatte die Hochwüste nie gesehen, aber plötzlich schien es nichts Wichtigeres mehr zu geben. »Meinst du nicht, wir sollten es tun? Es wäre schließlich *der Westen*, Swede.«

Ich sah, wie es in ihr arbeitete; sie stellte sich Davys Rückkehr vor – wahrscheinlich zu Pferd, so wie ich sie kannte. Als er uns nicht mehr antrifft, wendet er seinen großen Rappen und reitet langsam weiter, in den Sonnenuntergang hinein; aber sie sah auch uns drei, drüben im Westen, wie wir zusammen durch die Prärie reiten, Seite an Seite, wie eine Familie in einem von Frank O'Rourkes Romanen. Sie glaubte, dass Davy dort zu uns stoßen würde und dass wir dann zu viert wären oder womöglich sogar zu fünft, falls vielleicht eine O'Rourke-Frau auf einer kräftigen braunen Stute auftauchte und neben Dad herritt.

Das letzte Bild war ein Schock. Ich sah Swede an und fragte

mich, ob sie das wirklich gedacht hatte oder ob es meine eigene Idee gewesen war.

»Wollt ihr mich nicht erst wieder auf die Beine kommen lassen, bevor ihr anfangt zu packen?«, fragte Dad.

Plötzlich erinnerte ich mich daran, dass ich in Dads Zimmer gegangen war, weil ich Angst um ihn hatte – und trotzdem hatte ich ihn noch nicht einmal gefragt, wie es ihm ging oder ob ich etwas für ihn tun konnte. Während ihm der Schleim die Brust zusetzte, hatte er statt dessen mich gefragt, ob ich mich, wenn es mir besonders schlecht ging, genauso fühlte wie er.

Also fragte ich schnell: »Kann ich dir irgendwas bringen, Dad?«

»Hm, mal sehen. Ja, ein Glas Wasser.« Er klopfte das Kopfkissen zurecht und lehnte sich wieder dagegen. »Sag mal, Reuben, wie hat dir Swedes Villing geschmeckt? Lecker, was?«

»Ich hab's noch nicht gegessen.«

»Ach so.« Ein flacher Atemzug. »Es schmeckt dir bestimmt.«

So komisch es klingt, aber es schmeckte tatsächlich. Krankenkost hin oder her, ich aß zwei Teller. Swede leistete mir Gesellschaft und gab zu, dass die Hochwüste eine gute Idee war und dass wir, wenn es Dad wieder besser ging, auf jeden Fall hinfahren und sie uns gründlich ansehen sollten. Es war das erste Mal, dass ich sie von meiner Meinung hatte überzeugen können. Halten Sie davon, was Sie wollen.

Als ich zum Maisspeicher zurückkehrte, musste ich enttäuscht feststellen, dass ich am Vormittag bei aller Mühe nur ganze sechs Bretter gelockert hatte. Ich brauchte kein Mathematikgenie zu sein, um mir ausrechnen zu können, dass ich mit dem Abriss noch bis Ostern beschäftigt sein würde, wenn ich mir nicht schnell etwas einfallen ließ. Also suchte ich mir eine Verbindungsstelle zwischen Pfosten und Brett aus und klemmte die Brechstange hinein.

Irgendwo sagte eine Kinderstimme: »Hallo!«

Er kauerte im Maisspeicher und spähte zwischen den Brettern hervor, ein Junge in einer Cordjacke, auf den durch die Bretter hindurch das Licht in Streifen fiel, ein dicker, grinsender, gestreifter Junge mit verstopften Nasenlöchern. Man konnte die Pfropfen sehen.

»Wer bist du?«, fragte ich.

»Raymond.« Er sprach es wie *Raymod* aus; das N war irgendwo in den Nasenlöchern verloren gegangen.

»Ich heiße Rube. Kommst du mal da raus?«

»Was bachst du deng da?«

»Ich reiße den alten Schuppen ab«, erklärte ich ihm. »Mr. Layton bezahlt mich dafür. Komm raus da.«

Als er neben dem Maisspeicher stand, konnte ich ihn mir genauer ansehen. Er hatte seine Jacke nicht zugeknöpft und trug mehrere Hemden übereinander. Seine Backen waren wund gescheuert und sahen aus wie bleiche Texas-Pampelmusen, die mit Rotz glasiert waren. Raymond war viel kleiner als ich, aber bestimmt dreißig Pfund schwerer.

»Wie alt bist du, Raymond?«

»Sechs.« Er drehte sich um und zeigte auf die Gasse hinter Mr. Laytons Haus. »Das Haus da gehört beiner Großbutter. Wir woh' bei ihr, Mom, Dad und ich.« Er sah mich furchtlos an. »Kann ich zuguckng?«

»Wobei?«

»Beib Abreißen.«

Raymond war ein guter Zuschauer. Zuerst wollte ich ihn nicht um mich haben, weil ich mich bei der Arbeit nicht besonders geschickt anstellte. Aber Raymond hatte ein besonderes Talent, nichts zu sehen. Er setzte sich in den tiefen Schnee und blubberte unzusammenhängende Sätze vor sich hin. »Wir sind erst letzten Sobber hergezogen. Grossbutters Haus ist nicht gut gebaut. Mein Bruder hat letzte Nacht einen Geist gehört – whihiii, wie ein Pferd. Mein Dad ist Boschusrattenfänger, hat letztes Jahr zweihu'dert Boschusratten gefangn.«

Mit einem Knall sprang ein Brett ab. Ich schaffte es, mich auf den Beinen zu halten.

»Zu Hause haben sie mich ibber verprügelt. Da war ein Nachbarjunge, Pugger, der konnde sein' Dauben bis ganz nach hint'n umbieg'n.« Der arme Raymond, seine Atemwege waren so verstopft, dass er einen ganz eigenen Dialekt hatte.

Das war ungefähr der Augenblick, in dem ich ein neues physikalisches Prinzip entdeckte. Weil Mr. Laytons Brechstange irgendwann einmal abgebrochen und neu geschliffen worden war, fehlte ihr am unteren Ende der kleine Knick. Aus Unwissenheit hatte ich bisher ohne Hebelwirkung gearbeitet. Natürlich richtete ich kaum etwas aus, bis schließlich ein lockeres Brett von selbst herunterfiel und sich zwischen Stange und Pfosten verklemmte. Ich drückte darauf, und sofort ließ sich die Latte, an der ich seit zehn Minuten herumwuchtete, mit einem Quietschen losstemmen. Von nun an machte ich mir das Hebelgesetz zu Nutze und kam wesentlich schneller voran. Raymond saß im Schnee und plapperte vor sich hin. Ich habe noch nie einen Jungen gesehen, der besser für die Kälte gebaut war als er. Seine Jacke stand weit offen, aber er glühte vom vielen Reden, und der Wind blies ihm über seine dicken, verschmierten Backen und die nackten Ohrläppchen, ohne ihm etwas anhaben zu können. Er war wie ein kleiner, heißer, redseliger Planet.

»Wie stark bist du?«, fragte er plötzlich.

Ich riss ein Brett herunter und warf es auf den Haufen. »So stark, dass ich ein ganzes Gebäude abreißen kann.« Mann, wie ich es genoss, diesen Satz zu sagen.

»Ganz schön stark.« Natürlich hätte er mich locker in die Tasche stecken können, aber mit seinen sechs Jahren war er noch zu nett, um das zu wissen.

Ich sagte: »Ich bin ja auch älter als du.«

»Rube?«

»Ja?« Ich kämpfte mit einer widerspenstigen Latte.

»Ist dein Bruder ein Börder?«

Ich rutschte ab, und die Brechstange fiel in den Schnee. Während ich sie ausbuddelte, sah ich Raymond an, weil ich wissen wollte, ob er es böse meinte. »Wie kommst du denn da drauf?«

»Er hat doch die großen Jungs erschossen.«

»Schon mal was von Notwehr gehört?«

Er schüttelte den Kopf. Ich hätte ihn nicht so scharf anfahren dürfen; er war nur neugierig.

»Mein Dad hat gesagt, er ist ein Börder.« Dann: »Mein Dad ist sehr stark. Wetten, dass er den Schuppen da mit den bloßen Händen abreißen könnte? Kann dein Dad das auch?«

»Klar, bloß im Moment nicht. Er hat eine Lungenentzündung.«

»Ach so«, sagte Raymond. »Mein Onkel hatte auch eine Lungenentzündung. Er ist gestorben, und dann war die Beerdigung, aber wir sind nicht hingegangen.«

Obwohl der Abriss des Maisspeichers die anstrengendste Arbeit war, die ich je aufgetragen bekommen hatte, war die Aufgabe, vor der Swede zu Hause stand, sicher noch um einiges schwerer. Damit meine ich nicht das Kochen, Waschen und Putzen, das erledigte sie sowieso, seit sie nicht mehr zur Schule ging, sondern Dads beständiges Husten und Röcheln stundenlang mit anhören zu müssen, wie er sich die Lunge aus dem Leib und in den Topf hustete. Wenn ich am späten Nachmittag vom Speicher zurückkam, platzend vor Stolz und freier atmend als je zuvor, kam Swede mir so niedergedrückt vor, dass es mir Angst machte. Natürlich war ich es gewöhnt, dass Swede manchmal tief in ihre eigenen Gedanken versunken war, doch diesmal war es anders; denn sie war Dads Krankenschwester, und wenn eine Krankenschwester den Mut verliert, bedeutet das nichts Gutes für den Patienten. Aber das begriff ich erst nach und nach – wenn ich nach Hause kam, schlief Dad meistens. Das erschien mir wie ein gutes Omen, bis ich eines Abends leise in sein Zimmer schlich, weil ich hoffte, dass er vielleicht noch wach war. Was ich ihm sagen wollte, weiß ich nicht mehr, wahrscheinlich, wie gut ich mit dem Maisspeicher vorankam, wie viel Geld ich mir damit verdienen würde, wie stark und unsterblich ich mich fühlte. Ich stellte mich neben ihn und wartete darauf, dass er aufwachte, ein Junge, der hoffte, dass sein Vater ihn bemerkt; und während ich da stand, überkam mich wie im Traum der Gedanke, dass er sich in mich verwandelt hatte – sein Atem ging so flach, dass man sich anstrengen musste, um ihn zu hören. Ich bekam Angst, mehr Angst als in jeder der Nächte, die ich selbst um Luft gerungen hatte; ich fasste Dads Schulter und weckte ihn auf.

»Reuben.« Ich hatte ihn erschreckt, er hob die Hände und hielt meine Arme fest. »Ist etwas passiert?«

Nun erschrak ich selbst. »Äh – soll ich dir einen Topf Wasser mit Backpulver heiß machen? Um den Schleim zu lösen?«

Er setzte sich hin und atmete so tief wie möglich durch. Seine Brust war wie zugeschnürt. »Ich glaube, Dampf hilft nicht, Reuben. Könntest du mir ein bisschen auf den Rücken klopfen?«

Ich setzte mich auf die Bettkante, er richtete sich auf, und ich klopfte ihm zwischen die Schulterblätter – anfangs noch sehr zurückhaltend, weil es einfach zu ungewohnt war, meinen Vater so zu berühren, aber dann, als er mir aufmunternd zunickte und auf die Behandlung ansprach, so fest ich konnte. Ich habe geklopft und geklopft. Sein Rücken war so mager wie der eines Hühnchens, die Lungenentzündung hatte alle überflüssigen Pfunde aufgezehrt, und er war so schwach, dass er selbst meine kindlichen Schläge nicht länger als eine Minute aushalten konnte. Aber als er sich wieder in das Kissen sinken ließ, ging sein Atem deutlich leichter. Er lächelte.

»Die Arbeit bekommt dir, mein Junge.«

Am 20. Dezember wurde ich mit dem Abriss fertig; es war ein großer Tag für mich: Der Speicher hatte ein Blechdach, das mit tausend verzinkten Nägeln befestigt war, und ich musste die Leiter hineinschleppen und von unten dagegen hämmern, um es zu lockern. Ich wäre fast taub geworden. Als das Blech schließlich herunterrutschte und auf die Erde schepperte, lehnte ich mich an eine Schneewehe, um mich auszuruhen, und wünschte, Raymond würde vorbeikommen. Von dem Speicher war nichts mehr übrig, bis auf die schwarzen, senkrechten Pfosten, starr und steif wie puritanische Geschworene. Ein paar Minuten lang hebelte ich noch ächzend und stöhnend daran herum, dann gab ich es auf, schaufelte sie frei und sägte sie dicht über dem Boden ab. Ich brauchte den ganzen Nachmittag dafür. Als der letzte Pfosten gefallen war, schleppte ich ihn zu dem Holzhaufen neben Mr. Laytons Garage. Raymond fehlte mir sehr. Wie hätte ich ihm mit meinen bescheidenen Kräften imponieren können. Hätte er mir dann Komplimente gemacht, ich hätte ihm jedes Wort geglaubt. Ich dehnte den Tag möglichst lange aus, klaubte Nägel und Splitter aus dem Schnee und wuchtete zuletzt noch das klappernde Blech auf den Haufen, sodass das Holz ein eigenes Dach hatte. Die ersten Sterne kamen heraus – im Osten stand die Venus am Himmel. Ich schien ganze Eimer voll Luft zu atmen, eine ganze Arktis! Als ich die Brechstange schulterte, dachte ich an den berühmten Waldläufer Davy Crockett und wie er nach getaner Arbeit seine getreue Flinte Betsy überwarf.

Als ich nach Hause kam, war Swede unbegreiflich gereizt. Sie klapperte mit den Tellern für das Abendessen, kippte Corn-Flakes hinein, machte Dad eine heiße Zitrone und knallte alles auf ein Tablett. Ich dachte daran, wie Dr. Nokes gesagt hatte, sie sei ein bisschen grob und müsse den Umgang mit den Patienten noch üben, und fragte: »Bist du sauer, Swede?«

Eisern schweigend, verschwand sie in Dads Zimmer, um ihm das Tablett auf den Schoß zu stellen. Als sie zurückkam, war sie durch seinen Dank, der des Lobes voll war, etwas milder gestimmt. Aber sie redete immer noch nicht mit mir. Ich glaubte schon, ich hätte mir irgendetwas zu Schulden kommen lassen, doch als sie das Geschirr gespült hatte und sich zu mir an den Tisch setzte, standen ihr Tränen in den Augen. Ich hatte eine Zuckerstange in der Tasche, ein Geschenk von Raymond.

»Magst du ein Stück?«

Sie nickte, also brach ich die Stange in zwei Teile und gab ihr das krumme Ende. Nachdem sie ein paar Minuten daran gelutscht hatte, nahm sie die Süßigkeit wieder aus dem Mund und zeigte damit auf die Dielentür.

»Was sagst du dazu?«

Sie meinte die Weihnachtskarten, die sie aufgehängt hatte, zehn oder zwölf Stück, eine Riesenausbeute. Da wir nicht viele Verwandte hatten (einen Onkel, keine Tanten, zwei ältere Cousins, deren Abenteuer wir nur vom Hörensagen kannten), hatten wir es noch nie auf mehr als sechs oder sieben Weihnachtskarten gebracht. Dieses Jahr waren ein paar neue dazugekommen, von den DeCuellars, den Stockards und einigen anderen.

»Gefallen sie dir nicht?«

»Doch, natürlich.«

»Was hast du denn dann?« Ich dachte daran, wie fröhlich sie morgens immer war – wie aufgeregt sie ihre Stiefel anzog, um zur Post zu gehen. Dad war dann meistens schon wach und trank seinen Tee, während ich mich auf den Weg zu Mr. Laytons Maisspeicher machte. Swede rannte das ganze Stück bis zur Post und durfte das Postfach leeren, eine Aufgabe, um die ich sie heftig beneidete, vor allem jetzt, so kurz vor Weihnachten.

»Es ist keine von Davy dabei«, sagte sie.

Ich wäre nie auf die Idee gekommen, dass Davy uns eine Weihnachtskarte schicken könnte, schließlich war er ja auf der Flucht vor dem Gesetz. Hatte es so etwas überhaupt schon einmal gegeben? Im Geiste ging ich ein paar Beispiele durch. Cole Younger? Butch Cassidy? John Wesley Hardin? Schon möglich, dass sie sich vor lauter Weihnachtsstimmung nicht hatten bremsen können, aber gehört hatte ich noch nie etwas davon. Ich sprach meine Zweifel offen aus.

»Wesley war Analphabet«, sagte Swede. Sie sprach den Namen so lässig aus, als ob sie ihn persönlich kannte. »Außerdem war er ein Stinktier. Der hätte nie einem Menschen eine Karte geschickt, und ihm hätte auch keiner eine geschrieben.«

»Und die anderen?«

»Cassidy war ein Romantiker, das weißt du.« Das wusste ich tatsächlich. Sein Hang zur Romantik beruhte auf einem Urlaub in Bolivien. Swede hatte alles über den heldenhaften Butch gelesen, dass er eine Vorliebe für Siestas entwickelte, gern »Pardon, Señorita« sagte und sich auch andere poetische Redewendungen aneignete. Bei Butch Cassidy konnte man sich leicht vorstellen, dass er Weihnachtskarten geschrieben und auch noch rechtzeitig zur Post gebracht hatte.

Ich wollte sie gerade nach Cole Younger fragen, als jemand die Verandatreppe heraufkam und an die Tür klopfte. Es war Mr. Layton. Er stand da wie ein großer gebückter Käfer und wollte nicht hereinkommen.

»Junge«, sagte er, »du bist fertig mit dem Speicher. Komm raus, wir müssen abrechnen.«

Ich hatte ihn nicht mehr gesehen, seit er mir die Brechstange ausgehändigt hatte. Während ich den Speicher abriss, hatte er die ganze Zeit in seinem Laden an der Kasse gesessen. Ich war schon gespannt gewesen, wie wir diesen Teil der Abmachung regeln würden, und nun hatte er sich mit seinem schlimmen Kreuz tatsächlich selbst herbemüht.

»Du hast gute Arbeit geleistet«, sagte er, als ich in meine Stiefel geschlüpft und zu ihm hinausgegangen war.

»Danke, Sir.«

»Weißt du, wie lange der Schuppen schon abgerissen gehört hätte?«

»Nein, Sir. Wie lange denn?«

»Der alte Mann, der mir das Haus verkauft hat, hatte Pferde. Percherons, große, schwere Zugpferde.«

Ich dachte an Raymond und die Häuser auf der anderen Seite der Gasse. »Wo hat er sie denn untergestellt? Ist der Hof nicht ein bisschen klein?«

Mr. Layton kicherte. »Damals war er groß, mein Junge.«

Ich hatte keine Fragen mehr, und Mr. Layton zückte seine Brieftasche. Er nahm zwei Zehndollarscheine und einen Fünfdollarschein heraus und sagte: »Gute Arbeit«, dann klopfte er seine Taschen ab und zauberte zwei Schokoriegel hervor. »Einen für dich und einen für deine Schwester«, sagte er. Ich nahm sie und sah zu, wie er die Verandatreppe wieder hinunterging. Bis ganz nach unten musste er sich am Geländer festhalten.

Zwei ganze Tage träumten Swede und ich davon, was man sich für fünfundzwanzig Dollar alles kaufen konnte. Die Scheine schienen eine Art elektrischen Strom auszusenden, der alle möglichen Halluzinationen generierte. Ob man für fünfundzwanzig Mäuse ein Hiawatha-Fahrrad bekam? Swede war überzeugt davon, und sie sah sich selbst schon auf dem Lenker sitzen. Außer dem Fahrrad reizte mich aber auch das Wasser; ich kannte einen Jungen – den Namen weiß ich nicht mehr –, der ein großartiges Kanu besessen hatte, ein Zedernholzgerüst mit einer wasserdichten Segeltuchhaut. Das Boot roch wie ein Humidor und lag so leicht auf dem Wasser, dass der Junge damit angeblich den namenlosen Bach, der in den Bright River mündete, bis zur Quelle hinaufgefahren war. Er behauptete, durch Buschland gepaddelt zu sein, wo verbrannte Lärchen aus dem Bach ragten, wo das Wasser so langsam floss, dass es still stand, und wo die Stille nur durch die peitschenden Flossen laichender Karpfen gestört wurde. All diese Wunder verdankte er nur einem hölzernen Kanu, das unbenutzt in einer Scheune herumgestanden hatte. Der Junge – ich glaube, er hieß Alfred Sowieso, rothaarig und extrem gelenkig – hatte sich das Boot im Sommer mit ein paar Tagen Steineklauben auf den Feldern verdient.

»Ich bin für ein Kanu«, sagte ich zu Swede.

»Ein Teleskop«, schlug sie vor. Sie hatte ein Gedicht über einen Farmer gelesen, der die Sterne so sehr liebte, dass er seine Farm niederbrannte, um sich mit dem Geld von der Versicherung ein Fernrohr zu kaufen. Als er hindurchsah, verwandelte sich das Siebengestirn zu einer Hand voll Diamanten auf einem samtenen Tuch.

Andererseits war es aber auch kurz vor Weihnachten. Sollte ich nicht an Geschenke denken? Peinlicherweise war der erste zu beschenkende Mensch, der mir einfiel, nicht Dad oder Swede, sondern Bethany Orchard, die ich seit Wochen nicht mehr gesehen hatte. Was wünschte sich Bethany zu Weihnachten? Ich hätte die Hälfte meines Lohns dafür gegeben, es zu wissen.

»Woran denkst du?«, fragte Swede. Sie wollte nicht, dass ich abschweifte. Wir schwelgten so schön in unseren Wünschen.

»Ach, ich weiß auch nicht.« Ich geriet durcheinander. Obwohl man die Wahrheit – *Bethany Orchard* – unter keinen Umständen aus mir herausbekommen hätte, überkam mich plötzlich das quälende Bedürfnis, ihren Namen laut auszusprechen.

»Reuben? Machst du dir Gedanken wegen Davy?«, fragte Swede. Dabei sah sie mich mit so einem mütterlich besorgten Blick an, dass ich nickte und meine ernsteste Miene aufsetzte. Als sie mich in den Arm nahm und drückte, war ich überrascht und beschämt. Die arme Swede, sie hat immer viel zu viel von mir gehalten.

Am nächsten Tag – es war der 23. Dezember – verließ Dad sein Krankenbett. Ich erwachte aus einem Traum, in dem ich barfuß über eine Schotterstraße gegangen war und Goldnuggets aufgesammelt hatte, die so groß waren wie junge Schildkröten. Während ich mich nach den Nuggets bückte, hörte ich den Heißwasserhahn in unserem Badezimmer, der immer quietschte, wenn man ihn auf- und zudrehte. Quietsch, quietsch, dann war ich wach, ohne Geld und Gold, aber mit dem Wissen, dass Dad aufgestanden war und sich rasierte, denn das dumpfe Pochen, das ich hörte, wenn es gerade nicht quietschte, war Dad mit seinem Rasierer. Er klopfte die Stoppeln am Waschbecken ab. Ich sprang aus dem Bett und pochte an die Badezimmertür. Dad stand vor dem Spiegel. Er hatte das halbe Gesicht eingeseift, und wo er mit dem Daumen durch den Schaum gefahren war, sah man sein Lächeln.

»Morgen, Reuben.« Seine Stimme klang leise und müde, aber längst nicht mehr so abgehackt wie in den vergangenen Tagen.

»Bist du wieder gesund?« Ich konnte es nicht fassen; schließlich hatte ich ihn noch letzte Nacht husten hören.

»Reuben, du siehst halb verhungert aus. Setz doch schon mal den Haferbrei auf.«

Fröhlich lief ich in die Küche und klapperte mit dem Geschirr, bis Swede aufwachte und hereinkam, um mich herumzukommandieren. Während sie den Brei rührte, sagte sie, ich solle zur Feier des Tages den Ahornsirup aus dem Schrank holen. Ich sah nach. Es war kein Sirup mehr da.

»Dann nehmen wir eben braunen Zucker«, sagte sie. »Über dem Toaster.«

Ich schüttelte den Kopf. »Haben wir auch nicht mehr.«

»Weißen Zucker.« Aber dieser Zuckertopf war auch fast leer, und als ich die Zehn-Pfund-Dose mit unserer eisernen Reserve herausholte, klapperte die Schaufel traurig darin herum.

Swede wurde wütend. »Dann nimm Äpfel.«

Im Kühlschrank lag noch ein Beutel mit alten Äpfeln, die wir lange verschmäht hatten, weil sie so weich und runzlig waren. Während ich sie schälte und klein hackte, fand Swede noch einen Rest Karo-Sirup, den sie in den Haferbrei schüttete. Dann befahl sie mir, Dad zu holen.

Nach dem Rasieren war er in sein Zimmer gegangen. Dad antwortete nicht, als ich klopfte, und ich ging einfach hinein. Als ich die Tür aufmachte, drehte er sich gerade vom Wandschrank weg, in dem er herumgestöbert hatte; er stand aufrecht vor mir, und ich sah ihn so, wie er wirklich war – und da stieg ein Schrei in mir hoch und entrang sich mir als leises Wimmern. Beim Rasieren hatte er ein weites T-Shirt getragen, das ihm bis über die Hüfte fiel und seinen abgemagerten Körper genauso verbarg wie der Schaum sein Gesicht. Die Tarnung war so perfekt gewesen, dass man ihn für einen dünnen, aber gesunden Mann hätte halten können. Nun kam er mit nackter Brust und glatt rasiertem Gesicht auf mich zu. Das war nicht mehr sein Oberkörper, sondern der eines anderen – der eines ausgemergelten Schiffbrüchigen aus einer Seefahrergeschichte. Sein Gesicht war so hohl und eingefallen, dass ich ihn kaum wiedererkannte. Wieso hatte ich das nicht gleich bemerkt? Sogar seine Augen waren durchsichtig, wie nach einer langen Zeit im Kerker, und er sah mich daraus mit einem so milden, schmerzerfüllten Blick an, dass ich völlig verwirrt war und all meine kleinen Kümmernisse gleichgültig wurden.

Er nickte leicht, wusste wohl nicht recht, was er sagen sollte. »Na, habt ihr den Haferbrei fertig?«

»Ja, Sir.« Ich konnte nicht aufhören, ihn anzustarren, wie er seine Khakihose über den Hüftknochen mit dem Gürtel festgezurrt hatte.

Er sagte: »Das hat mich selbst ein bisschen überrascht, mein Junge.«

Im Nachhinein ist es schwer zu verstehen, dass ich nicht sofort begriff, was ich mit dem Geld anzufangen hatte. Aber wenn man sich zum ersten Mal im Schweiße seines Angesichts eigenes Geld verdient hat, hält man es für etwas ganz Besonderes und glaubt, man müsse sich den allergrößten Herzenswunsch damit erfüllen. Je mehr ich an den guten Alfred und sein Zedernholzkanu dachte, desto öfter sah ich mich selbst in einem sitzen. Ich war überzeugt davon, dass in den Kuhställen rings um Roofing noch andere vortreffliche Boote der Entdeckung harrten, und teilte Swede meine Entscheidung mit.

»Wir haben nichts mehr zu essen, Reuben«, antwortete sie.

Nachdem ich ihr gerade mit großer Geste das Kanu beschrieben hatte, das ich erwerben wollte, und die Abenteuer, die wir damit erleben würden, ärgerte es mich, dass sie einfach das Thema wechselte.

»Dann müssen wir eben einkaufen gehen.«

»Das können wir nicht.«

Sie musste mich tatsächlich mit der Nase darauf stoßen. Dabei hatte ich mich sogar selbst schon gefragt, wann Swede endlich vorschlagen würde, dass wir mal wieder in die Red Owl einkaufen gingen. Das machten wir nämlich öfter. Dad gab mir das Geld, und dann zogen wir mit unserem Handwagen los. Im Winter nahmen wir den Schlitten.

»Wenn wir noch einmal Geld ausgeben«, sagte sie, »sind wir pleite.«

Es war sicher kein Zufall, dass sie sich genauso anhörte wie Pastor Reach, dessen Tonfall nie einen Zweifel an seinem gesunden Menschenverstand aufkommen ließ. Ich war zum Schweigen verdonnert, während Swede das Geschirr in die Spüle stellte, Wasser darüber laufen ließ und darauf wartete, dass ich meinen Edelmut entdeckte.

Aber ich wollte nicht edelmütig sein, ich wollte ein Kanu. Ich war wütend, dass wir kein Geld mehr hatten, so kurz vor Weihnachten, und dass Swede es vor mir gewusst hatte, obwohl sie jünger war als ich. Ich war wütend, dass ich so schwer geschuftet hatte, um mir fünfundzwanzig Dollar zu verdienen, und dass ich meine fünfundzwanzig Dollar nun Otto Schock geben sollte, dem Besitzer der Red Owl. Ich hatte mehr als genug Gründe, wütend zu sein, und ich konnte es mir leisten, zu schmollen, denn Dad war gleich wieder ins Bett gegangen, nachdem er seine kleine Portion Haferbrei gegessen hatte. Also stand ich da und grollte in mich hinein. »Dann willst du also kein Kanu?«

Ich kann nur hoffen, dass ich nicht der Einzige bin, der schon einmal eine derart schwachsinnige Bemerkung von sich gegeben hat.

Swede antwortete nicht, sie schrubbte das Geschirr, spülte es mit klarem Wasser ab und stellte es zum Ablaufen hin. Normalerweise hätte ich abgetrocknet, aber es ist nicht leicht, etwas Sinnvolles zu tun und gleichzeitig vor Wut zu kochen – bei der Arbeit verpufft selbst der gerechteste Zorn. Wütend starrte ich auf ihren kleinen blonden Kopf, den sie nachdenklich auf die Seite gelegt hatte. Ich spürte, dass sie gleich ein paar Weisheiten von sich geben würde, und wollte schnell aus der Küche laufen, aber es war schon zu spät.

»Erinnerst du dich noch an *Vier Schwestern?*«, fragte sie. Ich hatte es kommen sehen. »An die Stelle, wo Jo sich die langen Haare abschneiden lässt und verkauft, damit sie Marmee die Zugfahrkarte schenken kann? Weißt du noch?«

Natürlich erinnerte ich mich daran. Nachdem sie sich den Kopf hatte scheren lassen, war Jo nach Hause gegangen und hatte alle mit ihrem Geschenk verblüfft, für das sie ihr prächtiges Haar geopfert hatte, das Schönste an ihr, wie ihre Schwestern es so scheinheilig ausdrückten.

»Wenn Jo sich von Marmee erst hätte bitten lassen müssen, sich die Haare abzuschneiden und sie zu verkaufen«, sinnierte Swede, »wäre ihre Tat dann noch heldenhaft gewesen?«

Ich sagte kein Wort. Aber ich dachte: Mist.

Hier sind einige der Sachen, die Swede und ich gekauft haben, nachdem wir Dad eine Tasse Fleischbrühe ans Bett gebracht hatten: Aunt Jemima Sirup in einer braunen Flasche, zwanzig Pfund weißes Robin-Hood-Mehl, einen Beutel Rosinen und einen Beutel Korinthen, zwei Gallonen Vollmilch, eine Schachtel Pralinen, die, wie Otto Schock schwor, keine Geleefrüchte enthielt; eine Dreipfunddose Hills Brothers Kaffee und einen Weihnachtstruthahn, den wir lebend beim Geflügelhändler am Stadtrand kauften. Ich musste seine Beine festhalten, während der Mann ihn köpfte. Sie ruckten und zuckten so stark in meinen Händen, dass mich der Vogel auf dem ganzen Hof herumschleuderte. Es war seltsam, aber Dad schien sich am meisten über den Kaffee zu freuen, und nachdem wir eine Kanne gekocht hatten, duftete das Haus, als ob unser Leben wieder im Lot wäre. Dad summte ein Weihnachtslied, während er das Pulver in den Filtereinsatz löffelte und das Gas anzündete; die Kanne heizte sich tickend auf, und als der Kaffee unter Druck herausgesprudelt kam, verbreitete sich ein Duft nach sonnenverbrannten Hügeln in Mexiko oder nach einem Lagerfeuer im Morgengrauen, wie es Theodore Roosevelt aus seiner Zeit als Rancher in North Dakota beschreibt. Dann setzte sich Dad mit seiner dampfenden weißen Keramiktasse an den Küchentisch, schlug die King-James-Bibel auf und fühlte meine Muskeln.

»Der Arm eines Helden«, verkündete er. »Danke, Reuben, dass du uns ausgeholfen hast. Bald bin ich wieder bei Kräften, pass nur auf.« Und er gebärdete sich wie ein Schattenboxer, ließ die Fäuste so schnell fliegen wie Davy.

»Ich weiß«, sagte ich, denn seine Augen waren wieder klar und seine Stimme klang wie immer.

Da klopfte es an der Tür, und als ich den Kopf in die Diele streckte, sah ich, wie Swede einen Mann in einem grauen Nadelstreifenanzug hereinließ. Er hatte braune Haare, die an den Schläfen flach anlagen, als ob er gerade erst seinen Hut abgenommen hätte, hielt einen glänzenden Ausweis in der Hand und sog schnuppernd unsere eben erst verjüngte Luft ein.

»Ist der Kaffee frisch?«, fragte er.

Das zieht sich wie ein Leitmotiv durch unsere Familie: Kaum haben wir eine einfache Köstlichkeit zubereitet, die uns viel bedeutet, eine gute Fischsuppe oder die erste Kanne Kaffee nach Wochen der Entbehrung, schon kreuzt ein ungebetener Gast auf, der Hunger oder Durst hat. Daran hat sich übrigens bis heute nichts geändert.

Der Mann mit dem Anzug hieß Andreeson. Er war FBI-Agent und erdreistete sich, uns zu verkünden, dass er fest damit rechne, Davy noch vor dem Jahreswechsel zu *kassieren.* Genau so drückte er sich aus: kassieren. Ich dachte schon, Swede würde ihm einen Tritt verpassen oder sich einen kleinen Unfall mit dem heißen Kaffee gönnen, den sie ihm gerade einschenkte. Ich hätte mich gefreut – der Mann war ein Wichtigtuer und schließlich unser Feind –, aber sie stellte die Tasse artig vor ihn hin. Andreeson nahm einen Schluck, ohne sich für unsere Gastfreundschaft zu bedanken, und sagte zu Dad: »Schließlich ist er noch ein Junge. Um diese Jahreszeit wird er sich ziemlich einsam fühlen. Er wird sich mit Ihnen in Verbindung setzen, Mr. Land. Dann erwarte ich von Ihnen, dass Sie das Richtige tun.«

»Und das wäre?« Dad hatte auch nicht viel für Andreeson übrig. Der FBI-Mann, dem das nicht entgangen war, schlug eine etwas umgänglichere Tonart an.

»Sie wollen doch nicht, dass Ihrem Sohn etwas passiert. Wenn er Sie also anruft, Ihnen schreibt oder sonst wie Kontakt aufnimmt – tun Sie einfach das, was für ihn das Beste ist.« Andreeson zog eine Visitenkarte aus der Westentasche. »Sie können mich unter dieser Nummer erreichen.«

»Ich wundere mich, dass sich das FBI für ihn interessiert«, sagte Dad. Er wollte nicht unhöflich sein, sondern wunderte sich wirklich darüber. Bis jetzt hatten wir nur mit der städtischen Polizei, der County-Polizei und der Staatspolizei zu tun gehabt. Andreeson war unser erster FBI-Agent. Bei mir war es Abneigung auf den ersten Blick.

»Wir vermuten, dass er die Staatsgrenze überquert hat. Deshalb sind wir jetzt für ihn zuständig.«

Dad stand auf und blieb so lange stehen, bis Andreeson nichts anderes übrig blieb, als sich ebenfalls zu erheben. »Vielen Dank für Ihren Besuch.«

»Wenn er etwas von sich hören lässt, Mr. Land, Sie haben meine Nummer.«

Dad blickte zu Boden. Einen Augenblick lang spielte ein Lächeln um seine Lippen, so matt, dass man merkte, wie geschwächt er noch war. Dann sah er wieder hoch und antwortete: »Mr. Andreeson, wir werden uns nie wieder sprechen.«

Am Abend erzählte Swede mir die Geschichte von Cole Younger, wie er nach dem Banküberfall in Northfield in die Stadt zurückgebracht wurde – Cole und sein Bruder James und noch ein paar andere. Insgesamt hatten sie zwanzig Kugeln im Leib, Cole allein elf Stück. Und es waren auch nicht seine ersten – er hatte sieben oder acht Schussverletzungen aus früheren Scharmützeln, verheilte, aber noch schmerzende Wunden. Aus was für einem Holz muss man geschnitzt sein, um ein solches Blutbad zu überleben? Jedenfalls hatte man sie geschnappt und in die Stadt geschafft, die blutenden Youngers, und Swede erzählte, wie sie in Ketten durch die Straßen von Northfield geführt wurden und wie sich die trauernden, empörten Bürger versammelten, um sie vorbeiwanken zu sehen und sie mit Steinen und Pferdeäpfeln zu bewerfen; denn die Youngers waren, wie ich sehr wohl wusste, zusammen mit den berüchtigten Brüdern Frank und Jesse James in die Stadt gekommen, und deshalb lag nun ein gut aussehender, schüchterner, frisch vermählter Bankangestellter namens Heywood aufgebahrt in der guten Stube seiner Mutter. Die rechtschaffenen Bürger beschäftigte nur eine Frage: Welcher dieser abgerissenen Teufel hatte Mr. Heywood auf dem Gewissen? Eine Frage, die vor allem Cole galt, da er zum Zeitpunkt des Schusswechsels in der Bank gewesen war.

»In der Nacht vor Coles Gerichtsverhandlung«, sagte Swede, »ging Sheriff Paxton zu ihm in die Zelle. Er gab Cole Papier und Tinte und sagte: ›Sir, wenn Sie uns Heywoods Mörder nennen, werde ich mich persönlich für Ihre Freilassung einsetzen.‹« Swede schwieg, das Zimmer war dunkel, und ich stellte mir vor, wie der erschöpfte und von Kugeln durchsiebte Gesetzlose in seiner Zelle lag. Er wusste, dass ein einziges Wort von ihm genügte, um den Schuldigen an den Galgen und ihm selbst die Freiheit zu bringen. Ich versetzte mich an seine Stelle und stellte mir vor, ich hätte elf Kugeln im Leib und es wäre zum Beispiel mein Freund Raymond gewesen, der Heywood mit Blei voll gepumpt hatte. Ich hätte es so eilig gehabt, mit der Wahrheit herauszurücken, dass ich dabei wohl drei Schreibfedern abgebrochen hätte. Natürlich war Raymond erst sechs, aber trotzdem groß und stark genug für die Tat.

Und was machte Mr. Younger?

»Am nächsten Morgen«, erzählte Swede mit unheilschwangerer Stimme, »kam Paxton zurück, um sich die Antwort abzuholen. Es war noch früh, die Sonne ging gerade erst auf.« Sie legte eine Kunstpause ein, um mir die Chance zu geben, das Gleiche zu sehen wie sie: Der Sheriff stand in der Zellentür, den Kopf leicht geneigt, eine Faust in die Hüften gestemmt. Das zarte Rosa im Fenster wurde vom Schwarz der Gitterstäbe durchbrochen; Cole erhob sich im Morgenrot von seiner Pritsche und kam auf Paxton zu. Ja, ich konnte es sogar hören: Der Sheriff räusperte sich, ein Vogel begrüßte zwitschernd den neuen Tag, die Pritsche ächzte, als Cole aufstand und mit dem gefalteten Zettel zur Tür ging.

»Er schob ihn durch das Gitter und drehte dem Sheriff den Rücken zu«, flüsterte Swede. »Paxton faltete den Zettel auseinander und las: Sei deinen Freunden treu – auch wenn der Himmel einstürzt!«

Geblendet sagte ich, das sei wohl das Nobelste, was je ein Sterblicher getan habe. Doch sofort meldete sich mein Gewissen. Man darf schließlich Colonel Travis und seinen berühmten Satz »Sieg oder Tod« im Kampfgetümmel der Schlacht von Alamo nicht vergessen. Oder den Piraten Lafitte, der im Krieg von 1812 New Orleans gerettet hat, obwohl er ein gemachter Mann gewesen wäre, wenn er sich auf die Seite der Briten geschlagen hätte. Was taugt die Geschichte ohne solche Taten? Aber zu Swede sagte ich nichts davon. Sie hatte sich so viel Mühe gegeben, diesen Höhepunkt ihrer Erzählung vorzubereiten. Da konnte ich ruhig großzügig sein.

Ein Gutes hatte unsere Verarmung, so kurz vor Weihnachten. Unsere Erwartungshaltung änderte sich. Sie sank auf ein angemessenes Niveau. Nachdem ich meinen abgemagerten Vater im Schlafzimmer gesehen hatte, dachte ich nicht mehr an Spartakus; nachdem ich das Geld ausgegeben hatte, war ich froh, dass ich damit Kaffee und Mehl und kein Kanu gekauft hatte. Natürlich vermissten wir die Spannung, die mit prall gefüllten Strümpfen einhergeht, den Lockruf der Päckchen und den Weihnachtsbaum. Swede, die am meisten darunter litt, hängte rasch noch ein paar kümmerliche Birnen in den alten, verkrüppelten Zürgelbaum vor dem Küchenfenster. In Roofing war der Boden so schlecht, dass sogar das Gras kaum hochkam, aber Zürgelbäume sind zäh und knorrig wie alte Männer.

Swede stand früh auf, biss die Zähne zusammen und machte sich daran, das Weihnachtsessen vorzubereiten, Berge von Köstlichkeiten, die wir niemals würden bewältigen können. Es gab den bereits erwähnten Truthahn, den Vogel mit dem unbeugsamen Lebenswillen, der mehr als fünfzehn Pfund auf die Waage brachte. Es gab eine schwere Glasschüssel mit Preiselbeeren, die uns Dr. Nokes gebracht hatte, zusammen mit einer Pastete, die Mrs. Nokes »Bob-Andy-Pie« nannte, eine sahnige Leckerei, wie sie mir seitdem leider nirgendwo mehr begegnet ist. Es gab Süßkartoffeln, auch wenn Swede es in ihrem Überschwang mit dem braunen Zucker ein wenig zu gut meinte. Das alles nahm Swede schon an Heiligabend in Angriff, weil sie einfach nicht bis zum 25. warten konnte. »Ich will *jetzt* Weihnachten haben«, sagte sie, während ihre Hände mit der Füllung in dem Vogel verschwanden.

Im Laufe des Tages wurde unser Appetit immer größer; immer neue Zutaten türmten sich auf den Arbeitsflächen und warteten darauf, geklopft und geknetet, gewürzt und gekocht zu werden. Die herrlichen Gerüche weckten unseren Appetit und steigerten ihn immer mehr – es war ein allumfassender Duft nach Geflügel, Kartoffeln, Backobst, Honig, Hefe und Kaffee. Dad schlief den ganzen Vormittag durch, erst am Nachmittag trieben ihn die Wohlgerüche aus dem Bett. Als er an mir vorbeikam, hörte ich, dass ihm der Magen knurrte, nein, sein Magen röhrte wie ein brünstiger Hirsch – das gesündeste Geräusch seit Wochen. Den ganzen Nachmittag streiften wir gespannt durch das Haus, während Swede in der Küche herumhantierte, es immer köstlicher duftete und die Sonne langsam tiefer sank; und als schließlich die Teller auf dem Tisch standen und der Apfelwein in den Gläsern leuchtete und Swede eine Kerze angezündet hatte und uns zum Essen rief, passierten zwei Dinge auf einmal.

Dad lachte laut auf vor Freude.

Und es kam jemand die Verandatreppe herauf und klopfte an die Tür.

Na, haben Sie es kommen sehen? Ich würde sagen, mittlerweile hätten Sie darauf gefasst sein müssen. Aber unsere Erwartungen an dieses Weihnachtsfest waren so bescheiden – wir freuten uns, dass Dad wieder auf seinen eigenen Beinen stehen und lachen konnte und dass sein Magen knurrte – dass uns noch nicht einmal ungebetene Gäste die gute Laune verderben konnten. Dad ging selbst zur Tür. Und wer stand davor? Unser lieber Freund Mr. DeCuellar mit seiner wunderbaren Frau, die rote und silberne Schleifen im Haar trug. Sie kamen herein und riefen *Frohe Weihnachten, frohe Weihnachten!*, und sie überreichten mir eine lange Schachtel, in der ein leistungsstarkes Spiegelteleskop lag, und sie schenkten Swede ein Paar Stiefel und ein Lasso mit einem Ring aus poliertem Stahl, und sie drückten Dad einen Schlüssel in die Hand und sagten ihm, er solle doch mal einen Blick vor das Haus werfen. Vor einigen Wochen war der Handelsreisende Tin Lurvy in einem Hotelzimmer in Idaho krank geworden; er war mitten in der Nacht zum Krankenhaus gefahren und hatte seinen Wagen ordentlich eingeparkt, doch noch bevor er den Motor ausschalten konnte, war sein armes Herz stehen geblieben, und er hatte bis zum Morgengrauen hinter dem Lenkrad gesessen. In seinem Testament hatte Tin Lurvy sein Haus einem Onkel und sein Auto einem Neffen hinterlassen, aber Jeremiah Land vererbte er seinen nagelneuen Airstream-Wohnwagen, einen 7-Meter-Schlitten mit Küche und allen Annehmlichkeiten, ein Luxusgefährt, das Lurvy sich in langen Jahren zusammengespart hatte. Und warum erfuhren wir erst jetzt davon? Weil man uns das Telefon abgestellt hatte. Ich hatte mich schon gewundert, dass niemand mehr anrief.

Ich besitze nicht die Gabe, den Rest dieses Abends treffend zu schildern. Ich kann nur sagen, dass es ein Weihnachtsabend war, der unsere sehnlichsten Wünsche übertraf, und dass uns Davys Abwesenheit durch den Besuch der DeCuellars und den Segen Tin Lurvys vorläufiger und erträglicher erschien. Wir verlegten das Festmahl in den Airstream, den Tin selbst nie benutzt hatte; wir heizten den Ofen an und zogen mitsamt der Kerze, dem Truthahn und den anderen Köstlichkeiten um. Und als die Gespräche abgeflaut waren und ich das Teleskop aufgebaut hatte und abwechselnd mit Dad und Mr. DeCuellar den Mond beobachtete, fragte ich Dad, warum er ständig lachte. Wie gut es klang, dieses Lachen, tief und zuversichtlich, wie das Lachen eines Freundes in der Dunkelheit, von dem man geglaubt hat, er sei für immer fortgegangen.

Und Dad sagte: Weil ich heute Morgen gebetet habe: Lieber Gott, führe Davy heim zu uns; und wenn das nicht möglich ist, oh Herr, dann führe uns zu Davy.

Der Stoff, aus dem die Hoffnungen sind

Erinnern Sie sich noch an August Shultz, in dessen Gerste ich mich als panischster Wildgänsetöter aller Zeiten hervorgetan hatte?

Im Januar, am Ende eines Kälteeinbruchs, erreichte uns eine Drei-Cent-Postkarte von August:

> Hallo Leute!
> Gestern Abend kam unser alter Freund Speedy vorbei. Ich hatte fast mit ihm gerechnet, und siehe da, schon steht er vor der Tür. Mager wie ein Wiesel, aber kräftig. Er lässt euch grüßen. Wir haben uns gefreut, ihn zu sehen. Birdie hat ihm eine Brühwurst heiß gemacht, die war ruckzuck weggeputzt.
>
> Aug & Birdie
>
> PS: Grüße an euren Freund Andreeson

Dad war hoch erfreut, keine Frage. Als Swede von der Post kam, hatte sie vor Aufregung einen knallroten Kopf und wedelte triumphierend mit der Karte, die ihre seit Wochen gehegten Vermutungen aufs Schönste bestätigte – dass es Davy gut ging, dass er nach Westen gegangen war, wie es sich für einen anständigen Outlaw gehörte, und dass er noch immer der große Bruder war, der uns liebte, auch wenn er uns keine Weihnachtskarte geschickt hatte. Besonders schadenfroh reagierte Swede auf das PS, die Grüße an Andreeson; offenbar hatte sich der verhasste FBI-Agent auch bei unseren Freunden in North Dakota blicken lassen, dieser fiese Kerl.

Swede wäre am liebsten sofort in den Airstream gestiegen und gen Westen gefahren, dem Sonnenuntergang entgegen. Dad war auch schon so gut wie startklar. Einen Tag nach Weihnachten hatte er damit begonnen, unsere Abreise vorzubereiten, einzig und allein vom Glauben getrieben. Zu diesem Zeitpunkt hatten wir schließlich noch nichts von August Shultz gehört, wir hatten keinerlei Informationen, keinen Verdacht, keine Vermutung, ja nicht einmal die leiseste Ahnung, wohin Davy geflüchtet war. Trotzdem legte Dad einen Lebensmittelvorrat an. Weil wir so knapp bei Kasse waren, machte er mit diebischem Vergnügen alles zu Geld, was im Haus nicht niet- und nagelfest war. Als Erstes kam sein Schlafzimmerspiegel an die Reihe, für den er nun wirklich keine Verwendung hatte. Er brachte drei Dollar ein, die Dad in der Red Owl in fünfzehn Dosen Bohnen mit Speck umsetzte. Die Bohnen wanderten in die tiefe Speisekammer des Airstream, die eine fast hypnotische Wirkung hatte, eine große, sichere Höhle, in der man einen halben Tag lang Lebensmittel hätte stapeln können. Als Nächstes verkaufte Dad zwei Kommoden, die je fünf Dollar einbrachten – eine Kiste Dinty-Moore-Konserven, zwei Dosenschinken, ein paar Büchsen Haschee. Er fand einen Abnehmer für den alten Montageroller, mit dem man sich unter den Plymouth schieben konnte, um das Öl zu wechseln – einen Dollar, acht Dosen Hühnersuppe mit Nudeln. Tag für Tag verließen uns vertraute Dinge; Tag für Tag zählte Dad, der eigentlich keinen Sinn für Geschäfte hatte, die Einnahmen zusammen und rechnete aus, welche Lebensmittel wir davon kaufen konnten. Es war alles eine Sache des Gottvertrauens. Gottvertrauen hatte uns, wie Dad es sah, den Airstream beschert, und Gottvertrauen würde uns auf unseren Wegen leiten.

»Wo wollt ihr denn eigentlich hin?«, fragte Dr. Nokes. Er befürchtete wohl, dass Dad durch seine Krankheit in dem Bereich des Gehirns, der für den gesunden Menschenverstand zuständig war, Schaden genommen hatte. »Woran wollt ihr euch orientieren?«, fragte er.

Da zog Dad verschmitzt die Augenbrauen hoch und antwortete: »Ich besitze den Stoff, aus dem die Hoffnungen sind; ich kann Dinge erahnen, die noch nicht geschehen sind.«

Dr. Nokes sagte ihm auf den Kopf zu, dass er den Verstand verloren habe. Dad lachte laut. Zehn Minuten später verkaufte er, unter den Augen des Arztes, sein Bett, abzüglich der angegammelten Matratze, an ein Ehepaar, das verlegen stotternd auf unserer Veranda stand. Sie hatten gerade ihr erstes Haus gekauft, ein schmuckes, einstmals rot gestrichenes Häuschen, dessen Farbe zum rosa Hauch auf den Wangen einer Braut verblichen war. Der kühne Kauf hatte sie arm gemacht, und sie mussten auf dem Fußboden schlafen, bis der junge Mann eines Tages in den Lehmkeller stieg, um mit dem Spaten Salamander zu töten, und zwischen den Balken einen schimmeligen Leinenbeutel fand, der sieben Liberty Dollars enthielt. Sie luden Dads Bett auf ihren ächzenden Anhänger und winkten uns zum Abschied zu, als ob wir liebe Verwandte wären. Dr. Nokes stapfte empört davon. Schmunzelnd breitete Dad die Silberdollars vor uns aus, damit wir sie bewundern konnten. Er schrieb uns eine Einkaufsliste für Otto Schock: Nudeln, Tunfisch, Bouillon, Milchpulver, Salz, Kräcker, feste Winteräpfel, Schokoriegel. Während wir den Schlitten zum Laden zogen, alberten wir ausgelassen herum. Es war, als würden wir mitgerissen, als hätten wir uns mit irgendetwas infiziert. Die Ereignisse waren wie ein breiter Fluss, dessen Strömung uns mit sich riss, auf ein Happy End zu. Wir verstauten die Lebensmittel im Wohnwagen, während Dad alles Übrige erledigte, was vor einer Reise, die Gott weiß wie lange dauern konnte, noch zu tun war: Er ließ das Wasser aus den Rohren, dichtete die Fenster ab und machte das Haus wetterfest. Vom Wohnwagen aus beobachteten wir, wie er seine Matratze in den Hof schleppte und auf eine Schneewehe hievte, wie er sie mit Petroleum tränkte, einen Schritt zurücktrat und ein Streichholz entzündete. Es war schon dunkel, und im orangen Licht der schnell aufwallenden Flammen sahen wir den schneebedeckten Hof, die ungestrichene Garage, den dürren, verwachsenen Zürgelbaum, Dads schwarze, aufrechte Gestalt. Wie hätten wir nicht daran glauben können, dass der Herr uns führen würde? Wie hätten wir kein Gottvertrauen haben können? War doch das Fundament in Gebet und Trauer gegossen. Seit jener Schreckensnacht hatte Dad ein fast unmenschliches Maß an Glaubensarbeit geleistet. Er hatte sich vor Reue verzehrt, als ob er die Flinte selbst abgefeuert hätte. Er hatte sich die Seele aus dem Leib gebetet. Sie wissen, dass das wahr ist; und wenn nicht, dann ist es meine Schuld, der ich Zeuge war.

An einem frostig frühen Morgen brachen wir auf; es war der 22. Januar. Ich weiß noch, wie der Plymouth vorn hochstieg, erstaunt über das Gewicht, das an ihm hing. Ich weiß noch, wie ärmlich und fremd unser Haus zwischen den anderen aussah, als wir langsam losrollten, der Schornstein ein Haufen toter Ziegel, die Fenster mit Eis und Schmutz überzogen – schon jetzt ging eine Stimmung von ihm aus wie von den mit Unkraut überwucherten Scheunen, die grau und vergessen am Wegrand stehen, bis sich jemand ihrer erbarmt, der die Steuern aufbringen kann. Und kalt war es, mein lieber Himmel: Seit zwei Wochen hatte uns nun schon eine Kältewelle am Wickel; nachts gingen die Temperaturen im Durchschnitt bis unter minus dreißig Grad zurück. Das war ausgesprochen ärgerlich für Swede und mich, weil wir geplant hatten, in dem geräumigen Airstream mitzufahren und dort nach Herzenslust herumzutoben. Sicher, der Wohnwagen hatte eine Gasheizung, doch Dad fand es zu gefährlich, sie während der Fahrt einzuschalten. Allerdings funktionierte die Heizung des Plymouth natürlich auch nicht, so dass es auf dem Rücksitz, wo wir, dick in Armeedecken eingewickelt, saßen, wahrscheinlich auch nicht wärmer war als im Airstream oder sogar draußen, im eisigen Wind.

Bevor wir aus der Stadt fuhren, hielten wir noch einmal bei der Post an, weil Dad unser Postfach abmelden wollte. Swede und ich blieben im Wagen – sie hatte ihre Nase schon wieder in ein Buch gesteckt. An jenem Morgen sah Roofing anders aus als sonst – kleiner, liebenswerter. Wie sehr ich mir doch wünschte, dass Bethany Orchard zufällig vorbeikommen und uns sehen würde, den Airstream im Schlepp, an der Schwelle zu einem langen, gefährlichen Abenteuer, dessen Ausgang im Ungewissen lag. O ja, gleich würde sie kommen, Bethany, von ihrem trübsinnigen Vater losgeschickt, um die Post zu holen, eine verletzliche, elfenhafte Gestalt, warm eingemummelt gegen den eisigen Wind. Wenn sie mein entschlossenes Profil im Autofenster sah, würde sie herbeistürzen: »Du willst fortgehen?« Und sie würde den Kopf abwenden, damit ich nicht sah, wie ihr die Tränen in die Augen schossen.

Zum Schluss hätte sie mir dann noch einen Abschiedskuss gegeben – ich konnte ihn schon fast fühlen –, doch die Gestalt, die in diesem Moment den Bürgersteig heraufkam, war nicht Bethany, sondern ein alter Mann in einer löchrigen Kordjacke. Ein schwankender, barhäuptiger Mann, mitgenommen und zerlumpt, der seinen Beinen nicht trauen konnte.

Ich sagte: »Swede, sieh mal. Der Mann da.«

Gegen den Wind kämpfte er sich näher heran. Seine Haare waren struppig und fettig; er hatte die Augen geschlossen und bewegte die Lippen.

»Ich glaube, er betet«, sagte ich. Die Hände des alten Mannes, die schlaff aus den Ärmeln hingen, sahen aus wie Rindertalg.

»Vielleicht betet er, dass er nicht umkippt«, meinte Swede. Eine ziemlich grausame Bemerkung, nicht wahr? Ich sah sie an – sie beobachtete, wie der alte Penner um sein Gleichgewicht kämpfte. Er hatte schiefe, magere Schultern; eine Hand schlenkerte nach vorne und schlug gegen die Tür des Postamts. »Das ist Mr. Finch«, sagte sie. Er bot einen sehr viel traurigeren Anblick als bei Davys Verhandlung. Ob er den Tag noch überleben würde?

»Er friert«, sagte ich. Swede hatte sich wieder in ihr Buch vertieft. Aber ich sah gebannt zu, wie der Alte nach der Türklinke tastete und versuchte, die große Glastür gegen den Wind zu öffnen. Die Augen hatte er immer noch geschlossen, und sein

Mund stand offen, er sah tot aus. Wie ein Mann, auf dessen Lebensgeistern so lange herumgetrampelt worden ist, bis ihn seine Kräfte verlassen haben. Ich sah in sein Gesicht und auf seine hilflosen, talgigen Hände, und zum ersten Mal kam mir die Frage: War es möglich, dass der Tod von Israel Finch ein echter Verlust war? Dass jemand wirklich um ihn trauerte?

Allerdings könnte man jetzt einwenden, dass Mr. Finch ein hoffnungsloser Gewohnheitstrinker war, der schon vor langer Zeit alles verloren hatte. Das könnte man. Und ich will nicht behaupten, dass das nicht auch eine gute Erklärung für seinen Zustand wäre.

Von Roofing bis nach North Dakota sind es gut achtzig Meilen. Anfangs blieb es still im Auto. Nach den Wochen der Vorfreude machte sich bei mir nun ein Gefühl der Ernüchterung breit. In der Kälte wurden meine Glieder immer schwerer, und sie fühlten sich an, als ob sie gar nicht mehr zu mir gehörten. Dad trank Kaffee und sah zu den froststarren Farmen hinüber, die sich am Ende langer Feldwege in die Landschaft duckten. Der Plymouth ächzte und stöhnte, als ob er mit den Anstrengungen, die wir ihm zumuteten, überfordert wäre. Am späten Vormittag ließen wir die Staatsgrenze hinter uns. Swede setzte sich aufrecht hin, hauchte auf ihre Finger und fragte, was das für ein Ding sei, das da auf der Straße lag.

»Kann ich nicht erkennen«, sagte Dad.

»Es bewegt sich.«

Sie meinte ein schwarzes Etwas weiter vorn auf der Fahrbahn, das so aussah, als ob es abwechselnd größer und wieder kleiner wurde. Anderswo hätten wir es vermutlich gar nicht bemerkt, aber in der weißen Weite Dakotas klammert sich der Blick an jede Kleinigkeit. »Eine Krähe?«, schlug Dad vor.

»Dann würde es sich anders bewegen«, sagte Swede.

Wir fuhren weiter. Das schwarze Ding stieg hoch, sank wieder nieder und endlich konnte man in etwa seine Größe erkennen: Es hatte ungefähr die Ausmaße einer Schildkröte.

»Ach, es ist bloß Müll«, sagte Swede enttäuscht, als ob sie irgendwelche Hoffnungen an dieses schwarze Etwas geknüpft hätte; erst als wir näher kamen, sahen wir, dass es doch eine Krähe war, eine tote Krähe. Sie war überfahren und dabei völlig zerquetscht worden, nur ein Flügel hob und senkte sich im Wind. Es war ein sehr viel traurigerer Anblick, als man vermuten sollte, eine tote Krähe auf einer Straße, mitten im tiefsten Nirgendwo. Bevor wir daran vorbeifuhren, hob der Wind noch einmal den Flügel an, sodass es aussah, als flehte sie um Gnade.

Nach ungefähr einer Meile sagte Dad: »Mir kam gerade ein Gedanke. In all meinen Jahren in North Dakota war das die erste überfahrene Krähe, die ich je gesehen habe.«

Darauf wussten wir nichts zu sagen.

»Krähen sind ungeheuer kluge Vögel«, sinnierte Dad. »Sie bleiben nicht einfach sitzen.«

»Was ist das?« Swede deutete abermals auf ein schwarzes Etwas, ein gutes Stück voraus.

Diesmal wollte niemand eine Vermutung abgeben. Es war wieder eine Krähe, platt gefahren am Straßenrand – die zweite, die Dad in all den Jahren gesehen hatte.

»Kaum zu glauben«, sagte er.

Am späten Nachmittag trafen wir auf Augusts Farm ein. Ich war eingeschlafen und erwachte mit einem Ruck aus einem Traum, in dem sich Swedes Dauerschurke Valdez in den Airstream geschlichen hatte und in meine Koje geklettert war. Ich wusste, dass er da war, konnte es aber niemandem verraten – nicht, weil ich es nicht wollte, sondern weil ich die richtigen Worte nicht aussprechen konnte. Wenn es mir endlich gelungen war, Dad auf mich aufmerksam zu machen, murmelte ich nur einen Kinderreim, statt mit der Sprache herauszurücken. Und die ganze Zeit lag Valdez schnarchend in meiner Koje – er hörte sich an wie ein Traktor, doch niemand außer mir konnte ihn hören.

»Aufwachen, Rube«, sagte Dad, als wir auf Augusts Hof rumpelten.

Ich war erleichtert, aber der Traum hatte mich aus dem Gleichgewicht gebracht, und auch als ich zum Haus stolperte, konnte ich ihn nicht abschütteln. Während Birdie uns in der mollig warmen Küche aus unseren Schichten pellte, zog sie mich auf: »Da ist ja einer zu verschlafen, um hallo zu sagen.«

Aber das stimmte nur zum Teil. Außer meinem Traum beschäftigte mich auch der Gedanke, welches Ziel wir als nächstes ansteuern würden. Die Frage hatte ich Dad nämlich am Vorabend gestellt. Wohin fahren wir, wenn wir bei August und Birdie gewesen sind? Er wusste es nicht. Wir würden einfach weiterziehen, sagte er, wie die Kinder Israels, als sie ihre Sachen packten und mit ihren Kamelen aus Ägypten flohen – er wollte mir Mut machen. Genau wie wir hatten auch die Israeliten keine Ahnung gehabt, wohin der Weg sie führen würde! Genau wie wir ließen sie sich allein vom Glauben leiten! Sicher, das machte die Sache spannender, aber bis jetzt hatte mich die Fahrt in dem eiskalten, lahmen Plymouth nur daran erinnert, was für Scherereien das auserwählte Volk gehabt hatte. Es ist erstaunlich, wie schnell das Gottvertrauen schwindet, wenn man erst auf Reisen ist. Plötzlich verwandelt es sich in etwas ganz anderes – in Unwissenheit zum Beispiel. So war es auch den Israeliten ergangen. Ich weiß, es klingt ziemlich armselig, aber manchmal hätte man eben doch gern eine Landkarte dabei.

Das Letzte, was er tun würde

Natürlich müssen Angst und Zweifel weichen, wenn man von freundlichen Gastgebern wie August und Birdie umsorgt wird, und bei einem Abendessen aus Hühnerfrikassee, Bohnen und aufgeschnittenem Nusskuchen verliert auch der Teufel seine Macht. Aber so segensreich die gute Hausmannskost auch war, es hungerte uns doch noch mehr nach Fakten und Einzelheiten.

»Er kam kurz vor Mitternacht auf den Hof«, sagte August und lehnte sich zu Swede hinüber, der er den Platz zu seiner Rechten gegeben hatte. »Ricky« – der Jagdhund – »hat sich regelrecht die Lunge aus dem Leib gebellt, und dann wurde er plötzlich still, und man hörte nur noch seinen Stummelschwanz gegen das Haus klopfen. Als ich das Verandalicht anknipse, sitzt Davy auf der Treppe, und der Hund ist vor Freude völlig aus dem Häuschen.«

Wie gierig wir jedes seiner Worte verschlangen! Schließlich waren seit Davys Flucht nur magere Informationen für uns abgefallen; wir wussten nicht, wie er unterwegs war – abgesehen von den ein, zwei Tagen, die er auf Nelson Svedvigs Stute geritten war – oder wo er übernachtet hatte. Wir wussten nichts, was uns hätte Kraft geben können. Ohne mit Einzelheiten versorgt zu werden, verkümmert auch die lebhafteste Phantasie, selbst die von Swede. Das Gedächtnis verkalkt. Eines Morgens wacht man auf, und der eigene Bruder ist nur noch eine Legende.

»Wie sah er aus?«, fragte Dad.

»So wie immer, würde ich sagen«, antwortete August. »Bloß ein bisschen erwachsener. Er hatte einen Schnitt am Hals, hier, unter dem Ohr.« Zum Glück war er nur beim Rasieren mit der

Klinge abgerutscht; nachdem er per Anhalter bis Radduck gekommen war, hatte Davy in einem Drugstore Seife und einen Rasierer gekauft und sich in der Toilette einer nahe gelegenen Shell-Tankstelle rasiert. Dann hatte er seinen Kragen hochgeschlagen und sich auf den Weg nach Norden gemacht, den Wind im Rücken, gut zwölf Meilen Asphalt, ohne einem einzigen Auto zu begegnen, wie er August erzählt hatte.

»War er warm angezogen?«, fragte Dad.

»Doch, doch«, sagte August, worauf Birdie die Augen verdrehte und ergänzte: »Nicht warm genug. Nur eine alte Jacke, ich habe ihm ein paar Knöpfe angenäht. Eine löchrige Hose, keine Mütze, Baumwollhandschuhe. Und er war schrecklich dünn, Jeremiah.«

»Dann war er hier ja an der richtigen Adresse«, antwortete Dad – zum ersten Mal seit vielen Tagen klang er wirklich froh. Es tat gut, sich vorzustellen, wie Davy von Menschen aufgenommen wurde, die ihn gern hatten. Bestimmt hatte Birdie ihn schon vom Herd aus, auf dem sie ihm die Brühwurst heiß machte, aufmerksam gemustert; er hatte einen speckigen Rand um den Hals, wie sie Dad später erzählte, aber Gesicht und Ohren waren ordentlich geschrubbt. Er aß, sagte Birdie, wie ein höfliches, aber halb verhungertes Bussardküken – sagte danke und bitte und schlang das Essen hinunter, ohne sich viel mit Kauen aufzuhalten.

»Vermisst er uns?«, fragte Swede. »Hat er gesagt, dass er uns vermisst?«

»Tja«, sagte August.

»Wie die Sonne«, warf Birdie ein. »Er hat gesagt, es ist so, als ob die Sonne nicht mehr scheint, Swede. So sehr vermisst er euch.«

Mir kam es komisch vor, dass Davy so etwas gesagt hatte, weil er eigentlich nicht besonders poetisch veranlagt war; aber Birdie sah August dabei so intensiv an, dass ich überzeugt war, sie erinnerte sich richtig. Swede bekam feuchte Augen und schlug die Hand vor den Mund.

»August«, sagte Birdie einen Wimpernschlag später. »Erzähl ihnen doch mal von dem Burschen, der Davy im Auto mitgenommen hat.«

Die Geschichte war ein wirklicher Leckerbissen! Als Davy nach Westen trampte, wurde er von einem Mann in einem Oldsmobile mitgenommen. Das Auto war mit Musikinstrumenten voll gestopft, sie lagen ausgepackt auf dem Rücksitz, ein Knopfakkordeon, ein Saxophon, eine Blechflöte, die auf der Hutablage herumkullerte, und mehrere Trompeten, die mehr recht als schlecht in alte, zerfledderte Anzugjacken eingewickelt waren. Der Fahrer erzählte Davy, dass er aus Wisconsin komme und auf dem Weg nach Los Angeles sei, weil er ins Fernsehen wolle. Insgesamt habe er drei Trompeten dabei, die alle mit einer Klammer, die er selbst erfunden hatte, miteinander verbunden seien. Wenn er sie richtig hielt, konnte er alle drei gleichzeitig spielen. Das Gesicht des Mannes war körnig wie ein altes Brett, und das dunkle Haar trug er zu einer akkuraten Tolle gekämmt. Wenn Davy ihm Geld gäbe, würde er mitten auf dem Highway anhalten und ihm »The Bugler's Holiday« vorspielen. Falls die Fernsehproduzenten in Los Angeles nichts für Trompeten übrig hätten, wäre das auch nicht tragisch. Im Kofferraum hätte er noch einen Verstärker und eine nagelneue Danelectro Gitarre, auf der er wiedererkennbare Stücke von Mozart zum Besten geben konnte.

»Künstler«, sagte August staunend.

Noch ein Häppchen gefällig? Gern: Nachdem Davy ins Bett gegangen war, lachte er zweimal im Schlaf. Es sei ein seltsames Gefühl gewesen, sagte Birdie, die die ganze Nacht wach gelegen hatte, wieder einmal ein Jungenlachen die Treppe herunterkommen zu hören.

Ich kann nicht in Worte fassen, wie sehr mich dieses Gespräch beruhigte. Davy war praktisch bei uns im Zimmer, jedes Knarren in dem alten Haus klang nach seinen Schritten; ich glaube, an dem Abend hätte Dad uns ausnahmsweise einmal etwas länger aufbleiben lassen, wenn August nicht gesagt hätte: »Ihr Kinder könnt heute im Westzimmer übernachten.« Das hieß für uns ab ins Bett, obwohl wir unterwegs schon geschlafen hatten. Ich warf Dad einen flehenden Blick zu, aber es nützte nichts: Da wir sowohl Gäste als auch Kinder waren, mussten Swede und ich uns den Wünschen unserer Gastgeber, die schließlich nur unser Bestes wollten, fügen.

»Okay«, sagte Swede, etwas zu bereitwillig, wie es mir schien. Dabei ging es doch gerade erst richtig los! »Ich bin müde, Reuben«, beteuerte sie, als sie merkte, wie entgeistert ich sie ansah.

Da ging mir ein Licht auf. Um ihr zu zeigen, dass ich verstanden hatte, reckte ich mich ausgiebig und gähnte herzhaft. Birdie sagte: »Ach, ihr armen Schätzchen.« August nickte mitfühlend. Nur Dad ließ sich nicht täuschen, er sah mir in die Augen. »Fix und fertig, hm?«

Weil ich ihm nicht ins Gesicht lügen konnte, zuckte ich bloß mit den Schultern, die schuldbewusste Haltung des gewohnheitsmäßigen Lauschers. Dad wusste genau, woran Swede sich erinnert hatte. Das Westzimmer, das im ersten Stock lag, hatte eine interessante architektonische Besonderheit – ein kleines Lüftungsgitter, das in den Fußboden eingelassen war. Ein neugieriger Gast, der in diesem Zimmer untergebracht war, konnte aus dem Bett schlüpfen und jede Silbe mit anhören, die in der darunter liegenden Küche gesprochen wurde. Es war natürlich nicht auszuschließen, dass die Erwachsenen ins Wohnzimmer umziehen würden, wo es weiche Sessel und eine Couch gab und an der einen Wand ein riesiges, gedrungenes Zenith-Radio, außerdem Birdies Sammlung mit den kleinen Löffeln aus allen fünfzig Bundesstaaten und den Satz japanischer Schwerter, die August erworben hatte, als er im Pazifik stationiert war, aber die Kaffeekanne stand in der Küche, und deshalb spielte sich fast das ganze Leben dort ab. Außerdem wurden, wie Swede meinte, die belauschenswerten Gespräche sowieso alle in der Küche geführt, eine Beobachtung, die wahrscheinlich noch heute für große Teile North Dakotas Gültigkeit hat.

Das Westzimmer war der reinste Eispalast.

Nachdem Dad uns ins Bett gebracht und zugehört hatte, wie wir unser Nachtgebet sprachen, blieben wir unter einem Berg von ungefähr fünfzig Steppdecken zurück. Nur wenige Minuten später sagte Swede: »Kannst du von hier aus irgendetwas hören?«

»Nein.«

Wir beäugten das Gitter, das gut zweieinhalb Meter vom Bett entfernt war. Licht, leise Stimmen und Kaffeeduft kamen zu uns herauf – theoretisch stieg auch die Wärme nach oben, aber davon merkten wir nicht viel.

»Sollen wir das Bett näher ranschieben?«, fragte ich.

»Das würden sie hören.«

Gelächter drang durch den Rost – das ist immer das Erste, womit die Erwachsenen loslegen, sobald die Kinder im Bett sind.

»Wir müssen die Zähne zusammenbeißen«, sagte Swede. »Lederstrumpf und Unkas würden das bisschen Kälte nicht einmal fühlen. Huckleberry Finn würde sie auch nicht merken. Los, komm.«

Aber ich hatte mir die Bettdecken wie eine Kapuze über den Kopf gezogen. Draußen heulte der Wind ums Dach; die Vorhänge blähten sich gespenstisch auf, so undicht waren die alten Fenster.

»Jetzt sag bloß nicht, du willst schlafen«, knurrte Swede.

»Wir würden erfrieren«, antwortete ich. »Wenn August morgen nach oben kommt, liegen wir tot auf dem Fußboden – lila und blau gefroren.«

Unten wurde wieder gelacht, doch dann folgten ernstere Töne.

Swede sagte: »Ich gehe.« Sie stand leise auf und hockte sich neben das Gitter. Ich sehe sie heute noch vor mir – die Arme um die Knie geschlungen, das entschlossene Gesicht von unten angestrahlt.

Ich dachte, ich hätte Davys Namen gehört. »Was war das?«, flüsterte ich. »Was haben sie gesagt?«

Sie brachte mich mit einer Handbewegung zum Schweigen, und wissen Sie was? Ich konnte ihren Atem sehen. Schließlich sprang auch ich aus dem Bett. Ich nahm die obersten beiden Steppdecken mit, breitete sie über Swede aus und kroch zu ihr in das Zelt. Sie nahm meine Hand. Ihre war so kalt, dass sie sich wie Papier anfühlte.

»... nicht die leiseste Ahnung«, sagte August unten in der Küche. »Ich wusste kaum, was ich sagen sollte.«

»Das kann ich mir vorstellen«, antwortete Dad. »Danke, dass ihr ihm geholfen habt.«

Birdie sagte: »Jeremiah, er weiß nicht, wie tief er in der Patsche sitzt. Er wusste noch nicht einmal, wer Andreeson ist.«

»Was habt ihr ihm gesagt?«

August antwortete: »Wir haben ihm gut zugeredet. Er schien sich keine großen Sorgen zu machen. Er hat gesagt, er hätte keine Zeitung gelesen, kein Radio gehört.«

Dann blieb es eine ganze Weile still, bis Birdie aufstand, um Kaffee nachzuschenken. Swede beugte sich zu mir und flüsterte mir »Schweinepriester« ins Ohr, was auf Andreeson gemünzt war. Ich hatte das Wort noch nie gehört und hätte fast laut losgeprustet. Schweinepriester. Es ist vulgär, ich weiß. Für solche Schimpfwörter lohnt es sich, Feinde zu haben.

»Jeremiah«, sagte August. »War es so, wie es in der Zeitung stand? Wie Davy die Jungen erschossen hat?«

Dad sagte: »Ja, ungefähr so war es. Er hat sie niedergeschossen. Ja.«

Bei diesem Wort geschah etwas, was ich nicht erklären kann. Stellen Sie sich ein kleines, flauschiges Tier vor, eine Wühlmaus zum Beispiel, die Ihnen mit ihren kalten Krallen das Rückgrat hinaufläuft. Ich zitterte so stark, dass Swede beide Arme um mich legte. Nur das hielt mich davon ab, aufzustehen und wieder ins Bett zu gehen.

»Einfach so«, hakte August nach, nachdem er einen Augenblick gewartet hatte. Natürlich wollte er die Geschichte hören, und warum auch nicht? Nur weil man ein alter Freund der Familie ist, kann man trotzdem neugierig sein. Birdie empfand seine zurückhaltende Bemerkung offenbar als unpassend, denn sie sagte: »August…«, mehr nicht, nur seinen Namen.

»Er hätte es nicht tun dürfen«, sagte Dad. »Es ist wahr, er hätte es nicht tun dürfen. Die Geschworenen hätten ihn schuldig sprechen müssen.«

»Aber du hast es nicht selbst mit angesehen«, sagte August.

»Ich nicht. Aber Reuben. Wenn es irgend möglich wäre, würde ich mit ihm tauschen.«

Das verstand ich nicht gleich. Was wollte er mit mir tauschen?

»Der arme Junge.« Das kam von Birdie. Ich glaubte, sie meinte Davy, der bei dem Wetter irgendwo da draußen mit hochgeschlagenem Kragen unterwegs war. Aber sie hatte von mir gesprochen, denn nun sagte Dad: »Du würdest dich wundern, Birdie. Er ist ein gutes Stück erwachsener geworden. Swede auch. Sie haben es besser verkraftet als ich«, fügte er hinzu.

Das Gespräch war schwer zu deuten. Was passierte mit einem, wenn man eine Tragödie miterlebte? Ob man einen dauerhaften Schaden davontrug, ob etwas zurückblieb? Ich war mir nicht sicher. Die einzige Wirkung, die die Schießerei bei mir hervorgerufen hatte, war der eine oder andere gruselige Traum und eine egozentrische Trauer darüber, dass Davy nicht mehr da war. Ich vermisste meinen Bruder.

Sie unterhielten sich noch eine ganze Weile, aber davon drang kaum noch etwas zu mir durch; Swede konnte eine Ewigkeit auf dem Boden hocken, aber meine Knie waren einfach nicht dafür geschaffen. Ich dachte an die Fänger beim Baseball, Männer wie Earl Battey, die den ganzen Tag in der Hocke sitzen mussten. Außerdem kroch allmählich die Kälte unter die Decken. Als ich wieder genauer hinhörte, redeten die Erwachsenen über Weizen. Ein Detail entging mir, aber das erzählte Swede mir am nächsten Tag. Davy hatte Zahnschmerzen gehabt. Die Brühwurst konnte er noch ohne Probleme essen, aber mit der kalten Milch, die Birdie ihm hinstellte, musste er aufpassen – ein Backenzahn tat ihm weh bis hinauf in die Wurzel. Als Birdie ihm vorschlug, noch einen Tag länger zu bleiben und zum Zahnarzt zu gehen, lehnte er höflich ab. Birdie fasste sich ein Herz und bat ihn eindringlich, das Verbrecherdasein zu beenden, nach Hause zurückzukehren und sich zu stellen. Nur wenn er sich öffentlich zu seiner Schuld bekannte, sagte sie, hätte er überhaupt noch eine Chance auf ein erfülltes Leben. Und da, sagte Swede, hatte Davy breit gegrinst, und die Shultz hatten die Wahrheit erkannt: Davy würde sich niemals stellen, solange er lebte, auch nicht, wenn er steinalt werden würde. Das wäre das Letzte, was er tun würde. Nachdem Birdie das erzählt hatte, sagte Swede, sei sie traurig ins Bett gegangen. Bald darauf kam dann vermutlich das Thema Weizen zur Sprache.

Als ich am nächsten Morgen aufwachte, lag Veränderung in der Luft. Das ist nicht metaphorisch gemeint – es roch tatsächlich anders als vorher. Die Luft war schwer, genau wie die Decken, als ob wir am Lagerfeuer übernachtet hätten. Ich stand auf und zog mich im Licht der Wandschranklampe an. Ich öffnete die Tür nur einen Spalt breit, damit das Licht nicht auf Swede fiel. Es war fast unmöglich, sich heimlich von ihr wegzuschleichen, und wenn man es doch einmal schaffte, verzieh sie es einem nie. Ich bin immer schon gern als Erster aufgewacht; man kommt sich irgendwie kühn dabei vor. Ich ging in die Küche und stöberte leise ein bisschen herum, ohne Licht zu machen, weil ich August oder Dad nicht wecken wollte. Als ich die Kaffeekanne vom Ofen nahm, war sie noch halb voll. Ich fand eine Schachtel Streichhölzer und stibitzte eines, um ein Wort zu benutzen, das Swede von Mr. Twain stibitzt hat, und zündete das Gas an. Die Flammen leuchteten blau in der dunklen Küche. Bald summte die Kaffeekanne vor sich hin, und ich fühlte mich richtig selbstständig, aber auch ein kleines bisschen schuldig. Da kam August im Nachthemd in die Küche geschlurft. Er hatte eine elektrische Kerze in der Hand, eine von der Sorte, die von selbst angeht, wenn man sie hochhebt.

»Geht's dir heute Morgen wieder besser, Rube? Du hast im Schlaf gehustet.«

»Ja, Sir. Ich wollte Sie nicht wecken.«

»Kochst du Kaffee?«

»Ich wollte ihn nur aufwärmen. Sie haben doch nichts dagegen?«

Er holte eine Schachtel Würfelzucker aus dem Schrank. Aus einem anderen Schrank stellte ich zwei Tassen dazu.

»Unterteller«, sagte August. Ich holte sie. Er ging zum Tisch, eine merkwürdige Erscheinung in seinem Nachthemd. Er hielt sich immer etwas schief – er verlor schnell das Gleichgewicht, vor allem im Dunkeln, seit ihn vor einigen Jahren ein Zugpferd namens Mike beim Beschlagen am Ohr getroffen hatte. Es war keine böse Absicht von dem Pferd gewesen. Es hatte bloß im selben Augenblick den Kopf gedreht, als August seinen Huf losließ und aufstand. Mike war ein hünenhafter Kaltblüter – wahrscheinlich wog allein sein Kopf zwei Zentner. August erholte sich rasch wieder von dem Stoß – er war schließlich auch nicht gerade ein Schwächling –, aber seitdem kippte er leicht um.

»Riechst du das auch, heute Morgen?«, fragte er.

Er meinte die Veränderung, die in der Luft lag. »Ich weiß nicht, was es ist«, gab ich zu; für mich roch es nach einer Schaufel Erde. Nach einem nassen Frühlingstag.

»Das ist der Nebel«, sagte August.

Er machte die elektrische Kerze aus, wir saßen im Dunkeln und sogen die Luft ein. August hatte Recht – jetzt erkannte ich den Geruch ebenfalls.

»Mit dem Nebel ist es eine komische Sache«, fuhr er fort. »Er kann kommen, wann er will, es riecht immer nach April. Birdie ist am 22. April geboren. Jedes Mal wenn es so neblig ist wie heute, sage ich zu ihr: Alles Gute zum Geburtstag, Schatz.«

Als er mir dieses intime Detail anvertraute, begriff ich plötzlich, was für ein kostbares Geschenk mir zuteil geworden war. Ich war noch nie mit Dads bestem und ältestem Freund, dem geliebten August Shultz, allein gewesen. Außerdem wäre ich bis jetzt sowieso zu jung gewesen, das zu würdigen – es war schließlich noch gar nicht so lange her, dass August mich »kleiner Mann« genannt hatte. Und nun saßen wir hier zusammen, in seiner dunklen Küche, während das ganze Haus noch schlief, und unterhielten uns über den Morgennebel.

»Ist der Kaffee fertig?«

Er war heiß. August hob die Kerze hoch, damit ich sehen konnte, wohin ich goss. Er zeigte mir, wie man den Kaffee aus der Tasse auf den Unterteller schüttete und ihn darauf herumschwappen ließ, um ihn abzukühlen. Wir tauften ein paar Zuckerwürfel. Plötzlich stand August auf. »Ich ziehe mir was an. Und dann reiten wir ein Stück.«

Der Nebel lag dicht und dampfig über dem Scheunenhof. Er war so warm wie Mist: Man hatte das Gefühl, ihn mit der hohlen Hand schöpfen zu können. Er roch tatsächlich nach April, aber auch nach nassem Hund. Nachdem wir uns in den vergangenen Wochen an Nächte mit Temperaturen um die dreißig Grad unter Null gewöhnt hatten, war es für mich ein ziemlicher Schock, nach draußen zu kommen. Im Schein der Hoflampe, die August angeknipst hatte, sah man, dass der Nebel sich über den Schnee gelegt hatte und alles zudeckte.

»Wir haben nur noch minus fünf Grad«, sagte August nach einem Blick auf das Thermometer, das an der Koppel hing. Er schob das Scheunentor auf. »Guten Morgen, Laurie. Morgen, alter Brit.«

Laurie und Brit, die gescheckte Stute und der Wallach, antworteten ihm stampfend und schnaubend aus der Dunkelheit. August liebte Laurie und Brit, auch wenn angeblich nicht er der große Reiter in der Familie war – und es stimmte, Birdie wirkte wesentlich sattelfester als er. Ich habe ein Foto, auf dem er zwischen den beiden Pferden steht und ihnen das Kinn krault, eine kleine Mütze schief auf dem großen kahlen Schädel. Es ist ein gutes Foto. Brit wirkt etwas unbeteiligt, aber Laurie sieht direkt in die Kamera.

In dem Licht, das von draußen hereinfiel, zäumte August die Pferde auf, warf ihnen Decken über den Rücken, strich sie glatt und wuchtete die Sättel hinauf. Ein Pferd ist eine staubige Angelegenheit, und ich musste fünf-, sechsmal niesen, bekam aber gut Luft. Als August fertig war, was nicht lange dauerte, drehte Laurie den Kopf herum und stupste ihm ins Gesicht – Pferdesprache für Freude, wie er mir erklärte. Sie konnte es kaum erwarten, ins Freie zu kommen und sich in dem warmen Nebel die Beine zu vertreten.

Wir führten die Pferde nach draußen. August stellte den Fuß in Brits Steigbügel. »Von links aufsteigen«, wies er mich an und saß auch schon im Sattel. Laurie war jünger als Brit und auch nicht so brav, was mir ziemlich ungerecht vorkam. Unter der Hoflampe kam die Größe der Tiere erst richtig zur Geltung. Ich hielt Laurie am Zügel fest, aber sie drehte nach links und zog mich mit sich.

»Hat sie Temperament?« Ich versuchte, die Frage so klingen zu lassen, als ob mir ein temperamentvolles Pferd lieber wäre, aber August durchschaute mich sofort.

»Wir lassen es gemächlich angehen. Sie macht bestimmt keine Faxen – rauf mit dir, zieh dich am Sattelhorn hoch. So, das hätten wir.«

Seite an Seite ritten wir in den Nebel hinein. Inzwischen hatte sich im Osten ein dunkles Blau hineingemischt. Der Hühnerstall, die Kornkammer und die beiden fetten Kornspeicher tauchten erst im letzten Moment aus dem blauen Nebel auf. Laurie kaute auf der Trense und schüttelte den Kopf hin und her. Sie wollte loslaufen, sie bebte vor Ungeduld, und auf einmal wurde mir klar, dass ich Angst vor Pferden hatte. Meine Hände verkrampften sich um die Zügel; wieso war mir diese Erkenntnis nicht schon früher gekommen? Von hier oben konnte ich kaum die Erde sehen! Was, wenn Laurie in ein Loch trat, zu Fall kam und sich auf mich wälzte? Ich hatte gelesen, dass so manch ein Kavalleriesoldat nicht durch Pfeile oder Kugeln ums Leben gekommen war, sondern weil sein treues Ross im falschen Augenblick ins Stolpern geriet. Allein die Vorstellung, von einem Pferd erdrückt zu werden! Und was, wenn man beim Galoppieren aus dem Sattel geschleudert wurde und mit dem Fuß im Steigbügel hängen blieb? So etwas hatte ich schon mit meinen eigenen Augen gesehen – okay, nur im Kino, aber der Staub, den die Reiter aufwirbelten, während sie in einem Höllentempo mitgerissen wurden, war trotzdem echt.

August sagte: »Sie ist wohl ein bisschen unruhig, hm?«

»Ja, Sir. Ich glaube schon.«

»Sag einfach ›Sachte, sachte, Laurie.‹ Sie mag deine Stimme, das sehe ich.«

»Okay.« Aber ein Pferd hört einem die Angst an. Meine zaghaften Befehle klangen alles andere als überzeugend; ich musste regelrecht an den Zügeln reißen, damit Laurie nicht lospreschte.

Wir hatten inzwischen die hintere Weide erreicht, einen stellenweise bewaldeten Hang, der immer buckeliger wurde und am Ufer des George River endete. Polternd ritten wir auf den zugefrorenen Fluss hinaus und hielten uns stromaufwärts. Die Hufe der Pferde fanden gut Halt, weil das Eis nach dem ersten Frost im Herbst Risse bekommen und wieder zu einer körnigen Kruste gefroren war. Auf dieser Oberfläche konnte man genauso wenig ins Rutschen geraten wie auf Sandpapier. Außerdem gefiel mir das Klappern der Hufe. Weil Laurie kaum noch zu halten war, übernahm August mit Brit die Führung – man sah dem alten Wallach an, wie sehr er es bereute, die Scheune verlassen zu haben, auch wenn wir nur noch minus fünf Grad hatten. Bestimmt machte ihm genau wie mir der kalte Nebel zu schaffen, der zuerst nach den Hand- und Fußgelenken tastete. Während es allmählich hell wurde, begann ich mich zu fragen, wo wir eigentlich hin wollten und wann wir wohl wieder umkehren würden, aber August ritt immer weiter, vorbei an den buckligen, überwucherten Ufern des George River, die aus dem Nebel in den Fluss ragten. Obwohl mir der Ritt sehr lang vorkam, war gewiss kaum mehr als eine halbe Stunde vergangen, als August Brit nach links lenkte und ihn die Böschung hinaufsteigen ließ, wo der Lehm abgebrochen war und eine flache Rinne gebildet hatte. Wir kamen auf einem mit Grasbüscheln zugewachsenen Feld heraus, das wohl schon seit einigen Jahren brach lag. August hielt an, und ich brachte Laurie neben ihm zum Stehen.

»Bald geht die Sonne auf«, sagte er.

»Ja, Sir. Dann brennt sie den Nebel weg.«

»Ja, er verzieht sich schon.« Das stimmte. Auf der anderen Seite des Feldes konnte ich dunkle Gebäude erkennen, ein unbeleuchtetes Wohnhaus, eine kleine Scheune.

Laurie schien sich beruhigt zu haben, was mich aufatmen ließ. Sie stand friedlich neben Brit, und die beiden nickten, schnaubten und hoben abwechselnd die Hufe.

»Würdest du sagen, dass euer Vater wieder gesund ist?«, fragte August. Ich sah ihm in die Augen.

»Es geht ihm gut«, antwortete ich.

»So mager habe ich ihn noch nie gesehen.«

Ich nickte. Es störte mich, dass August sich Sorgen machte – schließlich hatte Dad schon die ganze Woche nicht mehr gehustet. Sicher, er war mager, aber so dick wie August war er auch noch nie gewesen. Jeder konnte sehen, dass es ihm wieder viel besser ging.

»War er beim Arzt?«

»Dr. Nokes ist ein Freund von uns, ein wirklich guter Arzt. Er hat mich auf die Welt geholt.« Damit war für mich, was Nokes anging, alles Wichtige gesagt.

August dachte über meine Antwort nach. »Aha«, sagte er. »Aha.« Er sah zu der Farm hinüber, die vor uns lag. Eine Farm, die immer schäbiger wirkte, je höher die Sonne heraufkam – erst sah man ein mit Brettern vernageltes Fenster, dann eine schiefe Treppenstufe, dann einen Schutthaufen am Fuß des Schornsteins. Doch aus dem rußigen Schlund stieg Rauch auf, und in der kreuzlahmen Scheune muhte eine Kuh nach ihrem Frühstück. Plötzlich kam ein riesiger Truthahn um das Haus stolziert, ein großer schwarzer Vogel, der irgendetwas im Schilde führte.

»Weißt du, wo wir hier sind, Rube?«

Das hatte ich mich auch schon gefragt. Ich wusste es nicht, hatte aber das Gefühl, es wissen zu müssen.

»Dein Dad ist dort drüben aufgewachsen.« Er zeigte auf das Fenster im ersten Stock, ein hohes, schmales Fenster, das noch eine Scheibe hatte. »Sein Zimmer war da oben, unterm Dach. Ich bin oft für ein paar Tage rübergeritten, wenn meine Eltern mich nicht brauchten.«

Schweigend beobachteten wir die Farm. Ich schämte mich, dass ich sie nicht erkannt hatte. Aber schließlich hatte ich sie noch nie von hinten gesehen, nur von vorne, wenn wir auf der Landstraße daran vorbeigefahren waren.

August sagte: »Als die Farm noch eurer Familie gehört hat, sah sie viel besser aus. Dein Großvater war ein guter Gärtner. Siehst du die Hecke? In ihrem Windschutz hat er Pflaumenbäume gepflanzt. Und Himbeersträucher – dein Dad und ich, wir haben immer die alten Ranken abgeschnitten und auf einen Haufen geworfen. Man konnte ein schönes Feuerchen damit machen.«

Die Hecke sah schrecklich traurig aus – aber es war natürlich auch Januar. Nur ein verwilderter Streifen Bäume. Trotzdem konnte ich mir ein paar gut gepflegte Himbeersträucher vorstellen, und meinen Großvater, den ich nur von Fotos kenne, wie er sich bückt und Unkraut jätet.

Der Truthahn trippelte über den Hof. Er drehte den Kopf hin und her, als ob er nach etwas Fressbarem Ausschau hielt oder nach jemandem, dem er Angst einjagen konnte.

»Ein interessanter alter Mann«, sagte August, »dein Großvater. Hinter den Pflaumenbäumen hatte er drei oder vier Bienenkästen aufgestellt. Er hatte Arthritis in den Händen, und im Sommer ist er fast jede Woche einmal zu den Bienen gegangen, hat sie aufgescheucht und ihnen die Hände hingehalten. Er hat sich vier, fünf Stiche verpassen lassen. Das Gift hat seine Finger gelockert.«

»Er hat sich absichtlich stechen lassen?«

»Du kannst deinen Dad fragen.«

Ich gebe zu, ich weiß nicht viel über meine Großeltern. Großmutter war über vierzig, als sie Dad bekam, Großvater über fünfzig, Ende fünfzig sogar! Dad heiratete mit fünfundzwanzig, und bis ich geboren wurde, waren sie schon alt. Ein paar Details: Großmutter war eine fromme Frau, die im altertümlichen Englisch der King-James-Bibel mit dem lieben Gott sprach. Grandpa ließ sich immer ohne seine dritten Zähne fotografieren. Wenn er das Gebiss trug, sah er aus wie ein Pferd. Wenn nicht, sah er überrascht und bestürzt aus, was der Wahrheit vermutlich näher kam.

August fragte: »Ist dir kalt?«

»Nein, nicht richtig. Es wird schon wärmer.«

»Guck dir mal den Vogel an. Der führt doch bestimmt etwas im Schilde.« Der Truthahn pirschte um das Haus, vorsichtig wie ein Kranich, den Hals waagerecht ausgestreckt, um sich kleiner zu machen. Er kam um die Ecke und flitzte an der Rückseite der Farm vorbei. Gleich würde er um die andere Ecke biegen, und wir würden ihn wieder für eine Minute aus den Augen verlieren.

Laurie stampfte und schnaubte unter mir. Im Osten sah ich den Rand der Sonnenscheibe. Das ist das Gute an North Dakota, der unendlich weite Horizont. Wenn die Sonne aufgeht, weiß man, dass sie da ist. Außerdem spürte ich ihre Wärme. Sie hing in meiner Kleidung, wie im März. Ich fasste mir ein Herz und fragte: »Mr. Shultz, was meinen Sie, wie lange wir brauchen, um Davy zu finden?«

Hoffnung ist nämlich wie Hefe; wenn es warm ist, geht sie auf.

August tätschelte Brit den Hals. Der Wallach stand so still, als ob er tot wäre. Man musste seine Kraft bewundern; August war alles andere als ein Leichtgewicht. »Ihr findet ihn bestimmt.«

»Aber wann?«

»Das weiß ich auch nicht. Sieh mal da.«

Die Hintertür des Farmhauses ging auf, und ein kleiner Junge kam heraus, dick in Jacken eingemummelt.

»Das ist Gerald«, sagte August. »Er ist fünf oder sechs.«

Gerald hielt etwas in der Hand – einen großen Topf. Er stand in der Tür, ohne die Klinke loszulassen. Den Kopf vorgereckt, blickte er sich suchend um, wie ein Kaninchen.

August sagte: »Sie haben einen Wurf Kätzchen in der Scheune – ganz schön früh im Jahr für junge Katzen. Siehst du, er will ihnen Haferbrei bringen.«

Gerald stand noch immer auf der Türschwelle und drehte den Kopf hin und her.

Der Truthahn schlich vorsichtig am Haus entlang. Unter einem niedrigen Fenster zog er sogar den Kopf ein. August gluckste leise in sich hinein.

In diesem Augenblick ging bei Gerald die Radaranlage aus. Vielleicht hatten ihn seine Eltern ausgeschimpft, er solle nicht so lange die Tür offen halten, vielleicht dachte er auch nur, die Luft sei rein, denn er machte einen Schritt nach draußen und zog die Tür zu. Da kam der Truthahn wie eine Lenkrakete um die Ecke gezischt, kollernd vor Zorn und Siegesgewissheit. Gerald ließ den Topf fallen und brachte sich mit einem Sprung in Sicherheit, aber er hätte es gewiss nicht mit heiler Haut bis ins Haus geschafft, wenn sich der Truthahn nicht sofort auf den Haferbrei gestürzt hätte.

Ich warf einen Blick auf August, der sich vor Lachen schüttelte, dann sah ich schnell wieder zurück zum Haus. Der Truthahn führte vor der Tür drei oder vier Siegestänzchen auf, dann machte er sich über den Brei her. Einen erfolgreicheren Hinterhalt wird man in keinem Westernfilm sehen, und wenn man sein ganzes Leben lang ins Kino geht. Plötzlich ging die Tür wieder auf, und ein kleiner, schwarz-weißer Collie kam heraus. Er war so klein, dass ich mein Geld auf den Truthahn gesetzt hätte, aber offensichtlich hatten die beiden eine gemeinsame Vorgeschichte, denn der Vogel wandte sich auf der Stelle zur Flucht. Er hatte es so eilig, dass er sogar ein-, zweimal stolperte, was ihm sicher furchtbar peinlich gewesen sein muss. Aber wie heißt es so treffend? Hochmut kommt vor dem Fall. Der Collie hatte es nicht einmal nötig, ihn zu verfolgen. Er stand neben der Tür und sah zu August und mir herüber. Ein tapferes Kerlchen. Obwohl er sich nun selbst über den Haferbrei hermachte, ließ er uns keine Sekunde aus den Augen.

»Wir reiten lieber weiter«, sagte August. »Sonst geht er gleich noch auf uns los. Der Hund heißt Ripper«, fügte er bedeutungsvoll hinzu.

Wie ließen die Pferde nach Hause traben. Im Trab wird man ganz schön durchgerüttelt, das können Sie mir glauben. Haben Sie schon einmal gesehen, wie ein Mensch vor Wut mit der Faust auf den Tisch hämmert? Dann stellen Sie sich mal vor, dass Sie das zwanzig Minuten lang Ihrem Steißbein antun. Später hat Swede mir erzählt, dass man sich beim Traben in die Steigbügel stellt, um die Schläge auf das Hinterteil etwas zu dämpfen, aber das wusste ich damals noch nicht, und ich glaube auch kaum, dass August sein Gewicht verlagert hat. Er war kein eleganter Reiter, und er rutschte und hüpfte genauso im Sattel herum wie ich. Aber das Geruckel machte mir sowieso nicht viel aus. Swede würde vor Wut kochen, weil ich heimlich ausgeritten war – da musste ich mindestens einen schmerzenden Hintern mit nach Hause bringen.

Höchste Zeit für das Frühstück. Es gab Toast, hart gekochte Eier und Marmelade. Während wir aßen, zwinkerte August mir mindestens dreimal zu, aber Swede würdigte mich keines Blickes; Dad wiederum freute sich riesig, dass wir ausgeritten waren, während das Haus noch schlief; er sagte Natty Bumppo zu mir, so wie Davy früher, grinste August an und stieß Swede so oft mit dem Ellenbogen in die Rippen, bis sie ihre schlechte Laune vergaß. Normalerweise hätte ich mich über sein Herumgealbere gefreut, denn ich war wahrlich kein Bumppo, aber als ich mir Dad dabei ansah, geriet ich ins Grübeln. In einem hatte August Recht – Dad war wirklich furchtbar mager. Wissen Sie noch, wie geschockt ich war, als er nach der langen Zeit auf dem Krankenbett mit nacktem Oberkörper vor mir stand? Er hatte noch immer kein Gramm Fleisch zu viel am Leib. Mager war gar kein Ausdruck, seine Knochen sahen aus, als ob sie nur noch locker in den Gelenken hingen. Statt mir Sorgen zu machen, hatte ich mich einfach daran gewöhnt. Seit er wieder auf den Beinen war, hatte ich geglaubt, er wäre ganz der Alte, wenn auch etwas sehniger als vorher. Und welcher Mann möchte schließlich nicht sehnig aussehen?

»Wir sind zur Farm geritten«, erzählte ich, weil August das noch nicht erwähnt hatte.

»Ja«, sagte Dad. »Das dachte ich mir schon. Habt ihr den Weg über den Fluss genommen?«

»Ja, Sir. Im Schritt hin und im Trab wieder zurück.«

»Wie sah die Hecke aus?«

Ich musste ehrlich sein. »Ein bisschen kümmerlich.«

Dad nickte. »Die Scheune?«

»Sie ist ganz schön schief, aber es sind Kühe drin. Mindestens eine Kuh. Und neugeborene Kätzchen.«

»Aha. Das Haus?«

»Ich habe gesehen, wo dein Zimmer war.« Ich wollte ihm von dem vernagelten Fenster erzählen, von der abgeblätterten Farbe und dem bröckelnden Schornstein, aber Dad sah so schmal und nachdenklich aus, dass ich es lieber für mich behielt.

Er fragte auch nichts mehr.

»Heh, Rube«, sagte August nach einer Weile. »Erzähl doch mal die Geschichte mit dem Truthahn.«

Mit der ganzen Welt im Krieg

Im Laufe der Jahre sollte Swede noch ausreichend Gelegenheit bekommen, den mexikanischen Sattel nach allen Regeln der Kunst zu strapazieren, aber vorläufig musste sie sich damit begnügen, im Airstream darauf zu reiten. Ja, wir hatten ihn mitgenommen. Was hatte die arme Swede gebettelt, und was für rührselige Gründe hatte sie vorgeschoben, warum wir ihn auf keinen Fall zurücklassen konnten: Weil er ein Geschenk von Davy war, würde er sie daran erinnern, für ihn zu beten; er würde ein gutes Kopfkissen abgeben, falls wir einmal in der offenen Prärie übernachten mussten; er war mexikanisch und hatte Heimweh nach dem Westen. Richtig überzeugend war keines ihrer Argumente, und Dad sagte schließlich nur darum ja, weil er so vernarrt in sie war und sie um jeden Preis glücklich machen wollte. Kaum hatte er den Sattel genehmigt, bat sie ihn, auch noch einen Sägebock aus der Garage mitnehmen zu dürfen, der mit zu ihrem Plan gehörte. Swedes letzter und bescheidenster Wunsch galt ihrer Schreibmaschine, mit der sie »unsere Expedition dokumentieren« wollte. Sie wies darauf hin, dass der Entdecker Meriwether Lewis auf seine Forschungsfahrt kistenweise Schreibfedern, Papier und Tinte mitgenommen hatte – obwohl das Kanu, mit dem er reiste, dadurch ganz schön kippelig geworden war. Aber Thomas Jefferson hatte es persönlich so gewollt. Sicher hatte Dad viel Spaß an Swedes Überredungskünsten, aber können Sie sich den Aufwand vorstellen, den das für unsere Packerei bedeutete?

Hätte sich *Ihr* Vater auf so etwas eingelassen?

So kam es jedenfalls, dass Swede, als wir August und Birdie

am Morgen verließen, in der Küche des Wohnwagens auf einem schwankenden Sägebock im Sattel thronte, die Schreibmaschine vor sich auf einem Klapptisch. Obwohl Dad kurz die Heizung angemacht und den Airstream auf etwa fünfzehn Grad geheizt hatte, trug sie eine dicke Jacke. Sie hatte einen Bogen eingespannt und sah durch die Jalousiefenster nach draußen:

> Der Aufbruch. Wir lassen die Behaglichkeit des letzten freundlichen Außenpostens hinter uns und ziehen weiter in ein weites, kaltes Land, um unseren Bruder zu suchen. Was für ein kleiner, unbedeutender Fleck wir in der Landschaft sind! Wie gering unsere Aussichten auf Erfolg!

Dieser Absatz macht deutlich, dass Swede damals ganz in ihrem Element war, aber mir schlug die Stelle aufs Gemüt. Das Bild mit dem letzten freundlichen Außenposten – nun, das stimmte nicht ganz, wie Sie noch erfahren werden, aber es drückte genau die Gefühle aus, mit denen wir von August und Birdie Abschied nahmen. Nachdem wir schon in den Airstream eingestiegen waren, kam August noch einmal ohne Jacke zum Plymouth gelaufen, um Dad zu umarmen. Er drückte ihn so kräftig, dass Dad, mager wie er war, die Umarmung eigentlich nicht hätte überleben dürfen; dann setzte Dad sich hinter das Lenkrad, und wir rollten los, wie ein großer Tropfen Zinn, der glänzend über die verschneite Ebene kullerte. Swede und ich liefen zum hinteren Fenster, um noch einen letzten Blick auf unsere Freunde zu werfen. Birdie stand auf der Treppe, die Hände in die Hüften gestemmt, und neben ihr wedelte Ricky mit seinem Stummelschwanz. Die beiden sahen nicht uns an, sondern August, dessen Gesicht seltsam schlaff aussah – er hatte den Kopf schief gelegt und klopfte mit der Hand dagegen, wie ein Mann, der Wasser in den Ohren hat.

Wir sind auf dem Weg in die Badlands. August hat gesagt, es ist ein wildes, zerklüftetes Gebiet, und er glaubt, dass Davy sich dort verstecken will. Allerdings hat Davy nichts davon gesagt. Bis in den Westen haben wir noch einen weiten Weg vor uns, aber wenigstens ist es wärmer geworden. Es weht ein milder Wind, der Chinook, und während ich diese Zeilen zu Papier bringe, herrschen draußen fast fünf Grad, es ist so warm, dass der Schnee in den Straßengräben taut und die Vögel sich täuschen lassen. Vor einigen Meilen hat ein Ringfasan den Kopf aus den Stoppeln gestreckt und uns nachgesehen.
Fast jeder Gesuchte landet irgendwann in den Badlands: Butch Cassidy, Mr. Younger, Sam Bass. Warum sollen wir also unser Glück nicht auch dort versuchen?

Swede schrieb noch Dutzende von Seiten voll, bevor wir wieder nach Roofing zurückkehrten, eine reife Leistung für jemanden, der nur mit dem Zeigefinger tippen kann – und mit dem Daumen, für die Leertaste. Wenn man ihre Aufzeichnungen liest, findet man jede Menge Anspielungen auf berühmte Outlaws vergangener Zeiten, aber kein Wort darüber, dass wir mit dem Auto unterwegs waren. Immer heißt es nur *der weite Weg nach Westen*, immer *ziehen wir* durch diese oder jene Ansiedlung, immer vermuten wir Davy sechs *Tagesmärsche* voraus. Auch wenn ich Swedes Schilderung bis zum Äußersten verteidigen würde, muss ich zugeben, dass sie sich einer journalistischen Technik bediente, die es ihr erlaubte, sich großzügig über die eine oder andere Tatsache hinwegzusetzen. Nicht genug damit, dass Davy zum Beispiel keineswegs zu Pferd auf der Flucht war, er fuhr sogar ein Auto, einen Studebaker, dessen Bodenblech so durchgerostet war, dass es einer Lochstickerei glich. August benutzte den alten Schlitten schon seit Jahren nur noch auf den Feldern, um Weidezäune zu inspizieren und nach verirrten Rindern zu suchen. Nachdem ihm klar geworden war, dass Davy nicht beabsichtigte, mit erhobenen Händen nach Hause zurückzukehren, hatte August beschlossen, das treue Gefährt aus seinen Diensten zu entlassen. Alles, was der Studebaker brauchte, war eine neue Mission – und einen Ölwechsel. So kam es, dass August an jenem frostigen Morgen rücklings unter dem Wagen lag, mit wild klopfendem Herzen ob seines loyalen, aber absolut gesetzwidrigen Tuns. Noch bevor Davy mit dem Frühstück fertig war, hatte August alte Nummernschilder angeschraubt und mit Schnee und Lehm unleserlich gemacht, den Tank aufgefüllt und im Kofferraum Brot, Käse und einen Sack mit Konserven verstaut. Nicht einmal Swede hätte bestreiten können, dass das allemal besser war als zu reiten, auch wenn es literarisch nicht viel hermachte.

Und finden wir ihn unversehrt,
auf unsrer Fahrt verstohlen?
Tönt unser Flehen laut genug,
den Outlaw heimzuholen?

Mir ist aufgefallen, dass Menschen, die mit einer blühenden Phantasie ausgestattet sind, bei jeder sich bietenden Gelegenheit in Reime ausbrechen. Bei Swede kam das ständig vor. Damit will ich nichts gegen die Dichtkunst sagen, die, wie jeder weiß, als Quell der Weisheit geschätzt wird, aber diese Zeilen rufen einfach ein schiefes Bild hervor. Was soll an einem grünen Plymouth-Kombi verstohlen sein, der einen dicken Airstream-Wohnwagen hinter sich herschleppt? Außerdem war Heimlichkeit überhaupt nicht das Thema. Wir wollten uns nicht an Davy heranpirschen, wir wollten ihn einfach nur einholen. Und überhaupt. Sind Sie schon mal in North Dakota gewesen? Wenn die Sonne scheint, sieht man jeden Menschen schon auf acht Meilen Entfernung näher kommen.

Was mich an dieser Strophe allerdings noch mehr beschäftigte, war die Frage, die sie aufwarf – ob es uns gelingen würde, Davy heimzuholen. Es schien nichts dagegen zu sprechen. Und war das nicht auch der eigentliche Grund, warum wir ihm folgten? Trotzdem ließ mich die Frage nicht mehr los. Ich stellte mir vor, dass Davys Rückkehr allein von unseren Überredungskünsten abhing, und überlegte dann, ob ich es jemals geschafft hatte, meinen Bruder zu irgendetwas zu überreden. Und damit meine ich nicht, dass er mir gutmütig meinen Willen ließ, sondern dass ich ihn tatsächlich von meiner Meinung überzeugt hatte. Ich brauchte nicht lange nachzudenken: So etwas war noch nie vorgekommen. Und auch Swede hatte meines Wissens nach noch keinen solchen Erfolg bei ihm gehabt. Vielleicht war es ja Dad gelungen, als Davy noch ein paar Jahre jünger war.

Weil ich mit diesen Überlegungen allein nicht weiterkam, fragte ich: »Swede, meinst du, wir können ihn dazu bringen, dass er wieder mit heimkommt?«

Obwohl sie ganz in ihre Gedanken vertieft war, hatte sie die Frage gehört. Sie nahm den rechten Fuß aus dem Steigbügel und schwang sich im Sattel zu mir herum. »Und was meinst du?«

»Keine Ahnung.«

»Kommt mir ziemlich unwahrscheinlich vor.«

»Mir auch.«

Swede fragte: »Was würdest du dafür geben, dass Davy wieder nach Hause kann?«

Ich merkte an ihrem Ton, dass sie sich schon länger mit dieser Frage beschäftigte, und war gewarnt.

»Na, so ziemlich alles, würde ich sagen.«

»Und wenn sie ihn wieder ins Gefängnis stecken?«

»Ach, ich weiß auch nicht. Lass es gut sein, Swede.« Ich wollte jetzt nichts mehr davon hören, obwohl ich ja selbst mit dem Thema angefangen hatte.

»Willst du, dass er trotzdem zurückkommt, auch wenn er ins Gefängnis muss?«

Was für eine gemeine Frage.

»Komm schon, Reuben. Du darfst ruhig ja sagen, wenn es deine ehrliche Meinung ist.«

Aber ich konnte nicht antworten. Ich hatte Angst davor, welche Folgen die Wahrheit haben könnte. Womöglich würde sie in die Zukunft ausstrahlen und die Ereignisse erst ins Rollen bringen. Wenn ich Swede sagte, dass ich Davy auch dann zurückhaben wollte, wenn es ihn die Freiheit kostete, würde das nicht vielleicht genau so eintreffen? Und wenn ich mich zu der edelmütigeren Antwort durchrang, dass ich ihn lieber nie mehr wiedersehen würde als blass und stumm während der Besuchszeit im Gefängnis, fiele dann nicht womöglich ein dunkler Schatten auf unsere ganze Mission?

Und Swede machte es auch nicht gerade besser. Schon quälte sie mich mit einer neuen Frage. »Was meinst du, warum August ihm das Auto geschenkt hat?«

»Um ihm bei der Flucht zu helfen.«

»Obwohl er ihn überreden wollte, sich zu stellen?«

»Das war Birdie«, wandte ich ein.

»Aber August hat ihr Recht gegeben; das weißt du.«

Ich dachte daran, wie August auf dem George River vor mir durch den Nebel geritten war, eine Szene, die mir nachträglich wie der Inbegriff der Freiheit vorkam. Vielleicht wollte August tatsächlich, dass Davy sich stellte, aber für mich gab es trotzdem nichts Natürlicheres als die Tatsache, dass er ihm den Studebaker geschenkt hatte. Konnte ein Mensch von der Richtigkeit einer Sache überzeugt sein und doch das Gegenteil tun? Ich hätte gern gewusst, was Swede dazu meinte, aber wenn ich die Frage laut aussprach, würde sie womöglich wahr, und dann blühte uns ein schönes Durcheinander.

»Was schreibst du gerade?«, fragte ich. Das ist, wie ich zu meinem Glück schon in jungen Jahren gelernt habe, immer ein geschickter Schachzug, wenn man einen Schriftsteller ablenken will.

»Über Nachthemden.«

»Die Dinger, die August anzieht?«

»Hm. Was sagst du dazu?«

»Wieso trägt er überhaupt Nachthemden? Ein Mann wie er?«

»Irgendwas muss er schließlich anziehen, Reuben.«

»Ja, sicher, aber Nachthemden sind doch eher was für Frauen.

Wie Kleider«, beharrte ich. »Was ist eigentlich der Unterschied zwischen einem Männer- und einem Frauennachthemd?«

»Die Spitzenborten«, antwortete Swede. Sie beugte sich im Sattel vor. »Hör mal, früher haben alle möglichen Männer Nachthemden getragen: In *Entführt* hat fast jeder Mann eines an. Der böse alte Onkel zum Beispiel, der David Balfour die morsche Treppe raufschickt, damit er runterfällt. Der hat ein Nachthemd an! Und Robert Louis Stevenson, auf den du so große Stücke hältst, hat auch Nachthemden getragen.«

»Hat er nicht.« Robert Louis im Nachthemd? Trotzdem hörte es sich gar nicht so falsch an, was sie sagte. Ich sah es fast vor mir, wie der todkranke, große Autor zu mitternächtlicher Stunde bleich wie eine Birke durch seine Küche geisterte. »Natürlich haben sie damals alle Nachthemden getragen«, lenkte ich ein. »Zu der Zeit waren die langen Unterhosen bestimmt noch nicht erfunden.«

»Soweit ich weiß, ist man erst einige Jahre nach dem Bürgerkrieg im großen Stil von Nachthemden auf lange Unterhosen umgestiegen.«

Das hörte sich so sehr nach Mr. DeCuellar an, dass mir plötzlich der Duft von Pfirsichkuchen in die Nase stieg. Den hatten wir am Morgen vor Davys Verhandlung am Tisch des Anwalts gegessen. Frisch gebackenen Pfirsichkuchen. Meine Augen fingen an zu brennen, und ich wurde wütend. »Und woher willst du das wissen?«

»Ich habe es gerade geschrieben«, sagte Swede und hielt ein vollgetipptes Blatt Papier hoch. »Hör zu: ›In den Wochen vor dem Ritt nach Northfield trugen alle Mitglieder der James-Bande lange Unterhosen, alle außer Charlie Pitts.‹ Erinnerst du dich an Charlie Pitts, Reuben?«

»Nein.«

»Er war der Schönste der Bande, bevor er erschossen wurde.«

»Ach der.« Ich hatte sein Foto in einem Buch gesehen, das Swede in der Stadtbücherei ausgeliehen hatte – vermutlich die einzige Aufnahme, die es von ihm gab. Es war das Bild, auf dem er tot zur Schau gestellt ist. Früher wurden erschossene Ganoven gern für ein, zwei Wochen im Schaufenster ausgestellt, eine Idee der Handelskammer, um Kundschaft in die Stadt zu locken. Besonders hygienisch kann es wohl nicht gewesen sein.

Swede las weiter: »›Pitts war das adretteste und gepflegteste Bandenmitglied, und er war eitel, denn er liebte die Gesellschaft und die Komplimente der Damenwelt. Er hatte stets ein Rasiermesser bei sich, das er täglich benutzte, und ein Stück Blech, das ihm als Spiegel diente. Er besaß mehr Socken als die meisten anderen in seinem Gewerbe und achtete darauf, sie regelmäßig zu wechseln. Lange Unterhosen …‹ Jetzt kommt's, Reuben. ›Lange Unterhosen lehnte er ab. Sie waren für ihn eine Erfindung der niederen Schichten, genau wie Fausthandschuhe und Stiefel zum Hineinschlüpfen. Charlie trug Schnürstiefel.‹«

»Wirklich?«

»Ja, und ein Nachthemd, zum Schlafen. ›Mit seinem vornehmen Gehabe und besonders mit seiner Vorliebe für Nachthemden zog er sich den Hohn und Spott seiner Companeros zu, vor allem von Bob Younger, der sich gewohnheitsmäßig einer derben Ausdrucksweise befleißigte. Wenn sie in einer Höhle oder im tiefen Wald versteckt lagen, wartete Bob nur darauf, dass Charlie im Nachthemd am Lagerfeuer erschien und sich das Zahnfleisch zur Pflege mit Salz einrieb, um ihn Zuckerpüppchen, Schwester Pitts oder Charlie vom anderen Ufer zu nennen.‹«

Ich konnte mich nicht daran erinnern, davon etwas in dem ausgeliehenen Buch gelesen zu haben, aber wenn es dort gestanden hätte, hätte Swede es sowieso nicht benutzt. Mit dem Diebstahl geistigen Eigentums wollte sie nie etwas zu tun haben. Sie vertraute lieber ihrer eigenen Recherche.

»›Nur wenige Tage vor dem verhängnisvollen Bankraub in Northfield kam Charlie Pitts im Nachthemd in das Hotelzimmer, wo Bob Younger Karten spielte. Bob stichelte: Na so was, wenn das nicht die Königin von Saba ist. Komm, setz dich auf meinen Schoß, Schätzchen, ich zeige dir, wie man pokert. Worauf Charlie sich an den älteren der Young-Brüder wandte, der ebenfalls am Spieltisch saß. Er sagte: Erschießt du mich, wenn ich deinem Bruder Manieren beibringe?

Gib's ihm, sagte Cole, der ein schlechtes Blatt auf der Hand hatte. Bob sprang auf, die Hand am Holster, aber Charlie war in seiner Jugend Faustkämpfer gewesen. Er tänzelte auf ihn zu, bevor Bob den Finger am Abzug hatte, und versetzte ihm einen Schlag auf das rechte Ohr. Der Revolver fiel polternd zu Boden; Charlie krallte sich in Bobs Haare, riss seinen Kopf nach hinten und schlug ihm gezielt auf den hervortretenden Adamsapfel, woraufhin Bob Younger würgte, weinte und nur noch einen Gedanken hatte: Er dachte, dass er sich für die Bemerkung über die Königin von Saba wohl nicht den richtigen Moment ausgesucht hatte.«

»Klasse«, sagte ich.

»Weiter bin ich noch nicht.« Swede ließ sich nicht darüber aus, was diese Episode mit dem Rest ihres Werkes zu tun hatte. Aber wahrscheinlich hatte sie nur August im Nachthemd gesehen, und Outlaws spukten ihr sowieso dauernd im Kopf herum. Swedes Definition von Journalismus war ausgesprochen dehnbar.

Als es Mittag wurde, machten wir Rast. In Linton, einem Städtchen im tiefsten North Dakota, hielt Dad in einem Park an und kam zu uns in den Wohnwagen. »Na, Amigos? Lust auf eine Portion Bohnen?«

Was für eine Frage. Swede ergatterte den begehrten Klumpen Schmalz aus der Dose. Nach dem Essen warf Dad die Heizung wieder an und legte sich hin, um ein Nickerchen zu machen. Eingelullt von der Wärme, döste ich ebenfalls ein; ich schlief tief und fest, ohne mich durch Swedes lautes Tippen stören zu lassen.

Doch schon nach wenigen Minuten weckte sie mich wieder auf; sie hatte schlimme Neuigkeiten. Auf der anderen Seite des Parks hockte der Fiesling Andreeson in seinem Wagen.

»Nein, Swede, das kann er nicht sein. Guck noch mal nach.«

»Er ist es, überzeug dich doch selbst. Als er gemerkt hat, dass ich ihn beobachte – hat er mir zugewinkt, Reuben!«

Schon saß ich kerzengerade in der Koje. »Kommt er rüber?«

»Warte.« Swede stellte sich neben das Fenster und spähte hinaus. »Nein, er sitzt bloß rum. Sein Motor läuft.«

»Ist Dad wach?«

Sie schüttelte den Kopf. Ich schlich zum Fenster. Tatsächlich, da saß er, der eingebildete Affe von einem Agenten, in einem sauberen, hellbraunen Mercury. Der Park war schmal wie ein Handtuch; zwischen Mr. Andreeson und uns lagen keine fünfzig Meter. Er hatte einen Teller auf dem Schoß und einen Becher Kaffee in der rechten Hand.

»Sieh ihn dir an«, sagte Swede. »Wie er seine Fritten mampft. Er hat sich nicht mal getraut, im Restaurant zu essen. Weil er Schiss hat, dass wir weiterfahren und ihn abhängen.« Das schien zu stimmen, denn Andreeson blickte immer wieder zu uns herüber. Wir mussten andauernd den Kopf einziehen – Swede wollte sich nicht noch einmal zuwinken lassen.

»Wieso kommt er nicht einfach rüber und redet mit uns?«

Ich überlegte. »Vielleicht reicht es ihm, dass wir ihn sehen können. Um uns nervös zu machen, wie die Indianer.«

»Wir haben nichts getan«, sagte Swede trotzig. »Wir fahren bloß in Urlaub. Da ist doch nichts dabei.«

»Genau.«

»Und wir haben ja auch gar keine Ahnung, wo Davy ist. Woher sollten wir das wissen?«

»Genau.« Ich warf vorsichtig einen Blick nach draußen, aber nicht vorsichtig genug. Andreeson, der das Fenster im Auge hatte, nahm sofort die Flosse hoch und winkte mir zu. Und ich winkte auch noch zurück, wie der letzte Vollidiot.

»Reuben – jetzt kommt er bestimmt gleich rüber!«

»Entschuldigung, Swede«, sagte ich zerknirscht. Ich war in die Hocke gegangen. »Beobachte du ihn lieber. Sag mir, wann er kommt.«

Aber er kam nicht. Er musste sich eine Riesenladung Fritten

besorgt haben, und je länger er aß, desto wütender wurde Swede. »Der aufgeblasene Affe! Warum kommt er nicht her und redet mit uns? Meint er, er kann uns Angst einjagen, indem er da sitzt und spachtelt? Wie hat er uns überhaupt gefunden?«

»Sollen wir nicht lieber Dad aufwecken?«

»Na klar – und dann geht Dad sofort rüber und bespricht alles mit Mr. Andreeson. Mit Mr. *Federale*«, sagte sie verächtlich. Im rechten Moment geht eben nichts über einen treffsicher eingesetzten Brocken Spanisch.

»Warte mal – er ist fertig.«

»Fertig? Womit?«

»Mit seinen Fritten.«

»Kommt er?«

»Nein – er fährt.« Andreeson hatte seinen Pappteller zusammengeknüllt und ließ den Wagen zum nächsten Abfallkorb rollen. Er warf den Teller hinein, erwischte mich schon wieder dabei, dass ich ihn beobachtete, salutierte und tuckerte davon.

»Der Hosenschisser!«, schimpfte Swede. »Die Ratte! Das Agenten-Aas! Sorgt dafür, dass wir ihn auch ja bemerken, und dann haut er ab! Soll ich dir sagen, was das heißt? Er ist verzweifelt – er verfolgt uns, weil ihm nichts Besseres einfällt.«

Es imponierte mir, wie überzeugt Swede klang, obwohl ich ihre Meinung nicht teilte. Ich hatte mir Andreeson nämlich sehr gründlich angesehen. Zur Not hätte ich seinen Blick vielleicht als scharf oder auch listig, ja, sogar als fast humorvoll beschreiben können. Aber verzweifelt? Wohl kaum. Wer verzweifelt ist, salutiert nicht.

»Was glaubst du, wo er hin ist, Swede?«

»Wahrscheinlich will er uns jetzt schmoren lassen.«

»Die Ratte!«

»Oder er muss aufs Klo.«

»Der Stinker.«

»Los, wir wecken Dad auf.« Swedes Entschluss stand fest. »Wir verlassen die Stadt. Wenn Andreeson zurückkommt, sind wir weg!«

»Denkst du, das ist eine gute Idee? Kriegen wir dann keinen Ärger?«

»Haben wir denn etwas verbrochen?«

»Nein.« Trotzdem kam ich mir fast wie ein Verbrecher vor.

Sie packte meinen Arm. »Was meinst du, sollen wir Dad von ihm erzählen?«

Ich nickte und wollte schon loslaufen, um es ihm zu sagen. Wie oft hatten wir schon die Gelegenheit, Dad eine echte Neuigkeit zu verkünden?

Aber sie schüttelte den Kopf. »Womöglich will er dann auf Andreeson warten und mit ihm reden.«

»Na und? Wir sind unschuldig. Hast du doch selbst gesagt.«

»Ich weiß, aber Andreeson könnte sich einen fiesen Trick einfallen lassen. Womöglich zwingt er uns, wieder nach Hause zu fahren.«

Ich glaubte nicht, dass er das konnte, auch wenn er beim FBI arbeitete. Swede behauptete, dass die Agenten oft gegen ihre eigenen Vorschriften verstießen, eine Ansicht, die sie von Mr. DeCuellar übernommen hat und an der sie bis heute festhält.

»Du meinst, Andreeson kann Dad vorschreiben, was er machen soll?« Sollte sie doch zur Abwechslung einmal eine unbequeme Frage beantworten.

»Genau davor habe ich Angst«, gab sie zu.

Letzten Endes wurde dann aber doch nichts aus all unseren Plänen, denn als Dad aufwachte, hatte er rekordverdächtige Kopfschmerzen und schlug uns mit gepresster Stimme vor, erst am nächsten Morgen weiterzufahren. Sofort musste ich wieder an Augusts Befürchtungen denken, aber Dad nahm zwei Aspirin und versprach uns, bis zum Abendessen wieder auf dem Damm zu sein, vorausgesetzt, es würde Hühnchen mit Klößen geben.

»Er ist wirklich krank«, sagte Swede vor der Tür zu seiner Schlafkabine. »Er hat Tabletten genommen!«

Aber ich klammerte mich an Dads Versprechen. »Woraus werden Klöße gemacht?«

»Backpulver, Mehl, Milch.« Sie schmollte, und ich konnte es ihr nicht verdenken. Sie hatte sich so schön ausgemalt, wie wir Andreeson entwischten, während der auf dem Klo hockte.

Zu den Klößen gab es ein Swanson-Huhn (»Das Huhn aus der Dose«). Dad erschien, wie versprochen, zum Essen und behauptete, vollständig wiederhergestellt zu sein. Er sah nicht viel besser aus als vorher, obwohl es in der Düsternis schwer zu erkennen war – der Airstream besaß zwar Lampen, aber Dad zog den schummerigen Schein der Lintoner Straßenlaternen vor. Angeblich sei es romantischer so; dabei konnte er bloß das Licht nicht vertragen. Aber wir hatten nichts dagegen. Haben Sie schon einmal Huhn aus der Dose gegessen? Eine romantische Beleuchtung kann dabei nicht schaden.

Es klopfte an der Tür.

»Ja«, rief Dad. Es war so dunkel, dass ich seinen Gesichtsausdruck nicht erkennen konnte.

»Mr. Land, ich bin es, Martin Andreeson.«

Dad antwortete nicht gleich. Ich bin überzeugt davon, dass er, wenn auch nur für einen kurzen Augenblick, dachte, es sei Davy, der gekommen war, um sich mit ihm auszusöhnen. Er stand auf, riss ein Streichholz an und zündete in der Küche eine Lampe an. »Kommen Sie rein.«

Andreeson trug einen beigefarbenen, knielangen Mantel, aber keinen Hut. Seine Haare waren frisch geschnitten, und er lächelte. In dem Gaslicht leuchtete er wie das blühende Leben, wirkte jünger als beim letzten Mal, was besonders ungerecht war, wenn man Dad neben ihm sah. Er sagte: »Herrliches Wetter. Ich mag die Gegend. Ich wäre gern öfter hier.«

Dad stützte sich auf die Rückenlehne eines Küchenstuhls, das Gesicht von den Kopfschmerzen verquollen. Mir fiel ein, was er beim letzten Mal zu dem FBI-Mann gesagt hatte: »Mr. Andreeson, wir werden uns nie wieder sprechen.« Was für eine Stärke von diesem Satz ausgegangen war! Wie prophetisch und unangreifbar Dad geklungen hatte! Er schien ebenfalls daran zu denken, denn er warf mir einen Blick zu, der besagte, dass auf Prophezeiungen kein Verlass war, und wandte sich an Andreeson. »Haben Sie Neuigkeiten für uns, Sir?«

»Wie bitte? Nein.«

»Dann ist mir der Sinn und Zweck Ihres Besuchs nicht ganz klar«, erwiderte Dad höflich.

»Den will ich Ihnen gern erläutern. Mitte Januar haben Sie plötzlich Ihre Zelte abgebrochen. Ihre Miete ist bis April im Voraus bezahlt, obwohl Sie kein Einkommen mehr haben und keine Ersparnisse besitzen. Halb Roofing meint, Sie wären verrückt geworden. Man glaubt, Sie würden hier draußen Heuschrecken essen.«

Dad lachte leise. »Und die andere Hälfte?«

»Die andere Hälfte glaubt, dass Sie von Ihrem Sohn gehört haben und zu ihm wollen.«

»Welcher Theorie neigen Sie zu?«

»Ich überlege noch, ob es eine andere Erklärung dafür geben könnte, dass Sie jetzt hier sind.« Er meinte, in der Prärie, mitten im Winter; es war wirklich keine schlechte Frage.

»Wir sind auf der Suche nach ihm«, sagte Dad.

Andreeson schien auf eine Erklärung zu warten, und schließlich hakte er nach. »Hat er sich mit Ihnen in Verbindung gesetzt?«

»Nein.«

»Hat er sich mit August und Birdie in Verbindung gesetzt?« Er hielt es nicht einmal für nötig, *Shultz* zu sagen! Ich fand es ausgesprochen beunruhigend, wie gut Andreeson sich mit unseren Reiseplänen, Finanzen und Freunden auskannte. Es war ein Gefühl, als ob man eine unbekannte Klapperschlangenart entdeckt hätte – im eigenen Kleiderschrank!

»Ja, das hat er«, antwortete Dad.

»August hat mir etwas anderes erzählt«, sagte Andreeson. »Sehr loyal, obwohl er sich dadurch der Beihilfe zur Flucht schuldig macht. Wo will Ihr Junge hin? Was hat er ihm gesagt?«

»Nichts.«

Andreeson sah Dad an wie ein begriffsstutziges Kind. »Mr.

Land, ich habe die Pflicht, Ihren Sohn zu finden. Zurzeit ist es meine einzige Aufgabe. Ich glaube, dass wir ihm ganz dicht auf den Fersen sind. Sagen Sie es mir, wenn Sie mehr wissen. Sie könnten ihm das Leben retten.«

»Ich habe Ihnen die Wahrheit gesagt, Mr. Andreeson.«

»Außerdem würden Sie August und Birdie einigen Ärger ersparen. Es ist schade, dass sie mich belogen haben.«

Dad sagte: »Sie selbst haben schon zweimal gelogen, seit Sie den Wohnwagen betreten haben.«

Damit hatte er Andreeson erst einmal den Wind aus den Segeln genommen. Während ich noch herumrätselte, wobei er gelogen hatte, nickte der Agent, legte die Hand auf die Klinke und sagte: »Mr. Land, wir müssen keine Feinde sein.«

»Doch, Mr. Andreeson«, antwortete Dad. »Ich glaube fast, das müssen wir.«

Eine Windböe wehte durch die Tür herein, dann war das Agenten-Aas verschwunden. Wenige Minuten später schlüpfte Swede in den Wohnwagen. Wir hatten noch nicht einmal bemerkt, dass sie fort gewesen war.

»Ich musste mal eben zur Tankstelle laufen«, schnaufte sie atemlos. Nachdem sie ihren Mantel weggehängt hatte, machte sie sich in der Küche zu schaffen, kochte Dad eine Kanne Kaffee, räumte alles tipptopp auf und schwang sich schließlich in den Sattel, um die folgenden Zeilen in die Tasten zu hämmern:

Ein Blizzard brach los, urgewaltig und groß,
Stürzt' sich finster, kalt lächelnd und böse
Und mit all seiner Macht, tief in Wildnis und Nacht,
Auf den Suchtrupp, mit lautem Getöse.

Die Augen umschattet, die Pferde ermattet,
So schleppten sie müd sich voran.
Doch da, in der Ferne, da schimmert' wie Sterne
Ein Licht, das sie magisch zog an, o ja,
Ein Licht, das sie magisch zog an.

Doch die Lady, die öffnete, ganz ohne Hast,
Beherbergte schon einen anderen Gast.

Vermutlich brauchte Swede für diese Strophen nicht mehr als vier Minuten, obwohl sie, wie schon gesagt, nicht einmal richtig tippen konnte. Doch sie legte alles hinein, was sie hatte, griff so inbrünstig in die Tasten, dass Dad sagte: »Meine Güte, Swede, weißt du denn nicht, dass *Moby Dick* schon längst geschrieben worden ist?« Aber er bekam keine Antwort. Sie schwebte wohl in anderen Sphären und hatte ihn gar nicht gehört.

Sie tat auf die Pforte mit freundlichem Worte
Und bat sie gastlich ins Warme,
Brachte Brandy im Nu und sang auch dazu,
Und sie sanken in Morpheus' Arme.

Als der Sheriff erwachte am folgenden Tag,
Riss die Männer er aus ihrem Schlummer,
Denn er hatte geträumt, Sundown läg im Heu,
Und der Gedanke, der machte ihm Kummer. O ja!
Der Gedanke, der machte ihm Kummer.

Sie schlichen um's Eck, sie durchsuchten das Heu,
Doch Pferde, doch Lady, doch Outlaw – goodbye!

Am nächsten Morgen waren Dads Kopfschmerzen wie weggeblasen, und nachdem Swede uns aus dem Bett getrommelt hatte, wollte er uns sogar Pfannkuchen backen. Dass Swede uns weckte, hätte mich misstrauisch machen müssen. Sie war fast nie vor Dad auf den Beinen, denn das morgendliche Viertelstündchen mit der King-James-Bibel war ihm heilig.

»Können wir nicht weiterfahren?«, bettelte Swede mit einem fast quengelnden Ton in der Stimme, auf den ich zu dieser Tageszeit lieber verzichtet hätte. »Ich finde, Corn-Flakes reichen.«

Dad hatte es nicht eilig. Eines stand fest: Andreeson hatte unserer Reiselust einen Dämpfer verpasst. Dad spielte sogar mit dem Gedanken, ein paar Tage in Linton zu bleiben. Schließlich hatte er dem Agenten die Wahrheit gesagt – wir mussten uns weder nach Davy noch nach sonst jemandem richten. Möglicherweise war es das Beste, sich einzuigeln und den Herrgott walten lassen. »Außerdem hasst Andreeson North Dakota«, sagte Dad. »Das wusste ich sofort. Was meint ihr, wie er sich ärgern würde, wenn wir uns einen Monat lang nicht mehr vom Fleck bewegen würden.«

»Aber Davy«, begann Swede.

»Davy ist in Gottes Hand, wie wir alle. Vielleicht ist es für alle das Beste, ein paar Tage zu warten.«

Normalerweise wäre damit die Diskussion zu Ende gewesen, denn Dad sagte: »Also, was ist jetzt mit den Pfannkuchen?«

»Es geht mir nicht gut«, sagte Swede.

Dad beugte sich zu ihr. »Du bist ja ganz blass. Es ist noch früh; leg dich doch noch ein bisschen hin.«

Swede kletterte wieder in ihre Koje. Dad drehte das Gas herunter, so dass der warme Wohnwagen dunkel und friedlich dalag. Ich döste vor mich hin und hörte nur, wie Dad hin und wieder eine Seite umschlug.

Dann sagte Swede leise: »Dad?«

»Hm?«

Ich wurde hellwach.

»Ich habe gebetet, und ich glaube, es ist Gottes Wille, dass wir weiterfahren.«

Dad lehnte sich zurück, reckte sich, stand schweigend auf und klappte die Bibel zu. »Dann hol die Corn-Flakes raus, Reuben«, sagte er. »Es ist auf jeden Fall Swedes Wille. Fahren wir.«

An diesem Tag hatten wir zum ersten Mal das Gefühl, wirklich unterwegs zu sein. Als die Sonne aufging, hatten wir bereits den mächtigen Missouri erreicht und fuhren an seinem Ufer entlang nordwärts. Dad erklärte uns, dass hinter Mandan, wo wir den Strom überqueren wollten, die Central Time nicht mehr galt und wir dann unsere Uhren zurückstellen und uns nach der Mountain Time richten würden. Er hätte das mit dem »Mountain« vielleicht etwas näher erläutern sollen, denn so hatten wir von da an natürlich nur noch schneebedeckte Gipfel im Sinn. Doch erst einmal lag bis Mandan noch eine ganz schöne Strecke im eiskalten Airstream vor uns. Tauwetter im Januar hält nie lange vor. Swede zog sich in den hinteren Teil des Wohnwagens zurück und sah zu, wie sich der Highway hinter uns nach Osten erstreckte. »Komm her, wenn dir kalt ist«, sagte sie. An dem Ende befand sich Dads Schlafkabine – sie saß, wie ein Indianer, mit untergeschlagenen Beinen auf seinem Bett, unter einem Berg von Steppdecken.

»Wir haben's geschafft, hm?«, sagte ich. Dass wir Andreeson entwischt waren, meinte ich.

»Ja.«

Ich stieß ihr unter den Decken den Finger in die Rippen. »Stell dir doch mal vor, wie ihm zu Mute gewesen sein muss, als er heute Morgen in den Park kam und wir waren weg – was meinst du, wie er sich jetzt fühlt!«

»Er hat bestimmt eine ziemliche Wut.« Swede lächelte, aber nicht sehr überzeugend. Das irritierte mich; schließlich hatten wir in letzter Zeit kaum etwas zu feiern gehabt, und jetzt freute Swede sich noch nicht einmal über einen klaren Sieg. Und nicht nur das, sie hatte sogar tiefe dunkle Halbmonde unter den Augen, wie eine böse alte Frau. Wachsam behielt sie die leere Straße im Auge.

»Womöglich hat er es noch gar nicht gemerkt«, fuhr ich fort. »Vielleicht sitzt er im Café und isst hart gekochte Eier. Er gönnt sich noch eine Tasse Kaffee, liest gemütlich die Zeitung ...«

»Und ärgert sich, dass er in North Dakota ist«, fügte Swede hinzu, die meiner eleganten Detailzeichnung offenbar nicht widerstehen konnte.

»... ja, er ärgert sich tot, überall nur blöde Provinzdeppen. Und wenn er in ungefähr zehn Minuten fertig ist, fährt er in den Park und wir sind weg! Was meinst du, was er dann macht?«

Aber Swedes Begeisterung war schon wieder verflogen. »Keine Ahnung. Aber eines macht er bestimmt nicht. Er fährt bestimmt nicht einfach so zurück nach Minneapolis. Er hat uns gestern gefunden; warum soll er uns nicht noch einmal finden?«

Mehr sagte sie fürs Erste nicht, es war einfach zu kalt. Es war so kalt, dass wir uns gegenseitig kaum wärmen konnten, jeder in seine eigenen Gedanken verstrickt, zwei Deckenberge, die zusahen, wie der öde Highway im Nichts verschwand. Es war eine trostlose, platt gefrorene Welt, der westliche Zipfel der Central-Time-Zone. Die Straßengräben, in denen das von den Feldern abgelaufene Wasser dunkel dahingeströmt war, waren im Wind wieder vereist. Wenn etwas so Hoffnungsvolles und Plötzliches wie ein Tauwetter im Januar so abrupt endet, hilft nichts mehr, nur warme Decken.

Wissen Sie noch, was für ein Spritschlucker der 55er Plymouth Kombi war? Er war schon im günstigsten Fall ein richtiger Säufer, aber wenn er auch noch eine große Last schleppen musste, wurde er zum zeternden Sklaven, der verlangte, dass man beständig seinen Durst löschte. Sicher, das Benzin war billig, und der Plymouth hatte einen großen Tank; aber im Vergleich zu heute, wo man alle paar Meilen eine gut beleuchtete, florierende Tankstelle findet, waren sie damals wesentlich spärlicher gesät. Dad hatte zwei rote Reservekanister gekauft, mit denen sich unsere Reichweite um weitere hundert Meilen vergrößerte – was normalerweise genügte, um eine Zapfsäule zu finden, sogar in der Prärie. Wir hatten sie zusammen mit einem Kasten Motoröl in einem Schrank in der Mitte des Airstreams verstaut. Kurz nachdem wir Roofing verlassen hatten, waren wir erst einmal tanken gefahren, und ich bekam die Aufgabe, die Kanister herauszuholen und den Tankwart zu bitten, sie voll zu machen, nachdem er den Wagen betankt hatte. Es ist komisch – ich würde den Mann heute noch wiedererkennen, denn eines seiner Ohren klebte ihm dick und wulstig am Kopf. Es war ein so genanntes Blumenkohlohr, obwohl es weniger einem Blumenkohl glich als dem dicken, kräftigen Blatt einer Klette. Er machte ein verwirrtes Gesicht, als Dad mit einem Zehndollarschein bezahlte, als ob er noch nie Wechselgeld hätte herausgeben müssen, und er äußerte sich ein paar Mal bewundernd über den Wohnwagen, als ob wir reiche Leute auf Reisen wären, unerreichbar für ihn. Ich wiederum war fasziniert von seinem Ohr, das wie ein Borkenpilz von seinem Schädel abstand, und ich weiß noch, wie wenig es mir sagte, als Dad mir später erklärte, dass man solche Deformationen häufig bei Boxern fand, die noch mit bloßen Fäusten gekämpft hatten und schwere Treffer einstecken mussten. Wie beruhigend es war, dass wir die Reservekanister dabeihatten! Dabei rechnete ich nicht im Entferntesten damit, dass uns das Benzin ausgehen könnte – für mich waren die Kanister nur ein Symbol dafür, dass wir es ernst meinten. Wir würden so weit fahren, wie wir mussten, Monate oder sogar Jahre, wenn nötig, bis wir fanden, was wir suchten – was immer das war. Dank Swede wusste ich das selbst nicht mehr so genau. Aber irgendwann am späten Morgen, als ich ihr gerade meine ganzen Sachen vererben wollte, falls ich erfrieren würde, hielt Dad an einer Sinclair-Tankstelle im Nirgendwo an, und Swede und ich sprangen mit steifen Gliedern heraus.

»Keiner da«, sagte Dad. Es war eine kleine weiße Tankstelle mit einem umlaufenden grünen Streifen, ausgestorben und menschenleer. Über uns schwang stöhnend das Sinclair-Schild mit dem grünen Brontosaurier im Wind, der den ganzen Vormittag hindurch immer mehr aufgefrischt hatte. »Ich würde gern voll tanken«, überlegte er. »Aber ich denke, wir schaffen es noch bis Mandan – das dürfte kein Problem sein. Außerdem haben wir ja auch noch die Reservekanister.«

Aber in Mandan tankten wir auch nicht. Wir überquerten den Missouri und kamen in die Mountain-Time-Zone (»Die Berge müssen wohl noch ein paar Kilometer entfernt sein«, sagte Swede enttäuscht), aber in der ganzen Stadt gab es kein Benzin für uns. Dad wollte die erste Tankstelle ansteuern, die wir sahen, doch dann überlegte er es sich anders und rollte vorbei.

»Warum haben wir nicht angehalten?«, fragte ich.

»Zu teuer«, sagte Dad, der den Rückspiegel im Blick behielt. »Wir müssen sparen.« Ich gab mich mit dieser Erklärung zufrieden – und warum auch nicht? –, obwohl Swede mir zuflüsterte, dass an der Tankstelle ein Streifenwagen gestanden hatte, darin ein Polizist mit Sonnenbrille, der den Verkehr beobachtete.

Wir fuhren langsam nach Mandan hinein. Es ist eine ziemlich große Stadt am Missouri, benannt nach dem Indianerstamm, bei dem die Entdecker Lewis und Clark überwintert haben. Die Mandan hatten eine Vorliebe für Spiele, wie Swede mir erzählte. So verbrachten sie mit Lewis und Clark den Winter; sie feierten, verteilten Geschenke und spielten, bis das Eis schmolz.

Dad fuhr an der zweiten Tankstelle vorbei. »Da war eine«, rief ich; ich dachte, er hätte sie übersehen.

»Ja, stimmt«, sagte er.

»Können wir was essen, wenn wir anhalten?«, fragte ich.

Er antwortete nicht, und er fuhr auch nicht langsamer, als wir uns der nächsten Tankstelle näherten, die mitten in der Stadt lag. Als ich merkte, dass er schon wieder vorbeifahren wollte, öffnete ich den Mund, um etwas zu sagen, aber da packte Swede mich am Ärmel. Ich zog den Arm weg; sie machte ein ängstliches, wildes Gesicht. Aber da fuhren wir auch schon an der Tankstelle vorbei, und ich sah einen Polizisten, der mit Parka und Rangerhut an seinem Auto lehnte.

Ich gebe zu, dass ich diese Entdeckung aufregend fand, auch wenn ich eigentlich nicht glaubte, dass der Polizist nach uns Ausschau hielt. Es wäre sehr unwahrscheinlich gewesen, weil wir ja selbst nicht wussten, wo wir Davy suchen sollten. Aber Swede schien davon überzeugt zu sein, und Dad – nun, Dad hielt nicht an.

Swede gab mir ein Zeichen, den Mund zu halten.

Wir waren so still, dass ich mich an Mandan wie an einen Stummfilm zurückerinnere: Leute auf dem Bürgersteig, die in dem schneidenden Wind und der grell weißen, kalten Sonne die Schultern hochzogen; enttäuschend wenige Männer mit Cowboyhüten, dafür andere, die wie Bankdirektoren aussahen und flatternde Mäntel trugen; ein Café, in dessen Fenster eine Frühstücksspeisekarte hing und vor dessen Tür ein paar Hunde warteten; ein echter, lebendiger, langhaariger Indianer, der aus einem Frisiersalon kam. Alle diese Menschen wurden von dem herrischen Wind herumgeschubst, nur die Polizisten nicht, die an diesem Tag an jeder Tankstelle in Mandan in ihren Streifenwagen saßen und gelassen aus dem Fenster blickten. Diese Männer waren so reglos und ihre Gesichter so starr, und es gab so viele von ihnen, verteilt wie die Jäger auf einem Feld, dass mir eines klar wurde: Sie suchten tatsächlich nach uns, und durch uns nach Davy. Mich überlief ein kalter Schauer, und ein Schluchzen stieg in meiner Kehle auf, ohne dass ich etwas dagegen tun konnte. Es ist nicht schwer, vollmundig zu verkünden, dass man mit der ganzen Welt im Krieg stehe, und mit stolzgeschwellter Brust daran zu glauben, aber es ist eine völlig andere Sache, wenn die Welt einem dann mit einer überwältigenden Übermacht und sicherem Jagdinstinkt gegenübertritt. Ich schloss die Augen und wiegte mich hin und her.

Etwas Warmes

Es stimmte: Die Polizei war hinter uns her. Ich glaube, Dad spürte es sofort, als er den ersten Polizisten sah. Swede wusste es auch. Woher? Das erkläre ich gleich. Später bestätigte es uns sogar das Agenten-Aas persönlich: Andreeson hatte den willensschwachen Chef der Polizei von North Dakota dazu gezwungen. Ich habe später einmal ein Foto von ihm gesehen. Er hieß Muriel – mit diesem Namen und diesem kleinen Grübchenkinn hatte der arme Mann keine Chance. Muriel hatte den größten Teil seiner Beamten nach Mandan beordert und an andere Orte entlang der Strecke, die wir, wie Andreeson richtig vermutete, nehmen würden. Ein kinderleichter Einsatz, nicht wahr? Eine Familie in einem grünen Plymouth-Kombi anzuhalten, der einen sieben Meter langen Airstream-Wohnwagen hinter sich her schleppt?

Aber sie haben uns nicht erwischt. Nicht einer von ihnen bemerkte uns auch nur, obwohl wir sie, wie oben geschildert, überall lauern sahen. Wir schlichen durch diese Stadt wie ein dicker Junge durch ein Wolfsrudel. Halten Sie davon, was Sie wollen. Ich kann mich heute noch darüber freuen, wenn ich mir vorstelle, wie Muriel an jenem Abend von jedem einzelnen Polizisten pflichtbewusst berichtet wurde, dass es keine besonderen Vorkommnisse gegeben habe. Gerne male ich mir aus, wie der arme, weichherzige Muriel schließlich seinen ganzen Mut zusammennahm, zum Telefonhörer griff und Martin Andreeson anrief, um ihm mitzuteilen, dass er sich in der Strecke geirrt habe.

»Er ist wie Moses«, verkündete Swede, als wir am Abend im

Bett lagen und die Gaslampe über uns zischte. Sie meinte Dad. »Es war, als ob er das Rote Meer geteilt hätte!«

»Na ja«, sagte ich und blätterte im Alten Testament. Das war ihre Idee gewesen. Nachdem sie ihr erstes Wunder mit angesehen hatte, war sie auf die Idee gekommen, Dad in die Propheten einzureihen, ein Gedanke, bei dem mir nicht ganz wohl war.

»Oder meinst du nicht, dass er mit Moses auf einer Stufe steht?«, wollte sie wissen.

»Wie wäre es mit Obadja?«, antwortete ich ausweichend.

»Der steht drunter.«

»Malachias?«

»Also wirklich. Ich weiß noch nicht mal, was diese Kerle Tolles getan haben sollen. Nichts für ungut.«

Ich sah ein, dass ich ihr mit einem Berühmten kommen musste. »Wie wäre es mit Jonas?«

Sie schüttelte den Kopf. »Der alte Miesepeter? Der hat doch bloß den ganzen Tag gejammert. Wahrscheinlich hat Gott den Wal nur geschickt, weil er endlich mal drei Tage Ruhe haben wollte.«

Aber ich war beunruhigt. Wie kamen wir dazu, Dad oder sonst einen lebenden Menschen mit den ehrwürdigen Gestalten aus dem Alten Testament auf eine Stufe zu stellen? Sie waren Propheten, die jeden Tag mit dem Herrgott gesprochen hatten, so regelmäßig, wie andere Leute ihren Tisch decken. Männer, die aus trockenen Felsen Wasser geschlagen hatten. Mir wäre es lieber gewesen, Swede hätte die Fahrt durch Mandan verschlafen.

»Mir gefällt das nicht«, sagte ich.

»Wieso nicht?«

Ich konnte es nicht in Worte fassen, ganz im Gegensatz zu Swede. »Hast du Angst, dass wir respektlos sind?«

»Ja.«

»Vermessen? Arrogant? Gotteslästerlich?«

Das passiert mir heute noch mit Swede. Wenn mir ein einzelnes Wort fehlt, versorgt sie mich gleich mit einer ganzen Auswahl.

»Du hast gesagt, Jonas wäre ein Miesepeter.«

»Dann lies doch mal nach, was in der Bibel über ihn steht. Nach der Sache mit dem Wal geht er nach Ninive und sagt den Heiden, wenn sie nicht bereuen, wird Gott sie verbrennen, und ihre Kühe auch. Also bereuen die Heiden! Sack und Asche für alle, beim König angefangen bis runter zum letzten Mann! Und weißt du, was Jonas dann macht?«

»Nein«, gab ich zu – eigentlich hatte ich bis dahin gedacht, das Buch endete damit, dass er wieder ausgespuckt wurde.

»Er schmollt! Er marschiert in die Wüste und bittet Gott, die Heiden trotzdem zu verbrennen – und ihre Kühe!«

»Das wäre nicht fair gewesen.«

»Das hat Gott auch gesagt, aber Jonas hat dagesessen und eine Schnute gezogen! Die Lippe hing ihm bis hier! Er wollte nicht, dass die Heiden bereuen, er wollte ein Grillfest.«

Ich sah sie sprachlos an. So was aber auch! Ich konnte bloß hoffen, dass die anderen großen Propheten nicht solche kindischen Schwächen hatten – Eliah oder Daniel. Der friedliche alte Daniel unten in seiner Löwengrube; ich hätte es nicht ertragen, wenn er sich auch als Miesepeter entpuppt hätte.

»Außerdem hat er keine Wunder bewirkt«, fuhr Swede fort. Sie hatte Jonas am Boden und gab ihm nun den Rest.

»Okay«, sagte ich. »Aber er hat ein ganzes Buch geschrieben, und es steht in der Bibel.« So sehr ich Dad auch liebte, in der Bibel kam er trotzdem nicht vor.

»Es ist nur ein kurzes Buch. Jonas wollte überhaupt kein Prophet sein. Wahrscheinlich wäre er lieber Handwerker geworden.«

Zum Glück beließen wir es dabei. Ich hatte wirklich keine Lust, Jonas zu beleidigen. Dass wir an den Polizisten vorbeigeschlüpft waren, reichte mir als Wunder völlig aus, auch wenn wir die Einzigen waren, die etwas davon wussten.

Worüber ich mir Sorgen machte, war, dass Andreeson einen solchen Aufwand betrieb. War er nicht erst am letzten Abend in unseren Wohnwagen gekommen, um mit uns zu reden? Und wir hatten uns nichts Schlimmeres zu Schulden kommen lassen als passiven Widerstand. Was für einen Grund hatte das Agenten-Aas also, uns zu jagen?

»Ich hatte es eigentlich erwartet«, sagte Swede.

»Herzlichen Glückwunsch.« Ja, ich war ein bisschen sauer. »Andreeson sucht immer noch nach uns. Und jetzt sind wohl auch noch alle anderen hinter uns her.«

»Andreeson ist noch in Linton.«

»Das glaube ich nicht. Der ist inzwischen längst woanders.«

»Er hatte Schwierigkeiten, aus Linton wegzukommen.« Swede sah mich an, sie platzte fast, weil sie mir unbedingt etwas erzählen wollte, was sie sich bis jetzt aufgespart hatte.

»Na los, rück schon raus mit der Sprache.«

»Ich habe heimlich seinen Wagen kaputtgemacht«, sagte sie. »Es war Sabotage – aber du darfst Dad nichts davon verraten!«

Ich war so verblüfft, dass ich sie nur sprachlos anstarren konnte.

»Ich habe ihm Ahornsirup in den Tank gekippt«, erklärte sie mit ängstlich stolzer Miene. Jetzt wurde mir auch ihr seltsames Benehmen am Morgen klar. Kein Wunder, dass sie so nervös gewesen war und es mit dem Aufbruch so eilig gehabt hatte. Kein Wunder, dass sie uns aus dem Bett geholt hatte!

Und dann der vergangene Abend: Wissen Sie noch, wie sie in den Wohnwagen geschlüpft war, nachdem Andreeson uns verlassen hatte?

»Ich habe sicherheitshalber die ganze Flasche reingekippt«, gestand sie.

Tja.

Kein Wunder, dass sie keine Pfannkuchen zum Frühstück wollte.

Was wir immer noch nicht hatten, war Benzin. Zehn Meilen hinter Mandan hatten wir im Windschatten einer Hecke unseren gesamten Reservesprit getankt und waren weiter nach Westen gefahren, bis Dad nicht mehr konnte und sich hinlegen musste.

Er hatte wieder Kopfschmerzen, genauso schlimm wie am Tag vorher, und sein Gesicht war so rissig wie ein Renaissance-Gemälde. Neben einer großen leeren Scheune, die überhaupt nicht in die Landschaft passte, hielt er an. Kein Haus weit und breit. Die Scheune bestand aus rohen, vierkantig behauenen Baumstämmen, deren Eckverbindungen mit mächtigen Kerben ineinander griffen. Das ist vor allem deshalb bemerkenswert, weil es solche Bäume in diesem Teil von North Dakota noch nie gegeben hat. Ich weiß nicht, wie die Scheune dort hinkam, aber ich würde jede Wette eingehen, dass sie noch heute da steht. Als Dad den Motor abstellte und sagte, wir hätten vermutlich noch genügend Propangas, um den Airstream bis zum nächsten Morgen halbwegs zu heizen, fragte Swede bestürzt, ob wir nicht lieber zusehen sollten, dass wir weiterkamen. Dad schien mit seiner Geduld am Ende zu sein; das hörte man ihm an, als er antwortete, wenn er nicht sofort ins Bett käme, würde ihm der Kopf abfallen.

»Aber heute ist Samstag.« Swede ließ nicht locker.

»Das weiß ich«, sagte Dad.

»Morgen sind die Tankstellen zu.«

Dad nickte. Er hatte die Heizung angezündet und uns ins Bett gebracht. Wir lagen beide in Swedes Koje, denn es würde eine kalte Nacht werden. Er fragte: »Betest du heute Abend, Swede?«

Sie nickte.

»Ich auch. Unter anderem möchte ich den Herrgott bitten, uns Benzin zu geben. Würdest auch du darum beten?«

»Okay.«

»Gut. Deckt euch schön warm zu«, sagte Dad. »Und in einer Viertelstunde macht ihr das Licht aus.« Wir bekamen keinen Gutenachtkuss; er beugte sich nur kurz über die Koje und richtete sich schnell wieder auf, als ob Kopfschmerzen ansteckend wären.

»Bist du müde?«, fragte Swede, als Dad in seine Kabine gegangen war und die Schiebetür hinter sich geschlossen hatte.

»Nein.«

»Wetten, dass es bestimmt noch nicht mal acht Uhr ist.«

»Ich bin hellwach«, sagte ich.

»Noch nicht mal sieben!«

Dads Tür ging auf. Er sah unheimlich aus in dem bernsteinfarbenen Dämmerlicht, seine Augen lagen tief in den Höhlen. Wenn man ihm am helllichten Tage so begegnet wäre, hätte man sich sofort nach einem Telefon umgesehen. »Tut einfach so, als ob es Mitternacht wäre«, sagte er. »Flüstert.« Die Tür ging wieder zu.

»Mann«, sagte Swede – flüsternd.

»Ist dir warm?« Ich konnte mir natürlich denken, dass ihr auch nicht wärmer war als mir, aber ich wollte nicht über Dad reden und darüber, wie furchtbar er aussah.

»Nein.«

Die Lampe brannte noch, über uns türmten sich die Decken. Meine Nase lief, und meine Backen fühlten sich an, als wären sie aus Holz. Der Wind war stärker geworden; er rüttelte sacht am Wohnwagen. Es war, als ob sich ein riesiges Schwein am Airstream den Rücken kratzte.

»Guck mal, ich kann rauchen.« Swede klemmte sich eine unsichtbare Zigarette in das V zwischen Zeige- und Mittelfinger, zog eine Augenbraue hoch und stieß lang anhaltend den Atem aus. Sie sagte: »Isch bin sooo kalt, Chéri«, worauf ich kichern musste, worauf meine Nase noch schneller lief, worauf ich, weil ich kein Taschentuch hatte, in meiner Verzweiflung einen abgelegenen Zipfel der obersten Steppdecke nahm – na ja, ganz so abgelegen war er auch wieder nicht – eigentlich war er gar nicht weit von Swede entfernt, und anschließend grausten wir uns so sehr, dass unser Gekicher in ein hysterisches Lachen überging, das immer weiter anschwoll, sobald einer von uns wieder genug Luft bekam, um irgendeine alberne Bemerkung zu machen. Wir haben uns warm gelacht.

»Reuben«, sagte Swede – flüsternd, nachdem wir das Licht ausgemacht hatten und aus einer plötzlich aufkommenden Verlegenheit heraus verstummt waren. »Wieso müssen wir uns eigentlich Sorgen um das Benzin machen?«

»Weil wir unsere Reserve schon verbraucht haben.«

»Nein, ich meine, wozu brauchen wir überhaupt welches?«

Die Frage ergab keinen Sinn; ich lag in dem dunklen Wohnwagen, der vom Wind hin- und hergerüttelt wurde, und versuchte herauszufinden, was Swede mir damit sagen wollte.

»Pass auf«, unterbrach sie meine Überlegungen. »Heute ist doch diese Sache passiert.«

»Mit der Polizei?«

»Ja, die.« Sie wollte das Wort nicht benutzen. »Das war doch eigentlich ganz unmöglich. Dass uns keiner gesehen hat.«

»Klar.«

»Meinst du, Dad hat darum gebetet, dass es so ausgeht?«

»Ich weiß nicht. Die Augen hat er jedenfalls nicht zugemacht.«

»Mit geschlossenen Augen kann man nicht Auto fahren.« Ihr lehrerhafter Ton ging mir auf die Nerven. Wie viele Wunder hatte sie denn schließlich schon miterlebt? Genau eines.

»Vielleicht kann man es doch, wenn man um etwas wirklich Wichtiges betet. Um eine Riesensache. Vielleicht sorgt Gott dann auch noch dafür, dass man keinen Unfall hat. Wie in der Bäckerei; von Mrs. Bushka kriegt man immer dreizehn Donuts, auch wenn man nur zwölf verlangt hat.«

»Das kann man aber nicht vergleichen, Reuben.«

»Es könnte doch sein, dass Gott vom Himmel herunterblickt, wenn er hört, dass man betet, und wenn er dann sieht, dass man mit geschlossenen Augen durch die Stadt fährt und zu ihm spricht, passt er auf, dass man nirgendwo dagegenfährt.« Ich überlegte. »Vielleicht würde er es als Glaubensbeweis verstehen. Vielleicht würde er einem das Gebet dann eher erfüllen.«

Swede sagte: »Wenn ich also wirklich mal was von Gott will, brauche ich mich bloß mitten auf die Straße zu knien, damit er weiß, dass ich es ernst meine?«

Ich würdigte sie keiner Antwort. Die Dunkelheit hat auch etwas Gutes: Man kann in aller Ruhe abwarten, dass der andere erkennt, was für einen besserwisserischen Mist er gerade von sich gegeben hat. Mit ein bisschen Glück tut es ihm dann Leid, oder er denkt, man selbst hätte eine geniale Antwort auf Lager, die man sich nur aus vornehmer Zurückhaltung verkneift.

»Ich dachte doch bloß«, sagte Swede. »Wenn Dad um so etwas beten kann, brauchen wir uns keine Sorgen darüber zu machen, ob wir morgen eine offene Tankstelle finden.«

»Soll er etwa um einen vollen Tank beten?«

»Warum nicht? Wäre das denn nicht dasselbe?«

Konnte sie eigentlich nie eine Frage stellen, auf die ich eine Antwort wusste? »Wir können doch noch nicht mal sagen, ob er wirklich gebetet hat, Swede. Vielleicht war es nur Zufall. Ich weiß nicht, ob er darum beten muss oder ob sie einfach von selbst geschehen.«

Eine kurze, frostige Pause, dann sagte sie: »Was meinst du damit, dass sie von selbst geschehen? Wovon redest du?«

»Na, von meiner Geburt zum Beispiel. Du kennst die Geschichte doch. War das vielleicht kein Wunder?«

»Ach das. Na klar.« Man kennt das: Wenn man sein Leben lang mit einer Geschichte aufwächst, verwandelt sie sich früher oder später in etwas vollkommen Selbstverständliches, was man weder hinterfragt noch besonders würdigt. Deshalb fällt es den Menschen auch so schwer, aus ihren Fehlern zu lernen. Swede sagte: »Ich dachte, du meintest noch andere Beispiele.«

Natürlich hatte ich andere Beispiele gemeint. Und wenn ich mich jetzt nicht wie ein mieser Verräter fühlen wollte, blieb mir nichts anderes übrig, als damit herauszurücken.

»Einmal ist er ein paar Meter durch die Luft gegangen«, berichtete ich.

Wahrscheinlich war es der falsche Anfang.

Ist es nicht seltsam, dass wir darüber noch nie gesprochen hatten? Dass ich meinen Vater ins Leere hatte schreiten sehen, ohne sofort zu meiner Schwester zu laufen und es ihr zu erzählen?

Dass ich dabei gewesen war, als er von seinem Chef gefeuert worden war und ihm die Hand aufgelegt hatte, obwohl es dieser Kotzbrocken wirklich nicht verdiente, geheilt zu werden? Dass ich gesehen hatte, wie sich ein Eintopf vermehrte, bis auch der mächtigste Appetit gestillt war? Und dass ich mein Staunen für mich behalten hatte?

»Warum hast du es mir nicht erzählt?«, fragte Swede.

Ich wusste es nicht. Warum bewahrt ein Zeuge Stillschweigen? »Du hättest es ja auch selbst mitbekommen können. Zum Beispiel die Sache mit dem Sattel. Nicht zu fassen, dass du nichts gemerkt hast.«

Der Sattel war für Swede der letzte Beweis. Während ich ihr haarklein erzählte, woran ich mich noch erinnerte, kletterte sie aus der Koje und tastete sich mit ausgestreckten Händen durch den dunklen Wohnwagen, bis sie ihn fand. Es blieb still, während sie forschend über den Sattelkranz strich. Einen Augenblick lang hatte ich Angst, die Heilung des Leders wäre nur ein Traum oder Einbildung gewesen. Womöglich war der Riss noch immer da, und sie würde glauben, ich hätte mir einen grausamen Scherz erlaubt. Doch dann hörte ich ein gehauchtes Seufzen. Sie flüsterte: »Und ich habe darauf gesessen, als ob gar nichts wäre.« Obwohl es bitterkalt war, blieb sie noch eine ganze Weile neben dem Sattel stehen.

Diesen Teil der Geschichte nimmt mir sicher niemand ab – nicht, dass der Sattel wieder heil war, sondern dass Swede es die ganze Zeit nicht gemerkt hatte. Für einen Außenstehenden ist es auch schwer zu begreifen, ich weiß. Aber der Mensch ist ein furchtsames Wesen, das gilt auch für die Besten von uns. Wenn wir sehen, wie ein frisch geschlüpfter Falter zum ersten Mal seine Flügel ausbreitet, sagen wir: Schaut her, Kinder. Ein Wunder! Aber wenn sich eine unheilbare Wunde spurlos schließt, bemerken wir es nicht einmal, obwohl wir die Stelle jeden Tag vor Augen haben.

Am nächsten Morgen hatten wir frostige acht Grad unter Null; das sagte zumindest das Thermometer aus dem Co-op in Roofing, das Dad mit einem Gummiband am Bettpfosten festgezurrt hatte. Falls jemand auf den Gedanken kommen sollte, Wunder wären eine mit mathematischer Verlässlichkeit auftretende Annehmlichkeit, möchte ich darauf hinweisen, dass uns in den frühen Morgenstunden das Gas ausgegangen war, was unter anderem bedeutete, dass unser Frühstück aus trockenen Corn-Flakes und Brot bestand – die Milch war im Karton zur Säule gefroren. Während draußen noch immer der Wind um den Wohnwagen heulte, stolperten wir drinnen herum und machten uns reisefertig, mit einer drängenden Stille im Herzen, einer dumpfen Angst, die von Kälte und Eile angefacht wurde. Obwohl Dad immer noch Kopfschmerzen hatte, war er wenigstens soweit wiederhergestellt, dass er sich recken und strecken und mit uns schattenboxen und herumalbern konnte, damit uns warm wurde. Ich weiß noch, dass ich wie in einem Nebel herumtappte. Als ich mich auf den Ofen kniete, um die Kaffeekanne wieder in den Hängeschrank zu stellen, stieß ich mit meinen tauben Fingern einen Stapel Tassen um, die rings um meine Knie zerschellten. Woraufhin Swede ganz ohne Grund zu weinen begann. Ich weiß noch, wie langsam die Tassen herunterzufallen schienen, und dass ich das Gefühl hatte, das alles hätte nichts mit mir zu tun. Ich erinnere mich, dass ich das Klirren eher registrierte als das Bild der zerbrechenden Tassen, als ob in einem vereisten Gehirn das Hören schneller funktioniert als das Sehen. Das Geräusch spaltete sich in Schichten auf und fügte sich zu einer verzerrten Collage aus Weinen und berstendem Eis wieder zusammen. Hätte es auch nur einen Moment länger gedauert, hätte ich aus schierer Verwirrung ebenfalls weinen müssen. Doch da begann Dad zu singen. Nicht wie Caruso oder so – normalerweise behagte es ihm gar nicht, wenn ihm seine eigene Stimme laut zu Ohren kam –, er sang leise, fast beiläufig, und was er sang war Folgendes:

Mine eyes have seen the glory of the coming of the Lord.
He is trampling out the vintage where the grapes of wrath are stored.
He has loosed the fateful lightning of his terrible swift sword.
His truth is marching on.

Von Sekunde zu Sekunde besser gelaunt, sang Dad die herrliche, fast kriegerische Hymne der Republik vom Anfang bis zum Ende. Er hielt mich fest, sammelte die spitzen weißen Scherben auf,

I have seen Him in the watchfires of a hundred circling camps,

warf die Scherben in eine Papiertüte

they have builded Him an altar in the evening dews and damps,

und fegte den glitzernden Staub zusammen, während ich mich allmählich beruhigte und Swedes Kummer zu einem herzhaften Geschniefe verklang.

His truth is marching on!

Nur selten habe ich mich mehr als rechtmäßiger Besitzer eines Liedes gefühlt. Es war ebenso unsere Schlachthymne wie die der Republik.

Den ganzen Vormittag über konnten wir nicht heizen. Wir fuhren von Stadt zu Stadt, doch an den Kauf von Benzin oder Gas war nirgendwo auch nur zu denken: vom Wind gebeutelte, erstarrte Städte voller Presbyterianer, Lutheraner und aufrechter Methodisten, die vor den Kirchentüren standen. Glaubensfeste Laien, einer wie der andere, die weder Treib- noch Brennstoff brauchten. Immer banger fragten wir uns, wann der letzte Tropfen Benzin verbraucht sein und uns nichts anderes mehr übrig bleiben würde, als auf Hilfe zu warten. Inzwischen fuhren wir zwischen abgeernteten Feldern hindurch immer weiter nach Westen; die Stoppeln ragten durch den spärlichen Schnee, der über die Prärie geweht, getrocknet und in sich zusammengesunken war. Nirgends eine Spur von einem Polizisten, nirgends eine Tankstelle, in der Licht brannte. Wir fuhren Stunde um Stunde, und dass wir nicht am Straßenrand liegen blieben, mag das Wunder gewesen sein, das Swede sich so wünschte. Gegen Mittag erblickten wir die ersten Berge, aber sie sahen aus, als hätte sie jemand oben abgeschnitten. Swede erklärte uns, dass sie »Buttes« oder »Mesas« hießen, und verkündete, dass wir nun tatsächlich im Westen angekommen wären. Was auch an den Rindern und Öltürmen zu erkennen war, die oftmals auf ein und derselben Weide standen. Swede erzählte uns von Teddy Roosevelt, ihrem Lieblingspräsidenten, der in der Nähe eine Ranch betrieben hatte. Zu seiner Zeit seien die Winter so hart gewesen, dass die Rancher in einem einzigen Schneesturm manchmal tausend Rinder verloren hatten. Das hatte sie natürlich in einem Buch gelesen. Es hieß *Ranch Life and the Hunting Trail*, geschrieben von Mr. Roosevelt persönlich. Swede sagte, er sei nicht nur der beste Cowboy gewesen, der je im Weißen Haus regiert habe, sondern auch der beste Schriftsteller und eng mit dem Autor Owen Wister und dem Maler Frederic Remington befreundet. Dem entbehrungsreichen Rancherleben in North Dakota schrieb er es zu, dass er vom Asthma und anderen Beschwerden geheilt wurde. Eigentlich hörte ich das gern, auch wenn es nichts Neues für mich war – man konnte nicht lange Swedes Bruder sein, ohne über die Vorteile einer beschwerlichen Lebensweise aufgeklärt zu werden. Im Augenblick war mir jedoch so kalt, dass mir auch Herrn Roosevelts Lebensweisheiten egal waren. Ich verkroch mich tiefer in die Wolldecken und sah zu, wie sich das Land der Mesas vor uns öffnete. Hier lag kaum Schnee, aber über uns türmten sich bleischwarze Wolkenbänke. Am Horizont ragte eine Mesa nach der anderen auf, in einer langen Reihe von Norden nach Süden. Zäune bekamen wir immer seltener zu sehen; die Bohrtürme standen einsam und allein im verfilzten Grasland. Einmal fragte ich Dad, ob wir schon in Montana seien, aber er sagte nein, North Dakota sei ein großer Staat.

Am frühen Nachmittag fing der Motor an zu stottern. Nicht wie bei einem Kleinwagen, gepriesen sei deren dezenter Schluckauf. Nein, als der Motor des Plymouth aussetzte, machte der ganze Wagen einen Satz nach hinten wie ein bockendes Pferd. Man musste seinen Kopf festhalten, um kein Schleudertrauma zu bekommen. Dad fuhr rechts ran. Swede legte sich den Straßenatlas auf den Schoß und meinte, wir seien kurz vor einer Ortschaft, die Grassy Butte hieß.

»Da übernachten wir«, sagte Dad. »Grassy Butte. Ob es da eine Werkstatt gibt? Wisst ihr was? Da gönnen wir uns etwas Warmes.« Ob Sie es glauben oder nicht, in dem Augenblick liebte ich den alten Plymouth und sein unberechenbares Innenleben. Wir würden etwas Warmes in den Bauch bekommen, und es war nicht mehr weit! Schon sah ich eines der spärlich gesäten Cafés vor mir, und Kakao in einer robusten weißen Tasse. In dem Café würde es so warm sein, dass wir alle die Mäntel ausziehen mussten. Ehrlich, Swede und ich waren so übermütig vor Freude, dass wir uns die ganze Zeit in die Seite knufften, während die ruckelnde Fahrt weiterging.

Bevor wir Grassy Butte erreichten, entdeckte Dad ein Farmhaus mit zwei Zapfsäulen davor und einem rot-weißen Schild, auf dem DALE'S OIL COMPANY stand. Auf einem anderen Schild stand GESCHLOSSEN, aber im Haus brannte Licht. Dad bog in die Einfahrt und sagte: »Hier halten wir an. Ich glaube, Dale ist unser Mann.«

»Dale ist unser Mann, hier halten wir an«, wiederholte ich, weil es sich so schön reimte.

»Jetzt geht's voran«, fügte Swede hinzu.

»Und wenn er nicht kann …«

»Dann ist er dran.«

»Das reicht jetzt«, sagte Dad.

Er klopfte, aber niemand öffnete, obwohl wir im Haus Stimmen hörten. Er klopfte noch einmal, die Stimmen wurden lauter und die Tür ging auf. Vor uns stand eine Frau, die eine kleine Ziege auf dem Arm hatte. Eine kleine Ziege, die an einer Flasche nuckelte. Die Frau sah uns verwundert an.

»Es ist Sonntag«, sagte sie. »Wir haben geschlossen.«

»Ist Dale da?«, fragte Dad.

»Sir«, antwortete die Frau. »Dale weilt schon seit November nicht mehr unter uns.«

Rückblickend ist es nicht leicht, Roxanna zu beschreiben, wie wir sie zum ersten Mal sahen. Kräftig gebaut, aber nicht rundlich; hoch gewachsen; lehmblondes Haar, zum Zopf geflochten; vom Wind gerötetes Gesicht. Sie sah aus wie die Teilnehmerin einer Hundeschlittenexpedition zum Nordpol, als wäre sie dem National Geographic Magazine entsprungen. Ich würde sagen, sie sah unverwüstlich aus.

»Mein Beileid«, sagte Dad.

»Danke, nicht nötig.« Allein wegen dieser Antwort hätte Swede sie für immer ins Herz geschlossen. »Dale hat mich am 25. November verlassen. Seitdem ist jeder Tag ein Feiertag.«

Was sollte man dazu sagen? Dad sah lächelnd zu Boden und rieb sich den Nacken. Die Ziege saugte unbeirrbar an der Flasche. Nur einmal ließ sie den Schnuller los, meckerte laut und stupste die Frau mit ihrer stumpfen Nase an.

Dad hob den Kopf. »Ma'am, ich hoffe, wir können bei Ihnen ein paar Liter Benzin bekommen. Obwohl Sonntag ist.«

Ein besserer Beobachter als ich hätte sicher bemerkt, dass die Frau bereit war, uns entgegenzukommen. Obwohl ich davon nichts mitbekam, war es Dad anscheinend nicht entgangen, denn als sie die Tür unvermittelt wieder schloss, rührte er sich nicht von der Stelle. Swede wollte etwas sagen, aber er bedeutete ihr zu schweigen. Der Wind schlug uns die Mäntel um die Beine, er brachte Eiskristalle mit, die wie Mücken stachen. Im hinteren Teil des Hauses meckerte die Ziege. Dann ging die Tür wieder auf, und die Frau kam heraus. Sie trug jetzt einen Parka, die Kapuze mit dem Pelzrand über die Ohren gezogen. Zügig ging sie vor uns her zu den Zapfsäulen.

»Soll ich den Ölstand überprüfen?«, fragte sie, während das Benzin in den Tank lief.

»Muss nicht sein«, antwortete Dad. Swede und ich waren wieder in den Plymouth gestiegen und hatten uns warm eingepackt.

»Die Windschutzscheibe lasse ich lieber. Okay?«, sagte die Frau.

»Darf ich fragen, wie Sie heißen?«

»Roxanna.«

Die Zapfsäule klickte, und die Frau ließ den Rest Benzin aus dem Schlauch in den Tank laufen.

»Sie sollten sich ein neues Schild zulegen: *Roxanna's Oil*«, sagte Dad.

»Das habe ich auch vor, wenn es wieder wärmer ist.« Roxannas Augenwimpern und die pelzbesetzte Kapuze waren mit Eiskristallen übersät, wodurch sie seltsamerweise weniger streng aussah.

»Es wäre bestimmt gut für's Geschäft. Ihr Name ist weitaus attraktiver als der von Dale, wenn ich mir die Bemerkung erlauben darf.«

Sie hätten Swede sehen sollen, während sich die Erwachsenen unterhielten. Sie hatte sich kerzengerade hingesetzt und den Kopf auf die Seite gelegt. Eine gespanntere Lauscherin hatte es wohl noch nie gegeben.

»Fünf fünfzig«, sagte Roxanna.

Dad fragte: »Sie haben nicht zufälligerweise auch Propangas?«

Roxanna Cawley hatte Propangas, einen ganzen Vorratstank voll, hinter dem Haus. Wir durften drinnen warten, während sie unsere Flaschen auffüllte. Da gab es eine gläserne Theke, in der Schachteln mit Karamell- und Schokoriegeln lagen, Dutch Masters Zigarren und ein Ständer mit Dr. Grabow's Pfeifen. Da gab es einen Kaugummiautomaten und eine gerahmte Fotografie vom Wild Bunch, Butch Cassidys Bande, das berühmte Bild, auf dem er ganz rechts sitzt, neben den Einschusslöchern, und da waren zwei Ziegen, Mutter und Kind, untergebracht in einem Badezimmer hinter der Theke. Als Roxanna merkte, wie neugierig wir in dieses Zimmer lugten, machte sie die Tür ganz auf und zeigte uns die glückliche Mutter, die auf einem Lager aus Stroh stand. Das Junge hatte sich neben einer Badewanne mit Löwenfüßen zusammengerollt und schlief. Ansonsten sahen wir noch eine Waschschüssel und einen Krug. Der Bock wohnte in einer Scheune hinter dem Haus, er durfte nicht herein. Roxanna sagte, er gebe Gerüche von sich, denen nur er allein etwas abgewinnen könne, und werde erst wieder mit seiner Familie vereint, wenn das Zicklein, Beth, etwas kräftiger sei.

»Was hat Beth denn?«, fragte Swede.

»Sie ist blind. Randy hat sie von ihrer Mama weggestoßen und sie nicht trinken lassen. Deshalb habe ich die beiden ins Haus geholt.«

Dad fragte: »*Wer* hat sie nicht trinken lassen?«

»Randy – der Bock.«

»Der Schurke«, sagte Swede. »Der Schuft. Der Lump.«

Roxanna schenkte Swede ein Lächeln, was vermutlich genau das war, wofür sich meine Schwester so mächtig ins Zeug gelegt hatte. »Der Ganove«, schlug Roxanna vor.

»Der Halunke«, fügte meine Schwester hinzu und strahlte über das ganze Gesicht. Es sah mir so aus, als ob sich Swede, die normalerweise keine Angeberin war und ihre Fähigkeiten eher verheimlichte, tatsächlich zu dieser Roxanna Cawley hinüberneigte. Ich glaube, mit einem Lot hätte man es nachmessen können. »Der Bandit«, trällerte sie.

Woraufhin Dad uns, mit der Bemerkung, wir müssten noch einen Platz zum Übernachten finden, völlig perplex zur Tür hinausschob. Er drehte sich noch einmal um und fragte Roxanna, ob es in Grassy Butte eine Werkstatt oder ein Motel gab.

»Die Werkstatt ist zu, der Besitzer säuft. Das Hi-Way Motel liegt direkt neben dem Wasserturm.«

Dad hob die Hand zum Dank und schloss die Tür.

Wir hatten den Wagen noch nicht erreicht, als es hinter uns knarrte. Roxanna Cawley stand in der Tür, die Widerborstigkeit in Person. Habe ich eigentlich ihre Fingerknöchel schon erwähnt? Die Frau wusste, was Arbeit hieß.

»Ich hätte übrigens auch zwei Zimmer frei«, sagte sie.

Der Fellsack

Nach den Ziegen im Badezimmer mag es überraschen, dass Roxanna Cawley einen ausgesprochen kultivierten Tisch führte. Es war ihr gelungen, der Graswüste grüne Bohnen und Kürbisse zu entlocken, die sie in solchen Mengen eingelagert hatte, dass sie bis Ende Januar reichten – obwohl sie natürlich mit ihren Vorräten wesentlich länger auskam, seit Dale nicht mehr da war. Sie baute auch weißen Mais an, eine Sorte, die ich noch nie gesehen hatte. Er war besonders zart und ließ sich mitsamt Kolben einfrieren. Haben Sie das schon einmal erlebt, ein Mahl aus weißen Maiskolben, verfeinert mit heißer Butter und Salz, während draußen der Schnee gegen die Scheiben klatscht, am kältesten Abend eines kalten neuen Jahres? Angesichts dieser Delikatesse konnte ich Roxanna nicht einmal ihre Vorliebe für Rote Bete übel nehmen, die sie uns erwartungsvoll und mit leisem Stolz vorsetzte. Zum Glück entpuppte Dad sich als Rote-Bete-Fan. Wir speisten unter einem Bronzeleuchter, der nur noch eine heile Birne hatte. Wir aßen ein Brathähnchen, das sie selbst im letzten Sommer hinter dem Haus großgezogen hatte, und zarte Kartoffeln, die mit dem Zug aus dem Red River Valley gekommen waren. Dazu gab es eine Soße, die mit der Knusperhaut des Hähnchens verfeinert war. Ich vermute, dass Roxanna uns mit diesem Mahl beeindrucken wollte, auch wenn man sich bei einer Frau wie ihr eigentlich nicht vorstellen kann, dass sie sich Sorgen darüber macht, wie ihre Gastfreundschaft ankommt. Die Ziegen waren ihr schließlich auch kein bisschen peinlich gewesen. Aber dafür, dass wir bloß eine kleine Familie waren, die für Übernachtung und Verpflegung nur ein paar Dollar bezahlte, machte sie sich sehr viele Umstände. Während des Essens lehnte Dad sich immer wieder zufrieden zurück und hörte gar nicht mehr auf zu lächeln, was mich aus irgendeinem Grund traurig stimmte. Swede blickte oft zum Fenster, und ich wusste, dass sie den Schneesturm in Gedanken anwachsen ließ, dass sie ihm nachhalf, bis die Welt sich langsamer drehte und es auf den Straßen kein Durchkommen mehr gab und wir für eine Zeit des Glücks in der wohligen Wärme dieses Hauses eingeschneit waren.

Und was für Dinge wir an jenem Tisch erfuhren! Was für Lektionen zum Thema Eigenständigkeit! Denn Roxanna Cawleys Leben hatte in einem Tal im Norden Montanas begonnen, auf einer Ranch, die, wie so viele andere während der Großen Dürre, aufgegeben und verkauft werden musste, um die Steuern bezahlen zu können. Als die Familie in die Stadt zog, fuhr Roxanna mit ihrem Vater in einem gemieteten Lastwagen mit. Plötzlich torkelte ein wild gewordener, abgemagerter Bulle, dessen Rippen hervortraten, auf die Straße. Das Tier war krank und blind. Mr. Cawley konnte ihm mit einem geschickten Manöver gerade noch ausweichen, aber Mrs. Cawley, die dem Lastwagen im Chevrolet der Familie folgte, stieß mit ihm zusammen. Sie war auf der Stelle tot. Die siebenjährige Roxanna, die im Führerhaus saß, glaubte zuerst, sie höre ihre Mutter schreien, dann dachte sie, es sei ihr Vater, doch es war der Bulle, der nur noch wenige Minuten zu leben hatte.

So wuchs Roxanna ohne Mutter auf, genau wie wir; so lernte sie, der Not gehorchend, von ihrem Vater die Grundlagen des Geschäftslebens. Denn nachdem er als Rancher gescheitert war, borgte er sich von einem Onkel Geld und kaufte damit ein Kino in der Hauptstraße von Lawrence, Montana. Der Vorbesitzer hatte schon vor Jahren schließen müssen, nachdem er unbedachterweise einen Wochenschaufilm von den Pancho-Villa-Unruhen an der mexikanischen Grenze gezeigt hatte. Die verwackelten Bilder zeigten eine Reihe dunkelhäutiger Bauern, die von einem Erschießungskommando niedergemäht wurden,

Bürger, an deren Loyalität Mr. Villa zweifelte. Diese Konfrontation mit der Realität traf die Bevölkerung von Lawrence vollkommen unvorbereitet. Damen sanken in Ohnmacht; Ehemänner echauffierten sich. Empörte Honoratioren beschlossen, dass die Gemeinde in Zukunft auf bewegte Bilder verzichten würde. Das Lokalblatt schrieb, diesen Verlust könne Lawrence verschmerzen. Deshalb galt Mr. Cawleys Vorhaben, das Kino neu zu eröffnen, als waghalsiges Unterfangen, obwohl inzwischen mehrere Jahrzehnte ins Land gegangen waren. Roxanna erinnerte sich noch daran, mit welcher Sorgfalt ihr Vater die Filme aussuchte; mit Streifen wie *Tarzan, der Affenmensch* und *Tarzans Rache* gelang es ihm, fast die gesamte Stadt auf seine Seite zu ziehen. Auf Johnny Weismuller sei Verlass, so erklärte er der jungen Roxanna. Auf Maureen O'Sullivan ebenfalls, auch wenn sie dauernd mit Tarzan durch irgendwelche Urwaldflüsse schwamm. Die Frauen hatten nichts dagegen, dass sich ihre Männer Maureen O'Sullivan ansahen. Bei Marlene Dietrich wäre das eine andere Sache gewesen.

Swede wollte wissen, ob Roxanna durch das Kino irgendwelche Filmstars näher kennen gelernt hatte. Roxanna antwortete, viele seien es nicht gewesen. Aber als ihr Vater einmal nach der Vorführung von *Kitty Foyle* das Licht im Saal wieder einschaltete, saß Dalton Trumbo mitten im Publikum. Ich fragte, wer Dalton Trumbo war, und erfuhr, dass er das Drehbuch für den Film geschrieben hatte. Es mag sich komisch anhören, aber bis dahin hatte ich nicht einmal gewusst, dass Filme zuerst geschrieben werden müssen. Ich sah nur Schauspieler, die miteinander redeten. Roxannas Vater – Daddy, wie sie ihn nannte – hielt die Kinobesucher, die schon auf dem Weg zum Ausgang waren, zurück und stellte ihnen den großen Drehbuchautor Dalton Trumbo vor. Es wurde sogar in der Zeitung darüber berichtet, ein stolzer Augenblick für Mr. Cawley. Umso schlimmer war es für ihn, als Dalton einige Zeit später ins Gefängnis gesteckt wurde. Hätte er eine Bank überfallen oder jemanden erschossen, wäre es vielleicht zu verzeihen gewesen, aber er wurde eingesperrt, weil er ein Kommunistenfreund war, und das galt als Schande. Mr. Cawley musste das Foto von der Wand nehmen, auf dem er Dalton vor dem Kinoeingang die Hand schüttelte. Es hatte jahrelang im Foyer gehangen.

Swede machte ein enttäuschtes Gesicht. Wer war schon Dalton Trumbo? Erst sehr viel später erfuhren wir, dass er auch *Spartacus* geschrieben hatte, aber bis dahin hatten die Gladiatoren schon viel von ihrem Glanz verloren, zumindest für mich. Doch Roxanna wollte Swede nicht enttäuschen. Apropos Filmstars, sagte sie. Einmal war Lee Van Cleef im Kino gewesen. Bis er durch seine Schurkenrollen als Gegenspieler von Clint Eastwood berühmt wurde, sollte es noch einige Jahre dauern. Mr. Cawley hätte ihn um ein Haar nicht erkannt, wenn er nicht wenige Wochen vorher *Geheimring 99* im Programm gehabt hätte. Privat war Van Cleef gar keine Angst einflößende Erscheinung, und da er gerade in einer Berghütte Urlaub machte, wirkte er entspannt und zufrieden. Er kam ins Kino, weil er sich *Tarzan, der Verteidiger des Dschungels* ansehen wollte. Nach der Vorstellung lud Mr. Cawley Van Cleef zum Essen sein, und Roxanna erinnerte sich daran, dass er ein lavendelfarbenes Hemd und eine Westernkrawatte getragen hatte und nicht viel von Lex Barker hielt – als Tarzan konnte er Johnny Weissmuller nicht das Wasser reichen.

Dad trug zu diesem Teil des Gesprächs überhaupt nichts bei; die Hände hinter dem Kopf verschränkt, die Beine übereinander geschlagen, saß er so behaglich da, als ob er zu Hause wäre. Man sah ihm an, dass er noch nie etwas von *Spartacus* oder dem großen Drehbuchautor Trumbo gehört hatte, ja, noch nicht einmal von Lee Van Cleef. Doch das störte ihn nicht im Geringsten. Wer hätte gedacht, dass wir eine so warmherzige Gesellschafterin wie Roxanna Cawley finden würden, als wir anhielten, um zu tanken? Auf Dad – der schon so viele Jahre keine Frau mehr hatte – wirkte diese besondere Mischung aus Essen, Weiblichkeit und Unterhaltung wohl wie ein Lieblingschoral, den man zu lange nicht mehr gehört hat. Zu meiner Schande muss ich gestehen, dass ich mir wünschte, Roxanna Cawley wäre schön. Wenn sie nur schön wäre, so dachte ich, könnte es vielleicht sein, dass sie den Rest ihres Lebens mit uns verbringen würde. Um uns zu umsorgen. Um uns ihre Wärme zu schenken. Mein Egoismus dürfte inzwischen niemanden mehr wundern. Es könnte höchstens überraschen, dass ich überhaupt an Dad dachte, denn mir fiel ein, wie allein Dad abends war, wenn Swede und ich ins Bett gegangen waren. Und dass er eines Tages ganz allein sein würde, wenn wir erst aus dem Haus waren. Dad hatte die Augen geschlossen; er sah müde und glücklich aus. Endlich war uns wieder warm. Ich ging zum Fenster, gegen dessen Scheiben ein eisiger Schnee klirrte.

»Reuben«, sagte Dad. »Wie geht es deiner Lunge?«

»Gut.« Musste er das unbedingt vor Roxanna zur Sprache bringen?

»Sitzen die Bronchien zu?«

»Ich bin müde. Kann ich ins Bett?« Ich wusste mir nicht anders zu helfen, auch wenn Swede mich dafür als Verräter ansehen würde.

»Natürlich. Ich komme auch bald. Geht ruhig, ihr zwei.«

Ich träumte, dass mir ein teuflischer kleiner Mann meinen Atem stehlen wollte. Er kam zur Tür herein, einen leeren Fellsack über der Schulter. Nüchtern und sachlich hockte er sich vor mich und schlug mir mit der Faust in den Bauch. Ich stieß den Atem aus. Bis zum letzten Restchen Luft, bis ich ein schmerzendes Vakuum in der Lunge hatte. Ich verdrehte die Augen und sah, wie der Fremde den Sack mit einem Lederriemen zuschnürte. Er presste die Öffnung mit der Hand zusammen, wickelte den Riemen darum und zurrte ihn fest. Der Fellsack spannte sich, sodass die Nähte hervortraten. Er war so groß wie ein Fass und so stramm wie ein Zeppelin. Darin war mein ganzer Atem. Der kleine Mann hockte sich wieder vor mich und musterte mich genau. Er war bleich – grauenvoll bleich. Als ich Swede viele Jahre später beschrieb, wie er aussah, zeigte sie mir ein Bild von ihm oder einem seiner engsten Verwandten, in einem Buch über den Maler Francisco Goya. Er ging mit dem prallen Sack über der Schulter zur Tür hinaus, und da sah ich, dass mein Atem weg war. Wer wäre darüber wohl nicht in Panik geraten? Ich schlug um mich, wälzte mich hin und her und machte einen Katzenbuckel. Als ich aufwachte, kniete Dad neben dem Bett und hielt meine Oberarme fest; von ferne hörte ich Swede weinen; irgendjemand klopfte mir auf den Rücken. Solche Schläge hatte ich noch nie erlebt; es war wie bei einem Autounfall. Aber ich bekam wieder Luft, mit jedem Schlag ein bisschen mehr. Voller Angst vor dem Mann mit dem Fellsack versuchte ich, mich loszureißen; in meiner Verwirrung dachte ich, dass er es war, der mir auf den Rücken hämmerte. Nach einem solchen Traum denkt man nicht besonders klar. Ich verdrehte den Kopf und sah, dass es Roxanna Cawley im Nachthemd war, die meinen Körper so handfest bearbeitete. Ein ausgesprochen überzeugender Anblick. Plötzlich glaubte ich fest daran, dass ich die Nacht überleben würde. Dad hielt mich immer noch fest. Jetzt freute ich mich über die Trommelwirbel, die mir Schlag um Schlag den Schleim aus der Lunge trieben. Ich stellte mir vor, dass die klebrigen Klumpen nur so davonflogen. Natürlich schlug Roxanna mich nur mit der flachen Hand – nicht etwa mit der Faust –, aber trotzdem fühlte es sich so an, als ob ich Sonny Liston in die Hände gefallen wäre. Sie hielt bestimmt zwanzig Minuten durch. Als sie aufgehört hatte, setzte sie sich keuchend zu mir aufs Bett, während Dad mir die üblichen Fragen stellte. Doch, es ging mir besser. Ja, die Lunge rasselte immer noch. Nein, ein Dampfbad würde nicht schaden. Roxanna bot sich an, das Wasser heiß zu machen, und Dad sagte, sie solle etwas Backpulver und einen Schuss Weißweinessig dazugeben, falls sie welchen im Haus hätte. Bevor sie in die Küche ging, legte sie ihre Wange an meine. Ihr dicker Zopf hatte sich weitgehend aufgelöst, und als sie aufstand, blieben ein paar feuchte Strähnen in meinem Gesicht haften.

Am nächsten Morgen war die Landschaft zugeschneit: Roxannas Zapfsäulen standen bis zur Hüfte im Schnee. Die Straße konnte man nur dunkel erahnen, es hatte vielleicht einen halben Meter geschneit, vielleicht auch einen ganzen. Schwer zu sagen. Der Wind hatte den Schnee zu Dünen zusammengetrieben, zu einer regelrechten Schneewüste.

Swedes Bett war leer, und als ich nach ihr rief, klang das ganze Haus verlassen. Ich ging über den Flur in Dads Zimmer, wo ich ein undeutliches Kratzen hörte. Schnell lief ich zum Fenster. Da waren die anderen. Die Sonne brannte so hell auf dem Schnee, dass ich kaum hinsehen konnte, es war, als ob wir auf der Sonne lebten. Dad und Roxanna hatten einen breiten Weg zur Scheune freigeschaufelt. Sie waren gerade fertig geworden. Roxanna und Swede stemmten sich gegen das große, stabile Scheunentor und versuchten, es aufzuschieben.

»Wartet!«, rief ich. Ich rannte nach drüben, schnappte mir Hose und Hemd, rannte wieder zurück ans Fenster, wo ich die anderen sehen konnte, und fing an, mich anzuziehen. »Wartet auf mich!« Ich klopfte an die Scheibe, aber sie hörten mich nicht. Ich schrie: »Wartet doch!« Wieso waren sie ohne mich da draußen im Schnee? Was für eine Gemeinheit! Doch da musste ich mich auch schon ganz schnell auf die Fensterbank stützen. Von der Schreierei bekam ich keine Luft mehr. Es war nicht so schlimm wie in der Nacht, wie bei der Geschichte mit dem Fellsack, aber trotzdem musste ich mich hinsetzen. Ich schwitzte stärker als beim Abriss von Mr. Laytons Maisspeicher. Dabei hatte ich noch nicht mal meine Hose an. Quietschend ging das Scheunentor auf, Swede juchzte vor Begeisterung, und Roxanna lachte. Ich glaube nicht, dass je ein Mensch sich so Leid getan hat wie ich, allein in dem leeren Haus. Deprimiert von der Sonne, der Freude und dem Abenteuer draußen, unter freiem Himmel, kroch ich wieder ins Bett und brütete finster vor mich hin. Ich dachte an alles Unrecht, das ich wegen meiner Krankheit hatte erdulden müssen, an alle schönen Erwartungen, aus denen nichts geworden war. Es kam mir vor, als wären die Enttäuschungen in meinem kurzen Leben Legion, ich hatte das Gefühl, von meiner Familie schnöde im Stich gelassen worden zu sein, und wenn der Mann mit dem Fellsack zurückkam, würde ich mich vielleicht nicht noch einmal so heftig gegen ihn wehren. Das Haus fühlte sich so leer an, als ob es selbst von Gott verlassen worden wäre. Er war sicher mit den anderen draußen und amüsierte sich.

Am späten Vormittag berichtete Swede mir mit roten Backen, dass wir noch eine Nacht bei Roxanna schlafen würden.

»Dad war auf der Straße – die Schneewehen gehen ihm bis zur Brust! Roxanna sagt, solche Mengen Schnee auf einmal hat sie in ihrem ganzen Leben noch nicht gesehen! Sie sagt, vor ein paar Jahren lag der Schnee mal ungefähr dreißig Zentimeter hoch, und da hat es zwei Tage gedauert, bis die Schneepflüge die Straßen wieder freigeräumt hatten! Bei dreißig Zentimetern, Reuben. Und wir haben über einen Meter! Vielleicht können wir eine ganze Woche hier bleiben!«

Sie konnte sich vor Freude kaum halten. Mir wäre es normalerweise nicht anders gegangen, aber nachdem ich mich den ganzen Morgen im Selbstmitleid gesuhlt hatte, sah ich nur, wie Swedes Backen von der frischen Luft glühten, und hörte, wie frei und ungehindert die Worte aus ihr hervorströmten.

»Wenn wir hier rumsitzen, finden wir Davy nie«, sagte ich.

»Uns bleibt aber nichts anderes übrig. Wir kommen nicht weg; es hätte überhaupt keinen Sinn.« Swede trug einen Hut, der Roxanna gehörte, einen Pelzhut mit einer schmalen Krempe, an dem schmelzende Schneeklumpen hingen. Wenn irgend möglich, würde sie ihn den ganzen Tag nicht mehr abnehmen. »Reuben, du musst dir unbedingt die Scheune anschauen! Da ist der Ziegenbock, und sechs Schafe, und das eine hat eine schwarze Nase und schwarze Ohren, und ganz viele Hühner, und wir haben die Eier eingesammelt, und auf dem Heuboden hängt ein Seil – ich habe Tarzan gespielt!«

Ich sagte: »Und was soll das nützen, dass wir hier bleiben? Was hat Davy davon?«

Sie machte ein wütendes Gesicht. »Dir geht es doch gar nicht um Davy, du bist bloß sauer, weil ich in der Scheune war und du nicht!«

»Was geht mich die blöde Scheune an? Sag mir einen guten Grund dafür, dass wir hier bleiben.«

Sie sah mich angewidert an. Es gibt wohl kaum einen Blick, den man schwerer verkraftet.

»Tu doch nicht so«, sagte sie. »Du liegst hier rum und tust dir selbst Leid. Du hast überhaupt nicht an Davy gedacht – nur an den armen, armen Reuben.«

Das hatte gesessen. Ich sprang auf, stürzte mich auf sie und riss sie zu Boden, eine sinnlose Kraftverschwendung und ein strategischer Fehler. Wir rauften. Sie traf mich zwei Mal am Kinn, einmal mit der Faust, einmal mit dem Ellenbogen, dann konnte ich nicht mehr. Sie ließ mich los, stellte sich hin und sah auf mich hinunter. Ich war nur noch ein japsendes Wrack.

»Sieger!«, rief sie. »Und jetzt pass auf!« Sie holte Luft, tief und gehässig atmete sie ein. »Siehst du, was ich kann?« Sie atmete aus und wieder ein, als ob es ein Kinderspiel wäre, sprang herum und machte den Hampelmann, lief auf der Stelle. »Siehst du? Das könnte ich den ganzen Tag machen! Das ganze Jahr! Mein ganzes Leben!«

Ich bekam kein Wort heraus. Ich verdrehte die Augen, wie ein betrogener Ochse, der zur Schlachtbank geführt wurde. Mein Herz hämmerte, es klang wie in einer Schmiede.

»Sieger!«, rief Swede. »Los, Reuben – sag Frieden.«

Ich schloss die Augen, atmete mit letzter Kraft ein und sagte Frieden.

»Frieden?«, wiederholte sie. »Habe ich richtig gehört?«

»Frieden.«

Sie hockte sich vor mich und sah mich an. Ich wich instinktiv zurück – sie konnte es nicht wissen, aber genauso hatte es der unheimliche Mann in meinem Traum auch gemacht. Außerdem wollte ich Swede nicht ansehen. Es ist etwas anderes, ob man sich nur selbst mit seinen Schwächen herumplagt, oder ob man erkennen muss, dass man damit auch den Menschen, die man am meisten liebt, zur Last fällt. Dann steht man auf dieser Welt ziemlich ohne Freunde da.

»Reuben?«

»Bitte«, flüsterte ich.

Sie packte meine Schultern und zwang mich, sie anzusehen. »Was ist mit deinen Lippen los, Reuben?«

Ich brachte genug Luft für einen ganzen Satz zusammen. »Ihr seid ohne mich rausgegangen.« Da fing sie an zu weinen. Sie kauerte sich neben mich. Schwer zu verstehen, nach einem solchen Kampf. Als sie mir auch noch um den Hals fiel, freute ich mich zwar, aber wenn man beim Atmen das Gefühl hat, durch Beton brechen zu müssen, ist eine feste Umarmung nicht gerade hilfreich. Ich musste sie abschütteln. Wir lagen eine ganze Weile da, ein jämmerliches Häufchen Elend. Indem ich mich nicht bewegte und an einen hell erleuchteten Raum dachte, der ganz aus Eis bestand, bekam ich allmählich wieder ein bisschen besser Luft. Ich setzte mich hin und lehnte mich an die Wand. Swede rutschte zu mir herüber, nahm meine Hand und fing an, mir alles Mögliche zu beichten, vor allem, wie Leid es ihr tat, dass sie so gemein zu mir gewesen war, aber auch, dass sie Davy tatsächlich vergessen hatte – wenn auch nur für kurze Zeit.

»Ich bin so gern hier«, sagte sie. »Bei Roxanna. Magst du sie nicht, Reuben? Willst du wirklich weiterfahren?«

»Ich finde sie sehr nett.«

»Heute können wir wirklich nicht mehr weiter. Der Schnee ist zu hoch.«

»Und wieso hat Dad dann den Wagen angelassen?« Ich hatte gehört, wie der Motor im Leerlauf vor sich hin klapperte.

»Wir haben den Wohnwagen in die Scheune gebracht. Das war Roxannas Idee. Die Scheune ist riesig, Reuben. Warte, bis du sie siehst.«

Es war ein Werk Gottes oder – für die Kleingläubigen – ein Werk des Schicksals, auch wenn ich es nicht gleich begriff. Der Herr hatte dafür gesorgt, dass es uns an nichts mangelte. Sicher war die Polizei noch mehr daran interessiert, uns zu fassen, seit wir uns der Verfolgung entzogen hatten. Was für ein Glück, dass der Blizzard losgebrochen war, bevor sich ein Streifenwagen zu Dale's Oil verirrt hatte. Wo sonst hätten wir an einem Sonntag nicht nur Benzin bekommen, sondern auch noch eine preiswerte Unterkunft, etwas Warmes zu essen und ein Versteck für den Airstream?

»Ich bin heute Morgen mit der kleinen Ziege spazieren gegangen«, sagte Swede. »Einmal um das Haus. Sie ist so klug! Sie ist die ganze Zeit hinter mir hergelaufen.«

»Swede?«

»Sie hat ganz komische Augen. Aber daran gewöhnt man sich schnell.«

»Wo wollen wir eigentlich hin? Ich meine, wenn wir hier wegfahren?«

Sie sah mich verständnislos an. Offenbar lag unser Aufbruch für sie noch in weiter Ferne. Ich hakte nach: »Glaubst du nicht, dass wir sofort verhaftet werden, wenn wir uns wieder auf die Straße trauen?«

»Ja, das stimmt. Da hast du Recht«, rief sie. »Es ist bestimmt besser, wenn wir uns noch ein paar Tage verkriechen! Reuben…« Sie packte meinen Arm. »Jetzt sind wir auch auf der Flucht!« Sie war so begeistert, dass ich schon Angst hatte, sie würde schnurstracks zu Roxanna laufen und ihr alles erzählen. Schnell erinnerte ich sie daran, dass sich Tom Sawyer und Huckleberry Finn geschworen hatten, keinem Menschen etwas über die Sache mit Indianerjoe zu verraten. Von der Polizei gejagt zu werden sei ein Abenteuer, das nur wenige Kinder erleben dürften. Wir wollten es uns nicht verderben, indem wir jemandem davon erzählten, den wir kaum kannten.

»Vertraust du Roxanna nicht?«, flüsterte Swede.

»Doch, natürlich. Aber wir kennen sie doch erst seit gestern.«

Swede nickte. »Okay. Dann schließen wir einen Pakt und unterschreiben mit unserem Blut, wie Tom und Huckleberry. Wir schneiden uns in den Finger und schwören einen heiligen Eid!«

»Also wirklich, Swede.« Aber sie war bereits aufgesprungen und suchte nach einem Stück Papier. Das Einzige, was sie fand, war ein Fetzen von einer braunen Einkaufstüte.

»Hol dein Messer raus.«

Ich besaß ein Scout, das ich von Davy geerbt hatte. Die Klinge war abgebrochen und bestand nur noch aus einem kurzen Stummel. Ich prüfte sie vorsichtig mit dem Finger. »Swede, es ist ganz stumpf.«

»Hm, dann nehmen wir eben die Ahle.«

»Die Ahle? Nein, Swede.« Ich hatte mit der Ahle schon unzählige Löcher in meine Ledergürtel gebohrt. Sie war so stumpf wie ein Babyzahn. Und rostig. »Wir werden krank«, sagte ich. »Wir kriegen Maulsperre und müssen ins Krankenhaus, und dann ist unsere Flucht zu Ende.«

Wir begnügten uns mit dem heiligen Eid. Den genauen Wortlaut habe ich vergessen, aber er entsprach dem Ernst des Augenblicks und war gespickt mit Wörtern wie *Verrat*, *Verbannung* und *aussätzig*.

Roxanna behielt Recht, was die Schneepflüge anging; sie kamen nicht durch. Die Tage begannen, wurden mit Arbeit und Gesprächen ausgefüllt und endeten früh. Meine Lunge beruhigte sich wieder; ich durfte in die Scheune und lernte, wie man Eier durchleuchtet, um herauszufinden, ob sie bebrütet sind oder nicht. Swede kletterte auf den Heuboden und warf den Schafen mit der großen Forke Futter hinunter. Wenn wir diese kleinen Aufgaben erledigt hatten, wickelten wir uns einen Schal um den Hals und gingen auf den Schneewehen spazieren. Sie waren so hart gefroren, dass wir keine Spuren hinterließen. Wir standen oben auf der Straße und blickten über die weiße Weite bis zum Horizont. Wir waren hoffnungslos eingeschneit und viel zu glücklich. Am Ende des fünften Tages sah es im Osten so aus, als ob stoßweise Rauch aus der Erde quoll. Wir schlugen die Kapuzen zurück, doch es war kein Rumpeln und Knattern zu hören. Die Schneepflüge waren noch zu weit entfernt.

Als Roxanna und Swede am nächsten Morgen den Ziegenstall ausmisteten – das Badezimmer hinter der Kasse –, sah ich mir die Fotos an, die im Verkaufsraum an der Wand hingen.

»Was ist das hier für eine Stadt?«

Roxanna steckte den Kopf zur Badezimmertür heraus. »Die Hauptstraße von Lawrence. Da rechts, das ist Dads Kino. Das Empress, siehst du den Eingang?«

Nach ihren Erzählungen hatte ich mir das Kino ihres Vaters ziemlich beeindruckend vorgestellt. Schließlich hatten dort Prominente wie Lee Van Cleef und Mr. Trumbo verkehrt. Aber es war alles andere als imposant. Es gab nicht einmal ein Vordach. Über dem Eingang hing lediglich ein Schild mit der Ankündigung MANUEL, in schiefen Lettern.

Die Toilette rauschte, die Ziegen erschraken. Trotzdem wusste Roxanna genau, was sie tat. Wenn man Stalltiere im Haus halten will, gibt es keinen besseren Platz dafür als neben der Toilette.

»Wieso haben Sie ein Foto vom Wild Bunch?« Es war die Aufnahme, wo Butch Cassidy und der Rest seiner Bande in neuen Anzügen posieren. Das berühmte Bild mit den Einschusslöchern.

»Mein Großonkel hat Cassidy gekannt«, rief Roxanna aus dem Badezimmer.

Es schepperte verdächtig. Offenbar war Swede etwas aus der Hand gefallen. »Ihr Onkel kannte Butch Cassidy?«

»Mein Großonkel. Sie waren Freunde«, erklärte Roxanna. »Aber er ist nicht mit auf dem Foto. So eng befreundet waren sie nun auch wieder nicht.«

Normalerweise hätte Swede nach einer derartigen Eröffnung keinen Finger mehr krumm gemacht, bis sie die ganze Geschichte gehört hatte, aber Roxanna sagte: »Kommt gar nicht in Frage. Du wolltest schließlich helfen.« Woraufhin Swede sich mächtig ins Zeug legte, um sie mit ihrem Elan zu beeindrucken und ihr so viele Einzelheiten wie möglich zu entlocken.

Roxannas Großonkel war Büchsenmacher und Arzt gewesen,

eine ausgesprochen gescheite Berufswahl für einen jungen Mann in Caspar, Wyoming, am Ende des 19. Jahrhunderts. Wenn Roxanna ihn mit ihrem Vater besuchte, lagen immer irgendwelche Waffenteile auf dem Küchentisch. Abzugsmechanismen, Schlagbolzen und Gewehrschlösser mit silbernen Rillen. Sie erinnerte sich an seine Schraubstöcke, der eine groß, der andere zierlich, und an seine Lupe, die, wie bei einem Juwelier, am Brillengestell befestigt war. Obwohl er eine Werkstatt im Keller hatte, arbeitete er lieber in der Küche. Er war sein Leben lang Junggeselle geblieben und backte sich fast jeden Morgen Zimtbrötchen. Den Teig bereitete er am Abend zu, bevor er ins Bett ging, damit er schön aufgehen konnte. In seinem Haus roch es nach Kuchen und Kaffee, Öl und Stahl.

Swede wurde allmählich ungeduldig. Sie wollte wissen, wie der Großonkel Mr. Cassidy denn nun kennen gelernt habe. Die Antwort lautete, nicht anders als viele andere Leute. Bei Onkel Howard gingen immer irgendwelche Männer in Anzügen ein und aus. Entweder waren es Vertreter der Firmen Remington, Winchester und Savage, oder es waren Mediziner, die ihn wegen der Behandlung von Schussverletzungen konsultieren wollten. Als Roxanna einmal in Onkel Howards Küche gelaufen kam, war sie gegen die Knie eines Mannes geprallt, der ein weißes Hemd, eine schwarze Weste und eine Uhrkette auf dem Bauch trug, als ob er noch aus dem vergangenen Jahrhundert stammte. Der Mann hatte ihr wieder auf die Beine geholfen. Dann hatte er sich an den Hut getippt. Er war ein Pinkerton-Detektiv und bot Roxanna an, ihr die Fingerabdrücke abzunehmen, um ihr sein Gewerbe zu demonstrieren, aber Howard warf ihn hinaus. Howard hielt nichts davon, einem anderen Menschen zum Spaß die Fingerabdrücke abzunehmen. Zu dieser Zeit war er schon ein alter Mann. Er erzählte seiner aufmerksamen Großnichte, dass die Männer von Pinkerton im Großen und Ganzen ehrenwerte Leute waren, aber aus alter Gewohnheit standen sie für ihn immer noch auf der anderen Seite.

Und so hatte er Mr. Cassidy kennen gelernt: Als Howard an

einem herrlichen Junisonntag aus der Kirche nach Hause kam, hockte ein Junge breitbeinig auf seiner Treppe. Ein Junge, mehr war er nicht für Roxannas Großonkel. Dieser Junge stützte sich auf den Ellenbogen und malte mit einem Stück Kreide auf der breiten Steinplatte herum, die Howard als Schwelle diente. Als er Howard sah, sprang er auf. Er nahm seinen Hut ab, klemmte ihn sich unter den Arm und ging mit freundlichem Lächeln und ausgestreckter Hand auf ihn zu, sodass Howard den Eindruck hatte, als ob er von einem wildfremden Menschen in seinem eigenen Haus empfangen würde. Der junge Mann fragte, ob Howard wisse, wer er sei. Nein. Der junge Mann machte ein enttäuschtes Gesicht. Er hatte ein Paket in der Jacke und fragte, ob Howard es sich wohl einmal ansehen würde. Howard erwiderte, es sei der Tag des Herrn. Der junge Mann bat ihn, es sich trotzdem anzusehen. Wenn er Interesse hätte, könnte er das Paket dalassen, bis zu einem Tag, der nicht dem Herrgott gehörte.

In Wahrheit kümmerte es Howard nicht besonders, ob er den Sonntag heiligte oder nicht; ihm ging es mehr um seine Zimtbrötchen, die er vor dem Gottesdienst geknetet hatte und die inzwischen schön aufgegangen sein mussten. Aber der junge Mann war ihm so sympathisch, dass er ihn mit in die Küche nahm, wo der auseinander genommene Karabiner eines Viehtreibers auf dem Tisch lag, dem wohl nicht mehr zu helfen war. Der junge Mann setzte sich hin und schnürte das in Öltuch eingewickelte Paket auf. Tieftraurig nahm er einen zerschmetterten Revolver heraus. Der Lauf, der so lang war, dass er unschön aussah, war am Ansatz gequetscht und verdreht worden. Die Griffschalen bestanden aus Walnussholz, die eine war in der Mitte gesprungen und ließ sich vielleicht wieder reparieren, aber die andere glich eher einem zermanschten Apfel. Die herausgeklappte Trommel war der einzige unbeschädigte Teil der Waffe. Der junge Mann kämpfte mit den Tränen. Er sagte, der Revolver sei von einem Zug überfahren worden. Er hätte neben den Schienen gearbeitet und müsse ihn wohl verloren haben. Ein Zug sei darüber gerollt. Howard sagte, er hätte noch nie in seinem Leben eine derart übel zugerichtete Waffe zu Gesicht bekommen. Nein, er könne sie nicht reparieren. Da sei Hopfen und Malz verloren. Der junge Mann ließ den Kopf hängen. Es war ein herzzerreißender Anblick.

Howard bot dem jungen Burschen eines von den Zimtbrötchen an, die gerade fertig geworden waren. Das half. Roxanna erinnerte sich noch gut an die Brötchen ihres Großonkels. Besonders stolz war er auf die Glasur – er ließ sich den Puderzucker von der Ostküste kommen, jeweils fünfzig Pfund pro Lieferung. Dazu gab er dann zerlassene Butter, einen Schuss starken Kaffee und eine zerstoßene Vanilleschote. Ein paar Zimtbrötchen später hellte sich die Miene des jungen Mannes sichtbar auf. Er stellte sich vor, sein Name sei Butch. Der Revolver bedeute ihm sehr viel – er hätte ihn extra wegen des langen Laufs bestellt, weil er so ein schlechter Schütze sei. Sein Freund Harry könne in der Abenddämmerung eine aufgescheuchte Taube im Flug treffen, und zwar sowohl mit Rechts als auch mit Links, und es sei ihm sehr wichtig, dass Harry ihn respektiere, da sie Kollegen seien. Großonkel Howard war tief beeindruckt von dem Ernst des jungen Mannes. Er versicherte ihm noch einmal, dass der Revolver nicht mehr zu reparieren sei, und bot Butch an, ihm eine Waffe aus seiner eigenen Sammlung zu verkaufen. Es war ein 1860er Armeerevolver, den er von einem pensionierten Hauptmann der Unionstruppen in Zahlung genommen hatte. Der Hauptmann hatte ihn bei der Schlacht von Antietam und einem halben Dutzend anderer Scharmützel getragen und immer gut gepflegt. Technisch war er in Ordnung, nur der Lauf war verbeult gewesen, und Howard hatte ihn durch den eines Büffelrevolvers von 1855 ersetzt. Butch sah ihn sich an und visierte am Lauf entlang, der ähnlich lang war wie der seiner eigenen Waffe. Howard hatte sorgfältig gearbeitet. Butch war interessiert, aber knapp bei Kasse. Er überzeugte Howard, ihm den Revolver zunächst einmal zum halben Preis zu überlassen, der Rest sollte an Butchs nächstem Zahltag fällig werden, der, wie er versicherte, nicht mehr lange auf sich warten lassen würde.

Als Dad ins Haus gestapft kam – über und über mit Öl und Strohhalmen verklebt – hatten wir bereits erfahren, dass Butch Cassidy den Revolver tatsächlich abbezahlt hatte, dass Großonkel Howard die Gesellschaft des jungen Mannes so sehr zu schätzen lernte, dass er manchmal seinen Laden zusperrte, um sich ebenfalls als Bandit zu betätigen, und dass er einmal einen renitenten Eisenbahner erst in die Hüfte geschossen und die Kugel dann vier Stunden später in seiner eigenen Praxis selbst wieder entfernt hatte, ohne sich zwischendurch auch nur umgezogen zu haben. Ich fand es seltsam, dass der Eisenbahner ihn nicht erkannt und ihm den Sheriff auf den Hals gehetzt hatte; aber Swede meinte, so etwas käme alle naselang vor. Wie oft war Zorro im gestreckten Galopp aus der Stadt geprescht, unter den Augen der gesamten Bevölkerung, nur um fünf Minuten später, noch ganz außer Atem, als Diego wieder auf der Bildfläche zu erscheinen? Trotzdem war ihm nie ein Mensch auf die Schliche gekommen.

»Hört ihr die Schneepflüge?«, fragte Dad. »Bis heute Abend haben sie uns ausgebuddelt.«

»Das sind ja verheißungsvolle Aussichten«, sagte Roxanna. »Ich habe nämlich keine Milch mehr.«

»Außerdem läuft der Plymouth jetzt wieder besser. Die Zündkerzen waren ganz schön verrußt.«

Aus dem Badezimmer drangen Wischgeräusche.

»Dann können wir allmählich ans Zahlen denken, Roxanna. Morgen brechen wir auf. Dann sind Sie uns los.«

Ich höre ihn heute noch: *Ans Zahlen denken. Dann sind Sie uns los.* Ich erschrak, und mir wurde klar, was für eine gewaltige, undefinierbare, verzweifelte Hoffnung in mir gekeimt war. Und so schnell – ich hatte ja keine Ahnung gehabt! *Morgen brechen wir auf.* Ich war wie vor den Kopf geschlagen. Swede erging es ebenso; sie hat es mir nachher erzählt. Sie wäre am liebsten aus dem Badezimmer gestürzt und hätte Dad in den Magen geschlagen, wie er da stand und sich das Stroh von der Jacke zupfte.

Roxanna schien die Neuigkeit nicht sonderlich zu beeindrucken. Die Haare unter einem Kopftuch versteckt, Spuren von Ziegenmist auf den Wangen, die Ärmel hochgekrempelt, die Arme verschränkt, kam sie gut gelaunt aus dem Badezimmer – majestätisch wäre wohl das richtige Wort für ihre Erscheinung. Sie lächelte Dad freundlich an und sagte: »Haben Sie es denn so eilig, Mr. Land?«

Natürlich hatten wir es alle nicht eilig. Ich für mein Teil jedenfalls nicht. In meinem kurzen Leben war noch nie ein Mensch wie Roxanna Cawley vorgekommen. Was sie wohl dachte, als Dad mich aus meinem Albtraum riss, meine Schultern festhielt und sie bat, mir auf den Rücken zu klopfen? Und doch hatte sie sich verausgabt, als ob nicht nur mein Leben, sondern auch das ihre von ihrer Stärke abhing.

Swede wollte sowieso nicht mehr weg. Egal, was Roxanna sagte, sie fand fast in jedem ihrer Sätze etwas, worüber sie staunen konnte. Ihr Vater hatte einen Filmstar zum Essen eingeladen; ihr Großonkel war mit Butch Cassidy geritten! Außerdem benutzte sie Ausdrücke wie »verheißungsvolle Aussichten«, während sie einen Ziegenstall ausmistete, ein eindeutiger Beweis für ihre Würde.

Dass Dad es mit dem Weiterfahren ebenfalls nicht eilig hatte, lag, soweit ich weiß, nicht unbedingt an Roxanna. Es lag mehr am lieben Gott, der sich, was unsere weiteren Pläne anging, sehr bedeckt hielt. Wir warteten auf ein Ereignis oder ein Zeichen. Seit wir aufgebrochen waren, um Davy zurückzuholen, hatten wir schließlich schon eine ganze Reihe erlebt. Die mit Blindheit geschlagene Verkehrspolizei von North Dakota. August Shultz' Vorahnung, dass Davy sich in den Badlands versteckte. Die Erbschaft von Mr. Lurvy. Sogar die Tatsache, dass Dad von dem Fiesling Holden gefeuert worden war – sonst hätten wir Roofing womöglich nie verlassen! Trotzdem ließen wir es uns bei Roxanna Cawley fast unverschämt wohl ergehen. Jeden Morgen las Dad in der Heiligen Schrift; jeden Nachmittag halfen wir Roxanna im Haushalt und wurden mit spannenden Geschichten über die Abenteuer ihrer illustren und weniger illustren Vorfahren belohnt. Abends wiegte uns das beruhigende Gemurmel der Erwachsenen langsam in den Schlaf. Wir lauschten nicht. Manchmal hörten wir, wie Dad einen tieferen Ton anschlug – er konnte sehr gut Leute nachmachen, allerdings nie vor seinen Kindern –, und dann lachte Roxanna. Ihr Lachen war so wunderschön, dass man sich wünschte, man selbst hätte es ihr mit einer witzigen Bemerkung entlockt. Eine seltsame Sache: Genau zu der Zeit, als Dad ihr so unvermittelt eröffnete, dass sie uns bald los sein würde, wachte ich morgens mit dem Gefühl auf, in ihrem Haus geboren zu sein. Dass ich genauso dort hingehörte wie die lackierte Wandvertäfelung und der Kleiderständer neben meinem Bett. Ein erfreulicheres Trugbild hatte ich mir noch nie vorgegaukelt.

Aber ob wir wollten oder nicht, der Schneepflug kam schließlich doch. Warm in Mäntel und Schals verpackt, sahen wir von einem Schneeberg aus zu, wie er sich vorquälte. Der Schnee lag so hoch, dass nur die oberste Spitze des Fahrzeugs zu sehen war. Wie ein leuchtendes Monstrum bahnte es sich seinen Weg durch die Abenddämmerung, die Spitze des v-förmigen Pfluges angehoben wie der Bug eines Eisbrechers. Um überhaupt voranzukommen, brauchte der Schneepflug Anlauf. Er setzte fast zwanzig Meter zurück und kam dann im niedrigsten Gang mit klirrenden Ketten und qualmendem Auspuff angedonnert. Die Abgaswolken waren so dick, dass wir keine Luft mehr bekamen. Es war eine wahrlich heldenhafte Leistung, und Dad nahm Swede wie bei einer Parade auf die Schultern. Als sich der Schneepflug endlich an uns vorbeigekämpft hatte, setzte er noch ein letztes Mal zurück. Die beiden Männer, die darin saßen, kletterten auf die Trittbretter und winkten uns unter Triumphgeschrei zu. Wir bedankten uns mit Gejohle und Freudensprüngen. Es war wirklich ein Erlebnis, auch wenn wir nicht wussten, wie es nun weitergehen würde. Man wird schließlich nicht jeden Tag von solch tapferen Befreiern gerettet, und wir bejubelten sie, als wären sie Odysseus, der aus der Schlacht heimgekehrt war.

Dann sagte Dad: »Swede, Reuben, ab ins Haus. Packt eure Sachen zusammen. Geht schon.« Es war wie eine kalte Dusche. Am nächsten Morgen würden wir aufbrechen – und Dad schien so fest entschlossen zu sein, dass ich glaubte, er hätte doch noch einen Wink vom lieben Gott bekommen. Als wir im Haus waren, vertraute ich Swede meine Vermutung an. Ich wollte sie trösten.

»Hat er dir das gesagt?« Mit Tränen der Wut in den Augen knallte sie ihre zusammengeknäulten Socken in den Koffer.

Nein, das hatte er nicht. Und das wusste sie auch.

»Und wieso hat es sonst keiner gehört, dass Gott ihm gesagt hat, was er tun soll?«, fragte sie.

»Also wirklich, Swede. Bei Moses hat doch auch kein anderer was gehört. Und bei Daniel, Paulus oder Jonas auch nicht.«

»Jonas!«, schnaubte sie verächtlich. »Aber wieso hat er es uns nicht gesagt?«

»Wer – Dad oder Gott?«

»Egal. Einer von beiden hätte es uns sagen müssen.«

Sie marschierte ins Badezimmer, holte ihre Zahnbürste und rammte sie in den Koffer.

»Die würde ich jetzt noch nicht einpacken, die brauchst du morgen früh«, sagte ich. Sie wirbelte herum und warf mit der Zahnbürste nach mir. Ich zog den Kopf ein und schlug vor: »Kann es nicht sein, dass Gott Dad gesagt hat, wo wir Davy finden? Kann es nicht sein, dass wir deshalb wegfahren?«

Seit der Rauferei am Morgen nach dem Schneesturm war es das erste Mal, dass einer von uns Davy erwähnte. Diesmal gingen wir uns nicht an die Gurgel. Wir schwiegen. Swede kniff die Augen zusammen und blickte tief in mein zweifelndes Herz.

»Okay, Reuben. Meinst du, dass es so gewesen ist?«

»Wäre doch möglich.«

»Es ist deine ehrliche Meinung, dass Gott Dad gesagt hat, wo Davy ist, und dass wir morgen früh zu ihm fahren?«

»Nein«, gestand ich.

»Dann halt die Klappe«, erwiderte sie.

Nachdem wir gepackt, aufgeräumt und uns für den nächsten Morgen etwas zum Anziehen herausgelegt hatten, gingen wir nach unten, um beim Abendessen zu helfen. Das hatte sich inzwischen so eingebürgert. Und weil Roxanna eine eifrige Köchin war, gab es immer genug zu tun. Ich wurde meistens in den Keller mit den Spinnweben geschickt, um Wachsbohnen, Süßkartoffeln oder Kürbisse zu holen, während Swede das Brot schnitt oder den Tisch deckte; wir schenkten den Apfelwein ein, pürierten die Kartoffeln und schnitten eingelegte Gurken auf. Was für uns zu Hause eine öde Pflicht gewesen war, war bei Roxanna eine Freude, ein Vergnügen. Schon auf der Treppe spürten wir, wie unser Ärger verflog, denn in der Küche herrschte eine Atmosphäre, die alle Unstimmigkeiten unmöglich machte.

Zumindest war es bisher immer so gewesen.

Aber als wir an diesem Abend hereinkamen, drehte uns Roxanna den Rücken zu. Sie trug ein dunkles Wollkleid, das sich über ihren Schultern spannte. Die Küche wurde nur von einer gelben Glühbirne über der Spüle erhellt. Ansonsten war das Haus dunkel. Durch alle Fenster kamen Dunkelheit und Kälte herein, als ob die Scheiben zerschossen wären, und ich fragte mich, wo Dad war, denn wir brauchten ihn hier.

»Roxanna«, sagte Swede.

»Kinder«, antwortete Roxanna und sah uns an. Ihre Augen schimmerten feucht, doch sie weinte nicht, rang sich sogar ein Lächeln ab. Sie trug das Haar zu einem französischen Zopf geflochten, aus dem sich anmutig einige Strähnen gelöst hatten, und hielt einen Picknickkorb in der Hand, dessen Deckel geschlossen war. Es gibt wohl keinen Anblick, der das Herz höher schlagen lässt, als ein prall gefüllter Picknickkorb. Einer, der so voll ist, dass er knarzt. Einer in den Händen einer Frau, für die man über Reißnägel gehen würde. Roxanna war schön, anders kann ich es nicht beschreiben. Noch vor einer Woche hatte ich es nicht gesehen, aber als sie sich jetzt umdrehte und uns ansah, war ich von ihrer Schönheit so verwirrt, dass ich mich nur verlegen kratzen konnte und zu Boden sah. Swede hatte es ebenfalls die Sprache verschlagen, auch wenn sie Roxannas *Augenblick der Verklärung* später mit glühendem Eifer in Verse fassen sollte. Der Ausdruck ist zwar seit der Hochrennaissance ziemlich aus der Mode gekommen, aber ich mag ihn trotzdem. Heimlich und leise hatte sich dieser Moment in unser Bewusstsein geschlichen, wie ein unbekanntes Musikstück, während man schläft. Eines Tages hört man es – ein fremdes Lied, das man auswendig kennt.

Unter dem Gibbonmond

Sie wundern sich über den Picknickkorb? Dabei gibt es kaum eine Gegend, die sich besser für ein Picknick eignet, als North Dakota mit seinen unendlichen Weiten und dem grünscheckigen Grasland – in erster Linie jedoch im Sommer. In ihren kurzen, sprunghaften und äußerst lesbaren *Erinnerungen an North Dakota* geht Swede auf das Thema ein:

> Seit der Erfindung des Verbrennungsmotors hat es nur wenige Reisende gegeben, die auf ihrem Weg nach Westen den Versuch unternommen haben, im Januar in den Badlands ein Picknick zu veranstalten.

Wer schon einmal dort war, weiß, was sie meint.

Aber Roxanna Cawley musste sich nicht auf Vermutungen verlassen. Genau wie ihre Nachbarn wusste auch sie, dass ein Picknick im Januar, wenn das Land unter dem Elend des Winters leidet, wenn lose Bretter vor Kälte ächzen, wenn die Luft wie eine Glasglocke über der Welt hängt, am lustigsten ist. Das ist die Zeit, in der der Mensch ein Picknick am nötigsten braucht; und wenn man das Glück hat, 1963 in den Badlands von North Dakota zu wohnen, stand der Erfüllung dieses Wunsches nichts entgegen.

Wir wussten nicht, wohin Roxanna mit uns wollte. Dad, der am Steuer saß, fuhr einfach in die Richtung, die sie ihm sagte. Wir waren ein schweigsames Trüppchen. Swede hatte sich am anderen Ende der Sitzbank zusammengerollt, und ich hätte kein Wort herausgebracht, auch nicht, wenn mir jemand eine Frage gestellt hätte. Der bevorstehende Abschied und Roxannas Schönheit schnürten mir die Kehle zu. Aufrecht und ruhig saß sie auf dem Beifahrersitz, so anmutig – und so weit weg von Dad. Hätte ich die Szene geschrieben, hätte ich sie näher rücken und nach seiner Hand greifen lassen. Wäre Dads Herz mein Schreibblock gewesen, hätte ich Davys Namen ausradiert, so sehr wünschte ich mir, bei Roxanna bleiben zu dürfen; und hätte mir jemand zugeraunt, dass ganz Roofing bis auf den letzten Zahnstocher niedergebrannt war und wir kein Zuhause mehr hatten, hätte ich das Fenster heruntergekurbelt und dem Himmel gedankt, ohne auch nur einen Gedanken an Dr. Nokes, Bethany Orchard oder sonst jemanden zu verschwenden.

Hinter einer Kurve musste Dad anhalten und parken, was bei der engen Fahrbahn nicht ganz einfach war. Dad fuhr so weit rechts ran, dass die Türen und Radkappen an der harten Schneemauer entlangschrammten, die der Schneepflug hinterlassen hatte. Wir stiegen auf der linken Seite aus. Weil die Straße wie ein Graben war, dessen Wände zu hoch waren, um hinüberzublicken, mussten wir auf den Plymouth klettern, Stoßstange, Motorhaube, Dach. Unser Gelächter lockerte die Stimmung. Oben auf dem Schnee war es bitterkalt. Über uns stand der Gibbonmond, wie Swede ihn immer nannte, wenn er nicht ganz voll war, sondern oval, wie ein Affenkopf. In seinem Licht sahen wir einen weißen Berg und mit flatterndem Kleid ging Roxanna darauf zu. Ich lief hinterher und nahm ihr den Korb ab, und sie legte mir die Hand auf die Schulter. Wir stiegen eine ganze Weile bergauf, und als wir oben waren, breitete sich unter uns ein Feuergarten aus. Das war zumindest unser Eindruck.

Feuer, aufwallender Dampf und gleißende Lichtpunkte. Die Pünktchen sammelten und teilten sich und verloschen mit einem Blinken. Sofort glommen andere auf. Das Feuer kam aus einer gleißenden Erdspalte, von der mehrere andere abzweigten. Rauch, Hitze und niedrige Flammen quollen daraus hervor. Für einen jungen Menschen, der sich in der Bibel auskannte, war es ein Furcht einflößendes Bild. Swede klammerte sich an meinen Arm, während ich Hilfe suchend Roxanna ansah. Nein, ich dachte nicht einen Augenblick, dass es die Hölle war, dafür war der Anblick viel zu schön. Aber Swede hatte mir einmal vorgelesen, wie sich der berühmte Atheist Voltaire kerzengerade auf dem Sterbebett aufgerichtet und mit angsterfülltem Blick und journalistischer Ausführlichkeit eine Landschaft beschrieben hatte, in der sich Feuerschlünde auftaten, wo die Erde schmolz und sich dicker Rauch über den Boden wälzte. Alles in allem hatte seine Schilderung sehr viel Ähnlichkeit mit dem Bild, das sich uns nun bot.

Sicher hatte Voltaire seine letzte Reise mit einiger Beklommenheit angetreten. Ich jedenfalls fühlte mich nicht sehr wohl in meiner Haut, als wir über den orangegelb leuchtenden Schnee nach unten stiegen, um uns ein windgeschütztes Plätzchen zu suchen. Der Schnee wurde immer weicher und nasser, und wir sahen, dass die Lichtpunkte, die sich bewegten, Bäche von Schmelzwasser waren, die sich vereinigten, in die Spalte flossen und verdampften. Die Luft wurde mit jedem Schritt wärmer und einladender. Roxanna erzählte uns, dass vor vielen Generationen ein Blitz in eine alte Pappel eingeschlagen hatte, zwischen deren Wurzeln eine Braunkohleader verlief. Die Ader war schmal und reichte tief in die Erde. Die Kohle entzündete sich, und das Feuer fraß sich hundert Jahre lang immer weiter, bis sich das glühende Schlangenhautmuster gebildet hatte, das sich vor uns erstreckte. Es sei unser Glück, sagte Roxanna und schlug ihre Kapuze zurück, dass sich das Naturschauspiel hier abspiele und nicht in einer dichter bevölkerten Gegend, denn dann wäre es eine Touristenattraktion wie Hot Springs oder Lourdes, wo die Reichen und Gebrechlichen scharenweise mit Wattepropfen in der Nase im heißen Schlamm saßen. So durften wir es ganz allein genießen. Mochte es oben auf dem Berg auch noch so eisig und stürmisch sein, hier unten, wo es so aussah, als ob die Erde aus den Nähten platzte, mussten wir unsere Mäntel aufknöpfen und die Schals lockern.

»Gleich hier, Mr. Land«, sagte Roxanna. Dad nahm die Decke, die er auf der Schulter trug, und breitete sie schwungvoll auf einem flachen Felsen neben den Flammen aus. Der Stein war kahl und trocken; er strahlte Wärme aus wie ein aufgeheiztes Dach. An dieser Stelle war die Spalte mehr als einen Meter breit, mit hoch züngelnden Flammen. Wissen Sie, wie Kohle brennt? Die Flammen sind weiß-golden und haben ein himmelblaues Herz. Wir machten es uns auf der Decke bequem, und trotz der offenen Mäntel wurde es uns bald zu warm. Unfassbar!

»Roxanna«, sagte Dad. »Was für ein wundersamer Ort. Etwas Schöneres habe ich noch nie gesehen.« Er saß neben ihr. Der Feuerschein zauberte ihm eine gesunde Farbe ins Gesicht, und Roxanna hätte mit ihrem Zopf und dem gelösten Schal Rembrandt Modell stehen können. Ich sah Swede an. Sie schien neue Hoffnung zu schöpfen; mir ging es ebenso.

»Komm mit, Reuben«, sagte sie. »Wir erkunden ein bisschen die Gegend.« Dad vergaß sogar, uns zur Vorsicht zu mahnen, als wir loszogen, denn er sah Roxanna an, und zwar, wie ich fand, mit ganz neuen Augen, seit sie uns in dieses Märchenland entführt hatte. Es war tatsächlich ein wundersamer Ort. Wie will man sonst ein Tal beschreiben, wo im tiefsten Winter Dampfwolken aufsteigen wie über einem Schlachtfeld, wo sich Felsen, warm wie Kanonen, in die Landschaft ducken, wo das sich ausbreitende Feuer kältestarre Salamander weckt, mit denen man seine Schwester erschrecken kann? Wir liefen hin und her und sahen uns alles an. Vergaßen das Picknick. Sprangen über die Spalte, wo sie nicht zu breit für uns war, und warfen ganze Ladungen Schnee hinein, weil es so toll zischte. Als wir zwischendurch an einem aufgeheizten Stein eine Verschnaufpause einlegten, konnten wir beobachten, wie ein abgestorbener Wacholder plötzlich verbrannte, ein dürrer brauner Baum, keine zehn Meter von uns entfernt – er ächzte, glühte, ging tosend in Flammen auf und war verschwunden. Swede und ich hatten den gleichen Gedanken – dass alles in diesem Zauberreich von einem Augenblick auf den anderen einer scheinbar unmotivierten Spontanverbrennung zum Opfer fallen konnte (das ist wirklich mal eine Idee, bei der einem das Gruseln kommt), aber dann lief Swede zu dem Loch, wo der Baum gestanden hatte, und sah hinein. Darunter lag die glühende Braunkohleader. Das Ereignis, das wir gesehen hatten, musste sich in diesem Tal schon Tausende von Malen abgespielt haben.

Als wir zurückkehrten, dampfte ein Topf neben dem Feuer, und etwas weiter weg stand zugedeckt ein gusseiserner Kessel. Dad und Roxanna unterhielten sich über belanglose Dinge, wie es die Erwachsenen immer machen, wenn Kinder dazukommen. Dabei hätten wir doch zu gern gewusst, ob sich irgendwelche Entwicklungen abzeichneten. Swede versuchte, Roxanna auszuhorchen, aber die war ihren listigen Fragen mehr als gewachsen. Wir mussten uns also fürs Erste mit den appetitlichen Essensdüften begnügen und damit, dass Roxanna, die mit dem Rücken an einem Felsen lehnte, Dads zusammengelegten Mantel als Polster benutzte. Leider reicht die Zeit nicht aus, um die Köstlichkeiten zu beschreiben, die wir uns schmecken ließen – den gut gesalzenen Rindfleischeintopf mit Perlzwiebeln und einen goldenen Lebkuchen aus dem Gusseisenkessel, mit Dosenfrüchten gesüßt, eine karamellartige Mischung, die Roxanna »Braunbär im Kirschgarten« nannte. Aber es blieb nicht viel Zeit. Dad blickte verwundert ins Tal.

»Ist das etwa Martin Andreeson?« Er zeigte auf einen Mann, der vorsichtig durch die Felsen auf uns zugekraxelt kam.

»Wer?«, fragte Roxanna.

»Martin Andreeson«, antwortete Dad. »Er arbeitet für das FBI. Ist er das, Kinder? Ich kann ihn nicht richtig erkennen.«

Der Mann, der einen knielangen Mantel mit Gürtel trug, tastete sich an der Feuerader entlang. Einen Picknickkorb hatte er nicht dabei. Er nahm die Hand aus der Tasche und winkte uns zu, als ob er ein alter Bekannter wäre.

»Ja, das ist er«, sagte ich.

Dad seufzte.

»Was will er? Wer ist er?«, wollte Roxanna wissen.

Dad antwortete nicht. Aber wo hätte er auch anfangen sollen?

»Jeremiah?«

»Sie werden es gleich sehen.«

»Hallo«, sagte Martin Andreeson, als er uns erreicht hatte. »Hallo, Jeremiah – Reuben. Wo haben Sie denn die Kleine gelassen?«

Swede war verschwunden. »Sie stromert sicher ein bisschen durchs Gelände«, sagte Dad. »Sie kommen genau richtig zum Essen, Mr. Andreeson.«

»Danke. Ich habe schon gegessen.« Der Agent setzte sich auf einen Felsen. Er schnippste eine Zigarette aus der Packung und zündete sie am Grundfeuer an. Dann nahm er einen tiefen Zug und zwinkerte mir beim Ausatmen durch den Rauch hindurch zu. Er spielte wohl gern den Lieblingsonkel. Das konnte einem wirklich auf die Nerven gehen.

»Roxanna, darf ich Ihnen Martin Andreeson vorstellen?«, sagte Dad. »Martin, Roxanna Cawley.«

»Erfreut, Sie kennen zu lernen, Mrs. Cawley.«

Niemand sprach, während Andreeson rauchte und sich umblickte. Im Feuerschein sah er gar nicht übel aus, und er machte ein ausgesprochen zufriedenes Gesicht. Sicher wollte er uns die Hölle heiß machen, nachdem wir ihn so lange abgehängt hatten.

»Und?«, fragte Dad.

»Ich freue mich, dass ich Sie wieder gefunden habe«, antwortete Andreeson. »Sie wissen vielleicht, dass ich in Linton Probleme mit meinem Wagen hatte?«

Die Geschichte mit dem Auto war mir völlig entfallen, im Gegensatz zu Swede, die ebenso schnell von der Bildfläche verschwunden war wie der Wacholder.

Dad sagte: »Jetzt scheint er ja wieder zu laufen.«

»Ich will ehrlich sein, Mr. Land. Wir sind Davy dicht auf den Fersen. Und je näher wir ihm kommen, desto gefährlicher wird es für ihn. Das soll keine Drohung sein. Ich möchte Ihnen bloß reinen Wein einschenken.«

»Fahren Sie fort.«

»Ich bitte Sie um Ihre Hilfe. Mir ist auch klar, dass Sie nicht gerade begeistert sein werden.«

»Ich kann Ihnen nicht helfen. Wenn Sie ihm wirklich so dicht auf den Fersen sind, wissen Sie sowieso viel mehr als ich«, antwortete Dad. Dann fügte er hinzu: »Nur aus Interesse, wie dicht sind Sie denn an ihm dran?«

»Er hält sich in den Badlands auf«, sagte Andreeson.

»Die Badlands sind natürlich nicht gerade klein.«

Andreeson rauchte. Er beschloss, seine Karten offen auf den Tisch zu legen. »Es gibt hier in der Nähe einen Rancher, der in der Scheune ein paar Schweine hält. Als seine Tochter letzte Woche ausmisten wollte, war ein Schwein verschwunden, und zwar ausgerechnet ihr Lieblingsschwein. Die Stalltür war zu, genauso wie das Scheunentor. Sicher, solche rätselhaften Fälle kommen immer mal wieder vor. Angeblich sind Schweine ja äußerst kluge Tiere. Deshalb haben sie den Sheriff erst gerufen, als sie auf die gleiche Weise auch noch das zweite Schwein verloren hatten. Aus einem geschlossenen Stall.«

Dad sagte: »Augenblick mal. Sie glauben, dass Davy die Tiere gestohlen hat? Dass er hier ist?«

»Ganz in der Nähe.«

»Hat ihn jemand gesehen?«

»Ich würde sagen, er hat sie mitgenommen, weil er Hunger hatte. Meinen Sie nicht auch?«

»Wurde er gesehen?«

Andreeson war offenbar der Ansicht, dass er schon genug Einzelheiten preisgegeben hatte. »Ja. Man hat ihn mit großer Sicherheit identifiziert.« Er beugte sich vor, warf die Zigarette ins Feuer und sah ihr nach. »Mr. Land, wir möchten, dass Sie uns begleiten, nur für ein, zwei Tage. Dass Sie mit uns herumfahren.«

»Herumfahren?«, sagte Dad.

»Das wäre uns eine große Hilfe.«

Roxanna hatte die ganze Zeit geschwiegen. Natürlich wusste

ich nicht, was Dad ihr von Davy erzählt hatte. Solange wir dabei waren, hatte er jedenfalls nichts gesagt. Und das Agenten-Aas hatte er ihr gegenüber garantiert nicht erwähnt. Aber wenn man Roxanna jetzt ansah, hatte man das Gefühl, dass sie meinen Bruder nicht nur kannte, sondern dass sie ihn selbst großgezogen und ihm auch noch beigebracht hatte, wie man sich einer Festnahme am geschicktesten entzog. Ihre Miene war abweisend, was wohl nicht sehr erstaunlich ist, wenn man bedenkt, was schon ihr Großonkel von den Pinkerton-Detektiven gehalten hatte.

»Herumfahren soll ich mit Ihnen«, wiederholte Dad nachdenklich. »Mr. Andreeson, glauben Sie immer noch, dass ich Sie zu meinem Sohn führen kann?«

»Nicht mit normalen Mitteln«, antwortete Andreeson.

»Wie sonst?«

»Bei meiner Tätigkeit sind wir manchmal auch auf Hilfe aus anderen Sphären angewiesen. Ich würde sagen, Sie könnten uns vielleicht helfen, die Suche einzugrenzen.«

Dad erstarrte. »Ich bin doch kein Hellseher. Bleiben Sie mir bloß damit vom Leib.«

»Nichts für ungut«, sagte Andreeson. »Aber hören Sie mir doch erst mal zu. Darf ich ausreden?«

Dad antwortete nicht.

»Vor zwei Jahren wurde in Michigan ein Kind entführt, ein kleines Mädchen. Nachdem der Kidnapper sie in einer Berghütte versteckt hatte, fuhr er los, um zu telefonieren. Aber in einer vereisten Kurve geriet er ins Schleudern. Er prallte gegen eine Scheune und war tot. Wollen Sie wissen, wie wir die Kleine gefunden haben?«

»Kommen Sie bitte zum Schluss, Mr. Andreeson.«

»Schon gut. Ich dachte damals ja selbst, mein Chef wäre übergeschnappt. Er hatte mit der Familie und mit Freunden gesprochen. Das Mädchen hatte eine Schwester, ungefähr elf Jahre alt. Er kam zu mir – Ray Levy, mein Chef. Er glaubte, die Schwester könnte die Entführte lokalisieren.«

»Sie wissen ja nicht, womit Sie es hier zu tun haben«, sagte Dad.

»Da haben Sie Recht, das will ich gar nicht bestreiten. Jedenfalls ist die Schwester mitgekommen. Wir sind herumgefahren, in immer größer werdenden Kreisen, angefangen bei ihrem Elternhaus. Zugegeben, es war gegen die Dienstvorschriften, und mit gesundem Menschenverstand hatte es auch nicht allzu viel zu tun.« Der Gerechtigkeit halber muss ich hier einfügen, dass Andreeson das Erzählen nicht gerade leicht fiel. Er zündete sich noch eine Zigarette an und starrte darauf, während er weiterredete. »Irgendwann fing die Schwester an, uns zu sagen, wie wir fahren sollten. Sie war völlig aufgelöst und hat geweint. Und natürlich haben wir uns auch ein paar Mal verfahren; das sollen Sie ruhig wissen.«

Wir konnten uns denken, wie die Geschichte ausgehen würde – Sie können das vermutlich auch.

»Wir fanden sie, kurz bevor es dunkel wurde«, sagte er. »In der Hütte war es eiskalt. Sie hätte die Nacht nicht überlebt.«

Plötzlich hatte ich ein flaues Gefühl. Verstehen Sie mich nicht falsch, natürlich war ich froh, dass dem kleinen Mädchen nichts passiert war. Trotzdem rebellierte mein Magen, und es war, als ob mein Herz sich gelockert hätte. Am liebsten wäre ich weggelaufen! Mir war klar geworden, dass ich Andreeson nicht mehr hasste; ich hatte Angst vor ihm, auch wenn ich nicht wusste, warum. Und Sie können mir glauben, die Angst war schlimmer als der Hass.

»Ich kann Ihnen nicht helfen, Mr. Andreeson«, sagte Dad.

»Sie sind ein Mann des Glaubens, da kann man fragen, wen man will.«

»Das, wovon Sie sprechen, ist etwas anderes. Das ist kein Glaube, sondern Dummheit, Aberglaube, Gespensterseherei.«

»In Roofing lebt ein Mann, der überzeugt ist, dass Sie in Kontakt zu… etwas Großem stehen«, sagte Andreeson. »Zu einer ungewöhnlichen Macht«, setzte er verdeutlichend hinzu.

»Um Himmels willen, seien Sie doch still.«

»Ihr Boss, Mr. Holden. Der Mann, der Sie entlassen hat.«

Dad stand auf. »Ich danke Ihnen, dass Sie uns informiert haben«, sagte er. »Sollte es irgendwelche neuen Entwicklungen geben, können Sie uns bei Mrs. Cawley erreichen. Wir wohnen zurzeit bei ihr.«

Andreeson erhob sich ebenfalls und gab Dad eine Karte mit seiner Telefonnummer. Er betonte noch einmal, dass es ihm mit seinem Vorschlag ernst sei und dass er hoffe, Dad würde seine Meinung vielleicht doch noch ändern. Wir sahen ihm nach, bis er zwischen den vom Feuer beschienenen Felsen verschwunden war.

Sicher stellen Sie sich jetzt auch einige der Fragen, mit denen ich Swede nach unserer Rückkehr vom Picknick löcherte. Zum Beispiel, warum hatte Andreeson uns nicht vom Fleck weg verhaftet, wenn er glaubte, dass wir mit Davy unter einer Decke steckten?

»Weiß ich auch nicht«, antwortete sie. Noch völlig überdreht von den Aufregungen, die uns der Tag beschert hatte, zogen wir unsere Schlafanzüge an.

Und wenn er sich so sicher war, dass sich die Schlinge um Davy immer enger zusammenzog, warum wollte unser Agenten-Aas sich dann mit Gespensterseherei befassen, um ihn aufzuspüren?

»Keine Ahnung«, sagte Swede.

»Was ist das überhaupt, ›Gespensterseherei‹?«, fragte ich. Ich stellte mir dabei jemanden vor, der an irgendwelche unsichtbare Bösewichte glaubte, die sich an ihn heranpirschten und ihm ihren kalten Atem in den Nacken bliesen.

Aber Swede hörte mir nicht mehr zu. Sie war vollauf mit dem himmlischen Gedanken beschäftigt, dass wir vorläufig bei Roxanna bleiben würden. Und sie staunte über die Entwicklungen der letzten Stunden. Eben noch hatten wir keine einzige Spur von Davy gehabt, und nun gab es einen Augenzeugen! Eben noch hatte uns die Weiterfahrt im eiskalten Plymouth gedroht, und nun war uns eine Atempause vergönnt worden – und das auch noch in einem Heim, das diese Bezeichnung weit mehr verdiente als unser Zuhause in Roofing. Ich konnte Swede verstehen. Es hatte sich gezeigt, dass jeder Mensch der Überbringer einer guten Nachricht sein kann, sogar ein Typ wie Martin Andreeson, auch wenn es nicht seine Absicht gewesen war und er ansonsten der König der Ekelpakete blieb.

Das Herz jeder Neuigkeit

Als ich am nächsten Morgen aus der Scheune kam, wo ich eine Mütze voll Eier gesammelt hatte, sah ich auf halber Höhe des Berghangs hinter Roxannas Haus einen Reiter. Es war noch nicht richtig hell, und der Mann war einige hundert Meter von mir entfernt. Ich konnte nur seinen schwarzen Umriss ausmachen.

Es war Davy. Keine Frage.

Er blickte zu mir herüber. Das Pferd stand still, nur der Schweif peitschte hin und her. Als das Licht besser wurde, sahen wir uns über den blitzblauen Schnee hinweg an. Ich war mir sicher, dass es Davy war, wollte mich aber auf keinen Fall blamieren. Deshalb vergewisserte ich mich rasch, dass ich vom Haus aus nicht beobachtet wurde. Kein Mensch zu sehen, die Luft war rein. Ich winkte.

Der Reiter winkte nicht zurück, sondern wendete und ritt weiter. Ich sah, wie sich die Brust des Pferdes hob und senkte. Mit gerecktem Hals mühte es sich durch den tiefen Schnee. Der Reiter trieb es voran, am Hang entlang bergauf. Ich hatte Angst, ihn aus den Augen zu verlieren, rannte in die Küche, wo Swede schon auf die Eier wartete, um sie zu durchleuchten, und stürzte wieder nach draußen.

Pferd und Reiter waren verschwunden.

»Was ist denn los?«, rief Swede, die mir gefolgt war. Sie stand in ihrer Schürze auf der Hintertreppe. Roxanna hatte versprochen, uns zu zeigen, wie man die Zimtbrötchen backte, die ihr Großonkel Butch Cassidy spendiert hatte.

»Da oben war ein Mann auf einem Pferd.« Ich zeigte ihr die

Stelle am Berg. Normalerweise hätte ich ihr bestimmt sofort gesagt, dass es Davy war, hätte es einfach nicht für mich behalten können. Aber da kam Roxanna aus dem Haus und erklärte uns, dass ihr Nachbar Lonnie Ford auf und hinter dem Berg Rinder hielt und deshalb im Winter immer einen Reitweg durch den Schnee offen hielt. Sie hatte diesen Lonnie schon früher einmal erwähnt. Er war Rancher und lieber auf dem Pferd unterwegs, als zu Hause bei seiner Frau zu sitzen, die, wie Roxanna erzählte, weder den Rindviechern noch dem Landleben viel abgewinnen konnte.

Swede sagte: »Wir fangen jetzt mit den Zimtbrötchen an. Kommst du mit rein?«

»Gleich.«

Die Tür ging zu.

Ich tat so, als ob ich in der Scheune etwas vergessen hätte. Nachdem ich gemächlich hineingegangen war, rannte ich so schnell los, dass die Hühner erschrocken auseinander stoben. Dann schwang ich mich über den Zaun des Ziegenstalls und sprintete zur Hintertür hinaus, auf die kleine Koppel. Von dort konnte ich auf den Berg zulaufen, ohne vom Haus aus gesehen zu werden.

Inzwischen war ich mir gar nicht mehr so sicher, dass der Reiter, den ich gesehen hatte, wirklich Davy gewesen war. Mit ihrem Lonnie Ford hatte Roxanna mich ziemlich entmutigt. Aber er hatte wirklich sehr nach Davy ausgesehen, trotz der großen Entfernung und des schwachen Lichts. Es war nicht nur Wunschdenken gewesen, und ich wollte wenigstens bis zu dem Reitweg gehen und ihm ein Stück folgen. Auf jeden Fall war das eine Beschäftigung an der frischen Luft, eine Anstrengung, die sich lohnte. Und ein Abenteuer war es auch. Ich konnte mir vorstellen, was Swede dazu sagen würde. »Du dachtest, es wäre Davy, und bist sofort hinter ihm her?!« So etwas wäre eher Davy selbst zuzutrauen gewesen! Ich war richtig stolz auf mich und stapfte munter los. Die Sonne stand mittlerweile hoch am Himmel; das Feld war ein Gletscher; ich hob meine Augen zu den Bergen.

Was für ein Marsch! Obwohl der Schnee fast überall zu kalkweißen Dünen zusammengebacken war, die das Gewicht eines Jungen trugen, verbargen sich in ihrem Windschatten manchmal zugewehte Rinnen, in denen ich bis zur Hüfte versank und nur mit Mühe vorankam. Dabei wurde mir die Zeit lang, und ich malte mir verschiedene Schlüsse für mein Abenteuer aus, um Swede wirklich etwas bieten zu können. Mal angenommen, ich schlug mich bis auf die andere Seite des Berges durch und stieß dort auf Lonnie Ford. Wie würde er es finden, dass es ein Junge gewagt hatte, ihn zu verfolgen? Roxanna hatte zwar gesagt, dass er nicht mehr der Jüngste war, doch ich stellte ihn mir automatisch als jungen Mann vor. (Das war zumindest der Eindruck, den er aus der Ferne auf mich gemacht hatte. Aber natürlich kann man sich bei einem Reiter leicht im Alter täuschen. Es liegt an der Haltung. Auf einem Pferd sah sogar August Shultz um Jahre jünger aus.) Außerdem war Mr. Ford in meiner Phantasie eine Seele von Mensch. Ich stellte mir vor, wie ich um den Berg kam und ihn plötzlich vor mir sah. Er würde sich an einem kleinen Feuer die Hände wärmen, wahrscheinlich hatte er sich auch eine Kanne Kaffee aufgebrüht. Das machte er lieber draußen im Freien als zu Hause bei seiner Frau, die Heimweh hatte und sich nach Wolkenkratzern sehnte. Er würde mich ansehen und sich, ohne viele Worte darüber zu verlieren, freuen, dass er Gesellschaft bekommen hatte; er würde mich nach meinem Namen fragen, zu seinem sanftmütigen Pferd hinübergehen und eine Blechtasse aus der Satteltasche nehmen. Kaffee, Reuben? Danke, Mr. Ford – ja, so würde es sein.

Plötzlich wurde mir bewusst, wie verkümmert meine dichterische Ader war. Swede hätte sich für so ein Abenteuer bestimmt einen spannenderen Höhepunkt ausgedacht als ein gemütliches Kaffeekränzchen mit einem Pantoffelhelden von Rancher. Ich fing noch einmal von vorne an: Ich würde um den Berg herumkommen – den ich im Übrigen endlich erreicht hatte –, und da würde er vor mir stehen, der kühle, düstere, grimmige Ford! Und das Kalb, das er gesucht hatte, würde tot vor ihm im

Schnee liegen, ein Kadaver mit zerfetztem Bauch, mit starren, weit aufgerissenen Augen, mit herausquellender Zunge, so dick wie die Rinderzungen, die man bei Otto Schock in der Red Owl kaufen konnte. Ford würde daneben knien und die blutigen Pfotenabdrücke eines mächtigen Wolfs untersuchen, die sich unverkennbar im Schnee abzeichneten. Ein grausiger Anblick! Und dann würde er sich zu mir umdrehen. »Junge«, würde er knurren. »Was willst du hier? Spaziergänger haben in den Bergen nichts verloren. Komm her, schau dir die Spuren an.« Sie waren so groß wie mein Gesicht. »Der tötet nicht, weil er Hunger hat, Junge. Der tötet zum Vergnügen! Wahrscheinlich«, würde Ford sagen und sich forschend umblicken, die Augen zu Schlitzen verengt, »wahrscheinlich beobachtet er uns gerade.«

Man sieht, warum Swede es war, die zu Papier und Feder griff, und nicht ich. Ich vertrieb mir die Zeit damit, mir noch mehr solcher abwegigen Szenen auszumalen. Endlich stieß ich auf den Pfad, den ich suchte. Er entpuppte sich als die Spur eines einzelnen langbeinigen Pferdes durch die Schneewehen und nicht als der sauber ausgetretene Weg, den ich mir vorgestellt hatte. Ich ging in die Hocke. Pfad war noch viel zu viel gesagt. Der mehr als kniehohe Schnee war schartig und kantig, wo das Pferd mit den Hufen durch die feste Kruste gebrochen war. Nach dem mühsamen Marsch, den ich schon hinter mir hatte, war ich auf einmal den Tränen nah. Mr. Ford war bestimmt längst wieder nach Hause geritten, und Swede – was für eine Ungerechtigkeit – durfte in Roxannas Küche den Teig für die Zimtbrötchen kneten. Ich hockte da und haderte mit dem Schicksal, bis die Kälte durch meinen nassen Hosenboden drang. Dann rappelte ich mich wieder hoch und blickte den Berg hinunter.

Wie klein das Haus und die Scheune von hier oben waren! Ich hatte ein ganz schönes Stück geschafft, wenn man an die Bodenverhältnisse und an meine angegriffene Lunge dachte.

Das machte mir Mut.

Ich kratzte mir den Schnee von der Hose. Am liebsten wäre

ich nach Hause gegangen, um mich aufzuwärmen, doch plötzlich sah ich, dass das Gelände auf dieser Höhe allmählich abflachte. Der Schnee war eben und fest. Außerdem fiel mir ein, dass Zimtbrötchen mit Hefe gemacht werden, und dass es eine ganze Weile dauern würde, bis der Teig aufgegangen war. Es konnte nicht schaden, wenn ich dem Weg noch bis auf die andere Seite des Berges folgte, so wie ich es ursprünglich vorgehabt hatte. Womöglich kauerte Mr. Ford gleich hinter der nächsten Kehre vor seinem gerissenen Kalb.

Ich trottete weiter, den Pfad zu meiner Rechten. Irgendwo muhte eine Kuh; hohl wurde das Echo von den eisstarren Bergen zurückgeworfen. Dann war ich auf einmal auf der anderen Seite, oberhalb eines Tals, hinter dem noch steilere Berge aufragten, manche nur kahle Felswände, andere mit Wacholder und Krüppelkiefern bewachsen, die durch den Schnee lugten.

Zwanzig Meter unter mir saß Davy auf einem stampfenden Rotfuchs.

Er sah kleiner und dunkler aus als in meiner Erinnerung.

Ich wollte ihm sagen, dass … Ich weiß nicht, was ich ihm sagen wollte. Ich schwieg.

Während das Pferd dampfend den Kopf schüttelte, musterte Davy mich von oben bis unten. Er trug eine Pelzmütze mit zerlumpten Ohrenklappen, die ihm bis auf die Brust fielen, und einen grünen Armeeparka, der so groß war, dass er die Ärmel umschlagen musste. Er hatte einen struppigen Schnurrbart, und von dem Jungen, den ich vielleicht erwartet hatte, war nicht mehr viel zu erkennen. Mir wurde schwindelig, als ich ihn ansah, denn ich blickte zwar in Davys Gesicht, aber zugleich auch in das eines anderen.

Doch als er mich unter seiner Mütze hervor angrinste, verflog meine Beklommenheit, und lachend lenkte er das Pferd auf mich zu und sagte: »Ganz schöne Kletterpartie, was, Natty Bumppo?«

Anfangs fiel uns das Reden schwer. Er hielt neben mir an und streckte mir die Hand hin; ich ergriff sie, und er zog mich hoch. Ich saß hinter dem Sattel. Während wir langsam bergab ritten, wurde ich auf dem breiten Pferdehintern hin und her geschleudert. Das Gelände war steil, und der Rotfuchs – er hieß Fry – geriet immer wieder ins Rutschen. Ich klammerte mich an Davy.

»Keine Angst, Rube. Fry schafft das schon.«

Aber es war ein Gefühl, als ob ich bei starkem Wind auf einem steilen Dach stand, und ich hielt mich gut fest. Es war herrlich, meinen Bruder umarmen zu können, aber gleichzeitig war es seltsam. Davys Jacke roch nach Rauch. Nach Schwefel. Er war dünner und drahtiger, als ich ihn in Erinnerung hatte. Er wirkte kompakter. Mit dem Pferd sprach er in leisen, knappen Sätzen. Wir holperten und stolperten bergab, bis wir zuletzt zu einem Wacholderwäldchen kamen. Fry blieb stehen.

»Alles klar?«, fragte Davy.

»Alles prima«, sagte ich. »Schönes Tier.« Als ob ich etwas von Pferden verstünde.

»Ist dir kalt?«

»Es geht.«

»Komm, spring runter.«

»Okay.« Ich stellte mich ziemlich dusselig an. Als ich mit baumelnden Beinen bäuchlings auf dem Pferd hing, verließ mich der Mut. Fry kam mir so riesig vor.

»Du kannst ruhig loslassen, Rube«, sagte Davy.

»Okay.« Aber ich hielt fest. Ich konnte meine Füße nicht sehen, das war das Problem. Fry wurde ungeduldig, er scheute nach rechts, und ich verlor den Halt, kam nicht mit den Füßen auf, sondern landete unter dem Pferd auf dem Rücken. Der Rotfuchs stampfte und schleuderte mir Schnee in die Augen. Ich krabbelte auf allen vieren zur Seite. Davy saß ab und nahm mich wie einen richtigen kleinen Bruder in die Arme. Ich drückte ihn ebenfalls, und zwar mit aller Kraft, damit er merkte, wie stark ich geworden war. Das Schönste war, ihn lachen zu hören, und sein Lachen war noch genauso wie früher, nur tiefer.

Für einen Jungen von seiner Größe hatte Davy schon immer einen ziemlichen Bass gehabt.

»Raus mit der Sprache«, sagte er. »Wusstest du, dass ich es war? Woher wusstest du es?«

»Ich wusste es einfach! Ich habe dich sofort erkannt. Obwohl du so weit weg warst.« Es sprudelte nur so aus mir heraus, weil ich mich so freute und weil ich Recht behalten hatte. »Ich habe dich da oben gesehen und wusste, dass du es bist«, wiederholte ich. Schließlich hatte ich wirklich zuerst an ihn gedacht; das mit Lonnie Ford brauchte er nicht zu wissen.

»Du hast es doch keinem gesagt?«

»Aber natürlich nicht!« Es war wirklich nicht meine Absicht, mich als besonders klugen, verschwiegenen Burschen hinzustellen, aber es tat gut, von Davy bewundert zu werden, vor allem nach meiner Bruchlandung.

»Gut gemacht, Rube. Mann, bin ich froh, dich zu sehen.«

Plötzlich hatte ich nur noch eine Frage: »Aber woher wusstest du, wo wir waren?«

»Ich habe euch gestern Abend gehört – dich und Swede, als ihr bei der Braunkohleader herumgetobt habt.« Er hockte sich auf einen umgestürzten Baumstamm. »Swedes Stimme ist nicht zu verwechseln. Ich habe Fry angebunden und mich an euch rangepirscht.«

»Du hast uns beobachtet?«

Er grinste.

»Und du hast dich nicht blicken lassen?«

»Und das war mein Glück. Meinst du nicht?« Erst verstand ich nicht, worauf er hinauswollte, doch dann fiel mir Martin Andreeson wieder ein. Davy fragte: »Rube, wer war der Mann?«

Also erzählte ich ihm von dem Agenten-Aas. Obwohl Davy sich denken konnte, dass er gejagt wurde, erfuhr er jetzt zum ersten Mal Genaueres über die Verfolgung. Fasziniert hörte er zu, und ich musste ihm Andreeson in allen Einzelheiten beschreiben. Er wollte wissen, wie er sprach, was er zu sagen hatte, wie er Swede und mich behandelte und wie er mit Dad zurechtkam. Er fand es spannend, dass Andreeson uns in Linton beobachtet und uns zugewinkt hatte, dass er salutierte, als er wegfuhr. Leider schnitt Andreeson bei diesen Geschichten nicht so schlecht ab, wie er es meiner Meinung nach verdient gehabt hätte. Aber Davy störte das nicht, er nickte und lächelte und knackte mit den Fingerknöcheln. Er trug dieselben gelben Arbeitshandschuhe, die er im letzten Herbst angehabt hatte, an dem Tag, als ich die Gans schoss.

»Wo wohnst du?«, fragte ich plötzlich; nur mit Arbeitshandschuhen kommt kein Mensch im Freien durch den Winter.

»Weiter, Rube. Du wolltest gerade erzählen, wie ihr ihn in Linton abgeschüttelt habt.«

Er hatte Recht. Es war die beste Stelle von allen. Als ich ihm erzählte, wie Swede Andreeson heimlich den Ahornsirup in den Tank geschüttet hatte, bekam Davy einen solchen Lachanfall, dass er nach hinten in den Schnee kippte. Fry legte erschreckt die Ohren an und tänzelte mit steifen Beinen herum.

Ich fragte: »Wohnst du hier in der Nähe?«

Er hörte auf zu lachen und sah mich an. »Nicht weit von hier. Ich würde es dir gerne zeigen, aber ich kann nicht. Nicht, Rube. Nimm es nicht so schwer.«

Aber ich nahm es schwer, auch wenn ich nicht anfing zu weinen.

Er sagte: »Es ist besser, wenn du es nicht weißt.«

Das klang für mich ganz so, als ob er mir nicht vertraute. »Ich bin kein Verräter«, erwiderte ich heftig.

»Natürlich nicht«, lenkte er ein.

Wir saßen auf der toten Kiefer, während Fry nach etwas Fressbarem im Schnee scharrte. Es wird Sie vielleicht überraschen, dass ich, obwohl ich doch sonst so auf Einzelheiten versessen bin, kaum etwas Brauchbares aus Davy herausbekam. Er hatte schon früher nicht viel über persönliche Dinge gesprochen und nun gab er sich sogar noch zugeknöpfter als sonst, als ob uns jemand beobachtete oder als ob jeden Augenblick eine dritte Person zu uns stoßen könnte. Er nahm seine Pelzmütze ab und hängte sie an einen Ast, wo sie wie der abgeschlagene Kopf eines Insulaners im Wind baumelte. Aus irgendeinem Grund musste ich an Mr. Finch denken, in dem eisigen Wind vor dem Postamt. Er tat mir furchtbar Leid, und ich hätte gern geglaubt, dass Davy das Gleiche empfunden hätte. Aber ich konnte nicht davon anfangen, ohne als Weichling oder sogar als treuloser Verräter dazustehen. Also unterhielten wir uns eine Zeit lang nur über Belanglosigkeiten, was auf eine gewisse Weise ebenfalls gut tat, weil wir wenigstens wieder einmal beisammen saßen, wie in alten unbeschwerteren Zeiten.

»Sag mal«, überlegte Davy laut. »Läuft da was zwischen Dad und dieser Frau?«

Also erzählte ich ihm, wie wir Roxanna kennen gelernt hatten. Ich erzählte ihm von ihren Ziegen, dem Kino ihres Vaters und ihrem Großonkel, der mit berühmten Räubern verkehrt hatte. Trotzdem wurde ich ihr nicht ganz gerecht; so behielt ich zum Beispiel für mich, was für eine Katastrophe es für uns gewesen war, als wir glaubten, dass wir sie bald verlassen würden.

»Hat sie Dad sehr gern?«, fragte Davy.

»Ich weiß nicht. Du hast die beiden ja selbst gesehen«, sagte ich zögernd. »Was meinst du?«

»Sie mag ihn. Mann, ist Dad mager.«

»Er hatte eine Lungenentzündung. Aber jetzt ist er wieder auf dem Damm.«

»Und wie geht es dir? Was macht die Lunge?«

Ehrlich gesagt, machte sie mir Sorgen. »Komm doch mit zu Roxanna. Ich gehe vor und kundschafte aus, ob Andreeson da ist. Was meinst du, wie Swede sich freuen würde.«

Davy blickte lächelnd zu Boden. »Lieber nicht, Rube.«

»Sie backt gerade Zimtbrötchen«, sagte ich in einem Ton, mit dem man Kleinkinder bezirzt.

»Ich würde wirklich gern mitkommen. Du kannst dir gar nicht vorstellen, wie gern. Ich hätte auch nichts dagegen, Dads Freundin kennen zu lernen. Aber ich habe den Eindruck, dass dieses Agenten-Aas nicht gerade auf den Kopf gefallen ist.«

»Es gibt Klügere«, sagte ich tapfer.

»Gut, aber er glaubt, dass ich hier bin, und ich bin tatsächlich hier. Wie ist er darauf gekommen?«

Eigentlich hätte er es selbst wissen können. »Er sagt, dass dich jemand gesehen hat. Dass du jemandem ein Schwein aus der Scheune gestohlen hast. Zwei Schweine sogar.«

»Aha«, sagte Davy. »Aha.« Falls er vermutete, dass Andreeson uns vielleicht einfach nur gefolgt war, ließ er sich davon, wie ein wahrer Gentleman, nichts anmerken. Schließlich hätte der Agent keinen Grund gehabt, an die Badlands auch nur zu denken, wenn wir brav in Roofing geblieben wären. Die Nachricht, dass zwei Schweine verschwunden waren, hätte sich vielleicht bis zum nächsten Sheriff herumgesprochen, aber weiter wohl kaum.

Etwas später sagte er: »Ich kann nun mal nicht kommen. Es geht nicht. Ich würde alles dafür tun, nicht wieder ins Gefängnis zu müssen.«

Ich konnte es ihm nicht verdenken, habe noch heute Verständnis dafür. Aber mir machte er es damit nicht gerade leicht. »Und was soll ich sagen, wenn ich wieder zurück bin?«

»Gar nichts.« Entsetzt sah er mich an, als ob ich ein Vollidiot wäre. »Du darfst Dad nichts sagen, und vor allem Swede nicht. Um Himmels willen, Reuben!«

»Schon gut.« Aber ich konnte mir nicht vorstellen, dass ich es nicht wenigstens Swede erzählen würde. Das schien mir fast unmöglich.

»Rube«, sagte Davy. »Ich kann im Moment wirklich nicht mit Dad reden.«

»Und warum nicht?«

Fry stampfte mit den Hufen, und Davy stand auf, um ihn zu beruhigen. Plötzlich flogen die Krähen auf, die sich über uns niedergelassen hatten. Schimpfend und krächzend zogen sie ab. Mir sank das Herz in die Hose. Im Film ist das immer der Augenblick, in dem sich der Suchtrupp heimlich anschleicht.

Davy sagte: »Weißt du was? Ich habe Fry nicht gestohlen.«

Wie kam er jetzt bloß darauf? Als ob mich das gekümmert hätte.

»Er gehört einem Freund. Jemandem, der mir geholfen hat.«

Das hörte sich gut an. Es gab also jemanden, der auf unserer Seite stand. »Ein Rancher? Lonnie Ford vielleicht?«

»Nein, kein Rancher.« Fast hätte er laut gelacht, aber er hielt sich zurück und schmunzelte bloß. »Dieser Mann steckt in Schwierigkeiten. In echten Schwierigkeiten, Reuben. Aber zu mir ist er gut gewesen.« Davy streichelte den nervösen Fry, der schnaubend gegen seine Schulter stieß. Die Unruhe des Pferdes war ansteckend. Mein Bruder sah aus, als ob er jeden Augenblick die Nerven verlieren würde. Schweigend blickte er sich um. Er lauschte, aber nicht wie auf das Bellen eines Bluthundes, sondern eher wie auf einen fernen Befehl, so wie wir früher manchmal die Ohren gespitzt hatten, wenn wir durch das Wäldchen streiften und darauf warteten, dass uns ein Pfiff zum Abendessen rief. Ich ahnte, dass unser Treffen nicht mehr lange dauern würde, und zermarterte mir das Gehirn, wie ich es noch ein bisschen ausdehnen konnte.

Davy sagte: »Es ist ein ganz schön weiter Weg für dich. Komm, ich nehm dich ein Stück mit.« Noch bevor ich antworten konnte, hatte er sich in den Sattel geschwungen. Er griff nach meiner Hand und zog mich rauf. Fry lief von selbst unter den Bäumen hervor und trottete wieder den Berg hinauf. Ich sagte: »Wie heißt dein Freund?«

Es dauerte einen Moment, bis er sagte: »Waltzer.«

»Walter und wie weiter?«

»Nein, Waltzer. Sein Nachname ist Waltzer. Mit Vornamen heißt er Jape – Jape Waltzer.«

»Jape? Komischer Name.«

Er antwortete nicht. Das Pferd mühte sich den Berg hinauf; es musste so steil klettern, dass ich mich noch fester an Davy klammerte als vorher. Das ganze Tal lag im Sonnenschein. Es war ein herrlicher Tag, aber meine Stimmung wurde immer düsterer. Ein grauenhaftes Bild stieg vor mir auf, Davy, tot in einem dunklen Versteck, wo man ihn niemals finden würde. Plötzlich kam mir der Gedanke, dass ich ihn vielleicht nie mehr wieder sehen würde – dass mit jedem Schritt, den das Pferd machte, der grausame Abschied näher rückte, über den ich mit keiner Menschenseele reden durfte. Ich keuchte; in mir zerbrach etwas. Ich dachte an Dad und an ein Wunder, ich schloss die Augen und betete, dass Dad uns hinter der letzten Biegung erwarten würde, von Gott geleitet, den Blick voller Weisheit und Güte. Ich glaubte mit aller Kraft an dieses Bild, auch wenn mir nicht viel Zeit blieb und ich von Fry kräftig durchgeschüttelt wurde. Ach, wenn es doch nur wahr werden würde. Ich würde die größte Schneewehe mühelos überqueren, so flink wären meine Füße; ich würde den ganzen Weg vor Freude schreien, und meine Lunge wäre wieder gesund.

Wir erreichten die Stelle, wo Davy mich aufgelesen hatte, und ritten weiter, bis Roxannas Haus in Sicht kam. Davy sagte: »Brr, Fry. Rube, das letzte Stück musst du leider zu Fuß gehen.«

Aber ich ließ ihn nicht los. Wie konnte ich auch, unter der Last, die ich trug?

»Rube.«

»Ich muss es jemandem erzählen, dass ich dich getroffen habe«, sagte ich. Es klang ganz schön quengelig.

Er machte sich von meinen Armen frei und drehte sich im Sattel um. »Das darfst du nicht, Reuben. Jetzt noch nicht. Hast du verstanden?«

Aber ich nickte nicht, ich wollte ihn nicht verstehen, sah ihn noch nicht einmal an. Ich schämte mich. Das war noch nie passiert, dass ich mich gegen Davy auflehnte. Ich merkte, dass mir die Tränen kommen würden, wenn ich mir nicht sofort etwas einfallen ließ.

»Dann musst du mir zeigen, wo du wohnst«, sagte ich.

»Bitte, Rube. Es ist besser, wenn du es nicht weißt.«

Fry stampfte, und ich musste mich an den Sattel klammern, um nicht abgeworfen zu werden. »Entweder zeigst du es mir, oder ich sage es Dad.«

Ich war also doch ein Verräter, auf jeden Fall benahm ich mich so. Aber konnte man wirklich von mir verlangen, das Wissen darüber, wo mein Bruder sich aufhielt, ganz allein auf meinen schmächtigen Schultern zu tragen? Ich hatte nie behauptet, ein Atlas zu sein. Nicht im Entferntesten.

Ich hielt mich fest und beobachtete, wie Davy über meine Drohung nachdachte. Mich quälte das dumpfe Gefühl, etwas zerstört zu haben, doch schließlich nickte er. »In Ordnung, Rube. Du hast gewonnen.«

Ich war so verdutzt, dass ich den Sattel losließ. Fry machte einen Schritt, und ich purzelte kopfüber in den Schnee.

»Das müssen wir noch ein bisschen üben«, murmelte Davy, als ich mich abklopfte.

»Zieh mich rauf«, sagte ich. Sicher hausten Davy und dieser Waltzer in einer Art Wigwam oder Tipi, aus dem oben der Rauch quoll. Ich konnte es kaum erwarten, es zu sehen.

»Jetzt nicht.«

»Aber du hast es versprochen!«

»Heute Nacht.« Er beugte sich zu mir. »Ich kann dich nicht einfach so mitnehmen. Ich muss Jape erst sagen, dass du kommst.«

Er klang so ernst, dass ich mich überzeugen ließ.

»Kannst du dich rausschleichen, ohne das ganze Haus aufzuwecken?«

Was für eine Frage! Wozu hatte ich schließlich Mark Twain gelesen?

Davy musterte Roxannas Haus. »Du kommst hinten aus der Scheune raus. Dann gehst du in diese Richtung. Mindestens ein paar hundert Meter. Ich werde in der Nähe sein.« Als er Fry wendete, konnte er ihn kaum halten, so sehr schien sich der Rotfuchs zu freuen, mich los zu sein.

»Warte – um welche Uhrzeit? Wann soll ich kommen?«

»Wann es am günstigsten ist«, rief er, ohne sich noch einmal umzudrehen. »Ich bin auf jeden Fall da. Ich habe heute Abend sowieso nichts Besseres vor.«

Irgendetwas fehlte, als ich wieder ins Haus kam. Ich hängte meinen Mantel auf, zog die Überschuhe aus und schleuderte sie in die Ecke. »Hallo«, rief ich.

Im Haus war es still.

Kennen Sie das? Ein Haus, in dem man als Kind gern zu Besuch ist, das Haus der Großmutter vielleicht, deren Lieblingsenkel man ist, und irgendwann kommt man hin, und sie liegt krank im Bett. Plötzlich ist das Licht falsch, die Erwachsenen sind gereizt, und die Freude, die man in diesem Haus erwartet, ist nicht mehr da, so als ob sich die Seele aus einem Körper davongemacht hat.

Aber als ich in die Küche ging, schwand dieses ungute Gefühl sofort, denn die Zimtbrötchen waren gerade aus dem Ofen gekommen und dufteten verführerisch, und Swede rührte schon fleißig die Glasur an.

»Wo hast du denn gesteckt?«, fragte sie.

»Ich war spazieren. Tut mir Leid, dass ich das Frühstück verpasst habe.«

»Du hättest ruhig Bescheid sagen können.«

»Ach, Swede!« Es tat mir wirklich Leid um das Frühstück. Meine Angst kehrte zurück, und obwohl ich völlig ausgehungert war, hätte ich keinen Bissen herunterbekommen.

»Ich habe dich in der Scheune und überall gesucht.«

»Ich wollte mir bloß ein bisschen die Beine vertreten.« Ich war fest entschlossen, mein Geheimnis zu bewahren. Ich durfte auf keinen Fall irgendetwas ausplaudern, sonst konnte ich meinen nächtlichen Ausflug vergessen.

Sie fragte: »Hast du Dad gesucht?«

»Nein, ist er denn nicht hier?«

»Ach was«, sagte Swede. »Er fährt mit Mr. Andreeson durch die Gegend.«

Ich war wie vom Donner gerührt.

»Du kannst es mir glauben. Er ist in aller Herrgottsfrühe aufgestanden und weggefahren.« Sie prüfte den Zuckerguss, gab einen Schuss Kaffee in die Schüssel und rührte weiter.

Ich setzte mich hin. Meine Bronchien saßen zu, ich konnte nicht anders. Ich war so müde, dass ich das Gefühl hatte, die Hände, die auf meinen Knien lagen, wären gar nicht meine eigenen. Ich fragte: »Wo ist Roxanna?«

»Sie hat einen Kunden.«

»Wieso ist Dad mitgefahren?«

Swede ließ ihre Wut an der Glasur aus. Sie wäre bestimmt glücklicher gewesen, wenn es darauf eine Antwort gegeben hätte.

»Wieso hilft er dem Kerl? Will er etwa, dass sie Davy erwischen?«

Natürlich hoffte ich, dass Swede mir das Gegenteil beweisen würde. Vielleicht hatte sie eine andere Erklärung für Dads seltsamen Entschluss, das Agenten-Aas zu begleiten. *Begleiten*, das war das Verb, das ich mit aller Vorsicht gebrauchte. Nicht etwa *gemeinsame Sache machen, unterstützen* oder gar *überlaufen*.

Plötzlich fiel mir noch etwas anderes ein. »Und was ist mit der Geisterseherei?« Dieser Gedanke machte mir besonders schwer zu schaffen. »Er hat gesagt, es wäre Geisterseherei. Und damit wollte er nichts zu tun haben, Swede!«

Sie antwortete immer noch nicht. Wir hörten, wie Roxanna mit ihrem Kunden ins Haus kam, der zufrieden sein Geld auf die Theke knallte. Die Kassenschublade ging auf, eine Ziege meckerte, die Glocke über der Tür bimmelte. Dann kam Roxanna in die Küche gelaufen, die Augen glänzend vom Wind. »Reuben«, rief sie. »Wo warst du?« Und sie drückte mir einen Kuss auf die Backe, zum allerersten Mal.

»Ich hab ein bisschen die Gegend ausgekundschaftet.«

»Schön. Hast du irgendwas gefunden?« Sie war schon wieder draußen, um ihre Jacke aufzuhängen. Swede, die den Zuckerguss zu einer steifen Paste geschlagen hatte, fing an, die Zimtbrötchen zu glasieren. Wie gern hätte ich ihnen von Davy erzählt. Das würde ein bisschen Leben in die Bude bringen. Aber ich durfte es nicht, und das machte mich wütend.

Ich brüllte: »Roxanna, wieso ist Dad mitgefahren?«

Sie kam herein und setzte sich neben mich. Ich erinnere mich noch, dass sie einen dunkelgrünen Pullover mit breitem Rollkragen trug, dass sie die Ellbogen auf die Knie stützte und mir in die Augen blickte. »Er konnte nicht anders, Reuben. Er würde es bestimmt nicht wollen, dass du dich darüber aufregst.«

»Aber wieso?«

Sie sah mich ernst an. »Er wurde geleitet.«

Geleitet? Das sollte wohl heißen, dass der liebe Gott mal wieder das Kommando übernommen hatte und uns den Weg ebnete; wie damals, als er dafür gesorgt hatte, dass Dad gefeuert wurde, damit wir die Stadt verlassen konnten, oder als er uns den Airstream geschickt hatte, damit wir bequem reisen konnten. Dad wusste, was es hieß, sich leiten zu lassen, aber diesmal wollte ich nichts davon hören.

»Von wem denn geleitet? Von Mr. Andreeson, diesem Drecksack?«

Roxanna wandte sich rasch ab, als ob sie von meinem vulgären Ausbruch nicht berührt werden wollte. Als ich schon dachte, dass sie mich überhaupt nicht mehr ansehen würde, drehte sie sich wieder um, und ihre Augen blitzten so lustig, dass ich gar nicht mehr wusste, woran ich war. Sie sagte: »Mr. Andreeson könnte deinen Vater noch nicht einmal dazu bringen, sich zu räuspern.«

»Aber er ist mitgegangen!«

»Reuben, er war die ganze Nacht wach. Ich bin aufgewacht, weil ich ihn gehört habe. Weißt du, was er gemacht hat?«

»Er hat bestimmt gebetet«, sagte ich düster.

»Ja – und ich habe noch nie einen Menschen so beten hören.« Roxanna hielt inne, sie wusste nicht recht, wie sie fortfahren sollte. Während sie nach den richtigen Worten suchte, stieg ihr eine tiefe, kleidsame Röte ins Gesicht. »Ich bin aufgestanden«, erzählte sie weiter, »und wir haben uns ein bisschen unterhalten – Swede, meinst du nicht, dass der Guss ein bisschen zu dick geraten ist?«

Er klebte als faustgroßer Klumpen am Löffel. Roxanna half ihr, ihn mit Kaffee und warmer Butter wieder zu verdünnen. Es ist zum In-die-Luft-gehen, wenn man etwas nicht versteht. Heute kann ich berichten, was Roxanna uns damals verschwieg: Sie war aufgewacht, weil Dad mit laut erhobener Stimme redete. Im ersten Augenblick dachte sie, Andreeson wäre mitten in der Nacht aufgetaucht, und die beiden Männer hätten einen Streit. Als sie aus ihrem Zimmer schlich, hörte sie, wie Dad dem Agenten Vorwürfe machte. Sie konnte Adjektive wie *arrogant* und *töricht* unterscheiden. Aber niemand antwortete. Dad ging aufgeregt im Zimmer hin und her. Manchmal sprach er; manchmal blätterte er wie wild in der King-James-Bibel, als ob er eine Behauptung untermauern wollte. *Er kennt dich nicht, und er will dich nicht kennen*, sagte Dad, und dann ächzte er laut, als ob er einen Schlag abbekommen hätte. Da hielt Roxanna die Hand vor den Mund, denn sie erkannte, mit wem er rang. Roxanna, die Gott schon seit langem als Tatsache akzeptierte, wäre nie auf den Gedanken gekommen, mit ihm wegen irgendeiner bestimmten Sache zu streiten. *Dann sieh doch zu, ob du mich dazu bringen kannst*, rief Dad, eine Herausforderung, die mich heute noch erschauern lässt. Als Nächstes hörte Roxanna ein Poltern, als ob jemand zu Boden gegangen wäre. Da wollte sie ins Zimmer stürmen, aber ihre Muskeln versagten ihr den Dienst, und sie musste sich hinsetzen. Sie erinnert sich bis heute an die seltsame Wärme, die sie in der Diele umfing und die so wohl tuend war, dass Roxanna, mit dem Rücken an die Wand gelehnt, einschlief, während hinter Dads Tür die Stühle umkippten und er mit Gott rang. Als sie aufwachte, ging sie Dad suchen. Er saß in der Küche, im Frieden mit sich selbst. Die Bibel lag zugeklappt auf dem Tisch, sein Unterhemd war über der Brust zerrissen. Er lächelte sie an; bat um eine Tasse Kaffee. Als er aufstand, musste er sich an der Stuhllehne festhalten.

Aber damals erzählte uns Roxanna das alles nicht. Sie sagte nur, dass Dad sich in der Nacht sehr gequält und wegen des Andreeson-Problems gebetet hatte, dass sie ihm Gesellschaft geleistet hatte und dass sie sich über alles Mögliche unterhalten hatten.

»Er hat mir erzählt, wie du den Maisspeicher abgerissen hast«, sagte Roxanna. »Er freut sich, dass du so kräftig geworden bist.«

Ich hatte den Eindruck, dass sie bei mir für Dad gut Wetter machen wollte. »Das war nicht schwer.«

»Und dann hast du von deinem Geld Lebensmittel gekauft.«

»Ich wollte ein Kanu.«

»Unbedingt«, bestätigte Swede.

»Bist du so gut und holst drei Teller und die Milch?«, bat mich Roxanna. »Dir hat doch bestimmt das Herz geblutet, als du an Stelle des Kanus etwas zu essen gekauft hast.«

»Ein bisschen schon«, gab ich zu.

»Könnte es nicht sein«, überlegte sie laut, »dass du bei deiner Entscheidung geleitet wurdest?«

Ich wusste genau, worauf sie hinauswollte, doch das machte mich nur noch wütender. Ehrlichkeit tut oft weh. »Aber sicher, und zwar von Swede«, knurrte ich. »Das ist schließlich ihre Aufgabe, mich herumzukommandieren.«

Woraufhin Roxanna mit ihrer tiefen, schönen Stimme lachte. »Komm, Reuben«, sagte sie. »Was meinst du? Sind die Zimtbrötchen wirklich so lecker, wie Mr. Cassidy behauptete?«

Er ist überhaupt nicht in Bolivien gestorben, wie die ganze Welt glaubt. Butch Cassidy starb, wie Roxanna erzählte, unweit des Dörfchens Reece im windigen Kansas, und zwar erst 1936. Das wusste sie, weil der Bandit ungefähr zu Beginn des Ersten Weltkriegs wieder bei ihrem Großonkel aufgetaucht war. Da die US-Armee an Howard Cawleys Talenten als Büchsenmacher und Arzt interessiert war, hatte er ein Offizierspatent bekommen. Seine Sachen waren gepackt. Er saß am Küchentisch und drehte Zigaretten, als Cassidy an die Tür klopfte. Der Outlaw hinkte und ging am Stock, aber er hatte sich die Vitalität bewahrt, die Howard so an ihm bewundert hatte. Nein, er war in der berühmten Cantina nicht erschossen worden, nicht einmal angeschossen. Das lahme Bein verdankte er einem wütenden Pferd, das ihn an einer Pappel abgestreift und aus dem Sattel geworfen hatte. Und die armen Kerle in der Cantina? Das waren Freunde von ihm, Gott möge ihrer Seele gnädig sein, zwei junge Burschen, Mark und Pugger aus Kalifornien, die nach Bolivien gegangen waren, um Vaqueros zu werden. Für einen bolivianischen Leutnant, einen gewissen Jarave, war es von Vorteil zu verbreiten, dass er berüchtigte amerikanische Schurken zur Strecke gebracht hatte, obwohl die beiden Toten in Wahrheit noch Greenhorns waren. Butch und Harry Longabaugh hielten sich zu der Zeit überhaupt nicht in Bolivien auf. Sie waren in Argentinien unterwegs, um sich mit einem genialen Landsmann zu treffen, der angeblich einen Ballon konstruiert hatte, mit dem man die Erde umrunden konnte. Longabough hatte vor, in die geplante Expedition des Genies zu investieren, auch wenn Butch nie begriff, was er sich eigentlich genau davon versprach. Butch war nur mitgegangen, weil er zu gern einmal Ballon gefahren wäre.

Swede wäre fast geplatzt, weil sie unbedingt einen Kommentar loswerden musste: »Ich wusste ja gleich, dass er nicht in Bolivien erschossen worden ist. Das war erstunken und erlogen, von vorne bis hinten.«

»Ja. Du kannst dir sicher vorstellen, wie sehr Onkel Howard sich darüber freute. Es tat ihm Leid, dass er Butch nicht besser bewirten konnte, mit seinen Zimtbrötchen zum Beispiel, aber er hatte sein Offizierspatent …«

»… und der Zug wartete schon auf ihn«, ergänzte Swede.

»Ja, er konnte nicht anders, er musste fahren«, sagte Roxanna, doch dann fügte sie hinzu, dass Großonkel Howard ihr als klappriger alter Mann gestanden hatte, dass er um ein Haar die US-Armee hätte sausen lassen und mit Cassidy losgezogen wäre – wenn Butch ihn bloß gefragt hätte.

»Wie schade, dass er ihn nicht mitgenommen hat!«, sagte Swede.

Es war das letzte Mal, dass Howard seinen Freund sah. Cassidy vertraute ihm an, dass er einen neuen Namen annehmen wollte, Jonas Work, solide und ehrlich. Er lud Howard ein, ihn zu besuchen, wenn der Krieg vorbei wäre. Höchstwahrscheinlich würde er ihn in Kansas finden, wo er ins Windradgeschäft einsteigen wollte. Cassidys Augen leuchteten: Er liebte Windräder; es gefiel ihm, wie sie sich drehten. Howard glaubte ihm, dass er es mit dem ehrlichen Leben ernst meinte, aber er bezweifelte, dass er der richtige Mann dafür war. Er sagte, viel Glück, Butch. Jonas, korrigierte Butch.

Exklusivität ist das Herz jeder Neuigkeit. Wer auf der Welt kannte sonst noch das wahre Ende jener Geschichte? Wer wusste von Mark und Pugger, den armen Tröpfen, und von dem ehrgeizigen Jarave? Wir waren sehr stolz, dass wir nun zu den wenigen Eingeweihten zählten. So stolz wie jemand, der allein am Strand steht, wenn sich der einzige Überlebende eines Schiffsunglücks mit seiner abenteuerlichen Geschichte ans Ufer schleppt; wie jemand, der unter seinen Papieren Beweise dafür gefunden hat, dass er ein verschollener Erbe ist.

»Aber 36 ist er dann tatsächlich gestorben?«, fragte Swede.

Roxanna stand lächelnd auf, ging zum Schrank und holte ein Sammelalbum heraus. Es hatte einen weinroten Einband und schwarze Seiten, und es knarzte, als sie es aufklappte.

»Diesen Artikel bekam Onkel Howard mit der Post. Wer der Absender war, hat er nie erfahren.«

JONAS R. WORK

Am 9. Oktober des Jahres 1936 um sieben Uhr verstarb in Reece, Kansas, Jonas Robert Work, von seiner Gemeinde hoch geachtet, von seinem Land mit vielen Auszeichnungen geehrt.

Mr. Work wurde dreiundfünfzig Jahre alt. Das gütige Schicksal bedachte ihn mit einer guten Konstitution und einem scharfen Verstand. Er war Weltkriegsveteran und Angehöriger des gefeierten Fliegerkorps in Leon. Nachdem er mehrere Dutzend Einsätze geflogen hatte, wurde seine Maschine von Gewehrfeuer getroffen. Mr. Work gelang es, das

Flugzeug heil notzulanden, er selbst aber wurde gefangen genommen und in einem preußischen Militärgefängnis festgehalten. Durch eine Kugel im linken Oberschenkel zog er sich einen dauerhaften Gehfehler zu. Einige Monate später floh er unter Lebensgefahr aus der Gefangenschaft und brachte sich in Freundesland in Sicherheit.

Mr. Work kam im Frühling 1916 nach Reece, nachdem er mit militärischen Ehren aus der Armee entlassen und für seine Heldentaten ausgezeichnet worden war. Seine berufliche Karriere als Handelsvertreter bei der Aeromotor Windmill Company begann. Es darf getrost behauptet werden, dass die Mehrzahl aller Windräder in Reece und den umliegenden Flint Hills von Mr. Work verkauft und montiert wurde. Als anerkannter Experte für das Auffinden von Wasseradern waren seine Dienste auch international gefragt. So kam es, dass er von Kansas aus die ganze Welt bereiste. Wenn er von seinen Reisen zurückkehrte, brachte er immer einen Vorrat an abenteuerlichen Geschichten mit, zur Erbauung und zum Vergnügen der Kinder, die er so zahlreich auf seiner Veranda um sich scharte. Am Morgen seines Todes wollte er auf Howell Watts Ranch ein Windrad reparieren. Nachdem sich Mr. Work, frohgemut wie immer, an die Arbeit gemacht hatte, hörte Mrs. Watt, die in der Küche stand, plötzlich einen Schrei. Sie blickte aus dem Fenster. Mr. Work lag unter dem Windrad. Wie sie berichtet, setzte sein Pulsschlag zehn Minuten nach dem Sturz aus, doch die Muskelkraft seiner Glieder machte sich noch acht bis zehn Stunden später bemerkbar, so gut war seine Konstitution.

Mr. Work, Gemeindemitglied der Grace Baptist Church in Reece, starb getröstet im Glauben an seinen Erlöser.

Der Nachruf lieferte uns, Swede und mir, fast den ganzen Tag lang Anlass zu Spekulationen, wobei ich allerdings, im Vergleich zu Swedes überbordender Phantasie, eher bescheiden abschnitt. Als ich vorschlug, es könnte Longabaugh gewesen sein, der Onkel Howard den Zeitungsausschnitt geschickt hatte, sagte sie nein, eher wäre es Longabaughs tapfere Geliebte Etta gewesen, die in Bolivien an Lepra erkrankt war und ihre letzten Lebensjahre zurückgezogen in einem düsteren Haus verbracht hatte, wo sie Sensationsromane schrieb, die bis heute unentdeckt geblieben waren. Als ich Butchs Erfolge beim Auffinden von Wasseradern damit erklärte, dass seine Wünschelrute von einem Galgenbaum stammte, wies Swede darauf hin, dass solche Ruten nur dann funktionierten, wenn an dem Baum ein Unschuldiger aufgeknüpft worden war – das täte aber ohnehin nichts zur Sache, weil Butch, wenn er ins Ausland reiste, sowieso nicht nach Wasser gesucht, sondern sich mit seinem guten alten Freund Harry Longabaugh getroffen hatte, um Eisenbahngesellschaften, Finanzinstituten oder Wüstenscheichs – mit Harem – böse Streiche zu spielen. Noch eine Spekulation gefällig? Als ich mir ausmalte, wie Butch sich über die heldenhafte militärische Erklärung für sein Hinkebein ins Fäustchen lachte, schlug Swede in die andere Kerbe. Sie meinte, die Geschichte sei überhaupt nicht erfunden; er sei trotz des steifen Beins zum Militär gegangen und hätte eine schrottreife Jennie über die deutschen Linien geflogen; er sei tatsächlich abgeschossen und gefangen genommen worden, und zum Schluss sei er geflüchtet. »Schließlich wollte er schon immer fliegen«, sagte sie. »Denk doch nur an die Geschichte mit dem Amerikaner und dem Ballon in Argentinien.«

»Und was sagst du zu der Sache mit seinen zappelnden Armen und Beinen?«, fragte ich. Ich fand die Stelle unheimlich, wo beschrieben wurde, wie er sich noch bewegte, obwohl er schon tot war.

»Na ja, immerhin ist er nicht aufgestanden und durch die Gegend gelaufen«, sagte Swede.

»Möglich wäre es schon. Bei Hühnern gibt's das doch auch.«

»Also bitte, Reuben«, antwortete sie, entsetzt über diesen respektlosen Vergleich. »Dann wären die anderen Leute doch in

Ohnmacht gefallen.« Sie überlegte einen Augenblick. »Wahrscheinlich hat er ein paar Sit-ups gemacht, da draußen bei dem Windrad. Butch hat bestimmt jeden Tag trainiert. Er war ein bisschen eitel und hat immer auf sein Aussehen geachtet.«

Sehr unwahrscheinlich, dass man bei einem Toten, der hinter dem Haus Gymnastikübungen machte, weniger leicht in Ohnmacht fiel als bei einem, der einfach nur durch die Gegend lief. Ich sah vor mir, wie Mrs. Watts dem armen Jonas Work zu Hilfe eilen wollte und wie sie ihm vergeblich den Puls fühlte. Wahrscheinlich saß sie neben ihm und weinte, als er plötzlich anfing, Sit-ups zu machen! Womöglich glaubte sie, ihm wäre gar nichts passiert! Zumindest im ersten Moment.

»Und was meinst du, wie viele Sit-ups er gemacht hat?«, fragte ich.

»Da steht auf jeden Fall, dass seine Muskeln noch acht bis zehn Stunden funktioniert haben.«

Dann war er vermutlich immer noch zugange gewesen, als Mr. Watts vom Feld kam. Müde schleppte er sich ins Haus. »Eine Frage, Schatz«, sagte er. »Was treibt denn Jonas Work da draußen?«

Acht bis zehn Stunden. Da konnte man schon eine ganz schöne Menge Sit-ups schaffen.

Das Land des kleinen Mannes

Es war kurz nach Mitternacht, und das zusammengekauerte Häuflein hinter der Scheune war ich, Reuben Land, der das heulende Elend hatte. Ich war nervös und hatte Angst, in die dunkle Nacht hinauszugehen, und das, nachdem ich mich so auf mein kühnes Abenteuer gefreut hatte. Den ganzen Tag über hatte ich mir vorgestellt, wie ich warten würde, bis im Haus alles zur Ruhe gekommen war, wie ich in meine Hose schlüpfte, nach unten in die Küche huschte, ein paar Ingwerplätzchen einsteckte, leise die Tür zuzog und mich Hunderte von Metern durchs Gelände pirschte. Allein der Gedanke daran hatte mich in die Nachbarschaft von Helden gerückt. Natürlich rechnete ich auch damit, dass ich Angst haben würde. Im Dunkeln ist es nun einmal dunkel. Aber ich dachte an Tom Sawyer und Huckleberry, die sich auf dem nächtlichen Friedhof schließlich auch gefürchtet hatten. Und an David Balfour, der auf den morschen Turm stieg, während sein Onkel nur darauf lauerte, dass er runterfiel. Und was war mit Odysseus, der mit dem Schiff in die Unterwelt gefahren war, um den Durst von Teiresias' Schatten mit Blut zu stillen? Odysseus hatte auch Schiss gehabt, und das, obwohl er schon so viel durchgemacht hatte. Müsste ich bei diesen Vorbildern und um Davys willen nicht *auch* im Stande sein, meine Angst in den Griff zu bekommen?

Doch nun hockte ich mutlos hinter der Scheune. Es war eine mondlose Nacht, und die Sterne geben nun einmal nicht viel Licht, nicht einmal die guten alten Bekannten, zu denen ich aufsah: der mächtige Orion mit Gürtel und Schwert, der Hund Sirius zu seinen Füßen; der Große Wagen mit seinem verirrten

Gefährten Arktur. Sie alle strahlten so hell wie nie zuvor, und doch war die Welt finster. Dabei fiel mir ein, dass es sicher auch für Davy viel zu dunkel war. Wie sollte er zu Pferd den Weg durch die Berge finden? Ich legte die Hand hinters Ohr: kein Stampfen, kein Wiehern. Erleichtert entfernte ich mich ein paar Schritte von der Scheune. Auch wenn er nicht kam, musste ich wenigstens anstandshalber einen Versuch wagen. Ich zählte die Schritte: fünfzehn, zwanzig. Das soll nun nicht etwa heißen, dass ich Davy nicht sehen wollte – ich war nur schwach und furchtsam. Nach fünfzig Schritten blieb ich stehen. Die Scheune war nur noch ein schwarzer Buckel in der Nacht. Ich sagte: »Davy, bist du da?«

Da sah ich in einiger Entfernung Nüstern dampfen, und mir wurde flau im Magen. Ein winziger heller Fleck blitzte auf, verlosch, kam wieder. Es war ein Pferdeauge. Fry kämpfte sich durch den tiefen Schnee auf mich zu. Er stieß mir so fest mit der Nase gegen die Brust, dass ich mich am Zügel festhalten musste, um nicht hintenüberzufallen. Ich roch sein dampfiges Fell und den Schwefel von Davys Sachen. Wie hätte ich nur glauben können, dass er nicht kommen würde? Wortlos zog Davy mich hinter sich auf das Pferd. Er tätschelte Fry, damit er sich ruhig verhielt, und nahm ihn an den Zügeln herum. Schon ging es im Schritt den Berg hinauf.

Genau wie am Morgen schwiegen wir erst einmal. Es war zu dunkel und der Ritt zu holprig. Ich schmiegte mich an meinen Bruder, die Arme um seine Taille geschlungen. Je steiler es bergauf ging, desto stärker rutschte mein Hinterteil in Richtung Kruppe, eine äußerst unbequeme Art zu reiten, bei der ich mich ständig nach vorn beugen musste. Ich spannte Muskeln an, von denen ich gar nicht wusste, dass ich sie hatte. Der Ritt dauerte so lange, dass ich schon Angst bekam, wir hätten uns verirrt. Anfangs war es mir so vorgekommen, als ob wir dem Trampelpfad folgten, den ich mir am Morgen gebahnt hatte, aber inzwischen hatte ich längst die Orientierung verloren. Es ging immer höher hinauf. Ich verdrehte den Kopf und sah zum Himmel, aber durch das ständige Auf und Ab verwackelten die Sterne, und ich konnte nur eine tief stehende blaue Scheibe ausmachen. Falls es die Venus oder der Jupiter war, ritten wir nach Westen. Das brachte mich zwar auch nicht viel weiter, aber wenigstens konnte ich zur Abwechslung mal über etwas anderes nachdenken als nur darüber, nicht vom Pferd zu fallen. Davy wollte immer noch nicht reden. Seine ganze Aufmerksamkeit war nach vorne gerichtet, fast körperlich spürbar, als ob nicht Fry uns trug, sondern er selbst, und als ob diese Aufgabe ihm alles abverlangte.

Als wir auf einem langen Grat herauskamen, hielten wir einen Augenblick an. Fry schnaubte, senkte den Kopf und scharrte im Schnee. Ich ließ Davy los und setzte mich aufrecht hin. Es war unbeschreiblich. Über uns wölbte sich der Himmel, wie eine Schüssel, und wir waren mittendrin. Die Sterne waren zwar nicht näher als vorher, aber klarer. Sie leuchteten gelb und weiß, und einige changierten ins Blau, in ein kaltes Grün oder ins Orange. Schade, dass Swede nicht dabei war, sie hätte die richtigen Worte dafür gefunden. Sie hätte gewusst, ob das Orange einem vulkanischen Glühen oder dem Funkenflug in einer Schmiede glich, oder ob ein heller Punkt nur ein kleines Loch zwischen unserer schwarzen Welt und einer Welt in den Farben des Sonnenuntergangs war. Ich stellte mir vor, wie Gott die Sterne erschuf, wie er händeweise Eisen und andere Elemente aufhob und sie wie Weizenkörner durch seine Finger rieseln ließ. Auf dem Bild, das ich vor Augen hatte, streute Gott diese Körner mit vollen Händen aus, wie ein Sämann. Man braucht sich die Milchstraße doch bloß anzusehen – das Muster passt. Als ob die Sterne mit weit ausholenden Bewegungen ausgesät worden wären.

»Los, Fry«, sagte Davy. »Weiter. – Ist das nicht schön, Rube?«

Ich freute mich; endlich konnten wir reden. »Was meinst du, hat Gott sie einfach hingestreut, oder hat er sie einzeln da hingesetzt?«

Jetzt ging es bergab, eine angenehme Abwechslung.

»Willst du vielleicht unter die Dichter gehen?«, fragte Davy.

»Nein, ich glaube nicht.«

»Na, dann ist ja gut.«

Danach hielt ich lieber wieder den Mund. Fry lief so flink und sicher, als ob er etwas sehen konnte. Es dauerte nicht lange, und das Hufgeklapper veränderte sich. Die Luft wurde wärmer. Erst nach einigen Minuten merkte ich, dass wir unter Bäumen dahinritten.

Davy sagte: »Ist es dir schwer gefallen, nichts zu verraten?«

»Nein.«

»Dad wollte nicht wissen, wo du gewesen bist?«

»Nein.« Davy konnte natürlich nicht ahnen, wo Dad war. Ich hatte überlegt, ob ich es ihm sagen sollte, doch nun beschloss ich, lieber noch abzuwarten. Roxanna mochte mit Dads Entscheidung völlig einverstanden sein, aber ich fühlte mich nicht im Stande, ihn zu verteidigen.

»Und mit dem Rausschleichen hat es auch geklappt?«

»Ja.« Weil Dad nicht da war und Swede seit Roxannas Erzählung nur noch Gedanken für Butch Cassidy hatte, war es das reinste Kinderspiel gewesen. Swede hatte sich nach dem Abendessen in ihrem Zimmer eingesperrt, aber nicht etwa schmollend, sondern ausgesprochen vergnügt. Kurz vor dem Schlafengehen sagte ich ihr durch das Schlüsselloch hallo. Ich hörte, wie sie vom Bett sprang, wie Papier zerrissen wurde, und dann kamen ein paar Blätter unter der Tür durch – Sunny Sundowns neueste Abenteuer. Ganz große Klasse, das werden Sie noch sehen. »Ich habe ein paar Ingwerplätzchen geklaut«, sagte ich zu Davy.

»Ja?« Er spitzte die Ohren. Wahrscheinlich hatte er seit Monaten kein Plätzchen mehr gegessen. Er streckte eine Hand nach hinten, und ich legte ihm fünf Ingwerplätzchen hinein. Mit vollem Mund sagte er: »Sind für dich auch noch welche übrig?«

»Ja.«

Wir ritten durch ein Tal. Unter den Bäumen lag der Schnee nicht ganz so hoch, und Frys Gang wurde geschmeidiger. Ich rechnete damit, dass wir jeden Augenblick ankommen würden, dass ich irgendeinen Hinweis auf Davys Leben sehen würde, einen Feuerschein durch eine Zeltleinwand zum Beispiel.

»Habt ihr ein Tipi?«, fragte ich.

»Was?«

»Du und Jape. Wohnt ihr in einem Tipi?«

Er brachte Fry zum Stehen und drehte sich im Sattel um. »Pass auf, Rube; hör gut zu. Du musst unbedingt Mr. Waltzer zu ihm sagen.«

»Okay.« Ich war beleidigt. Als ob ich die Absicht hatte, einen erwachsenen Mann, den ich überhaupt nicht kannte, mit dem Vornamen anzureden. Dachte Davy vielleicht, ich hätte mich seit seiner Flucht in einen kompletten Schwachkopf verwandelt?

»Er legt sehr viel Wert auf die richtige Anrede.«

Wissen Sie was? Ich hatte noch nie erlebt, dass Davy über einen Menschen so sprach, als ob der andere zu bestimmen hätte und nicht er selbst. Selbst zu Hause, selbst Dad gegenüber schien er im Grunde nur deshalb zu gehorchen, weil er es so wollte.

»Ich sage einfach Mister zu ihm.«

»Ja, das ist gut.«

»Und wie nennst du ihn?«

Davy drehte sich wieder nach vorne. »Jape.«

Fry setzte seinen Weg unter den Sternen fort.

»Und das Mädchen heißt Sara«, fügte er hinzu.

Den Rest des Weges legten wir schweigend zurück. Anstrengendes Reisen erzeugt eine Art Vakuum. Sicher sind wir noch viele Male bergauf und bergab geritten, doch für mich war alles ein einziges Gleiten. Es war ein Gefühl, als ob ich mitgerissen, gezogen, gerufen wurde. Schließlich kamen wir auf einem Bergsattel heraus und blickten auf ein ähnliches Feuertal hinunter wie das, wo Roxanna das Picknick mit uns veranstaltet hatte, aber bei weitem nicht so beeindruckend. Es gab lediglich eine große Spalte, so breit wie ein Auto, und sie glühte auch nicht überall, sondern nur an manchen Stellen, blass wie eine Kerze in einem ausgehöhlten Kürbis. Obwohl aus einigen der schmalen Risse, die davon abzweigten, Flammen schlugen, war es insgesamt kein Anblick, der einen an die Hölle oder an Voltaire hätte denken lassen. Ich würde sagen, der Ort hatte seine beste Zeit bereits hinter sich, auch wenn er einem weniger passionierten Feuerspaltenfan als mir sicher imponiert hätte.

Davy sagte: »Da wären wir.«

In sicherer Entfernung von der glühenden Spalte leuchtete ein Fenster. »Ihr habt euch eine Hütte gebaut?« Ich klang bestimmt enttäuscht. Ein Tipi macht einfach mehr her.

Davy schnalzte mit der Zunge, und Fry trottete wiehernd den Hang hinunter. Mindestens ein Pferd antwortete ihm. Ich behielt das Fenster im Auge. Eine Tür ging auf, und ein Mann kam heraus. Aufrecht und abwartend blieb er in dem Lichtviereck stehen. Wir ritten zu ihm. Er faltete die Hände auf dem Rücken und musterte mich, als ob ich ein Sack Geld wäre.

»Kleiner Bruder Reuben«, sagte er. »Es ist mir eine Ehre.«

»Hallo, Mr. Waltzer«, sagte ich.

Er half mir vom Pferd. Trotz allem, was ich später über diesen Mann erfahren würde, muss ich zugeben, dass er wusste, wie man einem Jungen das Gefühl gibt, willkommen zu sein. Das heißt, er übernahm sofort das Regiment, sodass man sich älter fühlte – und soldatisch. Er legte mir die Hände auf die Schultern und drehte mich zu sich herum, korrigierte meine Haltung, zupfte meine Jacke zurecht, nahm mir die Strickmütze ab und stopfte sie mir in den Ärmel, wo sie nicht einmal eine Falte hinterließ, und das alles ohne ein einziges Wort. Dann baute er sich vor mir auf und faltete wieder die Hände auf dem Rücken. Ich blickte mich vergeblich nach Davy um. Er brachte Fry weg. Waltzer sagte: »Sieh mich an, Reuben.«

Besonders groß war er nicht, unter eins achtzig. Kompakt gebaut, kräftiger Oberkörper, so solide und unverwüstlich, dass man plötzlich verstand, warum es das Wort Brustkasten gibt.

Das dunkle, nicht sehr lange Haar trug er nach hinten gebunden. Er hatte eine hohe Stirn und schurkische Augenbrauen – buschig, spitz und ständig in Bewegung.

»Hm«, brummte er. Seine Augenbrauen waren mir unheimlich, sie sahen aus wie auf dem Kopf stehende Ziegenbärte.

»Müde vom Reiten?«

»Nein, Sir.«

»Kalt?«

»Nein, Sir, nur die Zehen.«

»Du willst deinem Bruder doch sicher nichts Böses, nicht wahr?«

»Nein, Sir«, antwortete ich, aber ich musste daran denken, dass Davy mich heute Abend nur deshalb mitgenommen hatte, weil ich damit gedroht hatte, ihn zu verraten. Waltzer hatte bestimmt davon gehört, doch es schien ihn nicht gegen mich einzunehmen.

»Hast du Hunger?«

»Ich brauche nichts, Mr. Waltzer. Danke.« Aber er hörte nicht zu, war nicht bei der Sache. Er beugte sich zu mir.

»Wenn ich dir erzählen würde, dass die Berge, über die ihr geritten seid, zu Staub zerfallen werden, und dass an der Stelle, wo sie gestanden haben, Wasser aufsteigen wird, und dass in diesem Meer Kreaturen schwimmen werden, die du dir nicht einmal vorstellen kannst – was würdest du dazu sagen, Reuben?«

Er stellte die Frage so, als ob es mit diesen Umwälzungen jeden Augenblick losgehen konnte und als ob ich außer ihm der einzige Mensch war, der darüber Bescheid wusste. Ich war dermaßen überrumpelt, dass ich sogar vergaß, vorsichtig zu sein.

»Ich würde wahrscheinlich wissen wollen, an welchem Tag es soweit ist, Mr. Waltzer.«

Er sah mir forschend in die Augen, richtete sich wieder auf und schnaubte heftig, wie ein Pferd. »Komm rein und iss etwas.«

Die Hütte war nicht mehr als eine Bretterbude, ähnlich den armseligen Behausungen der Sklaven und kleinen Farmpächter in den Südstaaten, die man von alten Fotos kennt. Die Wände waren nicht verputzt, sondern aus rissigen Brettern zusammengezimmert. Das Ganze erinnerte an eine krumme, schiefe Kiste. Die Hütte hatte ein rußiges Blechdach und einen Lehmboden, der mit Brettern ausgelegt war, bis auf die Stelle, wo der Kanonenofen stand. Die festgetrampelte Erde unter dem Ofen war schwarz. Doch bei aller Ärmlichkeit war es wohnlich. Auf dem Ofen, der großzügig Wärme verbreitete, standen eine Kaffeekanne und ein gusseiserner Kessel, aus dem es nach braunem Zucker roch. Der Deckel hatte einen breiten Rand, der mit mehreren faustgroßen Steinen beschwert war, als ob das Essen mit Gewalt festgehalten werden müsste. Ich sah ein Wasserfass aus Blech, mit der Aufschrift PERFECTION OIL – DER NAME SAGT ALLES. Die eine Ecke der Hütte war mit einer Konstruktion aus Stricken und Bettlaken, die bis auf den Boden hingen, abgeteilt worden.

Waltzer nahm sich einen Hocker und setzte sich an den Tisch, der unter dem einzigen Fenster stand. »Nimm Platz.«

Ich wollte nicht – nicht ohne Davy. Also lehnte ich mich an die Wand und fummelte an meinen Überschuhen herum.

»Er wird in Kürze hier sein«, sagte Waltzer. »Ein Pferd ist kein Auto. Komm, setz dich her.«

Ich hängte meine Jacke an einen Haken und setzte mich. Er stützte sich auf den Ellenbogen, beugte sich vor und sah mich an. »Nun hast du also deinen verlorenen Bruder gefunden«, sagte er. »Gut gemacht, hm?«

»Ach, ich weiß nicht.«

»Davy erzählt mir nichts von seiner Familie. Du bist eine Überraschung.«

»Entschuldigung.«

Seine Augen waren so listig wie die eines Dachses. »Entschuldigungen sind überflüssig. Wir wollen ehrlich zueinander sein. Ich habe Fragen an dich, du hast Fragen an mich. Schieß los.«

Er war so direkt, dass ich misstrauisch wurde. Ich sollte ihn ausfragen? Einfach so? Und dann wollte er mich ausfragen?

Er sah mich mitleidig, aber auch leicht ungeduldig an – bestimmt hatte er sich von Davys Bruder mehr erwartet. »Also? Was willst du wissen?«

»Warum Sie hier wohnen«, sagte ich. Mir fiel nichts Besseres ein.

Seine Augenbrauen gingen in die Höhe – ein Ausdruck der Zufriedenheit, wie ich erleichtert feststellte. »Sara«, rief er. »Komm her, ich will dir Reuben vorstellen. Bring ihm eine Tasse Kaffee.« Er hatte noch nicht ganz ausgesprochen, da kam sie auch schon hinter den Laken hervor, ein rothaariges Mädchen von etwa vierzehn Jahren, das eine Hose und ein Männerhemd trug. Ein grün kariertes Flanellhemd. Sie ging zum Ofen. Als sie die Kaffeekanne zum Tisch brachte, fielen mir ihre grünen Augen auf, auch wenn sie mich nicht direkt ansah.

»Davys Bruder Reuben«, sagte Waltzer, während sie drei Emailtassen hinstellte und einschenkte. »Das ist Sara. Danke, Tochter.«

Sie nickte ihm zu und zog sich, ohne ein Wort zu sagen, wieder in ihre Ecke zurück. Ich hätte zu gern ihre Stimme gehört.

»Ich wohne hier, weil es sich hier preiswert und sicher leben lässt, während ich darauf warte, dass sich die Welt verändert«, verkündete Waltzer. »Setz dich gerade hin, Reuben. Eine gute Haltung ist wichtig.«

Ich setzte mich gerade hin. »Gefällt es Ihnen, wie sie sich verändert, Mr. Waltzer?« Schließlich hatte er von zerfallenden Bergen und aufsteigenden Meeren gesprochen; möglicherweise würde er lange warten müssen.

»Doch«, sagte er. »Ab und zu gehe ich raus und sehe es mir an. Es wird schon, Reuben. Sehr ermutigend.«

Ich wusste wirklich nicht, was ich von ihm halten sollte. Mir schoss ein Bild in den Kopf, Waltzer, wie er neben einem Bach kniete und mit dem Senkblei die Wassertiefe auslotete. Dabei war es tiefer, eisiger Winter. In meiner Ratlosigkeit fragte ich ihn, wie er Davy kennen gelernt hatte.

»Das war so: Ich habe in Amidon gefrühstückt. Das ist nicht weit von hier, und da gibt es ein anständiges Café. Der Besitzer heißt Williams. Ich habe ein Steak und Spiegeleier bestellt und aus dem Fenster gesehen. Warst du schon mal in Amidon?«

»Nein, Mr. Waltzer.«

»Soweit ich weiß, ist das die letzte Stadt, wo es noch Anbindestangen für Pferde gibt. Kein Mensch benutzt sie.«

»Sie auch nicht?«

Er beugte sich vor. »Sehe ich für dich vielleicht wie ein Exzentriker aus?«

Sie hätten seine Augenbrauen sehen sollen – sie zielten genau auf mich! Ich schüttelte den Kopf.

»Auch nicht für den Cafébesitzer Williams oder sonst jemanden«, sagte er. »Meine Exzentrizität soll unser Geheimnis bleiben; meines, deines und Davys.«

Ich nickte heftig.

»In dem Café klingelte das Telefon; Williams ging ran. Er ist ein guter Koch, aber ein unangenehmer Mensch. Ich hörte das Wort Studebaker. Williams legte auf und kam an meinen Tisch. Vor dem Café war ein Wagen geparkt, und er wollte wissen, ob es meiner sei. Nein, Sir, der gehört mir nicht. Er ging wieder hinter die Theke, und ich hörte, dass er noch einmal telefonierte.

Bald darauf kam mein Frühstück. Es gibt wohl nichts Besseres als Steak und Spiegeleier. Als ich wieder aus dem Fenster sah, stand nicht weit von dem Café entfernt ein Polizeiauto auf der Straße. »Reuben«, sagte Waltzer vertraulich, »hast du einen Hang zur Schadenfreude?«

Ich muss ihn wohl ziemlich verständnislos angesehen haben.

»Du gehst noch zur Schule, richtig?«

»Im Moment nicht.«

»Aber als du noch in der Schule warst«, sagte er und senkte geduldig die Stimme, »womit hat man sich da am häufigsten Ärger eingehandelt?«

»Mit Schwätzen.«

»Mit Schwätzen. Kam es bei euch nicht hin und wieder vor, dass ein Junge, der einmal zu oft beim Schwätzen erwischt worden war, zum Direktor musste, um sich eine Tracht Prügel abzuholen?«

In Roofing mussten die Übeltäter zu Superintendent Holden, dessen Rohrstock unter seinen Urkunden an der Wand hing, auf Hochglanz poliert und golden schimmernd, wie ein kostbares Dekorationsstück.

»Doch, Sir.«

»Hast du es mal miterlebt, wie ein Junge zum Direktor geschickt wurde?«

Ich nickte.

»Was ging dabei in dir vor?«

Darauf wusste ich keine Antwort.

Er sagte: »Du hast dich gefreut, dass sie den Anderen erwischt hatten. Und nicht dich.«

Da war etwas Wahres dran.

»Vielleicht hast du sogar in dich hineingegrinst. Weil du froh warst, dass sich der Direktor einen anderen vorknöpft, obwohl du den Unterricht selbst oft genug gestört hast. Nimm mir meine Offenheit nicht übel. Dein unappetitliches Verhalten macht uns zu Blutsverwandten. Ich saß also in Williams' Café und sah zu dem Deputy in dem Streifenwagen hinaus, der auf den Besitzer des Studebakers wartete. Am liebsten hätte ich auch in mich hineingegrinst, Reuben. Aber ich habe es mir verkniffen. Grinsende Erwachsene sind ein grässlicher Anblick. Ich freute mich, dass jemand anderer in Schwierigkeiten steckte, nicht ich. Du darfst nicht denken, dass es mir Leid tut; das tut es nämlich nicht. Ich freute mich, dass der Andere keine Ahnung davon hatte, wie tief er in der Patsche saß. Er hockte im Café und genehmigte sich sein Frühstück und wusste nicht, dass seine Stunden gezählt waren. Tochter«, rief er. »Davy muss gleich kommen. Sieh zu, dass das Essen fertig wird.«

Sie tauchte wieder aus ihrem Verschlag auf. Blechteller schepperten, der Deckel des Kessels klapperte. Ich hätte ihr gern geholfen oder ihr zumindest bei der Arbeit zugesehen, aber Waltzer redete schon wieder weiter.

»Und am meisten freute ich mich darüber, dass der Deputy mit Sicherheit auf den Falschen wartete, auch wenn er denjenigen erwischte, auf den er angesetzt war. Hast du das verstanden, Reuben?«

»Nein, Sir.«

»Er hätte lieber hinter dem bärtigen Kerl her sein sollen, der am Fenster saß und Steak und Eier aß«, sagte Waltzer hämisch. »Aber er hat mich überhaupt nicht gesehen. Er war völlig blind. Er hatte einen Wolf im Visier, aber er jagte ein Eichhörnchen!«

In dem Augenblick ging zum Glück die Tür auf. Davy kam herein und klopfte sich den Schnee von den Stiefeln. Er sah von Waltzer zu mir, als ob er sich vergewissern wollte, dass ich noch ich selbst war. Dann fragte er: »Soll ich dir helfen, Sara?«

Sie lächelte ihn dankbar an.

Waltzer strahlte. »Davy, mein Eichhörnchen! Dein Bruder wollte wissen, wie wir uns kennen gelernt haben. Ich bin gerade bei der Stelle, wo du in Williams' Café vom Tisch aufstehst. Komm, erzähl du zu Ende.«

Davy setzte sich und nippte an dem Kaffee, den Sara ihm vorher eingegossen hatte. »Ich höre lieber zu. Du kannst es viel besser, Jape.«

Also erzählte Waltzer die Geschichte zu Ende: wie Davy zur Theke gegangen war, um zu zahlen. Wie er neben Waltzers Tisch stehen geblieben war und auf die Straße hinausgesehen hatte, wie er sich umgedreht und Williams nach den Toiletten gefragt hatte. Während ihm der Restaurantbesitzer den Weg zeigte, legte Waltzer eine Hand voll Geld neben seinen Teller und verließ das Café. Er ging an dem Studebaker vorbei, nickte dem Deputy zu, bog um die Ecke und kam zum Hinterausgang des Cafés, wo Davy stand und über einen Ausweg nachgrübelte. Sie kamen ins Gespräch. Waltzer war beeindruckt, welches Selbstvertrauen der Junge unter Stress an den Tag legte. Da Waltzer das Schicksal ohnehin als schöpferischen Akt verstand, nahm er es kurz entschlossen selbst in die Hand. Eine Viertelstunde später mühte sich der schwer beladene Fry mit den beiden Männern auf dem Rücken die Berge hinter Amidon hinauf. Es war zwar schade um den Studebaker, aber der hatte sowieso eine kaputte Dichtung und verlor ständig Öl, sodass eine Trennung wohl ohnehin unvermeidlich geworden wäre.

Während Waltzer erzählte, bereitete Sara unter dem Dach der Bretterbude ein regelrechtes Festmahl zu. Sie nahm die Steine vom Deckel des gusseisernen Kessels und legte sie unter den Ofen. Dann stellte sie den Kessel auf den Tisch, lüftete vor unseren Augen den Deckel und wich einen Schritt vor dem herausquellenden Dampf zurück, aus dem ein Berg Süßkartoffeln auftauchte, mit braunem Zucker glasiert und von Würsten umringt. Sie machte keinerlei Aufhebens darum, ganz so, als ob sie kein Lob erwartete. Waltzer hörte nicht auf zu reden. Sara brachte ein halbes rundes Schwarzkrustenbrot, das sie vermutlich ebenfalls in dem gusseisernen Kessel gebacken hatte, und brach es in sechs Stücke, die sie auf ein kariertes Tuch legte. Waltzer redete ununterbrochen. Ich fragte mich, wie lange Sara schon hier draußen wohnte. Was mochte sie von einem solchen Vater halten? Obwohl man ihm eine gewisse Anziehungskraft nicht absprechen konnte, bekam man den Eindruck, dass mit ihm nicht gut Kirschen essen war. Sara schenkte uns Kaffee nach und legte Teller und Besteck auf, wofür Davy sie mit einem dankbaren Blick belohnte.

»So, Reuben«, sagte Waltzer und zog sich den Topf mit den Süßkartoffeln heran. »Jetzt lass mal deine Geschichte hören. Hat Davy unterwegs Brotkrumen verstreut, dass ihr ihm so leicht folgen konntet?«

Ich ließ erschrocken den Kopf hängen. Nie im Leben hatte ich damit gerechnet, ihm etwas erzählen zu müssen. Außerdem merkte ich plötzlich, wie spät es war. Es war sicher schon zwei Uhr morgens. Dann müssen mir wohl kurz die Augen zugefallen sein.

»Reuben, was machst du da?«

Durch den Dampf, der aus dem Topf waberte, sah ich ihn an. Er saß da wie erstarrt, als ob er sich verraten fühlte.

»Nichts«, sagte ich.

»Sprichst du etwa ein Tischgebet?«

»Nein, Mr. Waltzer.« Ich hatte ganz vergessen zu beten, aber jetzt war mir sehr danach zu Mute.

»Du dankst Gott für das Essen«, sagte er, »obwohl er es dir nicht gegeben hat. Ich habe es dir gegeben und zwar aus freien Stücken. Danke *mir.*«

Ich nickte. Wer nicht selbst dabei war, mag mich ruhig feige schimpfen.

»Dann danke mir!«

Davy blickte auf seinen Teller. Ich sagte: »Danke, Mr. Waltzer. Das sieht lecker aus.«

»Sehr lecker«, stimmte Waltzer mir zu. Schon war er wieder die Freundlichkeit in Person. Mir fiel auf, dass ihm an der linken Hand zwei Finger fehlten. »Du brauchst dir nicht in die Hose zu machen, Reuben. Ich verzeihe dir deine schlechten Manieren. Und jetzt erzählst du uns, wie ihr hier hergekommen seid.«

»Einfach so«, sagte ich. Ich wünschte mir, er hätte sich die Bemerkung mit dem in die Hose machen verkniffen. Normalerweise hatte ich damit keinerlei Probleme, aber plötzlich lag ein solcher Unfall durchaus im Bereich des Möglichen.

»Eine lange Fahrt?«, hakte er nach und schaufelte sich Süßkartoffeln auf den Teller.

»Und wie. Sehr lang. Wir haben einen neuen Airstream-Wohnwagen«, fügte ich hinzu. Vielleicht interessierte es ihn ja.

»Dann wart ihr also eine ganze Weile auf Achse. Und habt Davy gesucht. Seid kreuz und quer durchs Land gefahren.

Tja ... »Nein, wir sind ziemlich direkt hergekommen.«

Er sah Davy an, der mit den Achseln zuckte. »Direkt zu uns, Reuben? Erzähl mir mal, wie ihr das geschafft habt.«

Ich sah ihm an, dass er Davy verdächtigte, das Versteck verraten zu haben. Ich sagte: »Wir wollten hier noch nicht mal anhalten. Unser Wagen ist liegen geblieben, und dann sind wir eingeschneit worden.«

»Dann hat euch also niemand hergeführt«, sagte er.

Was für eine Frage. Natürlich waren wir geführt worden. Gelenkt und geleitet. Gab es eigentlich kein anderes Thema mehr? Der leere Tank und der Schneesturm? Gottes Führung, das hätte ich Waltzer sagen können. Die Sache mit Mr. Lurvy, August und Birdie, den Polizisten, die uns nicht gesehen hatten? Alles Gottes Führung. Sogar das Agenten-Aas gehörte dazu. Alles ein und derselbe Stecken und Stab, mit dem uns der Herrgott in die richtige Richtung gestupst hatte.

Waltzer wartete immer noch auf meine Antwort, dieser Mann, der Gott sogar den Dank für eine Mahlzeit missgönnte.

»Was für eine Führung meinen Sie, Mr. Waltzer?«

Er sah mich mit toten Augen an. »Was für eine hattet ihr denn, Klein-Reuben?«

Da begriff ich, dass er mir glauben würde, wenn ich ihm die Wahrheit sagte. Seltsamerweise flößte mir das mehr Angst ein als jeder Zweifel. Was hätten Sie an meiner Stelle getan? Hätten Sie ihm unerschrocken die Stirn geboten, wie ein Märtyrer?

»Ich würde sagen, wir hatten großes Glück«, sagte ich. Wie aufs Stichwort erscholl hinter den Laken ein widerwärtiges Quieken, es polterte laut, die Tücher zuckten und ein wildes, ledriges Wesen kam hervorgeschossen, das schrill kreischend durch die Hütte sauste und gegen die Wände prallte! Waltzer brüllte vor Lachen, wie der Teufel angesichts der Feigheit eines Christen. Ich musste an den anderen armen Verräter denken, den Apostel Petrus – wie er den Herrn verleugnete und den Hahnenschrei hörte. Dieses quiekende Ungeheuer war mein Hahn! Jetzt kam es genau auf mich zugerast – ich riss die Beine hoch, um ihm auszuweichen, und mir wurde verdammt warm, und zwar an der unangenehmsten Stelle –, flitzte unter den Tisch und sprang auf Jape Waltzers Schoß, wo es sich in ein kleines dunkles Ferkel verwandelte, das vor Angst zitterte.

»Ha«, sagte Waltzer und hielt es fest. »Ha. Nun verschnauf erst mal, du kleines Kerlchen. Ha ha – ruhig, ruhig, was für ein Nervenbündel!« Er verbiss sich das Lachen, um das Tier nicht zu erschrecken. Ich zitterte selbst nicht schlecht, dabei war es nichts weiter als ein junges Schwein, das hinter Saras Laken versteckt gewesen sein musste. Es war dunkel mit blassrosa Rückenstreifen und hatte Haarbüschel an den Ohren, wie ein Luchs. Es schniefte durch den rotzigen Rüssel, während Waltzer es beruhigte. »Gutes Schweinchen. Braver Emil. Ja, ja – braves Schwein. Tapferes Schwein«, säuselte er. »Schlecht geträumt, hm? Von großen Zähnen und scharfen Krallen? Ja, ja.« Ohne die Stimme zu erheben, sagte er: »Tochter?«

Sara kam hinter den Tüchern hervor. Warum um alles in der Welt war sie – mit einem Schwein! – in dem Kabuff geblieben, statt mit uns zu essen?

»Bitte erkläre uns diese Störung«, sagte Waltzer. Sein Ton war so geduldig, dass ich Angst bekam. Er streichelte das Schwein. Es hatte sich inzwischen so sehr beruhigt, dass es in Trance zu fallen schien.

»Es hat neben seiner Kiste geschlafen, Sir«, antwortete Sara. »Ich muss ihm wohl auf den Schwanz getreten sein. Es tut mir sehr Leid.«

Ihre Stimme klang stumpf, wie abgewetzt von ständigen Entschuldigungen. Waltzer blickte sie forschend an, doch sie wich seinem Blick nicht aus. Ich konnte mir leicht vorstellen, wie sie in ihrem düsteren Kabuff das dünne kleine Schwänzchen entdeckt hatte. Ich warf einen Blick auf ihre Füße. Schwere Schnürstiefel.

»Mich hast du ja nicht getreten«, sagte Waltzer beiläufig.

»Stimmt, Sir«, antwortete Sara und wandte sich an das Schwein: »Es tut mir sehr Leid, Emil. Es war *keine* Absicht.« Es kam mir ziemlich kühn vor, wie sie den letzten Satz betonte.

Waltzer musterte sie noch einen Augenblick, dann nahm er mich wieder ins Visier. Sara verschwand hinter dem Tüchervorhang. Obwohl mir davor graute, suchte ich Waltzers Blick, doch zu meiner Überraschung war er lebendig und verzeihend.

»Wie sehen deine Pläne aus, Reuben?«, fragte er.

»Meine Pläne?«

»Ja, Sir. Was willst du machen?«

»Heute Nacht, Mr. Waltzer?«

Lächelnd kraulte er Emil hinter den Ohren. »Mit deinem Leben«, sagte er.

Aber ich war so müde. Mir fiel beim besten Willen keine Antwort ein, die für Jape Waltzer groß genug war. Meine Bronchien hatten sich im Laufe der Nacht immer weiter zugezogen, und wegen des blöden Ferkels hatte ich mir natürlich doch noch in die Hose gemacht.

»Hauptsache atmen«, sagte ich.

Gewiss hätte er mir das als Unverschämtheit auslegen können, aber er tat es nicht. Er redete mit dem Schwein. »Sinn und Zweck seines Lebens ist das Atmen, Emil. Sollte er sich nicht lieber ein höheres Ziel setzen? Was, Emil, du hast Hunger? Da hast du eine Wurst – mmm, ja. Braves Schwein, mein kleiner Kannibale.«

Endlich sagte Davy auch mal etwas. »Jape, Reuben hat es mit der Lunge – darauf wollte er hinaus.« Er sah mich freundlich an. »Es kommt und geht. Meistens ist er so fit, dass er mich locker abhängt.«

Normalerweise hätte ich mich über seine Hilfe gefreut, auch wenn es bloß eine gut gemeinte Floskel war, mit der man chronisch Kranke beschwichtigte, aber diesmal hätte ich lieber darauf verzichtet, denn das Einzige, was er damit erreichte, war, dass Waltzer wieder auf mich aufmerksam wurde. Er ließ das Schwein von seinem Schoß springen. »So, so. Ja, das soll es geben. Sag mir, fällt es dir jetzt auch schwer? Das Atmen?«

Und ob.

»Pass auf. Du musst es so machen.« Er setzte sich aufrecht hin, atmete so tief ein, wie er konnte, und bedeutete mir mit weit geöffneten Augen, es ihm nachzumachen.

Ich drückte den Rücken durch und atmete ein. Es klang wie ein durchlöcherter Fahrradschlauch, aus dem langsam die Luft entwich.

Waltzer beugte sich vor. »Nein, nein. Du musst es versuchen. Du musst es wollen und dann atmen.« Und er führte mir noch einmal seine perfekt funktionierende Männerlunge vor – ein

Atemzug von ungeheuerer Kraft und Dauer. Man wäre kaum überrascht gewesen, wenn es ihn zerrissen hätte.

Ich probierte es erneut. Es war wieder einmal die alte Leier. Mehr als ein Lehrer an der Schule in Roofing war überzeugt gewesen, dass ich nur deshalb keine Luft bekam, weil ich nie richtig atmen gelernt hatte. Oder weil ich es nicht genug wollte. Wie vielen Asthmatikern hat man nicht schon mit gequälter Stimme gesagt: *Du musst einfach atmen.*

Waltzer schüttelte verwundert den Kopf. »Wie kannst du überhaupt leben, Junge?«

»Normalerweise geht es besser«, sagte ich. Meine Atmungsorgane waren es einfach nicht gewohnt, im Mittelpunkt des Interesses zu stehen. Sie waren so gehemmt, dass sie mir nach und nach den Dienst verweigerten. Ich japste: »Bitte, Mr. Waltzer.«

Ungläubig sagte er: »Du wirst mir doch wohl nicht ersticken wollen, Reuben? Hat dich das Monster bei der Kehle?«

Anfangs hielt ich mich wirklich zurück. Aber diese Anfälle werden immer stärker, sie verdoppeln und vervierfachen ihre Kraft; sie nützen jeden Vorteil aus und sind auch so schon beängstigend genug, da braucht man keinen Skeptiker, der einem vorwirft, man würde bloß markieren.

»Rube«, sagte Davy, der mich besorgt ansah. »Leg dich lieber ein bisschen hin …«

»Also wirklich, Reuben, das ist doch Unsinn«, sagte Waltzer, der schon wieder Anstalten machte, mir zu helfen. »Mach dich nicht lächerlich. Ich zähle jetzt bis drei, und dann …«

»Seien Sie still!«, keuchte ich. »Seien Sie still, und lassen Sie mich in Ruhe!« Mit meinem letzten bisschen Sauerstoff fügte ich hinzu: »Mr. Waltzer.« Ich weiß noch genau, wie die Luft in der Hütte zu flirren begann, wie ich ein Poltern hörte und mein Kopf mit einem trockenen Knacken auf dem Boden aufschlug. Gespürt habe ich es allerdings erst später.

Wenn es einen Traum gab, den ich nicht noch einmal haben wollte, dann war es der von dem Mann mit dem Fellsack – dem teuflischen kleinen Kerl, der mir in den Magen geboxt und mir meinen Atem geraubt hatte. Der gefährlichste Augenblick des ganzen Traums war der, als er sich hinkauerte und mir ins Gesicht sah. Seine Augen waren Fenster, durch die ich in ein schreckliches Land blickte. Ich rede nicht gern darüber. Ich erwähne es hier nur, weil ich in dieser Nacht ein graues Land bereiste, in dem ich die Anwesenheit jenes kleinen Mannes erneut spürte. Ich wanderte durch eine Landschaft aus totem Gras und verstreut herumliegenden Felsbrocken und suchte nach etwas, was ich unbedingt brauchte. In dem Traum wusste ich noch nicht einmal, dass es mein Atem war. Es war für mich ein Ding, das in einem strammen Sack steckte. Ich wusste, wer es hatte, und ich wusste auch, dass ich nicht die Kraft besaß, es ihm abzunehmen. Trotzdem war ich hier, in seinem Land. Ein Ort ohne Sonne – die Kälte, die aus der Erde kam, drang durch meine Schuhe. Überall lagen Felsen, die keine Schatten warfen und die gleiche Farbe hatten wie das abgestorbene Gras und der Himmel. Der Wind roch nach Fäulnis. Swede würde es besser beschreiben, wenn sie hätte mitkommen können. Es war ein Gefühl, als ginge ich über ein altes Schlachtfeld, auf dem die falsche Seite triumphiert hatte. Es war das Land des kleinen Mannes. Ich spürte, dass er ganz in der Nähe war, und legte mich hin, mit dem Rücken an einen Felsen gelehnt. Dann schloss ich die Augen und wartete. Er hatte mich bald gefunden. Es wurde von Sekunde zu Sekunde kälter, der Fäulnisgestank wurde stärker und vermischte sich mit Schwefeldünsten, als seine hurtigen Schritte näher kamen. Obwohl ich die Augen zukniff, wusste ich genau, was er tat. Jetzt kauerte er sich hin – seine Stiefel knarzten. Jetzt beugte er sich nieder und sah mir in die Augen – sein Atem streifte meine Wimpern.

»Reuben«, flüsterte er. »Sieh mich an.«

Was blieb mir anderes übrig? Ich machte die Augen auf. Jape Waltzer musterte mich mit einem prüfenden Blick, der mir durch und durch ging.

Ich brachte kein Wort heraus. Ich war verwirrt – dachte an

den Fellsack. Ich glaubte, dass Waltzer ihn hatte und dass er noch mehr von mir wollte. Ich wich zurück, aber er beugte sich immer weiter vor. Wir waren vor der Hütte, ich hatte meine Jacke an und lehnte mit dem Rücken an der Wand. Waltzer kauerte im Schnee, vor einem dunstigen Sternenhimmel.

»Ah, jetzt atmest du ja wieder«, sagte er. Er lächelte mir Mut zu, aber in seinen Augen sah ich das tote Land, dem ich gerade entronnen war. »Davy holt Fry. Er bringt dich zurück – wenn du reiten kannst.«

Ich nickte bloß. Ich konnte ihm nicht antworten, weil ich panische Angst hatte, Waltzer würde es sich vielleicht wieder anders überlegen.

Er rückte mir noch dichter auf den Leib. »Du weißt, dass du keinem Menschen etwas von unserem Versteck verraten darfst.«

Ich sagte: »Ja, Mr. Waltzer.«

Da kam Fry aus der Dunkelheit getrottet. Seine Hufe hinterließen helle Krönchen im Schnee, und er nahm den Kopf nach hinten, als ob ihn Trense und Halfter störten. Davy hatte ihn aus dem Schlaf gerissen.

»Komm uns mal wieder besuchen, Reuben. Dann zeige ich dir, wie man atmet«, sagte Waltzer leise.

Davy schwang sich aus dem Sattel. Er hob mich hoch, hievte mich auf das Pferd und stieg hinter mir auf. Ich bekam überhaupt keine Luft. Aus Angst, wieder ohnmächtig zu werden, lehnte ich mich an meinen Bruder, als ob seine Arme die ewigen Arme wären, von denen Moses in der Bibel spricht. Er griff um mich herum, nahm die Zügel und hielt mich. Fry buckelte und kaute an der Trense, wütend, weil er uns tragen musste, aber Davy kümmerte sich nicht um seinen Protest, und wir ließen Waltzers Tal im Trab hinter uns. Als Davy mich einige Minuten später fragte, ob es mir wieder besser ginge, konnte ich ihn beruhigen. Es ging mir so gut, dass ich auf dem Heimritt sogar ein paar Mal einschlief. Und es war ein guter Schlaf – ohne felsgraue Landschaften und ohne Räuber, denen ich ausgeliefert war.

Wie er ihre Hand gewann

Als Teddy Roosevelt in meinem Alter war, setzte sich seine Lunge manchmal so schlimm zu, dass sein Vater den Jungen vor sich auf sein schnellstes Pferd nahm und mit ihm im Schein der Gaslaternen durch die Boulevards von New York galoppierte. Mr. Roosevelt, der auch Greatheart genannt wurde, hoffte, Teddy helfen zu können, indem er ihm mit dem rasenden Ritt die Luft buchstäblich in die Kehle zwang. Swede fand diese Mischung aus Hufschlag, Kühnheit und mitternächtlicher Barmherzigkeit romantisch, aber für mich klang es weniger nach Romantik als nach Verzweiflung. Ich dachte an die panische Angst der Roosevelts, wenn Teddy nach Luft rang. Ich stellte mir einen Zyklus vor, der damit begann, dass seine schöne Mutter beim ersten Anzeichen von Atemnot dafür sorgte, dass sich der Junge im Bett aufsetzte, dass sie ihm die Wange streichelte und ihm beruhigende Geschichten von exotischen Haustieren erzählte, von Lamas, Perlhühnern und treuen, struppigen Ponys oder von den herrlichen, lavendelfarbenen Faltern, die ihr Bruder James in Südamerika gesammelt hatte, Falter mit phosphoreszierenden Flügeln, die eine Spannweite von einem halben Meter hatten und vor denen die Eingeborenen betend in die Knie sanken. Mrs. Roosevelt glaubte daran, ihren Sohn mit diesen Erzählungen auf erfreulichere Gedanken bringen zu können, damit sich seine Atemwege erweiterten. Manchmal funktionierte es, manchmal nicht. Wenn nicht, erhob sich Greatheart, der bärtige Patriarch, aus dem Bett und begab sich mit großen Schritten in den Stall, um sein leichtfüßiges Ross zu satteln. Dann kam er zurück, um seinen Sohn zu holen, der inzwischen warm in Wolle und Pelze eingewickelt worden war, und preschte in die Nacht hinaus, vor sich den armen Teddy, der mit weit aufgerissenem Mund den Wind einatmete.

Ob diese Methode auch bei mir wirkte? Möglich wäre es. Ich weiß noch, dass ich nach und nach wieder besser Luft bekam, während Fry in einem Tempo, das mir etwas zu forsch erschien, durch den Schnee stapfte. Vielleicht bahnte sich der Wind tatsächlich einen Weg durch meine Bronchien, vielleicht war es aber auch nur die Erleichterung, dass ich Waltzer entkommen war. Als wir über die letzte Kuppe kamen und auf Roxannas Haus zu trabten, hatte ich meine Ängste jedenfalls soweit abgeschüttelt, dass ich Davy fragen konnte, wann ich ihn wiedersehen würde. Er wollte nichts dazu sagen. Einige hundert Schritt vor der Scheune ließ er mich absteigen. Auf den westlichen Hängen lag ein blauer Schimmer; noch sahen sie aus wie ein ruhiges Meer, aber in nicht einmal zwei Stunden, wenn ich aufstehen musste, um die Eier zu durchleuchten, würden sie wieder nur verschneite Berge sein.

Doch dann kam alles anders, und Swede musste für mich einspringen.

Als ich mit einem Ruck aus dem Schlaf schreckte, lag Roxannas Hand kühl auf meiner heißen Stirn. Im Zimmer hing der typische Geruch nach Fieber. Ich blinzelte, bis sie das Rollo heruntergelassen hatte.

»Es ist immer noch zu hell«, sagte ich. Das Licht drückte sich wie zwei dreckige Daumen in meine Augen.

Sie holte eine Steppdecke aus dem Kleiderschrank, kletterte auf einen Stuhl und hängte sie vor das Fenster.

»Besser so, mein Schatz?«

»Äh, ja«, brachte ich hervor.

»Soll ich dir einen Kakao bringen?«

Ich schüttelte den Kopf.

»Reuben?«

»Nein, danke«, sagte ich mit erstickter Stimme.

Sofort kam sie wieder ans Bett, legte mir die Hand auf die

Stirn und lauschte auf meinen Atem. Ich kniff die Augen zusammen.

»Ich hole ein kühles Tuch«, flüsterte sie. »Dem Fieber werden wir's schon zeigen.«

Ich nickte. Als sie endlich gegangen war, wischte ich mir erleichtert die Augen und fasste mich langsam wieder. *Besser so, mein Schatz?* Wie selbstverständlich das geklungen hatte. Ich weiß nicht warum, aber ich konnte ihr kaum antworten.

Ich ließ mich in den Schlaf fallen wie in ein Becken mit warmem Wasser, aus dem ich den ganzen Tag über nur gelegentlich wieder auftauchte, wenn sich die Welt bemerkbar machte. Einmal brachte Roxanna einen Teller Kraftbrühe, ein andermal gebutterte Salzkräcker. Ein paar Mal tauchte Swede neben mir auf und wartete darauf, dass ich die Augen aufmachte. Ich ließ sie zu. Einmal kam ich wieder zu mir, als ich Papier rascheln hörte. Da saß sie neben meinem Bett und tat so, als ob sie an einem Text herumradierte. Ihr Bedauern darüber, dass sie mich geweckt hatte, war ebenfalls nur gespielt. Sie steckte nämlich bis über beide Ohren in einem neuen Sundown-Abenteuer.

Halb besinnungslos hörte ich ihr zu, wie ein betrunkener Lektor. Wie wir wissen, begann Sunny als aufrechter Gesetzeshüter, der sich zu einigen fragwürdigen Taten gezwungen sah und sich zuletzt zum Besten aller verkannten Outlaws gemausert hatte. Im neuesten Kapitel hatte es ihn in ein unentdecktes Tal hoch oben in den Bergen verschlagen, ein schlangenloses Eden und ein unübertreffliches Versteck. Die wogenden Wiesen, grün wie ein stilles Meer, wurden von sprudelnden Quellen gespeist; ein rauschender Bach wand sich hindurch und ergoss sich in ein Becken, auf dessen Grund blank geschliffene Steine lagen. Außerdem hatte das Tal nur einen einzigen Eingang, eine enge Klamm zwischen steilen Felswänden, die man mit einer geschickt platzierten Stange Dynamit für immer verschließen konnte. Natürlich besaß Sunny eine Stange Dynamit. Und er hatte sie auch schon platziert, in einer Felsspalte, wo sie vor Regen geschützt war. Wenn es gefährlich wurde, brauchte er bloß ein Streichholz an die Zündschnur zu halten, um sich für immer in seinem Paradies einzumauern.

Selbst mir in meinem beduselten Zustand kam diese Situation bekannt vor. Sie erinnerte mich sehr an Lassiter in *Riders of the Purple Sage.* Swede schien sich nicht viel aus meiner Beobachtung zu machen. Sie sagte, Zane Grey wäre auch nicht der Erste gewesen, der diese Geschichte geschrieben hätte. Sie sei so wahr, dass man sie immer wieder erzählen müsse, damit sie nicht in Vergessenheit gerate. Ob es etwa falsch sei, eine Geschichte über einen vergrabenen Piratenschatz zu schreiben, nur weil es sie auch schon von Mr. Stevenson gab. Natürlich nicht. Na also, und mit schwer zugänglichen Bergverstecken sei es genau dasselbe. Manche Orte und Dinge auf der Welt seien eben so real, dass man sie oft nicht glauben könne. Sunny hatte sich jedenfalls in diesem idyllischen Tal versteckt und das Dynamit am Eingang platziert. Er hatte die Klamm nur deshalb noch nicht in die Luft gesprengt, weil er noch auf seine Frau wartete. Nach den vielen ungeklärten Beziehungen unseres Helden zu verschiedenen weiblichen Wesen begriff ich nicht so ganz, warum seine Frau plötzlich wieder ins Spiel gekommen war, aber ich war müde: Also fragte ich nicht nach. Ungefähr an dieser Stelle muss ich eingeschlafen sein. Als ich schließlich von selbst wieder aufwachte, war die Decke vor dem nach Westen hinausgehenden Fenster mit orangefarbenen Lichtpünktchen übersät. Der Tag war vorbei, das Fieber verschwunden, und den Atem hatte mir auch keiner gestohlen. Ich wusch mich und ging nach unten, stolz wie Horatius.

Wie schnell ich mich daran gewöhnte hatte, von Roxanna bemuttert zu werden! Und sie enttäuschte mich nicht – als ich in die Küche kam, lächelte sie mich an, legte mir die Hand auf die Stirn – ein angenehmes Gefühl –, lobte meine robuste Konstitution und bedachte mich mit einem Teller Gemüsesuppe. Swede leistete mir beim Essen Gesellschaft, während Roxanna neben uns den Teig für eine Pastete knetete. Es hätte schöner kaum sein können.

»Wann kommt Dad wieder nach Hause?«, fragte ich.

»Heute Abend«, sagte Roxanna und sah auf die Uhr. »Er hat vorhin angerufen. Er freut sich schon sehr auf euch.«

»Wie ist es ihm mit Mr. Andreeson ergangen?«

»Er hat nicht viel gesagt. Wahrscheinlich gibt es nichts Neues.« Sie rollte den Teig aus und legte ihn in eine Form.

»Dann haben sie Davy also nicht gefunden.«

»Bis heute Vormittag jedenfalls nicht.«

»Was glaubst du, wo er ist?« Es war keine besonders nette Frage. Ich stellte sie nur, weil ich die Antwort wusste und mir darauf etwas einbildete. Es sollte wohl meine kleinliche Rache an Dad sein, weil es offenbar doch nicht Gott gewesen war, der ihn dazu gebracht hatte, sich mit dem Agenten-Aas einzulassen. Aber da drehte Roxanna sich mit einem aufmunternden Lächeln zu mir um, und ich sah, dass sie Angst um Davy hatte, dass sie um ihn bangte, obwohl sie ihn gar nicht kannte. Meine Überheblichkeit war wie weggeblasen, und ich kam mir nur noch hinterhältig vor.

»Wir müssen standhaft sein«, sagte sie. »Wir dürfen nur den Glauben nicht verlieren.«

Jetzt redete sie schon genauso wie Dad, und mir fiel auch auf, dass sie heute Ohrringe trug, kleine goldene Reifen, und obwohl sie sich keine Ungeduld anmerken ließ, hatte sie es doch sehr eilig, die Pastete in den Ofen zu schieben, sich die Hände zu waschen und die Arbeitsfläche, wo sie den Teig ausgerollt hatte, abzuwischen.

Wie aus heiterem Himmel sagte Swede, die bis dahin ungewohnt schweigsam vor sich hin gelöffelt hatte: »Womöglich will Dad, dass wir wieder nach Hause fahren. Aber das kommt nicht in die Tüte.«

»Auf gar keinen Fall«, antwortete Roxanna. Ich suchte ihren Blick, aber sie hatte nur Augen für die Arbeitsplatte, die sie schrubbte.

Wir sahen nicht, wer ihn vor dem Haus absetzte. Vielleicht Andreeson, vielleicht einer seiner Unterlinge. Egal. Hauptsache, Dad war wieder da. Er stand im Mantel zwischen den beiden Zapfsäulen, vor sich seinen kleinen Handkoffer aus Pappe, rieb sich die Hände und sah zum Haus. Roxanna war oben, Swede und ich standen allein am Wohnzimmerfenster. Natürlich sprangen wir herum und winkten wie ein Paar Gibbons, aber Dad bemerkte uns nicht. Ohne sich zu rühren, blickte er zum Giebelfenster hinauf. Er hatte sich verändert. Das sahen wir sofort. Wir hörten auf zu hüpfen. Sein Gesicht war seltsam heiter und fremd. Er blickte unendlich hoffnungsvoll und verlegen hinauf – wie ein Junge, der Geburtstag hat und sich nicht traut, aus dem Bett aufzustehen, weil er befürchtet, dass niemand daran gedacht hat.

»Was hat er denn?«, fragte ich. »Wieso kommt er nicht rein?«

»Pst.« Swede packte meine Schulter, ohne Dad aus den Augen zu lassen. Ich konnte es nicht fassen – jetzt hatte sie auch diesen seligen Ausdruck im Gesicht! Er musste ansteckend sein.

»Du lieber Himmel«, murmelte ich. Swede knetete meine Schulter, wie hypnotisiert von Dad, der sich mit der linken Hand das Haar nach hinten strich. Nun warf er einen prüfenden Blick auf seine Schuhe. Zupfte an seinem Revers herum. Es war zum Verrücktwerden. Ich wollte zur Tür laufen, aber Swede krallte sich mit ihrer harten kleinen Faust in mein Hemd. Endlich entschloss Dad sich, ins Haus zu kommen. Er ließ den Handkoffer bei den Zapfsäulen stehen, kam zur Tür und klopfte an, wie ein Fremder.

»Los, komm«, rief ich, aber Swede hielt mich immer noch fest.

»Lass Roxanna gehen«, sagte sie.

»Aber es ist Dad!«

»Lass Roxanna gehen!«, zischte sie, denn wir hörten Roxanna schon die Treppe herunterpoltern, die Schuhe rutschten über das Linoleum, dann verlangsamte sie ihre Schritte, und wir konnten sie sehen. Mir ging ein Licht auf. Ich blieb wie angenagelt stehen. Roxanna trug ein dunkelblaues Kleid, ihre Haare waren über der Stirn leicht gekräuselt. Obwohl Swede und ich fest daran glaubten, dass wir ihr die liebsten Geschöpfe auf Erden waren, hatten wir, als sie an uns vorbeischwebte, das Gefühl, gar nicht vorhanden zu sein. Es duftete sogar nach Parfüm! Bis dahin hatte ich Parfüm nur aus der Kirche gekannt. Schamlos hefteten wir uns an ihre Fersen, gerade nur so viel Abstand haltend, dass wir nicht bemerkt wurden. Aber das wäre wohl auch dann nicht passiert, wenn wir laut palavernd hinter ihr hergestolpert wären. Als Dad mit seinem seligen Lächeln ins Haus trat, griff Roxanna nach seiner Hand. Ich konnte nicht hören, was sie sagte, aber ich sehe noch heute, wie sich ihre Hände berührten – nicht leidenschaftlich, sondern leicht und zeitlos, ein Bündnis, so alt wie die Heilige Schrift. Dann ließ Dad ihre Hand los und umfasste nur für einen Augenblick – lachend – ihre Taille, und als er sich zu uns umdrehte, erschien er uns so stark wie nie zuvor, ganz in sich ruhend, allen Anforderungen gewachsen.

Am selben Abend packte Dad seine Sachen und zog in den Wohnwagen um. Ich machte mir deswegen keine Sorgen, denn inzwischen stand fest, dass sich zwischen den Erwachsenen etwas anbahnte und ein plötzlicher Aufbruch nicht mehr zu befürchten war, aber verwirrt war ich doch. Ich hatte gerade angefangen, seinem Beispiel zu folgen und einen Stapel Hemden in meinem Koffer zu verstauen, als Swede hereinkam und sich neben mich hockte.

»Wir ziehen nicht aus – nur Dad«, sagte sie.

»Und wieso?«

»Wegen der Ehre.«

So eine Aussage hört man gern, vor allem, wenn sie den eigenen Vater betrifft und im Brustton der Überzeugung daherkommt. »Ach. Na gut.«

»Von jetzt an bleibt er nur noch tagsüber im Haus. Schlafen wird er draußen.«

Offenbar steckte noch mehr dahinter, aber ich wusste nicht,

was es war oder wie ich an die fehlende Information herankommen sollte. Die einzig mögliche Frage – »Wieso?« – war bereits gestellt, und ich hatte meine Antwort bekommen.

Swede sagte: »Angeblich will er nachprüfen, ob die Heizung im Wohnwagen richtig funktioniert. Weißt du noch, die eine Nacht, als es so kalt war?«

»Klar.«

»Aber in Wirklichkeit ist es nur wegen der Ehre.« Sie war ziemlich stolz, dass sie von selbst darauf gekommen war. Und mit Recht. Ich hätte ihm die Geschichte mit der Heizung bestimmt abgenommen. Doch schon stellte sich die nächste Frage.

»Meinst du dann nicht, dass wir auch ausziehen sollten?«

Daran hatte Swede noch gar nicht gedacht, das merkte ich ihr an.

»Ich glaube, das spielt keine Rolle«, sagte sie.

»Aber bei Dad spielt es doch auch eine Rolle.«

»Das ist was anderes. Schließlich liebt er Roxanna.«

Ich war selbst überrascht, dass ich unser Gespräch nicht peinlich fand. »Na und? Ich habe sie auch lieb. Und du genauso, Swede.«

Sie sah mich tantenhaft an. »Wenn du es unbedingt wissen willst, kannst du ja Dad fragen.«

Aber ich habe nicht mit ihm darüber geredet. Ich wollte es nicht darauf ankommen lassen, in ein längeres Gespräch über Fragen der Ehre verwickelt zu werden, dafür hatte ich viel zu viel Dreck am Stecken; ehrlich, ich stand kurz davor, Dad alles zu verraten. Das Bedürfnis zu beichten war übermächtig. Warum ich es nicht tat? Nicht etwa, weil ich es Davy versprochen hatte, sondern weil ich noch immer nicht begriff, warum Dad sich mit Andreeson eingelassen hatte. Er war fast drei Tage fort gewesen, und wozu?

»Ich fand es besser, als Mr. Andreeson noch unser Feind war«, sagte ich schließlich vorwurfsvoll.

Wir waren in der Scheune und bockten den Airstream auf,

damit Dad nicht mehr schief schlafen musste. Er kniete neben dem Wagenheber und peilte mit zusammengekniffenen Augen am Wohnwagen entlang.

»Es ist doch jetzt auch nicht anders als vorher«, sagte ich.

Dad stand auf und überprüfte die Luftblase in der Wasserwaage, die er in den Airstream gestellt hatte.

»Du hast ihm doch selbst ins Gesicht gesagt, dass wir Feinde sind. Weißt du nicht mehr?« Mir war klar, dass ich selbst keine Ahnung hatte, wovon ich eigentlich redete, aber ich konnte den Mund trotzdem nicht halten.

»Na schön«, sagte Dad. »Ziehen wir Bilanz. Warum ist Mr. Andreeson unser Feind? Weil er ein schlechter Mensch ist?«

»Er will Davy ins Gefängnis stecken.«

»Und weshalb?«, fragte Dad. »Nein, keine Ausflüchte jetzt. Weshalb?«

»Weil er etwas getan hat«, antwortete ich endlich.

»Dann ist also Davy im Unrecht?«

»Kann sein.«

Kurze Pause: »Aber du bist dir nicht sicher.«

Ich schüttelte den Kopf.

Dad ließ mich schmoren. Er setzte den Wagenheber um, kurbelte den Airstream wieder einen Zoll herunter und korrigierte nach einem erneuten Blick auf die Wasserwaage noch ein paar Millimeter nach. Während dessen fielen mir Tommy Bascas letzte Augenblicke wieder ein, das verblüffte Gesicht, das er gemacht hatte, als er auf dem Bauch über den Boden gerutscht war.

»Na gut«, sagte ich.

»Ja?«

»Davy hat etwas Falsches getan.«

Dad zog die Augenbrauen hoch. »Trotzdem möchtest du, dass er sich den Folgen seiner Tat entzieht.«

»Ja, Sir.«

»Und weil Mr. Andreeson dafür verantwortlich ist, dass Davy die Folgen tragen muss …« Dad fing meinen Blick auf »… ist er unser Feind.«

Natürlich hatte er Recht, aber es war trotzdem nicht die ganze Wahrheit. Seit ich Davys neues Leben und seinen Companero Jape Waltzer kennen gelernt hatte, wusste ich, dass er keineswegs ungeschoren davongekommen war.

Dad sagte: »Hör mal, Reuben. Ich will doch das Gleiche wie du. Dass Davy wieder ein freier Mann ist. Wenn du in Mr. Andreeson lieber den Feind sehen möchtest, bitte sehr. Vielleicht ist das deine Aufgabe als Junge – als Bruder. Ich habe eine andere Aufgabe.«

»Wieso?«

»Weil ich der Vater bin. Ich muss auf das hören, was Gott mir befiehlt.«

Darauf wusste ich keine Antwort, aber plötzlich hatte ich das ungemütliche Gefühl, irgendwie in Opposition zu Gott zu stehen. Dad fragte: »Erinnerst du dich, was die Bibel uns über Feinde lehrt?«

Und ob mir dazu ein paar Stellen einfielen. Die Geschichte zum Beispiel, wo Gott die undankbaren Menschen dermaßen satt hat, dass sich die Erde auftut, ein Riss wie in einem alten Brötchen, und einen ganzen Trupp von ihnen verschlingt. Oder die mit dem Propheten Elia, der an einem einzigen Nachmittag 400 Priester des Baal abschlachtet. Und dann die Sache mit den Perversen aus Sodom und Gomorrah, oder das andere Mal, als Gott so ziemlich jeden Menschen auf der Welt tötet, bis auf Noah und seine Familie. Das Alte Testament war genau nach meinem Geschmack.

»Liebet eure Feinde«, sagte Dad. »Bittet für die, die euch verfolgen.«

Konnte er keine anderen Verse aussuchen?

»Schöne Bescherung, hm?«, sagte er.

Am nächsten Nachmittag kam Davy wieder. Ich hatte etwas vor dem Haus zu erledigen und entdeckte ihn an genau derselben Stelle wie beim ersten Mal.

Wieder traute ich mich nicht zu winken. Ich hob die Hand an

die Augen, als ob ich sie vor der Sonne schützen wollte. Da wendete Davy das Pferd, einen Schecken diesmal, und ritt weiter, bis er hinter dem Berg verschwunden war.

In der Nacht erwartete er mich hinter der Scheune.

»Hallo, Natty«, begann er, aber ich bedeutete ihm zu schweigen. Es war viel zu gefährlich, so dicht beim Haus herumzualbern, wo doch Dad inzwischen im Wohnwagen schlief. Hoffentlich fing der nervöse Schecke nicht an zu wiehern.

Davy gab mir die Hand, und ich schwang mich hinter ihn.

»Jape ist heute Abend nicht da«, flüsterte er, als wir uns ein Stück von der Scheune entfernt hatten.

Ob das eine gute Nachricht war? Gute Nachricht ist gar kein Ausdruck. Sosehr ich mich gefreut hatte, dass Davy zurückgekommen war, so sehr fürchtete ich mich davor, Mr. Waltzer wiederzusehen. Ich hatte mich am Nachmittag auf mein Zimmer verzogen und mich mit der Ausrede, mir sei schlecht, um das Abendessen herumgedrückt. Dabei war mein Magen nur leer, aber so kurz vor einem Besuch bei Jape Waltzer konnte ich einfach nicht mit Dad zusammen an einem Tisch sitzen. Was, wenn ich in der Hütte plötzlich keine Luft mehr bekam? Was, wenn Waltzer wieder versuchte, mir zu zeigen, wie man atmete?

»Er musste weg, eine Rechnung bezahlen«, erklärte Davy. »Irgendwelche Schulden. Er kommt erst in ein paar Tagen wieder.«

»Kannst du nicht mit uns nach Hause kommen, wenn er weg ist?«

Er antwortete nicht gleich, und mir kam der Gedanke, dass Davy nicht halb so viel Angst vor Waltzer hatte wie ich. Er war nicht seine Geisel, er blieb freiwillig bei ihm. Er nannte ihn Jape, und das musste etwas heißen.

»Nein«, sagte mein Bruder schließlich. »Und was würde dann aus Sara werden? Ich kann sie doch nicht allein lassen.«

An Sara hatte ich gar nicht gedacht. »Dann bringst du sie eben mit«, schlug ich halbherzig vor.

»Ich glaube«, sagte Davy, und ich hörte, wie er grinste, »das ist die schlechteste Idee, die du seit langem gehabt hast, Rube.«

Im Schritt trug der Schecke uns den Berg hinauf, den gleichen Weg wie vorher, durch baumbestandene Täler und zugewehte Bachbetten und über schneebedeckte Hänge, von denen allerdings nicht viel zu erkennen war, weil sich Wolken zwischen uns und den Mond geschoben hatten. Das sanfte Schaukeln, die Wärme des Pferderückens und der Schwefelgeruch von Davys Jacke sind mir von diesem Ritt bis heute in Erinnerung geblieben, genauso wie das schlechte Gewissen, das mich plagte und sich nicht abschütteln ließ, weil ich diesmal Dad hinters Licht geführt hatte. Denn auch die Tränen, die man über die neue Spielart einer alten Sünde vergießt, sind echt.

Nichts ist schwerer zu verkraften als fortgesetzte Täuschung. Ich kann mir nicht vorstellen, wie es die echten Outlaws aushalten. In den folgenden Wochen ritt ich noch dreimal mit Davy zur Hütte. Nicht ein einziges Mal war ich in Gefahr, erwischt zu werden. Nicht ein einziges Mal drehte Swede sich im Bett auch nur auf die andere Seite, wenn ich an ihrer Tür vorbeihuschte. Als ich eines Nachts an der Scheune entlangschlich, hörte ich Dad im Airstream beten – er redete, lachte und stellte dem Herrgott Fragen, als ob er Sie oder mich oder Mr. DeCuellar vor sich hatte. Ich musste mich sehr zusammenreißen, um nicht sofort zu ihm zu laufen und ihm zu beichten, zu was für einem hinterlistigen Kerl ich mich entwickelt hatte. Doch auch diesmal wartete Davy schon im Dunkeln auf mich. Ganz in der Nähe hörte ich den immer etwas unruhigen Schecken stampfen. Ich stellte mir vor, wie Davy sich nach vorn beugte, um dem Pferd die Ohren zu kraulen, und ihm ein wenig von seinem Selbstvertrauen abgab. Da musste ich zu ihm, ich konnte nicht anders. Ich redete mir ein, dass es mir vielleicht doch noch gelingen würde, Davy zu überreden, mit nach Hause zu kommen. Dass ich an Waltzers Tisch nützliche Dinge erfahren würde, die mir helfen konnten, meinen Bruder zu retten. Außerdem trieben mich die üblichen Illusionen eines Schwächlings um, und ich träumte mir eine goldene Zukunft zusammen, in der ich wie ein Held verehrt wurde – *Das ist Reuben Land, der mit elf Jahren in die Badlands ging, um seinen Bruder, den Outlaw, zu finden.* Ich dachte an Menschen wie Bethany Orchard, die mich bewundern und meine Gesellschaft suchen würden, als ob ich Sindbad der Seefahrer wäre, der von einer Reise heimgekehrt war. *Erzähl uns davon, Reuben Land.*

Und ich habe tatsächlich einige Dinge erfahren, auch wenn ich in manche erst nach und nach hineinwachsen musste.

»Wir haben den alten Finch gesehen«, sagte ich zu Davy, als wir durch die Berge ritten. »An dem Tag, als wir losgefahren sind. Auf der Straße. Es war windig, er konnte kaum aufrecht stehen.«

»Ach, der alte Schluckspecht«, sagte Davy fröhlich.

Aber seit meinem Gespräch mit Dad war mir klar, dass Davy ein großes Unrecht begangen hatte. Nicht dass Sie mich falsch verstehen, natürlich stand ich voll auf seiner Seite. Doch es war mir wichtig zu wissen, ob er seine Tat bereute. Verlegen hakte ich nach: »Irgendwie tat er mir Leid.«

Der Schecke schritt zügig aus. Davy sagte: »Verschon mich damit, Rube. Komm mir bloß nicht mit Reue. Es hat keinen Zweck.«

»Ich hab doch gar nichts gesagt.«

»Nehmen wir mal an, es täte mir Leid. Was würde das jetzt noch nützen? Es muss einfach irgendwie weitergehen.« Er ließ den Schecken in einen schnellen Trab fallen; ich hielt mich fest, um nicht herunterzufallen.

Bei einem anderen Ritt kam das Gespräch auf Sara.

»Sie ist nicht Waltzers Tochter. Er hat sie sich aus Utah mitgebracht«, sagte Davy.

»Mitgebracht?« Was hatte das nun wieder zu bedeuten?

»Er hat sie geerbt.«

»Dann ist Mr. Waltzer so was Ähnliches wie ihr Patenonkel«, sagte ich. Unsere Paten waren August und Birdie Shultz. Für mich war es immer ein tröstlicher Gedanke gewesen, dass wir nicht ins Waisenhaus mussten, sondern bei August und Birdie leben würden, falls Dad bei der Arbeit etwas passierte. Wissen Sie, wie oft ich die illustrierte Klassikerausgabe von *Oliver Twist* gelesen habe? Waisenhäuser waren das Allerletzte.

»Nicht ganz«, antwortete Davy.

»Aber man gibt doch nicht einfach sein Kind weg.«

»Das ist jetzt fünf oder sechs Jahre her«, fuhr er fort. »Sara erinnert sich noch an ihren Dad.«

»Und was war mit ihm? War er todkrank oder was?«

Es war eine herrliche Nacht, nicht zu kalt, der Himmel verschwenderisch mit Sternen übersät, und doch schienen sie auf einmal ihr Leuchten verloren zu haben.

»Ist er gestorben?«, beharrte ich.

»Soweit ich weiß, lebt er noch.«

»Er hat sie einfach weggegeben?«

»Ich glaube, Sara mag ihn nicht besonders.«

Kein Wunder!

»Ich weiß bloß«, sagte Davy in einem Ton, der mir viel zu sachlich war, »dass sie vorläufig Japes Tochter ist. Wenn sie alt genug ist, soll sie ihn wohl heiraten. Jedenfalls hat er mir das erzählt: ›Ich ziehe mir eine Frau groß‹.«

Er zog sich eine Frau groß? Ich saß auf dem schaukelnden Pferderücken und wälzte den Satz hin und her. Es war ein abscheulicher Gedanke, der immer schlimmer wurde, je deutlicher ich Sara vor mir sah. Ich erinnerte mich bis ins kleinste Detail an sie: das rote Haar unter dem in ihrem flaumigen Nacken verknoteten Kopftuch, die müde Stimme, mit der sie den Unfall mit dem Ferkel Emil erklärte, die ruhige Anmut, mit der sie uns bediente, das frauliche Selbstbewusstsein, mit dem sie sich durch die Hütte bewegte. Nach dem Einblick, den ich gerade bekommen hatte, erschien mir ihre Zukunft ebenso verheißungsvoll wie die von Emil. Der Gedanke machte mir Angst.

»So etwas Ekelhaftes habe ich ja noch nie gehört«, sagte ich hitzig. »Er zieht sich eine Frau groß! Warum macht er es nicht wie alle anderen Männer und sucht sich eine?«

»Frag ihn doch selbst.«

»Hast du ihn gefragt?«

»Nein.«

Ich schwieg. Erst fünfzig Schritte weiter sagte ich: »Dann hast du also auch Angst vor ihm.«

Davy brachte den Schecken zum Stehen. Wir waren auf einer Anhöhe, der Mond ging gerade auf. Dafür, dass wir noch nicht einmal Halbmond hatten, schien er sehr hell.

»Ich habe keine Angst vor ihm«, sagte Davy. »Zumindest glaube ich das nicht, Rube. Aber ich höre immer gut hin, wenn er in der Nähe ist.«

»Du hörst gut hin?«

Das Pferd wieherte und schüttelte die Mähne.

»Warum denn?«, fragte ich.

»Ich weiß auch nicht. Ich achte auf seine Stimme. Wenn er da ist, höre ich gut hin«, antwortete Davy leicht gereizt. »Aber deshalb habe ich noch lange keine Angst.«

»Hat Sara Angst?«

»Schwer zu sagen. Guck mal, da drüben.« Davy zeigte nach links. »Eine Eule auf der Jagd. Siehst du? Man kann ihren Schatten sehen.«

»Hm, ja«, sagte ich. Aber ich sah nichts. Anscheinend konnte ich noch nicht einmal das Gleiche sehen wie Davy. Oder hören. Es war die alte Geschichte. Ich überlegte, weshalb er wohl die Ohren spitzte, wenn Mr. Waltzer in der Nähe war – und schon stand er vor mir, Waltzer, wie er an einer Dauerwurst kaute.

»Schwer zu sagen«, wiederholte Davy nachdenklich und ließ den Schecken weitergehen. Es war auch höchste Zeit, denn während wir standen, war mir die Kälte an den Knöcheln hoch gekrochen. »Aber Sara ist echt clever. Ich glaube schon, dass sie Angst hat. Das wäre auch besser so.«

Er hatte Recht, es war schwer zu sagen. Man darf nicht vergessen, dass Sara in den letzten fünf Jahren von Jape Waltzer großgezogen worden war und davor von einem Mann, der so verkommen war, dass er seine eigene Tochter weggab. Sie war nicht an normale Gespräche gewöhnt.

»Hat Mr. Waltzer dir seine Finger gezeigt?«, fragte sie mich bei meinem zweiten Besuch.

Gezeigt nicht, aber sie waren mir aufgefallen – Zeige- und Mittelfinger der linken Hand fehlten.

»Er hat sie sich selbst amputiert«, sagte Sara. Ihre Augen waren von einem unergründlichen Grün. Ich hatte den Verdacht, dass sie sich über mich lustig machen wollte, und sah fragend zu Davy hinüber, der mit einer Tasse Kaffee in der Hand auf seinem Stuhl kippelte.

»Ehrlich, das kannst du mir glauben«, sagte Sara. »Und ich musste ihm dabei zuschauen.«

»Wieso?«

»Er wollte mir eine Lektion erteilen.«

»Worin denn? Im Amputieren?« Meine Stimme überschlug sich. Die Lektion war aber auch zu drastisch.

»Nein. Weil es meine Schuld war«, antwortete sie, was offensichtlich als Erklärung gedacht war.

»Und wieso hat er sich die Finger amputiert?«

»Sie sind von einer Kette zerquetscht worden.« Sie schien nicht sehr erpicht darauf zu sein, die Geschichte zu Ende zu erzählen, beschränkte sich auf knappe, zögernde Aussagesätze. »Wir haben ein Auto zu einem See geschleppt. Er wollte es versenken. Ich musste fahren. Die Kette ging ab. Er wollte sie wieder an den Haken hängen. Da bin ich mit dem Fuß von der Kupplung gerutscht.«

An Schlichtheit war ihre Schilderung kaum zu überbieten. Man stelle sich vor, wie Swede eine solche Episode ausgeschlachtet hätte. Aber wie Sara bereits erwähnt hatte, bestand die Strafe für ihr Missgeschick darin, dass sie zusehen musste, wie Jape Waltzer die verletzten Finger auf einen Baumstumpf legte und zum Beil griff. Vielleicht dämpfte dieser Anblick ihren erzählerischen Eifer. Auf mein Drängen gab sie die folgenden Einzelheiten preis: Jape krempelte sich den linken Ärmel bis über den Ellenbogen hoch. Er legte das Beil mit der Klinge nach unten in einen Topf mit Whiskey. Sara musste sich, mit einer Papiertüte bewaffnet, auf einen dreibeinigen Schemel neben dem Baumstumpf setzen. Er hackte die Finger mit zwei glatten Hieben ab. Nach dem Ersten machte er eine kurze Pause, um noch einmal tief Luft zu holen, doch er fluchte nicht und gab auch sonst keinen Laut von sich. Er schwitzte stark, aber nur Schweiß, kein Blut, sein Haar wurde nicht weiß, und er verfiel auch nicht auf Dauer in Trübsinn.

Aber er zwang Sara, die Finger zu beseitigen. Sie musste sie aufheben und in die Papiertüte werfen. Sie wollte nicht, aber Jape drohte ihr, sie solle sich lieber ranhalten, sonst würde er sie bestrafen, sobald er fertig wäre. Noch war er mit Nadel und Faden beschäftigt. Also hob sie die toten Finger auf und warf sie mitsamt der Tüte in den knisternden Ofen.

Kurz vor Mittag wachte ich keuchend auf; mein Fieber war wieder da. Als Dad in mein Zimmer kam und meine Hand nahm, holte er mich aus einem unruhigen Schlaf.

»Lass mal deinen Atem hören«, sagte er.

Ich holte so tief wie möglich Luft.

»Könnte besser sein, mein Freund. Ich mache dir ein Dampfbad.«

»Muss das sein?« Ich glühte sowieso schon, der heiße Dampf würde mich umbringen. Zum Lächeln reichte meine Luft gerade noch, und ich stellte mich an wie ein bettelnder Hund.

»Na gut. Mal sehen, ob Roxanna Aspirin im Haus hat.« Er lächelte ebenfalls. Mir fiel auf, dass er sich fein gemacht hatte – die helle Khakihose und das blaue Chambrayhemd. Sein Gesicht war glatt rasiert, das Haar nach hinten gekämmt, und er wirkte insgesamt gepflegter als sonst, auch wenn er sich gerade mit besorgter Miene über mich beugte und mir die Hand auf die Stirn legte.

»Dad, ist heute Sonntag?«

»Nein, Donnerstag.«

»Du bist so schön angezogen.«

»Ach so. Ja.« Ich wunderte mich, dass er mich ansah, als ob ich ihm eine harte Nuss zu knacken gegeben hätte. Aber noch mehr wunderte ich mich über das, womit er im nächsten Augenblick herausrückte.

»Reuben, ich habe beschlossen, um Roxannas Hand anzuhalten. Was meinst du dazu?«

Ich war natürlich begeistert, obwohl diese Eröffnung noch nicht einmal für jemanden, der so begriffsstutzig war wie ich, besonders überraschend kam.

Er schien sich über meine Zustimmung zu freuen. »Als ein Mann, der auf Freiersfüßen geht, muss ich mich von meiner besten Seite zeigen.«

»Du siehst toll aus«, sagte ich. Mit seinen glatt umgeschlagenen Manschetten machte er einen drahtigen, zupackenden Eindruck, obwohl er sich nicht einmal bewegte.

»Okay«, fuhr er fort. »Wie schätzt du meine Chancen ein?«

»Deine Chancen?«

»Dass ich ihre Hand gewinne.«

Kaum zu glauben, dass er mir eine solche Frage stellte! Ich setzte mich aufrecht im Bett hin. Fühlte mich auf einen Schlag älter und wichtiger. Allerdings musste ich aufpassen, dass ich nichts Dummes von mir gab. »Wie läuft es denn bis jetzt so?«

Er verzog keine Miene, aber seine Augen leuchteten, als er antwortete: »Ich glaube, sie respektiert mich.«

Er durfte ruhig ein bisschen optimistischer sein. Schließlich musste er sich doch daran erinnern, wie sie sich gefreut hatte, als er von seinem Ausflug mit Mr. Andreeson zurückgekommen war. Und an den Händedruck, mit dem sie ihn begrüßt hatte. Daran konnte sogar ich mich erinnern, obwohl es nicht meine Hand gewesen war.

»Es ist bestimmt mehr als nur Respekt«, sagte ich und wollte ihm von dem Gespräch erzählen, das wir geführt hatten, als Roxanna die Pastete machte – dass Swede gesagt hatte, es käme nicht in die Tüte, dass wir wieder nach Hause fahren, und von

Roxannas Antwort: *Auf gar keinen Fall* –, aber Dad kam mir mit einer Frage zuvor.

»Hat es euch hier bei ihr gefallen, als ich weg war?«

Ich nickte.

»Das dachte ich mir. Darüber bin ich froh.« Er stand auf. »Mir gefällt es auch.« Er sah wirklich gut aus, ein glatt rasierter Heiratskandidat mit starken Armen und ruhigem Blick. Er wusste bestimmt, dass Roxanna ihn längst liebte, aber er wollte nicht, dass ich es aussprach. Ich konnte es ihm nicht verdenken. Sicher hatte Dad geglaubt, für ihn wäre der Heiratszug schon lange abgefahren. Wieso sollte er dieses süße Land also im Eiltempo durchmessen? Wie oft bietet sich einem Mann schon die Gelegenheit, Ausdrücke wie »ihre Hand gewinnen« zu gebrauchen? Und es war auch nicht nur so dahergesagt – er wollte sie tatsächlich gewinnen. Er verfolgte sein Ziel mit sportlichem Ehrgeiz, schlief in dem kalten Wohnwagen und hielt sich auch sonst fast den ganzen Tag dort auf. Wenn er ins Haus wollte, klopfte er vorher an. Für Swede und mich war es schwer zu ertragen, dass wir ihn nicht dauernd um uns haben konnten, aber wenn er uns dann besuchte, schien sogar das Licht anders zu sein als vorher – hell wie das Licht im Juni, das von den Blättern der Ahornbäume ins Haus gelenkt wird. Und wenn er klopfte, sah Roxanna, die schöne Roxanna, Swede und mich an, als ob diese Umstände ebenso unnötig wie wunderbar wären, und öffnete die Tür, vor der Dad auf sie wartete, in seinen besten Sachen und oft mit einer Nelke in der Hand. Er setzte nichts als gegeben voraus. Westlich von Grassy Butte gab es eine Gärtnerei mit den traurigen Überresten eines kleinen Gewächshauses, nicht mehr als das Hobby eines alten Mannes. Aber auch eine armselige Blume ist besser als gar keine Blume, und wenn ich Dad in die Gärtnerei begleitete, hatte ich den Eindruck, dass es in dem Gewächshaus mit jedem seiner Besuche heller und wärmer wurde. Der alte Mann, der eine ausgebeulte braune Hose und Hosenträger trug, behauptete gern, Dad sei verrückt. Romantik halte die Männer bloß von ihrer eigentlichen Aufgabe im Leben ab. Dad gab ihm fröhlich in allen Punkten Recht und bekam die Blumen fast geschenkt.

Als wir eines Tages aus dem schneidenden Wind ins Warme kamen, stand in der Ecke eine kaputte Gitarre, wie eine tote Pflanze. Ihre Lackierung war zwar abgeblättert, die Bünde abgegriffen, aber sie hatte einen eleganten Hals, wie eine Geige, und s-förmige Schalllöcher. Der alte Mann wollte wissen, ob Dad Musiker sei. Nein. Der Gärtner hob die Gitarre mit seinen abgearbeiteten Händen hoch und drehte sie um. Er zeigte auf einen breiten Riss, der sich der Länge nach über den ganzen Rücken zog, und auf eine Stelle, wo sich die Verbindung zwischen Seitenteil und Rücken gelöst hatte. Dad bewunderte das Instrument und wiederholte noch einmal, dass er kein Musiker sei. Der alte Mann erzählte uns, dass die Gitarre gegen Ende des letzten Jahrhunderts von einem berühmten Spanier gebaut worden war. Der Deckel sei aus Zedernholz geschnitzt. Er zeigte uns die Vorderseite, die ebenfalls einen Riss hatte, einen haarfeinen Sprung hoch oben am Hals. 1922 hatte er seiner Frau darauf vorgespielt, als sie auf einem breiten Felsen mitten in einem Bach ein Picknick machten. Es war ein trockener Sommer, aber was eine Große Dürre war, konnte sich damals noch niemand vorstellen. Als er sich nach einer Flasche Limonade bückte, hatte er die Gitarre versehentlich mit voller Wucht gegen den Felsen geschlagen. Aus Angst, dass der Hals ganz abbrechen würde, hatte er die Saiten entfernt und das Instrument seitdem nicht mehr gespielt. Eine kleinmütige Entscheidung, sagte der alte Mann. Er bedauere sie. Er packte die Gitarre fest mit beiden Händen. Der Hals machte einen stabilen Eindruck. Sie brauchen bloß den Rücken und die Seite zu reparieren, sagte er zu Dad, dann spielt sie wieder.

Dad antwortete zum dritten Mal, dass er kein Musiker sei, doch sein Gesicht strahlte. Er nahm die Gitarre vorsichtig in die Hand und sah den alten Mann an, als ob dieser ein ruppiger alter Onkel wäre, der es nicht nötig hatte, den Blick zu erwidern.

Springinsfeld

Ich will nicht viele Worte darüber verlieren, aber mein Zustand verschlechterte sich zusehends, sodass Swede sich eines Abends sogar anbot, das Geschirr ohne mich zu spülen.

»Geh du mal gleich ins Bett«, sagte sie und nahm mir meinen Teller und mein Glas ab. »Ist ja schrecklich, wie dein Atem wieder pfeift.«

»Danke.«

»Soll ich dir ein Dampfbad machen?«

»Von mir aus.«

»Wäre wohl besser, wenn Dad hier wäre, was?«

Nur zu gern hätte ich ihn jetzt in meiner Nähe gehabt, aber er war plötzlich verschwunden, und ich war zu müde, um mich zu fragen, wohin.

»Soll ich dir den Rücken klopfen?«

»Im Moment lieber nicht, danke.«

»Na, geh schon«, sagte sie und nahm die Essigflasche vom Regal.

Aber ich wollte nicht allein hinaufgehen. Ich wollte auf der untersten Stufe hocken bleiben und Swede zusehen, sie beruhigend auf mich einreden hören. Oben gab es nichts weiter zu hören als meinen eigenen rasselnden Atem. Und die Treppe – die Treppe kam mir heute so steil wie nie vor.

»Erzähl mir von Sunny« – ich holte Luft – »in seinem Bergversteck.«

Aber sie scheuchte mich hoch, unnachgiebig, unbeirrbar. Das Treppensteigen fiel mir schwerer als der Marsch in die Berge damals, bei meiner ersten Suche nach Davy. Wesentlich schwerer. Ich lehnte mich im Dunkeln an die Wand, um zu verschnaufen. Unten in der Küche klapperte Swede mit dem Geschirr. Natürlich kannte ich solche Zustände von früher her. Normalerweise besserte sich das von selbst, irgendwann kam der Wendepunkt. Aber dass nach vier Tagen immer noch keine Besserung eingetreten war, war kein gutes Zeichen. Die Treppe begann sich langsam zu drehen, als ob sie frei schwingend in der Luft hing. Ich ließ mich auf den Stufen nieder und döste ein.

»Reuben?«

Swedes ängstliches Wispern weckte mich dort in der kalten Dunkelheit, als ich gerade angefangen hatte zu träumen, ich läge vor Kälte schlotternd bei August Shultz im Westzimmer.

»Kannst du mich hören, Rube?«

Ich roch Essigdunst und öffnete die Augen. Sie stand unter mir auf der Treppe, den dampfenden Topf im Arm, und sah mich mit besorgter Miene an.

»Oh«, sagte ich.

»Alles in Ordnung mit dir?«

»Klar.«

»Mensch, Reuben – hast du es nicht mal bis nach oben geschafft?«

Verlegen und zittrig rappelte ich mich auf. »Ach was, ich war nur müde. Siehst du?« Mit Swede auf den Fersen zog ich mich am Geländer hoch und brachte die letzten Stufen halbwegs zügig hinter mich.

»So, jetzt wird erst mal schön inhaliert; hier hast du ein Handtuch.« Sie stopfte mir Kissen in den Rücken. Heißer Dampf war das Letzte, was ich wollte, wo mir vom Fieber schon so schwummerig war, aber wenn ich nicht bald besser Luft bekam, würde ich womöglich wieder wegsacken, und das auch noch vor Swedes Augen. Sie zog sich einen Stuhl ans Bett.

»Soll ich dir was vorlesen?«, fragte sie.

Sie blieb lange bei mir sitzen, las Psalmen gegen die Angst und stand zwischendurch zweimal auf, um die Essiglösung wieder aufzukochen. Doch in meinen Bronchien wollte sich einfach nichts lösen. Ich erinnere mich noch, wie sich das Zimmer um mich drehte, und wie es mir vor den Augen flimmerte. Swede klopfte mir erfolglos auf den Rücken. Ich fragte nach Dad, und sie sagte, er sei mit Roxanna fort, sie wisse aber nicht wohin. Ich wünschte mir so sehr, er würde sich zu mir setzen und beten. In meiner Brust und in meinen Beinen prickelte es wie Nadelstiche. Dr. Nokes hatte mir beschrieben, wie die Arterien und Kapillargefäße den Sauerstoff durch den Körper transportieren. Ich hatte das Gefühl, als wäre ich diesmal komplett vom Nachschub abgeschnitten.

Und Dad amüsierte sich inzwischen mit Roxanna.

Dieser trübe Gedanke zog prompt einen noch trüberen nach sich: Seit wir in dieses Haus gekommen waren, hatte es kein einziges Wunder mehr gegeben.

Ich schloss die Augen und dachte zurück: Wir waren der Polizei durch die Maschen geschlüpft. Wir waren stundenlang mit leerem Tank gefahren. Wir hatten hier Unterschlupf gefunden – und dann?

Man könnte mit Recht einwenden, dass es auch später nicht an Wundern gemangelt hatte – dass Davy sich in unmittelbarer Nähe von Roxanna versteckt hielt, zum Beispiel. Und überhaupt, Roxanna, dieser Lichtblick in unserem mutterlosen Dasein. Aber in jener dunklen Stunde konnte ich all dem nichts abgewinnen. Ich sagte mir nur, dass es lange her war, seit Dad mir im Namen des Allmächtigen befohlen hatte, meinen ersten Atemzug zu tun. Seit er durch göttliche Gnade einen Meter über der Erde gewandelt war oder den Riss im Sattel durch Handauflegen heil gemacht hatte.

Und ich dachte: Was habe ich denn überhaupt noch für eine Chance, wenn kein Wunder mehr geschieht?

Da beschloss ich, Swede von Davy zu erzählen. Ich machte die Augen auf. Sie saß immer noch eifrig über ihre Verse gebeugt.

»Ich weiß, wo er ist«, sagte ich.

»Im Eden der Berge, in sicherer Hut«, entgegnete sie geduldig.

Die Worte kamen mir bekannt vor, und das war auch nicht weiter verwunderlich – sie hatte sie mir eben erst vorgelesen.

»Ich hätte noch ein bisschen mehr auf Lager, wenn du Lust hast«, sagte sie, und ich begriff, dass sie dabei war, eine neue Sundown-Episode an mir auszuprobieren. Meine Bronchien gaben ein paar Millimeter nach, und ich nickte ihr aufmunternd zu.

Im Felshorst versteckt, wo kein Aug ihn entdeckt,
Späht er aus nach der Frau schwarz und kühn,
Die geschworen den Eid, in Freude und Leid
Ihm zu folgen und mit ihm zu fliehn.

Der Tag flirrend heiß und die Luft glühend weiß,
Da nah'n von fern Reit'rin und Pferd,
Sie nahen durch Meere von Steinen
Und das Tier wirkt zerschunden, wie von zahllosen Stunden
Eines langen Ritts ausgezehrt.

Doch der Staub, den noch ferner man sehen kann:
Was für Gelichter kündigt er an?

Ha, ich wusste, was das für ein Gelichter war. Das war der Suchtrupp, der schon die ganze Zeit hinter Sunny her war, um ihn zur Strecke zu bringen. Da sie es auf ehrenhafte Weise nicht schafften, verfolgten sie jetzt seine Frau – schwarz und kühn. Und die Arme war schon so erschöpft und entkräftet.

»Was ist los?«, fragte Swede, denn vor lauter Traurigkeit hatte ich mich unters Handtuch verkrochen.

»Gefällt es dir etwa nicht?«

Hilflos schüttelte ich den Kopf. Normalerweise hätte ich in der Verfolgerbande nur eine weitere Chance für Sunny gesehen, als Held zu glänzen, und das auch noch vor den Augen seiner Frau; aber mein ganzer Körper verzehrte sich nach Luft. Mir war heiß und elend, und ich sehnte mich nach Dad.

»Das bringt doch wieder nichts als Ärger«, krächzte ich mit zugeschnürter Kehle. »Nie geht irgendwas gut aus für Sunny. Kannst du es denn nicht so drehen, dass es einmal ein glückliches Ende gibt?«

»Aber es gibt doch ein glückliches Ende!« Swede war so bestürzt, dass sie sogar von ihrem geheiligten Prinzip abwich, nie etwas im Voraus preiszugeben. »Soll ich dir verraten, wie es ausgeht? Ich habe es noch nicht geschrieben, aber ich erzähl es dir, Reuben, weil du es bist.« Und wie zu erwarten war, kam Sunny von seinem Berg herabgaloppiert, riss seine tapfere Frau aus dem Sattel in seine Arme, und dann gab es ein fabelhaftes Feuergefecht zwischen den Felsen, bei dem der Suchtrupp ordentlich dezimiert wurde, worauf sich die beiden unter unaufhörlichem Beschuss in ihr Felsental zurückkämpften, ja, und dann kam natürlich auch noch die Stange Dynamit ins Spiel.

»Am Ende gehört ihnen das ganze Tal, für den Rest ihres Lebens, mit all den Apfelbäumen und den Fischen im Bach und den saftigen Weiden für ihre Tiere«, sagte Swede. »Siehst du?«

Seltsamerweise war mir das trotzdem kein rechter Trost. Im Gegenteil, die idyllische Beschreibung beschwor nur noch schmerzlicher den Gedanken an Davy in der zugigen Bruchbude herauf, wo er mit einem Schwein und einem finsteren Irren hauste, der täglich auf den Weltuntergang wartete. Schöne Idylle, das! Wieder drängte es mich, Swede endlich mein Herz auszuschütten. Ohnehin sah es diesmal nicht so aus, als ob ich mich von diesem Anfall jemals wieder erholen würde. Niedergedrückt vom Fieber und von meiner Heimlichtuerei sagte ich: »Swede, wirst du mir auch nicht böse sein, wenn ich dir etwas gestehe?«

Aber sie unterbrach mich: »Das muss Dad sein.« Unten ging die Tür, Stimmen tönten herauf, Stiefelgepolter und Schritte auf der Treppe, dann traten Dad und ein gebeugter Mann mit einer braunen Ledertasche ins Zimmer. Der Mann war Dr. Nickles, und mit seinen bläulich schwarzen Tränensäcken sah er so aus, als ob er kürzlich erst selbst von einer schlimmen Krankheit gebeutelt worden war.

»Was tun Sie denn für seine Lunge?«, fragte der Arzt und nahm auf meiner Bettkante Platz. Er schüttelte ein Fieberthermometer und klemmte es mir unter die Zunge.

»Wir lassen ihn Wasserdampf mit Essig inhalieren«, antwortete Dad. »Manchmal auch mit einer Prise Backpulver.«

»Das hilft nicht«, sagte Dr. Nickles. »Hat keine Wirkung. Wie lange machen Sie das schon?« Er setzte mir ein eiskaltes Stethoskop auf die Brust.

»Eigentlich immer schon, seit er klein war.«

»Eine sinnlose Behandlungsmethode.«

»Es scheint aber doch geholfen zu haben«, meinte Dad.

»Sie hätten ihm genauso gut die Daumen drücken können«, knurrte der Doktor, schob das Stethoskop ein wenig höher und horchte mich weiter ab.

»Wir wären Ihnen für jede Alternative dankbar«, sagte Dad.

Dr. Nickles verschob das Stethoskop noch einmal. »Einatmen.«

Ich tat mein Bestes.

»Du hast ja einen ganzen Spatzenschwarm da drin, Junge. Hustest du was aus?«

»Nein.«

»Hast du das Gefühl, es würde helfen?«

Ich schüttelte den Kopf.

»Umdrehen.«

Er rammte mir das kalte Metall zwischen die Schulterblätter. Komisch, dass es sich noch gar nicht angewärmt hatte.

»Also, noch ist es keine Lungenentzündung. Sieh zu, dass du dir keine einfängst, junger Mann. Du bist nämlich ein ausgewachsener Asthmatiker, hat dir das schon mal jemand gesagt?«

»Was würden Sie denn nun empfehlen, Doktor?«, fragte Dad geradeheraus, fast ein bisschen barsch; man weiß ja, wie er damals bei meiner Geburt mit Dr. Nokes umgesprungen war.

»Ich würde empfehlen, ihn nach Fairfax ins Krankenhaus zu bringen, bis sich seine Bronchien entkrampfen …«

»Gut«, sagte Dad.

»… nur ist das Krankenhaus zurzeit voll mit Grippefällen.« Der Arzt lächelte, ein schauerlicher Anblick. »Influenza, die schlimmste Epidemie seit Jahren. Würde Ihrem Jungen wahrscheinlich den Rest geben.« Dr. Nickles zog das Thermometer heraus und las es ab. »Allerdings. Ja, das wäre sein Ende.« Die Unkerei schien ihm Spaß zu machen, er wirkte sichtlich belebt. Mit schnellem Griff klappte er seine Tasche auf, breitete ein Taschentuch auf der Bettdecke aus und legte fein säuberlich ein braunes Fläschchen, eine Spritze, Watte und Alkohol darauf aus. Obwohl ich Angst vor Spritzen hatte, machten mir diese Vorbereitungen Mut. Offenbar hielt Dr. Nickles mich doch noch nicht für einen völlig hoffnungslosen Fall. Er tränkte einen Wattebausch mit Alkohol und ließ mich den Arm ausstrecken.

»Ich werde dir jetzt einen kleinen Adrenalinstoß verpassen.«

»Okay.«

Leider hatte er Schwierigkeiten, die Vene zu treffen – der arme Nickles, als es ans Spritzensetzen ging, fing seine Hand an zu zittern. Ich schaute weg, spürte den Einstich, aber sonst nichts weiter.

»Moment, gleich haben wir's«, sagte er.

Wieder ein Piekser. Diesmal fühlte es sich heiß an. Ich schaute hin. Er stocherte mit der Nadel unter meiner Haut herum.

»Nicht bewegen«, sagte er. Dabei hielt ich den Arm ganz still, auch wenn ich ihn noch so gern weggezogen hätte. Dann schnalzte er gereizt mit der Zunge und hielt die Spritze hoch. Die Nadel war in meinem Arm abgebrochen. Also musste erst einmal neues Material aus der Tasche gekramt werden. Jetzt kam noch eine Pinzette dazu. Dann versuchte er es am anderen Arm und landete prompt einen Treffer. Es fühlte sich an, als ob mir heißes, zähflüssiges Lakritz in die Vene sickerte.

Nachdem er Dr. Nickles zur Tür gebracht hatte, kam Dad

wieder herauf. Ich saß im Bett und wartete auf die Wirkung, doch abgesehen von einer leichten Aufgedrehtheit spürte ich keine Veränderung.

»Tut mir Leid, Reuben«, sagte Dad.

»Ach, macht nichts, ist doch bloß ein blauer Fleck.« Ich dachte, er meinte das Missgeschick mit der Nadel.

Er setzte sich aufs Bett, blass und abgespannt, so gar nicht mehr der fesche Kavalier auf Freiersfüßen, als der er in den letzten Tagen aufgetreten war. »Ich würde gern mit dir tauschen, mein Sohn.«

Ich wusste, dass es ihm ernst damit war.

»Reuben, das Essigdampfbad – hilft das?«

»Meistens schon.«

»Wird dir dann leichter um die Brust?«

»Doch, ich glaube, ja.«

»Na also«, sagte Dad. »Das ist die Behandlung, an die Dr. Nokes glaubt.«

»Es hilft auch, wirklich.«

»Und jetzt? Mit dem Adrenalin? Merkst du was?«

»Ja«, sagte ich. Tatsache war, dass ich auf einmal das Gefühl hatte, als würde ich im Sitzen aufstehen – anders lässt es sich nicht beschreiben. Als ich auf meine Hände blickte, die ich im Schoß gefaltet hielt, kamen sie mir zwergenhaft und sehr weit weg vor.

»Am besten, du versuchst ein bisschen zu schlafen.«

Aber für jemanden, der mit Adrenalin voll gepumpt ist, bringt der Schlaf mehr Stress als Erholung, denn die meiste Zeit hat man Albträume. Bei mir ratterten ständig laute Motoren hinter verschlossenen Türen, sodass man sich selbst schreiend kaum verständigen konnte. Blechtöpfe schepperten. Züge donnerten vorbei. Ich versuchte, Swede zu fragen, wieso man nie etwas von asthmatischen Outlaws hörte. Mit den Fingern in den Ohren schrie sie mir zu, es gäbe zwar welche, aber sie hätten nur selten echtes Format. Sie erzählte mir von einem, der seinen Zustand so katastrophal falsch einschätzte, dass er sein Glück als Einbrecher versuchte und mit seinem pfeifenden Atem ständig die Leute weckte, bei denen er nachts einstieg. Im Traum spannte ich verzweifelt alle Muskeln an, um Luft zu schöpfen, und nach dem Aufwachen war es noch genauso mühsam. Ich lag da und dachte an Doktor Nickles und daran, wie wenig er mir mit seinen zittrigen Händen geholfen hatte; was für eine seltsame Laune des Schicksals, dass ausgerechnet Dad eine solche Niete ins Haus geholt hatte. Ich dachte auch an Jape Waltzer, wie der sich seine zerquetschten Finger selbst abgehackt und die Wunden vernäht hatte. Von allen fremden Menschen, die mir in ihrer Unbedarftheit jemals geraten hatten, einfach nur zu atmen, hatte Waltzer am meisten das Recht dazu.

Die Besserung – eine ganz plötzliche Befreiung – trat kurz vor Sonnenaufgang ein. Ich tappte im klammen Morgengrauen hinunter in die Küche und fand Dad mit Martin Andreeson beim Kaffee vor.

»Morgen, Rube«, sagte der Agent. Er lümmelte sich mit offenem Mantel und übergeschlagenen Beinen auf seinem Stuhl. Sein Filzhut lag auf dem Tisch, neben Dads alter King-James-Bibel, die beim Römerbrief aufgeschlagen war.

»Morgen.«

»Du bist wieder auf den Beinen«, stellte Dad fest.

»Ja, mir geht es schon viel besser.« Ich wollte mein Misstrauen nicht so einfach aufgeben, auch wenn Andreeson so entspannt und unrasiert eher harmlos schien, sichtlich froh über die Gastfreundschaft; vor ihm stand ein leerer Teller, und er hatte noch ein bisschen Zuckerguss im Mundwinkel. Auch Dad wirkte locker und gut gelaunt.

»Tut mir Leid, das mit deiner Lunge«, sagte Andreeson.

»Ach, geht schon.«

Er blickte Dad an, der ihm zunickte. »Hör mal, Rube. Es gibt etwas Neues. Ich hoffe, du kannst dich darüber freuen. Ich habe das Foto von deinem Bruder überall herumgezeigt. Und jetzt sieht es so aus, als ob ihn tatsächlich jemand erkannt hat. Ein

Mann in Amidon. Er meint, er hätte Davy in der Stadt gesehen. Und zwar schon mehrmals.«

Andreeson schien auf eine Reaktion von mir zu warten.

»Das letzte Mal erst vorgestern«, fuhr Andreeson fort. »Da hat er deinen Bruder sogar im Auto mitgenommen und ihn irgendwo außerhalb der Stadt abgesetzt.«

Zugegeben, soweit klang das alles ja recht freundlich. Andreeson hatte kaum noch Ähnlichkeit mit dem Spürhund, der damals bei uns hereingeplatzt war und gekläfft hatte, er würde Davy demnächst »kassieren«. Trotzdem bekam ich eine Gänsehaut bei dem Gedanken, wie dicht er meinem Bruder schon auf den Fersen war. Stumm und bibbernd stand ich barfuß vor ihm auf dem kalten Linoleumboden.

»Sprechen Sie nur weiter, Martin«, sagte Dad.

Andreeson schüttelte den Kopf. »Das wär's vorerst. Ich wollte Sie nur wissen lassen, dass wir behutsam vorgehen werden. Bleiben Sie möglichst in der Nähe des Telefons, Jeremiah.« Er stand auf. »Keine Angst, Reuben – wir werden Davy nichts tun. Versprochen.«

Ich glaubte ihm nicht. Plötzlich war es mir wichtig, ihm deutlich zu zeigen, dass ich nicht die Seiten gewechselt hatte. »Solange Sie ihn nicht haben, können Sie ihm sowieso nichts tun.«

Aber Andreeson schmunzelte nur und legte mir im Vorbeigehen die Hand auf die Schulter. Er setzte den Hut auf und eilte geschäftig zur Tür hinaus. Mein Feind.

An jenem Nachmittag war mir jede Ausrede recht, um mich ins Freie zu verdrücken. Nach der Angst, die sie um mich ausgestanden hatten, waren natürlich alle dagegen, doch ich schlüpfte listig durch die Hintertür, die Kapuze auf dem Kopf und den Schal vor der Nase, um die Atemluft anzuwärmen. Ich betete, aber ziemlich verworren und aufmüpfig. Ich konnte nur hoffen, dass Gott sich einen Reim darauf machen und entsprechend antworten würde. Denn Andreeson holte immer mehr auf. Er hatte Dad sogar schon geraten, beim Telefon zu bleiben. Ich ging neben dem Haus auf und ab und versuchte zu beten wie Dad, versuchte mir vorzustellen, wie Gott mir zuhörte, aber er blieb unsichtbar, nur die übliche leuchtende Wolke, und nach ein paar Minuten war ich vom Gehen erschöpft. Zurück im Haus, wurde ich prompt von Swede angemeckert, wie ich denn nur so unvorsichtig sein könnte. Sie hatte ja keine Ahnung. Wir aßen ein paar Ingwerplätzchen, und ich legte mich im Wohnzimmer auf die Couch. Ich wollte mich schlafend stellen, bis Swede nach oben ging, um mich dann schnell wieder nach draußen zu stehlen, aber ich schlief tatsächlich ein und träumte von einem Fluss voller Pferde mit wehenden Mähnen und schimmernden Kruppen. Als ich aufwachte, war ich von einer seltsamen Ruhe umgeben, die sich ganz nach Niederlage anfühlte. Das Abendrot flutete durch die Fenster. Ich stolperte vor die Tür, lehnte mich an die Hauswand und blinzelte zur kupfernen Silhouette der Berge hin. Im schwindenden Licht sah der Himmel aus wie dunkler Tee. Von Davy allerdings keine Spur – aber irgendwo in den dämmrigen Hügeln wieherte ein Pferd. Ein Laut, so klar und fern wie der Nachhall der Geschichte.

Ein letzter Ritt in die Berge war mir dann doch noch vergönnt. Es war wieder einmal eine sternklare Nacht, doch über allem lag eine angespannte Stille – wie von einem angehaltenen Atem oder einem schussbereiten Pfeil auf einer Bogensehne.

Jape Waltzer war damit beschäftigt, Fry zu beschlagen. Wer auch immer die Hütte gebaut haben mochte, hatte dort einen Amboss und eine improvisierte Esse hinterlassen. Jape hatte dem Blasebalg neue Lederbacken verpasst und fachte damit eine Glut an, die den ganzen Schuppen erleuchtete.

»Reuben, ich danke dir«, sagte er, als Davy mich hereingeführt hatte und ich mein Sprüchlein losgeworden war. Das war aber auch schon alles. Er bedankte sich für die Nachricht, schien jedoch nicht im Mindesten davon beunruhigt.

»Er hat gesagt, sie sind ihm ganz dicht auf der Spur«, wiederholte ich, für den Fall, dass Waltzer mich vielleicht nicht richtig verstanden hatte. Er ließ vom Blasebalg ab. Auf der Esse lag ein Hufeisen wie ein schwarzer Scherenschnitt über der Glut. Er hob es mit einer langen Zange hoch und betrachtete es mit zweifelnder Miene.

»Fry«, sagte er zu dem Pferd, das an einem Ring in der Wand angebunden war, »lass uns das jetzt mal anprobieren. Davy, halt seinen Kopf.«

Davy griff mit beiden Händen ins Halfter und murmelte Fry schmeichelnde Worte ins Ohr, während Waltzer sich an die linke Flanke des Pferdes lehnte und sein Bein anhob. Im Feuerschein konnte ich die frischen Kratzer sehen, wo Waltzer den Huf glatt gefeilt hatte, und die Nagellöcher vom alten Hufeisen.

»Immer wirft er das Eisen hinten links ab«, bemerkte Waltzer im gemütlichen Plauderton und passte Fry das heiße Eisen an. »Ich weiß nicht, warum.« Es war ihm anzusehen, dass ihm die Arbeit Spaß machte.

»Ich, ich meine ja nur, er hat Dad nämlich extra noch gesagt, er soll am Telefon warten«, sagte ich.

Waltzer setzte den Huf ab und legte das Eisen wieder in die Esse. Ein kurzer Blick unter den finsteren Brauen hervor genügte, um mir klar zu machen, dass zu dem Thema jetzt alles gesagt war. Er fing wieder an, den Blasbalg zu betätigen. »Reuben, schau mal, die Kohlen.«

Sie waren wunderschön, ein atmendes, schwarz geädertes Orange.

»Wenn sie so aussehen wie eine Kürbislaterne, dann sind sie nicht heiß genug.«

»Nein?«

»Nein, Sir. Nicht heiß genug, um das Eisen hier weich zu kriegen.« Er nickte zu dem Stapel Kleinholz in der Ecke hinüber. »Wenn du davon einen Arm voll nachlegst, während ich das Feuer weiter anfache, glaub mir, Reuben, dann wird's erst richtig heiß.«

Was hätte ich sonst tun können? Im Augenblick vergaß ich Andreeson erst einmal und überließ mich ganz und gar dem

Reiz der Esse. Sie hatte unten eine kleine Tür, die Waltzer jetzt aufklappte. Im Feuerkasten flackerte nur eine gemütliche kleine Flamme, und ich häufte eine Menge Holz darüber. Waltzer schlug das Türchen zu und pumpte wie wild mit dem Blasebalg. Schon bald glomm das Holz zischend auf, und der Wind blies in die Esse, bis ich Stimmen darin hörte.

»Gut gemacht, Reuben«, keuchte Waltzer. Sein Hemd dampfte. »Schau, die Kohlen!«

Sie hatten kaum noch einen Hauch von Orange an sich – nicht mehr als die Sonne am Nachmittag. Stattdessen glühten sie weiß, immer noch pulsierend, und dieses Glühen griff auch schon auf das Hufeisen über.

Diesmal qualmte es, als er es Frys Huf anpasste. Das Pferd schnaubte und tänzelte, aber es konnte nicht weg. Sofort legte Waltzer das Eisen auf den Amboss und hämmerte es mit wenigen Schlägen zurecht. Ganz schön geschickt für jemanden, dem an der linken Hand zwei Finger fehlten. Über Frys Huf gebeugt, zog er einen Nagel zwischen den Lippen vor und einen kleinen Hammer aus dem Stiefelschaft. Er klopfte den Nagel ein, bis die Spitze zwei Fingerbreit über dem Eisen aus dem schrägen Huf wieder hervorkam. Dann schlug er noch einen zweiten Nagel ein, spuckte die anderen Nägel in seine Hand und musterte mich abschätzend.

»Komm her, Reuben, mach du das mal fertig.« Er winkte mich heran, den Huf zwischen die Knie geklemmt, die Ärmel bis zum Ellenbogen hochgekrempelt. Er schwitzte im rötlichen Zwielicht.

»Schlag ihn da ein«, sagte er. Ich nahm den Hammer, und er zeigte mir, in welchem Winkel ich den Nagel ansetzen sollte. Davy brummelte beruhigend auf Fry ein, was für ein braves, gutes, schönes Pferd er doch sei. Und was für ein geduldiges, setzte ich hoffnungsvoll hinzu. Ich zielte, so gut ich konnte, und klopfte vorsichtig auf den Nagel, bis Waltzer sagte: »Machst du alles so, wie du atmest? Hau mal ordentlich drauf, Junge!« Also schlug ich kräftiger, dankbar für Frys Schicksalsergebenheit, schlug auch noch die restlichen Nägel ein, und Waltzer holte eine Kneifzange aus dem Stiefelschaft, mit der er die vorstehenden Spitzen abknipste. Die Nagelspitzen steckte er in die Tasche, setzte den Huf wieder ab und tätschelte dem Pferd die Fessel.

»Fry«, sagte er liebevoll, und dann: »Danke, Reuben. Gut gemacht.«

Ich blickte zu Davy hin, der mir zuzwinkerte. Das Feuer in der Esse war heruntergebrannt. Es war bestimmt kalt in dem offenen Schuppen, aber mir war warm und wohlig.

Wir aßen ein Mitternachtsmahl in der Hütte, und noch immer wollte Waltzer nichts von Andreeson hören. Sein Desinteresse war wirklich verblüffend. Er redete über alles Mögliche, Politik, Astronomie, Brunnenbohrungen, die Vorteile von Filz gegenüber Wolle. Er behauptete, von Geburt an keinen Geruchssinn zu besitzen, dafür aber umso ausgeprägtere Geschmacksknospen, sodass er sein Essen nie zu salzen bräuchte, weil ihm das natürliche Aroma genügte.

»Zum Beispiel das Fleisch hier, das kommt dir doch sicher fade vor.«

Er meinte den kleinen grauen Klumpen auf meinem Blechteller, der zusammen mit einer gekochten Kartoffel das Abendessen bildete. Ein ziemlich müder, trüber Anblick.

»Sieht doch gut aus«, antwortete ich. Natürlich kein Vergleich zu Süßkartoffeln mit Bratwurst.

»Es ist fade«, sagte Waltzer. »Schweinefleisch hat nur wenig Eigengeschmack, darum würzen es die Leute, damit sie mit ihrem abgestumpften Gaumen überhaupt etwas schmecken. Probier mal einen Bissen, Reuben. Beschreib mir, was du schmeckst.«

Ich biss hinein. Das Fleisch war zerkocht und völlig salzlos. Es war, als kaute man auf einem alten Strick herum. Waltzer beäugte mich erwartungsvoll, während ich verzweifelt nach einem höflichen Adjektiv suchte.

»Ziemlich lecker«, sagte ich.

»Gratulation zu deinen guten Manieren, aber das ist doch

Unsinn. Trau dich ruhig, ich bin schon nicht beleidigt. Und Emil auch nicht. Tu es für Emil, hm?«

Sie erinnern sich an Emil?

Ich spähte betroffen auf das Stück Fleisch. »Na los«, sagte Waltzer. »Versuch mal ganz ehrlich, Emils Aroma zu definieren. Das ist der einzige Nachruf, den er bekommen wird. Armer kleiner Emil.« Er genoss es richtig, dass das Fleisch einen Namen hatte. Er konnte ihn gar nicht oft genug anbringen.

Überraschenderweise machte es mir aber gar nicht viel aus, dass der graue Klumpen vor mir von Emil stammte. Es hatte sogar etwas Befreiendes. Keine Ahnung, warum. Ich kaute und schluckte. »Ein bisschen zäh«, wagte ich mich vor. »Trocken.«

»Weiter«, sagte Waltzer.

»Irgendwie lasch. Dumpf.«

»Ganz recht, ja.« Waltzer schien höchst angetan. Ich konnte mir selbst nicht erklären, woher mir plötzlich all diese Adjektive zuflogen. Normalerweise machten sie einen weiten Bogen um mich. »Es ist faserig. Flachsig. Sehnig.« Ich hatte vage das Gefühl, Saras Kochkünste zu verunglimpfen, aber Waltzer nickte lächelnd, und seine Gunst war mir lieber als sein Groll. Außerdem sonnte ich mich in meiner ungewohnten Wortgewandtheit. »Trist, muffig. Schal. Morbide.« Ich wusste nicht genau, ob das letzte Wort in dem Zusammenhang passte, aber es klang so hübsch.

»Sehr gut ausgedrückt«, lobte Waltzer – das einzige Mal, dass ich dieses Kompliment je auf mich angewandt hörte.

»Es schmeckt nach Knorpel«, merkte ich noch an, um nur ja nichts auszulassen.

»Ja. Schön. Und jetzt ich.« Waltzer nahm einen kleinen Bissen und kaute gründlich. »Mmmm.« Er schloss die Augen, schluckte, schnaufte durch die Nase. »Ich schmecke Mais – nicht so viel Mais, wie mir lieb wäre. Körner und Hülsen. Ich schmecke Bohnen. Brot. Kräuter, Gras, Erde, ziemlich viel Erde. Salz.«

Ich begriff, dass er Emils Futter beschrieb. Er machte ein bekümmertes Gesicht. »Leider schmecke ich auch Abfälle heraus.

Es ist eine schreckliche Begabung. Was ich schon in so manchen Würstchen geschmeckt habe, darf man gar nicht laut sagen.«

Ob ich ihm glaubte? Ach, egal. Immerhin hatte meine Lunge wacker durchgehalten. Heute weiß ich, dass es eine Gnadenfrist war. Waltzer behandelte mich, als ob mein Besuch ihm eine besondere Ehre sei; trotz meines Argwohns ließ sich nicht leugnen, dass er eine gewinnende Art hatte, wenn er es drauf anlegte. Sara hielt sich die ganze Zeit abseits, hinter ihrer Deckenwand. Später standen wir vor der Hütte, und Waltzer zeigte mir die Sternbilder, während Davy Fry satteln ging.

»Da ist der Große Ring«, sagte er. »Und da das Totem, dort Falke und Maus, dort der Wal und da der Springinsfeld.«

Ich konnte bloß noch nicken. Es ist nett, Sternbilder gezeigt zu bekommen, solange man sie nicht selbst erkennen muss. Abgesehen von solchen wie dem Großen Wagen, Orion und dem Siebengestirn, die wirklich auffallen, führen all die vielen Sterne doch nur dazu, dass man die Sternbilder als solche nicht mehr wahrnimmt.

»Vom Springinsfeld hab ich noch nie gehört«, sagte ich, als ob die anderen mir nicht genauso fremd wären. Also zeichnete er mir mit ausgestrecktem Finger eine gedachte Verbindungslinie zwischen den Sternen vor. Zu diesem Sternbild gab es eine alte Geschichte, erzählte er, von einem Knaben, der in einer Stadt aus Holzhäusern wohnte; eines Nachts fing die Stadt Feuer und brannte so schnell ab, dass am Morgen nur mehr ein Aschefeld übrig war. Einzig der Knabe war der Feuersbrunst entkommen. Er hockte am Fluss und versuchte, mit den Händen Fische zu fangen, als ein Pilgersmann des Weges kam und ihn auf seinem Pferd in die nächste Stadt mitnahm, wo man ihm zu essen gab und ihn – als die Kunde von seiner wunderbaren Errettung sich verbreitete – allenthalben feierte. Der Knabe bezauberte alle mit seinem forschen Mut und seinem Witz und wurde vom König an Sohnes Statt angenommen und im Umgang mit Waffen und in den schönen Künsten ausgebildet. Schließlich wurde er selbst König und regierte weise und gerecht. Es war eine ganz erbauliche Geschichte, bis Waltzer hinzusetzte, dass der Knabe das Feuer damals selbst gelegt hatte.

»Aber so etwas Abscheuliches kann er doch nicht getan haben!«, protestierte ich.

»Natürlich kann er das. Reg dich ab, Reuben, es ist ja nur eine Legende.«

Zu jedem von Waltzers Sternbildern gab es solch eine garstige Geschichte. Er zeigte mir zum Beispiel den so genannten Bugspriet; bei der dazugehörigen Erzählung ging es um einen Teufelsbalg, der seinen Vater im Schlaf erschlug und später ein blutrünstiger Pirat wurde, die Gliedmaßen seiner Opfer fraß und seine Reling mit ihren Köpfen schmückte. Dieser Unhold jagte durch die Weltmeere und forderte die Götter und die Menschen heraus, bis ihn ein tapferer Kapitän zum Zweikampf aufforderte. Tagelang scheuchten sie sich Degen an Degen über die Decks und fochten ohne Rast. Doch am Ende hieb der Kapitän den Piraten mit einem einzigen überlegenen Streich entzwei, sodass sein Kopf samt Schulter und Arm mit einem letzten Wutgeheul auf die Planken flog. Der Kapitän aber kehrte nach vollbrachtem Werk auf sein Schiff zurück, um sich fürs Abendessen zu waschen. Er schaute in seinen blank polierten Messingspiegel. Man kann sich schon denken, wie es weitergeht. Der arme Kapitän sah nicht sein eigenes Gesicht, sondern das des Piraten, das ihn bösartig aus dem Spiegel angrinste. Daraufhin fiel sein ganzer Edelmut von ihm ab wie ein Kettenhemd, und er entwickelte eine unbändige Lust am Plündern, eine unersättliche Gier nach gesottenen Armen und Beinen. »Siehst du, Reuben, so kann man zwar die Schlacht gewinnen«, schloss Waltzer achselzuckend, »aber der Krieg ist trotzdem längst verloren.«

»So ein Mist«, murmelte ich enttäuscht, als Fry und Davy angetrabt kamen.

Waltzer legte mir seine entstellte Hand auf den Kopf. »Nimm es dir nicht zu Herzen, Junge«, sagte er.

Leichter gesagt als getan.

Am nächsten Tag rief Martin Andreeson an. Der Mann, der Davy im Auto mitgenommen hatte, ein gewisser Robinson, hatte Andreeson versprochen, ihm die Stelle zu zeigen, wo er ihn abgesetzt hatte. Sie hatten sich in dem Café in Amidon treffen wollen, doch Robinson war nicht erschienen. Es gab drei Robinsons im Telefonbuch; Andreeson erreichte nur zwei; die dritte Nummer war abgemeldet worden. Andreeson fragte sich zum Haus des anschlusslosen Robinson durch, fuhr acht Meilen über holprige Feldwege und fand das Haus kalt und leer, die Fenster mit Brettern vernagelt.

»Jetzt hilft nur noch beten, Martin«, sagte Dad.

Ich hätte viel darum gegeben, Andreesons Antwort mitzukriegen. Wie auch immer, Dad sagte nur noch: »Natürlich, wir warten, bis Sie sich wieder melden.« Dann legte er auf und rief mich zu sich.

»Eng in der Brust?«, fragte er, wohl mehr rhetorisch, denn mein pfeifender Atem war ja dauernd zu hören.

»Ja, Sir.«

»Was kann ich tun?«

Die vorsichtige Erkundigung hatte er sich angewöhnt, seit Dr. Nickles das Essigdampfbad für nutzlos erklärt hatte.

»Nur ein bisschen klopfen.«

Er drehte mich an den Schultern herum, und ich stemmte mich gegen den Türrahmen, während er meinen Rücken bearbeitete. Bis auf das Trommeln war es ein ruhiger Morgen; ich konnte Roxanna im Nebenzimmer summen hören.

»Besser?«

»Ja, Sir.«

Er horchte. »Hört sich aber noch genauso an.«

»Nein, wirklich, es ist schon besser.«

»Reuben«, sagte er unvermittelt. »Gibt es nicht etwas, was du mir anvertrauen solltest?«

Mir wurde flau zu Mute. »Ich glaube nicht.«

»Du siehst ganz käsig aus«, sagte er. »Das zehrt alles sehr, nicht?«

Also machte er sich doch nur Sorgen um meine Gesundheit.

»Ich gehe in den Wohnwagen, um für deinen Bruder zu beten«, sagte er mit so trauriger Miene, als ob er es sei, der etwas verheimlichte, und nicht andersherum.

Von Andreeson kam an jenem Tag keine Nachricht mehr. Auch am nächsten nicht. Dafür kam von Nordwesten her ein Sturm auf, der schaurig ums Haus heulte. Ein typischer Dakota-Blizzard, messerscharfe Windböen in Bodennähe, die die Schneewehen wie Gischt aufleben ließen. Aus Swedes Fenster oben beobachteten wir eine Kavallerie-Attacke ohne Pferde; dicke Schneebrocken, losgerissen und durch die Luft geschleudert, zu weißem Sand zerschmettert, der in langen Schlangenlinien dahinwirbelte.

Es war ein seltsamer Sturm, der kaum über drei Meter Höhe hinausreichte, und von Swedes Fenster aus war es, als blickte man in eine tobende Wolke. Das Scheunendach schaute daraus vor, und der Stiel einer Schaufel, die in einem Schneewall steckte, und auch Roxannas heftig schwankendes Vogelhäuschen. Über dem Sturm schien sogar die Sonne; in der Ferne sah man die Blechkuppel eines Silos schimmern. Aber unten im Haus zog es durch alle Ritzen, und das Licht war grau und trübe. An der westlichen Wand glitzerte die Steckdose vor Frost, nur einen Meter neben dem tickenden Heizkörper.

Der Sturm dauerte zwei Tage an. Ich musste ständig an die Hütte in den Bergen denken, mit den morschen, rissigen Bretterwänden und dem verrosteten Ofen, und machte mir Sorgen um Davy. Auch um Sara.

»Swede«, überlegte ich laut, »wie lange dauert es wohl, bis man in so einem Sturm erfriert?«

»Angezogen oder nackt?«

Ich schnaubte. »Was glaubst du denn? Wer würde denn ohne Kleider in so einen Sturm rausgehen?«

»Niemand, natürlich. Aber wenn man schon am Erfrieren ist, dann kippt plötzlich das Thermometer im Kopf, und man bildet sich ein, es wäre einem heiß, man hätte zu viel an und müsste sich ausziehen, um abzukühlen.«

Das kaufte ich ihr nicht ab. Selbst die Vorstellung, dass Davy dick eingemummelt in diesem Sturm ausharrte, war schon schlimm genug.

»Doch, Reuben, es stimmt aber. Es ist wie eine Fata Morgana, der Schnee wird zur Wüste. Einmal haben sie zwei Jungs so gefunden, in Wyoming, zwei Studenten, die mit Schneeschuhen unterwegs waren, steif gefroren, bis zum Bauch im Schnee, mit nichts als Boxershorts an. Die Polizei kriegte sie nicht ins Auto rein, da haben sie die beiden auf dem Dach festgebunden wie Hirsche in der Jagdsaison …«

Wer weiß, wie lange Swede die gruseligen Details noch ausgeschmückt hätte, deshalb unterbrach ich sie schnell: »Und was wäre, wenn man in einer morschen alten Hütte hockte, wo der Wind durch die Bretterwände pfeift?«

Prompt fiel ihr dazu eine noch grausigere Geschichte ein, über einen Trupp im Schneesturm Verschollener, denen der Proviant ausging und die vor lauter Hunger ihre Gürtel und Stiefelschäfte aßen, wenn auch nicht ihr einziges Pferd, das schlau genug war, ihnen auszubüxen. Genüsslich schilderte sie, wie die Schwächeren aus der Gruppe im Hungerwahn ihre eigenen Hände benagten, wie sie saugten und schmatzten, wahrscheinlich jedoch, möchte man meinen, ohne nennenswerten Nährwert daraus zu ziehen.

Es war ein denkbar ungünstiger Moment für eine solche Horrorstory. Hatte nicht Waltzer ebenfalls von Kannibalismus gesprochen? Zuzutrauen wäre ihm so etwas durchaus. Mir kamen die finstersten Gedanken. Was, wenn der Sturm eine ganze Woche lang anhielt? Wie viel Feuerholz hatten sie in der Hütte – und wie viel Proviant? Wenn Waltzer sich zwischen Davy und Sara entscheiden musste, würde er bestimmt zuerst Davy verspeisen; für Sara hatte er andere Pläne. Plötzlich dachte ich an Andreeson, und es war kein besonders freundlicher Gedanke. Warum war nicht er bei Waltzer in der Hütte? Gefangen im Blizzard? Doch selbst diese Vorstellung befriedigte mich nicht richtig. Seltsamerweise war mein Hass auf das Agenten-Aas ziemlich verflogen. Ich zählte meine Atemzüge. Swede, die neben mir auf der Couch saß und las, atmete sechsmal langsamer als ich. Was ich brauchte, war eine Lunge voll Luft – oder wenigstens ein bisschen Frieden. Ich wagte mich zum Wohnwagen hinaus.

Dad klimperte auf der alten Gitarre. In der dämmrigen Scheune hörte ich sanfte Akkorde von den Saiten perlen. Er spielte langsam und bedächtig, aber ohne Fehlgriffe. Sicher, es klang nicht gerade, als hätte Segovia selbst zur Gitarre gegriffen – schließlich hatte er das Instrument erst vor ein paar Tagen mit einer Tube Modellbaukleber wieder zusammengeleimt. Doch viele der Kirchenlieder und volkstümlichen Weisen, die wir damals so gern mochten, hatte er sich schon recht geschickt selbst beigebracht. Manchmal sang Dad ein paar Strophen, manchmal summte er bloß, und manchmal probierte er eine ganze Weile herum, bis er schließlich den richtigen Akkord fand. Ich hätte ihm den ganzen Tag zuhören können. Als er im Spielen innehielt und aufstand, schlüpfte ich leise aus der Scheune und schloss die Tür.

In der Küche, wo Roxanna den Brotteig knetete, standen frische Blumen aus dem Gewächshaus in einer Zinnvase, und die Suppe dampfte im Topf – ganz so, als wären wir eine heile Familie, als stünden wir nicht ganz nah am Abgrund. Selbst Swede schien zur Ruhe gefunden zu haben. Sie saß in ihrem Zimmer und schürte eitel Sonnenschein für Sunny und seine Frau, nun, da die beiden den Zugang zu ihrem geheimen Felsental in die Luft gesprengt hatten, und den Rest der Verfolgerbande gleich mit.

Der Sturm tobte auch noch die folgende Nacht hindurch, türmte die Schneewälle höher und höher, wehte die Straßen zu. Dann flaute er endlich ab. Im Haus kehrte wieder Stille ein. Nach dem Frühstück gingen die anderen alle zum Schneeschaufeln hinaus – ich taugte nicht dazu, aber Dad meinte, einer müsse ja ohnehin in der Nähe des Telefons bleiben. Was ich dann auch den ganzen Vormittag tat, doch Andreeson rief nicht an. Der Nachmittag zog sich in die Länge. Ich las den *Letzten Mohikaner* gleich zweimal durch – die illustrierte Klassikerausgabe –, dann nahm ich mir Roxannas Sammelalbum vor und überflog noch einmal den Nachruf auf Jonas Work. Nichts von alldem konnte mich von meiner Unruhe ablenken oder die Schreckensbilder vertreiben, die ich vor Augen hatte – Bilder von Davy, abgemagert und steif gefroren in der eisigen Hütte. So sehr ich mich auch auf Falkenauge und Uncas zu konzentrieren versuchte, ich musste doch immer wieder an Jape Waltzers Geschichte von dem menschenfressenden Piraten denken. Und natürlich trug der Bösewicht Waltzers Züge – die Rolle war ihm ja förmlich auf den Leib geschrieben, er besaß genau diese umwerfende Selbstgewissheit, dieses diabolische Flair. Wie den Piraten konnte man sich auch Waltzer als ewigen Sieger vorstellen, selbst wenn er verlor.

Diesmal kam das Räumkommando der Gemeinde schon am Spätnachmittag mit dem Schneepflug zu uns durch. Da Andreeson sich noch immer nicht gemeldet hatte, rief Dad in seinem Motel in Rathton an. Der Besitzer, der zugleich Portier war, notierte sich eine Nachricht. Seine Verärgerung war bis in Roxannas Küche zu hören. Der FBI-Mann, sagte er, zahle zwar pünktlich, mache ansonsten aber nur Scherereien. Manchmal bleibe der Kerl tagelang weg und komme erst mitten in der Nacht wieder. Die Nachbarn fühlten sich gestört. Und ständig diese Anrufe – man sei ja nur noch auf dem Sprung. Er sei schließlich Geschäftsmann und keine Sekretärin. Er müsse jedes Mal in Stiefeln und Mantel aus seinem Büro raus und fünf Türen weiter zu Mr. Andreessons Zimmer gehen, die Nachrichten stapelten sich, und das bei der Kälte!

»Wann ist er denn weggefahren?«, fragte Dad.

Der Motelbesitzer hörte auf zu jammern und überlegte. Gestern Morgen habe er eine Nachricht von einem gewissen Robinson erhalten. Andreeson habe sich erfreut gezeigt – er habe ihm, räumte der Besitzer mürrisch ein, sogar zwei Dollar Trinkgeld gegeben. Bald darauf – der Parkplatz habe vor lauter Schneewehen schon langsam wie eine Buckelpiste ausgesehen – sei Andreeson in seinem hellbraunen Mercury losgefahren, besser gesagt losgekrochen, mitten in den Sturm hinein.

Dad legte auf. Er stellte sich ans Fenster und blickte nach Westen. Aus der harten, glatten Schneedecke ragten die wild zerklüfteten Berge auf – eine weniger anheimelnde Landschaft hätte man wohl schwerlich finden können. Der Wind hatte sich gelegt, und das kalte Sonnenlicht hob die Konturen der Scheune und der Berge so klar und scharf hervor, dass sie aussahen, als wären sie aus einer Illustrierten ausgeschnitten.

»Rube«, sagte er, »dieser Andreeson ist ein schlauer Kopf, aber vom Winter in North Dakota hat er keine Ahnung.«

Mir kam ein furchtbarer Gedanke. Er packte mich wie eine Riesenschlange.

Dad schnappte sich seine Jacke vom Haken und ging zur Tür. Ich schnappte mir meine und wollte hinterher, aber meine Beine machten schlapp. Die Knochen klapperten mir im Leib wie Dominosteine.

»Hast du etwas?«, fragte Dad.

»Ja, Sir.« Ich wollte den Gedanken nicht laut aussprechen, aber er ließ nicht mehr locker. Ich gab nach. »Mr. Andreeson steckt schlimm in der Klemme.«

Er sah mich an; ich blickte auf seine Füße.

»Was ist los, Reuben?«

Aber die Schlange hielt mich so fest gepackt, dass ich kaum sprechen konnte. Ich sank zitternd zu Boden. Denn ich sah Waltzer, der mir erzählte, wie er Davy in dem Café in Amiston kennen gelernt hatte. Ich sah Andreeson, guten Mutes, weil er mit Davys Foto endlich an den richtigen Mann geraten war. Und dann sah ich wieder Waltzer, bei meinem letzten Besuch, die Ruhe selbst, unbeeindruckt von meiner Warnung, dass Andreeson Davy dicht auf den Fersen war.

»Reuben«, sagte Dad.

Es war zu viel für mich. Ich konnte die Wahrheit nur stückweise hervorbringen. »Er heißt nicht Robinson, er heißt Jape Waltzer – und er ist mit Davy zusammen – und er will Mr. Andreeson umbringen.«

Das Hauptbuch der Entscheidungen

So kippte ich schließlich um und verriet meinen Bruder. Vor Tagesanbruch versammelten wir uns auf Lonnie Fords Ranch. Ich sage *wir:* Mit dabei waren Mr. Ford, der junge Sheriff Mike Lanz, ein FBI-Agent, Harper Juval, der mit dem Auto aus Bismarck gekommen war, und dazu noch drei kurzfristig engagierte Deputys. Die drei Burschen waren voller Tatendrang, froh über die Gelegenheit, sich mit der Winchester in den Sattel zu schwingen und Outlaws im Schnee zu jagen. Mr. Juval musterte sie mit ausdrucksloser Miene. Zwei Stunden zuvor hatte ein Rancher Andreesons Mercury verlassen auf der Landstraße gefunden – quer über der Straße, bis zu den Kotflügeln im Schnee. Während die Bergkämme sich langsam rosa färbten, entspann sich eine kurze Diskussion, ob ich überhaupt mit von der Partie sein sollte.

»Wie alt bist du, Junge? Neun?«, fragte Mr. Juval.

»Elf, Sir.«

»Er ist der Einzige von uns, der schon mal da war, Harper«, sagte Lonnie Ford. »Er kann uns auf jeden Fall den Weg sagen.«

Natürlich war ich noch nie bei Tag dorthin geritten, sodass meine Tauglichkeit als Pfadfinder zumindest zweifelhaft schien. Juval betrachtete mich verächtlich. »Mr. Land«, sagte er. »Die Entscheidung liegt bei Ihnen. Ist es Ihnen Recht, dass der Junge mitkommt?«

Dad wollte sich uns ursprünglich auch anschließen, aber Juval hatte am Abend zuvor sein Veto dagegen eingelegt.

»Er schafft das schon«, antwortete Dad. »Aber denken Sie daran, ich nehme Sie beim Wort.« Juval hatte nämlich versprochen, Davy friedlich und ohne Gewalt festzunehmen. Juval nickte. Dad sah mich an. Er verließ sich darauf, dass ich die Männer möglichst schnell zu der Hütte führte, damit wir es endlich hinter uns hatten. Damit wir Gewissheit hatten, dass Davy in Sicherheit und Andreeson noch am Leben war. Vielleicht hoffte er auch, dass die Gesetzeshüter nicht so schnell mit der Waffe bei der Hand wären, wenn sie Davys kleinen Bruder bei sich hatten.

»Dann los«, sagte Juval, und Lonnie Ford hievte mich auf eine zottige braune Stute. Ich weiß noch, wie Dad mitten auf dem Hof stand, der allmählich zu morgendlichem Leben erwachte, und sachte in die Hände klatschte, um die Kältestarre aus seinen Fingern zu vertreiben.

Der Trupp setzte sich in Bewegung, dicht an dicht einer hinter dem anderen reitend. Meiner Wegbeschreibung nach, meinte Mr. Ford, müsse es sich bei dem Versteck um eine alte Wetterhütte für Cowboys handeln, die in vergangenen Zeiten mal zu seiner Ranch gehört hatte. Sie lag in unbestimmter Entfernung gen Westen, in einem Tal, das fruchtbaren Weidegrund hatte, aber so weit weg war, dass dort schon seit Generationen keine Rinder mehr gegrast hatten. Außerdem war die Gegend mit Braunkohleadern durchzogen, die in den dreißiger Jahren Feuer gefangen und die Tiere in Panik versetzt hatten; soweit Mr. Ford wusste, schwelten die Brände auch heutzutage noch im Boden.

Also sprach alles dafür, dass die Wegrichtung stimmte, wenngleich mir das natürlich kein großer Trost war.

Es wird wohl niemanden überraschen, dass Swede mir die ganze Sache äußerst übel genommen hatte. Davys Unterschlupf vor ihr geheim zu halten empfand sie als die schlimmste Art von Täuschung, und dass ich ihn schließlich verriet, machte die Sünde in ihren Augen nur noch unverzeihlicher. So war ich jetzt zum Lügner und Verräter geworden, zum Abtrünnigen. Ehe ich auf Vergebung hoffen konnte, musste ich jede Menge historische Vergleiche über mich ergehen lassen, und nicht nur mit den klassischen Verrätern wie Judas und Brutus und Benedict Arnold. Für den Anfang schon ganz gut, aber nicht gut genug für Swede. So aus dem Stegreif fiel ihr auch gleich noch ein, dass es der kleine Bruder Ramón gewesen war, der den großen Banditen Joaquín Murieta verraten hatte, dessen Kopf noch immer in einer Spelunke in Texas zu besichtigen ist – man könnte jederzeit hingehen und einen Dollar zahlen, um ihn in Formalin eingelegt hinter einem schwarzen Vorhang zu sehen. Und sie kannte noch andere von der Sorte. Selbst meine offenkundige Zerknirschung tat nichts daran, ihren Zorn zu besänftigen. Nachdem sie mir stoisch zugehört hatte, lief sie die Treppe hinauf und tobte sich in einem beispiellosen Wutanfall aus. Ich hörte ganze Papierstapel durch die Luft flattern, lautes Weinen, das in grollendes Knurren überging, und dazu das dumpfe Geräusch eines Kissens, das mit mächtigem Elan durchs Zimmer gekickt wurde. Dieser Tritt, so viel war klar, galt eigentlich mir.

Der Weg schien viel länger, als ich ihn in Erinnerung hatte. Wir ritten eine Waldschneise hinauf, die mir bekannt vorkam, und Grate voller Krüppelkiefern und Wacholder entlang, wo ich scheinbar noch nie gewesen war. Der Wind hatte den Schnee so stark verweht, dass die Pferde an manchen Stellen nur flache Hufabdrücke hinterließen, während sie an vielen anderen bis zu den Knien einsanken und mit den Hufen Sand, Schlacke oder Farnkraut aufwarfen. Ich hatte Zeit genug, alle möglichen Filme im Kopf abspulen zu lassen, größtenteils mit bösem Ende. Ich ritt als Zweiter in der Schlange, hinter Mr. Ford und vor Mr. Juval; die drei Deputys folgten in einigem Abstand.

Als es dann einen langen, gleichmäßig abfallenden Hang entlangging, hatte Mr. Juval genug Platz, um Seite an Seite mit mir zu reiten. Er saß auf einem prachtvollen Palomino, den Mr. Ford nur ungern für ihn gesattelt hatte; ich glaube sogar, dass Juval extra einen Aufpreis für den Palomino gezahlt hatte, und tatsächlich machte er darauf auch eine besonders gute Figur.

»Na, Junge? Stimmt die Richtung soweit?« Ich fürchtete mich

davor, von ihm ins Gebet genommen zu werden. Kläglich musste ich eingestehen, dass ich keine Ahnung hatte.

Eine Weile ritt er kommentarlos neben mir her. Er war älter als Dad, trug einen Cowboyhut mit schmaler Krempe und einen weißen Stutzerbart, die schmalen Augen in ein Netz von Falten eingebettet. Kerzengerade hielt er sich auf dem Palomino, schwebte mit fließender Geschmeidigkeit im Sattel, während das Pferd mühselig durch den Schnee stapfte.

»Ich betrachte Martin Andreeson als einen Freund«, sagte er schließlich.

Ich nickte stumm.

»Du wahrscheinlich nicht, wie?«

»Nein, Sir.«

Wir ritten gerade durch ein ziemlich breites Tal, das ich eventuell wiedererkannt hätte. Aber der Wind hatte alle Spuren ausgelöscht; wir hätten die Ersten sein können, die hier seit Jahren entlangkamen.

»Tja«, sagte er. »Ich kann mir denken, dass du dir wie ein Erzverräter vorkommen musst, uns hier zu deinem Bruder zu führen.

»Ja, Sir, allerdings.« Wieso musste Mr. Juval jetzt davon anfangen? Er wusste doch, wie ich mich fühlte. Nachdem er erst spät abends eingetroffen war, hatte er noch die halbe Nacht mit Dad geredet – sie hatten mich in den frühen Morgenstunden aus dem Bett geholt, damit er mich ausfragen konnte. Was für Waffen ich in der Hütte gesehen hätte. Was für Munition und Essensvorräte. Auf seinen Wunsch hin zeichnete ich einen Grundriss, der Fenster, Tür, Ofen und Kamin zeigte. Er wollte wissen, ob ich auch einen Blick in Saras Quartier geworfen hätte. Je mehr ich ihm sagen könne, meinte er, desto besser würde es für Davy ausgehen; das betonte er so an die vier bis fünf Mal.

»Wär's dir lieber, du hättest den Mund gehalten?«, fragte er.

»Davy ist nicht das Problem für Ihren Freund Andreeson«, gab ich zurück. »Es ist Jape Waltzer.«

»Jaja, das hast du schon erwähnt.«

Letzte Nacht hatte es so ausgesehen, als sei Mr. Juval alles in allem eher auf unserer Seite. Als ich ihm von Waltzer erzählte – seiner Verrücktheit, seiner merkwürdigen Gelassenheit gegenüber Andreesons Näherrücken, sogar seiner Selbsteinschätzung als Löwe, gegen den Davy bloß ein Eichhörnchen sei – hatte Mr. Juval interessiert zugehört. Er hatte sich Notizen auf einem gelben Block gemacht, als ob jedes Detail diesen Waltzer als lang gesuchten Unhold bestätigte, den zu schnappen es eine Ehre wäre. *Ja, ja*, hatte er immer wieder genickt.

Jetzt wirkte er weit weniger entgegenkommend.

Trostbedürftig schlug ich einen einschmeichelnden Ton an: »Mr. Juval, weswegen wird Jape Waltzer denn gesucht? Was hat er denn verbrochen?«

Der Weg war jetzt wieder eben, und der Palomino strebte ungeduldig vorwärts. Juval fasste die Zügel kürzer und warf mir einen Blick zu, den ich nie mehr vergaß – nicht gemein, nicht geringschätzig, vielleicht eher ein Blick, in dem sich Jahre der Enttäuschung spiegelten. »Junge«, sagte er, »eins musst du dir mal klar machen. Dein Bruder hat letztes Jahr zwei Menschen getötet und ist dann aus dem Gefängnis ausgebrochen. Dieser Robinson, Waltzer, oder wie er auch heißen mag – der ist für mich ein unbeschriebenes Blatt.« Er ließ die Zügel auf den Pferdehals klatschen und trabte vor zu Lonnie Ford.

Wir näherten uns unverkennbar dem Ziel, denn nun war mir das Gelände wieder vertraut. Trotzdem verlangsamte sich das Tempo. Lonnie Ford hielt immer öfter an und spähte umher. Der Wind wurde schärfer, peitschte den Pferden die Schweife um die Flanken und schob Mr. Juval den Cowboyhut über die Augen. Bei dieser zögerlichen Gangart hatte ich Zeit, alles zu überdenken, an meinem Entschluss noch einmal zu zweifeln. Je näher wir der Hütte kamen, desto glaubhafter schien es, dass der geheimnisvolle Robinson in Wirklichkeit doch nicht Jape Waltzer war, sondern nur irgendein harmloser Bursche, der Davy im Auto mitgenommen hatte und dann kalte Füße bekam, als er sich mit einem FBI-Agenten treffen sollte. Was hatte es schon zu sagen, dass Andreeson ihn nicht im Telefonbuch gefunden hatte – es gab doch viele Leute ohne Telefon. Oder dass Waltzer so gleichgültig auf meine Warnung reagiert hatte – na und? Wie konnte man eine vernünftige Reaktion von jemandem erwarten, der von Seeungeheuern faselte und seine eigenen Sternbilder erfand? Langsam beschlich mich die Vorstellung, dass ich meinen Bruder ganz unnötig verraten hatte. Dass diesem Andreeson, mochte er sich auch törichterweise in einen Blizzard hinausgewagt haben, keinerlei Gefahr von irgendeinem Robinson drohte.

So hockte ich denn auf der braunen Stute, die bittere Erkenntnis meines Irrtums wie einen Stachel im Herzen.

Lonnie Ford, der sich weiter vorne mit Mr. Juval beraten hatte, wendete sein Pferd und kam durch den Schnee auf mich zugetrabt. Von der Ruhe und Besonnenheit, die ich ihm angedichtet hatte, war nichts zu sehen – der Mann war ein Nervenbündel. Er ritt so dicht heran, dass unsere Pferde die Hälse aneinander rieben, sagte aber nichts, sah mich nicht einmal an, spähte nur angestrengt nach links in die Ferne.

»Gibt es ein Problem, Mr. Ford?«

Er nickte. Ich sah, dass er ein Mann war, dem das Reden schwer fiel. Er tat mir Leid, aber irgendwie streifte mich auch ein angenehmes Gefühl von Überlegenheit.

»Ich habe die Ranch bloß gepachtet«, sagte er schließlich. »Diese Hütte, die habe ich nie gesehen. Das habe ich Mr. Juval auch gesagt.«

Ich brauchte eine Sekunde, um zu begreifen, wie das die Situation änderte.

»Kommt dir die Gegend bekannt vor?« Lonnie Ford blickte mich fragend – fast flehend – an und deutete mit einer Kopfbewegung auf die Berge ringsumher. »Erkennst du irgendwas wieder?«

Mein erster Gedanke war, dass Gott mir in meiner Not ein Schlupfloch aufgetan hatte. Lonnie Ford kannte sich nicht aus!

Er, der uns zu Davy führen sollte, fragte *mich* nach dem Weg! Im Stillen frohlockend, peilte ich die Lage: Wir befanden uns auf dem westlichen Abhang eines sanft abfallenden Berges, dessen Kuppe von Krüppelkiefern, Wacholder und Zedern bedeckt war. Ein Stück weiter vorn zu unserer Linken ragten großartig schroffe Sandsteinfelsen auf.

Ich wusste ganz genau, wo wir waren.

Wusste vor allem, dass uns der Weg nach links – um die Felsen herum – immer weiter von Davy wegbringen würde.

Leise wiederholte Lonnie Ford: »Ich hab es Mr. Juval gesagt.«

Hinter uns begannen die Deputys, denen die anfängliche gute Laune mittlerweile abhanden gekommen war, vernehmlich zu murren. Vorne thronte Juval auf dem Palomino, ein Mann, der fest entschlossen war, sich den Sieg nicht nehmen zu lassen.

Eines Tages wird man uns das große Hauptbuch präsentieren, in dem alle Entscheidungen unseres Lebens vermerkt sind – ein Furcht einflößender Gedanke, den wir dennoch in unserem tiefsten Inneren als wahr erkennen.

»Wir müssen nach links«, sagte ich zu Lonnie Ford.

Es war ein beschwerlicher Aufstieg, stellenweise glatt, vor allem aber steil, und niemand war von der Idee angetan. Meiner irreführenden Weisung gemäß trabte Lonnie Ford voraus, und ich sah ihn in die angegebene Richtung deuten und nicken, als ob er sich seiner Sache sicher sei. Juval holte einen Feldstecher aus der Satteltasche und richtete ihn auf den steinigen, schneeverwehten Bergpfad, der um die Felswand herumführte. Er spähte eine ganze Weile durch das Glas, dann drehte er sich zu mir um und sah mich an, mit einem durchdringenden Blick, den ich nicht zu erwidern wagte. Er wendete sein Pferd und dann ging es bergauf.

Wir mussten beim Steigen etwas mehr Abstand halten, damit die Pferde nicht scheuten, wenn eines ausrutschte. Vielleicht kam mir der Aufstieg nicht ganz so schlimm vor wie den anderen – als ungeübtem Reiter blieb mir gar nichts anderes übrig, als einfach auf die Trittsicherheit meiner Stute zu vertrauen. Unterhalb der Wand lagen ein paar zerschmetterte Sandsteinbrocken; eine große Felsplatte schien abgebrochen und wie eine Lawine den Hang hinabgedonnert zu sein. Auf halber Höhe verengte der Pfad sich in einer schrägen Haarnadelkurve, die von schütterem Kieferngestrüpp überwuchert war. Allmählich wurde der Felssteig immer unwegsamer, beschrieb erst eine V-Kehre, wie der Bug eines sehr kleinen Bootes, und wurde dann so steil, dass wir uns dicht über die Pferdehälse beugten und den Sog der Schwerkraft spürten. Einen Moment fürchtete ich, mit meinem Täuschungsmanöver nicht durchzukommen – dass Mr. Juval den Aufstieg als unzumutbar abbrechen würde. Vielleicht hätte er das auch getan, wenn der Weg breit genug gewesen wäre, um die Pferde zu wenden.

Dennoch schafften wir es schließlich bis zum Gipfel. Die letzten paar Meter schien die Stute fast senkrecht zu balancieren – meine Fersen in ihre Flanken gepresst, die Arme um ihren Hals, das Gesicht in der Mähne –, dann hievte sie sich mit einem Satz über die Kante, auf ebenes Gelände. Hoch droben jagten die Wolken durch den weiten, kalten Himmel. Juval und Lonnie Ford waren abgestiegen und warteten neben ihren Pferden, die schnaubend die Köpfe schüttelten.

Ich gebe zu, dass ich so etwas wie Triumph empfand. Mein Trick hatte funktioniert. Die Hütte lag irgendwo zu unserer Rechten, tief unten im Tal, und unser Weg führte jetzt klar in die entgegengesetzte Richtung. Wir waren auf einem Hochplateau angelangt, wo der Wind fast allen Schnee fortgeweht hatte, bis auf eine dünne, bräunliche Schicht, durch die tote Grasbüschel ragten. Ich ließ mich von der Stute gleiten und wartete wie die anderen, während die Deputys sich einer nach dem anderen nach oben kämpften. Dort oben auf dem Plateau atmeten wir zunächst einmal alle auf, obwohl eigentlich nur ich guten Grund dazu hatte. Sheriff Lanz reichte im Thermosbecher Kaffee herum. Der Deputy, der hinter mir geritten war, ein gewisser Fitger, gesellte sich zu mir und sagte, es täte ihm wirklich

Leid, meinem Bruder nachzustellen. Lonnie Ford, und das beschämte mich tief, kam und schüttelte mir die Hand. Er schien vor Dankbarkeit feuchte Augen zu haben, aber das konnte auch am Wind liegen. Nur Juval hielt sich unverbindlich auf Distanz. Während wir anderen uns erleichtert streckten, schwang er sich wortlos auf den Palomino und trabte zu einer kleinen Anhöhe. Im Profil vor dem Himmel sah er aus wie Robert E. Lee. Er hatte wieder den Feldstecher gezückt und spähte lange hindurch.

»Ford«, rief er.

Der Rancher schlürfte gerade seinen Kaffee. Seufzend reichte er ihn weiter, stieg in den Sattel und ritt zu Juval hinüber, der ihm das Fernglas hinstreckte. Er justierte es und schaute ins Tal. Der Wind pfiff über das Hochplateau. Beim Aufstieg war mir warm geworden, aber damit war es jetzt vorbei. Die Gräser sirrten wie straff gespannte Drähte.

Ford stieg ab. Setzte sich mit überkreuzten Beinen hin. Die Ellenbogen auf den Knien, schien er förmlich in das Fernglas hineinzukriechen.

Dann trabten die beiden wieder zu uns zurück, Juval mit verfinsterter Miene, Ford undurchschaubar.

Juval räusperte sich und spuckte aus. »Wir müssen wieder runter, Gentlemen«, sagte er, ritt gleich weiter zu der Felskante, die wir alle glücklich hinter uns gebracht zu haben glaubten, und tauchte hinab. Keiner sagte ein Wort. Wir horchten auf die schlitternden Hufgeräusche, und ich fühlte Blicke auf mir, aber vielleicht bildete ich mir das auch nur ein. Lonnie Ford sah mich jedenfalls nicht an, weder in diesem Moment, noch später, als ich es mir sehnlichst wünschte, noch überhaupt jemals wieder, soweit ich weiß. Mit ein paar knappen Worten erklärte er den Männern, wir hätten den falschen Weg eingeschlagen. Mr. Juval hätte die Hütte unten im Tal geortet. Man möchte meinen, dass daraufhin berechtigter Unmut laut geworden wäre, aber nein, alle schwiegen. Die Stille tat sich wie ein Graben um mich auf. Ich fühlte mich nicht nur ertappt, ich fühlte mich wie ein Aussätziger. Ich war ein unreifer Bengel, der dabei ertappt worden war, wie er redliche Männer täuschte.

Ich ging als Vorletzter über die Kante, gefolgt von einem der Deputys. Wer so einen Abstieg zu Pferd noch nie unternommen hat, kann sich keine Vorstellung davon machen. Man fühlt sich, als ob man hoffnungslos im Leeren hängt, auf Gedeih und Verderb seinem Tier ausgeliefert, hört nur noch den Schotter unter den Hufen wegprasseln – die Zügel waren völlig nutzlos geworden. Meine Stute legte die Ohren zurück, spreizte die Vorderbeine, knickte in der Hinterhand ein und schlitterte. Weit unten konnte ich Juval und den Sheriff neben ihren Pferden stehen sehen. Lonnie Ford ritt nur ein paar Meter vor mir. Sein Wallach, ein grobknochiges Schwergewicht, rutschte auf einmal seitwärts weg. Ich sah, wie er mit verzweifelt scharrenden Hufen um sein Gleichgewicht kämpfte; dann blieb er mit dem abgleitenden Hinterbein an einem Felsbrocken hängen und ging zu Boden. Mr. Ford war ein Mann von kräftiger Statur, aber er verschwand einfach. Das Pferd rutschte auf der Seite weiter, versuchte mit hoch gerecktem Kopf, wieder auf die Beine zu kommen. Man hätte denken können, dass es sich irgendwie abfangen würde, doch es überschlug sich mit wild wirbelnden Hufen, geriet an eine Steilkante und überschlug sich noch mal. Ich schlitterte die ganze Zeit hilflos auf der Stute hinterher. Erst als der Hang abflachte, blieb das gestürzte Tier schließlich liegen, in einem unnatürlichen Winkel quer über dem Pfad. Meine Stute kam tänzelnd neben ihm zum Stehen, und gleich darauf stoppte auch mein Hintermann so abrupt, dass der Kies nach allen Seiten spritzte.

»Wo ist Ford?«, fragte der Hilfssheriff und schwang sich aus dem Sattel.

Wir konnten ihn nirgends sehen. Nach einem solchen Sturz hätte es mich nicht überrascht, wenn wir Ford in lauter Einzelteilen hätten aufsammeln müssen. Zunächst aber entdeckten wir nur einen gespornten Stiefel, der unter dem Pferd hervorschaute und in dem nichts als ein Socken steckte.

Das Pferd war in einem schlimmen Zustand. Nach dem zweiten Überschlag konnte es den Kopf nicht mehr heben und lag zitternd auf dem Schotter. Die anderen hatten sich in wortlosem Schock um uns versammelt, bis auf Juval, der grimmig an uns vorbeitrabte und raunzte: »Dass mir ja keiner dieses Tier erschießt!« Er ritt wieder bergauf und hielt neben einem schmutzigen, zerfledderten Klumpen, der fast ganz von einer Krüppelkiefer verdeckt wurde. Ehe er vom Pferd stieg, beugte er sich vor und blickte auf seinen Fund hinab wie auf ein Bild des Grauens.

Dass Lonnie Ford überhaupt am Leben geblieben war, spricht für die Widerstandsfähigkeit des menschlichen Körpers. Fords Brustkorb war zweimal von einem schweren Wallach überrollt worden, und doch waren seine inneren Organe heil geblieben. Ansonsten sah es böse aus. Sein Arm war in einer Weise verdreht, die Sheriff Lanz sofort einen Schlüsselbeinbruch diagnostizieren ließ. Die eine Schulter war durch Jacke, Hemd und Haut hindurch bis auf den Muskel aufgescheuert. Sein Gesicht schwoll auf der gleichen Seite zusehends rotblau an. Der einzige Körperteil, der unversehrt aussah, war sein nackter rechter Fuß. Er war ohnmächtig, sehr zu unserer Erleichterung.

Der Sheriff hatte Erfahrung als Sanitäter und war mit Verbandszeug ausgerüstet. Er tastete Fords Rippen ab, verarztete seine Schulter und kümmerte sich um den verdrehten Arm. Als er mit Juvals Hilfe das Schlüsselbein richtete, bäumte sich der Rancher kurz auf und fiel gleich wieder in Ohnmacht. Der Sheriff wies die Männer an, aus Ästen und Jacken eine behelfsmäßige Trage zu bauen. Während sie Ford auf ebenen Grund transportierten, legte Juval mir die Hand in den Nacken und führte mich ein Stück beiseite.

»Hast du mich absichtlich in die falsche Richtung geschickt?«

Als ich nicht gleich antwortete, sagte er: »Na, Junge?«

Er klang zwar nicht gerade freundlich, aber doch wenigstens verständnisvoll.

»Ja – das habe ich, Sir.«

Juval verpasste mir eine solche Ohrfeige, dass ich in die Knie ging. Dann packte er mich hart an der Schulter, zog mich wieder hoch und sagte: »Jetzt hör mir mal gut zu.« Das war nicht einfach, da in meinem rechten Ohr ein Pfeifton gellte, aber Juval zählte mir nachdrücklich fünf oder sechs Dinge auf, die er an meinem Charakter bedauerlich fand. Ich möchte sie hier lieber nicht wiederholen, denn sie stimmten zum Großteil, und da ich keinen Vorteil in spitzfindigen Rechtfertigungsversuchen sah, nickte ich nur ergeben, wie es den Niedergeschmetterten geziemt. Zum Schluss sagte er: »Du tust doch nur so, oder? Als ob es dir Leid tut.«

Ohne das Pfeifen im Ohr hätte ich ihm eilig versichert, dass meine Betroffenheit echt war, doch, wie gesagt, ich hörte schlecht; ich dachte, er hätte gefragt, ob es mir um das Pferd Leid tat.

»Ja, Sir«, sagte ich.

Er scheuerte mir noch eine, auf dasselbe Ohr, und ging zu den Männern zurück, während ich im Schnee kniete.

Sie legten Lonnie Ford so bequem wie möglich auf die Trage, schleppten ihn ins Wacholderdickicht und betteten ihn auf ein Polster aus Zweigen. Obwohl er noch nicht wieder bei Bewusstsein war, fing der Rancher langsam an, unruhig zu werden. Als Juval sich vergewissert hatte, dass Ford nicht erfrieren würde, sammelte er die anderen um sich, die inzwischen die Sattelgurte nachgezogen hatten und verhalten miteinander tuschelten.

Erst jetzt ging mir auf, dass sie mich bei Ford lassen wollten, um die Jagd auf Davy ohne mich fortzusetzen.

»Hast du etwa gedacht, wir würden dich bis zur Hütte mitnehmen?«, fragte Juval. »Wir hätten dich sowieso mit einem der Männer zurückgelassen. Jetzt musst du eben hier bei Ford Wache schieben.« Er warf den Palomino herum und preschte los.

Zum Glück war ich noch benommen von den Ohrfeigen, sonst hätte ich vor Wut und Empörung bestimmt losgeheult.

Doch mir fiel nichts weiter ein, als ihm hinterherzurufen: »Was soll ich denn machen, wenn er aufwacht?«

»Erzähl ihm was!«, hallte Juvals Stimme aus der Ferne zurück.

Nun, immerhin war es besser, bei dem armen Lonnie auszuharren, als einen Deputy als Babysitter aufgehalst zu bekommen. So hatte ich wenigstens eine Aufgabe, die mich von meiner Schmach ablenkte. Jedes Mal, wenn die Verzweiflung sich anpirschte, begann Mr. Ford zu zucken und zu stöhnen. Ich hielt ihn fest, wenn er träumte, und stopfte sein Wacholderpolster um ihn zurecht. Nach einer Weile fing er an, am ganzen Körper krampfhaft zu zittern. Es war gruselig, eine Art Totentanz, und ich fragte mich, wie es wohl sein würde, wenn er tatsächlich starb und ich wer weiß wie lange neben seiner Leiche hocken müsste – womöglich auch noch im Dunkeln? Was wir brauchten, war ein Feuer.

Auf einmal erinnerte er mich wieder an das Pferd – das arme gestürzte Tier, das nur ein paar Meter weiter weg lag. Es war noch am Leben, hatte sich aber bereits in sein Schicksal ergeben, schwach hob und senkte sich seine Flanke, ansonsten bewegten sich nur noch die Augen. Ich klappte die eine Satteltasche auf – die andere lag unter ihm – und holte eine Dose Schmieröl hervor, einen schweren schwarzen Beutel mit Zaumzubehör, Lochzange und fremdartigem Werkzeug, und ein Buch mit fleckigem blauen Schutzumschlag und dem Titel *Alte Amerikanische Häuser.* Ganz unten fand ich noch eine kleine konkave Whiskeyflasche, die in ein altes Hemd gewickelt war. Ob man nun für oder gegen Whiskey ist – diese Flasche muss man einfach bewundern. Sie war den ganzen Felshang hinabgekegelt und hatte selbst den Druck des Pferdeleibs überstanden – aus ihrer Hülle gepellt, lag sie wie ein Bernsteinjuwel in meiner Hand. Das rote Siegel war nicht aufgebrochen.

Das Pferd seufzte tief auf. Ein Tier von solcher Größe gibt so viel Wärme ab, dass ich mich an seinen Bauch kuschelte. Die Gesellschaft schien ihm ganz wohl zu tun, und da Lonnie Ford sich nicht rührte, blieb ich eine Weile bei ihm. Ich wusste, dass man das Pferd gleich nach dem Sturz hätte erschießen müssen. Der einzige Grund, es nicht zu tun, war die Nähe zu Davys Hütte gewesen. Juval wollte sich den Vorteil des Überraschungsangriffs nicht verderben. Ich versuchte, an etwas anderes zu denken, nicht ständig auf den ersten Schuss aus den Bergen zu horchen. Wir waren schon sehr dicht dran – etwa eine Meile – und die Männer waren bereits einige Zeit unterwegs. Eine halbe Stunde? Wie lange würden sie noch brauchen? Ich malte mir aus, wie Juval leise seine Befehle ausgab, wie die Männer sich verteilten, gebückt näher schlichen. Swede hatte mir von der James-Bande erzählt, die auf genau die gleiche Weise in einem Farmhaus aufgespürt worden war. Meine Entscheidung, Dad alles zu gestehen, hatte sich nun als bodenlose Dummheit offenbart. Swede hatte Recht. Ich gehörte zu den übelsten Verrätern der Menschheitsgeschichte. Ich war ein Schweinehund. Cole Younger war mit elf Kugeln im Leib aus dem Farmhaus gewankt. Ich glaubte nicht, dass Davy elf Schusswunden überleben würde. Ich hoffte, er würde mit erhobenen Händen herauskommen, sobald man ihm die Chance dazu gab. Falls er die Chance überhaupt bekam. Ich hatte meine Zweifel daran, obwohl Mr. Juval es Dad versprochen hatte. Zu Gesetzeshütern hatte ich kein großes Vertrauen. Cole Younger saß in der Küche und las Zeitung, hatte Swede erzählt, als so viele Gewehre auf einmal losfeuerten, dass die Wände zerfetzt wurden wie Pappmaché. Außer den anderen Wunden hatte er auch noch das ganze Gesicht voller Splitter – die Kaffeetasse war ihm glatt aus der Hand geschossen worden.

Ich fragte mich, was Davy, falls er sich ergab, wohl denken würde, wenn er mich da mit Juval und den anderen sah. Irgendwie war mir dieser Aspekt der ganzen Angelegenheit bisher entgangen, aber jetzt erkannte ich mit einem Mal sonnenklar, dass ich dann keinerlei Vergebung mehr zu erwarten hatte – weder von Davy, noch von Swede, noch von sonst irgendwem außer Dad, aber der verzieh einem ja ohnehin alles, sodass es fast nicht zählte.

Jetzt konnte nur noch Gott helfen. An den warmen Pferdeleib gelehnt, schloss ich die Augen und fing an zu beten – für Davy natürlich, und für Mr. Ford, der dort in seiner Ohnmacht mit den Zähnen knirschte, und auch für meine eigene Zukunft, die im Moment wie mit Brettern vernagelt schien; allmählich ging mein Beten in wortlose, wimmernde Klagelaute über. Doch der Gott, dem wir dienen, ist geduldig. Und so fiel mir irgendwann ein, dass ich ja gar nicht für Martin Andreeson gebetet, noch überhaupt je an ihn gedacht hatte, seit wir unterwegs waren. Noch an Jape Waltzer, noch an Sara, die Davys bedrohliche Lage mit ihm teilten. Ich fürchte, in Bezug auf Waltzer entledigte ich mich meiner Pflicht zur Fürbitte allzu flüchtig. Später sollte ich noch wünschen, ich hätte gerade ihn mit mehr Sorgfalt bedacht. Andreeson dagegen, den ich doch immer verachtet hatte, um den bangte ich nun wie um einen Bruder, was ich bis dahin nie für möglich gehalten hätte. Dort in der Kälte an Mr. Fords röchelndes Pferd gelehnt, bereute ich all meinen Hass, besonders den, den ich für diesen unglückseligen Agenten gehegt hatte. Eine brennende Reue stieg in mir auf, und ganz plötzlich wusste ich, wo er war. Ich wusste, warum er nicht aus dem Blizzard zurückgekehrt war – wusste es mit schmerzlicher Gewissheit. Ich fing an zu weinen, und nicht allein wegen Andreeson – echte Reue scheint eben meistens in Tränen zu münden. Kein Wunder. Könnte man in sich gehen und das Organ finden, das die Selbsttäuschung beherbergt, könnte man es zu fassen kriegen und es ans Tageslicht zerren – nun, wen wundert es, dass keiner sich das antun mag. Tränen waren da ja wohl noch das Wenigste. So schluchzte ich denn vor mich hin, bis ich mich erinnerte, dass ich noch für Sara beten musste. Seltsam, woher einem Trost zu Teil wird. Denn obwohl auch sie sich in Lebensgefahr befand, beruhigte der Gedanke an sie meine aufgewühlte Seele. Ich stellte mir vor, wie sie mit Freundinnen in einem sonnigen Park spazieren ging, wie sie lachend bei einem Essen saß, das sie nicht selbst hatte kochen müssen. Ich dachte an ihre Freude, jemanden wie Swede kennen zu lernen, für die

die ganze Welt ein Epos war. Wenn sie erst von Waltzer und seinen Heiratsabsichten befreit war, wer weiß, was das Leben an Glück für sie bereithielt?

»Affe!«, krächzte Lonnie Ford mit rauer Stimme.

Ich rappelte mich eilig auf – er wälzte sich in Panik auf dem Wacholderbett hin und her. Als er mich sah, beruhigte er sich und wandte schwer atmend den Blick ab.

»Affe!«, keuchte er. Zwischen seinen dick geschwollenen Lippen lag die Zunge wie eine ausgetrocknete Kröte.

»Wasser? Moment!« Ich rannte zu dem Pferd zurück und holte den Whiskey. Er schien ihm nicht sonderlich zu schmecken, brannte wahrscheinlich in der Kehle, gab ihm aber prompt die Sprache zurück.

»Ich bin ganz zerschlagen«, stellte er fest.

»Ja, Sir.«

»Wo sind die andern alle?«

»Hinter meinem Bruder her.«

Er schloss die Augen, grimmig resigniert. Machte auch den Mund zu und versuchte, durch die Nase zu atmen, aber es kam nur ein leises Pfeifen heraus.

»Wie lange sind sie schon weg?«

»Etwa eine Stunde.«

»Gib mir noch was von dem Zeug.«

Er konnte die Flasche nicht halten. Ich musste ihm den Whiskey Schluck für Schluck einflößen.

»Wo ist Billy?«, fragte er schließlich.

Sein Wallach.

»Er liegt dort hinten. Er kann den Kopf nicht mehr heben, Mr. Ford.«

»Sie haben ihn nicht erschossen.«

»Nein, Sir.«

»Diese Mistkerle.«

Wir schwiegen lange. Ich dachte an Juvals Rat und fragte Mr. Ford, ob er eine Geschichte hören wollte. Er starrte mürrisch vor sich hin und antwortete nicht. Man konnte es ihm kaum verübeln. Am Ende holte ich dann doch das Buch aus der Satteltasche, *Alte Amerikanische Häuser,* und las ihm aus einem Kapitel vor, das die ruinösen Versuche heutiger Zeitgenossen beschrieb, eine Architektur zu modernisieren, die man besser unangetastet gelassen hätte. Indem sie für ihre eigene Zeit bauten, hieß es dort, hätten viele der Handwerker des 19. Jahrhunderts wahrlich etwas geleistet, was ganze Epochen überdauerte. Es war ein recht gutes Buch, glaube ich, einer guten Sache verpflichtet, aber ich kam nicht dazu, noch viel vorzulesen, denn schon bald kehrten Juval und seine Männer mit verdrossenen Mienen zurück. Sie hatten die Hütte offen und leer vorgefunden, Schnee auf den Dielen, von niemandem mehr eine Spur, nur Andreesons Filzhut lag in arg verbeultem Zustand auf dem kalten Ofen. Wortlos überwachte Juval den Bau einer Art Schleppvorrichtung, auf der Lonnie Ford heimgebracht werden konnte, dann stiegen wir alle in den Sattel, Juval als Letzter. Er tötete das Pferd Billy mit einem Kopfschuss, und wir machten, dass wir von dort wegkamen.

Die rote Farm

Dad heiratete Roxanna an einem stürmischen Samstag im März. Wir waren wieder daheim in Roofing, und Pastor Peach nahm die Trauung vor – ich wünschte, ich könnte mich besser daran erinnern. Auf jeden Fall war ein Fotograf dabei, ein junger Mann mit dunklem Künstlerschopf und enormer Energie, der uns hier und da für eine Gruppenaufnahme postierte, gebückt durch den Sucher peilte und sich dann ruckhaft aufrichtete, um etwas Witziges zu sagen. Eines der Fotos habe ich jetzt vor mir liegen: Roxanna als strahlende Braut in weißer Spitze; Dad ruhig und aufrecht, mit heiterem Blick angesichts des festlichen Trubels; Swede übers ganze Gesicht lachend – dieser Fotograf war wirklich ein Spaßvogel. Zu Roxannas Linken ihr Vater, Mr. Cawley, der Kinobesitzer. Ich weiß noch, dass er für jemanden aus der Unterhaltungsbranche unheimlich zurückhaltend wirkte. Vielleicht hegte er gewisse Vorbehalte gegen seinen frisch gebackenen Schwiegersohn, einen arbeitslosen Hausmeister, der fast so alt war wie er selbst. Ich bin auch mit auf dem Foto, seltsam greisenhaft. Als Swede das Bild neulich auf meinem Schreibtisch sah, sagte sie: »Schau dich mal an! Ein richtiger kleiner Methusalem.« Tatsächlich war sie damals schon genauso groß wie ich. Wie hatte ich das nur nicht bemerken können?

Ende Februar waren wir nach Roofing zurückgekehrt. Meine Schuld: Der Ausritt mit Juval in die Badlands hatte meiner Lunge den Rest gegeben. Ich will mich gar nicht weiter über jene dumpfen, stickigen Grüfte auslassen, in die ich immer wieder hinabzusteigen schien. Ohnehin ist all das jetzt zum Großteil in segensreiche Vergessenheit geraten. Kurz gesagt, der Arzt kam wieder – Nickles –, horchte mich ab und schickte mich vor Schreck sogleich ins Krankenhaus, ohne Rücksicht auf die Grippegefahr. Ein paar Tage päppelten sie mich in meinem Kissenberg mit Adrenalinspritzen auf, dann entließ Nickles mich in Dads Obhut, mit den Worten: »Bringen Sie den Jungen nach Hause.«

Inzwischen war es gar keine Frage mehr, dass Roxanna mitkommen würde. Bis zu meiner Entlassung hatte sie ihre Tiere schon auf einer benachbarten Ranch untergebracht, eine Verkaufsanzeige im nächsten Wochenblatt aufgegeben und ein GESCHLOSSEN-Schild vor die Zapfsäulen gestellt. Am nächsten Morgen brachen wir auf, noch bevor es hell wurde. Man merkte ihr keinerlei Wehmut an, sich von dem Ort zu trennen. Sie stieg in den Plymouth, beugte sich über die Lehne zurück, um Swede und mich in Decken einzumummeln, drehte sich wieder um und schmiegte sich an Dad wie ein kleines Mädchen. Ich begriff auf einmal, dass die Abreise, die für mich einer schmerzlichen Niederlage gleichkam, für sie der wagemutige Aufbruch in ein Abenteuer war. Wer hätte sich vor einer so vollständigen Neuorientierung nicht geängstigt? Sich uns anzuschließen muss ihr als ein Risiko erschienen sein, das all ihre Reserven an Fröhlichkeit und Kraft erforderte. Und tatsächlich werden Sie bald sehen, wie groß diese Reserven bei ihr waren. So froh ich auch damals schon war, sie dabeizuhaben, sollte es noch Jahre dauern, bis meine Dankbarkeit eine halbwegs angemessene Größenordnung erreichte. Dort in dem eiskalten Plymouth summte Roxanna eine unbeschwerte kleine Melodie vor sich hin und öffnete eine Thermosflasche mit Kaffee, der im schwachen Widerschein der Armaturenleuchten verlockend dampfte. Sie war jetzt praktisch unsere Mutter. Ich schloss die Augen und schlief ein.

Wir kamen nachmittags an, genau zu Schulschluss. Schweigend fuhren wir an den Schülergruppen vorbei. Swede und ich kannten jedes dieser Kinder, die da nach Hause gingen oder noch an den Straßenecken herumlungerten – wir wussten, was sie miteinander redeten, auch ohne es zu hören. Wir überholten einen Schulbus und erkannten alle Gesichter in den Fenstern, doch wir duckten uns auf der Rückbank, versuchten, ihren Blicken zu entgehen. Sie schienen alle so verändert.

Das Haus war warm und sauber, dank Mr. und Mrs. Nokes, die Dad am Vortag extra angerufen hatte. Die beiden waren auch bereit, Roxanna kurzfristig bei sich aufzunehmen – soweit ich mich erinnere, waren wir eine Woche vor der Hochzeit eingetroffen; und in dieser Woche brachte Mr. Cawley die beängstigende Fahrt gen Osten hinter sich, und Pastor Reach lernte Roxanna kennen und überzeugte sich davon, dass Dad durchaus noch bei Verstand war. Nach der Hochzeit, die fast ohne Gäste gefeiert wurde, wohnten Swede und ich ebenfalls ein paar Tage bei den Nokes – Swede hatte zu dem Anlass übrigens ein Gedicht verfasst, das ich ausgesprochen peinlich fand, lauter kitschiges Zeug über Turteltäubchen in ihren Nestern und Mondstrahlen auf schimmernden Weizenfeldern, als ob sie plötzlich nicht mehr ganz richtig im Kopf wäre. An dem Morgen, als wir wieder heimkamen, lächelte Dad, als hätte er sich nach Herzenslust an Erdbeeren mit Sahne gütlich getan, und fragte, wie es mir mit dem Atmen gehe.

Von einem Tag auf den anderen stapelten wir unsere sämtlichen Besitztümer in einen geborgten Anhänger und schleppten ihn sieben Meilen nach Norden zu einer roten Farm auf einem Hügel. Als Arbeitsloser, erklärte Dad, könne er sich die Miete in der Stadt nicht mehr leisten. Die Farm hatte Pastor Reachs Großtante Myrtle gehört, die im Alter von hundertzwei Jahren nur ungern ihren angestammten Platz an der Orgel aufgegeben hatte – nicht etwa aus Hinfälligkeit, sondern weil sie zu taub geworden war. Mitten im tiefsten Januar hatte sie ein paar Witwen aus der Nachbarschaft zum Tee eingeladen, hatte sie selbst noch in ihrem blitzblanken Fairlane abgeholt und am Abend wieder heimgefahren; zu Hause spülte sie dann das Geschirr, las in der

Bibel, schrieb mit ruhiger Hand vier Dankesbriefe und eine Einkaufsliste, ging zu Bett und starb im Schlaf, ein so durch und durch befriedigendes Ende, dass es gar nicht mehr in unsere heutige Zeit zu passen scheint. Die Farm ging an den Pastor, der sie uns zu einer lächerlichen Miete überließ, zumindest bis Dad wieder Arbeit fand.

Es war ein wunderschönes Anwesen, die rote Farm. Sie hieß so, weil Haus, Scheune, Taubenschlag und Getreidespeicher seit Menschengedenken ziegelrot gestrichen waren, und sie erschien uns als ein Hafen der Ruhe und Behaglichkeit. Das kleine Wohnhaus steht oben auf der Hügelkuppe, umgeben von Wiesen, Eichen und Ahornbäumen. Die Scheune, die ein schlichtes Spitzdach hat, neigt sich ein bisschen nach Osten und ist heute noch windschiefer als 1963, ansonsten aber ganz die Alte. In den kommenden Jahren sollte sich die rote Farm als eine ideale Familienoase erweisen, reich an Arbeit und Entdeckungsmöglichkeiten, aber als wir dort einzogen, war es erst einmal ein Ort zum Ausruhen und Abwarten.

Denn wir warteten natürlich alle, ich vielleicht noch mehr als die anderen, weil ich so viel Zeit zum Grübeln hatte. Die Enge in meiner Brust fesselte mich ans Haus. Ich erinnerte mich an den bedeutungsschweren Unterton, mit dem Dr. Nickles Dad geraten hatte, mich nach Hause zu bringen, und an den Blick, den die beiden Männer dabei wechselten. Ganze Tage verbrachte ich in der Fensternische, von der aus man die Wiesen überblickte. Die Gebrechlichen warten immerzu, und wissen es auch.

Vor allem warteten wir auf Nachricht von Davy. Nach Mr. Andreesons Verschwinden hatte das Jagdfieber des FBI ungeahnte Ausmaße angenommen. Monatelang klopften immer wieder neue Agenten an unsere Tür, meist mit den ewig gleichen Fragen, teilweise aber auch mit recht sonderbaren: Ob Davy gut in Mathematik sei? Ob er gern ins Kino gehe? Ob wir Bekannte in Südamerika hätten? Von Anfang an behandelte Dad diese Besucher sehr zuvorkommend, beantwortete alle ihre Fragen ohne

Umschweife, zitierte auf Wunsch auch Swede oder mich herbei und mahnte uns zur Aufrichtigkeit – wer weiß, was Swede den Burschen sonst für einen Bären aufgebunden hätte. Roxanna bot ihnen duftende Brötchen oder Gebäck an und verhielt sich im Übrigen wortkarg. Wahrscheinlich hätte es Butch Cassidys Stiefmutter genauso gemacht. Frischer Pfirsichkuchen kann selbst einen groben Klotz zu kleinlauter Höflichkeit bekehren; ich habe es mit eigenen Augen beobachtet.

Andreeson tauchte niemals wieder auf. Was ihm zustieß, ist kein Geheimnis, denn ich tat wiederholt meine Überzeugung kund, dass Waltzer ihn in die schwelende Braunkohlespalte nahe bei der Hütte gestoßen hatte. Ich erwachte oft schweißgebadet, bis auf die Knochen von diesem furchtbaren Wissen durchdrungen. Aber die Agenten schienen meiner Idee wenig Glauben zu schenken, was mich so kränkte, dass ich mich bei Swede beklagte.

»Man kann es eben nicht beweisen«, fertigte sie mich kurz angebunden ab. »Das bringt ihnen nichts.« Und damit ließ sie mich einfach stehen, ehe ich weiterjammern konnte.

Da war nämlich noch etwas, worauf ich wartete: dass Swede mir endlich verzieh.

Nicht, dass sie gemein zu mir gewesen wäre. Es gab keine Vorwürfe mehr, keine Anspielungen auf Benedict Arnold oder Ramón Murieta – ich vermisste sie sogar. Es schien, als fiele ihr rein gar nichts mehr zu mir ein. Und so dämmerte mir, dass ich als Companero weder vertrauenswürdig noch interessant genug war.

Natürlich versuchte ich, sie zurückzugewinnen, mit allen möglichen Ködern – ich überlegte laut, ob wir uns nicht ein Pferd anschaffen sollten, nun, da wir auf einer Farm lebten, oder fragte nach Sunnys neuesten Abenteuern. Doch sie biss nie an. Schließlich erwartete ich kaum noch eine Reaktion. Dad und Roxanna merkten, was los war, aber was konnten sie tun? Swede äußerte ja keine Empörung, beschimpfte mich nicht. Sie antwortete auf Fragen. Sie reichte die Kartoffeln weiter.

Eines Abends hielt ich es vor Zerknirschtheit nicht mehr aus und klopfte an ihre Zimmertür.

»Swede«, sagte ich, als sie öffnete, »kannst du mir denn niemals mehr verzeihen?«

»Doch, sicher«, antwortete sie.

»Dann hör endlich auf, mich wie einen Aussätzigen zu behandeln.«

»Okay. Sag mir, wie ich dich behandeln soll, und ich tu's.«

Kann man reumütig und wütend zugleich sein? »Swede, *bitte*!«

»Okay, ich hab dir verziehen«, sagte sie, aber ohne Wärme, und ihren Augen war anzusehen, dass sie mich noch immer als abstraktes Objekt betrachtete.

Das Einzige, worauf ich nicht wartete, war ein Wunder.

Ich gestehe es ungern. Sollte das nicht das Letzte sein, was man aufgibt – die Hoffnung, dass Gott sich unserer Not erbarmen möge und seine Hand ausstreckt, um zu vollbringen, was sonst keiner kann – den gebückten Rücken aufrichten, die Schwären heilen, die Lunge weiten? Wer wusste besser als ich, dass solche heiligen Vorkommnisse möglich waren? Wer hatte mehr Grund zur Zuversicht?

Und doch schien es mir gänzlich aussichtslos, auf Beistand von oben zu hoffen.

Die Quelle war versiegt. Obgleich ich Roxanna ihr Glück weiß Gott nicht missgönnte, entsann ich mich an kein einziges Wunder durch Dads Hand, seit wir an jenem ersten Sonntag an ihre Tür geklopft hatten. In meiner Fensternische in Decken eingemummelt, kam ich zu dem Schluss, dass Gott sich von uns wohl überanspruchт gefühlt und uns Roxanna als Abschiedsgeschenk hatte zukommen lassen – ein wunderbares Geschenk, wohlgemerkt, das Beste, das man sich nur wünschen konnte, aber zugleich auch das Ende der Wunder. War das ungerecht? Früher hätte ich bestimmt so gedacht, aber all dieses Gejammer um fair und unfair, dieses Betteln um Vergebung, dieses Hoffen auf Wunder – das kostet Kraft, und die hatte ich nicht mehr. Sich mit den Dingen zufrieden zu geben, wie sie sind, verlangt einem dagegen wenig ab, also beließ ich es nach und nach dabei. Schlafen war ein angenehmer Ausweg. Mit der Zeit wurden mir meine Sachen zu weit, alles hing schlaff an mir herunter. Morgens beobachtete ich die Hirsche, die aus dem Wald heraufkamen und den Schnee rings um den Maisspeicher aufscharrten. Abends spielte Dad auf der Gitarre, und die alten Kirchenlieder, Balladen und Walzer, die auf dem Instrument erklangen, schienen mir schon genug der Wunder.

Ab und zu bekam ich auch Besuch. Peter Emersons Eltern brachten ihn mit dem Auto und setzten sich zu Dad und Roxanna in die Küche, während Peter mit einer hübsch eingewickelten Schachtel hereinkam. Superintendent Holden, erzählte er, sei gemein wie eh und je, wenn auch nicht mehr ganz so gruselig, seit sein Gesicht wieder heil war. Peters kleiner Bruder Henry war in Holdens Büro geschickt worden, weil er im Unterricht dauernd Popel aß, eine Angewohnheit, die seine Lehrerin ihm nicht austreiben konnte. Holden setzte Henry auf einen niedrigen Stuhl und hielt ihm vor, dass Kinder, die so etwas täten, sich zu Duckmäusern und Betrügern entwickelten, die den Blick der Obrigkeit scheuen müssten. Manche von ihnen schafften es vielleicht gerade noch, nicht im Gefängnis zu landen, aber keiner brächte es je zu Rang und Ansehen – überall in Amerika könne man erwachsene Popelesser durch die Müllhalden schlurfen und Abfälle herausklauben sehen, die nicht mal das Ungeziefer anrühre. Henry kam weinend nach Hause und beichtete seinen Brüdern, was für ein Schicksal ihm bevorstand; außer Peter hatte er noch drei andere Brüder, zwei davon mit einem ausgeprägten Groll gegen Holden. Was dann folgte, war Musik in meinen Ohren. Innerhalb weniger Tage machten sie nahe den Bahngleisen die Schlafhöhle einer Stinktierfamilie ausfindig und wählten ein gesundes Jungtier für ihre Zwecke. Mit Vergnügen stelle ich mir vor, wie Josie, der älteste Bruder, bei Einbruch der Nacht durch Roofing schlich, auf Holdens

Haus zu, den gähnenden, fest in einen Sack gewickelten Skunk unterm Arm. Durch ein Kellerfenster hineingeschoben, rollte sich das Tier neben dem Heizungskessel zusammen, wo es am Morgen aufwachte, unruhig und aggressiv. Als Holden herunterkam, um einen Winterkürbis zu holen, erlebte er sein blaues Wunder. Drei Tage habe es gebraucht, sagte Peter, bis der Jagdhüter den Skunk mit einem Köder aus Fischköpfen in eine Lebendfalle locken konnte; Holden habe sich Hals über Kopf in Alsop's Motel verzogen und sei eine ganze Woche nicht dazu gekommen, die Unterwäsche zu wechseln.

Nach dieser Geschichte war eigentlich kein Geschenk mehr nötig, aber ich packte es trotzdem aus. Es war die Spartacus-Figur – die mit der Hand.

»Schau mal, und Farben dazu«, sagte Peter.

Im Mai kamen die Orchards mit einem Blaubeerkuchen zu Besuch. Bethany trug ihn herein – es war das erste Mal, dass wir uns wieder sahen, seit wir zusammen Pfannkuchen gebacken hatten. Die Erinnerung war ihr anscheinend etwas peinlich. Sie trug ein rauchblaues Kleid mit rosa Kragen und war zu einer Überlegenheit herangereift, die jede Unterhaltung unmöglich machte. Es war nicht ihre Schuld. Sie fragte, wie es Davy ging, und wie es war, durch die Wildnis der Badlands zu reiten. Ich versuchte es mit einer kurz gefassten Schilderung; wie oft hatte ich davon geträumt, sie mit meinen Abenteuern in Atem zu halten! Aber ich sah, dass sie mir nur aus Höflichkeit zuhörte, aus Rücksicht auf meinen schlechten Gesundheitszustand, und meine Stimme hatte ohnehin so einen unschönen, gepressten Klang bekommen. Ich konnte nichts dagegen tun – allen Brustklopfens, aller großartigen Gebärden zum Trotz klang es wie Wind, der durch Knochen pfiff.

»Danke für den Kuchen«, sagte ich zu Bethany, die sich dann bald in die Küche flüchtete, in die sichere Gesellschaft der Erwachsenen.

Nun, vielleicht hatte Swede dieses bescheidene Gespräch

mitbekommen. Vielleicht hatte sie sogar eine Ahnung davon, welchen Platz Bethany in meiner naiven Gedankenwelt einnahm. Ich weiß nur, dass sie am Abend auf der Couch unter meine Decke schlüpfte, während wir Dad lauschten, wie er irgendeinen alten Psalm anstimmte. Sie hockte mit überkreuzten Beinen neben mir, wie ein Sioux, und hielt endlich wieder meine Hand, als wollten wir gemeinsam abwarten, was die kommende Nacht uns bescheren mochte. In jenem Moment gab es nichts – keine noch so heroische Geschichte oder hoffnungsvolle Zukunft –, was mir nur halb so viel wert gewesen wäre wie die Tatsache, dass meine Schwester mir verziehen hatte. Bei Dads zögernden, aber wunderbar lieblichen Gitarrenklängen empfand ich tief die tröstliche Botschaft, was Gott tut, das ist wohl getan.

Eines Abends im Juni, mitten in einem feurigen Sonnenuntergang, fuhr ein uralter schwarzer Ford vor der roten Farm vor. Weil wir alle auf der Veranda waren, teilten wir diese Erinnerung miteinander. Der Wagen war mit fahlem Staub bedeckt und tuckerte langsam in den Hof, als kämpfte er sich durch schäumende Brandung. Dicht vor dem Haus hielt er an, und schon stürzte Swede jauchzend die Stufen hinunter, denn wer da aus dem Ford stieg, war kein anderer als Davy höchstpersönlich, der Swede lachend auffing, als ob sie ein Kleinkind wäre, und als wir uns um ihn scharten, sagte er: »Wartet mal«, und in der Beifahrertür tauchte Sara auf, mit unsicherer Miene, eine Hand auf dem Wagendach, als ob sie sich jeden Moment wieder hineinducken wollte. Wie hätte sie so einen warmen Empfang auch vorhersehen können? Oder die warme Güte und Geborgenheit, die Roxannas spezielle Gabe waren? Ich weiß noch, wie ich meinen Bruder umklammerte, als wir die Treppe hinaufgingen, Swede mit zappelnden Beinen eng an seine andere Seite geschmiegt, und wie uns alle der seltsam melodische Klang von Saras Lachen umfing, als sie ins Haus trat, ein Lachen, von dem ich mehr und mehr zu hören hoffte.

Und mein Wunsch wurde mir erfüllt, wie Sie noch sehen werden. Obwohl keiner von ihnen Waltzer erwähnte, war mir gleich klar, was passiert sein musste: Der Kerl hatte beschlossen, dass Sara nun lange genug seine Tochter gewesen war. Wenn ich die Augen schloss, konnte ich es deutlich vor mir sehen. Er wollte eine Frau.

Hätte mein Bruder Davy da etwa tatenlos zusehen sollen?

Also brannten sie eines Nachmittags – vor genau fünf Tagen – in einem Wagen durch, den Jape einem Farmer in Wyoming abgekauft hatte, wo sie nach ihrer Flucht aus den Badlands gelandet waren. Als Jape sich einmal ein bisschen die Beine vertrat, packten sie die Gelegenheit beim Schopf, gingen ruhig hinaus zu dem Ford, spähten zu den Hügeln hinüber, ob er sie entdeckt hatte, und machten sich dann »schnurstracks fort aus der brenzligen Lage«, wie Davy grinsend sagte, offensichtlich unbekümmert wie eh und je.

»Ich dachte«, fügte er hinzu, »Sara könnte vielleicht bei euch bleiben.«

»Aber natürlich, gern«, sagte Roxanna.

»Und du? Bleibst du auch da?«, fragte Swede, die inzwischen auf Davys Schoß geklettert war. Das war eine harte Nuss für ihn.

»Das kann ich nicht«, antwortete er, nach kurzem Zögern. »Du weißt doch, wie es ist, Swede.« Zum ersten Mal seit Jahren sah er so alt aus, wie er war, nämlich siebzehn.

Nach Hause zurückgekehrt, war er wieder unser Anführer, wenn auch nur für kurze Zeit. Er erzählte uns, wie er in der Nacht, als er aus dem Gefängnis ausgebrochen war, ziellos durch den eisigen Regen gelaufen war, mit Stube Ranges Jacke um die Schultern; wie er am Stadtrand auf einen Chevy-Laster gestoßen war, wo der Schlüssel im Zündschloss steckte; wie er im Rückspiegel einen Streifenwagen aus einer Seitenstraße hatte kommen sehen. Bald wimmelte die ganze Gegend von Polizisten, und Davy hatte sich in dem Führerhaus zusammengekauert und einen günstigen Moment abgewartet, doch als er sich schließlich aufsetzte und den Motor anlassen wollte, war der Wagen nicht angesprungen.

»Reuben und ich hätten dich aus dem Knast befreit, wenn du uns nicht zuvorgekommen wärst«, sagte Swede.

»Danke, Swede, das war mir klar«, lächelte Davy, und ich war froh, dass Swede sich nicht auch noch dazu hinreißen ließ, den Schwachsinn mit den Steakmessern der DeCuellars auszuplaudern.

Davy war nichts anderes übrig geblieben, als Stubes Kapuze hochzuschlagen und zu Fuß zu flüchten. Er lief querfeldein und orientierte sich an den fernen Lichtern der Bauernhöfe, bis ihn im Dunkeln ein Pferd anwieherte – Nelson Svedvigs Stute, an die Sie sich vielleicht noch erinnern werden. Er stieß auf einen Stacheldrahtzaun, langte in Stubes Jackentasche und zog einen Schokoriegel hervor. Das Pferd kam arglos herbeigetrabt. Es führte ihn zu einem Gatter. Zwei Tage lang waren Davy und das Pferd die besten Freunde.

Auf Nachfrage folgten weitere Details dieser Art: von ziellosen Wanderungen, allein oder mit zwielichtigen Kumpanen, von Mahlzeiten, die ihm in seiner schwierigen Lage fast wie himmlisches Manna erschienen, von haarigen Situationen, denen er mit knapper Not entkommen war. Drei Tage nachdem er sich von August und Birdie verabschiedet hatte, war er in einer Bäckerei erkannt worden. Die großmütterliche Besitzerin schenkte ihm vier Brote, eine Tüte Korinthen und einen Rosinenkuchen und ermahnte ihn, ja nicht noch einmal am helllichten Tag einkaufen zu gehen. Ein paar Abende später gab er den Kuchen einem cholerischen Wachhund zu fressen und stieg durch das hintere Fenster in einen Lebensmittelladen ein. Zwischen den dunklen Regalen hatte er sich die Taschen mit Sardinenbüchsen und abgepacktem Schinken voll gestopft, bis auf einmal alle Lichter angingen und ihn einen Moment lang blendeten, während eine Tür in den Angeln quietschte und sich seltsam klingende Schritte näherten. Platsch, platsch, kam ein barfüßiger

Kerl in Sicht, pudelnackt und triefend vor Nässe, mit kolossaler Wut im Blick und einem Baseballschläger in der knorrigen Faust. Zweifelsohne der Ladenbesitzer, aus seiner Badewanne in der Wohnung oben aufgeschreckt. Mit Volldampf steuerte er auf Davy zu, der wieselflink in Richtung Fenster flitzte. Hätte der Mann sich nicht gerade ein nächtliches Bad gegönnt, wäre das Schicksal meines Bruders vielleicht besiegelt gewesen, aber nasse Füße und glatte Dielen vertragen sich nun einmal nicht, und der Verfolger ging mit einer sensationellen Bauchlandung zu Boden, just als Davy kopfüber aus dem Fenster in die Gasse hechtete, wo er Augusts Studebaker geparkt hatte. Während er in fliegender Hast zurücksetzte, sah er den Ladenbesitzer zornesrot aus dem Fenster lehnen; der Baseballschläger pfiff durch die Luft und zog einen langen silbrigen Riss über die Windschutzscheibe.

Davy erzählte ausführlich und mit Genuss; trotz der späten Stunde stellte Roxanna uns Saft hin und brühte Kaffee auf. Nur über Waltzer und die Hütte in den Badlands sagte er nicht viel, offenbar aus Rücksicht auf Sara. Schließlich hatte sie jahrelang mit diesem Mann zusammengelebt. Sie schuldete ihm nicht viel, aber etwas doch.

Allerdings gab er zu, dass sie uns nur mit viel Glück durch die Lappen gegangen waren. Sara und er hatten sich ein Damebrett in den Lehmboden gekratzt, um sich bis zum Ende eines Blizzards die Zeit zu vertreiben, als Waltzer auf Fry angeritten kam. Seine Nasenlöcher waren eisverkrustet, seine Haut vor der Kälte verbrannt, sein Blick prophetisch. Im Schnee war ihm eine Vision gekommen, ein Bild von heranrückenden Pferdesoldaten. Er hatte kein Vertrauen mehr in sein Versteck. Er war einer glimmenden Braunkohleader gefolgt und hatte eine große Sandsteinhöhle gefunden. Seine Entscheidung duldete keinen Widerspruch. Nachdem die ungläubigen Pferde beladen worden waren, ging es so schnell hinüber zu der Höhle, dass es fast einer Flucht glich. Dort blieben sie länger als einen ganzen Tag, aßen das bisschen Brot, das sie in den Taschen hatten, hockten auf der Erde, bis die Kälte sie zum Aufstehen zwang und sie sich in Decken gehüllt an die Pferde lehnten. Der Sturm flaute ab, der Himmel klarte auf. Doch noch immer ließ Waltzer sie nicht wieder zurück in die Hütte. Einmal hörten sie in der Ferne einen Gewehrschuss – einen trockenen Knall, der langsam verhallte. In der Abenddämmerung des zweiten Tages schickte Waltzer Davy als Kundschafter vor. Auf dem Boden der Hütte zeichneten sich die Abdrücke schwerer Stiefel ab, der Schnee ringsum war mit Hufspuren und Pferdeäpfeln übersät.

Niemand fragte ihn nach Andreeson, auch ich nicht, obwohl mir der Agent schwer auf der Seele lastete. Ich wurde ihn nicht mehr los, wie einen hartnäckigen Gast, der sich häuslich auf der Veranda niedergelassen hat und einfach nicht mehr gehen will.

Sara war auf ihrem Stuhl eingeschlafen. Es war schon nach elf. Als Dad nach oben ging, um ihr Zimmer herzurichten, schloss ich mich ihm an.

»Ist es nicht wunderbar, Dad?«, fragte ich. Dabei war mir eher zum Weinen zu Mute, so traurig war die Stimmung, die in der Luft lag. Ich kämpfte dagegen an. Mein Bruder war zurückgekommen, das musste gefeiert werden. Ich fand, jetzt gehörte das gemästete Kalb her und Tamburingerassel, ein bisschen unbekümmerter Jubel.

»Aber sicher, Rube. Hier, zieh mal die Ecken glatt.« Er breitete eine zusätzliche Wolldecke über Saras Bett, denn es war kalt in dem kleinen Gästezimmer; wir hatten die Tür bisher immer geschlossen gehalten.

»Es scheint ihm doch richtig gut zu gehen, nicht?«

»Ja, das schon.« Dad schüttelte das Kissen auf, stellte den Kippspiegel auf der Frisierkommode gerade, ließ das Rollo herunter. Er zog den alten Wecker auf dem Nachttisch auf und stellte fest, wie spät es schon war.

»Müssen wir denn ins Bett, Dad? Können wir nicht aufbleiben?«

Er streckte den Arm nach mir aus, und ich lehnte mich an seine Brust. Trotz seiner Magerkeit fühlte er sich stark an – ich konnte seinen Herzschlag spüren. »Na gut. Von mir aus könnt ihr aufbleiben, bis Davy schlafen gehen will, aber dann lasst ihr ihn in Ruhe, okay?«

Ich nickte. Es hätte eine schöne Nacht sein können.

Unten fanden wir die anderen ebenfalls in gedämpfter Stimmung vor. Roxanna brachte Sara wie eine Schlafwandlerin zu Bett und ging sich dann auch hinlegen. Dad fragte Davy, ob er sich nicht doch etwas hinlegen wolle, aber Davy sagte nein, er werde bald aufbrechen. Wir wechselten ins Wohnzimmer hinüber, wo wir gemütlich im Schummerlicht hockten und den Mond über dem Farmgelände aufgehen sahen. Seltsamerweise sprachen wir kaum von Davys misslicher Lage, stellten keine Überlegungen hinsichtlich seiner Zukunftspläne an. Das Thema Andreeson hing im Raum, wurde aber nicht erwähnt. Davy sagte, er finde Roxanna ausgesprochen nett, freue sich sehr für uns. Sie sprachen von Sara, von ihrer Herkunft, von ihren Ängsten, was dieses ungewisse neue Leben betraf; dann wandte sich das Gespräch mehr und mehr der Vergangenheit zu, lang zurückliegende Episoden wurden ausgegraben wie Fundstücke aus Ruinen. Davy erinnerte sich an einen Morgen in North Dakota, als ein Fuchs sich uns furchtlos näherte, während wir auf Gänsejagd in Deckung lagen. Es war schon heller Tag, und der Fuchs kam in steifbeinigen kleinen Kreisen immer dichter heran. Er schien den Kopf seltsam schief zu halten. Laut Davy war ich, damals noch ein kleiner Knirps, drauf und dran gewesen, der hundeähnlichen Jammergestalt freudig entgegenzutapsen, aber Dad zog mich schnell hinter seinen Rücken und erschoss den Fuchs. Die Geschichte brachte Dad darauf, wie er als kleiner Junge einmal einen Nachbarsfarmer gesehen hatte, der sich mit Tollwut angesteckt hatte. Dieser Mann, Hensrud hieß er, war im Frühling von einem Skunk in den Knöchel gebissen worden, und die Wunde war längst verheilt, als er Monate später, nach der Ernte, plötzlich Anfälle bekam. Dad erinnerte sich, ihn im ersten Schneegestöber zwischen Haus und Scheune herumstolpern gesehen zu haben, nur mit seiner einteiligen Unterwäsche bekleidet, die Halsstränge so dick wie Pumpenschwengel. Noch am selben Tag war der Ärmste erblindet und im George River ertrunken – eine gnädige Fügung, denn sonst hätte ihn womöglich noch irgendein unglücklicher Nachbar erschießen müssen.

»Der Herrgott beschützt uns«, sagte Dad.

Davy antwortete nicht. Es war nun tief in der Nacht. Ich erinnere mich an seine Silhouette in dem Sessel am Fenster: die klare Linie vom Kinn zu den Wangenknochen, darunter die dampfende Kaffeetasse. Er sah nach draußen. Nach längerem Schweigen stand er auf und trat dicht an die Fensterscheibe. Ein Rudel Hirsche war aus dem schwarzen Dickicht der Bäume getreten und überquerte die Wiese, so formlos in der Entfernung, dass es schon ein Glaubensakt war, sie überhaupt zu erkennen.

»Tja, dann«, sagte Davy.

Swede, die ihn nicht gehen lassen wollte, bat ihn verzweifelt zu warten; sie rannte hinaus und kam mit einer zerfledderten Heftmappe zurück. Mit bemerkenswertem Mut knipste sie eine Lampe an und las das gesamte Sundown-Epos vor, von Anfang bis Ende. Davy war ein besserer Zuhörer als ich – ihm gefiel alles daran, Sunnys Pechsträhnen ebenso wie seine Triumphe. Er fieberte richtig mit, ganz entzückt von manchen Wendungen; besonders gut getroffen fand er den Banditenkönig Valdez: wild und wölfisch und wahrscheinlich nie und nimmer zu fassen – obwohl, setzte er eilig hinzu, wenn irgendwer es je fertig brächte, dann natürlich nur Sundown.

Wir konnten ihn bis zum Tagesanbruch bei uns halten. Bis dahin war Roxanna aufgestanden und hatte die Zimtbrötchen nach dem Rezept ihres Großonkels gebacken, die Davy mit beneidenswertem Appetit verdrückte, auch wenn er keinen Schlaf bekommen hatte. Zum Schluss räusperten wir uns alle, wappneten uns für den Abschied und traten in den Sonnenaufgang hinaus.

Jape Waltzer saß mit einem Gewehr neben dem Getreidespeicher. Wir bemerkten ihn nicht gleich, obwohl er sich nicht einmal besonders versteckt hatte. Er hatte sich einfach einen günstigen Platz ausgesucht – das Haus im Blick, die Morgensonne im Rücken – und sich dort still hingesetzt. Hatte sogar einen alten Stuhl aus der Scheune geholt, um sich das Warten etwas bequemer zu machen.

Bis heute lässt mich die Geduld, mit der er zu Werke ging, nicht los.

Davy stand neben dem Wagen und angelte nach den Schlüsseln, als Dad plötzlich auf die Motorhaube fiel, ein klatschender Aufprall, der wie ein Echo des Schusses klang. Von der Veranda aus entdeckte ich Waltzer, der uns durch den Pulverdampf anpeilte. Er feuerte noch einmal, und die hinteren Fenster des Fords zerbarsten in einem Scherbenregen. Während Dad von der Motorhaube rutschte und neben dem Vorderrad zusammensackte, packte Roxanna mich an der Schulter und zerrte mich zurück. Niemand schrie, obwohl es mir wie Schläge von Dreschflegeln in den Ohren dröhnte. Als Roxanna mich zur Tür zog, hörte ich Dad ächzen, riss mich los und stürzte die Verandatreppe hinunter.

Ich nehme an, Jape verfolgte mich mit dem Lauf, wie er eine aufflatternde Wildgans verfolgt hätte.

Was ich spürte, war kein Schmerz, sondern ein heftiger Stoß, als wären alle Bewegung, alles Licht und Geräusch auf ihr massives Gegenteil geprallt. Ich fühlte Gras und Erde an meiner Wange, und Trauer, dass Dad getroffen war, und Verwirrung, dass ich nicht zu ihm gelangen konnte.

Hier versagt meine irdische Zeugschaft.

Ich schloss die Augen, Gevatter Tod griff fester zu, und das andere Land nahm unter meinen Füßen Gestalt an.

Frohlocket, meine Füße

Ich watete an Land, unendlich erleichtert. Bleiben Sie jetzt bitte bei mir. Das Ufer war eine flache Böschung mit wogendem, kniehohem Gras, und als ich mich umblickte, sah ich einen breiten Fluss, den man für einen See oder sogar einen Ozean hätte halten können, hätte man ihn nicht durchwatet und seine Strömung gespürt. Irgendwie war ich hinübergelangt und nicht einmal verwundert, dass es mir geglückt war. In Ufernähe schimmerte das Wasser golden wie beim Sonnenaufgang, aber weiter draußen wurde es türkis, dann kobaltblau und in der Ferne so dunkel wie die Nacht, in der das andere Ufer verborgen lag.

In jenem Moment hatte ich keine Vorstellung davon, wer ich war, noch empfand ich irgendeine Belastung. Ich lachte und wusste nichts von Sprache. Die Wiese summte, als wäre sie voller Nester neu erwachender Geschöpfe, und die rötlichen Gräser hoben ihre Köpfe, als ich vorüberging. Je weiter ich mich vom Fluss entfernte, desto lauter schwoll das Summen an – ein magnetischer Klang, der sich zu Gesang und Licht und sogar einem Duft entfaltete, dem Duft nach frischer Erde. Ich hatte jetzt wohl den Abschnitt der Wiese betreten, in dem sich die Nester befanden, denn bei jedem Schritt stoben Finken und freche Spornammern auf, und Paperlinge und Prachtmeisen. Mit lieblichem Gezwitscher schwirrten sie empor, flatterten im Kreis und landeten wieder im Gras. Ohne sich von ihnen stören zu lassen, schaukelten überall Schmetterlinge auf den Halmen, Pfauenaugen und Lunafalter und noch viele andere von solcher Größe und Farbenpracht, wie sie in den Gärten der Welt längst nicht mehr zu finden sind, falls es sie je dort gegeben hat. Alles sirrte und flatterte durcheinander. Überhaupt schien auf dieser Wiese jedes Geschöpf fliegen zu können. In plötzlichem Übermut breitete ich die Arme aus und rannte los. Nein, leider hob ich nicht ab – aber fast! Manchmal berührten meine Füße kaum noch den Boden.

Doch es zog mich unwiderstehlich voran. Langsam war mir bewusst geworden, dass es ein Ziel gab, dass etwas getan werden musste. Ich stieg den Hang immer höher hinauf, bis ich in einen Obstgarten von unermesslicher, archaischer Schönheit gelangte. Die Bäume standen unregelmäßig verteilt, einzeln oder in Gruppen, wie zufällig gepflanzt, doch alle hatten mächtige Stämme und ausladende Äste, und alle trugen Früchte: Äpfel, goldhäutige Aprikosen, makellose Birnen. Die Blätter waren dick und kühl, und sie winkten mir zu. Sobald ich sie mit dem Finger berührte, pulsierten sie in einem fühlbaren Rhythmus.

Es dauerte eine ganze Weile, bis ich den Obstgarten durchquert hatte. Ich bekam langsam Hunger, blieb aber nicht stehen; obwohl all die Früchte zum Pflücken bereit schienen, fühlte ich mich gedrängt, alsbald vor dem Herrn dieses Reichs zu erscheinen. Denn es gab hier einen Herrn! Kaum war mir dies klar, wusste ich auch, dass er meiner schon gewärtig war – ein tröstlicher und Furcht erregender Gedanke zugleich. Dennoch, ich wollte ihn sehen. Je weiter ich wanderte, desto mehr schien ich schon von ihm zu wissen – wie er den Obstgarten gepflanzt hatte zum Beispiel, wie er über die Hügel ging und die Samen ausgestreut hatte. Ich hielt mich nicht auf.

Wie lange ich stetig voranschritt? Nach irdischen Maßstäben vielleicht wochenlang; doch an jenem Himmel strahlt keine Sonne, und es vergehen keine Tage; das Licht scheint aus der Luft hervorzugehen und aus allem, was es erstrahlen lässt. Auch wird man, wie manch ein Choral vorausschauend andeutet, niemals müde dort. Ich ging schneller, eilte weiter, wie um ein liebes Gebot zu befolgen. Auf meinem Weg traf ich Antilopen und Bisons, die die tieferen Äste abweideten, und eine riesige Herde friedlicher Pferde, die Gras und Klee rupften.

Hier in dem Obstgarten dämmerte mir erstmals etwas über meine Herkunft. *Adam*, dachte ich. Nur das bloße Wort. Es sagte mir nichts. Es waren einfach nur zwei Silben, die irgendwie zu mir gehörten. Sie schienen Teil dessen zu sein, was mich vorwärts drängte. Und nun, weit zu meiner Rechten über ein tiefes Tal hinweg, sah ich einen anderen Wanderer. Er war dunkelhäutig, mit dem Schild und Helm eines spanischen Ritters, und über der Schulter trug er eine Fahne mit einem rätselhaften Emblem. Obwohl er ziemlich abgekämpft aussah, schritt er energisch voran, wie einer, der unterwegs zu seinem König ist, nachdem er seinen Auftrag nach besten Kräften erfüllt hat. Er schien beinahe zu rennen.

Aus der Tiefe, weit unterhalb des Hörbaren, kam jetzt ein leises, beständiges Wummern. Ich spürte es deutlich durch die Fußsohlen. Ich blieb stehen, während es sich Knochen um Knochen in mir emporpochte. Es gibt keinen geeigneten Vergleich dafür. Der Pulsschlag des Landes vibrierte durch meinen Körper, bis ich ihn als Musik wahrnahm. Als Sprache. Und diese Sprache durchströmte mich wie Blut; ich fühlte mich, als sei ich über alle Zeitalter hinweg aus Erde oder Staub erschaffen worden. Wie ein vor Ewigkeiten gelernter Spruch schoss mir ein Vers durch den Kopf. *O eile dich, meine Seele, Ihm Antwort zu geben; frohlocket, meine Füße!* Und siehe da, meine Seele tanzte in meiner Brust, und meine Füße sprangen los und trugen mich eilends voran, und ich spürte den Atem der Schöpfung, wie das Land und die Bäume und die Geschöpfe des Obstgartens ihn lange zuvor gespürt hatten. Und der Pulsschlag des Landes umgab mich, wie Stimmen, die sich in weiter Ferne erhoben, und erfüllte mich im Laufen, bis die Worte klar vernehmlich wurden und ich in den herrlichen, seltsamen Gesang einstimmte.

Und nun endete der Obstgarten, und eine Ebene dehnte sich weit hin bis an eine fahle Bergkette. Durch diese Ebene schlängelte sich ein Fluss, von ganz anderer Art als der frühere breite Strom. Ein schmaler, rauschender Wildbach, der hangaufwärts floss. Mächtige Fische schwammen darin, die hoch aus dem

Wasser schnellten, sodass die Tropfen in alle Richtungen sprühten. Am liebsten wäre ich hineingesprungen, um mich von der Strömung mitreißen zu lassen, wohin auch immer, und wäre da nicht eine andere Gestalt in Sicht gekommen, die am Ufer entlanglief, hätte ich es auch getan.

Ein Mann in flatternden, farblosen Hosen und Hemd, triste Fetzen, die hier völlig fehl am Platz wirkten. An dem tosenden Fluss entlang lief er bergaufwärts, trotz seiner schäbigen Kleidung mit strahlender Miene, und als er mich sah, winkte er mit beiden Armen und beeilte sich noch mehr. In dem Augenblick holte mich die Geschichte ein – meine eigene, und alle anderen, mehr, als ich fassen konnte –, es überschüttete mich wie ein schwerer Regenguss, und ich wusste, dass der Mann, der da des Weges kam, mein Vater war, Jeremiah Land; plötzlich war alles wieder da, wie er von der Motorhaube des Fords gerutscht war, und Roxannas harter Griff um meine Schulter, die Luft, die mir wie Vogelschwingen in den Ohren sauste, all das kam zurück wie eine traurige Mär aus alter Zeit.

Wenig später war er bei mir und streckte mir die Hände entgegen. Welch sehnige Kraft! Ich weiß noch, wie ich mich fragte, wofür solche Arme wohl gemacht waren – sie waren nicht bloß ein Geschenk, sie hatten auch eine echte *Bestimmung*. Eine Arbeit in Angriff zu nehmen. Inzwischen lachte Dad – über *meine* Arme, die genauso stark waren! Und er rief: *Du bist ja so groß wie ich!* Wie konnte mir das nur entgangen sein? Wir waren wie zwei Freunde, und ich sah, dass er stolz auf mich war, dass er mich besser kannte, als er es je für möglich gehalten hatte, ohne dass ihn dieses Wissen bestürzte; und während ich noch über sein altersloses Gesicht staunte, seine ruhige Gelassenheit, gab sein Blick eine gewisse Wehmut preis, denn er wusste etwas, was mir verborgen war.

Komm, laufen wir, sagte er. Wir waren beide ganz wild darauf, unseren Weg fortzusetzen. Wahrlich, nichts kommt der magnetischen Anziehung gleich, die der Herr jenes Landes ausübt – obwohl es Dad wohl noch viel stärker zu ihm hin drängte als mich, denn er eilte voraus wie jemand, der die Erfüllung all seiner Wünsche am Ziel warten sieht. Es nötigte mir geradezu Ehrfurcht ab, wie mühelos er diese Geschwindigkeit hielt und sich sogar bremste, um mich bei der Hand zu fassen, wie er es früher tausend Mal getan hatte, und die Musik und die lebende Sprache trugen uns über die Ebene hinweg bis zu den Bergen, die wir im Laufschritt erklommen.

Ist es fair, zu sagen, jenes Land sei wirklicher als unseres? Dass sein Stein härter ist, sein Wasser einen ganz durchdringt – dass selbst das Wetter dort gegenwärtiger ist, nicht nur ein Hintergrundphänomen? Können Sie ein Zeugnis ertragen, das von seiner fühlbaren Präsenz spricht?

Wir gelangten an einen Pass, auf dem der Fluss lauter denn je rauschte, denn er schwoll mehr und mehr an, je höher es hinaufging. Dad war vor mir; er kletterte auf einen nassgesprühten Felssims und wartete auf mich, silbern umrahmt im Gegenlicht, als ob der Himmel doch eine Sonne hätte, die nur hinter dem Berggipfel verborgen war.

Aber es war keine Sonne. Es war eine Stadt.

Als ich zu Dad auf den Felsen trat, sah ich sie – in unvorstellbarer Entfernung, und dennoch strahlte sie eine Helligkeit und Wärme aus, um die unsere Sonne sie beneiden könnte. Und anders als die Sonne konnte man diese Lichtquelle direkt anschauen – sie zog den Blick geradezu magisch an –, und je länger man schaute, desto mehr sah man.

Türme!, rief ich – ach, ich konnte es gar nicht erwarten, dort hinzukommen.

Dann zeigte Dad auf die Ebene unter uns, auf eine Bewegung, die ich erst für das Glitzern verschiedener Flüsse hielt – in langen, schimmernden Windungen strömte es dahin, aus allen Richtungen auf die Stadt zu, und hier und da stiegen Staubwolken entlang der Ufer auf.

Das sind Menschen, sagte Dad. Ich schaute genauer hin, und da konnte ich sie des Weges ziehen sehen, aus ungeheuren Fernen daherkommen, Menschen, wie ich sie überall gesehen hatte, und auch andere, niemals zuvor erblickte, ganze Abordnungen von ungezähmten Volksstämmen, die man als Nachbarn fürchten würde, die meisten zu Fuß, einige auch zu Pferd, und viele trugen Standarten mit seltsamen Emblemen. Und selbst die Wilden sangen einen Choral, der wundersam zu uns heraufklang, und es war, als marschierten sie frohgemut in einen heiligen Krieg.

Lange Zeit lauschten wir ihnen wie gebannt. Dad hielt meine Hand, und ich fühlte die Musik in seinen Fingern wachsen.

Kümmere dich um Swede, sagte er.

Von diesem Pass aus stürzte sich der Fluss eine Felswand hinunter, wo der Wasserdunst vom Licht der Stadt vergoldet wurde.

Sorge für Roxanna, trug Dad mir auf.

Nun sah ich den Fluss unten seinen Lauf fortsetzen, durch unermessliche Wiesen, Wein- und Obstgärten, Seite an Seite mit den Strömen von Menschen; von hier aus war er nur noch ein silbernes Band, das sich der Stadt entgegenwand, und doch sah ich auf seiner Oberfläche Glitzerpunkte, die springende Fische waren.

Ich dachte: Herr, kann ich nicht auch dabei sein? Darf ich nicht auch eintreten?

Erzähl es Davy, sagte Dad. Er setzte sich auf den Felsen und schwang die Beine ins Wasser – es war tief und reißend, und würde ihn blitzschnell mitnehmen. Ich packte ihn beim Arm.

Bitte, sagte ich.

Bald, antwortete er, was unter den Voraussetzungen dort mehr Sinn ergibt als aus irdischer Sicht. *Sehr bald!*, betonte er noch einmal, drückte mir fest die Hände, und mit einem unbezähmbaren Auflachen stieß er sich von dem Felsen ab, wie ein Junge, der im Frühling zum ersten Mal ins kalte Wasser springt, und die Strömung riss ihn mit sich fort. Jubelnd rauschte der Fluss, und ich hörte Dad mitsingen, bis er über die Kante abtauchte.

Die wundersame Musik, die ich höre

Die Aufregung hatte sich nicht gelegt, während ich abwesend war. Jape Waltzer gab noch drei wohl gezielte Schüsse auf den Ford ab, auf dessen Rücksitz sich Davy zusammengekauert hatte. Er schoss auch noch ein paar Mal auf das Haus – fünf Mal, wenn man Swedes akribischer Bestandsaufnahme glauben darf. Vier Kugeln verstreuten Glassplitter über das ganze Erdgeschoss und eins der Betten oben, was jeden Spion entmutigt hätte, und die Letzte schlug glatt durch die Wohnzimmerwand und traf ein Messingpony, das Swede von einer früheren Lehrerin bekommen hatte. Mitten in diesem Tohuwabohu rief Roxanna den Sheriff, Dr. Nokes und den Herrgott an, wenn auch zweifellos in umgekehrter Reihenfolge, und schrie den Mädchen zu, in Deckung zu bleiben. Später fand sie Sara unter Wolldecken in einer mit Splittern übersäten Zedernholztruhe, aber Swede war hektisch dabei, Dads Schrank zu durchwühlen, auf der Suche nach seinem Gewehr. Sie fand es auch, aber keine Patronen. Inzwischen war alles wieder ruhig. Als sie sich zusammen mit Roxanna aus der Haustür wagte, waren der Ford und Davy verschwunden. Waltzers Stuhl lag umgekippt im Schatten neben der Scheune.

Dad lehnte auf den Ellenbogen gestützt im Kies und blutete heftig aus einem Loch in seiner rechten Seite.

Ich lag mit dem Gesicht nach unten im Windschatten der Veranda.

Folgendes wurde mir vom Ablauf der nächsten Minuten berichtet: Roxanna beugte sich über Dad, während Swede mich auf den Rücken drehte und horchte, ob mein Herz noch schlug.

Neun Jahre alt, kniete sie da im Blut und fühlte meinen Puls, tastete meinen Hals ab, und die große, tropfende Höhle meiner Brust. Ich darf bis heute nicht daran denken, was sie das gekostet haben muss. Sehr matt, aber bei klarem Bewusstsein, sagte Dad zu Roxanna, sie solle das Loch in seiner Seite nicht so zudrücken – wenn sie zu fest dagegenpresste, könne er nicht mehr atmen. Lass es doch fließen, sagte er. Das Blut wäscht die Wunde aus. Daraufhin geriet Roxanna in einen schrecklichen Zwiespalt, denn sie sah seine Verletzung besser als er – das Eintrittsloch, rund wie ein Vogelauge, und die klaffende Austrittswunde. Sie wusste, dass er am Verbluten war. Sie hat mir erzählt, wie sie laut betete, während sie ihre Faust mit dem Rocksaum umwickelte und in die Wunde drückte; sie tat ihr Bestes, das weiß ich, eine halbe Ewigkeit lang, während Dad zwischen Bewusstsein und Ohnmacht schwankte. Dann hörte er Swede weinen, und sie kam zu ihm, über und über mit rötlichem Schaum besudelt, sodass er hochschreckte, weil er dachte, sie sei tödlich verletzt, aber sie sagte, es sei Reuben, der nicht mehr atme, nicht einmal mehr mit einem Blinzeln reagiere. Und genau da fuhr Dr. Nokes vor; ich male mir aus, wie sein großes altes Auto in unseren Hof geholpert kam, eine Schleppe aus blauem Auspuffqualm hinter sich herziehend.

Mehr als Roxanna konnte er auch nicht tun. Nachdem er sich vergewissert hatte, dass er mir nicht helfen konnte – denn meine durchschossene Lunge blutete nicht einmal mehr, der Puls war weg, ich kühlte förmlich unter seinen Händen aus –, wandte er sich Dad zu, der ihn nicht mehr zu erkennen schien und nur noch die Augen verdrehte. Als die Streifenwagen schließlich anrollten, so erzählte Roxanna, lag eine gläserne Verzweiflung in der Luft; der Arzt war schluchzend zusammengebrochen. In diese Szene trat dann also der Sheriff mit seinem sprachlosen Deputy, beide sicherlich vollkommen überfordert; aber noch ehe ein einziges offizielles Wort gefallen war, kreischte der Hilfssheriff, Galen Max, entgeistert auf: »Seht mal, da!« Denn ich war so plötzlich hochgezuckt, als hätte man mich in den Rücken getreten. »Da, schon wieder!«, schrie Galen Max, und dann, so berichtet Swede, wurde ich von einem enormen Hustenanfall geschüttelt, Blut und Wasser sprühten mir aus Mund und Nase – man verzeihe mir die unappetitlichen Details, aber für mich sind sie geradezu glorreich – und Dr. Nokes stürzte zu mir hin und nahm sich in einer Art von Delirium meiner Wiederbelebung an. Es war ja nicht gerade das erste Mal, dass ich erwachte, während mir jemand auf den Rücken trommelte, aber in diesem Moment schien es eine ganz neue Erfahrung, zu der ich mich aus sehr weiter Ferne eingefunden hatte.

»Ich weiß nicht, womit du da eigentlich geatmet hast«, sagte Dr. Nokes später zu mir.

Ein paar Wochen waren vergangen, und er saß in der roten Farm an meinem Bett.

»Auf jeden Fall nicht mit deiner Lunge«, behauptete er.

Zuerst wusste ich gar nicht, was er meinte – meine Lunge fühlte sich so leicht und luftig an wie ein Nachmittag im Mai. Genauso wie in jenem anderen Land, als ich durch den Obstgarten gelaufen war – nur dass ich dort gar keinen Gedanken ans Atmen verschwendet hatte. Aber hier wachte ich jeden Morgen voller Verwunderung auf, wie leicht mir das Luftholen fiel. Hätte ich den Mund aufgemacht und Portugiesisch gesprochen, hätte ich nicht überraschter sein können.

»Hier, sehen Sie mal«, sagte ich zu Dr. Nokes und atmete eine schier unglaubliche Menge Luft ein. Ich konnte gar nicht mehr aufhören.

»Schon gut, schon gut – lass für uns andere auch noch was übrig.«

Wochenlang schaute Dr. Nokes jeden Tag vorbei. Angeblich aus Sorge über eine mögliche Infektion oder Embolie, kam er aber auch, weil er Dad vermisste, wie wir alle, und weil ihm der Zustand meiner Lunge ein unergründliches Rätsel blieb.

Eines Tages sagte er: »Dein Vater hätte nicht sterben dürfen, Reuben. Wusstest du das?«

Ich nickte, doch er fuhr fort: »Nicht nur, weil es schrecklich ist, ihn nicht mehr bei uns zu haben, obwohl, weiß Gott« – hier schien Dr. Nokes den Faden zu verlieren, fing sich dann aber wieder. »Ich meine, von seiner Verletzung her. Ich habe ihn ja selbst untersucht. Es waren keine Organe betroffen. Blutgefäße, ja. Aber es hätte nicht tödlich verlaufen dürfen.«

Ich dagegen hätte nicht überleben dürfen. Irgendwie war mir das damals schon bewusst, doch erst Jahre später erklärte mir Dr. Nokes die genauen Gründe. Seine Zurückhaltung ist ihm hoch anzurechnen. Welcher Elfjährige sollte sich anhören müssen, dass seine Lunge erst kürzlich noch völlig zerfetzt in seinem Brustkorb lag? Dr. Nokes hatte den Tatbestand mit eigenen Augen gesehen, hatte die Wunde eigenhändig abgetastet. Und doch hatte sich nur Stunden später im Krankenhaus von Montrose herausgestellt, dass meine Lunge nicht nur die massive Schussverletzung überstanden hatte, sondern sogar in keinem schlechteren Zustand schien als vorher. Praktisch unberührt, wie der Notarzt verblüfft berichtete.

Aber natürlich war sie berührt worden, eben das war es ja.

Mein Gott, wie sehr ich Dad vermisse.

Doch nun will ich es kurz machen. Swede, die es wissen muss, hält langatmige Abschweifungen für den Fluch jeden Epilogs. Zu sagen wäre noch, dass Roxanna, die Jeremiah Land drei Monate vor seinem Tod geheiratet hatte, so sehr zu unser aller Halt und Stütze wurde, als ob der Herrgott selbst sie uns geschickt hätte. Sicherlich war ihr Opfer nicht geringer als das von Dad. Wer hätte uns mehr Mut machen können? Wer uns Kinder selbstloser versorgen? Denn wir waren schon eine ziemlich fordernde Truppe. Sara allein hätte den Geduldsvorrat eines Dutzends weiser Eltern aufgebraucht. O ja – Sara blieb bei uns, wenn auch mit einer inneren Distanz, die sie sich bei Waltzer angewöhnt hatte. Selten hörte man sie mehr als drei Sätze sprechen, obwohl sie wortgewandt genug war, wie Swede meinte, um eine hervorragende Journalistin zu werden, wenn sie es wollte. Die ersten Monate verstand es nur Roxanna, die Distanz mit dem ihr eigenen Fingerspitzengefühl zu überbrücken, während ich Sara einfach in Ruhe ließ und sie stumm im Kreis der Familie anhimmelte. Im Horchen wohl bewandert, hätte ich trotzdem um keinen Preis ihre Gespräche mit Roxanna belauscht, obwohl ich ein paar Besuche von jugendlichen Verehrern mitbekam, mit denen sie mit aufgesetzter Selbstsicherheit über Schulkameraden, Lehrer und Schlager plauderte, sodass ich mir keineswegs vormachte, wir hätten einen Engel in unserer Mitte.

Swede, die Sie ja nun schon recht gut kennen dürften, ging mit siebzehn frustriert von der Schule ab, um einen Roman zu schreiben. Sehr zu ihrer späteren Erleichterung wurde er nicht veröffentlicht, aber er machte einen wohlwollenden Lektor bei einem renommierten New Yorker Verlag auf sie aufmerksam. Heute – nach vier Romanen, einer historischen Abhandlung über North Dakota und einer Gedichtsammlung – bekommt sie begeisterte Fanpost von ihren Lesern. Ihr Lyrikband ist schlichtweg vollkommen. Und alles in Reimen! Eine Ballade scheint von meiner eigenen wohl recht einzigartigen Zukunft inspiriert. (Mein Lieblingsvers: *Mist, denkt Lazarus todesfahl/Der ganze Unsinn noch einmal.*) In anderen geht es natürlich auch um Cowboys. Die Rezensenten konnten sich nicht genug wundern. Einer schrieb, Swedes Gedichte würden »die Lyrik um ein ganzes Jahrhundert zurückwerfen« und »aus einem Bodensatz schöpfen, der schon lange nichts mehr hergibt«. Er nannte das Buch verächtlich »das Hohe Lied der Unschuld«. Es gab noch andere negative Stimmen, aber diese kränkte Swede am meisten. Entgegen jeder schriftstellerischen Gepflogenheit erwiderte sie das Feuer, mit einem ausführlichen, gepfefferten Brief an den Kritiker, in dem sie seine Bildung, Prosa, Ehre und Männlichkeit in Frage stellte. *Sie Ärmster*, begann die Botschaft und setzte sich in so anschaulichem Stil fort, dass die Zeitschrift ihn zur Gänze abdruckte, zusammen mit der erbosten Entgegnung des Geschmähten. Es folgten noch weitere Schlagabtäusche, bei denen meine Schwester sich als die weitaus Geistreichere von beiden erwies, »wenn auch nicht gerade mit Demut gesegnet«, wie sie bedauernd zugab. Übrigens katapultierte dieses öffentliche Gezänk Swedes Gedichtsammlung auf die Bestsellerlisten – ein fremdartiges Umfeld für Lyrik.

Des Weiteren sei noch vermerkt, dass Jape Waltzer sich ebenso wenig fangen ließ wie Swedes fiktiver Held Valdez. Zweifellos treibt er nun andernorts sein Unwesen – je weiter weg, desto besser. Vielleicht ist er ja auch schon tot und versucht in irgendeiner mit Kratern übersäten Schreckensregion, sich die Höllenflammen vom Leib zu halten, oder er ist nur alt geworden, und noch giftiger denn je. Vielleicht ist er sogar alt und voller Reue. Möglich ist alles. Ich weiß nur, dass er weit weg von uns ist, und dass wir, wie Mr. Stevenson über Long John Silver schrieb, froh sind, ihn los zu sein.

Tja, und was Andreeson angeht – er kam tatsächlich in den Badlands um, von Waltzer erschlagen und in der Braunkohlespalte versenkt, um dort zischend zu verglühen. Da ich dies von Davy erfahren hatte, konnte ich es wohl kaum an offizieller Stelle bekannt geben; aber eines Tages kam ein ältliches Ehepaar bei uns vorgefahren, und der Mann klopfte an die Tür, während seine Frau im Wagen sitzen blieb. Er hatte Andreesons hohe Stirn, aber nichts von seinem entschlossenen Auftreten. Wir saßen eine Weile zusammen auf der Veranda. Ich war fünfundzwanzig und viel zu jung, um die Art von Trost zu spenden, den diese Leute suchten. Ihre Ziellosigkeit und Trauer wären Stoff für eine schrecklich lange Geschichte, aber die muss ich einem anderen Zeugen überlassen.

Abschließend noch soviel: Es kam ein Thanksgiving, an dem wir uns alle zu Hause zusammenfanden, alle bis auf Davy. Swede war von einem Stipendiumsaufenthalt für Schriftsteller in Wyoming heimgekehrt, Sara aus St. Paul, wo sie als Krankenschwester arbeitete. Ich hatte Arbeit bei einem Schreiner in Roofing gefunden und war einigermaßen stolz auf meine breiten Schultern. Wir fassten uns zum Dankgebet bei den Händen, und als Roxanna Amen sagte, gab Swede meine linke Hand frei, aber Sara hielt meine Rechte fest.

Oder vielleicht war ich es auch, der nicht losließ.

Und Davy? Also, es gibt da eine kleine Präriestadt in Kanada, über die die Wildgänse im Herbst zu Hunderttausenden hinwegziehen. Seit August Shultz gestorben ist – zwei harte Winter nach Birdie – bin ich Jahr für Jahr nach Norden gereist, um den Zug der Vögel zu beobachten. Wie wunderbar ist es, eine Kanadagans herangleiten zu sehen, in eleganten Schwüngen, so dicht, dass man den Luftzug ihrer Flügelschläge spüren kann – und das dann zehn- oder zwanzigtausendfach; dafür nimmt man es liebend gern auf sich, vor Tagesanbruch zwischen eisigen Felsbrocken herumzukriechen. So stand ich denn eines Tages wie üblich in aller Früh aus dem Bett auf und ging in ein rustikales Café, wo in der Jagdsaison schon um fünf Uhr morgens alles dicht an dicht über dampfenden Tellern mit Spiegeleiern hockt. Draußen peitschten die nassen Blätter an die Scheiben. Ich bestellte Pfannkuchen und Würstchen und goss mir am Tresen heißen Kaffee ein.

Davy kam zur Tür herein, noch bevor meine Pfannkuchen fertig waren. Er trug eine Daunenjacke und neue Schnürstiefel. Und endlich auch anständige Handschuhe. Er setzte sich neben mich. »So ganz allein auf der Jagd, Rube?«

Es ist nicht die leichteste Art, mit seinem Bruder Kontakt zu halten. Manche Jahre taucht er dort auf wie mein Schatten – als mein Platznachbar an der Cafétheke, als Kunde hinter mir an der Tankstelle. Manche Jahre lässt er sich gar nicht blicken. Das Exil hat auch trübe Tage. Hin und wieder sind mir seltsame Dialektfärbungen bei ihm aufgefallen; offenbar hat er sich an exotischen Orten herumgetrieben, doch er erzählt leider wenig. Er fragt immer nur.

Also halte ich ihn auf dem Laufenden. Er liest alles, was von Swede erscheint, lässt ihr durch mich Grüße und Kommentare zukommen. Es ärgert sie schrecklich, dass er nie in *ihrem* Leben auftaucht, tatsächlich aber liebt er sie mehr als alles auf der Welt. Zweimal hat sie mich schon begleitet, in der Hoffnung, ihn zu treffen, jedes Mal ohne Erfolg.

Vielleicht hat er Angst davor, was sie ihn fragen könnte.

»Du bist ja ganz schön kräftig geworden«, bemerkte er an jenem ersten Morgen im Café.

Und ich erzählte ihm, was passiert war – von meinem Abstecher ins Jenseits, und wie Dad mich dort eingeholt hatte.

Schwer zu sagen, ob er mir glaubte.

»Er hat dich tatsächlich zurückgeschickt?«

Nicht direkt, erklärte ich ihm, ich hätte nur nicht mehr weiter gekonnt. Als hätte es da irgendeine Abmachung wegen mir gegeben.

»Atme«, sagte Davy. »Lass mal sehen, wie du atmest.«

Na, das war natürlich leicht. Schwieriger war es, jenes Land zu beschreiben, mit dem aufwärts fließenden Wildbach, den Menschenströmen und dem Boden voller Gesang. Denn ebenso wenig, wie ich die Musik in Worte fassen kann, vermag ich wiederzugeben, wie es dort aussieht. Was für sterbliche Dinge doch Sprache und Gedächtnis sind! So klingt nun alles, was ich von meinen dortigen Eindrücken zu schildern versuche, wie die unsinnige Beschreibung von Träumen, die einstmals echt wirkten.

»Hast du denn nie daran gezweifelt?«, fragte Davy.

Doch, das habe ich, und ich werde es vielleicht wieder tun. Aber hier sitze ich und blicke aus dem Fenster auf die rote Farm hinaus – denn Sara und ich wohnen in dem neuen Haus gegenüber, einem Haus, das mit starken Armen und Lungen und frohem Schweiß gebaut wurde. Vielleicht sehe ich dann unsere Tochter von der Schule heimkommen, Äpfel oder Pflaumen für Roxanna pflücken, sehe einen unserer Söhne im Gras liegen und lesen oder ein umgedrehtes Kanu anstreichen. Oder vielleicht kommt Sara ins Zimmer – meine geliebte Sara – und stellt ein Tablett mit frisch gebackenen Zimtbrötchen auf den Tisch.

Dann atme ich tief ein, und die Gewissheit durchdringt mich wie ein Licht, wie ein mathematischer Beweis, und eine wundersame Musik summt in meinen Fingern.

Gibt es irgendwen, dem ich diesen Glauben aufdrängen kann?

Sicher nicht.

Ich kann nur sagen: So ist es gewesen. Ich habe es gesehen.

Ich war dort und werde dorthin zurückkehren.

Halten Sie davon, was Sie wollen.

Danksagung

Zuallererst möchte ich meinen Eltern danken: Don Enger, der so wie Teddy Roosevelt an die Segnungen eines harten Lebens und einer mitreißenden Geschichte glaubte; und Wilma Enger, die uns Robert Louis Stevenson vorlas, bevor wir sprechen konnten, und die die besten Briefe seit denen des Apostels Paulus schrieb. Beide wuchsen in North Dakota auf, und in ihren Kindern haben sie die Liebe zum Westen und zu seinen endlosen Weiten geweckt.

Lee, mein ältester Bruder, und meine Schwester Lizabeth haben mich bedingungslos unterstützt, und ihr Mut, ihre Standhaftigkeit und ihre Abenteuerlust sind mir immer ein Vorbild gewesen. Jahrelang hat mein Bruder Lin Seite an Seite mit mir in den Schützengräben des Schriftstellertums gekämpft, und er hat mir mehr von dieser Kunst beigebracht als jeder andere.

Dank schulde ich auch meinen Redakteuren beim Minnesota Public Radio, die über all diese Jahre hinweg meine Adjektive beschnitten haben und meine Freunde geworden sind. Rachel Reabe und Mike Edgerliy haben frühe Entwürfe gelesen; ihre Ermutigungen waren für mich so wertvoll wie Salz und Licht. Es ist ein großes Vergnügen für mich, mit Paul Cirone zusammenzuarbeiten, der, zusammen mit der großartigen Mannschaft der Aaron Priest Agency, unermüdlich daran gearbeitet hat, diesem Buch zu einer Leserschaft zu verhelfen. Elisabeth Schmitz hat mir vom ersten Tag an ein warmes Willkommen bei Grove/Atlantic bereitet; sie lektorierte diese Seiten mit unübertrefflichem Einfühlungsvermögen, Humor und Freude an der Arbeit.

Dieses Buch ist ein Familienwerk. Meine Frau Robin bekam jeden Satz laut vorgelesen – sie war immer großzügig mit ihrem Lob, merkte jedoch auch oft vor mir, wenn etwas dabei war, schief zu gehen. Und ohne die gespitzten Ohren und die unwiderstehlichen Ideen unserer Söhne, Ty und John, wäre der arme Reuben flach und uninteressant wie ein Dielenbrett geblieben, und Sunny Sundown hätte sich niemals in den Sattel geschwungen.